河北省社会科学基金项目

本书获得防灾科技学院出版基金资助

器中有道

历代诗法著作中的诗法名目研究

These Methods Contain
Some Theory
A Research on Names of
Chinese Classic Poetry
Methods

张静 著

凤凰出版社

图书在版编目（CIP）数据

器中有道 : 历代诗法著作中的诗法名目研究 / 张静著. -- 南京 : 凤凰出版社, 2017.6
ISBN 978-7-5506-2616-4

Ⅰ. ①器… Ⅱ. ①张… Ⅲ. ①古典诗歌－诗歌创作－创作方法－中国 Ⅳ. ①I207.21

中国版本图书馆CIP数据核字(2017)第127866号

书　　名　器中有道——历代诗法著作中的诗法名目研究
著　　者　张　静
责任编辑　王清溪
出版发行　凤凰出版社(原江苏古籍出版社)
　　　　　发行部电话025-83223462
出版社地址　南京市中央路165号,邮编:210009
出版社网址　http://www.fhcbs.com
照　　排　南京凯建图文制作有限公司
印　　刷　江苏省句容市排印厂
　　　　　句容市春城镇南,邮编:212404
开　　本　718×1005毫米　1/16
印　　张　23.25
字　　数　356千字
版　　次　2017年6月第1版　2017年6月第1次印刷
标准书号　ISBN 978-7-5506-2616-4
定　　价　95.00元
(本书凡印装错误可向承印厂调换,电话:0511-87871135)

目 录

古典诗美的方法论解析（代序）

《器中有道:历代诗法著作中的诗法名目研究》将问世,作为曾与作者张静博士切磋诗学两个春秋的博士后合作导师,感觉有话想说。

长期以来,注重"道器之辨"的学术思维模式,导致了"原道"立论的思想方法和推理逻辑,缘此之故,兼容者尚能自觉到阐释本身就是一种思维方式,否则,便很容易形成"唯道主义"思想传统,其影响所及,使潜心于文学创作与批评之艺术技巧领域者,遂寥寥无几。试想,在本末体用的价值选择过程中,侧重诗艺学的技法讨论,始终处于次要、次等的位置,谁又愿意去从事一项被大家看轻的事业呢！亦惟其如此,张静博士的研究成果便难能可贵。

诗法理论是中国古代诗学的主要构成部分之一,历代诗话、诗格著作中有大量关于诗歌创作的具体的语言艺术探讨,张静此书尝试着将原本零散的大量具体诗法格目纳入一个相对系统的论述结构之中,重新组织纲目,整如贯珠,把中国古代诗法这样一个庞杂的存在,梳理成一个具有明晰理论框架的结构,这首先就使中国古代丰富的诗法理论得以系统地呈示,其意义已然不小。更何况,此书在探索诗歌语言的具体操作技巧时,从历史梳理、语言技巧与美学内蕴三个维度作多维展开,细致入微地论证了这些诗法在古典诗歌写作和批评中所具有的价值、作用,兹以揭示出古典诗歌的艺术特征,并对诗法所论之诗歌写法技巧的审美意蕴,从理论上予以总结和揭示,这对于我们重新审视中国诗学的文化品格、言说方式乃至艺术思维特征,都有不可替代的参考价值。

联系张静此书,我越来越意识到,中国人的文学艺术和思想学术的传统,是一个传承自足的文化系统,世人所谓“接着说”的主体意态和思想方法,乃原生于先秦诸子如孔儒师生讨论学问之际的思想方法,而这就意味着,传承本身就包含着创造性思维,传承以此而自在自足。论道如此,谈艺也如此。只要回味一下《庄子》一书中那大量存在的事关古代能工巧匠之绝妙技艺的寓言故事,道家学派玄同思维之两极相生的两端,谁说不含有“忘机”与“炫技”这看似难以兼容的两面呢?《论语》载述孔子嘉许其弟子而曰“始可以言诗”的文本两章,其核心词语如“如切如磋,如琢如磨”与“绘事后素”者,涵涉所及,无不与技艺实践相关。循此而进,一直到宋代欧阳修特意推出的梅尧臣“意新语工”之论,“以意为主”的创造性想象,总是通过“言意之辨”的中介而与语言艺术之“精工”的不懈讲求相统一。当然,语言艺术的讲求也是需要从语言哲学与语言技巧两个层面去辨析的,诸如“嵌字体”“翻条法”“生煞回薄势”“歇后格”等古典诗法名目,自然属于具体操作层面的诗歌写作方法,辨识其实际内容,总结其艺术规则,发掘其的审美意蕴,然后可通于艺术哲学层面的深刻思考。在这方面,张静博士由“结体法”“命意法”“声法”“字法”“句法”“章法”等层面所构成的阐述系统的设计,已然透露出作者建构一个较为严密的诗法体系的学术志向。此志向可嘉。

《庄子》有曰:“吾所好者道也,进乎技也。”关键在于,此“进”字何解?且让我们带着问题来阅读这部即将问世的诗法学著作吧!

韩经太

2016 年 12 月 29 日晨

绪　论

一　研究对象

（一）围绕着“诗法”这一核心概念

“就现有文献来看，中国诗学的主要内容是诗法，即关于诗歌写作的法则和技巧。”①所以我们很明显就可以看到这样的现象：“中国古典诗歌发展后期（盛唐以后）的诗学，其核心在于创作论，即如何写诗的问题。”②或者说“法度在宋人那里成为诗歌的一种内在规定性，法范畴已经进入了中国诗学的中心并得以确立”③。鉴于诗法在中国诗学中的重要地位，本书主要围绕“诗法”这一核心展开研究。

值得注意的是，人们通常所言的“诗法”是一个异常复杂的诗学概念和形态。从广义上说诗法是“诗歌写作的法则和技巧”④。所谓法则，是“形而上”的层面，包括对于诗的性质、功用、指向等认识与观念；所谓技巧，是“形而下”的层面，指诗的具体作法，如格律、属对、用事、修辞、章法、命意、体裁等。这一层面往往成为诗法的狭义定义，也就是说：“所谓诗法，从某种意义上说，是运用语言的手法。”⑤本文所讨论的“诗法”便以后者为对象，指向的是诗歌语言的具体创作方法。

---

①④ 蒋寅《至法无法：中国诗学的技巧观》，《文艺研究》2000 年第 6 期。
② 段宗社《“妙悟”与“诗法”——试论唐宋以来古典诗歌理论的发展》，《西安联合大学学报》2003 年第 1 期。
③ 谢群《中国诗学理论中的“法”范畴》，复旦大学 2005 年博士论文。
⑤ 林东海《诗法举隅》，上海文艺出版社 1981 年版，第 162 页。

将古老的"道体器用"具体到文艺作品中,便是"神"与"形"的关系。而"形式"这一秘密,是可以通过具体的技巧操作得来的。当那些优秀的技巧被总结、被提炼,从而成为有命名、有具体操作、有相关成功诗例时,便是方法。这就是说,人们为了实现事物之"道"所采取的手段、途径、技巧的基本规则叫做"法"。"法"相对于"道"而言,是具体的、可摹的,是形而下的。诗法也即诗学的"器用"一端,所以,诗法之学本来就有其存在的必然性与合理性。①

史上传承下来的诗法著作篇帙浩大,仅笔者接触到的就有近 250 余部,从唐代开始,历代诗论家们踵事增华地编纂,大小书坊反复翻刻,后来者又对前朝的诗法著作不断汇总,在历史上形成了蔚为大观的诗法之学。然而,现在这批史料的价值却远不如诗话类更受学人关注,沦落成了"边缘史料"。而实际上,诗法的学习,开卷有益。而且一定程度上可以"治器显道",即通过研究诗的下行之器,揭示诗的上行之道。当然,诗法的研究还需要正确处理"妙悟"与"诗法"的关系,从而形成"悟不废法""由法开悟"的正确认识。再者,诗法的学习也有境界的高下,上者驾驭诗法,是为"活法",下者为诗法所束缚,是为"死法"。所以,"善用法而不为法所困""有法而不拘泥于法"②的态度,是中国古典诗法研究中必须要明确的。

(二)以具体的"诗法名目"为研究中心

"诗法"这门技巧与学问,最初在唐代被总结,在宋代全面展开,在元明两代掀起高潮,等到清代中期又出现复兴。这个漫长的过程中,虽然也有不少人认为诗法之学"画地成牢"(王夫之《姜斋诗话》)③,或多"丛脞冗杂"(《钦定四库全书总目·〈木天禁语〉提要》)④,而将其视为童蒙之学,但不可忽视的是历代诗法著述中的确有许多优秀的理论结晶,尤其是那些已经被给予总结和提炼的具体诗法名称。它们历代传承不歇,揭示语言技巧且蕴含审美意味。例如唐代王昌龄《诗格》中的"生煞回薄势"、贾岛《二南密旨》首次提到的"十字句"、唐代王叡《炙毂子诗格》中的"一篇血脉条贯体"、北宋释惠洪《天厨禁脔》中的"影略句法"与"偷春格"、元人范德机《诗学禁脔》中的"一意格"、清人冒春荣《葚原诗说》中

① 具体论述可参本书第九章第一节"必然的存在与合理的态度"。
② 许印芳《诗法萃编》,《云南丛书》本,民国间赵藩、陈荣昌等辑刻本。
③ 王夫之《姜斋诗话》,人民文学出版社 1961 年版,第 149 页。
④ 纪昀等《钦定四库全书总目》,中华书局 1997 年版,第 2767 页。

的“掉字法”等。虽然四库馆臣对纂著诗法并无好感，但面对这些历久弥新的诗法名称，他们同时亦云：“而其时诗家授受，有此规程，存之亦足备一说。”（《钦定四库全书总目·〈三体唐诗〉提要》）①

对于历代诗法著作中诗论家们所总结的诸种法、格、式、例、体等诗法名称，古人统以“名目”称之，也就取其“名称”“名义”之意。例如《钦定四库全书总目·〈天厨禁脔〉提要》：“然所论多强立名目，旁生支节。如首列杜甫《寒食对月诗》为偷春格。”②《钦定四库全书总目·〈冰川诗式〉提要》又云：“又参以臆见，横生名目，兼增以杜撰之体。”③虽然，四库馆臣否定诗法的态度导致以上这些论述都是批评式的，但将种种诗法名称统称为“名目”，却是非常可取的。

笔者认为，诸多“诗法名目”是古典诗学中优秀的理论成果，主要包括名称、定义、例证三方面的内容。于是，本书给予了这样一个界定：所谓“诗法名目”是指具有明确的命名、相关语言技巧的构成分析，并且有相关诗例作为支撑的具体诗歌创作方法。当古人们从大量诗歌创作实践中提炼出可以操作的技巧，又将其总结为具体的方法，然后为之确定名称、给予定义，同时又找出了合理的诗例，这便反映了人们高度的理论概括能力。本书便以中国古典诗法著作中所总结的具体“诗法名目”为研究中心，以期推进中国古典诗法的深入研究。

二　研究现状

二十世纪以来，诗法之学处于整体衰落的境地。自白话诗入主文坛后，对古典诗歌技法的总结与研究，在现实意义上失去了服务对象，其衰落在所难免。而在当代古典文学研究界，学者们所致力的古代文论向现代文艺理论转换的过程中，由于文学语言本体地位的尴尬，使得传统诗法又难以找到其相应位置，长久以来遭受冷落。

建国后到九十年代初，关于诗法的研究专著只有周振甫《诗词例话》（中国青年出版社 1979 年版）、林东海《诗法举隅》（上海文艺出版社 1981 年版）、张思绪《诗法概论》（上海古籍出版社 1988 年版）、丁国成《诗法臆说》（花山文艺出版社 1990

① 纪昀等《钦定四库全书总目》，中华书局 1997 年版，第 2623 页。
② 纪昀等《钦定四库全书总目》，中华书局 1997 年版，第 2763 页。
③ 纪昀等《钦定四库全书总目》，中华书局 1997 年版，第 2771 页。

年版)等数本,而且其中漫说、举例的比例居大,缺乏相关的体系建构与理论分析。例如林东海《诗法举隅》中说道:"本书所谈诗法,不谈立意,不谈体制,也不谈格律,只是试图分析赋、比、兴范围内的一些常用而且较能奏效的具体手法,列举了以少总多、以小见大等十六题,这只是诗海之一勺,所以名之为《诗法举隅》。"①

近十多年以来,学界开始反思这一问题,例如韩经太先生就曾指出:"技艺,文学艺术的技艺属性,本应该是不言而喻的,但如今却成为需要认真论证并加以提倡的事了。"②伴随着相关的认识与呼吁,关于古典诗学中诗法的研究有了一定的突破。

例如王德明《中国古代诗歌句法理论的发展》(广西师范大学出版社 2000 年版)一书,总论了中国古代的诗歌句法概念、理论发展、理论特点与理论的得失等问题。作者指出:中国古代的诗歌句法理论往往是以近体诗和杜甫诗歌为中心来展开的,并以追求自然为最高目标,同时具有突出的教育功能,其成就亦不能低估。易闻晓《中国古代诗法纲要》(齐鲁书社 2005 年版)一书,则从题意、篇法、字法、句法、属对、用事、脱化、声律、用韵、手法等十方面对古代诗法进行了汇总研究。易闻晓又有《中国诗句法论》(齐鲁书社 2006 年版),书分文化的预设、语言与体制、句式与节奏、用字之讲求、造句之特点、体制与句格等六章,又对中国古典诗歌的句法进行了专门的研究。段宗社《中国诗法论》(四川大学 2005 年博士论文),则将诗法问题置于诗歌史和诗学史中,描述其在不同历史时期的作用、形态和特征。从近体诗法形成的唐代开始,以历史朝代为断限,分唐、宋、明、清四章,对诗法论在各个时期的表现形态及主要特征给予历史描述,并从诗法角度对一些重要诗学问题重新思考。王奎光《元代诗法研究》(复旦大学 2007 年博士论文),选取了元代诗法著作中的性情、篇法、辨体、整体性格法理论以及诗歌史述评等做了专题研究。此外,还有一些围绕古典诗法进行宏观性论述的相关论文。以上这些成果属于 21 世纪以来中国古典诗法研究重新兴起的重要著述,它们对重新树立古典诗法的地位与价值、综合论述古典诗法的特征与形态等一系列问题的提出与解答,发挥了重

① 林东海《诗法举隅》,上海文艺出版社 1981 年版,第 2 页。
② 韩经太《道义、滋味和技艺——中国古典文学思想与新世纪文学理念》,《中国文化研究》2002 年春之卷。

要作用。

但是,关于“诗法名目”这批古代优秀的诗学成果尚未得到学界的重视。目前,惟有针对个别“诗法名目”或者诗歌写作技巧的单篇论文,例如邓鉴坤《反接——诗法探讨之二》(《江汉大学学报》1991 年第 5 期)、张福勋《诗法举隅——说“翻进”》(《文史知识》1994 年第 7 期)、孟治荣《浅谈咏物诗的影略句法》(《阅读与写作》1995 年第 6 期)、周裕锴《禅宗偈颂与宋诗翻案法》(《四川大学学报》1999 年第 2 期)、饶少平《折腰体新解》(《文学遗产》2002 年第 4 期)、查明昊《翻著袜法与寒山体》(《敦煌研究》2003 年第 3 期)、秦红梅《诗艺例谈:“顺起反接”与“反起反接”》(《现代语文》2008 年第 10 期)等。

不难发现,当重新再拾起古典诗法之学时,大部分著述选择了宏观性、综述性的研究,在导夫先路的同时难免有粗疏与重复之缺陷。在另外一些偏重于语言技巧的研究中,一般是有文献、有材料,但无分析、无论证。例如“此外应该指出,本书着重总结梳理古代诗法,这当然十分必要,但也惟因如此而使作者自己的观点断识不能得到充分的显现,对古人论诗材料的类聚和大量引用,不免使作者跟着材料走,而难于贯通作者自己的观点”①。再例如在文献研究上,或者是将古人论诗的材料进行类聚和引用,或者仅仅描述一些朦胧的技术感受,对语言手法的研究还停留在感性阶段,将古典诗法与古代诗文创作实际相结合的程度还不够,并未对重要诗法的形成与演变进行历史梳理;批评系统上,对古典诗歌诗法体系的建构仍停留在古人那种琐屑的分类基础之上,而未尝试与现代汉语与文艺理论的科学体系两相映照;在批评内容上,还是和研究诗话一样,偏重于诗歌史论与作者文艺观念的阐述,对古代诗论家智慧结晶的“诗法名目”没有给予关注;在批评方法上,放弃了运用现代文论、语言学、修辞学与艺术心理学等的知识与方法对语言技巧与审美内涵进行深入探究。

三 研究步骤

针对古典诗法的研究现状,本书主要分三步来解决问题。第一步,先建立健全一个古典诗法体系,以便统摄诸多的诗法名目,这是本书宏观性研究的内

① 李最欣、冯国栋《“实践诗学”的开拓研究——评易闻晓的〈中国古代诗法纲要〉》,《学术探索》2006 年第 3 期。

容。第二步，在这一诗法体系之下，综合整理历代诗法著作中优秀的诗法名目，不求大求全，主要选取那些经典传承的、展现语言技巧的、具有审美价值的优秀诗法，这是本书文献研究的内容。第三步，从每个体系下，选取 2～3 种优秀诗法进行深入研究，这是本书微观研究与理论研究的内容。

（一）研究体系的建构

诗法的内容琐屑零散，颇难归类，古人在长期的批评实践中曾从不同层面对诗法的体系进行建构，但是许多归类方法往往将诗法的“形而上”内容与“形而下”内容混同其中，将诗法的客观层面与主观构思层面不加区别，将种种修辞方法简单罗列。本书在综合从唐至民国诗法著作的各种观点，比较各个体系的差异与优劣之后，再与现代汉语、文艺理论的科学体系两相映照，将诗法的体系建构为这样几个层面：

首先，用字法、句法、章法来建构诗法体系的方式，在古人那里获得了很多的使用。但古人往往把声音与用字结合在一起，而现代汉语认为语音是语言的物质外壳，文字是书写文章的视觉表义符号。于是本书中笔者将诗歌的声音和意义分开，把古典诗歌的四声、平仄与用韵等问题概括为诗歌创作中的“声法”。这样一来，诗歌的客观构成层面基本就完善了。又针对诗歌创作的整体层面，按照现代文艺理论的思路，体裁、语体、风格同属于文体的层面，[①]所以，本书设立“结体法”。主要包括体裁的选择，例如乐府法、歌行法、绝句法、律诗法等；格式的安排，例如回文法、三五七言法、嵌字体等；风格的设定，例如建安体、山谷体、元和格等。再将诗歌创作的主观层面归纳为“立意法”。文学皆是以意行采，无帅之兵谓之“乌合之众”。所以笔者以“意”来概括创作作者的构思与心理流转，例如以情接景势、生煞回薄势、反其道而行之的翻案法、“意未起而先迎之，势将伸而反蓄之”的逆笔法、“起无端，接无端”的断句法等。

于是，古典诗法就可以概括为六大层面：结体法谓诗歌体裁的确定、格式的构成与风格的选择；命意法谓诗歌构思中的逻辑关系与情感流转；声法包括平仄的运用与押韵的方法；字法谓诗歌中单个字词虚实、用典、对仗等语言技巧；句法主要是研究句子的组成部分、句子成分的结构方式、句子类型等内容；章法则探讨句与句之间的起承转合关系，或者某一句在全篇中的位置与作用。

---

① 参童庆炳《文体与文体的创造》，云南人民出版社 1994 年版。

(二)"诗法名目"的选择与整理

历代诗论家们总结出诸种法、格、式、例、体等诗法名目,因为其琐碎繁杂,不受正统诗学家的重视,这使得它们大量地埋没于历史的尘埃之中。但古人一直都有整理诗法的学术传统,早在唐代中期日僧空海归东瀛,曾携带大量唐朝的诗格、诗式类著作,他"即事刀笔,削其重复,存其单号","庶缁素好事之人、山野文会之士,不寻千里,蛇珠自得,不烦旁搜,雕龙可期"。① 由此可见空海当年整理诸种诗法的努力。后来,北宋李淑的《诗苑类格》、南宋陈应行的《吟窗杂录》、明中叶胡文焕的《诗法统宗》、梁桥的《冰川诗式》及清乾隆间顾龙振的《诗学指南》等都是在进行较有规模的诗法汇辑工作。当代张伯伟先生的《全唐五代诗格汇考》、张健先生的《元代诗法校考》二书也继承前人,将一代诗法著述整理汇编。笔者将在前贤的基础之上,再将各种诗法著作中优秀的诗法名目进行整理。

本书将"诗法名目"定义为一种名称相对成熟、具有稳定的程式,且又具有"美的规律"的诗歌创作方法。所设定的具体选择标准是:

1. 有通用、固定的命名,已经被文论家总结成型,乃人之共识。

2. 有明确的内涵和外延,技巧具体明确,有被模仿的可能。

3. 有大量的诗歌创作作为例证。

4. 具有一定的审美效果,可以产生诗味。

笔者将按照这四个选择标准整理优秀的诗法名目,并将诸名目依次安排到诗法体系的六个层面之中。

(三)三个论述的维度

笔者从诗法体系的每一层面里,选择 2~3 个经典的诗法名目进行详细的研究,主要按照历史梳理、语言技巧与美学内蕴三个维度展开论述。

1. 展示诗法名目的演变历史

人们对诗法名目的总结是一个渐变的过程。诗法名目不是一开始就有,从最初的感性印象到形成文字化的描述,到最后给予命名、定义和例证的理论形式,是要经历一个艰难的认识过程的。例如贾岛《二南密旨》"论南北二宗例古今正体"条中首次提到了"十字句",指出其内涵是"二句显意",其中又有两大类

① 卢盛江《文镜秘府论汇校汇考》,中华书局 2006 年版,第 24 页。

"对或不对"。此后唐人王叡《炙毂子诗格》中又提到了"两句一意体",直接使用其内涵来命名,从理论总结的角度来看,这个名称相对于"十字句"来说,是不够概括突出的,所以人们还是选择了"十字句"这一名称。如五代徐夤《雅道机要》中便径直称呼为"十字句"。北宋惠洪《天厨禁脔》又将"十字句"进一步细化分类:对仗而两句一意曰"十字对句",不对仗而两句一意曰"十字句"。到严羽《沧浪诗话》时,这种分类的称谓已经很固定了。

再者,对事物进行命名有不同的方法,战国时的尹文子认为"名有三科":"一曰命物之名,方、圆、白、黑是也;二曰毁誉之名,善、恶、贵、贱是也;三曰况谓之名,贤、愚、爱、憎是也。"①"命物之名"是关于外部形态的表述;"毁誉之名"是关于价值观念的表述;"况谓之名"是关于性质评价的表述。在我们复杂的现实生活中,命名的方法远比尹文子说得繁复得多。例如诗歌结体法中有"连珠体",现存最早以"连珠"命名作品的人物是扬雄,《文心雕龙·杂文》云:"扬雄覃思文阔,业深综述,碎文璅语,肇为《连珠》。"②扬雄为什么要以"连珠"来命名他所综述的碎文呢?最主要的原因是他最终所成型的文章在结构形式上与连成串的宝珠相近。可见,"连珠"是对这一体式结构特性的一种形象譬喻。③ 这和汉代董仲舒以"繁露"名篇是一个意思,都是使用了托物法。诗法中的"偷春格"的命名方式也是托物法,它所对应的诗法技巧是律诗的一种特殊对仗,本应该是第二联、第三联对仗,但提前在第一联中形成对仗句,第二联就不做对仗处理了。这种诗法就像冬天里梅花开放,把春色率先偷来。这些精彩名称的出现,反映了古代诗论家们对诗歌技巧透彻的理解,又在理解之上继续的概括创造。

既然诗法名目是一个历史性演变的过程,这就需要我们首先梳理出这些"诗法名目"被古人认识、命名、理论化、经典化的历史演变历程。既然命名的方法各具特色,揭示它们命名的原因与方法也是题中之义,这有助于从一个角度上揭示古代诗论家的思维习惯,以及中国古代文艺理论的某些特征。

2.分析名目所对应的诗法现实与语言技巧

早在春秋战国时期,孔子、墨子、荀子等思想家就掀起了轰轰烈烈的"名实

---

① 高流水、林恒森《慎子、尹文子、公孙龙子全译》,贵州人民出版社1996年版,第106页。
② 杨明照《文心雕龙校注》,中华书局2000年版,第180页。
③ 具体论述可参孙津华《连珠体的起源、命名及著录探析》,《中州学刊》2009年第5期。

之辩”。那么,种种诗法名目的名与实之间又有什么关系呢?首先,当人们从不同的角度出发,便会对同一诗法产生不同的诗法名称。例如交股对,又名磋对①;扇对格又名隔句对等②。清人朱绍本有《定风轩活句参》十一卷,他对一些诗法常有自己的独特命名。例如卷一“综参”中云:“扇对体者,第一句对第三句,第二句对第四句,即余所谓‘遥对’是也。如‘几思闻静语,夜雨对禅床。未得重相见,秋灯影照堂’。”卷八“句参”中有言:“错综句,即反言体,如少陵‘久判野鹤如双鬓’,若正言之即‘双鬓似野鹤’也。”③另外同一名称也可以指示不同的诗法,这反映的是不同的人对这一名称的理解。例如重复用事,唐佚名的《诗式》中称之为“相滥”④,而在唐代崔融的《唐朝新定诗格》中“相滥”是为约定俗成的一组同义名词出现在同一诗歌节奏句中⑤。

中唐时日僧空海归东瀛,携带了大量唐朝的诗格、诗式类著作,他感于“卷轴虽多,要枢则少,名异义同,繁秽尤甚”,所以“即事刀笔,削其重复,存其单号”⑥,他所做的其实就是对诸多的诗法名目进行总结整理,以便更好地服务于诗歌创作。空海之后诗法著作又层出不穷,其中名同实异或者名异实同的情况更为繁杂,这就需要本书做以下的工作:揭示种种名目所指示的诗法实际,最终总结这些“诗法名目”的概念和内涵,分析这些“诗法名目”的基本特征,以及它们能够被总结、推广所具备的诗歌创作实践都有哪些。

例如为大家熟知的翻案法,其语言操作技巧却有五种之多。第一种就是对历史定论之翻案,也就是最为常见的咏史翻案诗。第二种是对公众观念之翻案。例如刘禹锡《秋词》是对传统“悲秋”观念的翻案。第三种为用事用典类翻案,指就古书中的典故或故实采用逆向语势或否定语势,从而转换出新的意义之境。例如杜甫《九日》“羞将短发还吹帽,笑倩傍人为正冠”翻用“孟嘉落帽”之典。第四种为反用诗句法,指翻转或否定他人的诗句、诗意而使用之。如杜甫

---

① 《沙中金集》“交股对”:“如《九歌》‘蕙殽蒸兮兰藉,奠桂酒兮椒浆’是也。又名磋对,盖以‘蒸蕙殽’对‘奠桂酒’。”(张健《元代诗法校考》,北京大学出版社 2001 年版,第 390 页)

② 《沙中金集》“扇对格”:“又名隔句对。此格出于白氏《金针》,以第一句对第三句,第二句对第四句也。”(张健《元代诗法校考》,北京大学出版社 2001 年版,第 384 页)

③ 朱绍本《定风轩活句参》,国图藏清抄本。

④ 张伯伟《全唐五代诗格汇考》,江苏古籍出版社 2002 年版,第 125 页。

⑤ 张伯伟《全唐五代诗格汇考》,江苏古籍出版社 2002 年版,第 137 页。

⑥ 卢盛江《文镜秘府论汇校汇考》,中华书局 2006 年版,第 24 页。

有“忽忆往时秋井塌,古人白骨生青苔,如何不饮令心哀”的诗句,而苏轼《次韵孔毅甫久旱已而甚雨三首》诗则云:“何须更待秋井塌,见人白骨方衔杯。”(《诚斋诗话》)①第五种是反用成诗法,就是对前人整体诗作的通篇翻案。屈原有《离骚》,东汉扬雄有《反离骚》;李白有《蜀道难》,而中唐陆畅却作有《蜀道易》云:“蜀道易,易如履平地。”所以,这部分研究将从语言形式本身,揭示它们所具有的具体艺术方法与语言技巧,以及它们如何在历代诗人长期艺术实践下传承、创新的嬗变形态。

3. 揭示诗法名目中的审美规律

文学术语作为一种观念形态,也并非是一种相对封闭的意义场,而是与其他事物有着紧密联系的言说方式,它含有丰富的文化内涵和具体的指涉功能。②美国拉特格斯大学教授涂经诒(Ching-i Tu)指出,“中国批评家所采用的一些术语通常包含了文学理论的实质,因而阐明这些术语有着相当的重要性。而对于批评家所采纳的术语不能正确理解,往往会导致对这一批评家整体思想的误读”③。种种诗法名目,既是诗歌技巧的实际操作手段,又体现着诗歌语言介质的内在审美规律。古人认为这是法外更主一“理”字。清人朱绍本《定风轩活句参》中云:“少陵曰诗律细,律言其法,细言其理。法原本于理,理自然有法。……专言法律,与从法律入手者,冤却多少才人。从理路入手者,人人皆灵,句句皆活,法自寓此中矣。”④现代人则明确指出:“乃知那些看似琐屑的议论中,实亦包含某些诗歌美学思想,亦可从中觇见某种时代风气。”⑤这也就是说,诸多“法”中,实际凝缩着丰厚的审美意蕴和哲学精神,具有普适性的艺术规律。

本书所要考查的诗法名目,包括名目本身、命名之义和语言技巧的客观实在,最后还要揭示这一语言技巧能够产生诗味的美学原理与审美观念。例如以推究命理来化解悲凉,或以至空之理来破除荣宠的“生煞回薄势”,这一诗法具

① 杨万里《诚斋诗话》,《历代诗话续编》本,中华书局 1983 年版,第 141 页。
② 王晓路《中西诗学对话——英语世界的中国古代文论研究》,巴蜀书社 2000 年版,第 184 页。
③ 转引自魏瑾《中国传统文论术语的民族文化特征与译介策略》,《湖南第一师范学院学报》2011 年第 1 期。
④ 朱绍本《定风轩活句参》,国家图书馆藏清抄本。
⑤ 杨明《中国古代诗法纲要》,齐鲁书社 2005 年版,第 1 页。

有重要的美学意义。首先,用艺术的形式行使揭示真理的哲学功能,比其他形式更容易受到人们的理解与传播;人们倾向于从艺术中寻找安抚与解脱的治疗功能;触及人生重大问题,探问终极意义的艺术内容,更容易引起人们的强烈共鸣。这三重原因是“生煞回薄势”历代运用不衰的重要原因。本部分中笔者将结合相关诗作,重点从接受和欣赏的角度,揭示它们究竟蕴含着什么样的美学趣味,以至于获得了历朝历代的喜爱;它们是如何产生美感,从而成为一种屡试不爽的诗法。这就切合到本书的研究目的:器中原来有道,治器乃为显道,研究诗的下行之器,最终发掘诗歌技巧所蕴含的审美意蕴,从而揭示诗的上行之道。

四 创新点

(一)在彰显历代诗法著作的理论价值方面,有创新意义

诸多诗法名目是古代诗论家们在大量诗法实践中的总结与提炼,体现了古代文论家优秀的分析能力,其中诗法名称的设置反映了古人对诗歌认识的特点与深度。给予定义和合理例证,又反映了古人高度的理论概括能力,这是一种非常科学且完善的学术方法,一定程度上代表了诗格、诗式、诗法类著作的理论价值,但它们却不受当代学界的关注与重视,目前尚未有这方面的研究专著诞生。

本书一方面可以让优秀的诗法名目得以“重见天日”,开发历代诗法著作的文献价值;另一方面更有助于彰显历代诗法著作的理论价值,使之进入学人的研究视野,从而提高中国人自己的诗法之学的学术意义,最终目的是希望能够以中国古代文论家自己的语言技巧与理论成果来揭示古典诗歌的艺术魅力。

(二)选择诗法名目为中心,是一个新颖有力的切入角度

当今学界关于文学的技艺属性的研究,还是文学研究中的薄弱环节,现在想对文学的技艺属性进行探讨,当从何下手呢?刘若愚于《中国文学理论》中称:“它(技艺)认为写作过程不是自然表现的过程,而是精心构成的过程。”①形形色色的技巧中哪些是规律性的东西呢?古今中外的大文豪们都在苦苦寻找,对于一般人来说,如何才能掌握这种技巧呢?这就需要在成千上万、变化莫测的诸家技巧中,寻出一些行之于四海皆准的“法则”出来指导写作。当那些优秀

---

① [美]刘若愚著,杜国清译《中国文学理论》,台北联经出版事业公司 1981 年版,第 185 页。

的技巧被总结、被提炼,从而成为有命名和具体操作、有相关成功诗例时,便是方法。古典诗法著作中大量的诗法名目,就是诗歌技巧的规范性总结,抓住诗法名目这一中心,就能够抓住语言技巧的规律性与可操作性。本书从诗法名目的角度切入对语言形式的探索,不失为一种比较新颖且有力的好方法,这对阐述诗歌的形式意义与技艺属性,揭示中国诗法之学的特征与价值大有裨益。

(三)通过三个维度展开对诗法名目的论述,是一种创新且合理的研究方法

笔者发现,种种优秀的诗法绝不是古人随意的“巧立名目”,它是一种成熟的学术成果与理论形态。首先它是历代传承的诗学成果,这就需要历史演变的梳理;表面上看它们是一种语言技巧的操作方法,那究竟是如何操作进行的呢?内在方面,它们根本上是符合“美的规律”的,是可以“发酵”“酝酿”出丰富诗味的。这三大层次与维度,是非常符合诗法名目的实际情况与内在蕴含的。史料梳理有助于诸种诗法名目重见天日;语言技巧的分析,有助于诸种诗法的技术操作与写作实践,从而使之重新焕发生机;审美层面有助于深入地揭示诸种“诗法名目”发生的缘由和存在的合理性。目前,针对各种诗法名目进行研究的论文中,尚未出现这样的三重研究方法。这一研究方法在对诗法名目的立体性、系统性研究中具有一定创新价值。

(四)能够推动中国诗学向语言技艺层面的深入研究

“站在‘诗国’的艺术高峰上,正面讨论‘纯文学’问题,应该成为中国古典文学与现代文学研究者的共享资源和共同课题。”①诗是一种文化现象,更是一种语言艺术。中国诗学研究中,“道”指研究中国诗学形而上的层面(诗的本体、属性与意义),属于理论性的系统;“器”指中国诗学形而下的层面,即诗歌中的艺术形式与技巧,属于实践性的系统。道器本为一体,不可偏废任何一端。但建国以来,对于中国诗歌的属性(例如言志、缘情)、风格(例如风骨、神韵)、意境等问题的研究,已经取得了不少进展,对作家的生平资料与写作背景等的考查也愈加完善,然而关于诗歌语言形式本身的发掘与探讨却始终相对薄弱。例如据国家“十五”(社科基金)文学学科研究规划称:“以前对中国古代文学的研究重内容而轻形式,对作品艺术形式的分析往往只是一些大同小异的评语,或者是

① 韩经太《古典文学艺术:价值追问与艺术讲求》,《文学遗产》2012 年第 2 期。

研究者用抒情笔调所写的赏析，但并非对形式的学术性分析。现在，艺术形式的重要性已越来越成为研究者的共识，所以必须尽快改变。”[①]实际上，任何诗歌离开了特定的语言形式，它艺术魅力都不复存在。因此，“我们在把握诗学精神时，自不能停留于情志、境象、气韵、趣味之类较虚的层面上，还要进一步将其落实于语言文辞”[②]。然而直至今日，对古典诗歌语言形式等问题，关注者并不太多，仍然是文学研究中相对薄弱的环节。而本书就属于正面讨论诗歌的“纯文学”问题，将为推动中国诗学语言技艺层面的深入研究，做出相应的努力。

（五）能够为古典诗歌的鉴赏提供一个崭新的途径

生活与研究中常有这样的困惑，知道一首诗写得好，却难言其究竟好在哪里，只能有“天何言哉”之慨。对此，韩经太先生曾经撰文指出：“大致是这样一种感觉：体会到诗中有如许妙处，而又无法阐说明白，其所欠缺者，究竟是什么呢？倘若属于‘怎么说’的问题，而这恰好对应于诗人的‘怎么写’，那么，它们就可归结为文学语言艺术问题了。我们每每说文学是语言的艺术，诗歌更是语言艺术之精华所在。和凸显思想的主题分析、知人论世的社会分析比起来，基于诗歌语言艺术自觉的艺术分析其实更难。”[③]这就是说，我们如果在传统的知人论世、背景分析、情感阐发等方面之外，再补充以分析诗歌写作的具体方法，如果我们在写作品鉴赏时，能够点明作者此处、彼处都运用了何种诗法，作者将这种诗法的语言技巧运用得如何，这种诗法本身又具有何种审美特征，这对于深刻理解、阐述诗歌艺术是大有益处的。所以，本书不但能对古典诗歌的写作提供一定的借鉴价值，也能为古典诗歌的鉴赏提供一条崭新且充实的途径。

---

① 具体论述可参教育部社政司科研处组编《人文社会科学研究现状与发展趋势——高校“十五”科研规划咨询报告选》，湖南大学出版社 2001 年版，第 59 页。

② 陈伯海《“言”与“意”——中国诗学的语言功能论》，《文学遗产》2007 年第 1 期。

③ 韩经太《古典诗歌研究中的语言艺术自觉》，《文学遗产》2006 年第 2 期。

第一章　诗法的概念与辨析

第一节　“诗法”的概念、内涵与发展

“诗法”一词，古往今来都在被频繁地使用，然而古代文论家在使用时是极其随意的，这就造成了“诗法”的概念和内涵并不明晰；当代学界对“诗法”中的许多层面仍然语焉未详，[①]所以，有必要对“诗法”概念进行详细的梳理。

一　“诗法”概念的来源与发展

法，存在于社会生活的各个方面，在文学创作中自然也有一个法则与方法的问题。早在先秦时代，庄子就提出了“鸣而当律，言而当法”（《庄子·寓言》）[②]之说，意思是歌唱要合于音律，说话则要合乎法度。具体到诗歌的领域中，从《诗经》时代开始，作为技巧的诗法就自觉地显示在创作中，例如比兴和重章叠

① 例如关于诗法的起源问题，胡建次、王金银《中国古代“诗法”的传承》（《江西社会科学》2005 年第 9 期）认为：“（诗法）它发端于宋末元初，盛兴于有元一代，承传于明代、衰落于清代。”陆凌霄《中国古代诗法叙论》（《广西民族学院学报》1997 年第 2 期）则认为：“诗法的探讨，滥觞于唐，兴于宋，盛于元明清。”例如关于诗法的定义，段宗社《“妙悟”与“诗法”——试论唐宋以来古典诗歌理论的发展》（《西安联合大学学报》2003 年第 1 期）认为：“诗法是关于创作手法和技巧的学问。”王德明《略论唐代的诗法研究与传授》（《中国韵文学刊》2009 年第 2 期）则认为：“诗法的含义，历来有狭义和广义之分。狭义指作诗的艺术技巧，如对偶、用字、比兴、声律、用典等；广义则除狭义之外，还兼指选取题材、引发灵感、表达主题、创造意境等。”这些论述都各执一端，或者相互矛盾。

② 王先谦《庄子集解》，中华书局 1999 年版，第 246 页。

句，随后又有离骚之体[①]与《古诗十九首》中所讲究的句式结构[②]等，晋代陆机等人的诗作中，又可以看到对《古诗十九首》“一何”句式的模拟。[③] 从先秦到汉晋，人们虽不言“诗法”，而法自在其中。

等到南朝刘勰《文心雕龙·通变》赞云：“望今制奇，参古定法。”[④]这才算得上是第一次将“法”的观念引入文学理论，惜其并未对此做出进一步论述。随后的永明声律论，虽然已经对诗歌的格律形式做了十分严格的规定，当时的影响正如《诗品》所言“至平上去入，则余病未能，蜂腰鹤膝，闾里已具”[⑤]，但依然未明确提出“诗法”的概念。所以罗万藻《韩临之制艺序》云：“文字之规矩绳墨，自唐宋而下，所谓抑扬开合、起伏呼应之法，晋汉以上，绝无所闻。”[⑥]接下来初盛唐的不少诗格、诗式著作中大量谈及作诗之法，或者说其中很多著作的内容就是为了教人作诗，传授技巧，如皎然《诗式·序》云其写作目的即为“使无天机者坐致天机”[⑦]，但这些技巧仍不命名为“法”。同时期的其他著作也有“度人金针”之意，如李峤所作的120首咏物诗，葛晓音认为：“《李峤百咏》是初唐以来探究声律对偶之风的产物，是一部以诗体撰写的‘诗法入门’的类书。它采用大型组诗的形式，将唐初以来人们最关心的咏物、用典、词汇、对偶等常用技巧融为一体，以基本定型的五律表现出来，给初学者提供了便于仿效的创作范式。”[⑧]再有秀句一类的著作，如元兢《古今诗人秀句》、孟宪宗《文场秀句》、王起《文场秀句》、黄滔《泉山秀句集》等，实际上都是通过秀句向人传授诗法。皎然《诗式》“重意

---

① 屈原的作品中采取与前人迥然不同的构诗方式，例如以方言楚语七字一句，间以“兮”字，其创作意识中已流露出较明确的诗法观念。随后宋玉、刘向等人的“楚辞”作品，都效仿其技法而成文。东汉王逸《楚辞章句·九辩序》指出：“至于汉兴，刘向、王褒之徒，咸悲其文，依而作词，故号为楚词，亦采（一作“承”）其九以立义焉。”（洪兴祖《楚辞补注》，中华书局1983年版，第182页）这其中的“依”“承”都可以看作是法的传承与延续。

② 例如古诗中叠字句式的运用。《青青河畔草》云：“青青河畔草，郁郁园中柳。盈盈楼上女，皎皎当窗牖。”《青青陵上柏》云：“青青陵上柏，磊磊涧中石。”《迢迢牵牛星》云：“迢迢牵牛星，皎皎河汉女。”

③《古诗十九首》中对“一何”句式有多次的运用：《东城高且长》云：“四时更变化，岁暮一何速。……音响一何悲！弦急知柱促。”《西北有高楼》云：“上有弦歌声，音响一何悲。”后来西晋陆机《赴太子洗马时作诗》：“感物恋堂室，离思一何深。”《赴洛道中作诗》：“清露坠素辉，明月一何朗。”《东宫作诗》：“岁月一何易，寒暑忽已革。”这其中便体现了对这种造句方法的自觉传承。

④ 杨明照《增订文心雕龙校注》，中华书局2000年版，第398页。

⑤ 吕德申《钟嵘〈诗品〉校释》，北京大学出版社1986年版，第157页。

⑥ 罗万藻《此观堂集》卷一，国图藏清康熙间刻本。

⑦ 张伯伟《全唐五代诗格汇考》，江苏古籍出版社2002年版，第222页。

⑧ 葛晓音《创作范式的提倡与初盛唐诗的普及——从〈李峤百咏〉谈起》，《文学遗产》1995年第6期。

诗例”条云:“畴昔国朝协律郎吴兢与越僧玄监集秀句,二子天机素少,选又不精,多采浮浅之言,以诱蒙俗。”①这“以诱蒙俗”四字,正道出了初唐人编秀句的目的。这些例子都说明在初盛唐时期,诗法的意识已经存在,但是还没有产生“诗法”这一概念。

真正提出“诗法”概念的标志性人物当是杜甫。② 杜甫于天宝十三载(754)作有《寄高三十五书记》诗云:“叹息高生老,新诗日又多。美名人不及,佳句法如何?”③大历二年(767)又作《偶题》云:“文章千古事,得失寸心知。……后贤兼旧例,历代各清规。法自儒家有,心从弱岁疲。”④当年这些简单的诗句,现在却承载了诗学史上首次提出“诗法”概念的重要意义。前者在对高适的赞赏与打趣中,蕴含着杜甫对于诗歌写作方法的探寻。这里的“佳句”作为连读的词组,不单单可以直指句子,也可以泛指诗歌。后者从“文章千古事,得失寸心知”“后贤兼旧例,历代各清规”等句子看来,说明杜甫探讨的正是诗歌问题,所谓的“法自儒家有”,正是指自己的诗歌创作法则是从世代业儒的家法中来。对此,钱志熙《杜甫诗法论探微》即认为:

> “佳句法如何”和“法自儒家有”这两句诗里面,已经包含着杜甫对法的基本定义:即“法”的具体体现虽只能在具体的创作和作品之中,但却可以传授和继承,以抽象的法则存在于作品之外。杜甫在创作思想上的一大突破也正在这里。法则思想在前人那里并不是没有的,但到了杜甫才真正将其明确化,尤其是他明确了这样一种观点:即是将法度的学习和运用确定为诗人从事创作的最基本的条件。⑤

虽然杜甫并没有进一步对“诗法”一词进行深入的阐释,但是他创作的诗歌本身就是各种方法与法则的鲜活展示,所以宋人有“自李杜以来,古人诗法尽

① 张伯伟《全唐五代诗格汇考》,江苏古籍出版社 2002 年版,第 233 页。

② 钱志熙《杜甫诗法论探微》:“而杜甫则是第一个提出诗歌之‘法’,从而直接开启了传统诗学的诗法论,从理论方面来讲,是传统诗法论的奠基者。”(《文学遗产》2001 年第 4 期)陶水平《简议王夫之“诗法”论的诗学理论价值》:“在诗歌创作领域,较早提出诗歌创作之‘法’是盛唐时期或曰由盛唐开始转入中唐的杜甫。”(《江西教育学院学报》2000 年第 1 期)

③ 杜甫《杜工部集》,岳麓书社 1986 年版,第 150 页。

④ 杜甫《杜工部集》,岳麓书社 1986 年版,第 256 页。

⑤ 钱志熙《杜甫诗法论探微》,《文学遗产》2001 年第 4 期。

废”(徐师川语)[1],“学诗当以子美为师,有规矩故可学”(陈师道语)[2]之说。前有大量诗格、诗式中的方法探讨,后有杜甫明确的法度意识与具体的创作展示,应该说在唐人那里,独具中国特色的诗法学已经奠基建立。正如蒋寅先生所指出的:“中国诗学对法加以关注并奠定以诗法为主体的理论结构,应该说是在唐代。”[3]

然而是在宋人那里“诗法”一词才获得了较多的使用。例如陈师道《后山诗话》:“黄鲁直云:杜之诗法出审言,句法出庾信,但过之尔。杜之诗法,韩之文法也。”[4]吕本中《吕氏童蒙训》引徐师川言:“自李杜以来古人诗法尽废,惟苏州有六朝风致,最为流丽。”[5]杨万里《卢溪文集原序》云:“隐居卢溪者五十年,自号卢溪真逸少。尝见曹子方,得诗法。盖其诗自少陵出,其文自昌黎出。”[6]严羽《沧浪诗话》还专辟一章为“诗法”,这部分内容后来被明人杨成的《诗法》、黄省曾的《名家诗法》、周履靖的《骚坛秘语》等专谈诗法的著作大规模地辑录。晚清许印芳《诗法萃编》又对此全文著录并加按语云:“全书皆讲诗法,此又摘其切要者,示人法门耳。”[7]所以《沧浪诗话》可以算作是题名为“诗法”类著作的先驱。魏庆之《诗人玉屑》中也有明确的大小标题记载诗法。所以“从中唐到北宋,经过一段曲折的发展,传统诗法论的理论系统趋向于完善”[8]。从此以后,“诗法”一词在各种文艺理论著作中层出不穷,其内涵和外延不断扩充丰富,最终成为了中国古代文论中的核心概念。

至于明确题名为“诗法”的著作,直至元代才首次出现。“较早出现的是旧题杨载的《诗法家数》,这部诗法著作体现出对前人诗格与‘论诗及辞’诗话之体的双重继承。”[9]这部著作中,明确将作诗方法汇为一炉,例如其书中指出:

> 大抵诗之作法有八:曰起句要高远,曰结句要不著迹,曰承句要稳健,曰下字要有金石声,曰上下相生,曰首尾相应,曰转折要不著力,曰占地步。

①⑤ 魏庆之《诗人玉屑》卷十五,上海古籍出版社 1959 年版,第 317 页。
②④ 陈师道《后山居士诗话》,《丛书集成初编》本,商务印书馆 1936 年版,第 2 页。
③ 蒋寅《至法无法:中国诗学的技巧观》,《文艺研究》2000 年第 6 期。
⑥ 辛更儒《杨万里集笺校》,中华书局 2007 年版,第 3242 页。
⑦ 郭绍虞《沧浪诗话校释》,人民文学出版社 1961 年版,第 108 页。
⑧ 钱志熙《杜甫诗法论探微》,《文学遗产》2001 年第 4 期。
⑨ 胡建次、王金银《中国古代“诗法”的传承》,《江西社会科学》2005 年第 9 期。

> 盖首两句先须阔占地步,然后六句若有本之泉,源源而来矣。地步一狭,譬犹无根之潦,可立而竭也。①

但值得注意的是,元代大量出现的诗法著作并不仅仅是讨论诗法。例如署为傅与砺(若金)述范德机(梈)意的《诗法源流》,虽然题目上明确是讲“诗法”,但内容上依然驳杂,其中除了具体的诗歌创作法则,不少是关于诗歌史的论述、诗人的比较、诗歌的评论等,这也显示了中国古典诗法著作并非单纯性的特征。张健《元代诗法校考》编集考证了元代的二十五部诗法,为系统了解元代诗法提供了文献支持。张伯伟先生对元代多部诗法的作者问题和真伪问题也提出了独到的见解。

“明初诗话以诗法为主。”②当时的主要做法就是将宋、元诗话中论述诗歌创作的具体理论,汇集成书,例如杨成玉的《诗话》、朱权的《西江诗法》、杨成的《诗法》、释怀悦的《诗法源流》等。其中佚名《重刊杨成诗法后序》云:“范德机秘旨之通确,严沧浪体制之要妙,杨仲弘《家数》之广备,《金针集》之意格纯正,《沙中金集》之字眼响健,《一指》《普说》之论辩精博,反覆沉潜,朝夕不厌。每抚卷叹曰:学诗之法,莫备于此。”③周叙《诗学梯航序》云:“登山以求玉,必赖乎梯;涉海以探珠,必资乎航。”④王槚《诗法指南引》云:“作者之门,庶可入矣。”⑤可见,他们著述的目的就是为了提供创作方法,从而设置梯航,使初学者有法可依,有规可循,以便于通入创作之门。

相比于宋元诗法著作的松散体系,明人的诗法著作多设有一定的排比结构。例如朱权的《西江诗法》分诗体源流、诗法源流、诗家模范等二十五类;黄子肃的《诗法》从立意、造句、遣字三个方面来论述;梁桥的《冰川诗式》分定体、炼句、贞韵、审声、研几、综颐六门;李贽的《骚坛千金诀》分诗学正源、诗准绳、诗口诀、唐人句法、宋朝警句、风骚句法等七类。⑥ 入清后,等到乾隆二十二年(1757)科举恢复试诗,这一类诗法的著作更应时而盛,如徐文弼《诗法度针》八集三十

---

① 张健《元代诗法校考》,北京大学出版社2001年版,第12页。

② 周维德《全明诗话》,齐鲁书社2005年版,第6页。

③ 杨成《诗法》,明正德十一年刻本。

④ 周叙《诗学梯航》,天一阁馆藏明成化刻本。

⑤ 王槚《诗法指南》,明万历二十七年(1599)蕴古堂刻本。

⑥ 具体论述可参周维德《论明代诗话的发展与专门化》,《浙江大学学报》1993年第5期。

三卷、李锳《诗法易简录》十四卷、朱绍本《定风轩活句参》十一卷等，都是部帙巨大的诗法著作。近代以来，比较知名的有崇新书局 1913 年刊行的刘铁冷《作诗百法》、民国七年(1918)中华书局印行的谢无量《诗学指南》、北京大学 1919 年刊行的黄节《诗学》、东南大学 1927 年刊行的陈去病《诗学纲要》、世界书局 1931 年刊行的蒋兆燮《诗范》、民国三十二年(1943)正中书局印行的徐英《诗法通微》等。①

二 诗法内涵的广义与狭义

"诗法"这一概念，在大的指向上属于中国古典诗学的创作论范畴。同时，它又是一个异常复杂的诗学形态，它有广义与狭义之分。

从广义上说，诗法即"诗歌写作的法则和技巧"②。这一定义中，就包含着两个层面的内容，也就是说"中国古代诗法论有两种形态，一是对具体创作经验的指陈，一是对诗法作用机理的辨析"③。

所谓法则，是"形而上"的层面，即存在于语言介质中的内在规律，包括对于诗的性质、功用、范式、风格等的原则与观念。在"诗法"一词尚未产生的时代，人们的很多诗歌理论论述都是体现在这一规律性的法则层面。如《诗大序》中的"诗言志"、曹丕《典论・论文》中的"诗赋欲丽"、陆机《文赋》中的"诗缘情而绮靡"，这些皆属于形而上的对诗歌的总体要求。再有王昌龄《诗格》"诗有五趣向"中提出诗的五种风格："一曰高格。二曰古雅。三曰闲逸。四曰幽深。五曰神仙。"④白居易《金针诗格》"诗有三本"中论诗的审美要素："一曰有窍。二曰有骨。三曰有髓。以声律为窍；以物象为骨；以意格为髓。凡为诗须具此三者。"⑤齐己《风骚旨格》论诗的高低品次："诗有三格：一曰上格用意。二曰中格用气。三曰下格用事。"⑥又有吴沆《环溪诗话》云："诗有肌肤，有血脉，有骨格，有精神。无肌肤则不全，无血脉则不通，无骨格则不健，无精神则不美，四者备，然后成

---

① 蒋寅《学术的年轮》，凤凰出版社 2010 年版，第 130 页。
② 蒋寅《至法无法：中国诗学技巧观》，《文艺研究》2000 年第 6 期。
③ 段宗社《叶燮〈原诗〉的诗法论》，《青海师范大学学报》2009 年第 5 期。
④ 张伯伟《全唐五代诗格汇考》，江苏古籍出版社 2002 年版，第 182 页。
⑤ 张伯伟《全唐五代诗格汇考》，江苏古籍出版社 2002 年版，第 352 页。
⑥ 张伯伟《全唐五代诗格汇考》，江苏古籍出版社 2002 年版，第 415 页。

诗。”①此外,明初高启《独庵集序》指出“诗之要,有曰格、曰意、曰趣”,即是对诗歌艺术特征的层次性把握:“格以辩其体,意以达其情,趣以臻其妙也。”②叶燮在《原诗》中将诗歌内容概括为理、事、情三个方面:“幽渺以为理,想象以为事,惝恍以为情。”③可以见得,以上这些论述都是整体性的经验与理论,并没有什么具体的技巧可供模拟。

又有严羽《沧浪诗话·诗辨》提出的学诗之法:“先须熟读《楚词》,朝夕讽咏以为之本;及读《古诗十九首》,乐府四篇,李陵、苏武、汉魏五言皆须熟读,即以李杜二集枕藉观之,如今人之治经,然后博取盛唐名家,酝酿胸中,久之自然悟入。”④再例如南宋吕本中倡导的“活法”:“学诗当识活法,所谓活法者,规矩备具而能出于规矩之外,变化不测而亦不背于规矩也。是道也,盖有定法而无定法,无定法而有定法。”⑤这些虽然是关于作诗的方法,但都是对规律的探索与总结,而不涉及到具体的语言技巧。另外,一般认为《沧浪诗话》中《诗法》这部分是讲诗歌创作方法的,需要指出的是,《诗法》中的许多表达仍是形而上的规律层面。如“发端忌作举止,收拾贵在出场”“意贵透彻,不可隔靴搔痒;语贵脱洒,不可拖泥带水”“须参活句,勿参死句”⑥等。这样的论述是不能够提供具体的操作方法的。所以有研究者指出:“这样的‘断语’与其说是诗歌创作方法,不如说是‘无法之法’,即表面上是讲方法,其实还是讲的不可学之法。”⑦如今,我们可以把这种包含对于诗的艺术和创作的总体性描述,看成是中国诗法理论中的形上层次,也即“法则”层次。

所谓技巧,便是“形而下”的层面,是指诗歌具体创作方法的揭示与传授,通俗地说就是诗的具体作法,如格律、对仗、用典、句式、起承转合、修辞等,注重的是可操作性。虽然刘勰《文心雕龙》中也有关于文学具体技巧的吉光片羽,然而唐前比较系统的、有可操作性的具体技巧就是沈约、周颙等提出的“四声八病”,即“平头、上尾、蜂腰、鹤膝;五字之中,音韵各异;两句之内,角徵不同”(《南史·

① 吴沆《环溪诗话》,中华书局 1988 年版,第 130 页。
② 高启《高青丘集》,上海古籍出版社 1985 年版,第 885 页。
③ 叶燮《原诗》,人民文学出版社 1979 年版,第 32 页。
④ 郭绍虞《沧浪诗话校释》,人民文学出版社 1961 年版,第 1 页。
⑤ 吕本中《夏均父集序》,引自郭绍虞《中国历代文论选》,上海古籍出版社 2001 年版,第 367 页。
⑥ 郭绍虞《沧浪诗话校释》,人民文学出版社 1961 年版,第 113 页、第 119 页、第 124 页。
⑦ 詹萍萍《〈沧浪诗话〉“妙悟”与“诗法”的矛盾及其解析》,《理论界》2010 年第 7 期。

陆厥传》)①。具体的规则便是:"若前有浮声,则后须切响。一简之内,音韵尽殊;两句之中,轻重悉异。"(《宋书·谢灵运传论》)②唐代以来,各种作诗方法才逐一被人们总结,例如王昌龄《诗格》概括了五种对偶的方法:

势对一。陆士衡诗:"四座咸同志,羽觞不可算。"……以"咸同志"对"不可算"是也。

疏对二。陆士衡诗:"哀风中夜流,孤兽更我前。"此依稀对也。又诗:"人生无几何,为乐常苦晏。"此孤绝不对也。

意对三。陆士衡诗:"惊飙褰反信,归云难寄音。"……

句对四。曹子建诗:"浮沉各异势,会合何时谐。"

偏对五。重字与双声、叠韵是也。③

对于结尾的方法,齐己《风骚旨格》"诗有六断"中总结了六种:

一曰合题。诗曰:"可怜半夜婵娟月,正对五侯残酒卮。"

二曰背题。诗曰:"寻常风雨夜,应有鬼神看。"

三曰即事。诗曰:"翻嫌易水上,细碎动离魂。"

四曰因起。诗曰:"闲寻古廊画,记得列仙名。"

五曰不尽意。诗曰:"此心只待相逢说,时复登楼看远山。"

六曰取时。诗曰:"西风起边燕,一一向潇湘。"④

再如谈篇章结构之法,蔡正孙《诗林广记》后集卷八引《小园解后录》云:"唐人诗云:'打起黄莺儿,莫教枝上啼。几回惊妾梦,不得过辽西。'人有问诗法于韩子苍,子苍令读此诗以为法。子苍有《过汴河诗》云:'汴水日驰三百里'云云,人有问诗法于吕居仁,居仁令参子苍此诗以为法。后之学者,熟读此二篇,思过半矣。"⑤明代谢榛《四溟诗话》对诗中的重叠、省略、对偶、双关、集句、倒装、歇后、夸饰、炼句等内容都有详细的论述。因为其中所蕴含的丰富的技巧知识,所以

① 李延寿《南史》卷四十八,中华书局 1975 年版,第 1195 页。
② 沈约《宋书》卷六十七,中华书局 1974 年版,第 1779 页。
③ 张伯伟《全唐五代诗格汇考》,江苏古籍出版社 2002 年版,第 185 页。
④ 张伯伟《全唐五代诗格汇考》,江苏古籍出版社 2002 年版,第 415 页。
⑤ 蔡正孙《诗林广记》,中华书局 1981 年版,第 382 页。

今人郑子瑜称《四溟诗话》是“第一本论诗的修辞法的专著”①。

虽然说这些指向技巧、方法的诗法的内容琐屑零散,颇难整理归类,但这一围绕着语言艺术展开的技巧、方法层面,往往作为“诗法”的狭义范畴而获得广泛的使用。

第二节 诗法与其临近概念的辨析

言及诗法,还有几个重要的常用概念需要辨析,那就是“诗律”“诗格”“诗话”“句法”和“诗学”。联系中国古典文论的实际,它们的内涵和外延往往相互交错,以至于混淆不清,即便是当代学人在使用这些概念时,也常常矛盾百出。于是,对它们进行比较与辨析是很有必要的。

一 诗法与诗律的先后关系

在阐述“诗法论”的起源与发展过程中,不得不涉及到“诗律论”。

所谓诗律,即指近体诗的用韵、四声、平仄等具体的格律问题。古人认为,这个“律”字,既是音律,也是法律,也就是强调近体诗的格律形式是需要严格遵守的。例如唐庚《唐子西文录》云:“诗在与人商论,深求其疵而去之,等闲一字放过则不可,殆近法家,难以言恕矣,故谓之‘诗律’。东坡云:敢将诗律斗深严。予亦云:律伤严,近寡恩。”②确切地说,诗律论是诗法论的一部分,各种文献载体中那些关于诗律的探讨,都可以看作是诗法中的音律、音韵问题。如果联系古典诗歌理论的发展实际,诗律论却是诗法论的先导。

将“诗律”二字连用,很早便已经出现。范晔《后汉书》卷六十二:“钟皓字季明,颍川长社人也。为郡著姓,世善刑律。皓少以笃行称,公府连辟,为二兄未仕,避隐密山,以诗律教授门徒千余人。”③这其中的“诗律”一词,历来的注本如章怀太子李贤、王先谦等都无解释,但从上文的“世善刑律”看来,这个“诗律”应指《诗经》与“刑律”。应该说,是陆机的《文赋》首次在诗律理论的探索上有了重

① 郑子瑜《中国修辞学史稿》,上海教育出版社1984年版,第327页。

② 唐庚《唐子西文录》,《丛书集成初编》本,商务印书馆1936年版,第2页。

③ 范晔《后汉书》,中华书局1965年版,第2064页。

要进展:“暨音声之迭代,若五色之相宣。”①随后刘勰《文心雕龙·声律》中又有相关论述。关于声律的理论探索,在南朝齐永明年间得以大规模地展开,一时人物有陆厥、谢朓、王融、任昉等,对声律探索的热情形成了“士流景慕”“慕而扇之”②的盛况。一般认为诗律的建设完成于初唐的沈佺期与宋之问,如元稹《唐故工部员外郎杜君墓系铭》云:“沈、宋之流,研练精切,稳顺声势,谓之为律诗。”③

目前可见最早总结出“诗律”二字的是成书约中唐元和十二年至十四年(817—819)④的《文镜秘府论》,其“天卷·调声”篇云:

> 格律调其言,言无相妨。以字轻重清浊间之须稳。至如有轻重者,有轻中重,重中轻,当韵之即见。且庄字全轻,霜字轻中重,疮字重中轻,床字全重,如清字全轻,青字全浊。诗上句第二字重中轻,不与下句第二字同声为一管。上去入声一管。上句平声,下句上去入。上句上去入,下句平声。以次平声,以次上去入。以次上去入,以次又平声。如此轮回用之,宜至于尾,两头管。上去入相近,是诗律也。⑤

但这并不说明“诗律”二字的组合到中唐才有。事实上,以上这些论述可能来自于更早的文献资料。王利器《文镜秘府论校注》引任学良《文镜秘府论校注》云:“故此即王昌龄《诗格》语也。”⑥王晋光《文镜秘府论探源》谓:“《调声》主要内容为征引王昌龄《诗格》,元兢《诗髓脑》及崔融《唐朝新定诗体》的调声术和例证,王、元、崔他们的学说本自《四声谱》而来,故标以‘调声’。”⑦如此看来,早在初盛唐时期,细密的诗歌格律理论已经有了“诗律”这一标准的命名。

随后在杜甫的诗歌中,我们便可以常常见到这一词汇的组合。如其《承沈八丈东美除膳部员外阻雨未遂驰贺奉寄此诗》“诗律群公问,儒门旧史长”⑧;《遣

---

① 张少康《文赋集释》,上海古籍出版社 1984 年版,第 94 页。

② 钟嵘《诗品·序》:“王元长创其首,谢朓、沈约扬其波。三贤或贵公子孙,幼有文辩,于是士流景慕,务为精密,襞积细微,专相陵架。”(周振甫《诗品译注》,中华书局 1998 年版,第 27 页)

③ 董诰《全唐文》卷六五四,中华书局 1983 年版,第 6649 页。

④ 具体考证可参卢盛江《文镜秘府论汇校汇考》,中华书局 2006 年版,第 10 页。

⑤ 卢盛江《文镜秘府论汇校汇考》,中华书局 2006 年版,第 110—116 页。

⑥ 王利器《文镜秘府论校注》,中国社会科学出版社 1983 年版,第 37 页。

⑦ 王晋光《文镜秘府论探源》,转引自卢盛江《文镜秘府论汇校汇考》,中华书局 2006 年版,第 111 页。

⑧ 杜甫《杜工部集》,岳麓书社 1986 年版,第 155 页。

闷戏呈路十九曹长》"晚节渐于诗律细,谁家数去酒杯宽"①;《桥陵诗三十韵因呈县内诸官》"遣辞必中律"②;《哭韦大夫之晋》"文律早周旋"③;元稹《答姨兄胡灵之见寄五十韵》又有"诗律蒙亲授,朋游忝自迎"④。此时"诗律"已经变成了一个常用的词汇。正如上面我们所论述到的,"诗法"一词的概念和内涵获得大量使用,还是要等到宋代以后,尤其是在南宋严羽、魏庆之等人的诗歌理论著作中。由此看来,诗律论的建构与完善皆早于诗法论。

因为诗律有其客观标准性,当格律诗在唐代定型以后,当声律成为基本知识,诗律论的发展就趋于缓慢了,在由唐至清的一千年间,人们对诗律的认识停滞不前。⑤ 而在诗律论定型之后,诗法论便成为诗学探讨的重心。其中的分水岭,钱志熙曾指出:"从杜甫诗学明确提出'法'的问题开始,诗学的重心,便由诗律论转向诗法论。"⑥从此以后,关于诗法的讨论,作为构成语言艺术的动态形式,便成为一个永不圆满的话题。

二 诗法与诗格的离合变化

"所谓诗格,就是作诗标准、法式。"⑦同时,诗格又是"中国古代文学批评中某一类书的名称"⑧,其范围包括以"诗格""诗式"等命名的专门著作。张伯伟有《全唐五代诗格汇考》⑨为唐五代诗格研究提供了比较全面的资料。应该说,"唐代诗学的核心就是诗格"⑩。这些诗格著作中,"初盛唐诗格多论声律病犯,对偶体式;中晚唐多论势论、体格,以皎然为桥梁"⑪。对于这些看起来相当"芜杂"的

---

① 杜甫《杜工部集》,岳麓书社 1986 年版,第 329 页。
② 杜甫《杜工部集》,岳麓书社 1986 年版,第 20 页。
③ 杜甫《杜工部集》,岳麓书社 1986 年版,第 317 页。
④ 元稹《元稹集》,中华书局 1982 年版,第 123 页。
⑤ 后来直到清人王士禛《律诗定体》的忌孤平说与其拗救理论,使人们把注意力从诗律的正体转移到拗法上来,这对于长久停滞的诗律学来说是一次突破。(具体论述可参李国辉《王士禛〈律诗定体〉的诗律学价值探赜》,《绍兴文理学院学报》2009 年第 3 期)
⑥ 钱志熙《杜甫诗法论探微》,《文学遗产》2001 年第 4 期。
⑦ 蔡镇楚《唐人诗格与宋诗话之比较》,《中国文学研究》1994 年第 3 期。
⑧ 张伯伟《全唐五代诗格汇考》,江苏古籍出版社 2002 年版,第 1 页。
⑨ 张伯伟《全唐五代诗格汇考》,江苏古籍出版社 2002 年版。
⑩ 张伯伟《隋唐五代文学批评总说》,(日本)《中唐文学会报》2000 号,日本好文出版公司 2000 年版,第 1 页。
⑪ 胡淑慧、李刚《关于唐五代诗格中的诗歌体式研究》,《内蒙古社会科学》2001 年第 3 期。

诗格、诗式著作来说,“时代还会赋予它另外一个功能,即建立诗学。实际上,唐代诗格确实显现出了由基本诗格发展为诗学体系的过程”①。所以,当“诗法”概念明确形成之前,“诗格”“诗式”就是“诗法”的代名词,或者说是先行者。

而在宋代以后,随着“诗法”概念的稳固与运用,题名为“诗格”“诗式”的著作便逐渐没落,整个宋代仅有梅圣俞《续金针诗格》、张天觉《律诗格》等少数几本。“‘备陈法律’的诗格、诗式这一形式在宋元衰微以后,其职能一部分转移到了名为诗话,实为诗说的一类著作中去;另外也有所‘化身’,出现了内容宗旨更为纯粹的专谈作法律式的著作,如清人的一批‘声调谱’之作,以及为数同样不少的诗法之作。”②

张伯伟先生认为广大以“诗法”命名的著作,也属于诗格的范畴:“(宋代以后)许多书有诗格之实,而无诗格之名。仅以我所寓目的元代诗格为例,如杨载的《诗法家教》《诗法源流》,范梈的《诗学禁脔》《木天禁语》《诗家一指》,傅若金的《诗法正论》《诗文正法》,揭傒斯的《诗法正宗》《正法眼藏》,黄子肃的《诗法》,以及佚名的《沙中金集》等等。就其体例、内容来看,都属于诗格。”③实际情况是:宋代以后人们逐渐将“诗法”一词代替了“诗格”和“诗式”。即便是题名为诗格、诗式,内容上还是明确讲在“法”。如明梁桥的《冰川诗式》卷之三“练句”中云的“上接下下接上句法”“上下接连句法”“上接下句法”“下连上句法”以及“两句一意法”等,都是明确用“法”字来进行叙述。

应当说,宋代以后的“格”与“法”,就其实质而言并无区别。所以诗法著作与诗格著作之间的分野,相对来说难以严格界定。对此张伯伟先生指出:但在当时人的运用中,似乎有一点微妙的差异:即“格”是标准,“法”,是禁忌;“格”是积极的,“法”是消极的。所以,讲到“法”,往往是与“病”或“忌”联系在一起的。④张健对诗格的理解与此不同,他在《元代诗法校考·前言》中提出,诗格往往是一些比较具体的法则,而诗法则较之诗格更为宽泛,既指具体法则,也可指系统的理论。“就具体的法则而言,诗格与诗法可以相通,而就有系统的理论而言,则可以称为诗法,而不能谓之诗格。”⑤胡正伟认为:“目前来看,诗格往往被

① 李利民《王昌龄〈诗格〉——唐代诗格的转折点》,《湖北社会科学》2006 年第 7 期。
② 张寅彭《评〈全唐五代诗格校考〉》,《文学评论》1998 年第 3 期。
③④ 张伯伟《古代文论中的诗格论》,《文艺理论研究》1994 年第 4 期。
⑤ 张健《元代诗法校考》,北京大学出版社 2001 年版,第 2 页。

理解为一些比较具体的法则；而诗法的界定较之诗格更为宽泛一些，既可以指具体的法则，也可以指有系统的理论。就具体的法则而言，诗格与诗法可以相通；若就系统理论而言，则只可称之为诗法，而不能谓之以诗格。由于诗法的范围较诗格为宽泛，所以人们多把诗法、诗格著作统称为诗法。"①这种差异在著者手中或许存在，但是不容辩驳的是，"诗法"一词，以其宽阔的涵盖范围，逐渐取代了"诗格"与"诗式"，而成为古典文论的主流所在。

三　诗法与诗话的分工协作

随着诗格著作的没落，诗话著作在宋代崛起。诗话以北宋欧阳修的《六一诗话》开其端，随后蔚为风尚。其实，诗话著作和诗格、诗法著作是有一定的功能区分的：

> 中古唐宋以来诗学论著可分为两大类，一是诗话系统，一是诗法、诗格系统。大致说来，诗话中相当一部分作品以叙事、品藻为其要务，以资闲谈，间或体现著者的诗学意旨；诗法、诗格类著作则多从诗歌文体具体的创作方法入手，通过分析篇章字句的法度技巧，总结规律，以指导创作。二者在编写意图、风格倾向上可谓判然有别。②

然而，诗话又有一定的丰富性和包容性。它广义的内容正如北宋末年许顗《彦周诗话》云："诗话者，辨句法，备古今，纪盛德，录异事，正讹误也。"③这其中"辨句法"便是直指古典诗学中的"诗法"领域。例如明代李梦阳《缶音序》云："作诗话教人。"④这就说明了在古人那里，诗话也是可以包含诗法的内容。从现实创作来说，如张戒《岁寒堂诗话》、严羽《沧浪诗话》、魏庆之《诗人玉屑》、姜夔《白石道人诗说》，直至明代徐祯卿《谈艺录》、王世贞《艺苑卮言》、谢榛《四溟诗话》、胡应麟《诗薮》、单宇《菊坡丛话》及王昌会《诗话类编》等，大量题名为"诗话"的著作都包含着许多关于诗法的讨论。

虽然诗格、诗法中也有不少诗话的记载。但古人在命名"诗法"的著述中，还是有目的地和诗话类著作进行区分。如明代题名为"诗法"的黄子肃《诗法》、

①② 胡正伟《〈诗法源流〉与元人诗法》，《北京化工大学学报》2011 年第 2 期。

③ 吴文治《宋诗话全编》，江苏古籍出版社 1998 年版，第 1392 页。

④ 李梦阳《李空同集》卷五十二，国图善本部藏明万历二十九年(1601)李思孝刻本。

解缙《诗法》、王用章《诗法源流》、黄省曾《名家诗法》、梁桥《冰川诗式》、茅一相《欣赏诗法》等,再有汪彪《全相万家诗法》一类专供模拟的启蒙读物,这些著作与诗话显然是另起炉灶,那就是其中没有一句"以资闲谈"的内容。这也就是说,诗法类著作越来越"恪守本分",而诗话的概念却呈扩大化,只要是论诗谈艺的著作,都以"诗话"笼罩之。清人沈涛《匏庐诗话·自序》指出:"诗话之作起于有宋,唐以前则曰品,曰式,曰格,曰范,曰评,初不以诗话名也。"[①]这句话就将诗话产生之前的谈诗艺的各种形式,都纳入了诗话的范畴。林昌彝《射鹰楼诗话》卷五云:"凡涉论诗,即诗话体也。"这已经将诗话的概念大大泛化。[②] 在诗话产生之后,各种诗法著作也可以统而言之为诗话。例如今人在整理历代诗话全集时,都是将诗法著作编入的。[③]

四 诗法与句法的差异与重叠

古典诗论中还有"句法"一词。句,《玉篇·句部》:"句,言语章句也。"[④]《诗·周南·关雎》"五章,章四句",孔颖达疏云:"句者,联字以为言。"[⑤]朱骏声《说文通训定声·句部》引周伯琦曰:"语绝为句。"[⑥]"句"乃是古典诗歌最大的组成单位,针对"诗句"写作的技巧与法则,便是"句法"。

最早提出"句法"概念的仍是杜甫,其《寄高三十五书记》诗云:"美名人不及,佳句法如何。"[⑦]值得注意的是,这句诗中"句"和"法"并非是两个连接的单位。"佳句"或指巧妙的句子,也可以指巧妙的诗篇。但这毕竟是这两个字的首次连接,所以杜甫这一简单的诗句,便承载了诗学史上首次提出"诗法"与"句法"的重要意义。[⑧]

等到宋代,"句法"一词获得了人们的广泛使用。赵湘《南阳集·行状》云:

---

① 沈涛《匏庐诗话》,《丛书集成续编》本,上海书店出版社 1994 年版,第 97 页。

② 具体论述可参蒋寅《清诗话考》,中华书局 2005 年版,第 1 页。

③ 例如丁福保《清诗话》、郭绍虞《诗话丛话》《清诗话续编》等卓有影响力的著述。再例如吴文治《宋诗话全编》(江苏古籍出版社 1998 年版)、周维德《全明诗话》(齐鲁书社 2005 年版)等。

④ 陈彭年《大广益会玉篇》,国图藏清康熙间刻本。

⑤《十三经注疏》整理委员会《毛诗正义》,中华书局 1979 年版,第 274 页。

⑥ 朱骏声《说文通训定声》,国图藏清道光三十年(1850)元和朱孔彰刻本,清同治九年(1870)补刻本。

⑦ 杜甫《杜工部集》,岳麓书社 1986 年版,第 150 页。

⑧ 又可参钱志熙《杜甫诗法论探微》,《文学遗产》2001 年第 4 期。

“其为诗句法谨严,平淡清远,有陶渊明、韦苏州气格。”①苏轼《次旧韵赠清凉长老》云:“安心有道年颜好,遇物无情句法新。”②苏轼《次韵范淳甫送秦少章》云:“句法本黄子,二豪与揩磨。”③黄庭坚关于“句法”的运用最为突出,如《奉答谢公定与荣子邕论狄元规孙少述诗长韵》“无人知句法,秋月自澄江”④;《寄陈适用》“寄我五字诗,句法窥鲍谢”⑤;《再用前韵赠高子勉四首》之三“句法俊逸清新,词源广大精神”⑥;《次韵张文潜立春日三绝句》之二“传得黄州新句法,老夫端欲把降幡”⑦;又有《与王观复书三首》“熟观杜子美到夔州后古律诗,便得句法。简易而大巧出焉,平淡而山高水深,似欲不可企及,文章成就更无斧凿痕,乃为佳作耳”⑧。又有杨万里《和韩子云惠诗》“句法端何样,先生肯乞余”⑨。《朱子语类》卷一四〇云:“古人诗中有句,今人诗更无句,只是一直说将去。这般诗,一日作百首也得。如陈简斋诗‘乱云交翠壁,细雨湿青松’;‘暖日薰杨柳,浓阴醉海棠’,他是什么句法!”⑩所以清人吴乔《围炉诗话》卷一才说:“宋人眼光,只见句法,其诗话于此有可观者,不可弃之。”⑪在宋人那里,“句法”概念的使用大有超越“诗法”之势。

陈师道《后山诗话》中曾引黄庭坚这样一句话:“杜之诗法出审言,句法出庾信,但过之尔。杜之诗法,韩之文法也。”⑫从中可见,黄庭坚所认为的“句法”是不同于“诗法”的。等到后世,句法的使用愈加随意,以至于成了“诗法”的代名词。

例如杨慎《升庵诗话》卷三云:“《楚妃吟》:‘窗中曙,花早飞。林中明,鸟早归。庭前日,暖中闺。香气亦霏霏。……’句法极异。”⑬这里的句法是指句子的

① 赵湘《南阳集》,武英殿聚珍版,清乾隆间刻本。
② 王文诰《苏轼诗集》卷三十五,中华书局 1982 年版,第 2456 页。
③ 王文诰《苏轼诗集》卷四十五,中华书局 1982 年版,第 1892 页。
④ 任渊《黄庭坚诗集注》,中华书局 2003 年版,第 177 页。
⑤ 任渊《黄庭坚诗集注》,中华书局 2003 年版,第 1102 页。
⑥ 任渊《黄庭坚诗集注》,中华书局 2003 年版,第 576 页。
⑦ 任渊《黄庭坚诗集注》,中华书局 2003 年版,第 618 页。
⑧ 黄庭坚《黄庭坚全集》,四川大学出版社 2001 年版,第 471 页。
⑨ 辛更儒《杨万里集笺校》卷六,中华书局 2007 年版,第 355 页。
⑩ 黎靖德《朱子语类》,中华书局 1986 年版,第 3330 页。
⑪ 吴乔《围炉诗话》,《丛书集成初编》本,商务印书馆 1936 年版,第 32 页。
⑫ 陈师道《后山居士诗话》,《丛书集成初编》本,商务印书馆 1936 年版,第 2 页。
⑬ 王仲庸《升庵诗话笺证》,上海古籍出版社 1987 年版,第 102 页。

句式问题。王世贞《艺苑卮言》卷二云："'东风摇百草'，'摇'字稍露峥嵘，便是句法为人所窥。"①这个"句法"指的是用字问题。谢榛在《四溟诗话》卷三评论戴叔伦《除夜宿石头驿》诗"旅馆谁相问？寒灯独可亲。一年将尽夜，万里未归人。寥落悲前事，支离笑此身。愁颜与衰鬓，明日又逢春"曰："观此体轻气薄如叶子金，非锭子金也。凡五言律，两联若纲目四条，辞不必详，意不必贯，此皆上句生下句之意，八句意相联属，中无罅隙，何以含蓄？颔联虽曲尽旅况，然两句一意，合则味长，离则味短。晚唐人多此句法。"②这个"句法"指的是句与句的关系。此外，句法还涉及体裁问题。范晞文《对床夜话》卷三云："许浑绝句亦佳，但句法与律诗相似，是其所短耳。"③而同书卷一又云："谢惠连：'屯云蔽曾岭，惊风涌飞流。零雨润坟泽，落雪洒林丘。浮氛晦崖岩，积素成原畴。曲汜薄停旅，通川绝行舟。'连四韵句法皆相似，古诗正不当以此拘也。"④这个"句法"谈的是诗歌的节奏问题。方回《瀛奎律髓》卷十一评陈师道《夏日即事》"花絮随风尽，欢娱过眼空"云："以'花絮'对'欢娱'，此等句法本老杜，而简斋尤深得之。"⑤此"句法"便指的是对仗之法。如杨慎《升庵诗话》卷八载："韩石溪廷延语余曰：'杜子美《登白帝最高楼》诗云："峡坼云霾龙虎卧，江清日抱鼋鼍游"……如"江光隐映鼋鼍窟，石势参差乌鹊桥"，同一句法，同一解也。'"⑥这一"句法"又指的是借代的修辞方法。这些例子都说明，明代以后，人们已经将"句法"看做一般性的文艺批评术语来使用。

现当代以来，王力先生的《汉语诗律学》把诗歌的"句法"问题从古人宽泛随意的理解中，限制在诗句句式、诗句结构等语言学的范畴之中。⑦ 而随着人们对句法研究的深入，对句法的内容涵盖就越来越庞大，例如周裕锴《宋代诗学通论》论述道："句法不光指语词的排列组合，而是相当于诗歌中的一切具有美学效果因素的结构。"⑧这就又把"句法"和"诗法"重叠了起来。

---

① 罗仲鼎《艺苑卮言校注》，齐鲁书社 1992 年版，第 75 页。
② 谢榛《四溟诗话》，人民文学出版社 1961 年版，第 73 页。
③④ 范晞文《对床夜话》，《学海类编》本，民国九年(1920)上海涵芬楼据清道光十一年(1836)安晁氏木活字排印本影印。
⑤ 李庆甲《瀛奎律髓汇评》，上海古籍出版社 1986 年版，第 400 页。
⑥ 王仲庸《升庵诗话笺证》，上海古籍出版社 1987 年版，第 242 页。
⑦ 具体论述可参王力《汉语诗律学》，新知识出版社 1958 年版。
⑧ 周裕锴《宋代诗学通论》，巴蜀书社 1997 年版，第 192 页。

五 诗法与诗学的异同辨析

在晚唐五代时又兴起了“诗学”一词。作为长期流传的诗学术语,“诗学”与“诗法”也有差异与重叠的内在关系。

钱志熙先生《“诗学”一词的传统涵义、成因及其在历史上的使用情况》一文对“诗学”内涵与生成发展阐释得非常清晰。其文章认为晚唐郑谷《中年》诗中有“衰迟自喜添诗学,更把前题改数联”的句子,晚唐裴庭裕《东观奏记》卷下又云“商隐字义山,诗学宏博,笺表尤著于人间”,据现有的文献,这算是比较早期出现“诗学”一词的例子。从中可以看出这一词汇是“用来概括诗歌创作这一门艺术实践的学问”①。唐代诗歌创作的地位虽不及律学、书学、算学等正式的官学,但从下至上的社会性爱好,使得诗歌也成为一门重要的学问。史载“上(唐文宗)好诗,尝欲置诗学士;李珏曰:‘今之诗人浮薄,无益于理。’乃止”②,“文宗欲立‘诗学士’一事,事虽未成,但在当时乃至后来,都会在诗人中产生较大的影响,也许是促成‘诗学’一词产生的重要契机”。③

“诗学”一词在晚唐五代直到北宋并没有得到频繁地使用,从寥若晨星的诗例中如郭祥正《奉和蔡希蘧鹃奔亭留别》云“我于诗学非无意,黄芦不并琅玕翠”;许景衡《和经臣晚春》诗云“独惭诗学浅,三叹岂知音”可见,他们对“诗学”的使用仍指诗歌的整个创作系统。北宋人在交流诗歌创作艺术时,用的最多的仍然是诗法、句法④、学诗⑤等词汇。金元之后,“诗学”一词获得了更为广泛的运用,等到明清的文艺批评中,“诗学”一词的内涵越来越扩大,可以包含“诗律”“诗格”“诗法”“句法”“诗话”“诗道”“诗史”等多种术语的所有内涵。⑥ 应该说,“诗学”在古代是概括诗歌创作实践体系与理论批评的一个大的总称,而“诗法”则主要指实践诗学的部分,它在发展的过程中其内涵越来越缩小固定。

钱志熙先生指出“诗学”一词崛起的重要标志是:“元明时期出现了不少以

---

①③ 钱志熙《“诗学”一词的传统涵义、成因及其在历史上的使用情况》,《中国诗歌研究》2002 年第1 辑。

② 司马光《资治通鉴》卷二四六,中华书局 1956 年版,第 7938 页。

④ 关于诗法、句法在宋代的具体用例可见本节前半部分所引。

⑤ 宋人的“学诗”并不仅仅是一个简单的概念,而是一个内涵相对固定的诗学术语。具体论述及用例可参钱志熙《“诗学”一词的传统涵义、成因及其在历史上的使用情况》,《中国诗歌研究》2002 年第 1 辑。

⑥ 具体论述可参钱志熙《“诗学”一词的传统涵义、成因及其在历史上的使用情况》,《中国诗歌研究》2002 年第 1 辑。

‘诗学’命名的著作。”①例如元代题名范德机的《诗学禁脔》、明代周叙《诗学梯航》、黄溥《诗学权舆》等，明代徐惟起《红雨楼书目》又著录《诗学大成》《诗学声容》《诗学须知》三种，而以上这些著作都是标准的诗法著作。从书名上看，似乎其中也包涵了诗的理论层面与价值体系等等，而实际上这些书籍都是纯粹谈写诗方法的，一般都是对各种诗法名目的搜罗整理，再配上诗例进行条目式的排列。所以钱志熙先生指出：“元明间以诗学命名的这类书，规定格式法度，不无穿凿附会之嫌，影象模糊之词，所以只能视为诗学的一种近似的、粗略的描述，并非即是诗学的本身，更非诗学之全部。”② 如此以来，在使用“诗学”作为诗法著作的书名时，“诗学”与“诗法”就名异而实同了。清代乃至近代，在书名上言“诗学”而不言“诗法”的著作仍然为数不少，例如清代顾龙振《诗学指南》、邬启祚《诗学要言》、民国陈去病《诗学纲要》、黄节《诗学》与谢无量《诗学指南》等。

这其中的原因，一方面是“诗学”与“诗法”在内涵上有一定的重合，加之古人在术语的实际运用中则没有那么严格；另一方面不排除一些纂辑者或者书商为了让诗法书籍表面上看起来更为丰实饱满、体大思精，题目上就言诗学而不言诗法，实际上仍然是不折不扣的诗法著作。相反，明清一些名家在既谈诗歌理论又谈诗技实践时，却不选择“诗学”一词，例如胡应麟的《诗薮》、叶燮的《原诗》、沈德潜的《说诗晬语》、刘熙载的《谈艺录》等，有可能是对坊间层出不穷的“诗学大全”“诗学权舆”一类书名的一种反拨吧！

①② 钱志熙《“诗学”一词的传统涵义、成因及其在历史上的使用情况》，《中国诗歌研究》2002 年第 1 辑。

第二章　诗法名目与诗法体系

第一节　“诗法名目”的理论价值

从古代诗法著作的撰著实际来看，诗法名目是其核心内容。比较知名的如“生煞回薄势”“错综句法”“影略句法”“翻案法”“对句法”“一意格”“缩银法”“寿星头法”等。虽然四库馆臣对诗法著作没什么好感，但面对这些历久弥新的诗法名目，他们同时亦云：“而其时诗家授受，有此规程，存之亦足备一说。”①然而这些优秀的理论成果目前还尚未得到学界的重视。

一　何谓诗法名目

对于历代诗法著作中诗论家们所总结的诸种法、格、式、例、体等诗法名称，人们统以“名目”称之。例如《钦定四库全书总目·〈天厨禁脔〉提要》：“然所论多强立名目，旁生支节。如首列杜甫《寒食对月诗》为偷春格。”②《钦定四库全书总目·〈冰川诗式〉提要》又云：“又参以臆见，横生名目，兼增以杜撰之体。”③虽然，四库馆臣否定诗法的态度，导致这些叙述都是批评式的，但将种种诗法名称

---

① 纪昀等《钦定四库全书总目》，中华书局 1997 年版，第 2623 页。
② 纪昀等《钦定四库全书总目》，中华书局 1997 年版，第 2763 页。
③ 纪昀等《钦定四库全书总目》，中华书局 1997 年版，第 2771 页。

统称为“名目”却是非常科学的。

何谓“名目”？《释名·释言语》：“名，明也，名实事使分明。”[①]“目者，如人目有所识别也。凡行事撮举总要谓之目”（《论语·颜渊》“请问其目”刘宝楠正义）[②]。将“名”“目”二字连用，《春秋繁露·深察名号》对此辨析道：“号凡而略，名详而目。目者，遍辨其事也；凡者，独举其大也。”[③]人们在具体地使用“名目”这个词时，也就取其“名称”“名义”之意。例如晋代葛洪《抱朴子·吴失》“不知五经之名目，而飧儒官之禄”[④]；《魏书·任城王澄传》“次之凝闲堂。高祖曰：‘名目要有其义，此盖取夫子闲居之义。不可纵奢以忘俭，自安以忘危，故此堂后作茅茨堂’”[⑤]；白居易《紫薇花诗》“紫薇花对紫薇翁，名目虽同貌不同”[⑥]。

但也有将种种诗法名称称之为“体制”“类例”的。例如沈括《梦溪笔谈》卷十五《艺文》二：“自后浮巧之语，体制渐多，如傍犯、蹉对、假对、双声、叠韵之类。诗又有正格、偏格，类例极多。故有三十四格、十九图，四声、八病之类。”[⑦]然而，“体制”“类例”本身的歧义较多，并不适合来统筹种种诗法名称。或有称之为“格目”，如《冰川诗式·附录》中作者梁桥曾自言道：“尝备览往名家诗式，若诗话矣。达几入妙，莫能缕悉，而于式则容有未尽然者。迨《杼山诗式》《诗苑类格》《天厨禁脔》《诗人玉屑》《金针集》《续金针集》《沧浪诗法》《木天禁语》《诗家一指》等集，格目虽互见，则又无统计次第，乃初学何述焉。肆予鄙人，僭拟此式。”[⑧]将其称之为“格目”，是因为不少诗法起初都被称为“某某格”，例如“偷春格”“十字格”等。格，原意为“长的枝条”。《说文》卷六上：“格，木长儿。从木，各声。”[⑨]后来作为张网、悬网、悬钟之木。《文选·左思〈吴都赋〉》“峭格周施”吕向注：“格，张网之木也。”[⑩]庾信《和赵王看伎》“细缕缠钟格”倪璠注：“格，悬钟之

---

① 刘熙《释名》，《丛书集成初编》本，商务印书馆1935年版，第54页。
② 刘宝楠《论语正义》，中华书局1990年版，第485页。
③ 苏舆《春秋繁露义证》，中华书局1992年版，第287页。
④ 杨明照《抱朴子外篇笺校》，中华书局1991年版，第149页。
⑤ 魏收《魏书》，中华书局1974年版，第468页。
⑥ 白居易《白居易集》，中华书局1979年版，第531页。
⑦ 沈约《梦溪笔谈》卷十五，《丛书集成初编》本，商务印书馆1935年版，第100页。
⑧ 周维德《全明诗话》，齐鲁书社2005年版，第1645页。
⑨ 许慎《说文解字》，中华书局1963年版，第119页。
⑩ 萧统《六臣注文选》，中华书局1987年版，第111页。

木也。"①后来才逐步引申为式也,度也,法也。《玉篇·木部》:"格,式也。"②《文选·鲍照〈芜城赋〉》"格高五岳"李周翰注:"格,度也。"③《礼记·缁衣》云:"言有物而行有格。"郑玄注:"格,旧法也。"④伪《孔子家语·五仪解》云:"口不吐训格之言。"王肃注:"格,法。"⑤这样看来,所谓"某某格"也就是"某某法"。所谓"格目",也就是诗法的"名目"。于是,本书综合古来诸家,便取四库馆臣的提法,将种种诗法的名称、体制、类例、格目等,统一称为"名目"。

中国古代学术中的"名"或"字",对应的是我们现在所常说的"概念""范畴""定义""术语"等这些外来词汇。诗法名目其实也就是诗法术语(terminology),是诗学中正确标记各个方法的专门用语,具有专业性、科学性、单义性和系统性。

二　诗法名目的构成

诗法名目主要包括三方面的内容:名称、定义、例证。如翻案法、生煞回薄势、偷春格、十字句、折腰体、孤雁出群格等都是名称。但古人在诗法著作中一般都会给对名称和术语的含义加以描述,作出明确的规定,也就是给出它们的定义(definition)。

定义的设立,是人类一种重要的认识行为,反映了主体的判断能力和语言能力。梁启超在《论中国学术思想变迁之大势》总结道:"大抵西人之著述,必先就其主题,立一界说,下一定义,然后循定义以纵说横说之。中国则不然,如孔子之言仁言孝,其义亦寥廓而不定,他无论矣。"⑥其实在中国古代的诗法之学中,也非常明显地有名称的确立、定义的设置这样优秀的理论总结,例如元兢《诗髓脑》中的一段:

> 调声之术,其例有三:一曰换头,二曰护腰,三曰相承。
>
> 一、换头者,若兢《于蓬州野望》诗云:"飘飖宕渠域,旷望蜀门隈。水共

---

① 倪璠《庾子山集注》,中华书局 1980 年版,第 341 页。

② 顾野王《玉篇》,《古逸丛书》本,清道光十年黎庶昌影印日本旧钞卷子本。

③ 萧统《六臣注文选》,中华书局 1987 年版,第 214 页。

④ 朱彬《礼记训纂》,中华书局 1996 年版,第 813 页。

⑤ 王肃《孔子家语》,上海古籍出版社 1990 年版,第 14 页。

⑥ 梁启超《清代学术概论》,中国人民大学出版社 2004 年版,第 41 页。

三巴远，山随八阵开。桥形疑汉接，石势似烟回。欲下他乡泪，猿声几处催。"

此篇第一句头两字平，次句头两字去上入；次句头两字去上入，次句头两字平；次句头两字又平，次句头两字去上入；次句头两字又去上入，次句头两字又平。如此轮转，自初以终篇，名为双换头，是最善也……

二、护腰者，腰，谓五字之中第三字也。护者，上句之腰不宜与下句之腰同声。然同去上入则不可，用平声无妨也。庾信诗曰："谁言气盖代，晨起帐中歌。"

"气"是第三字，上句之腰也。"帐"亦第三字，是下句之腰。此为不调。宜护其腰，慎勿如此也。

三、相承者，若上句五字之内，去上入字则多，而平声极少者，则下句用三平承之。用三平之术，向上向下二途，其归道一也。三平向上承者，如谢康乐诗云："溪壑敛暝色，云霞收夕霏。"

上句唯有"溪"一字是平，四字是去上入，故下句之上用"云霞收"三平承之，故曰上承也。

三平向下承者，如王中书诗曰："待君竟不至，秋雁双双飞。"

上句唯有一字是平，四去上入，故下句末"双双飞"三平承之，故云三平向下承也。①

"换头""护腰""相承"，这是围绕诗歌的声律制作技巧提出的诗法之"名"，也就是诗法中的"术语"，紧跟其后具体的解释，便是"定义"了。而其中出现的《于蓬州野望》诗、庾信诗、谢灵运诗便是例子，是性质类同的事物中具有代表性的个体，为的是用来帮助说明或证明这种诗歌创作方法。

具体再来看几个诗法名目，例如惠洪《天厨禁脔》卷上的"错综句法"：

《秋兴》："红稻啄残鹦鹉粒，碧梧栖老凤凰枝。"又："缲成白雪桑重绿，割尽黄云稻正青。"又："林下听经秋苑鹿，江边扫叶夕阳僧。"前子美作，次舒王作，次郑谷作。然是三种错综，以事不错综则不成文章。若平直叙之，则曰"鹦鹉啄残红稻粒，凤凰栖老碧梧枝"。而以"红稻"于上，以"凤凰"于

① 张伯伟《全唐五代诗格汇考》，江苏古籍出版社 2002 年版，第 114—116 页。

下者,错综之也。言"缫成"则知白雪为丝,言"割尽"则知黄云为麦也。秦少游得其意,时发奇语,其作《睡足轩》则曰:"长年忧患百端慵,开付僧坊颇有功。地撤蔽亏僧界静,人除荒秽玉奁空。青天并入挥毫里,白鸟时来隐几中。最是人间佳绝处,梦残风铁响丁东。"①

元代佚名《沙中金集》中的"扇对格":

又名隔对句。此格出于白氏《金针》,以第一句对第三句,第二句对第四句也。

得罪台州去,时危去硕儒。移官蓬阁溪,谷贵殁潜鱼。 几思闻静语,夜雨对禅床。未得重相见,秋灯照影堂。郑谷《吊僧》。②

统看这些诗法名目,无外乎都具有这样的特点:首先是具有一个固定的名称,随后伴随着一个清晰的定义,对其所指向的诗法内涵或语词意义做出了简要而准确的描述。此外,不少还有成功的诗句作为例证。

于是,本书就给予了这样一个界定:所谓"诗法名目",是指具有明确的命名,具有相关的构成分析,并且具有广泛的诗例作为支撑的具体诗歌创作方法。

三 诗法名目所包含的理论意义

"无名万物之始,有名万物之母。"③我们所面对的世界形形色色、变化万千。人们必须对世上的事物、行为、状态还有抽象的思想等给予命名,进而认识和掌握它们的形态与结构、区别与联系,这是我们得以生存进而发展的必要过程,所以管子说:"物固有形,形固有名。"④人类生存的世界其实是用各种名称自主设计的神奇世界。

首先,诗法名称的设置反映了人们认识诗歌技巧的程度和特点。命名也即对事物的确定,然后再用一种名称符号加以表示。这个过程既是确定名称,也是确定名称的内容与类属。当人们对一个新鲜事物确定名称,给予定义,可以反映人们高度的理论概括能力。王昌龄《诗格》中有这样一段话:

---

① 张伯伟《稀见本宋人诗话四种》,江苏古籍出版社 2002 年版,第 128 页。
② 张健《元代诗法校考》,北京大学出版社 2001 年版,第 384—385 页。
③ 陈鼓应《老子注释及评介》,中华书局 1984 年版,第 53 页。
④ 黎翔凤《管子校注》,中华书局 2004 年版,第 771 页。

诗贵销题目中意尽。然看所见景物与意惬者当相兼道。若一向言意，诗中不妙及无味。景语若多，与意相兼不紧，虽理通亦无味。昏旦景色，四时气象，皆以意排之，令有次序，令兼意说之为妙。①

这是作者在诗歌创作中的心得体会，希望诗中的景物描写与心意的释放能够合理地结合一起，以便达到很好的艺术效果。但以上只是一种描述，而非是对这一现象总结出对应的概念与定义。而同书的"十七势"中有"理入景势"与"景入理势"两条诗法名目：

第十五，理入景势。

理入景势者，诗不可一向把理，皆须入景，语始清味。理欲入景势，皆须引理语，入一地及居处，所在便论之。其景与理不相惬，理通无味。昌龄诗云："时与醉林壑，因之惰农桑。槐烟稍含夜，楼月深苍茫。"

第十六，景入理势。

景入理势者，诗一向言意，则不清及无味；一向言景，亦无味。事须景与意相兼始好。凡景语入理语，皆须相惬，当收意紧，不可正言。景语势收之，便论理语，无相管摄。方今人皆不作意，慎之。昌龄诗云："桑叶下墟落，鹍鸡鸣渚田。物情每衰极，吾道方渊然。"②

这两条说的也是景物与情感要合理地结合一起，但较之前者更具有概括性、概念化、条理性，同时又给出了合理的例证来帮助大家理解这一问题。无疑，这两个"诗法名目"就富有一定的理论意义。而且简练鲜明的名称，也有助于扩大其传播与接受的影响力。再例如皎然《诗式》中有"语似用事义非用事"条：

评曰：此二门未始有之，而弱手不能知也。如康乐公诗："彭、薛才知耻，贡公未遗荣。或可优贪竟，未足称达生。"此商榷三贤，虽许其退身，不免遗议，盖康乐欲借此成我诗意，非用事也。如古诗："仙人王子乔，难可与等期。"曹植诗："虚无求列仙，松子久吾欺。"又古诗："师涓久不奏，谁能宣我心。"上句言仙道不可阶，次句讪求之无效。下句略似指人，如魏武呼"杜

① 张伯伟《全唐五代诗格汇考》，江苏古籍出版社 2002 年版，第 169 页。
② 张伯伟《全唐五代诗格汇考》，江苏古籍出版社 2002 年版，第 157—158 页。

康"为酒。盖作者存其毛粉，不欲委曲伤乎天真，并非用事也。[1]

这也是作者在诗歌研究中发现的一个重要问题，作者自豪地认为这一点"弱手不能知也"。为了传递给读者这一诗法，皎然结合诗例给予了具体的分析，可谓循循善诱，但"语似用事义非用事"毕竟不是名字，只是其内涵的简略描述，相比其他有具体名目的诗法来说，是不够概括、鲜明的，所以这一诗法在后世鲜被提及。

从这个角度来看，四库馆臣所批评的诸家诗法著作中的"巧立"名目、"横生"格式，其实并非有错，相反却反映了诗论家们对诗歌创作技巧进行总结与概括的努力。每个字都有一部文化史，每一个名称更有深刻的内涵值得我们去思索与研究。使用诗法名目，是古人阐释诗法的基本状态，这是一种非常科学且完善的理论方法，与一贯擅长感性描述的诗话领域截然不同，这些诗法名目是古代诗论家重要的智慧结晶，反映了中国诗学中总结概括的意识与理论的高度。

第二节　古典诗法体系的现代建构

古人在长期的批评实践中，曾从不同层面对"诗法"的体系进行建构。然而诸家皆有一说，尚未存在权威的论断。本节便在比较诸家异同、辨析诗法概念的基础上，用现代汉语与文艺理论的体系与之映照，尝试为古典诗法建立一个完整的体系，以便统摄本研究中诸多的"诗法名目"。

一　针对诗法狭义内容展开

由第一章第一节的梳理可以发现，古代诗法著述中不少是将诗歌的规律性内容与具体创作方法两部分统而言之，也就是既有诗法的广义内容，也有诗法的狭义内容。南宋魏庆之《诗人玉屑》中有诗法的规律层面（形而上），如诗辨、诗评、诸种风格；同时也有诗法的具体技巧层面（形而下），如句法、命意、造语、下字、用事、押韵、属对、锻炼、沿袭、夺胎换骨、点化、托物、讽兴、规诫等。明清

① 张伯伟《全唐五代诗格汇考》，江苏古籍出版社 2002 年版，第 231 页。

以后，诗论家们大多认识到两者的区别，所以纷纷在卷首设置一章总体讨论诗法形而上层面的问题，例如明人梁桥《冰川诗式》卷首为“诗原”，主要论述诗的性质、功用、风格等规律性问题。随后则分别论述了体裁、字法、声韵、章法等“形而下”的问题。清人诗法著作的首章一般都会设置一个“总论”，讨论诗歌的性质、价值或者风格等问题。例如蔡钧《诗法指南》六卷，卷一为总论，卷二分为七言律论、五七言绝论等，卷三近体诸格，附诗家八病，卷四变体诸格、诗家解数、相题、立意，卷五分为炼句、炼字、警句，卷六用事、含蓄、夺胎、翻案、押韵、构思。这种作法至民国时期也不曾改变，例如民国三十二年(1943)正中书局印行的徐英《诗法通微》第二章“学诗总略”前半部分是概说、本源、准则，后面则开始论述择题制题、立意运意、择韵、通韵、韵致、用字、发端、结语、情景、声色、隶事等具体操作与方法。

本书讨论的主要是诗歌写作中可以操作的语言技巧，而诗法的“形而上”层面并没有具体的方法可循，对此胡应麟曾说道：“做诗大要不过二端，体格声调、兴象风神而已。体格声调，有则可循；兴象风神，无方可教。故作者但求体正格高，声雄调畅。积习之久，矜持尽化，形迹俱融，兴象风神，自尔超迈……故法所当先，而悟不容强也。”[①]胡应麟所说“体格声调”的主要内容为体裁、格式、声律、字句、修辞等，这些紧密围绕着语言技巧的层面是有一定操作方法的。古典诗法著作中种种诗法名目都是总结这一领域内的技巧。例如对仗方法、律诗四联的结构安排、叠字的运用、平仄的安排、韵脚的设置等。而“气象风骨”主要包括诗的本质、作用，还有气韵、气象、格调等，这些方面则“透彻玲珑，不可凑泊，如空中之音，相中之色，水中之月，镜中之象，言有尽而意无穷”[②]，正如董其昌所云：“气韵不可学，此生而知之，自有天授。”[③]所以，这一部分内容诗论家们往往泛而论之，并没有总结概括出相应的诗法名目。

本书既然是针对语言操作的具体技巧而设置体系，所以便主要围绕着狭义诗法的内容展开。

---

① 胡应麟《诗薮》卷五，上海古籍出版社 1958 年版，第 100 页。

② 郭绍虞《沧浪诗话校释》，人民文学出版社 1961 年版，第 26 页。

③ 董其昌《画禅室随笔》卷二，山东画报出版社 2007 年版，第 5 页。

二　字法、句法、章法的传统建构

在诗法技巧论的领域下,从历代诗法著作的内容实际来看,用字法、句法、章法来建构体系的方式获得了古人更多的接受和使用。

将文章分解为字、句、章三个层次,早在刘勰《文心雕龙·章句》中就有明确的论述:“夫人之立言,因字生句,积句而成章,积章而成篇。篇之彪炳,章无疵也;章之明靡,句无玷也;句子清英,字不妄也。振本而末从,知一而万毕矣。”①将这三者由论述文章的层次转化到诗法的批评与建构中,从现有的资料上看首推题名为白居易的《金针诗格》。其“诗有四得”条云:“一曰句欲得健。二曰字欲得清。三曰意欲得圆。四曰格欲得高。”②其“诗有四炼”条又云:“一曰炼句。二曰炼字。三曰炼意。四曰炼格。炼句不如炼字。炼字不如炼意。炼意不如炼格。”③随后,不少诗论家都在诗法中引入字、句的层面,例如五代徐夤《雅道机要》中云:“凡为诗须积磨炼。一曰炼意。二曰炼句。三曰炼字。意有暗钝、粗落。句有死机、沉静、琐涩。字有解句、义同、紧慢。以上三格,皆须微意细心,不须容易。”④最有影响力的还是宋人严羽《沧浪诗话·诗辨》:“其(诗歌)用工有三:曰起结,曰句法,曰字眼。”⑤这里的起结,指的是诗歌开头和结尾的撰写方法,我们可以将其扩大为“章法”。所以严羽的说法就可以概括为:章法、句法、字法。从此以后,将诗歌划分为字、句、章的论述就很常见了。例如元人方回《桐江集》卷四《跋俞则大诗》云:“一首中必当有一联佳,一联中必当有一句胜,一句中必当有一字为眼。”⑥元代吴澄《唐诗三体家法序》云:“于一家之中,则有诗法;于一诗之中,则有句法;于一句之中,则有字法。”⑦

如上所述,在宋元时期,章法、句法、字法的说法已不新鲜,然而却是明人开始对三者的区别作出具体的界定与阐释。例如唐寅《作诗三法序》云:

> 诗有三法,章、句、字也。三者为法,又各有三。章之为法,一曰气韵宏

① 杨明照《文心雕龙校注》,中华书局2000年版,第440页。
② 张伯伟《全唐五代诗格汇考》,江苏古籍出版社2002年版,第352页。
③ 张伯伟《全唐五代诗格汇考》,江苏古籍出版社2002年版,第353页。
④ 张伯伟《全唐五代诗格汇考》,江苏古籍出版社2002年版,第446页。
⑤ 郭绍虞《沧浪诗话校释》,人民文学出版社1961年版,第8页。
⑥ 方回《桐江集》,宛委别藏本,江苏古籍出版社1988年版,第298页。
⑦ 吴澄《草庐吴文正公集》卷十一,国图藏清乾隆二十一年(1756)刻本。

> 壮，二曰意思精到，三曰词旨高古。词以写意，意以达气，气壮则思精，思精则词古，而章句备矣。为句之法，在模写，在锻炼，在剪裁，立议论以序一事，随声容以状一物，因游如缝衣，必称其体，是为句法。而用字之法，行乎其中，妆点之如舞人，润色之如画工，变化之如神仙。字以成句，句以成章，为诗之法尽矣。①

王世贞《艺苑卮言》卷一亦云："首尾开阖，繁简奇正，各极其度，篇法也。抑扬顿挫，长短节奏，各极其致，句法也。点掇关键，金石绮彩，各极其造，字法也。篇有百尺之锦，句有千钧之弩，字有百炼之金。"②王氏认为篇法包括句子的前后关系，繁简的安排；句法包括句式、语序与词组构成的节奏；字法包括字眼的设立，辞彩的运用。相比唐寅，王氏算是比较明确指出了三者的内容与差别。同时期的胡应麟又曾以杜诗为例，对章法、句法、字法作了进一步的区分：

> 老杜字法之化者，如"吴楚东南坼，乾坤日夜浮""碧知湖外草，红见海东云"。"坼""浮""知""见"四字，皆盛唐所无也。然读者但见其宏大而不觉其新奇……四字意极精深，词极易简，前人思虑不及，后学沾溉无穷，真化不可为矣。句法之化者，"无风云出塞，不夜月临关""露从今夜白，月是故乡明""江山有巴蜀，栋宇自齐梁""近泪无干土，低空有断云"之类，错综震荡，不可端倪，而天造地设，尽谢斧凿。篇法之化者，《春望》《洞房》《江汉》《遣兴》等作，意格皆与盛唐大异，日用不知，细味自别。③

由此可见，明人将三者的关系已经点到肯綮。接下来的清人仍喜欢对此进行议论④，不过没有进一步的突破之说。

最早使用字、句、章这三个层次来建构诗法体系的是元代范德机的《木天禁语》。他认为学诗有"六关"，即篇法、句法、字法、气象、家数、音节。然后他的整

① 唐寅《六如居士全集》卷七，清嘉庆间刻本。

② 罗仲鼎《艺苑卮言校注》，齐鲁书社 1992 年版，第 38 页。

③ 胡应麟《诗薮》内编卷五，上海古籍出版社 1958 年版，第 90 页。

④ 例如清人薛雪《一瓢诗话》："大凡诗中好句，左瞻右顾，承前启后，不突不纤，不横溢于别句之外，不气尽于一句之中，是句法也。起须劈空，承宜开拓，一联蜿蜒，一联崒嵂，景不雷同，事不疏忽；去则辞楼下殿，住则回龙顾祖；意外有余意，味后有余味；不落一路和平，自有随手虚实，是章法也。"再如吴见思《杜诗论文·总论》："读诗之法，当先看其题目。唐人作诗，于题目不轻下一字，亦不轻漏一字，而杜诗尤严。次看其格局段落，其中反覆照应，丝毫不乱，而排律更精。终看其句法，前后相合，虚实相生。而诗之能事毕矣"等等。

部书便围绕着这六个方面依次展开。在明清时代,以字、句、章来设计体系的不乏其书,考虑到这三个层次的合理性与传承性,笔者这里就吸收其作为诗法体系的三大重要部分。

但诗歌构成的客观层面,其实还有声音一端。诗歌作为"文之成声者"的文学样式,抑扬变化、和谐搭配的声律是其文体存在的重要特征。但在古人那里,往往把声音与用字结合在一起,于是把"字"看做是诗歌中最小的结构单位。例如王世贞指出:"点掇关键,金石绮彩,各极其造,字法也。"①"金石"指向字的声音方面,"绮彩"指向字的意义方面。谢榛又云"池塘生春草"(谢灵运《登池上楼诗》)的造语用字"有声有色,乃是六朝家数"②,可见都将"声"与"色"视为字法的两端。然而,现代汉语的内容一般被划分为五大块:语音、文字、词汇、语法、修辞。这其中的结构层次关系为:音→字→词→句子。③语音是语言的物质外壳,文字则是书写文章的视觉表义符号,针对古典诗歌的实际来说,"诵之行云流水,听之金声玉振"④,古人对此心知肚明,所以对诗歌声音的讨论也蔚为大观,总结出很多专门的关于声音的诗法名目,它们和字法中的名目截然可分。所以笔者认为可以把这一层次概括为诗歌创作中的"声法"。所谓"声法",就是围绕着古典诗歌的四声、平仄与用韵等声音问题而总结提炼出来的种种技巧与方法。这样以来,诗歌的客观构成层面就基本完善了。

三　针对诗歌构成的客观层面

(一)声法

针对古典诗歌来说,四声、平仄、用韵等声音问题是探讨语音层面的,这是诗歌客观构成中的最小结构单位。

例如诗歌是押韵的,这就有相关的韵法。何谓韵?刘勰于《文心雕龙·声律》云:"同声相应谓之韵。"⑤所谓诗韵,主要通过在诗歌的一句之末或一联之末,有规律地安排韵母相同或相近的字作为韵脚,使诗歌在声音效果上产生谐

---

① 罗仲鼎《艺苑卮言校注》,齐鲁书社1992年版,第38页。
② 谢榛《四溟诗话》,人民文学出版社1961年版,第46页。
③ 黄伯荣、廖序东《现代汉语》,高等教育出版社2002年版。
④ 谢榛《四溟诗话》,人民文学出版社1961年版,第6页。
⑤ 杨明照《文心雕龙校注》,中华书局2000年版,第431页。

调性的美感。[①] 明代诗人李攀龙《三韵类押序》曾云："辟之车，韵者，歌诗之轮也。失之一语，遂玷成篇，有所不行，职此其故。"[②]这说明，诗韵还有将各个诗句统一为一个整体的重要作用。近体诗的押韵有一套规则，例如韵的位置固定、偶句押韵、押平声韵、一韵到底等。在这些基本原则之下，古人也总结出不少其他的用韵方法。例如《炙毂子诗格》中云："凡诗用韵有数格：一曰葫芦，一曰辘轳，一曰进退。葫芦韵者，先二后四；辘轳韵者，双出双入；进退韵者，一进一退。失此则谬矣。"[③]又例如借韵法，也就是借用傍韵，近体诗的首句原是不需要用韵的，但作者却在首句使用与偶句韵字邻近之韵，这使得首句的尾韵和下面偶数句的尾韵相为呼应，从而产生一种独特的音美声谐效果，这是近体诗押韵方式的一种变异。这一用韵方法又被形象地称为"孤雁出群"（谢榛《四溟诗话》）[④]、"孤雁入群"（汪师韩《诗学纂闻》）[⑤]等。

近体诗还将平声、仄声进行规律性的组合，"平仄以成句，抑扬以合调"[⑥]，从而使诗歌产生抑扬相间的声音美。这方面的技巧最早有沈约的"四声八病"之说："有平头、上尾、蜂腰、鹤膝；五字之中，音韵各异；两句之内，角徵不同。"（《南史·陆厥传》）[⑦]历代诗法著作中总结的其他平仄搭配方法还有不少，例如元兢《诗髓脑·调声》中总结了三种调声之术：换头、护腰、相承。此外，《文镜秘府论》"天卷"的"调四声谱""调声""诗章中用声法式""四声论"等也是属于声法的内容，北宋梅尧臣《续金针诗格》"诗有齐梁格"：

四平头格。《曲江感春》诗："江头日暖花正开，江东行客心悠哉。高阳酒徒半凋落，终南山色空崔嵬。"

双侧双平格。《钓翁》诗："八月九月芦花飞，南溪老翁垂钓归。秋山入

① 郑利华《后七子诗法理论探析——以王世贞、谢榛相关论说考察为中心》，韩国中文学会编《中国文学研究》第38辑，2009年6月。

② 李攀龙《沧溟先生集》卷十五，明隆庆刻本。

③ 张伯伟《全唐五代诗格汇考》，江苏古籍出版社2002年版，第396页。

④ 谢榛《四溟诗话》："七言绝律，起句借韵，谓之'孤雁出群'，宋人多有之。宁用仄字，勿借平字，若子美'先帝贵妃俱寂寞'、'诸葛大名垂宇宙'是也。"（人民文学出版社1961年版，第13页）

⑤ 汪师韩《诗学纂闻》："唐律第一句多用通韵字，盖此句原不在四韵之数，谓之'孤雁入群'。然不可通者，亦不可用也。"（《昭代丛书》本，道光七年〔1827〕沈楙德世楷堂刊，光绪二年〔1876〕重印本）

⑥ 谢榛《四溟诗话》，人民文学出版社1961年版，第78页。

⑦ 李延寿《南史》卷四十八，中华书局1975年版，第1195页。

帘翠滴滴,野艇依槛云依依。"

两平头格。《凤凰台》诗:"凤凰台上凤凰游,凤去台空江自流。吴时花草埋幽径,晋代衣冠成古丘。"①

《天厨禁脔》中提到的"换字对句法":

鲁直换字对句法,如"只今满坐且尊酒,后夜此堂空月明","清谈落笔一万字,白眼举觞三百杯","田中谁问不纳履,坐上适来何处蝇","秋千门巷火新改,桑柘田园春向分","忽乘舟去值花雨,寄得书来应麦秋",其法于当下平字处,以仄字易之,欲其气挺然不群;前此未有人作此体,独鲁直变之。②

又有胡仔《苕溪渔隐丛话前集》卷七:"七言律诗,至第三句便失粘,落平侧,亦别是一体,唐人用此甚多。"③这一诗法被古人称之为"折腰体"。以上这些诗法名目皆属于声法范畴。

(二)字法

在现代汉语中,比语素高一级的语言单位就是词。词是能独立运用的最小语言单位,它能够单独做句法成分或单独起语法作用。针对古代汉语的实际来说,词是单音节的情况比较多,所以古人称之为"字",所以,古典诗法中的字法其实包括字与词的运用技巧。

锻炼用字是古代诗人们的普遍常识。刘勰《文心雕龙》中专设《炼字》一篇,其中云:"善为文者,富于万篇,贫于一字。"④王昌龄《诗格》的"诗有五用例"条云:"用字一。用事不如用字也。古诗:'秋草萋已绿'。郭景纯诗:'潜波涣鳞起'。'萋'、'涣'二字用字也。"⑤唐代诗人卢延让《苦吟》云:"吟安一个字,捻断数茎须。"⑥徐夤《雅道机要》云:"一字若闲,一联句失。故古诗云:'一个字未稳,数宵心不闲。'"⑦王世贞云:"字有百炼之金。"⑧谢榛谓:"一字不工,乃造物之不

① 张伯伟《全唐五代诗格汇考》,江苏古籍出版社2002年版,第531页。
② 魏庆之《诗人玉屑》,中华书局2007年版,第48页。
③ 胡仔《苕溪渔隐丛话前集》卷七,人民文学出版社1962年版,第42页。
④ 杨明照《文心雕龙校注》,中华书局2000年版,第484页。
⑤ 张伯伟《全唐五代诗格汇考》,江苏古籍出版社2002年版,第189页。
⑥ 彭定求等辑《全唐诗》卷七一五,中华书局1980年版,第8212页。
⑦ 张伯伟《全唐五代诗格汇考》,江苏古籍出版社2002年版,第446页。
⑧ 罗仲鼎《艺苑卮言校注》,齐鲁书社1992年版,第38页。

完。”①以上这些议论都是在阐言炼字之重要。而且，用字用词也关乎句子乃至于全篇的成败。如贺贻孙《诗筏》云：“炼句炼字，诗家小乘，然出自名手，皆臻化境。……炼字如壁龙点睛，鳞甲飞动，一字之警，能使全句皆奇。……炼一字只是一字，非诗人也。”②

在北宋初期还产生了专门词汇——“诗眼”“句眼”等来指称字法。③ 宋初诗僧保暹《处囊诀》云：

> 诗有眼。贾生《逢僧诗》：“天上中秋月，人间半世灯。”“灯”字乃是眼也。又诗：“鸟宿池边树，僧敲月下门。”“敲”字乃是眼也。又诗：“过桥分野色，移石动云根。”“分”字乃是眼也。杜甫诗：“江动月移石，溪虚云傍花。”“移”字乃是眼也。④

又如元人杨载《诗法家数》云：“诗要炼字，字者眼也。”⑤题名袁枚《诗学全书》云：“诗中之炼字，如传神之点睛。一身灵动，在于两眸；一句精彩，生于一字。或炼第二字，或炼第三字，或炼第五字，或炼第二与第五字，或炼第七字。”⑥那些锻炼诗眼的技法都是属于字法层面。其他讨论“健字”“活字”⑦，讨论虚字、实字的⑧也都属于字法问题。其中具体的诗法名目有“束丽常格”“歇后格”“掉字法”“叠字法”“压虚字”“子母字妆句法”“下三字用经史字”等等。

---

① 谢榛《四溟诗话》，人民文学出版社 1961 年版，第 120 页。

② 郭绍虞《清诗话续编》，上海古籍出版社 1983 年版，第 141 页。

③ 具体论述可参陶文鹏《论“诗眼”》，《中国社会科学院文学研究所学刊(2009)》，中国社会科学出版社 2010 年版，第 1 页。

④ 张伯伟《全唐五代诗格汇考》，江苏古籍出版社 2002 年版，第 497 页。

⑤ 张健《元代诗法校考》，北京大学出版社 2001 年版，第 38 页。

⑥ 袁枚《袁枚全集》，江苏古籍出版社 1993 年版，第 241 页。

⑦ 如罗大经《鹤林玉露》甲编卷六：“作诗要健字撑拄，要活字斡旋，如‘红入桃花嫩，青归柳叶新’‘弟子贫原宪，诸生老伏虔’。‘入’与‘归’字，‘贫’与‘老’字，乃撑拄也。‘生理何须面，忧端且岁时’‘名岂文章著，官应老病休’。‘何’与‘且’字，‘岂’与‘应’字，乃斡旋也。撑拄如屋之有拄，斡旋如车之有轴。”(罗大经《鹤林玉露》，中华书局 1983 年版，第 108 页)

⑧ 如方回《瀛奎律髓》卷四十三黄庭坚《十二月十九日夜中发鄂渚晓泊汉阳亲旧载酒追送聊为短句》批语：“凡为诗，非五字、七字皆实之为难，全不必实，而虚字有力之为难。”遂举例说：“后山曰：‘欲行天下独，信有宿间疑。’‘欲行’‘信有’四字是工处。‘剩欲论奇字，终能讳秘方’，‘剩欲’‘终能’四字是工处。简斋曰：‘使知临难日，犹有不欺臣。’‘使知’‘犹有’四字是工处。”(李庆甲《瀛奎律髓汇评》，上海古籍出版社 1986 年版，第 1547 页)谢榛《四溟诗话》卷二：“子建诗多有虚字用工处，唐人诗眼本于此尔。若‘朱华冒绿池’‘时雨净飞尘’‘松子久吾欺’‘列坐竟长筵’‘严霜依玉除’‘远望周千里’，其平仄妥帖，尚有古意。”(谢榛《四溟诗话》，人民文学出版社 1961 年版，第 63 页)

(三)句法

字词组织成句,处在"字法"之上便是"句法"。"句法首先建立在用字的基础上,句法的本质就是组字成句,离开了遣词用字,句法无从说起。句法又活动在章节语段中,受到章法的一定影响。特别是律诗讲究对仗,对仗的两句,词性、节奏、句法要求基本相同,其句法结构是在相互制约、相互适应中才得以成型。"①在古典诗歌中,两个诗歌节奏句组成一联,所以本书便同时也把一联看做成一个完整的句子,它的位置处在字法之上,章法之下,它在诗法体系中是承上启下的一环,承载着巨大的结构作用与审美功能。正如元代佚名《诗家一指》云:"一诗之中,妙在一句,为诗之根本。根本不凡,则花叶自然殊异。"②一个整篇正是由若干句子组成,二者之间为整体与局部的关系。谢榛《四溟诗话》卷四又曰:"若使一句龃龉,则损一篇元气矣。"③贺贻孙《诗筏》谓:"盖名手炼句如掷杖化龙,蜿蜒腾跃,一句之灵,能使全篇俱活。"④所以,钱志熙先生总结说:

> 诗歌比之散体之文,最大的特点就是句(包括两句构成的联)相对全篇的独立性大大地突出起来。字包括在句之中,而篇章则由句构成,所以句法其实包含着字法,而章法实际上也是以句法为前提的。所以诗人之能事,其实最主要地表现在造句之工。而最能见诗法之精及诗人一家之诗法,就在于句法,创造独特的诗歌风格,也必须有独到的句法作为保证。⑤

值得指出的是,古典诗学中也有"句法"一词,其最早约出现于东晋的佛典译本中,但其中的"句法"是指佛经中偈颂句子的念法。直到隋代僧慧远(314—416)《大乘义章》中提到的"句法"才指造句之法、句子的语法构造之法。⑥ 宋以后的诗话、诗法著作中也屡用"句法"一词,但其内涵比较广阔,和笔者此处为古典诗法所设置的体系中的"句法"内涵不尽相同。⑦

本文所指的"句法",研究对象是句子,主要是研究句子的组成部分和它们

---

① 孙力平《中国古典诗歌句法流变史略》,浙江大学出版社 2011 年版,第 234 页。
② 张健《元代诗法校考》,北京大学出版社 2001 年版,第 281 页。
③ 谢榛《四溟诗话》,人民文学出版社 1961 年版,第 98 页。
④ 郭绍虞《清诗话续编》,上海古籍出版社 1983 年版,第 141 页。
⑤ 钱志熙《黄庭坚诗学体系研究》,北京大学出版社 2003 年版,第 193 页。
⑥ 孙良明《中国古代语法学探究》,商务印书馆 2002 年版,第 174 页。
⑦ 可参本书第一章第二节中"诗法与句法的差异与重叠"的具体论述。

之间的结构方式,例如词组和句子的构成,句子成分和句子类型等内容。如句式构造之法的倒插法,动词提前:“悄然坐我天姥下”;形容词提前:“霏红洲蕊乱,拂黛石萝长”“红浸珊瑚短,青悬薜荔长”;名词提前:“咫尺应须论万里”“锡飞常近鹤,杯渡不惊鸥”“碧海挂新图”等。句子中的节奏问题,也是属于句法的范畴。胡仔《苕溪渔隐丛话前集》卷三十六:“六一居士诗云:‘静爱竹时来野寺,独寻春偶过溪桥。’俗谓之折句。卢赞元《雪诗》云:‘想行客过梅桥滑,免老农忧麦垅干。’效此格也。余亦尝云:‘鹦鹉杯且酌清浊,麒麟阁懒画丹青。’”[①]其中“折句”的含义就是颠覆律句常态的上三下四的节奏模式。

句子与句子之间的关系,也是句法的重要内容。皎然《诗议》“诗有十五例”总结出的上句用事,下句以事成之例、上句古,下句以即事偶之例、上句立意,下句以意成之例、上句体物,下句以状成之例等,都是这一层面的内容。还有古典诗歌体势论中种种“势”,其实也就是讲上下两句之间的关系。例如齐已《风骚旨格》的“十势”,徐夤《雅道机要》的“八势”,五代神彧《诗格》中的“芙蓉映水势”“龙行虎步势”“寒松病枝势”“风动势”“惊鸿背飞势”“离合势”“孤鸿出塞势”“虎纵出群势”等。张伯伟《全唐五代诗格汇考·诗格论》中认为:“这些名目众多的‘势’讲的实际上是诗歌创作中的句法问题。这里讲的句法,指的是由上下两句在内容上或表现手法上的互补、相反或对立所形成的‘张力’。这种‘张力’存在于诗句的节奏律动和构句模式之间,因而就能形成一种‘势’,并且由于‘张力’的正、反、顺、逆的种种不同,遂因之而出现种种名目的‘势’。”[②]又如《冰川诗式》卷之三“练句”中“上接下下接上句法”“上下接连句法”“上接下句法”“下连上句法”以及“两句一意法”等也属于上下句内容的联系。

(四)章法

字组而句,句组而篇。“首尾开阖,繁简奇正,各极其度,篇法也。”[③]章法主要探讨联句关系,注意中间伸缩起伏、参差相间的变化调节;或者某一句在全篇中的位置与作用,体现整体与局部的构造关系,讲究前后照应贯通的一统性或完整性。

---

① 胡仔《苕溪渔隐丛话前集》,人民文学出版社1962年版,第241页。

② 张伯伟《全唐五代诗格汇考》,江苏古籍出版社2002年版,第31—32页。

③ 罗仲鼎《艺苑卮言校注》,齐鲁书社1992年版,第38页。

如何"起调"、如何"转节"、如何"收结"都是篇法的内容。元人杨载《诗法家数》在"律诗要法"中标示"起承转合"四字,下分列"破题""颔联""颈联""结句"等四项,以示律诗篇法。旧题元人吴成、邹遂、王恭撰《诗解》中围绕着杜甫的《秋兴》组诗等律诗总结出"结项格""交股格""纤腰格""双蹄格""续腰格""首尾互换格""首尾相问格""单蹄格""归题格""结上生下格""歇续意格""前多后少格""问答格""开合格""句应句格""中联牙锁格""抑扬格"等不少律诗写作的章法。旧题范德机《木天禁语》中又总结出"一字血脉""二字贯穿""三字栋梁""数字连序""钩锁连环""顺流直下""双抛""单抛""内剥""外剥""前散""后散"等律诗章法。又有谢榛《四溟诗话》卷三中对七律篇法的解说:

> 凡七言八句,起承转合,亦具四声,歌则扬之抑之,靡不尽妙。如子美《送韩十四江东省亲》诗云:"兵戈不见老莱衣,叹息人间万事非。"此如平声扬之也。"我已无家寻弟妹,君今何处访庭闱。"此如上声抑之也。"黄牛峡静滩声转,白马江寒树影稀。"此如去声扬之也。"此别应须各努力,故乡犹恐未同归。"此如入声抑之也。①

他将律诗的首、颔、颈、尾四联分别对应平、上、去、入四声的特征,实际上就是赋予律诗篇章结构的法度规则。

其他的联句关系,如题名白居易的《文苑诗格》"联环文藻"条中提到的"隔句相解":"为诗不论小大,须联环文藻,得隔句相解。古诗云:'扰扰羁游子,营营市井人。怀金近从利,负剑远辞亲。'此第四句解第一句,第三句解第二句。今诗云:'青山碾为尘,白日无闲人。自古推高车,争利入西秦。'此第三句解第一句,第四句解第二句。"②再有葛立方《韵语阳秋》卷一中的"前后相续句":"老杜诗以后二句续前二句处甚多。如《喜弟观到诗》云:'待尔呜乌鹊,抛书示鹡鸰。枝间喜不去,原上急曾经。'《晴诗》云:'啼乌争引子,鸣鹤不归林。下食遭泥去,高飞恨久阴。'《江阁卧病》云:'滑忆雕胡饭,香闻锦带羹。溜匙兼暖腹,谁欲致杯罂。'《寄张山人诗》云:'曹植休前辈,张芝更后身。数篇吟可老,一字买堪贫。'如此类甚多。此格起于谢灵运《庐陵王墓下诗》云:'延州协心许,楚老惜

---

① 谢榛《四溟诗话》,人民文学出版社 1961 年版,第 77—78 页。

② 张伯伟《全唐五代诗格汇考》,江苏古籍出版社 2002 年版,第 364—365 页。

兰芳。解剑竟何及，抚坟徒自伤。'李太白诗亦时有此格，如'毛遂不堕井，曾参宁杀人！虚言误公子，投杼感慈亲'是也。"①笔者都将其视为章法部分的内容。

四　将种种修辞方法具体对待

需要指出的是，"尽管明人在理论上力图揭示章法、句法、字法之间的差别，在实际品评之中却字法与句法、句法与章法的界限常常模糊不清。"②所以我们常常看到，虽然明清以来的许多诗法著作中都有字法、句法、章法的分类，但同时也呈现出各部分内容杂糅混合的情况。

例如清代成常、白璧重编的《重订诗法》四卷，卷一论诗法，有总论、声调说、调声图、辨韵说、诗粘说、题面说、韵脚说、章法说、句法说、字法说、起承转合说、情景说、六义说、排律说。卷二论诗体，有绝句说、律诗说。卷三、卷四为题型论，分为考试题说、上投题说、荣遇题说、庆贺题说等。这种体系的建构较有规模，在同时著作中也较为可取。但其中的"起承转合说"，完全可以归纳进"章法说"中，"六义"中的"赋"，乃是句子与句子间的铺陈手法，"兴"乃先言彼物以引起所咏之词，这可以看做是"章法"问题。③ "比"则可区别对待，句内做比，则是句法；通篇比喻，则是章法。而且一个很重要的问题是，古人对于对仗、用事等修辞技巧往往不知如何隶属，而被单独设节。例如清人黄生有《诗麈》二卷，卷一为诗学常识，其中有立品、章法、体式、对仗、情景、字句等。跟其他诗法著作相比，算得上是"内容颇具系统"④，但"对仗"是一种修辞方法，"情景"就是选择何种景物来表达自己的情感，这根本上说是一种创作构思问题。与诗歌本身的客观内容"章法""字句"自然不在同一层面，和诗歌整体特征的"立品""体式"也不可以相提并论。

当代的研究者面对这一难题，往往也继承了古人的分类法，例如易闻晓《中国古代诗法纲要》⑤全书分为题意、篇法、字法、句法、属对、用事、脱化、声律、用

---

① 葛立方《韵语阳秋》卷一，《学海类编》本，民国九年(1920)上海涵芬楼据清道光十一年(1836)安晁氏木活字排印本的影印本。

② 孙力平、张玉欣《明代诗学文献中的诗歌句法理论》，《江西社会科学》2007年第1期。

③ "赋"与"兴"同时也可以看做是诗法体系主观层面的"立意"法。

④ 蒋寅《清诗话考》，中华书局2005年版，第249页。

⑤ 易闻晓《中国古代诗法纲要》，齐鲁书社2005年版。

韵、手法十部分。可以看到,"属对""用事""脱化""手法"和其他的内容并不是一个层面的。这样杂糅在一起似乎并不妥当。笔者认为,像"属对""用事""脱化"等修辞问题,可以具体考虑它是针对字词、句子还是篇章,从而具体划分到字法、句法、章法中去。例如用一词借代另一词,便是字法;反问、设问便是句法;我们常所接触的对偶、用典这些修辞方法,它们都是在一个句子中施展的语言技巧,便可以看成是"句法";通篇的排比、重叠便是章法。如此以来,将种种修辞方法与表现手法归纳到字法、句法、章法中后,古典诗法的体系就会比较明朗了。

五　针对诗歌创作的整体层面与主观层面

分析完诗歌构成的客观层面后,还需要加入诗人创作的整体限定与主观设计方面,其实,这两个层面在写作中往往是需要首先确定与把握的。

五代僧神彧《诗格·论诗势》中就明确指出:"先须明其体势,然后用思取句。"①"明其体式",主要是诗歌整体层面的体裁、体势、形式、类型、风格等问题;"用思取句",主要指作品中具体的构思方法。其实这两个层面,古代诗论家也先后注意到了。上文已引题名白居易的《金针诗格》其"诗有四得"条云:"一曰句欲得健。二曰字欲得清。三曰意欲得圆。四曰格欲得高。"②其"诗有四炼"条又云:"一曰炼句。二曰炼字。三曰炼意。四曰炼格。炼句不如炼字;炼字不如炼意;炼意不如炼格。"③可见白居易在字、句之外,又补充了意与格,也就是立意与风格。这就在诗歌客观构成的基础上,又加上了来自于创作者的主观内容,这是非常有见地的议论。同样重视诗人主观意图的还有五代徐夤的《雅道机要》,其中云:"凡为诗须积磨炼。一曰炼意。二曰炼句。三曰炼字。意有暗钝、粗落。句有死机、沉静、琐涩。字有解句、义同、紧慢。以上三格,皆须微意细心,不须容易。"④元代范德机《木天禁语》认为学诗有"六关",即篇法、句法、字法、气象、家数、音节。又在音、字、句、篇的内容外加上了气象、家数。这个气象和家数都可以看做是主观风格层面。再有元人佚名《类编》:"学诗之体有六,一

① 张伯伟《全唐五代诗格汇考》,江苏古籍出版社 2002 年版,第 493 页。
② 张伯伟《全唐五代诗格汇考》,江苏古籍出版社 2002 年版,第 352 页。
③ 张伯伟《全唐五代诗格汇考》,江苏古籍出版社 2002 年版,第 353 页。
④ 张伯伟《全唐五代诗格汇考》,江苏古籍出版社 2002 年版,第 446 页。

曰命意,二曰体制,三曰气魄,四曰情思,五曰字句,六曰音节。”①清人陈元辅《枕山楼课儿诗话》中云:“作诗以体裁为本,格调次之,布局、敷词又次之。体裁贵端重,格调贵高浑,布局贵缜密,敷词贵典雅。”②他在布局、敷词(篇法、句法、字法、声法)的基础上,谈到了体裁与格调。以上这些论述,都或多或少地触及了诗法中的“结体”与“立意”层面的问题,但是概念不够明确,需要做进一步的限定与分类。

这其中比较有标志意义的可推元人杨载的《诗法家数》,其中云:“结体、命意、炼句、用字,此作者之四事也。”③他便在字句的基础上又加上了“结体”和“命意”。笔者便直取这两个词汇,作为诗法体系中的两大层面以展开论述。

（一）结体法

诗之有“体”,是指诗歌整体上呈现出明显的、独特的体式或格式特点,具有相对的稳定性与规定性。具体的技巧与作法,例如声律、对仗、修辞等,常以体式的确定作为前提。如徐夤《雅道机要》就主张谋篇要做到“未形纸笔,先定体面”④,即要求诗人动笔之前,必须要进行整体构思,确定将要写作的诗歌之“体”,然后才能“洞贯四阙,始末理道,交驰不失次序”⑤。

按照现代文艺理论的思路,风格与体裁同属于文体的层面。童庆炳《文体与文体的创造》⑥一书论述道:文体概念的涵义包含三个层次。第一层次是体裁的规范,第二层次是语体的创造,第三层次是风格的追求。这样以来,笔者便以“结体”的“体”,来概括体裁、语体与风格的整体限定。这是诗歌与生俱来的首要因素,正如贾岛《二南密旨》所云:“诗体若人之有身,人生世间,禀一元相而成体,中间或风姿峭拔,盖人伦之难。”⑦

首先是体裁的层面,例如骚、乐府、歌行、绝句、律诗、五言、七言等。凡诗诸体皆有绳墨,不同的诗体有不同的写作要求。在创作之前需要首先确定体裁。如元代旧题范德机门人编辑的《总论》:“如风雅颂有风雅颂体面,赋比兴有赋比

① 张健《元代诗法校考》,北京大学出版社 2001 年版,第 454 页。
② 《中国诗学》第六辑刊蒋寅标点本,南京大学出版社 1999 年版。
③ 张健《元代诗法校考》,北京大学出版社 2001 年版,第 33 页。
④ 张伯伟《全唐五代诗格汇考》,江苏古籍出版社 2002 年版,第 448 页。
⑤ 张伯伟《全唐五代诗格汇考》,江苏古籍出版社 2002 年版,第 446 页。
⑥ 童庆炳《文体与文体的创造》,云南人民出版社 1994 年版。
⑦ 张伯伟《全唐五代诗格汇考》,江苏古籍出版社 2002 年版,第 382 页。

兴体面,选体绝句有选体绝句体面,长篇乐府有长篇乐府体面,皆不紊乱。学诗须先将古人诸般体面读熟数首为式,使其胸次有主而不妄动,然后安排布置,自合法度。"①如王昌龄《诗格》"常用体十四"中有"诗辨歌体",其下举陶渊明诗云:"佳人美清夜,达曙酣且歌。歌竟长叹息,持此感人多。明明云间月,灼灼叶中花。岂无一时好,不久当如何。"并解说道:"从'明明'以下便是所歌。"②这便是一个关于诗歌体裁方面的诗法,是谓"诗中有歌"。

再是具体的格式层面,例如按照诗句字数可以分为三言、四言、五言、七言、杂言等。南北朝时代文论家们已经充分认识到不同的诗句字数可以形成不同的诗体形式。例如刘勰《文心雕龙·章句》云:"若夫笔句无常,而字有条数,四字密而不促,六字格而非缓。或变之以三五,盖应机之权节也。至于《诗》《颂》大体,以四言为正,唯祈父肇禋,以二言为句。寻二言肇于黄世,《竹弹》之谣是也;三言兴于虞时,元首之诗是也;四言广于夏年,洛汭之歌是也;五言见于周代,《行露》之章是也。六言七言,杂出《诗》《骚》,而体之篇,成于两汉。情数运周,随时代用矣。"③所以历代诗法著作中总结的三言体、六言体、九言体、三五七言体、一字至七字诗等,都属于"结体"之法。如果按照成诗方式,则可以分为回文体、离合体、藏头体等。如果在诗句中有规律地嵌进有特殊要求的字,从而在全篇之内构成人名、地名、药名、八音、五行等一组词汇,显出诗歌在"结体"方面的独特之处,这些类型的诗都可以算作是"嵌字体"④。对于这种诗法,笔者并不将其放入"字法"类,因为字法主要的影响力是在句子之内,而不关乎全篇。这种诗法应当归为"结体"类,因为这是需要在提笔之前确定下来的,跟整首诗的体制有关。

最后是风格层面。风格属于"体"的一部分,古人早有论述,如唐人佚名《文笔式》"论体"云:

> 凡制作之士,祖述多门,人心不同,文体各异。较而言之,有博雅焉,有

① 张健《元代诗法校考》,北京大学出版社 2001 年版,第 203 页。

② 张伯伟《全唐五代诗格汇考》,江苏古籍出版社 2002 年版,第 180 页。

③ 杨明照《文心雕龙校注》,中华书局 2000 年版,第 440—441 页。

④ 鄢化志《中国古代杂体诗通论》:"而这些嵌鸟兽草木车船州县各种名称的诗体,看来很多,实则体裁手法毫无二致,仅用字不同。若按内容,只一个'杂名体'便可一言以蔽之,在体制形式上,更可统归入'嵌字'一类。"(北京大学出版社 2001 年版,第 38 页)

> 清典焉,有绮艳焉,有宏壮焉,有要约焉,有切至焉。……故词人之作也,先看文之大体,随而用心。(谓上所陈文章六种,是其本体也。)遵其所宜,防其所失,(博雅、清典、绮艳、宏壮、要约、切至等,是其所宜也;缓、轻、淫、阐、诞、直等,是其所失也。)故能辞成炼核,动合规矩。而近代作者,好尚互舛,苟见一途,守而不易,至今摛章缀翰,罕有兼善。岂才思之不足,抑由体制之未该也。①

其中明确把清典、绮艳、宏壮等看成"体"。再如旧题杨载《诗法家数》:"结体、命意、炼句、用字,此作者之四事也。体者,如作一题,须自斟酌,或骚,或选,或唐,或江西。骚不可杂以选,选不可杂以唐,唐不可杂以江西,须要首尾浑全,不可一句似骚,一句似选。"②这个体中,既有体裁,如骚与选,又有风格(审美风貌),如"唐"与"江西"。所以,像明代杨良弼《作诗提要》中列的盛唐体、中唐体、晚唐体、九僧体、昆体、四灵体、江西体、白体等,都是指向诗歌的整体风格层面,都可以视为"结体"之法。

(二)立意法

"立意"的"意",也可以叫创作构思。《诗人玉屑》卷六引范温《诗眼》:"诗有一篇命意,有句中命意。"③任何句法、字法、章法都有立意的层面,这个"立意"主要指在遣词造句之上的创作构思。

作文之道,构思为先。"先意义而后文辞"可以说是一切文学创作的基本规律,正如释皎然《诗议》中所认为的"但古人后于语,先于意。因意成语,语不使意"。④ 五代徐夤《雅道机要》云:"凡为诗须明断一篇终始之意。未形纸笔,先定体面。若逢先理,则百发百中。所得之句,自有趣味。播在人口,皆在明断。"⑤元代旧题范德机门人集录的《总论》亦云:"先运起一个意思,却逐旋安排句法,如人造屋相似,胸中先定下绳墨间架,然后用工。一诗之中,须是先炼意,意思要通畅;然后炼句,句要精警;次又炼字,字要圆活。好处不必多见,贵乎精神流

---

① 张伯伟《全唐五代诗格汇考》,江苏古籍出版社 2002 年版,第 78—80 页。
② 张健《元代诗法校考》,北京大学出版社 2001 年版,第 33 页。
③ 魏庆之《诗人玉屑》,中华书局 2007 年版,第 177 页。
④ 张伯伟《全唐五代诗格汇考》,江苏古籍出版社 2002 年版,第 208 页。
⑤ 张伯伟《全唐五代诗格汇考》,江苏古籍出版社 2002 年版,第 448 页。

动。”①“立意”往往是一项前期工作,是它驱使具体的字句选择与组合。

历代诗法著作中总结的诗歌开头、结尾的方法非常多,如王昌龄《诗格》中有“起首入兴体十四”:

一曰感时入兴。二曰引古入兴。三曰犯势入兴。四曰先衣带,后叙事入兴。五曰先叙事,后衣带入兴。六曰叙事入兴。七曰直入比兴。八曰直入兴。九曰托兴入兴。十曰把情入兴。十一曰把声入兴。十二曰景物入兴。十三曰景物兼意入兴。十四曰怨调入兴。②

同书中又有“落句体七”:

一曰言志。二曰劝勉。三曰引古。四曰含思。五曰叹美。六曰抱比。七曰怨调。③

这些都属于“立意”的层面,作者在写作过程中需要当机立断,确定一途。诗法中还有关于整体篇章和单个句子中的构思,例如王昌龄《诗格》中有“常用体十四”:

一曰藏锋体。二曰曲存体。三曰立节体。四曰褒贬体。五曰赋体。六曰问益体。七曰象外语体。八曰象外比体。九曰理入景体。十曰景入理体。十一曰紧体。十二曰因小用大体。十三曰诗辨歌体。十四曰一四团句体。④

除了十三“诗辨歌体”讲的是结体问题,十四“一四团句体”是讲句子的节奏问题,其他都是立意之法:“藏锋体”为不言愁而愁自见也;“问益体”是以问答的方式来形成诗句的方法。

综上,本书便以结体法、命意法、声法、字法、句法、章法六个方面来建构古典诗法具体技巧的内在体系。其中“结体法”是针对诗歌体裁、格式、风格的整体层面而言;“立意法”是针对诗歌创作中的主观构思层面而言;“声法”是讨论

---

① 张健《元代诗法校考》,北京大学出版社 2001 年版,第 200 页。

② 张伯伟《全唐五代诗格汇考》,江苏古籍出版社 2002 年版,第 173—174 页。

③ 张伯伟《全唐五代诗格汇考》,江苏古籍出版社 2002 年版,第 180 页。

④ 张伯伟《全唐五代诗格汇考》,江苏古籍出版社 2002 年版,第 177 页。

四声、平仄、用韵等声音问题的；“字法”是关于诗歌中单字与词的语言运用技巧；“句法”是关于句子的组成部分和它们之间的结构方式，例如词组和句子构成，句子成分和句子类型等内容；“章法”是主要探讨联句关系，或者某一句在全篇中的位置与作用。笔者在研究具体的“诗法名目”时，便按照这一体系依次展开论述。

第三章　结体法

第一节　三五七言体

“三五七言体”全诗六句三韵，第一二句为三个字，第三四句为五个字，第五六句为七个字。这一诗法主要是规定诗句字数以形成诗歌的结体方式，它的名字中已经明确地包含了诗体形式的内容，故笔者将其作为“结体法”中的一部分给予分析。关于这一诗法，有研究杂体诗的相关论文与专著涉及到，①但尚未进行综合深入的研究。

一　诗句字数可以决定结体方式

西晋挚虞在《文章流别论》里首先注意到诗句字数的构成形式：

> 诗之流也，有三言、四言、五言、六言、七言、九言。古诗率以四言为体，而时有一句二句杂在四言之间，后世演之遂以为篇。古诗之三言者，“振振鹭，鹭于飞”之属是也；五言者“谁谓雀无角，何以穿我屋”之属是也；六言者

---

① 专著如鄢化志《中国古代杂体诗通论》（北京大学出版社 2001 年版）；论文如王珂《宝塔诗在现代诗学视野中的文体价值》（《贵州社会科学》2002 年第 4 期）、赵成林《五七言诗体赋论略》（《武汉大学学报》2009 年第 3 期）、吉文斌《诗论李白〈三五七言〉的创作机制与体式特征》（《名作欣赏》2010 年第 2 期）、刘念兹《三五七词律》（《阴山学刊》）1990 年第 4 期）等。

"我姑酌彼金罍"之属是也;七言者"交交黄鸟止于桑"之属是也;九言者"泂酌彼行潦挹彼注兹"之属是也。①

随后,关于这一问题的论述有萧统《文选序》:"自炎汉中叶,厥途渐异。退傅有'在邹'之作,降将著'河梁'之篇,四言五言,区以别矣。又少则三字,多则九言,各体互兴,分镳并驱。"②刘勰《文心雕龙·章句》:"若夫笔句无常,而字有条数,四字密而不促,六字格而非缓。或变之以三五,盖应机之权节也。至于《诗》《颂》大体,以四言为正,唯祈父肇禋,以二言为句。寻二言肇于黄世,《竹弹》之谣是也;三言兴于虞时,元首之诗是也;四言广于夏年,洛汭之歌是也;五言见于周代,《行露》之章是也。六言七言,杂出《诗》《骚》,而体之篇,成于两汉。情数运周,随时代用矣。"③这说明到南北朝时代,文论家们已经充分认识到诗句字数的不同,可以形成不同的诗体形式。

等到唐代时,各种诗法著作中就将诗句字数的不同分别列为诗歌结体的方法,以供作者选择。例如唐上官仪《笔札华梁》中总结了"七种言句例":

一曰一言句例。二曰二言句例。三曰三言句例。四曰四言句例。五曰五言句例。六曰六言句例。七曰七言句例。

一曰一言句例。一言句者:天,地,阴,阳,江,河,日,月是也。

二曰二言句例。二言句者:"天高,地下";"露结,云收"是也。

三曰三言句例。三言句者:"斟清酒,拍青琴";"寻往信,访来音"是也。

四曰四言句例。四言句者:"朝燃兽炭,夜秉鱼灯";"宋腊已歌,秦姬欲笑"是也。

五曰五言句例。五言句者:"雾开山有媚,云闭日无光。""燥尘笼野白,寒树染村黄"是也。

六曰六言句例。六言句者:"讶桃花之似颊,笑柳叶之如眉。""拔笙簧而数暖,促筝柱而劬移。"

七曰七言句例。七言句者:"素琴奏乎五三拍,绿酒倾乎一两卮。""忘

① 欧阳询《艺文类聚》卷五十六,《唐代四大类书》本,清华大学出版社 2003 年版,第 1143 页。
② 萧统《文选》,上海古籍出版社 1986 年版,第 2 页。
③ 杨明照《文心雕龙校注》,中华书局 2000 年版,第 440 页。

言则贵乎得趣，不乐则更待何为。”①

唐代佚名《文笔式》又接着总结了其他几种句例：

八言句例。八言句者：“吾家嫁我兮天一方，远托异国兮乌孙王。”

九言句例。九言句者：“嗟余薄德从役至他乡，筋力疲顿无意入长杨。”

十言句例。（原阙）

十一言句例。《文赋》云：“沉辞怫悦，若游鱼衔钩而出重渊之深；浮藻联翩，犹翔鸟缨缴而坠曾云之峻。”下句皆十一字是也。②

同时，在浩瀚的诗歌实践中，古人们尝试了运用多种诗句字数形成不同杂言诗体的实验。例如将三言与七言搭配：

就花枝，移酒海。今朝不醉明朝悔，且算欢娱逐日来，任他容鬓随年改。醉翻衫袖抛小令，笑掷骰盘呼大采。自量气力与心情，三五年间犹得在。（白居易《就花枝》）③

将五言与七言搭配：

似出栋梁里，如和风雨飞。掾曹有时不敢归，谓言雨过湿人衣。（岑参《题李士曹厅壁画度雨云歌》）④

泛泛江上鸥，毛衣皓如雪。朝飞潇湘水，夜宿洞庭月。洞庭归客正夷犹，爱此沧江闲白鸥。（刘长卿《弄白鸥歌》）⑤

或者将七言与四言隔句相间，如晚唐五代毛熙震的《后庭花》：

轻盈舞伎含芳艳，竟妆新脸。步摇珠翠修娥敛，腻鬟云染。歌声慢发开檀点，绣衫斜掩。时将纤手匀红脸，笑拈金靥。⑥

或者将多种字数搭配在一起，如权德舆有《杂言赋得风送崔秀才归白田限三五六七言》：

① 张伯伟《全唐五代诗格汇考》，江苏古籍出版社2002年版，第62—63页。

② 张伯伟《全唐五代诗格汇考》，江苏古籍出版社2002年版，第78页。

③ 白居易《白居易集》，中华书局1979年版，第47页。

④ 彭定求等辑《全唐诗》卷一九九，中华书局1980年版，第2063页。

⑤ 彭定求等辑《全唐诗》卷一五一，中华书局1980年版，第1577页。

⑥ 彭定求等辑《全唐诗》卷八九五，中华书局1980年版，第10115页。

响深涧，思啼猿。暗入蘋洲暖，轻随柳陌暄。澹荡乍飘云影，芳菲遍发花源。寂寞春江别君处，和烟带雨送征轩。①

权德舆《杂言和常州李员外副使春日戏题十首（其十）》又是“三三五六言”的形式：

春风半，春光遍，柳如丝，花似霰。归心劳梦寐，远目伤游眄。可惜长安无限春，年年空向江南见。②

在形形色色的杂言体诗中，有的作者别出心裁，利用诗句字数的差异，将诗歌排列成有形状、有规律的特殊体式，“三五七言体”便是其中之一。

二　“三五七言体”与“宝塔诗”

据笔者所见，最早总结“三五七言”这一诗体形式乃是晚唐王叡的《炙毂子诗格》：

三五七言体

李白诗：“秋风清，秋月明。落叶聚还散，寒乌栖复惊。相思相见知何日，此时此夜难为情。”③

后又有南宋严羽《沧浪诗话·诗体》云：

又有古诗，有近体（即律诗也）。有绝句，有杂言，有三五七言（自三言而终以七言，隋郑世翼有此诗：“秋风清，秋月明。落叶聚还散，寒鸦栖复惊。相思相见知何日，此时此夜难为情。”）④

这首“秋风清”的“三五七言体”现今在李白集中，但严羽又言之凿凿以其为隋人作品，所以关于第一首“三五七言体”到底是谁的作品一直都有争议。如明人胡震亨《唐音癸签·体凡》：“三五七言诗，始郑世翼，李白继作。”⑤清王琦注《李太白全集》卷之二十五《三五七言》引宋人杨齐贤题解曰：“古无此体，自太白始。”⑥但郭

① 权德舆《权德舆诗文集》，上海古籍出版社 2008 年版，第 91 页。
② 权德舆《权德舆诗文集》，上海古籍出版社 2008 年版，第 155 页。
③ 张伯伟《全唐五代诗格汇考》，江苏古籍出版社 2002 年版，第 387 页。
④ 郭绍虞《沧浪诗话校释》，人民文学出版社 1961 年版，第 71 页。
⑤ 胡震亨《唐音癸签》，上海古籍出版社 1981 年版，第 1 页。
⑥ 李白著，王琦注《李太白全集》，中华书局 1977 年版，第 1166 页。

绍虞先生认为严羽所引的这首诗应该是李白的作品:"《沧浪》所谓郑世翼有三五七言,不知何据。按:《诗人玉屑》无'秋风清'以下各句,以从《玉屑》为是。'秋风清'云云,见《李太白集》,当是李作。"①

除了"三五七言体"外,严羽《沧浪诗话·诗体》中同时提到每句字数不同的其他诗体形式:"有一字至七字,唐张南史《雪》《月》《花》《草》等篇是也。"②试看张南史的《雪》:

> 雪,雪。花片,玉屑。结阴风,凝暮节。高岭虚晶,平原广洁。初从云外飘,还向空中噎。千门万户皆静,兽炭皮裘自热。此时双舞洛阳人,谁悟郢中歌断绝。③

这种字数递进类型的诗体俗称"宝塔诗",除了一至七字,还有一至九字,明人胡震亨《唐音癸签·体凡》云:"一字至七字诗,张南史及元白等集中有之。以题为韵,偶对成联,又鲍防、严维多至九字。"④说的正是唐人严维与郑概、鲍防等八人有《一字至九字诗联句》:

> 东,西(鲍防)。步月,寻溪(严维)。鸟已宿,猿又啼(郑概)。狂流碍石,迸笋穿蹊(成用)。望望人烟远,行行萝径迷。探题只应尽墨,持赠更欲封泥(陈元初)。松下流时何岁月,云中幽处屡攀跻(张叔政)。乘兴不知山路远近,缘情莫问日过高低(贾弇)。静听林下潺潺足湍濑,厌闻城中喧喧多鼓鼙(周颂)。⑤

明人梁桥《冰川诗式》卷二又举一字至十字诗,录李梦阳《芳树》一首、文同《咏竹》一首为例,如《咏竹》:

> 竹,竹。森寒,洁绿。湘江滨,渭水曲。帷幔翠锦,戈矛苍玉。心虚异众草,节劲逾凡木。化龙杖入仙陂,呼凤律鸣神谷。月娥巾帔静苒苒,风女笙竽清蔌蔌。林间饮酒碎影摇樽,石上围棋轻荫覆局。屈大夫逐去徒悦椒

---

① 郭绍虞《沧浪诗话校释》,人民文学出版社 1961 年版,第 77 页。
② 郭绍虞《沧浪诗话校释》,人民文学出版社 1961 年版,第 71 页。
③ 彭定求等辑《全唐诗》卷二九六,中华书局 1980 年版,第 3360 页。
④ 胡震亨《唐音癸签》,上海古籍出版社 1981 年版,第 2 页。
⑤ 彭定求等辑《全唐诗》卷七八九,中华书局 1980 年版,第 8888 页。

兰，陶先生归来但寻松菊。若论檀栾之操无敌于君，欲图潇洒之姿莫贤于仆。①

此外，晚唐杜光庭有《怀今古》《咏道德》二首，乃是一至十五言诗，算得上是此种诗体的最长体式了。

每句字数递进类型的诗歌究竟起源于何时呢？目前最早可见的是逯钦立《先秦汉魏晋南北朝诗·隋诗》收录的释慧英《一三五七九言诗》：

游，愁。赤县远，丹思抽。鹫岭寒风驶，龙河激水流。既喜朝闻日复日，不觉年颓秋更秋。已毕耆山本愿诚难住，终望持经振锡往神州。②

但此诗《全唐诗》卷八百八也给予收录，题为释义净《在西国怀王舍城一三五七九言》，当代学者多肯定这首诗乃是义净的作品。③ 释义净乃是初唐僧人，时代要比张南史、李白要早。从"一三五七九言"的形式来看，"三五七言体"当是一个后来的变体，也即省去起首的"一言"和收尾的"九言"，成为"三五七言"。但其中究竟是怎样的演化关系，由于史料的匮乏，笔者尚不能描述清晰。随后，唐人拟作三五七言诗繁多，遂成杂体定格。如刘念兹先生就认为"唐代诗歌中除五、七绝律诗体之外，此种三五七言诗体应是普遍存在的一种诗体，在唐短歌中尤为突出"④。

三 "三五七言体"的起源与发展

不少学者指出这种"三五七言体"和魏晋南北朝民间的歌谣、乐府有着一定的演化关系。例如刘念兹先生就认为"其实汉魏乐府中'望江南'即是此诗体之滥觞，唐人敦煌写本中亦累见"⑤。又有学者指出："我们从体式、平仄和韵式三个方面可以清楚地看出短歌对汉魏六朝乐府的关系是既有继承，又有在继承基础上的创新。"⑥关于这一点，学界阐述较多，笔者不再赘述。

---

① 周维德《全明诗话》，齐鲁书社 2005 年版，第 1624 页。
② 逯钦立《先秦汉魏晋南北朝诗》，中华书局 1983 年版，第 2778 页。
③ 戴伟华《义净诗二首探微》："这首诗被《先秦汉魏晋南北朝诗》误收在隋诗卷十"释慧英"名下。因《大唐西域求法高僧传》的载录，作者为义净是确信无疑的。"（《华南师范大学学报》2003 年第 3 期）
④⑤ 刘念兹《唐短歌》，四川人民出版社 1984 年版，第 48 页。
⑥ 邱耐久《词律来源新考》，《广东社会科学》1988 年第 2 期。

比较新颖的一种观点来自戴伟华先生,他指出比较早期的递进诗体即义净所作的《一三五七九言》诗,乃是作于中印度,有可能受到印度文化、佛教梵呗等的影响:

在作者写这首诗之前,尚无现成的格式可以参照,此前没有这种诗式。又因作者是在梵音中听了10年之久才写有此诗,可以假想当时印度有类似这样的文字游戏,或有与之相类的音乐旋律,或者受到印度民歌的暗示。《南海寄归内法传》卷四《西方学法》:"夫大圣一音,则贯三千而总摄。或随机五道,乃彰七九而弘济。""七九"原注:"即是明中七转九例心也。"这里提到了"一""三""五""七""九"之数。印度佛经对内容常作归纳,也以数词出现,如一切有部、二车、三祇、四轮、五天、六度、七聚、八难、九恼、十法,《杂诗》中也有不少数字出现,如一生、二迹、三界、四彩、五峰、六时、七宝、九数、百池、千年、万死等。义净创造"一三五七九言"诗式是否会受到印度佛经中"数"的启示?①

但究竟受印度哪几首梵呗的影响,戴伟华先生文章中也没有找出直接的证据,此处姑存一家之言。

这种字数递进的短歌后来成了词的母体。如"一至七字诗"变成了词牌《一七令》,"三五七言体"演变成了《江南春》词牌,如宋代寇准《江南春》云:

波渺渺,柳依依。孤村芳草远,斜日杏花飞。江南春尽离肠远,蘋满汀洲人未归。②

南宋邓深又依此体创制新的词调,并以李白诗首句名其曰"秋风清"。清人王奕清《词谱》卷二注《秋风清》调便云:"本三五七言诗,后人采入词中。"③

还有不少词调虽然不是严格的三三五五七七,但却都是来源于"三五七言体"的变化与翻新。例如吴文英的《望江南》,是整齐的三五七七五句式:

三月暮,花落更情浓。人去秋千闲挂月,马停杨柳倦嘶风。堤畔画船空。　恹恹醉,长日小帘栊。宿燕夜归银烛外,啼莺声在绿阴中。无处

① 戴伟华《义净诗二首探微》,《华南师范大学学报》2003年第3期。

② 唐圭璋《全宋词》,中华书局1999年版,第5页。

③ 王奕清《钦定词谱》,中国书店1983年版,第36页。

觅残红。①

晏几道的《燕归来》是整齐的三三五七五句式：

莲叶雨，蓼花风，秋恨几枝红。远烟收尽水溶溶，飞雁碧云中。　衷肠事，鱼笺字，情绪年年相似。凭高双袖晚寒浓，人在月桥东。②

再如陈允平的《糖多令》用整齐五五七七三三句式：

何处是秋风，月明霜露中。算凄凉、未到梧桐。曾向垂虹桥上看，有几树、水边枫。　客路怕相逢，酒浓愁更浓。数归期、犹是初冬。欲寄相思无好句，聊折赠、雁来红。③

其他还有柳永《凤衔杯》、魏夫人《系裙腰》、舒亶《散天花》、李献能《春草碧》、辛弃疾《寻芳草》等众多词调，都可以看作是三五七句式的通变，所以刘念兹先生撰文指出："三五七言诗格乃诗词曲中之一种基本规律""以三五七言奇数体的格式，运用在词调中，从五代到宋代，格式越来越翻新，越来越显露了这种奇数字诗体的变化多姿"④。

四　"三五七言体"的审美内涵

三五七言体究竟缘何而美？目前的研究都是泛泛而言，笔者此处尝试深入言之：

（一）视觉上的造型美

诗歌之美，不仅源于它所要表达的内容，而且也表现在它所呈现的形式上。

英国美学家贝尔在其《艺术》一书中提出"有意味的形式"这一重要的美学术语，他认为任何一件艺术作品，必定存在着一种既是普遍又是特殊的形式，它能够激发起一种特殊的审美情感，没有它，一件艺术作品就无法存在；有了它，艺术作品则不会毫无价值。审美的情感会被"有意味的形式"所激发，而"有意味的形式"则是各种艺术作品中形状、线条、色彩等"形式因素"的

① 唐圭璋《全宋词》，中华书局 1999 年版，第 3719 页。
② 唐圭璋《全宋词》，中华书局 1999 年版，第 333 页。
③ 唐圭璋《全宋词》，中华书局 1999 年版，第 3929 页。
④ 参考刘念兹《三五七词律》，《阴山学刊》1990 年第 4 期。

特殊组合。贝尔认为“有意味的形式”是一切门类艺术所具有的性质。而“三五七言体”它本身具有的这种诗体形式就很有意味,它体现了一种合理化的秩序。

美国理论家马尔库塞认为:“在审美的形式中,内容(质料)被组合、整形、调整,以致获得了一种条件,在这个条件下,‘材料’或质料的那些直接的、未被把握住的力量,可以被把握住,被‘秩序化’。形式就是否定,它就是对无序、狂乱、苦难的把握,即使形式表现着无序、狂乱、苦难,它也是对这些东西的一种把握。艺术的这个胜利,是由于它把内容交付与审美秩序。而审美秩序就其本身的要求看是自律的。”①这就是说,“秩序化”的形式本身具有超越狂乱、苦难的重要审美意义。“三五七言体”因为有了这种诗体形式,就使得这类作品除去内容在最低限度上已经有了一定的审美价值。

具体来说,这种诗体形式拥有稳定的造型美。“三五七言体”所具有的每句字数逐列增多的特点,不能简单地归结为闲适文人的无聊之作,它其实是人类天生具有的构形天性和创造本能,按照美的规律创新出来的一种符合几何美的艺术形式。“形式”的首个含义就是“事物各部分之关联组合”。“三五七言体”的诗句与诗句之间的关联组合不是杂乱无章的,而是排列组合起来后形成一个稳固的几何形状,无论是古代的竖写体还是现在的横写体,匀称稳定的造型美都是这一诗体的首要特点,例如刘长卿《新安送陆澧归江阴》诗云:

新安路,人来去。
早潮复晚潮,明日知何处?
潮水无情亦解归,自怜长在新安住。②

它的排列形状会对人的视觉产生美感的撞击,从而具有了建筑美。长久以来,人们在生产、生活实践中发现和谐的造型更能产生良性的效果,所以在心理上就对稳定的几何形状产生愉悦感与欣赏感。相反,在看到畸形时就产生不愉快的印象。所以我们每每看到在原始艺术中,对称与和谐在艺术意图中占有压倒

① [美]马尔库塞著,李小兵译《审美之维——马尔库塞美学论著集》,生活·读书·新知三联书店1989年版,第123页。

② 彭定求等辑《全唐诗》卷一五一,中华书局1980年版,第1576页。

性的比重。所以我们后世就形成了这样的审美局面：整齐产生美、对称产生美、有规律的错综也产生美。而“三五七言体”如塔身形状自下而上逐行缩小，给人坚实稳定的审美享受，又给人层层递进的上升阶梯感，人们自然会产生形状上的审美愉悦。

上个世纪初，奥地利及德国的心理学家创立了格式塔心理学理论（Gestalt），它强调经验和行为的整体性。认为人的心理意识活动都是先验的“完形”，即“具有内在规律的完整的历程”，其理论核心是整体决定部分的性质，于是人们趋向于对独立的形式产生美感。格式塔派心理学家韦特墨认为，人类的心理有“完形趋向律”：“只要主要的条件允许的话，心理的组织作用是力趋于完善。”①其实就是希望对象的形式是整齐、对称、平衡、简单、坚固的。即便是有的“三五七言体”在古代刻本中没有逐句分行来排列，但这种楼梯或者宝塔式形状，可以使作品的整个布局达到平衡，在人们心理上形成一个完整的具有稳定感的“宜人”造型，给人以安祥、轻松的感觉，从而引起人们强烈的美感。

闻一多先生在《诗的格律》中指出诗歌也是一种视觉艺术：“在我们中国的文学里，尤其不当忽略视觉一层，因为我们的文字是象形的，我们中国人鉴赏文艺的时候，至少有一半的印象是要靠眼睛来传达的。原来文学本是占时间又占空间的一种艺术。既然占了空间，却又不能在视觉上引起一层具体的印象——这是欧洲文字的一个缺憾。我们的文字有了引起这种印象的可能，如果我们不去利用它，真是可惜了。”②古典文学中很多文体都是具有图像性的，常见的绝句和律诗都属于方阵形诗，给人整齐规矩的美感享受，但同时还有苏伯玉妻的《盘中诗》、苏蕙的《璇玑图》、飞雁体、敦煌十字图诗、卍字、花心诗、实心葫芦诗等各种异型诗歌，宋末桑世昌的《回文类聚》、清人万树的《璇玑碎锦》、清人张潮的《奚囊寸锦》、清人况澍的《杂体诗钞》等书中进行了广泛搜集，并附有大量图形。笔者在此引用几幅：

① 转引自杨清《现代西方心理学主要派别》，辽宁人民出版社1981年版，第290页。

② 闻一多《诗的格律》，原载1926年5月13日《晨报副刊·诗镌》第7号。

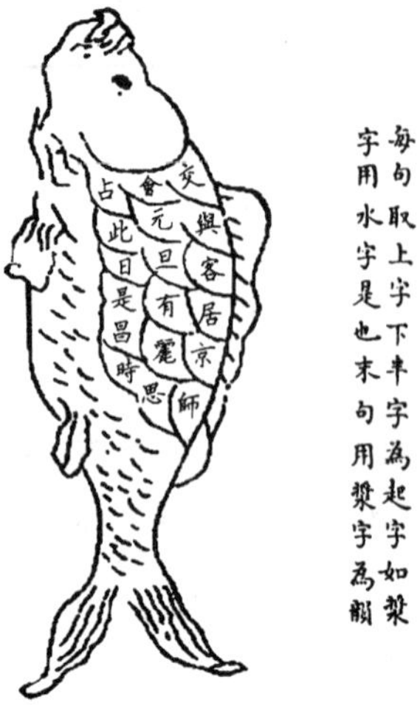

鱼书 张潮 （清）

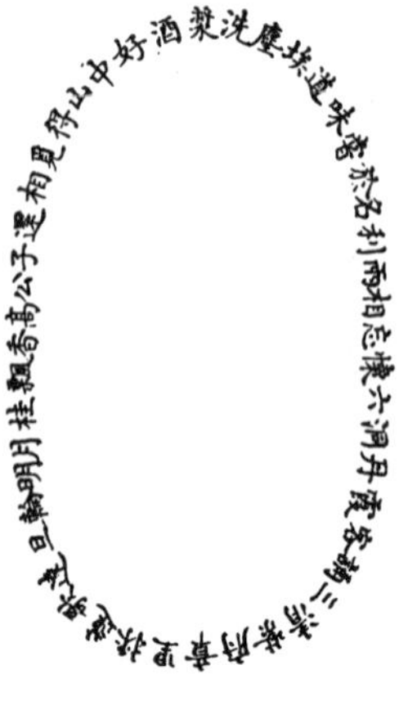

遊紫霄宫 藏頭拆字體① 七言 白居易

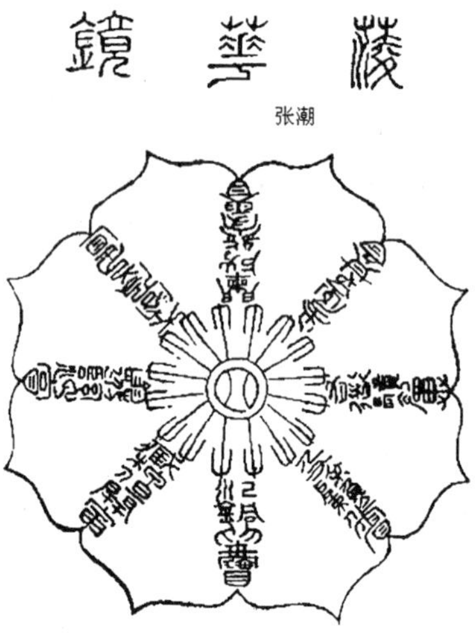

张潮

碧紗籠

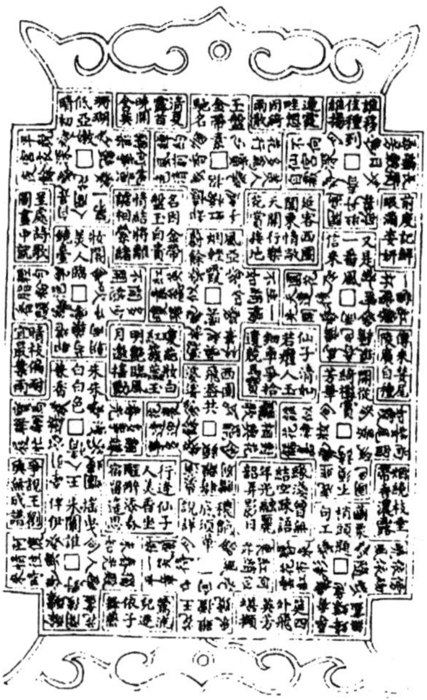

① 桑世昌《回文类聚》卷二,《文渊阁四库全书》本。

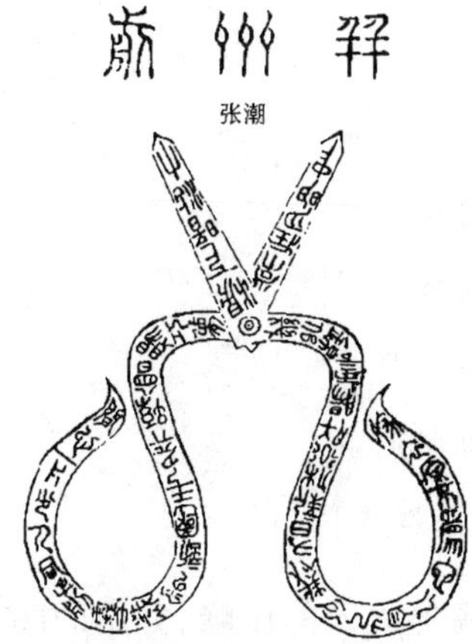

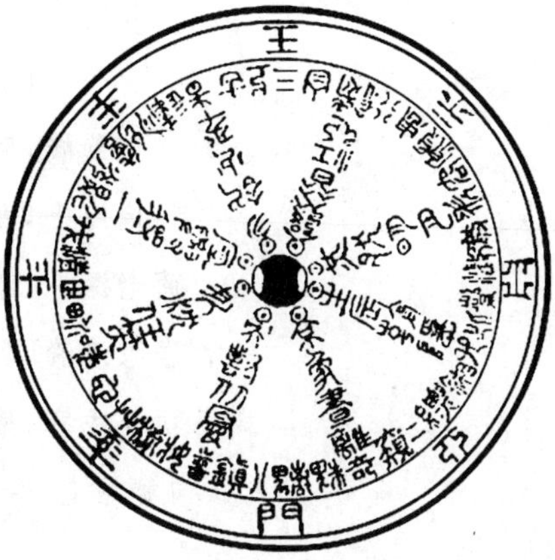
①

八卦镜　张潮

正如英国哲学家休谟认为美和雅的特征就是："那些东西，它们的组成原素得到和谐的排布，以至于我们的心智能够毫不费力地在无需忽略细节的情况下领会整体。同时这种和谐是对我们的审美需要的一种满足，是对我们的心智的一种援助，因为它支持和引导我们的心智。"②以上这些图形诗歌均借助了形式上的视觉效果来增强诗歌的艺术美感，"三五七言体"也有同样的审美原理。

（二）语言物质的形状契合人的知觉经验和实践经验

除了语言外在的、物质性的形状本身具有审美性外，语言物质的形状也可以转化成意义，古代不少图形诗都会将图形契合内容，例如菱花镜图形中嵌入一首思春诗、闺怨诗，梅花瓣图形中嵌入一首梅花诗，"视觉或空间智能促进了科学思维与艺术思维"③。对于"三五七言体"来说，它天生的阶梯结构、宝塔形状会帮助内容是描写高楼、流苏、竹子、石头等的诗歌进行意义增值。这是因为长期以来人们自动地在知觉中产生一种可以接受的结构，当这种知觉结构和客观事物的物质结构、内容意义出现了对应关系，人们便更容易接受这种形式，继而产生愉悦。

① 鱼书、碧纱笼、菱花镜、八卦镜、并州剪诗图，均出自张潮《奚囊寸锦》，清嘉庆二十五年（1820）刻本。
② ［英］詹姆斯·W·麦卡里斯特《美与科学革命》，吉林人民出版社 2000 年版，第 23 页。
③ ［美］H·加登纳《智能的结构》，光明日报出版社 1990 年版，第 203—204 页。

例如令狐楚的《山》:

山。
耸峻,回环。
沧海上,白云间。
商老深寻,谢公远攀。
古岩泉滴滴,幽谷鸟关关。
树岛西连陇塞,猿声南彻荆蛮。
世人只向簪裾老,芳草空余麋鹿闲。①

这首诗以山为题,内容是咏山,形状上也似一座高耸入云的山峰,如山的图式解释、补充着内容。语言物质的外形特征增加了山的高大、幽深之美,呈现出富有创造性的诗意。深入来说,当代心理学实验表明,人类是有感觉分析器的,"分析器外用部分的一定细胞与一定区域的皮层细胞相对应"②。当人们的感觉分析器得到了相对应的形式信息,皮层细胞中就会引起愉快的兴奋反应。人们在看到一至七字诗或者三五七言体这种题目时,相应地就在期待一种阶梯式、梯形式或者宝塔式的图形,当描写"山"的内容出现时,诗的内容与形式都与人的心理机制产生了对应性的一致关系,这时主体就会感到对象是充满美感的。

现代诗也是同样,不少诗人能够充分利用其自由组合的外形特点,使形状充分转化成意义,例如伊蕾在《黄果树大瀑布》中描写瀑布飞降的图景:

白岩石一样砸下来
砸
下
来
砸碎大墙下款款的散步
砸碎"维也纳别墅"那架小床
砸碎死水河那个幽暗的夜晚
……

① 计有功《唐诗纪事》卷三十九,上海古籍出版社1955年版,第590页。
② [苏]彼德罗夫斯基《普通心理学》,人民教育出版社1981年版,第254页。

哪怕像这瀑布

千年万年被钉在

悬

崖

上①

是诗采用了极富动感的语言竖排，如一条狭长的激烈水瀑直接刺激着读者的视觉。作者还同时赋予了细节上不稳定的造型，给人以倾倒、危险和动荡的感觉，更加增添了诗歌表现内容的破坏性力量。再如杨炼在《织》中的形式排列：

当纯洁的、可爱的

露水

悄

悄

滴湿了时间……②

用语言的物质性状直接描绘出露水下滴的样子，这对诗歌意义的生发是一种良好的催化剂。③

用艺术的形状来契合人的知觉经验和实践经验，此时的形状便不仅仅只是形状了。这一审美内蕴也启发我们在创作“三五七言体”等图形诗的时候，可以根据诗体形状来选择题材和内容，以便收获良好的艺术效果。

（三）纯奇言与字数的适中更富美感

为什么只选择三言、五言与七言这些奇言来搭配诗体呢？为什么没有流行“二四六八体”呢？这是因为纯奇言组成的诗句相比偶言的参与更富有艺术美感。

偶言的主要局限在于它的节拍单调，在二节拍作为节奏单位的情况下，偶言句子缺少奇偶变化，所以显得声促调板。奇数诗的内部节奏却是奇偶搭配，三言是2+1，五言是2+2+1，七言是2+2+2+1，而且其中还有多种自由的变

① 谢冕《百年百篇文学精选读本·诗歌卷》，天津教育出版社2002年版，第294页。

② 《诗刊》1980年8月号“春笋集”栏刊。

③ 具体论述可参王珂《宝塔诗在现代诗学视野中的文体价值》，《贵州社会科学》2002年第4期。

化,例如三言可以是1+2,五言还可以是2+1+2,七言也可是2+1+2+2。① 奇言句有这样一个奇偶相间新颖灵巧的节拍,构成了诗歌节奏错落杂出的活跃形式,如此可以适应丰富多彩的社会生活与审美需求。此外,日本学者松浦友久又提出了奇数言具有"休音"的特点:

> 中国古典诗歌以两个音节为一个拍子,对于五言诗,"一句五音"则以"一句三拍"的三拍子节奏为基础,诗句的末尾有"相当于一个字"的休音,即半个拍子的休音。例:农务村村急×,春流岸岸深×。休音现象是只有拍节节奏的流动,而没有音节节奏的流动,即"有拍无音"的现象。在这"有拍无音"的部分,就会发生一种"节奏性的真空"状态。在该部分,就会引起要填充真空的一种能量。这种能量就是弹性节奏。②

而在偶言诗中是没有这种休音的,所以就缺乏弹性节奏。

于是,人们在艺术实践中逐渐自动选择了一个富有节奏变化与休音弹性的奇言诗体。"从诗体盛衰的角度看,偶言诗的主潮是在春秋以前,其变体——骚体,到战国末年宋玉之时就已式微;后世虽有一些偶言诗的新变体或四言余波,但已经无法与五七言诗体的狂涛巨澜相抗衡了。"③在古典诗歌漫长的时光里,六言、八言始终不够发达,远不及五七言繁荣昌盛,偶言诗失去竞争力,导致偶言词也难以崛起,纯偶言的中调与长调皆未出现,纯偶言的小令也仅见于中晚唐,而且比例甚小,之后的五代词及民间词中则未见纯用偶言句式的作品。④ 有学者根据《花间集》等早期词集、词作的考查发现,奇言句式(主要是五七言句式)占绝对优势:"定量分析的结果说明:在奇言诗全面成熟之后兴起的新诗体——词,它最早成熟的形式乃是奇言词;构成早期词的主要成分的也是奇言句式。"⑤ 以至两宋时代,一些词家直接用"五七字语"或"五七言"作为词体的代称。⑥ 可见宋人确认奇言诗就是词的母体。这不得不说其根本原因来自于奇言诗本身所具有的审美价值。

---

① 具体可参本书第七章第二节"折腰句"中的论述。

② [日]松浦友久《中国古典诗歌节奏结构》,《唐代文学研究》(第三辑),广西师范大学出版社1992年版。

③④⑤ 罗漫《词体出现与发展的诗史意义》,《中国社会科学》1995年第5期。

⑥ 例如北宋晏几道在《小山乐府·自叙》中说:"叔原往者浮沈酒中,病世之歌词,不足以析酲解愠,试续南部诸贤绪余,作五七字语,期以自娱。"又如南宋张镃《梅溪词序》云:"况欲大肆其力于五七言,回鞭温韦之途,掉鞅李杜之域,跻攀风雅,一归于正,不于是而止。"

再者“三五七言体”的审美优越性是超过“一三五七九言体”的。这主要是因为“句长声弥缓，句短声弥促，施于文笔，须参用焉。就而品之，七言已去，伤于大缓，三言已还，失于至促”（《文笔式·定位》）①。九言容量虽大，但句子太长，语嫌繁复，声调阐缓，诵之令人气阻，所谓过犹不及。顾炎武就指出“古人不用长句成篇”：“不特以其不便于歌也，长则意多冗，字多懈，其于文也亦难之矣。”（《日知录·古人不用长句成篇》）②清人翟灏素来喜欢做一些长言诗③，但他同时又在十言《奉酬》诗中自我评价：“向偶诵风诗见有八字句，‘我床下入蟋蟀’与‘庭悬貆’，妄于七字外铺牵成变格，句法生涩，徒恼乱人心魂。”④可见长言诗的确有句法铺牵生涩之感。此外，杨国枢《中国旧诗每句字数与其快感价值之关系》中有实验证明，古体诗每句字数不同，所具有之快感亦不同，其中八、九及十言的快感值最低。⑤ 又，超过七个字的句式不便于记忆，因人的短时记忆在七个组块的信息容量之内。⑥

综上，纯粹奇言的组合使得这种诗体具有独特的音韵美，三言、五言与七言的搭配，又使得诗句的长度适中，诵读时的舒适度高，从而产生与其他杂言诗所不具备的审美快感。

五 “三五七言体”的运用与地位

在具体的运用上，这种类型的诗歌不过诗人赋咏之余耳，一般多在唱和之中使用。王昆吾先生在《唐代酒令艺术》第四章“唱和”中认为最早的“一三五七九言”应是义净和五行两人的“唱和之作”。⑦ 大历间出现的鲍防、严维等人的《入五云溪寄诸公联句从一字至九字》《登法华寺最高顶忆院中诸公从一字至九字》从诗题上看都是联句唱和的形式。宋人计有功《唐诗纪事》卷三十九载：“乐天分司东洛，朝贤悉会兴化亭送别。酒酣，各请一字至七字诗，以题为韵。”⑧其

① 张伯伟《全唐五代诗格汇考》，江苏古籍出版社 2002 年版，第 83 页。
② 黄汝成《日知录集释》卷二十一，上海古籍出版社 2006 年版，第 1189—1190 页。
③ 具体论述可参李晓红《论八言诗及其相关问题》，《学术研究》2008 年第 9 期。
④ 翟灏《无不宜斋未定稿》，清乾隆刻本。
⑤ 吴宏一主编《中国古典文学论文精选丛刊·诗歌类》，台北幼狮文化事业公司 1980 年版，第 487 页。
⑥ 吴琦幸《论古典格律诗和人的记忆广度·字数》，《文学遗产》1988 年第 5 期。
⑦ 王昆吾《唐代酒令艺术》，知识出版社，1995 年版，第 104—105 页。
⑧ 计有功《唐诗纪事》，上海古籍出版社 1955 年版，第 590 页。

中王起赋《花》,李绅赋《月》,令狐楚赋《山》,元稹赋《茶》,魏扶赋《愁》,韦式赋《竹》,张籍赋《花》,范尧佐赋《书》,白居易赋《诗》。因为这种诗体大量具有"唱和"属性,所以有学人大胆指出:"因而我们有了这样一种推论:李白这首与上述诗歌体式相似的《三五七言》可能也是他与其他诗人的'唱和诗'。"①既然这种诗体最主要的创作场合是酒宴与聚会,这就决定了这一诗体的游戏娱乐属性。

从宏观角度上说,"三五七言体"和其他异形体诗(回文体、瘸腿体、鱼形体、葫芦体、花瓣体等)还是属于变体诗,在古代汉诗中是对占绝对优势的"齐言体"的补充。正如严羽《沧浪诗话·诗体》云:"又隋人应诏有三十字诗,凡三句七言,一句九言,不足为法,故不列于此也。"②在严羽看来,五、七言诗之外的诸体显然不被当成诗体正格,这一观点现在亦复如是。

第二节　嵌字体

古典诗法著作中经常会总结一些怪体诗,如人名诗、数字诗、药名诗、州名诗等,它们的共同特点都是在诗句中有规律地嵌进有特殊要求的字,从而在全篇之内构成人名、地名、药名、八音、五行等一组词汇,显出诗歌在"结体"方面的独特之处。这种类型的诗都可以算作是"嵌字体"③,但笔者并不将其作为"字法"类,因为字法主要的影响力是在句子之内的,而不关乎全篇。笔者将这种诗法归为"结体"类,因为这是需要在提笔之前确定下来的,跟整首诗的体制有关。

这种诗体虽"终非诗体之正"(吴讷《文章辨体序说》)④,但长久以来一直活跃在文学舞台之上。关于这一诗歌的结体方法,有鄢化志《中国古代杂体诗通论》⑤和数篇论文有所涉及,但还没有出现综合性的研究,尤其对它的语言特征与审美价值还需要进一步发掘。

---

① 吉文斌《试论李白〈三五七言〉的创作机制与体式特征》,《名作欣赏》2010年第2期。

② 郭绍虞《沧浪诗话校释》,人民文学出版社1961年版,第71页。

③ 鄢化志《中国古代杂体诗通论》:"而这些嵌鸟兽草木车船州县各种名称的诗体,看来很多,实则体裁手法毫无二致,仅用字不同。若按内容,只一个'杂名体'便可一言以蔽之,在体制形式上,更可统归入'嵌字'一类。"(北京大学出版社2001年版,第38页)

④ 吴讷、徐师曾《文章辨体序说·文体明辨序说》,人民文学出版社1962年版,第58页。

⑤ 鄢化志《中国古代杂体诗通论》,北京大学出版社2001年版。

一　诗中嵌字现象

“嵌字体”多为魏晋六朝时文人所创制，但“嵌字法”早在《诗经》时代就有了端倪。例如《小雅·北山》中连续十二句都有“或”字：

> 或燕燕居息，或尽瘁国事。或息偃在床，或不已于行。或不知叫号，或惨惨劬劳。或栖迟偃仰，或王事鞅掌。或湛乐饮酒，或惨惨畏咎。或出入风议，或靡事不为。①

这种有意将同一字在诗中各句的同一位置连续出现，现在一般归为重复用字法②，但这一诗法同时也如事先镶嵌，所以在修辞格上也有将之作为“嵌字”的。其他诗例还有《大雅·公刘》连续四句嵌用“是”字，《大雅·绵》连续四句嵌用八个“乃”字，《大雅·板》连续六句嵌用“维”字。

晋代孙楚的《出歌》可以看做是《诗经》中嵌字法的延续：

> 茱萸出芳树颠，鲤鱼出洛水泉。白盐出河东，美豉出鲁渊。姜桂荼荈出巴蜀，椒橘木兰出高山。蓼苏出沟渠，精稷出中田。③

再有陶渊明的《止酒》：

> 居止次城邑，逍遥自闲止。坐止高荫下，步止荜门里。好味止园葵，大欢止稚子。平生不止酒，止酒情无喜。暮止不安寝，晨止不能起。日日欲止之，营卫止不理。徒知止不乐，未知止利己。始觉止为善，今朝真止矣。从此一止去，将止扶桑涘。清颜止宿容，奚止千万祀。④

虽然也是只嵌“止”字，但却与《诗经》的嵌字法有了一定的变化。“一是过去嵌字只固定于句中的同一部位，如同货物罗列般的机械板滞”，而陶渊明的《止酒》“止字分别处于一、二、三、四、五的位置，形成参差错落的变化美，给人以眼花缭乱之感”“二是所嵌的同一字在词性和意义上都有变化，而过去嵌字只有同一个意义”“三是由于止字在词序、意义上的差异，其在句中担任的成

① 《十三经注疏》整理委员会《毛诗正义》，北京大学出版社 1999 年版，第 797 页。

② 此问题本书第六章附“古典诗歌重复用字法面面观”中有相关讨论。

③ 逯钦立《先秦汉魏晋南北朝诗》，中华书局 1983 年版，第 600 页。

④ 逯钦立《先秦汉魏晋南北朝诗》，中华书局 1983 年版，第 1001 页。

分也反复变化”①。

这种只嵌一个单字的情况到了南朝时便有了改变,最终发展成可以嵌四色、五行、六甲、六府、八音、十二属、人名、地名、星名等相互之间有意义联系的字词。例如贯云石小令《清江引·立春》:“金钗影摇春燕斜,木抄生春叶,水塘春始波。火候春初热,土牛儿载将春到也。”作者自注:“限金、木、水、火、土五字冠于每句之首,句中各用‘春’字。”这首散曲既每句嵌“春”字,而且每句句首所嵌之字彼此之间是有意义联系的,使之成为了一首嵌入“五行”的诗,这也就是本篇所谈的“嵌字体”。

二　嵌字体的始创高峰与主要类型

嵌字体的始创高峰主要发生在六朝时期,例如“星名诗”约始于南朝齐时王融②:

> 眇叹属辰移,端忧临岁永。久惭入汉客,每愧遵河影。仙羽诚不退,蓬襟良未整。谁谓无正心,大陵有霜颖。③

诗中的“辰”“岁”“汉”“河”“仙”“蓬”“心”“颖”都是星名,但诗的内容却是咏怀感兴,与星辰并没有关系。《诗经》中有“东有启明,西有长庚”“维南有箕”“维北有斗”等句子,其中“启明”“长庚”“箕”“斗”也是星名,但诗句或实写其景,或为比兴,所以并不能算成是星名诗。只有在诗句中嵌入彼此之间有一定意义联系的字,而且诗作的内容和所嵌之字没有内容联系或者比兴关系,才算是“嵌字体”。

药名诗大约首见于南朝齐梁时期的沈约、王融。例如王融《药名诗》云:

> 重台信严敞,陵泽乃闲荒。石蚕终未茧,垣衣不可裳。秦芎留近咏,楚蘅揩远翔。韩原结神草,随庭衔夜光。④

此诗每句嵌以药名,有“重台”“陵泽”“石蚕”“垣衣”“秦芎”“楚蘅”“神草”“夜光”八种,内容却是咏皇家宫苑气象,和草药并无关系。之后,南朝简文帝、庾肩吾、

---

① 鄢化志《中国古代杂体诗通论》,北京大学出版社 2001 年版,第 176 页。

② 赵翼《瓯北诗话》卷十二:“又有药名诗,王融所创,专用药名嵌于句中,而不必句首。”(人民文学出版社 1963 年版,第 177 页)

③④ 逯钦立《先秦汉魏晋南北朝诗》,中华书局 1983 年版,第 1403 页。

梁元帝等人都有拟作。唐宋诗人也多有尝试，例如宋代的陈亚正是以写作药名诗而闻名于世的诗人。

建除体首见于南朝宋时的鲍照①，其《建除诗》云：

> 建旗出敦煌，西讨属国羌。除去徒与骑，战车罗万箱。满山又填谷，投鞍合营墙。平原亘千里，旌鼓转相望。定舍后未休，候骑敕前装。执戈无暂顿，弯弧不解张。破灭西零国，生虏郅支王。危乱悉平荡，万里置关梁。成车入王门，女献玉壶浆。收功在一时，历世荷余光。开壤袭朱绂，左右佩金章。闭帷草《太玄》，兹事殆愚狂。②

古代占卜中以"建""除""满""平""定""执""破""危""成""收""开""闭"十二字以指代十二时辰，在每句诗中嵌入这些字的诗是谓"建除体"。鲍照是诗主要写对班超投笔从戎的称赞，艺术性实属于上乘。之后，梁代范云、陈代沈炯、唐代权德舆、宋代陈与义、黄庭坚等都有拟作。

《艺文类聚》卷五六记载了不少梁元帝的嵌字体诗歌，例如《草名诗》：

> 胡天迎娉主，途径蒯北游。金钱买含笑，银缸影梳头。初控游龙马，仍移卷柏舟。中江离思切，蓬鬓不堪秋。况度蒲昌海，落月似悬钩。③

其中嵌入了"胡""蓟""金钱""含笑""银(花)""游龙""卷柏""江离""蓬""蒲""悬钩"等多种草名，但内容却是写公主出塞和亲之事，这些草名不用来指代草，而是作为其他的意义而发挥作用。此外，梁元帝还有《屋名诗》《车名诗》《船名诗》《鸟名诗》《兽名诗》《树名诗》《县名诗》《龟兆名》等。郡县名、州名、道里名诗也在南朝出现，例如谢庄有《自浔阳至都集道里名为诗》、王融有《奉和竟陵王郡县名诗》、齐竟陵王萧子良有《郡县名诗》、范云有《州名诗》等。

唐初欧阳询等撰的《艺文类聚》是首次选录嵌字体诗歌的类书，其中收录有近三十种嵌字体。中唐吴兢撰《乐府古题要解》卷下则首次集中阐释各种嵌字体名称的含义：

> 〇道里名诗　右"道"谓汉孝文帝称"北走邯郸道"，"里"谓高祖中阳里

---

① 赵翼《瓯北诗话》卷十二："《诗苑类格》有建除体一种，以建、除、满、平、定、执、破、危、成、收、开、闭十二字冠于句首，此本鲍照所创。"（人民文学出版社 1963 年版，第 177 页）

②③ 欧阳询《艺文类聚》卷五六，上海图书馆藏宋刻本。

之类,集以为诗也。

〇星名　右据《天文志》所载也。

〇郡县名　右据《地理志》所载也。

〇卦名　右据《周易》所载也。

〇药名　右据《本草》所载。

〇姓名　右据古人之知名者。

〇相名　右据相书所载,若"山庭""月角"是也。

〇宫殿名　右若《三辅黄图》等所载。

〇草树鸟兽名　右见于记录者,皆可用也。

〇歌曲名　右据乐府所载。

〇针穴名　右据医家《明堂》所载。

〇将军名　右据职官所载。

〇车名　右据《周礼》《汉官仪》所载。

〇船名　右若《左氏传》"吴艅艎"之类也。

〇无名　右言本无名氏,若"无是公""乌有先生"。

〇寺名　右若白马、青龙之类也。

〇数　右从一至十也。

〇八音　右金、石、丝、竹、匏、土、革、木。

〇六甲　右十二辰是也。

〇十二属　右十二辰所配,若子鼠、丑牛之类。

〇六府　右水、火、金、木、土、谷。①

随后南宋严羽《沧浪诗话》、南宋吕祖谦《宋文鉴》也涉及到了嵌字体的总结与选录。明代徐师曾《文体明辨》中列入的嵌字体较多,有四时、四气、四色、六忆、六甲、六府、八音、十二属、十二辰、百年、数名、人名、建除、星名、二十八宿、道里名、郡县名、州名、县名、针穴名、姓名、将军名、古人名、歌曲名、屋名、船名、车名、药名、草名、树名、鸟名、兽名、卦名、龟兆名等近四十种。随着社会生活的发展,许多新生名词都可以成群结队地进入到嵌字体诗歌中来,例如宋以后出现

① 丁福保《历代诗话续编》,中华书局1983年版,第62—66页。

了词牌名嵌字体，元代又有曲牌名嵌字体，当代还有流行歌曲名、电影名、中外地名、菜名等嵌字体，这种诗法可以用于诗歌，也可以用于散文、小说、相声、小品等多种文艺形式中。

三 嵌字体人名诗与其相关类型的辨析

“取古人之知名者”（吴兢《乐府古题要解》）①嵌入诗中的“人名诗”出现较晚，是到唐代权德舆笔下才首次出现，对此叶梦得《石林诗话》卷上云：

> 王荆公诗有“老景春可惜，无花可留得。莫嫌柳浑青，终恨李太白”之句（原诗为：老景春可惜，无花可留得。绕屋褚先生，萧萧何所直。每嫌柳浑青，追怅李太白。多谢安石榴，向人红蕊拆），以古人姓名藏句中，盖以文为戏。或者谓前无此体，自公始见之。余读《权德舆集》，其一篇云：“藩宣秉戎寄，衡石崇位势。年纪信不留，弛张良自愧。樵苏则为惬，瓜李斯可畏。不顾荣官尊，每陈农亩利。家林类岩巘，负郭躬敛积。忌满宠生嫌，养蒙恬胜智。疏钟皓月晓，晚景丹霞异。涧谷永不谖，山梁冀无累。颇符生肇学，得展禽尚志。从此直不疑，支离疏世事。”则德舆已尝为此体，乃知古今文章之变，殆无遗蕴。德舆在唐不以诗名，然词亦雅畅，此篇虽主意在立别体，然亦自不失为佳制也。②

王安石原诗嵌景春、留得（刘德）、褚先生，萧何、柳浑、李太白、谢安、榴向（刘向）共八个人名。权德舆诗嵌藩宣、石崇、纪信、张良、苏则、李斯、顾荣、陈农、林类、郭躬、满宠、蒙恬、钟皓、景丹、谷永、梁冀、王符、展禽、不疑、支离等共二十二个人名。

和其他嵌字体诗歌一样，人名诗也要求诗作的内容和所嵌之字没有意义联系，例如陆龟蒙有《寒日古人名》：“初寒朗咏裴回立，欲谢玄关早晚开。昨日登楼望江色，鱼梁鸿雁几多来？”③所嵌人名为寒朗、谢玄、楼望、梁鸿。这些字词在诗中发挥的并不是提示人物的意义，而是行使单字本身的意思。

如此，再来看宋代范晞文在《对床夜语》卷三中的一段话：

---

① 丁福保《历代诗话续编》，中华书局 1983 年版，第 63 页。
② 吴文治《宋诗话全编》，江苏古籍出版社 1998 年版，第 2695 页。
③ 彭定求等辑《全唐诗》卷六三〇，中华书局 1980 年版，第 7232 页。

> 诗用古人名,前辈谓之"点鬼簿",盖恶其为事所使也。如老杜"但见文翁能化俗,焉知李广不封侯""今日朝廷须汲黯,中原将帅忆廉颇"等作,皆借古以明今,何患乎多? 李商隐集中半是古人名,不过因事造对,何益于诗? 至有一篇而叠用者,如《茂陵》云:"玉桃偷得怜方朔,金屋修成贮阿娇。谁料苏卿老归国,茂陵松柏雨萧萧",此犹有微意。《牡丹诗》云:"锦帏初见卫夫人,绣被犹堆越鄂君。石崇蜡烛何曾翦,荀令香炉可待熏",不切甚矣。①

范氏这里举出的诗例,均算不上是嵌字体的人名诗,只能算是用人名来指示人物,以达到用典或用事的目的,所以这样使用人名并非是嵌字体人名诗。

再看宋代胡仔《苕溪渔隐丛话前集》卷三三引《遯斋闲览》云:

> 或传一诗谜云:"佳人佯醉索人扶,露出胸前白雪肤。走入绣帏寻不见,任他风雨满江湖。"乃贾岛、李白、罗隐、潘阆四诗人名也。云是荆公所作。②

此乃以人名为谜底的诗谜,诗句中没有直接指示人名的字词,要靠读者的联想与推理才能得到具体的人名,所以这种诗谜性质的人名诗也并非嵌字体。同样的例子还有《越绝书》末尾《序外传记》中有隐语:"以去为姓,得衣乃成;厥名有米,覆之以庚(隐袁康)。禹来东征,死葬其疆(隐籍贯会稽)。不直自斥,托类自明""邦贤以口为姓,丞之以天(隐吴字);楚相屈原,与之同名(隐平字)。"③东汉魏伯阳《参同契自序》中也使用诗谜的方法来隐藏姓名:"委时去害,依托丘山,循游寥廓,与鬼为邻(藏"魏"字)。伦寂无声,化形为仙,百世一下,遨游人间(藏"伯"字)。敷陈羽翮,东西南倾,汤遭厄际,水旱隔并(藏"阳"字)。柯叶萎黄。失其华荣,各相乘负,安稳长生(藏"歌"字)。"④这些都算不上是嵌字体人名诗。

还有一种人名诗,则是各句所嵌之字结合起来成为一个人名。如宋代梅尧臣《戏谢师直》:

---

① 范晞文《对床夜语》,《丛书集成》本,商务印书馆 1935 年版,第 21 页。
② 胡仔《苕溪渔隐丛话前集》卷三三,人民文学出版社 1962 年版,第 223 页。
③ 袁康、吴平《越绝书》,上海古籍出版社 1985 年版,第 108—109 页。
④ 仇沧柱《参同契集注》卷上,中医古籍出版社 1990 年版,第 4 页。

古锦裁诗句，班衣戏坐隅。木奴今正熟，肯效陆郎无？①

诗之前三句分别嵌“锦”“衣”“奴”三字，因为谢师直小名叫做“锦衣奴”。这种诗虽然也是嵌字，但所嵌之字没有人所共知的或约定俗成的意义联系，所以仍不是本篇所讨论的嵌字体人名诗。

四 嵌字体的语言特征

在将嵌字体人名诗与相关类型诗歌进行辨析后，可以发现这一诗法在语言特征上主要是借助一字多义的双关手法。汉字一字可以多音，一音又可以多字，一字可以多义，一义又可以多字，这种在字形、字音、字义之间有着一定的交叉重合关系的特点，使得汉字在词句的组合中具有极大的自由。所以我们看到“在回文、反复、离合、连环、嵌字及各种图形的诗体中，汉字的组合体犹如玩具中的魔方或变形金刚，一个形体可以演变出无数‘化身’”②。

在嵌字体中，其所嵌之字词需要另外承担意思，与诗中本来的意思不一样。例如药名诗中的宫粉、重楼、红花、白头翁、乌头等，都是利用一词双关意义来发挥作用。再如沈约《奉和竟陵王药名诗》“玉泉亟周流，云华乍明灭”，“玉泉”和“云华”在诗句中本是指“流水”和“云彩”，而又可以单挑出来看做是一种草药的名字与药物云母石。范云《奉和齐竟陵王郡县名诗》“临泾方辨渭，安夷始和戎”，“临泾”“安夷”是“靠近泾水”“平定边区”的意思，但同时又可以脱离句子看作是两个地名。正如有学人论述道：“这些杂物名诗并不像咏物诗一样专咏一物，而是将众多的同一种类的事物名称汇集在一首诗中，只是点到为止，并不对这些事物名称展开描写，相当于将这些名称镶嵌在诗中，用意义连贯的诗句将它们贯穿起来，若非标明事物名称，有时也会很难辨别，因此双关手法在杂物名诗的艺术表现上起了重要作用。”③

还有一种稍微复杂的双关法，就是所嵌之字分属于句子内部不同的节奏中，例如皮日休有《奉和鲁望寒日古人名一绝》：“北顾欢游悲沈宋，南徐陵寝叹

---

① 北京大学古文献研究所《全宋诗》，北京大学出版社 1999 年版，第 3342 页。
② 鄢化志《中国古代杂体诗通论》，北京大学出版社 2001 年版，第 20 页。
③ 时国强《论汉魏六朝的杂体诗》，《中南大学学报》2012 年第 1 期。

齐梁。水边韶景无穷柳,寒被江淹一半黄。"[1]所嵌人名是顾欢、徐陵、边韶、江淹。前三个人名在诗作中都是被诗句节奏分割开来的,"北顾|欢游""南徐|陵寝""水边|韶景",在诗句中,"顾"是"看"的意思,"欢"是"愉快"的意思,而作为嵌字体,"顾"和"欢"就合称为古人名。还有以三个字的药名入诗,这个更有一定的难度。宋代《青箱杂记》卷一记载,听说陈亚可以"药名用于诗,无所不可",有人便让他用"延胡索"入诗,陈亚沉思之后吟道:"布袍袖里怀漫刺,到处迁延胡索人。"[2]"迁延胡索"意谓胡搅蛮缠,而"延胡索"却是一味药,所以闻者莫不大笑。

在使用双关法的同时,还可以使用谐音法,对此古人提出"当字则正,意须假借"的方法,胡仔《苕溪渔隐丛话前集》卷二七引《漫叟诗话》云:

> 尝见近世作《药名诗》,或未工,要当字则正,用意须假借,如"日仄柏阴斜"是也;若"侧身直上天门东""风月前湖夜",湖、东二字即非正用。[3]

例文中的门东(冬)、前湖(胡),作为诗歌本身就取其正字,作为嵌字体则需要使用谐音字。其他还有喜君知(使君子)、酸早(枣)、管(惯)众,都是利用谐音来构成嵌字体药名的。但古人又提出"正用"更为工致的说法。如北宋王得臣《麈史》卷中指出:

> 权文公多用州县、日辰之类为诗。近见人亦有为药名诗者,如诃子、缩砂等语,不惟直致,兼是假借,大不工耳。[4]

他就认为使用谐音法的"假借"不如直接使用本字更为妙绝。北宋的孔平仲写了不少药名诗,也以直用本字为上,他有一首药名诗的诗题是"亶甫寄示庐山高药名诗,亦作一首奉酬。不犯唱首,兼用本字,更不假借"[5]。祝尚书先生就认为:"'不用假借'即不用谐音法,是北宋后期药名诗人的共识,从而成为规范药名诗的一条重要原则。"[6]

---

① 彭定求等辑《全唐诗》卷六一六,中华书局 1980 年版,第 7106 页。
② 吴处厚《青箱杂记》卷一,中华书局 1985 年版,第 5 页。
③ 胡仔《苕溪渔隐丛话前集》,人民文学出版社 1962 年版,第 188 页。
④ 王得臣《麈史》卷中,上海古籍出版社 1986 年版,第 48 页。
⑤ 北京大学古文献研究所《全宋诗》,北京大学出版社 1999 年版,第 10973 页。
⑥ 祝尚书《论宋人杂体诗》,《四川大学学报》2001 年第 5 期。

同时孔平仲又指出药名需要“但取世俗之所知”,他还有一首药名诗的诗题就说这一问题:“再作药名诗一首寄亶父,并用本字,更不假借。此诸名布在本草中,虽或隐晦,然以为不当,但取世俗之所知而遗其所不知,亦君子之用心也。至于搜索牵合,亦可以发人意思而消磨光景,请亶父同作。”①的确,如果使用冷僻的药物,读者看不出来诗中还有药名,那就失去读写药名诗的意义了。

无论是否使用谐音,嵌字体最大的要求就是所嵌之字要与周围词语巧妙地融合在一起,从而不显示堆砌与强塞的痕迹。《苕溪渔隐丛话前集》卷二七又云:

> 禽言诗当如药名诗,用其名字隐入诗句中,造语稳贴,无异寻常诗,乃为造微入妙。如药名诗云:“四海无远志,一溪甘遂心。”远志、甘遂,二药名也。禽言诗云:“唤起窗全曙,催归日未西。”唤起、催归,二禽名也。②

“隐逸于四海之内,无需什么庙堂志向,甘愿在一溪烟雨中放逐身心。”这个诗句十分妥帖自然,看起来和一般性诗歌并无二致,因为药名被天衣无缝地“隐入”其中,所以在胡仔看来,这便是一首成功的嵌字体药名诗。

要求“无异寻常诗”,意味着嵌字体也要受一般诗歌理论的指导和约束,例如陈亚《生查子·药名闺情》:

> 相思意已深,白纸书难足。字字苦参商,故要槟郎读。　　分明记得约当归,远至樱桃熟。何事菊花时,犹未回乡曲?③

其中的相思、意已(薏苡)、白纸(芷)、苦参、郎读(狼毒)、当归、远至(志)、樱桃、菊花、回乡(茴香)均为药名。但其形式上完全符合词律,内容上表达闺怨,丝毫不因嵌入药名而有所异样。也就是说“可以不顾其游戏部分,或者不觉其为游戏,而具有与一般诗词相同的艺术审美效果”④。因为无论诗体再怎么新奇刁钻,它们总是诗歌殿堂中的一员。正如《文心雕龙·明诗》曰:“至于三六杂言,则出自篇什;离合之发,则明于图谶;回文所兴,则道原为始;联句共韵,则《柏

① 北京大学古文献研究所《全宋诗》,北京大学出版社 1999 年版,第 10972 页。
② 胡仔《苕溪渔隐丛话前集》,人民文学出版社 1962 年版,第 188 页。
③ 唐圭璋《全宋词》,中华书局 1999 年版,第 11 页。
④ 祝尚书《论宋人杂体诗》,《四川大学学报》2001 年第 5 期。

梁》余制。巨细或殊,情理同致,总归诗囿,故不繁云。”①对此,陈亚也曾说道:“药名用于诗,无所不可,而斡运曲折,使各中理,在人之智思耳。”②药名诗的“中理”,就是造语稳贴,不露痕迹。

如此看来,嵌字体表现出汉语言文字的独有特征,显示了汉诗艺术形式的丰富性。正如有学者所论述的:“只要运用汉语言文字作旧体诗词,这种特有的‘游戏’就可能与之共生。”③

五　嵌字体的创作心态

嵌字体自从南朝开始出现后,长期成为我们中国文人文化生活的组成部分。例如中唐名相权德舆也颇好新奇,他集子中离合、数名、州名、星名、卦名、药名、建除等诸体俱全,这在他整体中正平易的庙堂文章中显得十分光怪陆离。其实,嵌字体的创作可以反映出古代士大夫的部分情趣心态。

(一)消闲

嵌字体的始创,多产生于六朝时期君臣朝堂唱和、文友交游的场合之中,例如陈后主在《与江总书悼陆瑜》中谈及这一时期的文人活动时云:“吾监抚之暇,事隙之辰,颇用谈笑娱情,琴樽闲作,雅篇艳什,迭互锋起。……连情发藻,且代琢磨,间以嘲谑,俱怡耳目,并留情致。”④所以“迂诞浮华,不涉世务”便成为这种场合中文学作品的特点之一,而嵌字体便散发着这种特质,它的诞生本身就是南朝时代以文学作为消闲娱乐功用的典型体现。

在随后的朝代里,虽然不再是把文学主要当成消闲工具,但是文人的娱乐还是很大程度上要依靠诗文,各种杂体诗都是日常唱和行为中的重要选择,例如“三五七言体”便是唐代唱和诗中极受欢迎的诗体之一⑤。从权德舆诸种杂体诗的题目中,也可以见得他的杂体诗在创作方式上,几乎全部与“唱和”这一行为相关,例如《州名诗寄道士》《春日雪寄上张二十九丈大监请招礼部权曹长回文绝句》《离合诗赠张监阁老》等。皮日休与陆龟蒙的嵌字体以及其他杂体诗都

---

① 杨明照《文心雕龙校注》,中华书局2000年版,第66页。

② 吴处厚《青箱杂记》卷一,中华书局1985年版,第5页。

③ 祝尚书《论宋人杂体诗》,《四川大学学报》2001年第5期。

④ 严可均《全上古三代秦汉三国六朝文》,中华书局1958年版,第3423页。

⑤ 具体论述可见本书第三章第一节《三五七言体》之“三五七言体的运用与地位”。

收录在其二人的唱和集《松陵集》中。从北宋孔平仲的药名诗题“再作药名诗一首寄亶父，并用本字，更不假借。此诸名布在《本草》中，虽或隐晦，然以为不当，但取世俗之所知而遗其所不知，亦君子之用心也。至于搜索牵合，亦可以发人意思而消磨光景，请亶父同作”[①]中看，他就明确说药名诗可以“消磨光景”，即指这种诗歌具有很大的娱乐功能。所以，鄢化志《中国古代杂体诗通论》将这种类型的诗歌归为“消闲装饰性质的杂体诗”。[②]

“诗缘情而绮靡”(陆机《文论》)，这个“情”也可以指闲情逸致，在没有太多娱乐的古代社会生活中，古人或者于自己房间中自娱自乐，嵌字体可以寄托情绪、打发光阴；或者作为文友之间的唱和来往，嵌字体可以渲染气氛、增进情谊，总之它丰富了诗人们以诗为戏、以文相乐的书斋生活与日常社交，正是在这种“消闲”的需求中，嵌字体被大量创作与传播。

（二）显才

嵌字体在创作心态上还有“显才”的一端。它在南朝的出现，其实也就是艺术上求新求异、求奇求丽的结果。《文心雕龙·定势》便谈及南朝的这场文艺创新：

> 自近代辞人，率好诡巧，原其为体，讹势所变，厌黩旧式，故穿凿取新；察其讹意，似难而实无他术也，反正而已。故文反正为乏，辞反正为奇。效奇之法，必颠倒文句，上字而抑下，中辞而出外，回互不常，则新色耳。[③]

和传统诗歌相比，嵌字体在语言特征上具有穷力追新、斗智呈巧的特征，产生于南朝追巧猎奇的文学思潮之中也是必然。

这一特征的存在，必然要求大量智力与才华的参与，具体来说，嵌字体的写作一需要掌握大量的同类名词，二需要一定的写诗训练，三需要将名词嵌入诗中而不留痕迹，这都并非等闲之举，是需要学问功底的。因为这种诗歌很强的“显才”属性，所以参与的大家名家也甚众，例如南朝时有吴融、沈约、鲍照、梁元帝等，唐代有权德舆、皮日休、陆龟蒙等人。赵翼《瓯北诗话》卷十二又曾指出宋代黄庭坚在这方面的积极性：

---

① 北京大学古文献研究所《全宋诗》，北京大学出版社 1999 年版，第 10972 页。
② 鄢化志《中国古代杂体诗通论》，北京大学出版社 2001 年版，第 212 页。
③ 杨明照《文心雕龙校注》，中华书局 2000 年版，第 407 页。

> 《诗苑类格》有"建除体"一种,以"建、除、满、平、定、执、破、危、成、收、开、闭"十二字冠于句首,此本鲍照所创。又有"药名诗",王融所创,专用药名嵌于句中,而不必句首。山谷每好仿之,其《赠晁无咎》,用"建除体",《荆州即事》八首,用"药名体"。又有《八音歌》赠晁尧民、郑彦能、徐天隐各一首,金、石等,亦冠于句首。更有《二十八宿诗》赠无咎,以二十八字嵌于句内,则山谷创体也。最后《托宿逍遥观诗》,专用字之偏旁一样者,缀合成句:"逍遥近道边(皆走字),憩息慰惫懑(皆心字)。草莱荒蒙茏(皆草字),室屋壅尘坌(皆土字)。僮仆侍偪侧(皆人字),泾渭清浊混(皆水字)。"此亦山谷创体。①

文人们在饱读诗书后竞耀学识,也是必然。而且,写作这种诗歌有助于文人机智才思的训练与增进。

古代流传着一些智慧的故事,充当主角的往往是嵌字体与离合诗、回文诗、神智体等智慧型杂体诗。这种需要利用汉字独特语言特征来构成的诗歌,比寻常的诗作需要更多的渊博知识、机敏才智。例如三国时代孙吴的薛综以四言诗谜反讥蜀使者,体面地维护了吴国的外交,事见《三国志·吴书·薛综传》②。宋代桑世昌《回文类聚》又载苏轼以神智体刁难辽国使者的故事。③ 嵌字体诗歌和这些诗歌的机智特征是一致的,欲以文字示其巧,就需要克服人为障碍,去展示机智才思,对作者来说可以享受驾驭规则、克服羁绊而带来的快感和趣味,对读者来说也是开发智力的极好工具。

(三)寄托精神

吴处厚《青箱杂记》卷一云陈亚药名诗词:"虽一时俳谐之词,然所寄兴,亦有深意。"④说陈亚的药名诗有"寄兴""深意"或许乃为拔高之语,因为陈亚的生平事迹、际遇思想留下来的资料并不多,我们很难去考索究竟"寄兴"为何。但在现代文学中的抗战时期,以重庆为中心出现了写作嵌字体人名诗的一个高

---

① 赵翼《瓯北诗话》,人民文学出版社 1963 年版,第 177 页。

② 西使张奉于权前列尚书阚泽姓名以嘲,泽不能答。综下行酒,因劝酒曰:"蜀者何也? 有犬为独(獨),无犬为蜀。横目苟身,虫入其腹。"奉曰:"不当复列吴君耶?"综应声曰:"无口为天,有口为吴。君临万邦,天子之都。"于是众座喜笑,而奉无以对。(陈寿《三国志》,中华书局 1959 年版,第 1250 页)

③ 宋神宗熙宁间,辽使至,以能诗自夸。帝命苏轼为馆伴,辽使以诗诘轼,轼曰:"赋诗易事也,观诗难事耳!'遂作《晚眺诗》以示之。……辽使观之,惶惑不知所云,自是不复言。

④ 吴处厚《青箱杂记》卷一,中华书局 1985 年版,第 5 页。

潮,这些人名诗的创作心态中却有很深的精神寄托。

有学人考察到:现在有作者可查的抗战人名诗近 20 首,除了老舍、吴组缃、姚蓬子、郭沫若等人以外,远在昆明西南联大的一些教授也都有人名诗流传下来,而集体创作、大同小异的人名诗数量更不在少数。① 当时的参与者,也是作家的田仲济有过这样的回忆:“在重庆的文学界,戏作人名诗成风,诗一般都是五言句,几个人闲聊常常你一句我一句地凑成,也有时一个人连作几首。”②例如在躲避敌机的轰炸中,中华文艺界抗敌协会总务部主任老舍和理事吴组缃在防空洞中二人多次巧对,逐渐凑成了两首五律:

> 也频徐仲年,火雪明田间。大雨洗星海,长虹穆木天。佩弦卢霁野,振铎欧阳山。王语今空了,丛芜黄药眠。(《忆昔》)③
>
> 望道郭源新,芦焚苏雪林。烽白朗霁野,山草明霞林。梅雨周而复,蒲风叶以群。素园陈瘦竹,老舍谢冰心。(《野兴》)④

诗中巧妙地嵌入了如胡也频、田间、孙大雨、冼星海、高长虹、穆木天、朱自清(佩弦)、李霁野、郑振铎、欧阳山、萨空了、聂绀弩、黄药眠、陈望道、苏雪林、白朗、草明、周而复、蒲风、叶以群、韦素园、陈瘦竹、老舍、冰心等数十位中国现代作家、文艺家的名字。

为何此时此地会有人名诗的一个盛兴呢?是为了消闲?还是为了显才?吴组缃说:“老舍不认为只是无聊消遣,说这也体现着文艺界大团结,彼此不存畛域的意思。”(《〈老舍幽默文集〉序》)⑤当时作家姚蓬子说这些人名诗:“虽出诸游戏之笔,实为寄无穷之感慨。”⑥这个感慨就来自于当时的抗日战争,1941 年 4 月 4 日作家姚蓬子主编的《新蜀报》“蜀道”副刊刊登了吴组缃的十首人名诗,总题就为《与抗战有关》。对此,田仲济曾说:“一九四一年珍珠港事件发生,美国海军遭毁灭性的打击,一九四二年还在恢复中,日本帝国主义仍甚嚣张,重庆时遭轰炸,许多人都移重庆郊区居住。大家对抗战并未失去信心,但面对陪都

---

① 建红英、赵中华《论抗战时期人名诗的文化意蕴》,《北方文学》2012 年第 5 期。
② 田仲济《苦中寻乐人名诗》,载《大众日报》1994 年 9 月 24 日。
③ 老舍《剑南客居三首》,《平明日报》副刊《星期文艺》第 11 期,1947 年 3 月 9 日第 3 版。
④ 吴组缃《与抗战有关——近体诗十首》,《新蜀报》副刊《蜀道》1941 年 4 月 4 日。
⑤ 吴组缃《拾荒集》,北京大学出版社 1988 年版。
⑥ 姚蓬子《与抗战有关的尾巴》,《新蜀报》副刊《蜀道》1941 年 4 月 14 日。

诸种情况内心难免苦闷,一九四二年春这种人名诗的流行也是苦中寻乐的一种消遣。"①抗战中的人名诗其实反映了作家们流寓敌后区,面对战事失利、侵略日近的精神苦闷,写作这些诗歌寄希望于战时不同阵营、不同派别的文艺家们能够大团结、齐努力。所以说这一时期的人名诗是一种鼓舞士气、调动情绪的写作行为。这一事件可以为我们补充嵌字体诗歌创作心态的另一个方面。

六 嵌字体的审美内涵

关于嵌字体所具有的审美内涵,目前还没有相关的研究,笔者试论述之。

(一)其中的游戏特征具有审美性

从现代心理学的角度讲,文学具有满足人类的五种高级精神需要:一、符号(语言)游戏的需要;二、幻想补偿的需要;三、排解释放压抑和紧张的需要;四、自我确证的需要;五、自我陶醉的需要。而嵌字体诗歌除了"幻想补偿的需要"难以达到外,其他几点都是题中之义,其中最主要的就是具有满足人们进行文字游戏的需要。

古人对于诸种杂体诗的游戏性质是很了解的,例如晚唐皮日休作《杂体诗序》首次点明诸种杂体诗"近乎戏也"②。北宋诗人孔平仲将他所作的人名、药名、回文、集句之类的 170 首作品编为三卷,题曰《诗戏》。朱熹作生肖诗,诗题为:"读十二辰诗卷掇其馀作此聊奉一笑。"金人王寂在《辽东行部志》中称葛次仲《集句诗》得"文章游戏三昧"③。所以赵翼《瓯北诗话》卷十二中总结说:

> 盖文人无所用心,游戏笔墨,东坡口吃诗亦同此伎,所谓"为之犹贤乎已",固不必议其纤巧,近于儿戏也。④

嵌字体的这种游戏特征是契合人的本质属性的,正如席勒所认为的只有当人充分是人的时候,他才游戏;只有当人游戏的时候,他才完全是人。因为游戏在根本意义上是一种实现人精神解放的方式。游戏满足人与生俱来的消闲、竞争之心,既提供安全感,是身心健康的需要,也是维系情感的需要,同时也创造归属

① 田仲济《苦中寻乐人名诗》,《大众日报》1994 年 9 月 24 日。
② 皮日休《皮子文薮》,上海古籍出版社 1981 年版,第 222 页。
③ 张博泉《辽东行部志注释》,黑龙江人民出版社 1984 年版,第 62 页。
④ 赵翼《瓯北诗话》,人民文学出版社 1963 年版,第 177 页。

感，具有审美的需要。嵌字体使用本来严肃“言志”的诗歌形式来游戏，冲淡了诗歌的严肃性与教化功能，在游戏中释放人的自然属性，从而“可以熨情，可以给我们以休息，让人们暂时忘却一切，这是受用，也就是让我们活得有意思”①，于是，这一游戏的过程就是审美产生的过程。

而且，嵌字体需要努力消泯其游戏色彩，最终要求“无异于常诗”，祝尚书先生在谈宋代杂体诗时的一段话，非常适用于嵌字体：

> 宋人杂体诗创作理论或“游戏规则”的实质，就是在做“文字游戏”时，要尽量淡化甚至消泯游戏色彩，最好在读者不知不觉中“游戏”，力求内容和形式与一般诗词趋同，从而提高艺术质量。这不仅对杂体诗（词）创作具有指导意义，也丰富了宋人的文论宝库。②

这种艺术上的努力也打破了汉诗重内容轻形式的传统形式，为诗技与诗艺的探索提供了一定的条件。从这一角度上说，嵌字体与其他杂体诗乃是一笔不小的文学遗产，又非简单的“游戏”了。

（二）其中的幽默特质具有审美性

“滑稽讽刺作品不论何种类型，都采用或模仿一个严肃的题材或文体，这是为了在题材和文体之间造成一种不协调，这种不协调会引人发笑。”③嵌字体在“无异于常诗”的外貌下，却包含着一组很贴近日常生活的名词，例如人名、地名、卦名、星名等，这就和人们的惯常思维形成了一种不协调，从而产生了幽默。所以我们读嵌字体诗歌，从寻常之诗的“伪装”下，待看出人名、药名、地名、星名来，便不由得开怀大笑。北宋陈亚是以写药名诗名家的，专门有药名诗一卷④，宋代人提起陈亚来都说他性情滑稽，例如释文莹《湘山野录》卷上载：“陈郎中亚有滑稽雄声。”⑤吴处厚《青箱杂记》卷一说陈亚“盖近世滑稽之雄也”⑥，接着便收集了不少陈亚滑稽的史事，不少都和药名诗有关。可见，古人也是将药名诗和滑稽幽默联系在一起的。

---

① 朱自清《论废话》，《生活文艺》1944年5月28日第2号。
② 祝尚书《论宋人杂体诗》，《四川大学学报》2001年第5期。
③ [美]约翰·邓普《论滑稽模仿》，昆仑出版社1991年版，第98页。
④《宋史》卷二〇八《艺文志》七著录“《药名诗》一卷”，然散佚已久。
⑤ 释文莹《湘山野录》卷上，《唐宋史料笔记丛刊》本，中华书局1984年版，第9页。
⑥ 吴处厚《青箱杂记》卷一，中华书局1985年版，第5页。

幽默是一个基本的美学范畴。它绝非笑一笑这么简单,而是“一种生存的艺术”,在一定程度上可以淡化或缓解现实形态与理想形态的冲突。美国著名学者罗伯特·斯坦恩在其《幽默的艺术》中曾声称必须“用幽默指引人生之路”①。关于幽默的美学来源有“精力过剩说”“自由说”“游戏说”“鄙夷说”“心力节省说”“移除压抑说”等理论,综合来说,幽默其实就是心理由紧张到舒缓的一种过程。幽默语言是一种优化语言。胡范铸说:“幽默的言语——词与词、句与句的超常规搭配才是其立身之本,即只有这种特殊的组合关系,才是语言幽默成立的根本。”②让人发“笑”常常需要细加思索或默心领会,在这个过程中,富有洞察力的知识与智慧会起到关键的作用。所以幽默是激发人们挑战个人智慧的最佳方式,也是一种解放的、富于想象力和创造力的特殊力量。老舍先生说的“幽默乃通于深奥”,机智“使人读了心跳”③也正是这个意思。所以,幽默诙谐的美学意义具体来说是:“当人们在欣赏幽默时,他与幽默对象之间出现一段距离,这是一种心理距离,会分出主体世界和客体世界来。对象(或客体)在他(或主体)审视的目光面前成了一种被观照的客体存在,人就可以自由地观赏对象,身心却不被对象支配,这时人就处于审美状态之中。”④而嵌字体诗歌包含的一定幽默特质,正是这种类型的诗歌受人欢迎的原因之一。

因为嵌字体的这一幽默趣味性,所以在以娱乐消闲为主要目的的戏曲、小说中被广泛地运用,例如在金院本剧目中,有相当数量的杂名、杂数、杂字、诸语诗为素材而演绎出的“引首艳段”。⑤ 例如讲百果、讲百花、讲百禽、星象名、草名、鱼名、军器名、神道名、灯火名、衣裳名、铁器名、书集名、节令名、菜名、县道名、州府名、法器名、门名、军名、佛名、菩萨名、官职名等⑥,它们给戏文增添了不少幽默意趣,令读者产生了审美感受。

(三)嵌字体能令读者产生审美期待

嵌字体中的这种幽默放在古典文论中可以将之称为“趣”,明人袁宏道在

① [美]罗伯特·斯坦恩《幽默的艺术》,民主与建设出版社 2002 年版,第 1 页。

② 胡范铸《幽默语言学》,上海社会科学院出版社 1987 年版,第 25 页。

③ 老舍《谈幽默》,《老舍研究资料》(上),北京十月文艺出版社 1985 年版,第 424 页。

④ 具体论述可参田兴军《幽默的美学价值》,《贵州教育学院学报》2003 年第 3 期。

⑤ 具体可见于元人陶宗仪《辍耕录》中所罗列。

⑥ 具体论述可参鄢化志《传统戏剧与诗歌的互渗与兼容》,《文艺理论与研究》2001 年第 2 期。

《序陈正甫会心集》中就强调诗文要有“趣”：

> 世人所难得者唯趣。趣如山上之色、水中之味、花中之光、女中之态，虽善说者不能下一语，唯会心者知之。……夫趣，得之自然者深，得之学问者浅。①

“会心者”方能知之，这实际也是一种对“知音”的渴求。嵌字体只有在相遇“知音”的时候才能产生趣味感，这个“知趣”的过程，是具有审美意义的。

嵌字体诗歌一般会在诗题上标明所嵌的是何种类型的名词，读者在阅读诗题时，就会进入一种“审美期待”，处于“临美心理”状态。正如荣格所说：“态度是遵循某一方向行动或反应的精神预备阶段。”“具有某种态度就意味着给某一确定的事物作好准备，即使这一确定的事物是无意识的也是如此，因为具有一种态度就等于有了一个朝向某一确定的事物预期的方向，而不管这一方向是否能被意识到。”②当人们进入到了“审美期待”，就使得人从日常生活的平常心理过渡到了特殊化的审美心理。

嵌字体的诗题与诗体会使读者全身心投入到对象之中，并且带着一大堆预先存在于意识之中的同类名词，准备一一对号落座，“应目”指客体的外观形式直接进入主体的视野，被主体所意识到的活动过程，即主体观照审美对象，也就是审美注意，主体获得审美对象的过程。③ 嵌字体诗歌这个过程的“应目”（审美注意）是需要读者付出更多的主观能动性的。心理学上把“注意”分为三类：不随意注意、随意注意和随意后注意。④嵌字体诗歌就是一种随意注意，主体在阅读过程中一直要强迫自己去悟，期待自己也拥有“智思”，以便找出所嵌之字。这便从日常态度向审美态度转变，读者此时充满了审美欲望与审美兴趣。当读者的期待在诗歌中获得满足，嵌字诗的意义便从文本的“原始材料”中显现出来，读者的“智思”参与便获得了实现，一种自我实现的需要便达到了，这也是嵌字体诗歌获得读者喜爱与欢迎的重要原因之一。

---

① 郭绍虞《中国历代文论选》第三册，上海古籍出版社 2001 年版，第 121 页。

② 杜传鼎《心理学大词典》，华岳文艺出版社 1989 年版，第 504 页。

③④ 王旭晓《美学原理》，上海人民出版社 2000 年版，第 280 页。

七 嵌字体的固有缺陷与地位

嵌字体也有其固有缺陷。例如内容空洞,仅可使读者“多识草木鸟兽之名”,有时为了嵌入名词,不得不牺牲部分情感,或者内容陷入晦涩;或者形式上纤巧,很少创新,所以罗宗强《魏晋南北朝文学思想史》第五章就认为这种诗歌“纯系一种拼凑,看不到感情脉络,也看不到明晰的思理”①。虽然在消闲、显才、寄托精神的创作心态激励下,历代诗人们乐于写作嵌字体,但这一诗体的固有缺陷却使得诗人们认为其还是比较鄙陋的,例如皮日休《杂体诗序》中谓建除、六甲、卦名、五杂俎之类“非不能也,皆鄙而不为”②。宋严羽《沧浪诗话·诗体》曰:“至于建除、字谜、人名、卦名、数名、药名、州名之诗,只成戏谑,不足法也。”③所以,嵌字体属于杂体诗,是古典诗歌正式体类以外的一种边缘诗体。

然而,嵌字体虽然并非正味,但始终存而不废。正如明人吴讷在《文章辨体序说》中云:

> 昔柳柳州读退之《毛颖传》,有曰:“‘善戏谑兮,不为虐兮’,学者终日讨说习复,则罢惫而废乱,遂有息焉游焉之说。”譬诸饮食,既“荐味之至者,而奇异苦咸酸辛之物,虽蜇吻裂鼻,缩舌涩齿,而咸有笃好之者,独文异乎?”予于是知杂体之诗类是也。然其为体,厥各不同。今总谓之杂者,以其终非诗体之正也。博雅之士,其亦有所不废焉。④

吴讷将杂体诗比作饮食中的各种奇特异味,正如我们现实的生活中咸甜之外总有另类的味道存在,丰富着人们的生活。所以有学人认为:“戏称为‘游戏文字’的杂体诗,实际上在其不断艺术实践的努力下,使之不仅成为了一种独立的诗歌品类,可与古体诗、近体诗鼎足而三,而且其品目之繁多,已远非是古体诗与近体诗所能比拟的。这说明,杂体诗作为一种可与古体诗、近体诗媲美的诗歌品类,是具有极为旺盛的生命力的。”⑤作为杂体诗中的重要一员,嵌字体也将作

---

① 罗宗强《魏晋南北朝文学思想史》,中华书局 1996 年版,第 218 页。

② 皮日休《皮子文薮》,上海古籍出版社 1981 年版,第 222 页。

③ 郭绍虞《沧浪诗话校释》,人民文学出版社 1961 年版,第 101 页。

④ 吴讷、徐师曾《文章辨体序说·文体明辨序说》,人民文学出版社 1962 年版,第 58 页。

⑤ 王辉斌《论宋金元的杂体诗创作》,《吉林师范大学学报》2011 年第 5 期。

为人们需求、爱好的一种味道而永远有其立足之地。所以我们看到在现当代又出现了流行歌曲名、电影名、中外地名、菜名等嵌字体，被广泛用于诗歌、散文、小说、相声、小品、话剧等多种文艺形式中。

第四章　命意法

第一节　翻案法

翻案法是从古至今诸多诗话著作中非常关注的一种诗法现象。然而，从南宋杨万里的首次命名直到现在，依然没有被全面、透彻地研究过。历代以来的诸家诗话皆是流于举例之法，或者用“以故为新”“反其事也”“反其意而行之”等词汇顺手带过，完全不足以深入解释翻案诗的诗趣与价值。而当今学界对翻案诗的研究还停留在介绍、欣赏阶段，进行学理性探讨的文章屈指可数①，其他专门针对古典诗学或者宋代诗学的研究论著中也少有涉及②。如此看来，对于这

① 例如马国强、张明海《“翻案”点化术浅析》(《修辞学习》2000 年第 5、6 期合刊)，星汉《说说咏史中的翻案诗》(《中华诗词》2005 年第 2 期)，马丕环《话说翻案诗》(《阅读与写作》2003 年第 4、5、7 期)，李家涛、袁慧卿《标新立异翻案诗》(《现代语文》2003 年第 5 期)等相关文章，仍然是偏重于列举，而对于翻案诗独特艺术性的学理论述，却始终未曾涉及。具有学理性的，有周裕锴《禅宗偈颂与宋诗翻案法》(《四川大学学报》1999 年第 2 期)、张小丽《腾空翻案，机杼别出——论宋代咏史诗的翻案法》(《中国韵文学刊》2007 年第 4 期)、文韬《王安石翻案诗的政治解读及其诗史意义》(《江西师范大学学报》2008 年第 6 期)等为数不多的几篇论文。

② 就笔者翻检，周裕锴《文字禅与宋代诗学》一书中的第四章第四节论述到翻案诗，具体内容即为周裕锴《禅宗偈颂与宋诗翻案法》(《四川大学学报》1999 年第 2 期)。其中称得上是综合性研究的唯有台湾地区张高评先生《宋诗之传承与开拓——以翻案诗、禽言诗、诗中有画为例》(台北文史哲出版社 1990 年版)一书的上编，作者分别就“唐诗名家翻案法略论”“宋诗翻案法表现之层面”“宋诗多翻案之缘因”三方面进行论述，当年确有开拓之功，然如今看来尚论之简略，而且其中阐述的许多重要问题，皆有必要进一步商榷。

样一种显著而重要的诗学现象，学界是缺乏应有的关注的，许多问题皆有进一步深入研究的必要。①

一 何谓翻案

何为“翻案”？郭沫若先生认为就是站在今天的立场，“推翻历史的成案，对于既成事实加以新的解释，新的阐发”②。又有学者认为“翻案就是对已有‘定论’的评价在新的条件支撑下或从新的、不同的角度立场作出不同的甚至相反的评价”③。或云：“所谓翻案，是针对传统的定论而言的，它是对传统定论的一种颠覆性或否定性的艺术处理。”④这些说法都或多或少地点到了“翻案”的特质，但是诸家所涉及的层面不一，角度也有不同，实际上“翻案”二字是需要详细辨析的。

翻，《说文·羽部》：“翻，飞也。从羽，番声。”⑤后引申为“反”，见《文选·陆机〈谢平原内史表〉》“而一朝翻然”刘良注。⑥ 案，《说文·木部》：“案，几属，从木，安声。”⑦后由“几案”引申为“文案，藏之以为案据”，见《资治通鉴·齐纪八》“并是五省黄案”胡三省注。⑧ 将“翻案”合称，原系法律词汇，本意指推翻已定的成案。宋夏僎《尚书详解》卷二十五《吕刑》：“至狱案既成，则又变而为他，狱成虽则云然，至将以法加之，则又并与前说而背之，或呼冤，或翻悔，如今囚所谓‘翻案’者。”⑨如此使用最早可见于《旧唐书·武宗本纪》：“十一月，幸云阳。十二月，敕：‘郊礼日近，狱囚数多，案款已成，多有翻覆。其两京天下州府见系囚，已结正及两度翻案伏款者，并令先事结断讫申。’”⑩清孔尚任《桃花扇·草檄》“朝廷上，用逆臣，公然弃妃囚嗣君。报仇翻案纷纷，正士皆逃遁”⑪，用的正是本

① 本章的部分内容修改为《翻案诗与宋代诗学关系的辨析》一文，发表于《上海大学学报》2013 年第 6 期。后被人大复印报刊资料《中国古代近代文学研究》2014 年第 2 期全文转引。
② 郭沫若《我怎样写〈棠棣之花〉》，《郭沫若论创作》，黑龙江人民出版社 1982 年版，第 107 页。
③ 文东升、周晓阳、蒋艳丽《对历史人物翻案问题之浅见》，《南华大学学报》2003 年第 1 期。
④ 吴秀明《论文化转型语境中的“历史翻案”现象》，《文艺理论研究》2005 年第 5 期。
⑤ 许慎《说文解字》，中华书局 1963 年版，第 75 页。
⑥ 萧统《六臣注文选》卷三十七，中华书局 1987 年版，第 698 页。
⑦ 许慎《说文解字》，中华书局 1963 年版，第 122 页。
⑧ 司马光著，胡三省注《资治通鉴》卷一四二，中华书局 1956 年版，第 4448 页。
⑨ 夏僎《尚书详解》，《丛书集成初编》本，商务印书馆 1936 年版，第 622 页。
⑩ 刘昫《旧唐书》，中华书局 1975 年版，第 602 页。
⑪ 孔尚任《桃花扇》，人民文学出版社 1959 年版，第 201 页。

意。这个词汇后来引申为推翻前人的论断,别立新说。如清人赵翼《瓯北诗钞》卷六《客有谈故相事者漫记》诗云:“盖棺论定无翻案,当轴权移有转轮。”①

触类旁通,这一词汇也可用在文学创作中,比如说“翻案”作为一种修辞方法。钱锺书先生疏解《老子》时说道:“夫‘正言若反’乃老子立言之方,《五千言》中触处弥望,即修词所谓‘翻案语’与‘冤亲词’,固神秘家言之句势语式耳。”②也即《老子》中“大音希声,大象无形”“曲全枉直”“善行无辙”“祸兮福倚”等“正言若反”的语言策略,就是翻案语。

> 有两言于此,世人皆以为其意相同相合,例如“音”之与“声”或“形”之与“象”;翻案语中则同者异而合者背矣,故四一章云:“大音希声,大象无形”。又有两言于此,世人皆以为其意相违相反,例如“成”之与“缺”或“直”之与“屈”;翻案语中则违者谐而反者合矣,故四五章云:“大成若缺,大直若屈。”复有两言于此,一正一负,世人皆以为相仇相克,例如“上”与“下”,冤亲词乃和解而无间焉,故三八章云:“上德不德”。此皆苏辙所谓“合道而反俗也”。然犹皮相其文词也,若抉髓而究其理,则否定之否定尔。反正为反,反反复正(Duplex negatio affirmat);“正言若反”之“正”,乃反反以成正之正,即六五章之“与物反矣,然后乃至大顺”。如七章云:“以其不自生,故能长生。…… 非以其无私耶? 故能成其私”。夫“自生”、正也,“不自生”、反也,“故长生”、反之反而得正也;“私”、正也,“无私”、反也,“故成其私”、反之反而得正也。他若曲全枉直、善行无辙、祸兮福倚、欲歙固张等等,莫非反乃至顺之理,发为冤亲翻案之词。③

扩展开来,翻案也可以作为一种广泛的文学创作手法,如张宏生先生认为:“从文学作品来看,如果涉及的是同一题材,而在立意、角度或手法等方面表现出不同,就可以认为是翻案。”④具体到诗歌创作中,如果在其中对历史之定论、公众之观念反其意而行之,或者对前人的成句或诗文原意反其道而为之,是为翻案诗。

翻案诗的创作古已有之,最早可以追溯到《诗经·邶风·谷风》中的那句

---

① 赵翼《瓯北诗钞》,国图藏上海扫叶山房民国十三年(1924)石印本。

② 钱锺书《管锥篇》,中华书局1979年版,第463页。

③ 钱锺书《管锥篇》,中华书局1979年版,第463—465页。

④ 张宏生《关于七夕诗词与翻案问题的对话》,《古典文学知识》1996年第3期。案:其实这个定义稍有宽泛,有将翻案文学泛化之倾向,本节第四部分将给予辨析。

“谁谓荼苦，其甘如荠”①。到唐代之时，这种诗歌创作手法早已不再新鲜。从李白、杜甫到韩愈，再到杜牧、李商隐和晚唐诸家，大量的翻案诗作层出不穷，翻案诗所包括的各种创作手法皆已显现。然而“唐人不言诗法，诗法多出于宋”②，“翻案”作为一种诗法术语提出，却首见于杨万里的《诚斋诗话》：

老杜有诗云：“忽忆往时秋井塌，古人白骨生青苔，如何不饮令心哀。”东坡则云：“何须更待秋井塌，见人白骨方衔杯。”此皆翻案法也。予友人安福刘浚字景明《重阳诗》云：“不用茱萸仔细看，管取明年各强健。”得此法矣。③

随后，“翻案”一词频繁地出现于诸家诗话之中，如明代谢榛《四溟诗话》卷二云：“《家语》曰：‘水至清则无鱼。’杜子美曰：‘水清反多鱼。’翻案《家语》更有味。”④清代袁枚《随园诗话》卷二：“诗贵翻案。”⑤于是，“翻案”便作为中国古典诗歌中重要的一项诗法而长期存在。

此外，在日本的文学创作中也有一种叫作“翻案”的文学体裁，但却与翻案诗之“翻案”不同，其所谓“翻案”，就是“借用本国的古典小说或外国的小说、戏曲的大致情节、内容，对人情、风俗、地名进行改编”。⑥ 这种文学创作手法是日本文学吸收外来文化的标志之一，和本章所论述的翻案诗并无关联。

二　翻案法的类型分析

古典诗歌中的翻案诗可分为哪几种类型？当今学界对其的分类角度各异，以至相互抵牾⑦，笔者拟重新归纳之：

---

① 褚斌杰《诗经全注》，人民文学出版社 1999 年版，第 36 页。

② 李东阳《麓堂诗话》，《丛书集成初编》本，商务印书馆 1936 年版，第 3 页。

③ 杨万里《诚斋诗话》，《历代诗话续编》本，中华书局 1983 年版，第 141 页。

④ 谢榛《四溟诗话》，人民文学出版社 1961 年版，第 40 页。

⑤ 袁枚《随园诗话》，人民文学出版社 1982 年版，第 53 页。

⑥ 孙冬梅、胡志华《从日本翻案文学中解读日本文化特质》，《作家杂志》2009 年第 5 期。潘文东《从译介学的角度看日本的“翻案文学”》，《苏州大学学报》2008 年第 4 期。

⑦ 张高评《宋诗之传承与开拓》将翻案诗分为四大类：当句之翻叠、上下句相翻、前后章相反、用典式翻案。（台北文史哲出版社 1990 年版，第 108 页）周裕锴《禅宗偈颂与宋诗翻案法》一文将诗歌的翻案法分为两种类型：一种可称为“反用故事法”，指就古书中的故事或有出处的词语，采用逆向语势或否定语势，转换出新的思想境界。另一种可称为“反用诗句法”，特指翻转或否定前人或他人的诗句，展示自己的新见解，以上两种类型可分为用事类的翻案和沿袭类的翻案。（《四川大学学报》1999 年第 2 期）然而以上的分法还是不够全面。

第一种就是对历史定论之翻案,也就是最为常见的咏史翻案诗。其中以杜牧和王安石的诗作最为知名:

折戟沉沙铁未销,自将磨洗认前朝。东风不与周郎便,铜雀春深锁二乔。(杜牧《赤壁》)①

胜败兵家事不期,包羞忍耻是男儿。江东子弟多才俊,卷土重来未可知。(杜牧《题乌江亭》)②

吕氏强梁嗣子柔,我于天性岂恩仇。南军不袒左边袖,四老安刘是灭刘。(杜牧《题商山四皓庙一绝》)③

始皇东游出周鼎,刘项纵观皆引颈。削平天下实辛勤,却为道旁穷百姓。黔首不愚尔益愚,千里函关囚独夫。牧童火入九泉底,烧作灰时犹未枯。(杜牧《过骊山作》)④

谋臣本自系安危,贱妾何能作祸基。但愿君王诛宰嚭,不愁宫里有西施。(王安石《宰嚭》)⑤

一时谋议略施行,谁道君王薄贾生。爵位自高言尽废,古来何啻万公卿。(王安石《贾生》)⑥

谢安才业自超群,误长清谈助世纷。秦晋区区等亡国,可能王衍胜商君。(王安石《谢安》)⑦

千载纷争共一毛,可怜身世两徒劳。无人语与刘玄德,问舍求田意最高。(王安石《读蜀志》)⑧

这些诗作皆是在传统的历史"定论"面前,别立新说,以展示自我之见解。杜牧诗风峭拔,议事奇崛,其咏史诗尤其"好异于人"⑨。吴景旭《历代诗话》论及以上诗云:"余以牧之数诗,俱用翻案法,跌入一层,正意益醒,谢叠山所谓'死中求

① 杜牧著,冯集梧注《樊川诗集注》,中华书局 1978 年版,第 271 页。
② 杜牧著,冯集梧注《樊川诗集注》,中华书局 1978 年版,第 279 页。
③ 杜牧著,冯集梧注《樊川诗集注》,中华书局 1978 年版,第 308 页。
④ 杜牧著,冯集梧注《樊川诗集注》,中华书局 1978 年版,第 88 页。
⑤ 王安石《临川先生文集》,中华书局上海编辑所 1959 年版,第 372 页。
⑥ 王安石《临川先生文集》,中华书局上海编辑所 1959 年版,第 356 页。
⑦⑧ 王安石《临川先生文集》,中华书局上海编辑所 1959 年版,第 357 页。
⑨ 胡仔《苕溪渔隐丛话后集》,人民文学出版社 1981 年版,第 108 页。

活’也。”①王安石为人拗强、不蹈故常，苏轼云其“网罗六艺之遗文，断以己意；糠秕百家之陈迹，作斯新人”（《王安石赠太傅制》）②，他的咏史诗乃是“有所为而为”，比之杜牧更有刻意求新求异的创作倾向，在咏史中，翻案既是其敏锐眼光和深刻思想的体现，更是其政治理想在诗文中的延伸。

第二种是对公众观念之翻案。

例如“悲秋”是中国古典文学中一个源远流长的主题，从屈原《九章·抽思》“悲秋风之动容兮，何回极之浮浮。数惟荪之多怒兮，伤余心之忧忧”③，再到宋玉《九辩》的“悲哉秋之为气也！萧瑟兮草木摇落而变衰”④，从而引发起了随后大量诗人的千古悲秋之思。然刘禹锡《秋词》却云：“自古逢秋悲寂寥，我言秋日胜春朝。晴空一鹤排云上，使引诗情到碧霄。”⑤又有苏轼《赠刘景文》中道：“荷尽已无擎雨盖，菊残犹有傲霜枝。一年好景君须记，正是橙黄橘绿时。”⑥

再例如牛郎织女故事，长久以来作家们往往侧重于表现他们二人不能见面的痛苦，例如《古诗十九首·迢迢牵牛星》：“迢迢牵牛星，皎皎河汉女。纤纤擢素手，札札弄机杼。终日不成章，泣涕零如雨。河汉清且浅，相去复几许？盈盈一水间，脉脉不得语。”⑦而唐人崔涂有《七夕》：“年年七夕渡瑶轩，谁道秋期有泪痕？自是人间一周岁，何妨天上只黄昏。”⑧便是对古来那个悲哀的牛女故事之翻案。其他对公众观念翻案的诗作还有：

檐前白日应可惜，篱下黄花为谁有？行子迎霜未授衣，主人得钱始沽酒。苏秦憔悴人多厌，蔡泽栖迟世看丑。纵使登高只断肠，不如独坐空搔首。（高适《九月九日酬颜少府》）⑨

人皆养子望聪明，我被聪明误一生。惟愿孩儿愚且鲁，无灾无难到公

---

① 吴景旭《历代诗话》，《丛书集成续编》本，新文丰出版公司1989年版，第4页。
② 苏轼著，张志烈等校注《苏轼全集校注》，河北人民出版社2010年版，第3774页。
③ 洪兴祖《楚辞补注》，中华书局1983年版，第137页。
④ 洪兴祖《楚辞补注》，中华书局1983年版，第182页。
⑤ 彭定求等辑《全唐诗》卷三六五，中华书局1980年版，第4111页。
⑥ 北京大学古文献研究所《全宋诗》，北京大学出版社1999年版，第9433页。
⑦ 隋树森《古诗十九首集释》，中华书局1955年版，第15页。
⑧ 彭定求等辑《全唐诗》卷六七九，中华书局1980年版，第7786页。
⑨ 高适著，刘开扬笺注《高适诗集编年笺注》，中华书局1981年版，第76页。

卿。(苏轼《洗儿戏作》)[①]

蜀地名花搜古今,一枝气可压千林。讥弹更到无香处,常恨人言太刻深。(陆游《海棠》)[②]

第三种为用事用典类翻案,指就古书中的典故或故实采用逆向语势或否定语势,从而转换出新的意义之境。

例如杜甫《九日蓝田崔氏庄》云:"羞将短发还吹帽,笑倩傍人为正冠。"[③]此处翻用"孟嘉落帽"之典。《晋书·孟嘉传》:"(孟嘉)后为征西桓温参军,温甚重之。九月九日,温燕龙山,僚佐毕集。时佐吏并著戎服,有风至,吹嘉帽堕落,嘉不之觉。温使左右勿言,欲观其举止。嘉良久如厕,温令取还之,命孙盛作文嘲嘉,著嘉坐处。嘉还见,即答之,其文甚美,四坐嗟叹。"[④]杨万里《诚斋诗话》解析老杜此句云:"将一事翻腾作一联,又孟嘉以落帽为风流,少陵以不落为风流,翻尽古人公案,最为妙法。"[⑤]宋祁《九日置酒》诗又反杜意:"邀欢任落风前帽,促饮争吹酒上花。"[⑥]老杜用"羞"字,而宋祁偏用"任"字,可谓二次翻迭,极臻其妙。又有杜甫《五盘》"地僻无网罟,水清反多鱼"[⑦]句,乃翻《孔子家语》卷五之典"水至清则无鱼"[⑧]。对典故使用翻案法,也是韩愈的诗技之一,其《荐士》诗云:"强箭射鲁缟。"[⑨]反用《汉书·韩安国传》"强弩之末,力不能入鲁缟"[⑩]。《醉赠张秘书》云:"张籍学古淡,轩鹤避鸡群。"[⑪]反用稽绍鹤立鸡群故事;《县斋有怀》云:"如今便可尔,何用毕婚嫁?"[⑫]又反用向平婚嫁毕事。

这种方法,在宋人那里成为他们"以故为新"的手段之一,这也是黄庭坚所推崇的"虽取古人之陈言入于翰墨,如灵丹一粒,点铁成金也"(黄庭坚《答洪驹

① 苏轼著,张志烈等校注《苏轼全集校注》,河北人民出版社 2010 年版,第 2485 页。
② 陆游《剑南诗稿》,岳麓书社 1998 年版,第 188 页。
③ 彭定求等辑《全唐诗》卷二二四,中华书局 1980 年版,第 2403 页。
④ 房玄龄等《晋书》卷九十八,中华书局 1974 年版,第 2581 页。
⑤ 杨万里《诚斋诗话》,《历代诗话续编》本,中华书局 1983 年版,第 140 页。
⑥ 北京大学古文献研究所《全宋诗》,北京大学出版社 1999 年版,第 2497 页。
⑦ 彭定求等辑《全唐诗》卷二一八,中华书局 1980 年版,第 2300 页。
⑧ 王肃《孔子家语》,上海古籍出版社 1990 年版,第 59 页。
⑨ 彭定求等辑《全唐诗》卷三三七,中华书局 1980 年版,第 3780 页。
⑩ 班固《汉书》卷五十二,中华书局 1962 年版,第 2402 页。
⑪ 彭定求等辑《全唐诗》卷三三七,中华书局 1980 年版,第 3774 页。
⑫ 彭定求等辑《全唐诗》卷三三七,中华书局 1980 年版,第 3776 页。

父书》)的重要层面之一。也是杨万里所赞的“诗家用古人语,而不用其意,最为妙法”[①]的妙法之一。所以这种用典用事类的翻案法,在宋代诗歌中犹为常见。例如林逋《自作寿堂因书一绝以志之》云:“湖上青山对结庐,坟前修竹亦萧疏。茂陵他日求遗稿,犹喜曾无《封禅书》。”[②]后二句用典,以“犹喜”为庆幸语,说自己不屑于像司马相如那样希宠求荣,而同时王禹偁《谪守黄冈谢表》中说“茂陵封禅之书,惟期死后”,此乃正用。对此,严有翼认为林逋比王禹偁高明了许多,并评曰:“直用其事者,人皆能之;反其意而用之者,非识学素高,超越寻常拘挛之见,不规规然蹈袭前人陈迹者,何以臻此。”[③]

第四种为反用诗句法,指翻转或否定他人的诗句、诗意而使用之。如杜甫有“忽忆往时秋井塌,古人白骨生青苔,如何不饮令心哀”[④]的诗句,而苏轼《次韵孔毅父久旱已而甚雨三首》诗则云:“不须更待秋井塌,见人白骨方衔杯。”[⑤]在前面加上“不须”二字否定,便将杜诗之意翻进了一层。张咏《新市驿别郭同年》诗云:“驿亭门外叙分携,酒尽扬鞭泪湿衣。莫讶临歧再回首,江山重叠故人稀。”[⑥]后两句是翻王勃《送杜少甫之任蜀州》“海内存知已,天涯若比邻。无为在歧路,儿女共沾巾”[⑦]的意思,“莫讶”二字用得巧妙,在王勃的层面上再添了一层不舍之情。李白《登金陵凤凰台》诗云:“总为浮云能蔽日,长安不见使人愁。”[⑧]王安石《登飞来峰》翻云:“不畏浮云遮望眼,自缘身在最高层。”[⑨]然赵朴初先生乘飞机,又将上面诗句改动一字变为:“但畏浮云遮望眼,自缘身在最高层”,又在王安石的基础上再次翻案。

---

① 杨万里《诚斋诗话》,《历代诗话续编》本,中华书局 1983 年版,第 141 页。

② 北京大学古文献研究所《全宋诗》,北京大学出版社 1999 年版,第 1242 页。

③ 严有翼《艺苑雌黄》“反用故事法”条:“文人用故事,有直用其事者,有反其意而用之者。王元之《谪守黄冈谢表》云:‘宣室鬼神之间,岂望生还;茂陵《封禅》之书,惟期死后。’此一联备为人所称道,然皆直用贾谊、相如之事耳。李义山诗:‘可怜夜半虚前席,不问苍生问鬼神。’虽说贾谊,然反其意而用之矣;林和靖诗:‘茂陵他日求遗稿,犹喜曾无《封禅书》。’虽说相如,亦反其意而用之矣。直用其事者,人皆能之;反其意而用之者,非识学素高,超越寻常拘挛之见,不规规然蹈袭前人陈迹者,何以臻此。”(严有翼《艺苑雌黄》,《宋诗话全编》本,江苏古籍出版社 1998 年版,第 2348 页)

④ 彭定求等辑《全唐诗》卷二一七,中华书局 1980 年版,第 2270 页。

⑤ 北京大学古文献研究所《全宋诗》,北京大学出版社 1999 年版,第 9321 页。

⑥ 北京大学古文献研究所《全宋诗》,北京大学出版社 1999 年版,第 544 页。

⑦ 彭定求等辑《全唐诗》卷五六,中华书局 1980 年版,第 676 页。

⑧ 彭定求等辑《全唐诗》卷一八〇,中华书局 1980 年版,第 1836 页。

⑨ 北京大学古文献研究所《全宋诗》,北京大学出版社 1999 年版,第 6741 页。

又有南朝诗人王籍《入若耶溪》中的“蝉噪林逾静,鸟鸣山更幽”是脍炙人口的名联,王安石《钟山即事》诗却反其语而用之:“茅檐相对坐终日,一鸟不鸣山更幽。”①再有王安石《北山》云:“细数落花因坐久,缓寻芳草得归迟。”②后来的徐俯却有意与之唱反调:“细落李花那可数,偶行芳草步因迟。”③宋人曾季狸对此评说道:“因荆公之诗触类而长,所谓举一隅三隅反者也。非偶似之,亦非窃取之。”④再有南宋程俱《谢人惠砚》有句云:“虚中含默静相对,那复草玄惊世人。”⑤此又是对刘禹锡《唐秀才赠端州紫石砚以诗答之》“端溪石砚人间重,赠我因知正草玄”⑥句进行翻案。再有李商隐《霜月》诗云:“青女素娥俱耐冷,月中霜里斗蝉娟。”⑦石延年同题诗谓:“素娥青女曾无匹,霜月亭亭各自愁。”⑧一说月中仙女享受寂寞,一说恐惧寂寞,两家“意相反而句皆工”(周必大《二老堂诗话》)⑨。

第五种是反用成诗法,就是对前人整体诗作的通篇翻案。

屈原有《离骚》抒其迁谪之牢骚,而东汉扬雄有《反离骚》,乃是“摭《离骚》文而反之,自岷山投诸江流以吊屈原”⑩,诗中以老、庄之思想责备屈原,希望屈原能留住有用之身,而不是投江自殉。李白有《蜀道难》,而中唐陆畅却作有《蜀道易》云:“蜀道易,易如履平地。”⑪刘禹锡有《贾客词》云:“行止皆有乐,关梁自无征。农夫何为者? 辛苦事寒耕。”⑫随后唐人刘驾便有《反贾客乐》:“无言贾客乐,贾客多无墓。行舟触风流,尽人鱼腹去。农夫更苦辛,所以羡尔身。”⑬

再有唐人王建《宫词》云:“树头树底觅残红,一片西飞一片东。自是桃花贪

---

① 北京大学古文献研究所《全宋诗》,北京大学出版社 1999 年版,第 6706 页。
② 北京大学古文献研究所《全宋诗》,北京大学出版社 1999 年版,第 6695 页。
③ 北京大学古文献研究所《全宋诗》,北京大学出版社 1999 年版,第 15839 页。
④ 曾季狸《艇斋诗话》,《历代诗话续编》本,中华书局 1983 年版,第 304 页。
⑤ 北京大学古文献研究所《全宋诗》,北京大学出版社 1999 年版,第 16241 页。
⑥ 彭定求等辑《全唐诗》卷三五九,中华书局 1980 年版,第 4051 页。
⑦ 彭定求等辑《全唐诗》卷五三九,中华书局 1980 年版,第 6146 页。
⑧ 北京大学古文献研究所《全宋诗》,北京大学出版社 1999 年版,第 2008 页。
⑨ 周必大《二老堂诗话》,《丛书集成初编》本,商务印书馆 1936 年版,第 33 页。
⑩ 班固《汉书》卷八十七《扬雄传》,中华书局 1962 年版,第 3515 页。
⑪ 彭定求等辑《全唐诗》卷四七八,中华书局 1980 年版,第 5446 页。
⑫ 彭定求等辑《全唐诗》卷三五四,中华书局 1980 年版,第 3973 页。
⑬ 彭定求等辑《全唐诗》卷五八五,中华书局 1980 年版,第 6775 页。

结子，错教人恨五更风。”[①]北宋韩驹《代妓送葛亚卿》诗谓：“刘郎底事去匆匆，花有深情只暂红。弱质未应贪结子，细思须恨五更风。”[②]王安石有《乌江亭》诗：“百战疲劳壮士哀，中原一败势难回。江东子弟今虽在，肯为君王卷土来？”[③]正是翻杜牧的《题乌江亭》：“胜败兵家事不期，包羞忍耻是男儿。江东子弟多才俊，卷土重来未可知！”[④]宋代陈刚中《阳关词》：“客舍休悲柳色新，东西南北一般春。若知四海皆兄弟，何处相逢非故人。”[⑤]又是翻王维的《送元二使安西》：“渭城朝雨浥轻尘，客舍青青柳色新。劝君更尽一杯酒，西出阳关无故人。”[⑥]这种翻案法乃是直接以前人的诗歌作为创作对象，翻案的目的性较之“反用诗句”法更为明确，除了翻案所带来的新颖、别致，而且这种“以诗论诗”的创作方法，以其巨大的“互文性”使之成为一种特殊的诗歌现象。

三 翻案诗的历代梳理

翻案诗法古已有之。从《诗经》时代直至六朝的诗歌中，翻案诗始终是一种绵延不绝的诗法，现梳理宋前翻案诗之源流如下：

（一）先秦翻案诗例

翻案诗法最早可以追溯到诗经时代。

《邶风·谷风》：“谁谓荼苦，其甘如荠。”[⑦]就是对公众观念翻案的典型事例。同理还有春秋时《采葛妇歌》云：“葛不连蔓棻台台，我君心苦命更之。尝胆不苦甘如饴。”[⑧]虽是咏勾践卧薪尝胆之实事，但也利用了固定的公众观念之反差，以苦胆为甘饴，从而达到一定的抒情效果。

《诗经》中这种常用的“谁谓”句式，往往产生翻案的效果。例如《行露》：“谁谓雀无角？何以穿我屋！……谁谓鼠无牙？何以穿我墉！”[⑨]《河广》：“谁谓河

① 彭定求等辑《全唐诗》卷三〇二，中华书局 1980 年版，第 3445 页。
② 北京大学古文献研究所《全宋诗》，北京大学出版社 1999 年版，第 16637 页。
③ 北京大学古文献研究所《全宋诗》，北京大学出版社 1999 年版，第 6732 页。
④ 彭定求等辑《全唐诗》卷五二三，中华书局 1980 年版，第 5981 页。
⑤ 北京大学古文献研究所《全宋诗》，北京大学出版社 1999 年版，第 21247 页。
⑥ 彭定求等辑《全唐诗》卷二七，中华书局 1980 年版，第 394 页。
⑦ 褚斌杰《诗经全注》，人民文学出版社 1999 年版，第 36 页。
⑧ 逯钦立《先秦汉魏晋南北朝诗》，中华书局 1983 年版，第 30 页。
⑨ 褚斌杰《诗经全注》，人民文学出版社 1999 年版，第 18 页。

广?一苇杭之。谁谓宋远,跂予望之。……谁谓河广?曾不容刀。谁谓宋远,曾不崇朝。”①钱锺书先生即认为这是一种“反词质诘”的修辞方法:“盖明知事之不然,而反词质诘,以证其然,此正诗人妙用。夸饰以不可能为能,譬喻以不同类为类,理无二致。”②从诗法角度看,这种句式其实也就是对公众观念的翻案,再例如曹植《代刘勋妻王氏杂诗》:“谁言去妇薄,去妇情更重。”③孟郊《送别崔纯亮》:“出门如有碍,谁谓天地宽。”④天地宽阔,公众皆以为然,而孟郊反语质诘以天地为仄狭,正是翻案之法。

此外,《诗经》中也出现了通篇翻案的诗例:

> 衡门之下,可以栖迟。泌之洋洋,可以乐饥。岂其食鱼,必河之鲂?岂其取妻,必齐之姜?岂其食鱼,必河之鲤?岂其娶妻,必宋之子?(《陈风·衡门》)⑤

此诗系隐者安贫乐道之辞⑥,如朱熹《诗集传》云:“此隐居自乐而无求者之辞。言衡门虽浅陋,然亦可以游息;泌水虽不可饱,然亦可以玩乐而忘饥也。”⑦姚际恒《诗经通论》云:“此贤者隐居甘贫而无求于外之诗。一章,甘贫也,二、三章,无求也。唯能甘贫,故无求。唯能无求,故甘贫。”⑧于是,此篇乃是将世俗所认为的快乐生活翻案言之,以为简陋而平淡的人生更为悠游自得。除此之外,诗的后两章又对黄河之鱼味鲜,齐宋之女美好进行了翻案。

像这样通篇翻案的诗歌,还有战国时《杨朱歌》云:“天其弗识,人胡能觉。匪佑自天,弗孽由人。我乎汝乎,其弗知乎。医乎巫乎,其知之乎。”⑨此是杨朱为其将死之友季梁所做之歌。诗中对诸多公众观念,如天可佑人、人自作孽、医

---

① 褚斌杰《诗经全注》,人民文学出版社 1999 年版,第 69 页。

② 钱锺书《管锥篇》:“使雀噣本锐,鼠齿诚壮,荼实荠甘,河可苇渡,高天大地真跼蹐逼仄,则问既无谓,答亦多事,充乎其量,只是辟谣、解惑,无关比兴。诗之情味每与敷藻立喻之合乎事理成反比例。”

③ 逯钦立《先秦汉魏晋南北朝诗》,中华书局 1983 年版,第 455 页。

④ 彭定求等辑《全唐诗》卷三七七,中华书局 1980 年版,第 4229 页。

⑤ 褚斌杰《诗经全注》,人民文学出版社 1999 年版,第 145 页。

⑥ 闻一多先生曾从民俗学角度考释此诗为情诗。其以“衡门之下”乃男女幽会之所,泌水之岸为男女欢爱之地,“泌”与密同,在山曰密,在水曰泌,乃“行秘密之事的地方”;“饥”亦非指腹饥,而是性之饥渴;而“鱼”在上古是“匹偶”“情侣”的隐语,“食鱼”所暗示的恰是男女的“合欢或结配”。(见闻一多《说鱼》《高唐神女传说之分析》等相关著述)

⑦ 朱熹《诗集传》,凤凰出版社 2007 年版,第 94 页。

⑧ 姚际恒《诗经通论》,中华书局 1958 年版,第 46 页。

⑨ 逯钦立《先秦汉魏晋南北朝诗》,中华书局 1983 年版,第 23 页。

巫之作用等都进行了翻叠。

(二) 秦汉翻案诗例

秦汉时代的翻案诗,仍是集中在对公众观念翻案这一类上,例如生男生女之比较、人生之态度等相关主题。

秦筑长城,死者相属,有《秦始皇时民歌》云:"生男慎勿举,生女哺用脯。不见长城下,尸骸相支拄。"①汉武帝时卫子夫立后,有《天下为卫子夫歌》:"生男无喜,生女无怒。独不见卫子夫霸天下。"②这些都是对古来男尊女卑观念的翻案,传统如《诗经·小雅·斯干》云:"乃生男子,载寝之床,载衣之裳,载弄之璋。其泣喤喤,朱芾斯黄,室家君王。乃生女子,载寝之地,载衣之裼,载弄之瓦。无非无仪,唯酒食是议,无父母诒罹。"③便是古来男女观念的正说。随后东汉班固有《咏史》"百男何愦愦,不如一缇萦"④;汉末乐府《陇西行》"取妇得如此,齐姜亦不如。健妇持门户,亦胜一丈夫"⑤;曹植《精微篇》"多男亦何为,一女足成居"⑥;傅玄《秦女休行》"百男何当益,不如一女良"⑦;再有杜甫《兵车行》"信知生男恶,反是生女好。生女犹是嫁比邻,生男埋没随百草"⑧;白居易《长恨歌》"遂令天下父母心,不重生男重生女"⑨。这其中或有对史事、现实的感慨,但同时也利用了公众的传统看法来做翻案文章,从而获得抒情效果。

再一种翻案类型是关于人生态度的选择。汉末孔融有《离合作郡姓名字诗》:"玟璇隐曜,美玉韬光。无名无誉,放言深藏。按辔安行,谁谓路长。"⑩可以看作是对汉以来诗歌中"行路难"等相关主题的翻案。"《行路难》备言世路艰难及离别悲伤之意。"⑪其诗辞以哀婉悲摧为主,而孔融此诗却一反常态云"按辔安行,谁谓路长",遂以旷达明朗见长。同理还有仲长统的《见志诗》:"飞鸟遗迹,

---

① 逯钦立《先秦汉魏晋南北朝诗》,中华书局1983年版,第32页。
② 逯钦立《先秦汉魏晋南北朝诗》,中华书局1983年版,第121页。
③ 褚斌杰《诗经全注》,人民文学出版社1999年版,第214页。
④ 逯钦立《先秦汉魏晋南北朝诗》,中华书局1983年版,第170页。
⑤ 逯钦立《先秦汉魏晋南北朝诗》,中华书局1983年版,第268页。
⑥ 逯钦立《先秦汉魏晋南北朝诗》,中华书局1983年版,第429页。
⑦ 逯钦立《先秦汉魏晋南北朝诗》,中华书局1983年版,第563页。
⑧ 杜甫《杜工部集》,岳麓书社1987年版,第12页。
⑨ 彭定求等辑《全唐诗》卷四三五,中华书局1980年版,第4816页。
⑩ 逯钦立《先秦汉魏晋南北朝诗》,中华书局1983年版,第196页。
⑪ 郭茂倩《乐府诗集》,中华书局1979年版,第997页。

蝉蜕亡壳。腾蛇弃鳞,神龙丧角。至人能变,达士拔俗。乘云无辔,骋风无足。垂露成帏,张霄成幄。沆瀣当餐,九阳代烛。恒星艳珠,朝霞润玉。六合之内,恣心所欲。人事可遗,何为局促。"①这也是将汉以来诗歌中人生艰难的哀叹翻转了一层。其他诗例又有《古诗十九首·驱车上东门》:"服食求神仙,多为药所误。不如饮美酒,被服纨与素。"②《古诗十九首·生年不满百》:"为乐当及时,何能待来兹。愚者爱惜费,但为后世嗤。"③

这一时期的翻案诗例又有题为李陵所作的《别诗》其一:"骨肉缘枝叶,结交亦相因。四海皆兄弟,谁为行路人。"④其二:"与其苦筋力,必欲荣薄躯。不如及清时,策名于天衢。"⑤相传卓文君所做的《白头吟》:"竹竿何袅袅,鱼尾何簁簁。男儿重意气,何用钱刀为。"⑥它们共同的特点都是对公众观念进行翻案。

值得注意的是,这一时期出现了翻案诗的另一类型:反用成诗法。东汉扬雄"以为君子得时则大行,不得时则龙蛇,遇不遇命也,何必湛身哉!乃作书,往往摭《离骚》文而反之,自岷山投诸江流以吊屈原,名曰《反离骚》"⑦。扬雄的《反离骚》在文体上、结构上完全承袭、模仿《离骚》,语句上也直接借用,表现手法上也继承了其比喻和象征之法,这就使《反离骚》和《离骚》构成了一定的互文关系,但是其中的立意却是以老、庄之思想责备屈原,希望屈原能留住有用之身,而不是投江自殉,这就和屈原的《离骚》形成了一组翻案。随后,李白有《蜀道难》,陆畅有《蜀道易》;刘禹锡有《贾客词》,刘驾有《反贾客词》都是这种成诗翻案法的延续。

(三)魏晋诗例

魏晋时期咏史诗的风气渐开,而这个时候便出现了翻案的咏史诗。

建安十六年(211),曹操西征,马超,曹植、王粲、阮瑀皆从征,十二月自安定还长安,途经三良冢,遂皆有诗咏其事。

功名不可为,忠义我所安。秦穆先下世,三臣皆自残。生时等荣乐,既

① 逯钦立《先秦汉魏晋南北朝诗》,中华书局1983年版,第205页。
② 逯钦立《先秦汉魏晋南北朝诗》,中华书局1983年版,第332页。
③ 逯钦立《先秦汉魏晋南北朝诗》,中华书局1983年版,第333页。
④ 逯钦立《先秦汉魏晋南北朝诗》,中华书局1983年版,第338页。
⑤ 逯钦立《先秦汉魏晋南北朝诗》,中华书局1983年版,第340页。
⑥ 逯钦立《先秦汉魏晋南北朝诗》,中华书局1983年版,第274页。
⑦ 班固《汉书》卷八十七《扬雄传》,中华书局1962年版,第3515页。

没同忧患。谁言捐躯易，杀身诚独难。揽涕登君墓，临穴仰天叹。长夜何冥冥，一往不复还。黄鸟为悲鸣，哀哉伤肺肝。（曹植《三良诗》）①

自古无殉死，达人所共知。秦穆杀三良，惜哉空尔为。结发事明君，受恩良不訾。临没要之死，焉得不相随。妻子当门泣，兄弟哭路垂。临穴呼苍天，涕下如绠縻。人生各有志，终不为此移。同知埋身剧，心亦有所施。生为百夫雄，死为壮士规。黄鸟作悲诗，至今声不亏。（王粲《咏史诗》）②

误哉秦穆公，身没从三良。忠臣不违命，随躯就死亡。低头窥圹户，仰视日月光。谁谓此可处，恩义不可忘。路人为流涕，黄鸟鸣高桑。（阮瑀《咏史诗》）③

“三良”事见《左传·文公六年》：“秦伯任好卒，以子车氏三子奄息、仲行、针虎为殉，皆秦之良也。”④随后《诗经·秦风·黄鸟》吟咏此事道：“交交黄鸟，止于棘。谁从穆公？子车奄息。维此奄息，百夫之特。临其穴，惴惴其栗。彼苍者天，歼我良人！如可赎兮，人百其身！”⑤诗中批评穆公的殉葬之制，对三良临穴之恐惧和无奈给予了无限同情，遂《毛序》评云：“《黄鸟》哀三良也。国人刺穆公以人从死，而作是诗也。”⑥而上所引曹植、王粲、阮瑀之诗的着眼点并不在着力批判秦穆公，而是着力赞扬三良“生共此乐，死共此哀”⑦的忠义之举，这三首咏史诗的立意这就和《诗经·黄鸟》构成了一组翻案。

用典式翻案，或者说是对诗句之翻案，此际也已出现。例如徐幹《室思诗》“人靡不有初，想君能终之”⑧，翻自《诗·大雅·荡》“靡不有初，鲜克有终”⑨。

汉代出现的成诗翻案，在魏晋时已经不再新鲜。例如《诗经·豳风·东山》咏士兵征战之苦云：“我徂东山，慆慆不归；我来自东，零雨其濛。我东曰归，我心西

① 逯钦立《先秦汉魏晋南北朝诗》，中华书局 1983 年版，第 455 页。
② 逯钦立《先秦汉魏晋南北朝诗》，中华书局 1983 年版，第 364 页。
③ 逯钦立《先秦汉魏晋南北朝诗》，中华书局 1983 年版，第 379 页。
④ 左丘明《左传》，吉林人民出版社 1996 年版，第 216 页。
⑤ 褚斌杰《诗经全注》，人民文学出版社 1999 年版，第 138 页。
⑥《十三经注疏》整理委员会《毛诗正义》，北京大学出版社 1999 年版，第 427 页。
⑦《史记·秦本纪》正义引应劭语云：“穆公和群臣酣饮时，曾说：‘生共此乐，死共此哀。’于是奄息、仲行、针虎许诺，及公薨，皆从死。”（司马迁《史记》，中华书局 1998 年版，第 87 页）
⑧ 逯钦立《先秦汉魏晋南北朝诗》，中华书局 1983 年版，第 377 页。
⑨ 孔颖达《诗经正义》，北京大学出版社 1999 年版，第 1154 页。

悲。制彼裳衣,勿士行枚。蜎蜎者蠋,烝在桑野;敦彼独宿,亦在车下。……"①而曹丕却针对《东山》的哀婉情调做了一首壮怀征战诗:

观兵临江水,水流何汤汤。戈矛成山林,玄甲耀日光。猛将怀暴怒,胆气正纵横。谁云江水广,一苇可以航。不战屈敌虏,戢兵称贤良。古公宅岐邑,实始剪殷商。孟献营虎牢,郑人惧稽颡。充国务耕殖,先零自破亡。兴农淮泗间,筑室都徐方。量宜运权略,六军咸悦康。岂如东山诗,悠悠多忧伤。(《至广陵于马上作诗》)②

再有傅玄《秋胡行》其一云:"奈何秋胡,中道怀邪。美此节妇,高行巍峨。哀哉可愍,自投长河。"③然其《秋胡行》其二却云:"引身赴长流,果哉洁妇肠。彼夫既不淑,此妇亦太刚。"④这两首同题诗作之间明显存在一种翻覆的关系。又有西晋陆机《猛虎行》云:"渴不饮盗泉水,热不息恶木阴。恶木岂无枝?志士多苦心。"⑤又是反古乐府词《猛虎行》"饥不从猛虎食,暮不从野雀栖。野雀安无巢,游子为谁骄"⑥之意。

对公众观念的翻案诗例,仍是翻案诗的一大端所在,例如阮籍的两首《咏怀诗》"人知结交易,交友诚独难。险路多疑惑,明珠未可干"⑦;"人言愿延年,延年欲焉之。黄鹄呼子安,千秋未可期"⑧等。

(四)初唐翻案诗

翻案诗的大规模写作出现在唐代。

初唐诗僧王梵志诗中常有一些奇兀警拔的句子,来表达自己与众不同的认识。如:

他家笑吾贫,吾贫极快乐。无牛亦无马,不愁贼抄掠。你富户役高,差科并用却。吾无呼唤处,饱吃常展脚。你富披锦袍,寻常被缠缚。穷苦无

① 褚斌杰《诗经全注》,人民文学出版社1999年版,第164页。
② 逯钦立《先秦汉魏晋南北朝诗》,中华书局1983年版,第401页。
③ 逯钦立《先秦汉魏晋南北朝诗》,中华书局1983年版,第554页。
④ 逯钦立《先秦汉魏晋南北朝诗》,中华书局1983年版,第556页。
⑤ 逯钦立《先秦汉魏晋南北朝诗》,中华书局1983年版,第666页。
⑥ 逯钦立《先秦汉魏晋南北朝诗》,中华书局1983年版,第287页。
⑦ 逯钦立《先秦汉魏晋南北朝诗》,中华书局1983年版,第508页。
⑧ 逯钦立《先秦汉魏晋南北朝诗》,中华书局1983年版,第506页。

烦恼，草衣随体著。(《他家笑吾贫》)[①]

观影元非有，观身亦是空。如采水底月，似捉树头风。揽之不可见，寻之不可穷。众生随业转，恰似梦寐中。(《观影元非有》)[②]

我昔未生时，冥冥无所知。天公强生我，生我复何为？无衣使我寒，无食使我饥。还你天公我，还我未生时。(《我昔未生时》)[③]

其他相似的诗句还有："照面不用镜，布施不须财。端坐念真相，此便是如来"(《照面不用镜》)[④]；"本是长眠鬼，暂来地上立"(《遥看世间人》)[⑤]；"死亦不须忧，生亦不须喜"(《死亦不须忧》)[⑥]；"生时有苦痛，不如早死好"(《可笑世间人》)[⑦]；"钱是害人物，智者常远离"(《奴富欺郎君》)[⑧]；"生儿不用多，了事一个足"(《大皮裹大树》)[⑨]；"在乡须下意，为客莫高心。相见作先拜，膝下没黄金"(《在乡须下意》)[⑩]。

王梵志诗作中这种独特的思维手法，被宋人称为"翻著袜法"[⑪]，这源于他的《梵志翻著袜》诗："梵志翻著袜，人皆道是错，乍可刺你眼，不可隐我脚。"[⑫]明佚名《比事摘编·颠倒见》云："人不胜实事，可笑窳其中而美其外，岂非颠倒见乎？谢上蔡有言：今人做事，只管要夸耀别人耳目，浑不关自家受用处，譬如人食前方丈，便向人前吃，蔬食菜羹，却去屋吃也。试一回思，何故如此？曾纪梵志有《翻著袜诗》云……彼夸毗子宜少悟矣。"[⑬]则此诗意谓袜子外层光滑而内层粗糙，一般人皆光面朝外以美，而王梵志却将光面朝内以舒适其足。黄庭坚就此论述道：

① 王梵志著，项楚校注《王梵志诗校注》，上海古籍出版社 1991 年版，第 29—30 页。
② 王梵志著，项楚校注《王梵志诗校注》，上海古籍出版社 1991 年版，第 265 页。
③ 王梵志著，项楚校注《王梵志诗校注》，上海古籍出版社 1991 年版，第 624 页。
④ 王梵志著，项楚校注《王梵志诗校注》，上海古籍出版社 1991 年版，第 741 页。
⑤ 王梵志著，项楚校注《王梵志诗校注》，上海古籍出版社 1991 年版，第 11 页。
⑥ 王梵志著，项楚校注《王梵志诗校注》，上海古籍出版社 1991 年版，第 698 页。
⑦ 王梵志著，项楚校注《王梵志诗校注》，上海古籍出版社 1991 年版，第 24—25 页。
⑧ 王梵志著，项楚校注《王梵志诗校注》，上海古籍出版社 1991 年版，第 638 页。
⑨ 王梵志著，项楚校注《王梵志诗校注》，上海古籍出版社 1991 年版，第 742 页。
⑩ 王梵志著，项楚校注《王梵志诗校注》，上海古籍出版社 1991 年版，第 521 页。
⑪ 唐皎然《诗式》将王梵志诗列入"跌宕格"中的"骇俗"一品中，以其特点为："外示惊俗之貌，内藏达人之度。"(皎然著，李壮鹰校注《诗式校注》，人民文学出版社 2003 年版，第 49 页)
⑫ 王梵志著，项楚校注《王梵志诗校注》，上海古籍出版社 1991 年版，第 760 页。
⑬ 王梵志著，项楚校注《王梵志诗校注》，上海古籍出版社 1991 年版，第 763 页。

“梵志翻著袜,人皆道是错,乍可刺你眼,不可隐我脚。”一切众生颠倒类皆如此,乃知梵志是大修行人也。昔茅容季伟,田家子尔,杀鸡饭其母,而以草具饭郭林宗,林宗起拜之,因劝使就学,遂为四海名士,此“翻著袜法”也。今人以珍馔奉客,以草具奉其亲,涉母之事,合义则与已,不合义则称亲,万世同流,皆季伟之罪人也。(《书梵志翻著袜诗》)①

黄庭坚以鸡饭其母,而以草具饭来客这种反与常人的做法为“翻著袜”,具体到文学艺术中,张锡厚《论王梵志诗的口语化倾向》②一文认为所谓“翻著袜法”,“也就是大胆使用违拗常情、异于传统表达方式的新的语言手段,寄深沉哲理于隐喻之中的表达方式来叙事状物,抒情言志”。梁德林《论王梵志“翻著袜法”》云:“翻著袜法主要体现在以逆向思维的方式去构思作品,从而收到令人耳目一新的效果。”③陆游又有诗曰:“徇俗不如翻著袜,爱山只合倒骑驴。”(《闭户》)④可见“翻著袜”正是“徇俗”的反面。于是,“翻著袜法”其实就是要把世人的“颠倒见”再颠倒过来,其实也就是对公众观念的翻案。所以宋人陈善云:“知梵志翻著袜法,则可以作文。”(《扪虱新话·作文观文之法》)⑤随后诗僧寒山等承其衣钵,诗中也多有“翻案语”,如常为后人所称引的寒山佚诗“人是黑头虫,刚作千年调。铁铸作门限,鬼见拍手笑”⑥就有这种手法的延续。

初唐翻案的其他诗例还有以下几例。屈原《渔父》曰:“众人皆醉我独醒。”⑦而王绩《过酒家》曰:“眼看人尽醉,何忍独为醒。”⑧就是针对诗句翻案的例子。又有初唐郭震《王昭君》曰:“自嫁单于国,长衔汉掖悲。容颜日憔悴,有甚画图时。”⑨这又是对古来“昭君出塞”故事的翻案,清人贺裳《载酒园诗话》对此评道:“似此翻案却佳,盖尤为切情合事也。”⑩

---

① 黄庭坚《山谷题跋》,《丛书集成初编》本,商务印书馆 1936 年版,第 61 页。
② 张锡厚《论王梵志诗的口语化倾向》,《文艺研究》1983 年第 1 期。
③ 梁德林《论王梵志“翻著袜法”》,《广西师范学院学报》2007 年 1 期。
④ 北京大学古文献研究所《全宋诗》,北京大学出版社 1999 年版,第 24886 页。
⑤ 陈善《扪虱新话》下集卷一,《丛书集成初编》本,商务印书馆 1936 年版,第 49 页。
⑥ 项楚《寒山诗注》,中华书局 2000 年版,第 801 页。
⑦ 洪兴祖《楚辞补注》,中华书局 1983 年版,第 179 页。
⑧ 彭定求等辑《全唐诗》卷三七,中华书局 1980 年版,第 484 页。
⑨ 彭定求等辑《全唐诗》卷六六,中华书局 1980 年版,第 757 页。
⑩ 郭绍虞《清诗话续编》,上海古籍出版社 1983 年版,第 220 页。

（五）盛唐、中唐翻案诗

王维《送杨少府贬郴州》诗云：

> 明到衡山与洞庭，若为秋月听猿声。愁看北渚三湘近，恶说南风五两轻。青草瘴时过夏口，白头浪里出湓城。长沙不久留才子，贾谊何须吊屈平？①

尾联反用贾谊以屈原自况自伤故事，故宋刘辰翁在《王孟诗评》中指出："临结又用一故事翻缴公案，用意忠厚，其味深长，他作所无。"②再有王维《送别》云："山中相送罢，日暮掩柴扉。春草明年绿，王孙归不归？"③末句反用了《楚辞·招隐士》中的"王孙游兮不归，春草生兮萋萋"句。俞陛云《诗境浅说续编》评云："所送别者，当是驰骛功名之士，而非栖迟泉石之人，结句言'胡不归'者，明知其迷阳忘返，故作疑问之辞也。"④《招隐士》是招唤隐居的贤才出山，而王维此处却巧妙地反用其意，召唤红尘中人归隐。遂宋人顾乐谓其诗："翻弄《骚》语，刻意扣题。"⑤而王维《山居秋暝》中的"随意春芳歇，王孙自可留"则又可以看作是反用了淮南子《招隐士》中的"王孙兮归来，山中兮不可以久留"句。这两首翻案诗句都可归为"反用诗句法"。

李白的翻案诗为数不少。汉高祖归丰沛作歌曰："大风起兮云飞扬，威加海内兮归故乡，安得猛士兮守四方。"⑥李白《胡无人行》反之曰："但歌大风云飞扬，安用猛士守四方。"⑦王之涣有《出塞》云："羌笛何须怨杨柳，春风不度玉门关。"⑧而李白的《关山月》却云："长风几万里，吹度玉门关。"⑨即是对王之涣诗句的翻案。又有左思《咏史》云："功成不受爵，长揖归田庐。"⑩李白《当涂赵炎少府粉图山水歌》则曰："若待功成拂衣去，武陵桃花笑杀人。"⑪

---

① 彭定求等辑《全唐诗》卷一二八，中华书局 1980 年版，第 1297 页。
② 陈伯海《唐诗汇评》，浙江教育出版社 1996 年版，第 334 页。
③ 彭定求等辑《全唐诗》卷一二八，中华书局 1980 年版，第 1303 页。
④ 俞陛云《诗境浅说·续编》，北京出版社 2003 年版，第 124 页。
⑤ 霍松林《万首唐人绝句校注集评》，陕西人民出版社 1991 年版，第 168 页。
⑥ 逯钦立《先秦汉魏晋南北朝诗》，中华书局 1983 年版，第 87 页。
⑦ 彭定求等辑《全唐诗》卷二〇，中华书局 1980 年版，第 247 页。
⑧ 彭定求等辑《全唐诗》卷一八，中华书局 1980 年版，第 186 页。
⑨ 彭定求等辑《全唐诗》卷一八，中华书局 1980 年版，第 193 页。
⑩ 逯钦立《先秦汉魏晋南北朝诗》，中华书局 1983 年版，第 732 页。
⑪ 彭定求等辑《全唐诗》卷一六七，中华书局 1980 年版，第 1724 页。

再看王昌龄和岑参的两首《从军行》:

百战风尘苦,十年履霜露。虽投定远笔,未坐将军树。早知行路难,悔不理章句。(王昌龄《从军行》)①

早知逢乱世,少小漫读书。悔不学弯弓,向东射狂胡。(岑参《行军诗》)②

这两首诗表面意义正好相反,一个说应该"学弯弓",一个说应该"理章句"。岑参一诗明显反用时代略早的王昌龄一诗。

等到了杜甫那里,翻案诗法就被运用得极为成熟了。其中,前人对杜甫的《九日》"羞将短发还吹帽,笑倩傍人为正冠"一诗议论最多。如杨万里《诚斋诗话》云:

"羞将短发还吹帽,笑倩旁人为正冠。"将一事翻腾作一联,又孟嘉以落帽为风流,少陵以不落为风流,翻尽古人公案,最为妙法。③

这属于翻用典故法。杜甫诗中还有很多翻用典故的例子,如《五盘》"地僻无网罟,水清反多鱼"④,乃翻《孔子家语》"水至清则无鱼"⑤。杜甫《将赴荆南寄别李剑州》"但见文翁能化俗,焉知李广未封侯"⑥,又是对历史定论的翻案。《秋野》"儿童解蛮语,不必作参军",是对公众观念之翻案。谢朓有《始出尚书省》"纷虹乱朝日,浊河秽清济"⑦,杜甫《狄明府》则云"狄公执政在末年,浊河终不污清济"⑧,这是对前人诗句的翻案。

杜甫之后,韩愈对翻案诗的创作更是有意为之。其《荐士》诗云"强箭射鲁缟"⑨,反用《汉书·韩安国传》"强弩之末,力不能入鲁缟"⑩。《醉赠张秘书》云

---

① 彭定求等辑《全唐诗》卷一九,中华书局1980年版,第228页。
② 彭定求等辑《全唐诗》卷一九八,中华书局1980年版,第2047页。
③ 杨万里《诚斋诗话》,《历代诗话续编》本,中华书局1983年版,第140页。
④⑨ 彭定求等辑《全唐诗》卷三三七,中华书局1980年版,第3780页。
⑤ 王肃《孔子家语》,上海古籍出版社1990年版,第59页。
⑥ 彭定求等辑《全唐诗》卷二二八,中华书局1980年版,第2473页。
⑦ 逯钦立《先秦汉魏晋南北朝诗》,中华书局1983年版,第1431页。
⑧ 彭定求等辑《全唐诗》卷二二二,中华书局1980年版,第2362页。
⑩ 班固《汉书》卷五十二,中华书局1962年版,第2402页。

"张籍学古淡，轩鹤避鸡群"①，反用稽绍鹤立鸡群故事；《县斋有怀》云"如今便可尔，何用毕婚嫁"②，反用向平婚嫁毕事；《送文畅》云"照壁喜见蝎"，反用老杜"每愁夜中自足蝎"句；《岳庙》云"猿鹤钟动不知曙"，反用谢灵运的"猿鹤诚知曙"句。所以顾嗣立《寒厅诗话》卷十三谓："韩昌黎诗句句有来历，而能务去陈言者，全在于反用。……学诗者解得此秘，则臭腐化为神奇矣。"③

韩愈有《桃源图》云：

> 神仙有无何渺茫，桃源之说诚荒唐。流水盘回山百转，生绡数幅垂中堂。武陵太守好事者，题封远寄南宫下。南宫先生忻得之，波涛入笔驱文辞。文工画妙各臻极，异境恍惚移于斯。架岩凿谷开宫室，接屋连墙千万日。嬴颠刘蹶了不闻，地坼天分非所恤。种桃处处惟开花。川原近远烝红霞。初来犹自念乡邑，岁久此地还成家。渔舟之子来何所，物色相猜更问语。大蛇中断丧前王，群马南渡开新主。听终辞绝共凄然，自说经今六百年。当时万事皆眼见，不知几许犹流传。争持酒食来相馈，礼数不同樽俎异。月明伴宿玉堂空，骨冷魂清无梦寐。夜半金鸡啁哳鸣，火轮飞出客心惊。人间有累不可住，依然离别难为情。船开棹进一回顾，万里苍苍烟水暮。世俗宁知伪与真，至今传者武陵人。④

这首长诗意在翻案，反用陶渊明《桃花源记》、王维《桃源行》、刘禹锡《游桃花源诗一百韵》等诸多诗作。

韩愈又有《调张籍》对公众观念进行翻案："李杜文章在，光焰万丈长。不知群儿愚，那用故谤伤。蚍蜉撼大树，可笑不自量！伊我生其后，举颈遥相望。"当时文坛上有"抑李扬杜"之倾向。如元稹《唐故工部员外郎杜君墓系铭并序》说："则诗人以来，未有如子美者。时山东人李白，亦以奇文取称，时人谓之李杜。予观其壮浪纵恣，罢去拘束，摹写物象及乐府歌诗，诚亦差肩于子美矣。……则李尚不能历其藩翰，况堂奥乎。"⑤而韩愈在诗中却一反时人，主张李、杜并重。

---

① 彭定求等辑《全唐诗》卷三三七，中华书局 1980 年版，第 3774 页。
② 彭定求等辑《全唐诗》卷三三七，中华书局 1980 年版，第 3776 页。
③ 顾嗣立《寒厅诗话》，《清诗话》本，上海古籍出版社 1978 年版，第 86 页。
④ 韩愈著，屈守元等校注《韩愈全集校注》，四川大学出版社 1996 年版，第 629 页。
⑤ 元稹《元稹集》，中华书局 1982 年版，第 601 页。

孟郊《赠别崔纯亮》诗云:“食荠肠亦苦,强歌声无欢。出门即有碍,谁谓天地宽。有碍非遐方,长安大道傍。小人智虑险,平地生太行。……项籍岂不壮,贾生岂不良。当其失意时,涕泗各沾裳。古人劝加餐,此餐难自强。”①其中对公众观念、历史人物皆有翻覆。随后,白居易的《昭君》:“汉使却回凭寄语,黄金何日赎蛾眉?君王若问妾颜色,莫道不如宫里时。”②是一首咏史之翻案。而元稹的《侠客行》云“侠客不怕死,怕在事不成。事成不肯藏姓名”,则是对李白《侠客行》“事了拂衣去,深藏身与名”诗句的翻案。

(六)晚唐翻案诗

用翻案法咏史以杜牧的诗作最为引人注目。宋人胡仔《苕溪渔隐丛话后集》卷十五云:“(杜)牧之于题咏,好异于人。”③清人赵翼论曰:“杜牧之作诗,恐流于平弱,故措词必拗峭,立意必奇辟,多作翻案语,无一平正者。”④例如以下诗作:

> 折戟沉沙铁未销,自将磨洗认前朝。东风不与周郎便,铜雀春深锁二乔。(《赤壁》)⑤
>
> 胜败兵家事不期,包羞忍耻是男儿。江东子弟多才俊,卷土重来未可知。(《题乌江亭》)⑥
>
> 吕氏强梁嗣子柔,我于天性岂恩仇。南军不袒左边袖,四老安刘是灭刘。(《题商山四皓庙》)⑦
>
> 始皇东游出周鼎,刘项纵观皆引颈。削平天下实辛勤,却为道旁穷百姓。黔首不愚尔益愚,千里函关囚独夫。牧童火入九泉底,烧作灰时犹未枯。(《过骊山作》)⑧

《赤壁》一诗宋谢枋得评说:“后二句绝妙,众人咏赤壁只善当时之胜;杜牧之咏

① 彭定求等辑《全唐诗》卷三七七,中华书局 1980 年版,第 4229 页。
② 彭定求等辑《全唐诗》卷四三七,中华书局 1980 年版,第 4858 页。
③ 胡仔《苕溪渔隐丛话后集》,人民文学出版社 1981 年版,第 108 页。
④ 赵翼《瓯北诗话》卷十一,上海古籍出版社 1997 年版,第 163 页。
⑤ 杜牧著,冯集梧注《樊川诗集注》,中华书局 1978 年版,第 271 页。
⑥ 杜牧著,冯集梧注《樊川诗集注》,中华书局 1978 年版,第 279 页。
⑦ 杜牧著,冯集梧注《樊川诗集注》,中华书局 1978 年版,第 308 页。
⑧ 杜牧著,冯集梧注《樊川诗集注》,中华书局 1978 年版,第 88 页。

赤壁，犹忧当时之败。……此是‘无中生有’‘死中求活’，非浅识所到。”①这“善胜”和“惜败”之间正是翻案。《史记》载项羽乌江自刎时，司马迁着重于其刚烈。《题乌江亭》中杜牧却另辟蹊径。认为胜败乃兵家之常事，包羞忍耻而最终成功，未尝不是男子的气概。

除了咏史诗，杜牧还有不少诗作用翻案之法：

江涵秋影雁初飞，与客携壶上翠微。尘世难逢开口笑，菊花须插满头归。但将酩酊酬佳节，不用登临恨落晖。古往今来只如此，牛山何必独沾衣？（《九日齐山登高》）②

落句“古往今来只如此，牛山何必泪沾衣”，反用齐景公登牛山而叹江山不能永保的故事。再有重阳登高，多生“沾巾”之思绪，而此诗却说“何必泪沾巾”，这就将反用典故法与反公众观念结合在一起。

李商隐的翻案诗例也多体现在咏史、用典之类中。例如北宋严有翼《艺苑雌黄》：“文人用故事，有直用其事者，有反其意而用之者，李义山诗：‘可怜夜半虚前席，不问苍生问鬼神。’虽说贾谊，然反其意而用之矣。”③宋黄徹《䂬溪诗话》卷一：“李义山任弘农尉，尝投诗谒告云：‘却羡卞和双刖足，一生无复没阶趋。’虽为乐春罪人，然用事出人意表，尤有余味。”④其他再例如：

咸阳宫阙郁嵯峨，六国楼台艳绮罗。自是当时天帝醉，不关秦地有山河。（《咸阳》）⑤

冀马燕犀动地来，自埋红粉自成灰。君王若道能倾国，玉辇何由过马嵬。（《马嵬二首》其一）⑥

海外徒闻更九州，他生未卜此生休。空闻虎旅传宵柝，无复鸡人报晓筹。此日六军同驻马，当时七夕笑牵牛。如何四纪为天子，不及卢家有莫愁。（《马嵬二首》其二）⑦

---

① 谢枋得《注解章泉涧泉二先生选唐诗》，江苏古籍出版社 1988 年版，第 40 页。
② 杜牧著，冯集梧注《樊川诗集注》，中华书局 1978 年版，第 209 页。
③ 严有翼《艺苑雌黄》，《宋诗话全编》本，江苏古籍出版社 1998 年版，第 2348 页。
④ 丁福保《历代诗话续编》，中华书局 1983 年版，第 348 页。
⑤ 李商隐著，叶葱奇疏注《李商隐诗集疏注》，人民文学出版社 1998 年版，第 42 页。
⑥⑦ 李商隐著，叶葱奇疏注《李商隐诗集疏注》，人民文学出版社 1998 年版，第 226 页。

云母屏风烛影深,长河渐落晓星沉。常娥应悔偷灵药,碧海青天夜夜心。(《常娥》)①

芳桂当年各一枝,行期未分压春期。江鱼朔雁长相忆,秦树嵩云自不知。下苑经过劳想像,东门送饯又差池。灞陵柳色无离恨,莫枉长条赠所思。(《及第东归次灞上却寄同年》)②

秦一统六国,史上多以其有地势险要之利,如贾谊《过秦论》云:“秦地被山带河以为固,四塞之国也。自缪公以来,至于秦王,二十余君,常为诸侯雄。岂世贤哉?其势居然也。”③而李商隐《咸阳》诗却巧用张衡《西京赋》之典④,翻案言之,遂有咏史之妙。

晚唐诗人多好翻案。如赵翼《瓯北诗话》卷十一:“皮日休《馆娃宫怀古》云:‘越王大有堪羞处,只把西施赚得吴。’亦是翻新,与牧之同一蹊径。”⑤此外,皮日休的《馆娃宫怀古》之二:“绮阁飘香下太湖,乱兵侵晓上姑苏。越王大有堪羞处,只把西施赚得吴。”《汴河怀古二首》其二:“尽道隋亡为此河,至今千里赖通波。若无水殿龙舟事,共禹论功不教多。”⑥亦为翻案之作。

其他咏史类翻案还有:

商于甪里便成功,一寸沉机万古同。但得戚姬甘定分,不应真有紫芝翁。(温庭筠《四皓》)⑦

二百年来事远闻,从龙谁解尽如云。张均兄弟今何在,却是杨妃死报君。(徐夤《马嵬》)⑧

香径长洲尽棘丛,奢云艳雨只悲风。吴王事事须亡国,未必西施胜六宫。(陆龟蒙《吴宫怀古》)⑨

---

① 李商隐著,叶葱奇疏注《李商隐诗集疏注》,人民文学出版社1998年版,第369页。
② 李商隐著,叶葱奇疏注《李商隐诗集疏注》,人民文学出版社1998年版,第271页。
③ 贾谊著,吴云等校注《贾谊集校注》,天津古籍出版社2010年版,第18页。
④ “昔者,大帝说秦穆公而觐之,飨以《钧天广乐》,帝有醉焉,乃为金策,锡用此土,而翦诸鹑首。”(张衡《西京赋》,张震泽校注《张衡诗文集校注》,上海古籍出版社2009年版,第22页)
⑤ 赵翼《瓯北诗话》,人民文学出版社1963年版,第163页。
⑥ 彭定求等辑《全唐诗》卷六一五,中华书局1980年版,第7099页。
⑦ 彭定求等辑《全唐诗》卷五七九,中华书局1980年版,第6731页。
⑧ 彭定求等辑《全唐诗》卷七一一,中华书局1980年版,第8188页。
⑨ 彭定求等辑《全唐诗》卷六二九,中华书局1980年版,第7219页。

家国兴亡自有时，吴人何苦怨西施。西施若解倾吴国，越国亡来又是谁？（罗隐《西施》）①

再有韦庄《黄藤山下闻猿》“入耳便能生自恨，断肠何必待三声”一句，明显是反用常建《岭猿》“相思岭上相思泪，不到三声合断肠”句。鲍溶《萧史图歌》诗云：“霜绡数幅八月天，彩龙引凤堂堂然。小载萧仙穆公女，随仙上归玉京去。仙路迢遥烟几重，女衣清净云三素。胡髯毵珊云鬓光，翠蕤皎洁琼华凉。露痕烟迹渍红貌，疑别秦宫初断肠。此天每在西北上，紫霄洞客晓烟望。”②人皆以弄玉与萧史登仙为乐事，而鲍溶此诗却云二人于飞升前断肠惜别，了却夫妻爱恋，从此在天宫之中各自相望，尤有新意。再有罗隐的几首咏物诗，皆对公众观念进行了翻案。

尽道丰年瑞，丰年事若何？长安有贫者，为瑞不宜多。（罗隐《雪》）③

不论平地与山尖，无限风光尽被占。采得百花成蜜后，为谁辛苦为谁甜？（罗隐《蜂》）④

四 对翻案法泛化的辨析

目前学界对翻案诗的研究成果中，有不少诗作被定为翻案诗，笔者不敢苟同，特作此节予以辩驳。

（一）对典故、现象等用否定词汇修饰，并非全是翻案

最早论述“翻案”法的南宋杨万里《诚斋诗话》就将翻案诗泛化，认为对典故用否定词汇修饰的为翻案诗：

《孟子》云：“《武成》取二三策。”而山谷称东坡云：“平生五车书，未吐二三策。”……刘宽责吏，以蒲为鞭，宽厚至矣。东坡诗云：“有鞭不使安用蒲。”……此皆翻案法也。⑤

---

① 彭定求等辑《全唐诗》卷六五六，中华书局 1980 年版，第 7545 页。
② 彭定求等辑《全唐诗》卷四八五，中华书局 1980 年版，第 5502 页。
③ 彭定求等辑《全唐诗》卷六五九，中华书局 1980 年版，第 7570 页。
④ 彭定求等辑《全唐诗》卷六六二，中华书局 1980 年版，第 7594 页。
⑤ 杨万里《诚斋诗话》，《历代诗话续编》本，中华书局 1983 年版，第 141 页。

黄庭坚《次韵子瞻和王子立风雨败书屋有感》“平生五车书,未吐二三策”①,其典来自于《孟子·尽心下》“吾于《武成》,取二三策而已矣”②。虽然“二三策”前加“未吐”二字修饰,但用的依然是孟子此典的本意。故笔者认为,并非诗句中对典故的运用有“莫”“否”“不”等否定词汇加以修饰的就是翻案诗,因为诗句并不是推翻典故原本之意义,而别立新说。如以下张高评《宋诗的传承与开拓》(台北文史哲出版社 1990 年版)所举的翻案诗例,就不能定为翻案诗:

> 外戚平羌第一功,生平二十有重封。直登宣室螭头上,横过甘泉豹尾中。别馆觉来云雨梦,后门归去蕙兰丛。灞陵夜猎随田窦,不识寒郊自转蓬。(李商隐《少年》)③
>
> 日下繁香不自持,月中流艳与谁期。迎忧急鼓疏钟断,分隔休灯灭烛时。张盖欲判江滟滟,回头更望柳丝丝。从来此地黄昏散,未信河梁是别离。(李商隐《曲池》)④

“不识寒郊自转蓬”,用典来自曹植《杂诗》“转蓬离本根,飘摇随长风”,鲍照《芜城赋》“孤蓬自振,惊沙坐飞”。李商隐仍取其萍飘蓬转的落魄之意;“未信河梁是别离”,用李陵《与苏武诗》“携手上河梁,游子暮何之”典,仍将河梁当做情深意挚之别离地点,并非翻案。

(二)变化本体或者喻体并非翻案

杨万里《诚斋诗话》中又举了这样一个诗例——《周礼·考工记》云:“轸之方也,以象地也。盖之圜也,以象天也。”⑤而黄庭坚诗云:“丈夫要宏毅,天地为盖轸。”此亦为翻案诗。周裕锴先生对此分析道:“如黄庭坚的‘天地为盖轸’点化‘车人盖圜以象天,轸方以象地’(即盖轸为天地),就使用的逆向语势。”⑥笔者认为这也并非是翻案诗例。这个例子的实质是本体和喻体的互换,是一种修辞技巧的表达,例如我们说“姑娘像花一样”,也可以说“花像姑娘一样”。这实际上还是在利用两者之间的相似性来叙述。而我们上文论述的所谓翻案是指推

---

① 北京大学古文献研究所《全宋诗》,北京大学出版社 1999 年版,第 11383 页。
② 《十三经注疏》整理委员会《孟子注疏》卷十四上,北京大学出版社 1999 年版,第 381 页。
③ 李商隐著,叶葱奇疏注《李商隐诗集疏注》,人民文学出版社 1998 年版,第 108 页。
④ 李商隐著,叶葱奇疏注《李商隐诗集疏注》,人民文学出版社 1998 年版,第 157 页。
⑤ 《十三经注疏》整理委员会《周礼注疏》,北京大学出版社 1999 年版,第 1094 页。
⑥ 周裕锴《禅宗偈颂与宋诗翻案法》,《四川大学学报》1999 年第 2 期。

翻前人的论断,别立新说。所以如果对“姑娘像花一样”进行翻案,只能是说“姑娘并非像花一样”。同样,白居易《长恨歌》云“中有一人字太真,雪肤花貌参差似”①,李纲又利用此句将花比人:“冰肌绰约疑姑射,玉质丰容似太真”(《张甥赋碧桃次其韵》)②,也并非是一组翻案诗。

同理,如果我们说“男子像花一样”,也并非是“姑娘像花一样”的翻案。这就引出“以美丈夫比花”是否是翻案这一问题。先是惠洪《冷斋夜话》卷四讨论到“以美丈夫比花”这一现象:“前辈作花诗,多用美女比其状。如曰:‘若教解语应倾国,任是无情也动人。’诚然哉!山谷作《酴醾》诗曰:‘露湿何郎试汤饼,日烘荀令炷炉香。’乃用美丈夫比之,特若出类。而吾叔渊材作《海棠诗》又不然,曰:‘雨过温泉浴妃子,露浓汤饼试何郎。’意尤工也。”③随后,南宋王楙《野客丛书》卷二十“鲁直荼蘼诗”条将其定为“翻案”:

> 《冷斋夜话》云:前辈作花诗,多用美女比其状。如曰:“若教解语应倾国,任是无情也动人。”尘俗哉!山谷作《荼縻诗》曰:“露湿何郎傅汤饼,日烘荀令熏炉香。”乃用美丈夫比之,特出类也。仆谓山谷此联,盖出于李商隐之意,而翻案尤工耳。商隐诗曰:“谢郎衣袖初翻雪,荀令熏炉更换香。”以此联较之,真不侔矣。④

以美女或者美男子来比喻花之状,皆是个体的自由选择,并非以男子比花就是对女子比花的否定,如果这种变化本体的例子是翻案,那么变化喻体是否也同样是翻案呢?例如说“女子像花一样”与“女子像水一样”是一组翻案吗?所以笔者认为这种变化本体或者喻体的诗例并非是翻案诗。

也许会有研究者认为将“女子比作花”是公众之观念,而将“男子比作花”这是对这一公众观念的翻案,而实际上将男子比作花这一传统源远流长,也是被公众接受的观点之一。所以,“以男子比花”与“以女子比花”这两种比喻之间并没有一定的对立关系,构不成翻案。这就继续引出另一个讨论:两种并行的公众观念的阐述之间是否构成翻案?

---

① 彭定求等辑《全唐诗》卷四三五,中华书局1980年版,第4816页。
② 北京大学古文献研究所《全宋诗》,北京大学出版社1999年版,第17806页。
③ 惠洪《冷斋夜话》,中华书局1988年版,第34页。
④ 王楙《野客丛书》,《宋元笔记丛书》本,上海古籍出版社1991年版,第288页。

（三）两种并存的公众观念之间并非翻案

事物都有正反两方面。在人们长久的认识过程中逐渐形成了对同一事物的不同看法，乃是正常现象。例如对鹰的看法，以其为飒爽，以其为凶残，以其为"鹰犬"的观念自古皆而有之，所以下面的诗作不能看作是一组翻案诗①：

凄风淅沥飞严霜，苍鹰上击翻曙光。云披雾裂虹霓断，霹雳掣电捎平冈。砉然劲翮剪荆棘，飞攫狐兔腾苍茫。爪毛吻血百鸟逝，独立四顾时激昂。炎风溽暑忽然至，羽翼脱落自摧藏。草中狸鼠足为患，一夕十顾惊且伤。但愿清商复为假，拔去万累云间翔。（柳宗元《笼鹰词》）②

毛羽斑斓白纻裁，马前擎出不惊猜。轻抛一点入云去，喝杀三声掠地来。绿玉嘴攒鸡脑破，玄金爪拼兔心开。都缘解搦生灵物，此以人人道俊哉。（刘禹锡《白鹰》）③

所以，张高评《宋诗的传承与开拓》所举的大量诗例中不属于翻案法的还有：

翩翩者鹊何品流，羽毛黑白林之幽。生平智力可料度，有巢往往输鸣鸠。天然却会报人喜，愚儿幼妇惟尔求。万声千噪几曾验，闻者终是轩眉头。（李觏《闻喜鹊》）④

众禽乘春喉吻生，满林无限啼新晴。南园花木正繁盛，小小大大皆来鸣。藏枝映叶复谁使，不肯停住常嘤嘤。就中百舌最无谓，满口学尽众鸟声。自无一语出于己，徒尔嘲晰夸纵横。朝朝泊我高柳上，叫破一窗残月明。幽人稳睡正酣美，无计可奈遭尔惊。少年挟弹彼谁者，安得为我来五更。（文同《百舌鸟》）⑤

来往违寒暑，飞鸣在稻粱。未知溟海大，不肯过衡阳。（陈师道《雁》）⑥

飞尽沙田到水乡，年年来往为谁忙？只贪夜月芦花宿，不是将身傍稻

① 马丕环《话说翻案诗》（《阅读与写作》2002年第12期）以之为翻案诗例。

② 彭定求等辑《全唐诗》卷三五三，中华书局1980年版，第3956页。

③ 彭定求等辑《全唐诗》卷三六一，中华书局1980年版，第4084页。

④ 北京大学古文献研究所《全宋诗》，北京大学出版社1999年版，第4310页。

⑤ 北京大学古文献研究所《全宋诗》，北京大学出版社1999年版，第5431页。

⑥ 北京大学古文献研究所《全宋诗》，北京大学出版社1999年版，第12728页。

梁。(施枢《闻雁》)①

(四)“透过一层法”并非翻案法

古典诗法中有“透过一层法”,“这种手法,就是在表情达意时,通过联想,由近及远,由此及彼,由浅入深,推进一层,开拓一个新的境界”②。例如以下这几首诗作:

来是空言去绝踪,月斜楼上五更钟。梦为远别啼难唤,书被催成墨未浓。蜡照半笼金翡翠,麝熏微度绣芙蓉。刘郎已恨蓬山远,更隔蓬山一万重。(李商隐《无题》)③

嘉陵江水此东流,望喜楼中忆阆州。若到阆州还赴海,阆州应更有高楼。(李商隐《望喜驿别嘉陵江水二绝》其一)④

人言落日是天涯,望极天涯不见家。已被碧山相阻隔,碧山还被暮云遮。(李觏《乡思》)⑤

水尽天不尽,人在天尽头。(石延年《残句》)⑥

从艺术功用上来说,其实“透过一层”就是一种强化手段。例如先言一种人所共知的急切情况,然后再借助于夸张、反复、递进、映衬等修辞格,将自己目前所处的情况再推进一步,从而加强诗文的感情色彩。“我们不妨将这种途径称之为‘推向极端’。”⑦杜甫《夜闻筚篥》诗“君知天地干戈满,不见江湖《行路难》”,意谓此际干戈遍地,战乱频繁,古来的那些《行路难》中的情景就不值一提了,更为突出地表现了旅途的愁苦。此外,词中也屡现这种句法:

山映斜阳天接水,芳草无情,更在斜阳外。(范仲淹《苏幕遮》)⑧

平芜尽处是春山,行人更在春山外。(欧阳修《踏莎行》)⑨

---

① 北京大学古文献研究所《全宋诗》,北京大学出版社 1999 年版,第 39097 页。

②⑦ 于其化《“透过一层”情更深》,《名作欣赏》1985 年第 1 期。

③ 李商隐著,叶葱奇疏注《李商隐诗集疏注》,人民文学出版社 1998 年版,第 139 页。

④ 李商隐著,叶葱奇疏注《李商隐诗集疏注》,人民文学出版社 1998 年版,第 230 页。

⑤ 北京大学古文献研究所《全宋诗》,北京大学出版社 1999 年版,第 4330 页。

⑥ 北京大学古文献研究所《全宋诗》,北京大学出版社 1999 年版,第 2011 页。

⑧ 唐圭璋《全宋词》,中华书局 1999 年版,第 14 页。

⑨ 唐圭璋《全宋词》,中华书局 1999 年版,第 157 页。

人人尽道肠断初,那堪肠已无。(秦观《阮郎归》)①

衡阳犹有雁传书,郴阳和雁无。(秦观《阮郎归》)②

然而,这种“透过一层”句法并非是翻案法。范晔《后汉书·马援传》云:“男儿要当死于边野,以马革裹尸还葬耳,何能卧床上在儿女子手中邪?”③陆游《陇头水》“男儿堕地志四方,裹尸马革固其常”;辛弃疾《满江红》“马革裹尸当自誓,蛾眉伐性休重说”;晚明张家玉《军中夜感》“裹尸马革英雄事,纵死终令汗竹香”,这皆是正用典故。而清末徐锡麟《出塞》云:“只解沙场为国死,何须马革裹尸还。”这不叫翻案法,而叫“透过一层”手法,“马革裹尸”已经悲壮,而用“何须”修饰,更显悲慨,如果使用翻案法,就应该说死于温柔乡中更优于马革裹尸。

再例如晚唐崔道融佚诗“如今却善相如富,犹有人间四壁居”。《史记·司马相如列传》载:“文君夜亡奔相如,相如乃与驰归成都,家居徒四壁立。”④崔诗却羡慕相如还有“四壁”,那他穷困的程度就可想而知了。这仍然是“透过一层”的诗例,而并非翻案诗例,如果针对“家徒四壁”之典翻案,就应该说司马相如并非家徒四壁,或者家徒四壁也是一种财富云云。

张高评《宋诗之传承与开拓》一书又以李商隐《泪》诗为翻案诗例:

永巷长年怨绮罗,离情终日思风波。湘江竹上痕无限,岘首碑前洒几多。人去紫台秋入塞,兵残楚帐夜闻歌。朝来灞水桥边问,未抵青袍送玉珂。⑤

此诗末句“青袍”为八品九品之小官,“玉珂”为达官显宦,此句云前六句所依次列举的怨妇、征人等种种伤怀之泪,皆不如饯送达官显宦的寒士之心情。这还是透过一层手法,并非翻案。

(五)其他情况

张高评《宋诗之传承与开拓》一书中所定的其他一些翻案诗例,笔者认为也并非是翻案诗法,例如,两首诗作之间没有一定的互文关系,并非是一组翻案诗,如:

---

①② 唐圭璋《全宋词》,中华书局 1999 年版,第 596 页。

③ 范晔《后汉书》卷二十四,中华书局 1965 年,第 841 页。

④ 司马迁《史记》卷一一七,中华书局 1959 年版,第 3000 页。

⑤ 李商隐著,叶葱奇疏注《李商隐诗集疏注》,人民文学出版社 1998 年版,第 359 页。

渭城朝雨浥轻尘，客舍青青柳色新。劝君更尽一杯酒，西出阳关无故人。（王维《渭城曲》）[①]

浮云一百八盘萦，落日四十八渡明。鬼门关外莫言远，四海一家皆弟兄。（黄庭坚《竹枝词》）[②]

洞房昨夜停红烛，待晓堂前拜舅姑。妆罢低声问夫婿：画眉深浅入时无。（朱庆馀《近试上张水部》）[③]

待晓铜荷剪蜡梅，绣簾春色犯寒来。画眉不待张京兆，自有新妆试落梅。（欧阳修《春日词五首》其五）[④]

作旷达语，也并非翻案，如：

黄庭坚《黄溪夜泊》："行见江山且吟咏，不因迁谪岂能来。"[⑤]

欧阳修《戏赠丁判官》："须信春风无远近，维舟处处有花开。"[⑥]

危稹《送刘帅归蜀》云："万水朝东弱水西，先生归去老峨眉。人间那得楼千尺？望得峨眉山见时。"[⑦]陈衍认为是翻前人"绝顶望乡国"之案（《宋诗精华录》）

对社会不公之事实的揭示，并非翻案，如：

昨日入城郭，归来泪满巾。遍身罗绮者，不是养蚕人。（张俞《蚕妇》）[⑧]

蚕欲老，麦半黄，前山后山雨浪浪。农夫辍耒女废筐，白衣仙人在高堂。（苏轼《雨中游天竺灵感观音院》）[⑨]

陶尽门前土，屋上无片瓦。寸指不沾泥，鳞鳞居大厦。（梅尧臣《陶者》）[⑩]

---

① 彭定求等辑《全唐诗》卷一二八，中华书局1980年版，第1306页。
② 北京大学古文献研究所《全宋诗》，北京大学出版社1999年版，第11394页。
③ 彭定求等辑《全唐诗》卷五一五，中华书局1980年版，第5892页。
④ 北京大学古文献研究所《全宋诗》，北京大学出版社1999年版，第3794页。
⑤ 北京大学古文献研究所《全宋诗》，北京大学出版社1999年版，第3678页。
⑥ 北京大学古文献研究所《全宋诗》，北京大学出版社1999年版，第3681页。
⑦ 北京大学古文献研究所《全宋诗》，北京大学出版社1999年版，第32193页。
⑧ 北京大学古文献研究所《全宋诗》，北京大学出版社1999年版，第4715页。
⑨ 北京大学古文献研究所《全宋诗》，北京大学出版社1999年版，第9153页。
⑩ 北京大学古文献研究所《全宋诗》，北京大学出版社1999年版，第2756页。

五　翻案诗的艺术魅力

关于翻案诗法，古来的论述皆偏重于举例，没有深入解释翻案诗的诗趣与价值，当代的研究中这种情形依然继续，本节笔者试论述翻案法独特的艺术效果。

（一）翻案诗具有“陌生化”的艺术魅力

翻案诗法艺术魅力最根本的指向其实也就是“陌生化”。

20世纪以来，文学批评的重心由文学的外部关系——如文学和现实、文学与主体的关系等——移向了文本的形式和结构，其中，俄国形式主义批评的代表人物什克洛夫斯基提出了“陌生化”理论，把文学语言形式尤其是诗歌语言形式的特点提升到了一个本体论的高度。“陌生化”，又称“反常化”“奇特化”或“奇异化”，是相对于“自动化”而言的。什克洛夫斯基指出，“经过数次感受过的事物，人们便开始用认知来接受：事物摆在我们面前，我们知道它，但对它却视而不见。因此，关于它，我们说不出什么来。使事物摆脱知觉的机械性，在艺术中是通过种种方法实现的”①。例如散步是一种我们每天进行的习以为常的活动，但跳舞是一种被感知的散步，甚至更准确地说，是一种被建构来用于感知的散步。那么跳舞相对于散步来说，就是“陌生化”。② 针对于文学创作来说，作家使用奇特的语言，来延长我们感受的难度和深度，故而造成独特的效果，恢复我们对于生活新鲜的感觉，就是陌生化。③

“李杜诗篇万口传，至今已觉不新鲜”（赵翼《论诗》）④，正如俄国形式主义学者所认为的那样，文学惯例或手段的可感性因久经沿用而渐趋减弱，新的作品必须使文学变得新鲜、陌生，重新获得可感性。在他们看来，文学发展的内在矛盾就是无意识化和陌生化之间的矛盾。文学的发展必须从陌生化那里获得动

---

① ［俄］什克洛夫斯基《作为手法的艺术》，《俄国形式主义文选》，上海三联书店1989年版，第6—7页。

② 赵宪章《西方形式美学》，上海人民出版社1996年版，第296页。

③ “正是为了恢复对生活的体验，感觉到事物的存在，为了使石头成其为石头，才存在所谓的艺术。艺术的目的是为了把事物提供为一种可观可见之物，而不是可认可知之物。艺术的手法是将事物‘奇异化’的手法，是把形式艰深化，从而增加感受的难度和时间的手法，因为在艺术中感受过程本身就是目的，应该使之延长。艺术是对事物的制作进行体验的一种方式，而已制成之物在艺术之中并不重要。”（［俄］什克洛夫斯基《散文理论》，百花洲文艺出版社1994年版，第10页）

④ 赵翼《瓯北集》卷二八，国图藏清乾隆间刻本。

力以抗拒无意识化。[1] 所以，德国戏剧家托尔特·布莱希特对此继续阐释道："什么是陌生化？……对一个事物或一个人物进行陌生化，首先很简单，把事物或人物那些不言自明的，为人熟知的和一目了然的东西剥去，使人对之产生惊讶感和好奇心。"[2]作为一种特殊手法，翻案诗法就具有一种"将熟悉的、众所周知的对象反应为奇特的、陌生的"机制，目的都是为了改变固有的思维方式和审美习惯。翻案法的"陌生化"就是打破常规，把本来熟悉的对象变得陌生起来，使读者在欣赏过程中得到艺术的审美感受。

陌生化也可以是对意义的重新赋予。例如在咏史诗翻案中，陌生化的间离效果不仅是艺术技巧，还是观察生活、表现生活和改造现实人生的方法。正如布莱希特阐释戏剧中的陌生化时说道："在阐明一些新的艺术原则和创立一些新的表演方法的时候，我们必须从被历史时代更替所支配的任务出发，看到重新阐释社会的可能性和必要性正在出现。"[3]翻案诗法可以去掉生活现象中那些理所当然的、众所周知的和显而易见的成分，从而把现实社会图景更广阔、更真实地展现在观众面前，激发读者的进步精神和变革愿望。例如：

> 诗人咏昭君者多矣，大篇短章，率叙其离愁别恨而已。惟乐天云："汉使却回凭寄语，黄金何日赎蛾眉？君王若问妾颜色，莫道不如宫里时。"不言怨恨，而惓惓旧主，高过人远甚。其与"汉恩自浅胡自深，人生乐在相知心"者异矣。（瞿佑《归田诗话·昭君词》）[4]

多少人在咏昭君，而唯有"陌生性"的特征，才能使得你的作品具有不同于前代经典的独创，作品越是突破常规，令深陷传统阅读中的读者感觉陌生、惊奇、耳目一新，就越能够吸引读者，而青史留名。再例如杜牧和王安石的咏史翻案诗，的确在诗史上获得了一席之地。而且，咏史翻案诗这种陌生化，以疏离的、反常的效果使人用一种批判的眼光，重新审视曾被我们想当然认为是简单直白的世界，探索隐藏在熟知的表象背后的因果，从而实现更高层次的认知，让诗歌担负

---

① 具体论述可参樊锦鑫《俄国形式主义论陌生化是文学发展的内在动力》，《湖南师大学报》1987 年第 1 期。

② [德]布莱希特《论实验戏剧》，《布莱希特论戏剧》，中国戏剧出版社 1990 年版，第 62 页。

③ [德]布莱希特《中国戏剧表演艺术中的陌生化效果》，《布莱希特论戏剧》，中国戏剧出版社 1990 年版，第 202 页。

④ 瞿佑《归田诗话》上卷，《丛书集成初编》本，商务印书馆 1937 年版，第 8 页。

起了批判现实和改造社会历史人生的作用。①

当人们感到某种东西不合乎常情,异乎寻常或偏离了某种仍有效力的典范时,身心便会产生一种性质特殊的激情洋溢的印象。翻案法中"陌生化"的价值就在于能让读者在熟悉的境遇中熟悉的事物面前生出一种无法预期的"怪异的惊讶"的陌生感,让人们通过阅读恢复对生活的感觉,在这一感觉的过程中产生不可取代的审美快感。"在文学(艺术)作品中,陌生化手段的运用突出了事物在作品中的本来面貌,能够唤醒读者阅读的内在热情,使得读者不得不认真去打量它,感受他,聚精会神,乐此不疲。"②翻案法陌生化手段的实质就是要设法增加对艺术形式感受的难度,拉长审美欣赏的时间,从而达到延长审美过程的目的。③

(二)读者"期待受挫"后会产生审美效果

从文学接受的角度着眼,翻案诗会在读者"期待遇挫"时,显示出巨大的艺术魅力。

在文学影响与接受的实际发生过程中,最深刻也最有效的往往是心理结构层面的东西。长期的文化积淀使读者在阅读新的诗歌文本之前,已经有一个强大的先验结构机制。海德格尔用"前理解"来描述这种先验机制。伽达莫尔又认为每个阅读者在阅读文本之前都是带着"偏见"的。偏见揭示了我们来自传统的特殊性和历史性。"我的存在的历史性产生了偏见,偏见实实在在地构成了我的全部体验能力的最初直接性,偏见即我们对世界敞开的倾向性。"④而接受美学的主要代表姚斯(Hans Robert Jauss)则使用"期待视域"或者"期待视野"一词来描述。他们皆认为在文学艺术接受活动中,读者的审美理想、人生经验、人文素养和文化背景等诸多因素的总和构成了期待视野,读者正是通过这个视野去接受和理解作品的。⑤ 作为具体的接受主体在文学阅读之前及过程中,其阅读心理上往往会形成一个既定的心理图式,姚斯把这个心理图式称为

① 具体论述可参陈静《文学的"陌生化"理论:从什克洛夫斯基到布鲁姆》,《咸宁学院学报》2010年第11期。
② 胡经之、李健《中国古典文艺学》,光明日报出版社2006年版,第364页。
③ 李林《浅谈"陌生化"在文学活动中的意义》,《黑龙江科技信息》2009年第3期。
④ [德]姚斯、[美]霍拉勃《接受美学与接受理论》,辽宁人民出版社1987年版,第47页。
⑤ [德]姚斯、[美]霍拉勃《接受美学与接受理论》,辽宁人民出版社1987年版,第79页。

"文学期待视域"①,例如对文学作品欣赏的价值与效果的预估,对类型、风格、形式、主题、情节等审美经验的期待等。

在读者期待视野之内的文本,例如诗歌中对事物的吟咏、对历史的评论等因素都是读者所能预料的。主体在接受文本的过程中,当这种期待和预示得到证实和满足时,便容易令接受者感到一种阅读的满足,从而产生心灵的共鸣和情感的升华。然而,"期待"的每一环节的转换、倒错、阻塞都会形成一定的挫折,而导致心理环流的断裂,这就叫做"期待遇挫"。"'期待'的实现固然是读者的审美心理图式与欣赏对象达成同化的结果,'受挫'则更是读者的审美心理图式经受欣赏对象的挑战而对作品展开更深入理解的开始。"②一些富于创新意义的文学产品,在读者的消费过程中,常常会出人意料地伴随着期待指向的遇挫。

翻案诗就是这一类使读者"期待受挫"的作品。翻案诗打破了之前的阅读定式,它带给读者的是一种全新的读感,阅读无障碍不再成立,这种陌生效果使得读者感觉到一种挫败,但坎坷却并未使接受者放弃阅读,反而更激发了读者的阅读兴趣。这就往往也能对读者产生强烈的精神震撼,收到意想不到的阅读效果。人们长期沉浸在一种期待视域中,难免产生了审美疲劳,因而渴望有新鲜的精神食粮。而阅读翻案诗的"偏见",就是以过往诗歌作为背景的,"期待视域"使得接受主体在面对翻案诗时,会立刻感到它的脱离常规,甚至不可思议。人的天性好奇,个体的接受者总有求新或者求异心理,对未知事物有本能的好奇,越是新颖越能形成优势兴奋中心。这种追求新鲜事物的愿望长期得不到满足,便逐渐在接受者那里成为一种缺失状态。翻案诗作为一种补偿机制,恰恰可以满足读者的这种求新求异心理。

如此,读者既有重温旧的阅读经验的快适,又为原"经验期待视野"得到丰富、补充而欣慰。所以,"期待视域"虽然来自于过往的经验,但读者不断的阅读使之不会趋于凝固,而是使它处于一个不断受挫、调整、扩充再重建的开放的动态发展之中。而"期待受挫"就是"期待视域"发展的一大动力。

(三)文本的"互文性"会增加其艺术魅力

翻案法艺术魅力的另一核心价值来自于:其文本可以通过吸收其他文本来

---

① [德]姚斯、[美]霍拉勃《接受美学与接受理论》,辽宁人民出版社 1987 年版,第 431—432 页。

② 秦敬《"期待受挫"及其客服——当代文学诗歌教学文本解读初探》,《宜宾学院学报》2008 年第 8 期。

实现意义的增值。

翻案诗尽管在力求创新,但它在变化的同时伴随着和前代文本高度的联系,正是这种剪不断的联系,使翻案诗在具备新颖意义的同时,又在唤醒人们对前代文本的回忆,这种呼唤的存在也正是翻案诗的魅力之一。按照现代文艺理论的研究术语,这种联系就是“互文性”。作为研究文本间相互关系的专门术语,“互文性”是 20 世纪六七十年代以来讨论最多的关键词之一。互文性(intertextualité)又译作“文本间性”。这一术语“囊括了文学作品之间互相交错、彼此依赖的若干表现形式”[①]。这一概念的诞生,使文学写作中的引用(citation)、暗示(allusion)、参考(référence)、仿作(pastich)、戏拟(parodie)、剽窃(plagiat)等各种套用方式,都有了概括其本质和统一性的理论视角。

这一术语首先由法国批评家克里斯蒂娃提出,她认为一个文学文本是由其他若干文本构成的,通过开放式或转换式的相互之间的直接引用或间接暗示,对先前文本中的表面或实质意象进行重复和转译。任何文本都是互文性的结果,没有本源的文本。[②] 随后,索莱尔斯(Philippe Sollers)对互文性的含义解释为:“每一篇文本都联系着若干篇文本,并且对这些文本起着复读、强调、浓缩、转移和深化的作用。”[③]最终,在“互文性”研究的代表人物蒂费纳·萨莫瓦约那里,他将互文性归结为文学的记忆,分别由文本、作者和读者所负载,形成文学写作中的变换和联系。对此他说道:“借鉴已有的文本可能是偶然或默许的,是来自一段模糊的记忆,是表达一种敬意,或是屈从一种模式,推翻一个经典或心甘情愿地受其启发。”[④]互文性一出现,马上受到解构主义的欢迎。解构主义的重要代表即认为,现代写作的产物,不再是一个实物的、自足的、闭合的、总是有终极意义的成品,而是一个过程的、开放的、生成的、所有“意义”都在于能指编织的言语网络。正如法国小说家阿拉贡在《粘贴》中所说的:“如果说我喜欢粘贴一词胜过引用,那是因为当我把别人的、已经成型的思考引入我写的作品里,它的价值不在于反映,而是一种有意识的行为和决定性的步骤,目的是推出我

① [法]蒂费纳·萨莫瓦约著,邵炜译《互文性研究》,天津人民出版社 2003 年版,第 1 页。
② 具体论述可参杨庭曦《影响的焦虑与互文性》,《现代语文》2008 年第 6 期。
③ 转引自[法]蒂费纳·萨莫瓦约著,邵炜译《互文性研究》,天津人民出版社 2003 年版,第 5 页。
④ [法]蒂费纳·萨莫瓦约著,邵炜译《互文性研究》,天津人民出版社 2003 年版,第 1 页。

的出发点:它在我是出发点,在别人却是目的地。”[1]具体到中国文学中,拟古、用典、改编、唱和等写作方法都有明显的互文性,蒋寅先生认为:“甚至可以说,互文性是中国古典诗歌最突出的文本特征,也是古典诗歌作品最普遍的现象。”“经典之作在很大程度上会影响到后代作者的艺术思维,即使他无意摹仿,诗思也会不经意地与之相关。”[2]

翻案诗都是借助于熟悉的历史典故或者熟悉的诗句展开翻案的,这样就是有意识地借助于已经成名的文本,以便扩大自己的接受。翻案诗的互文性,利用了读者“期待的重合”,以获得审美快感。对于翻案诗来说,引用“互文性”这一概念,并不是着眼于一个文本从前一个文本中得到了什么,而是重视其从前后文本关联中,发现这个新文本较原先的文本提升了什么,这一特点就使得翻案诗的互文性相对于“搬用成诗成句法”的互文性更具有美学价值。

六　翻案法之弊

每一种诗法都或多或少地有一定的美学缺陷,翻案法也不例外。

上文已言,翻案法的“互文性”是其制胜的法宝,但不少批评家认为翻案也是一种蹈袭陈言。例如清人吴乔《围炉诗话》卷五就说:“各自有意,各自言之。宋人每言夺胎换骨,去瞎盛唐字仿句摹有几?宋人翻案诗,即是蹈袭陈言,看不破耳。又多摘前人相似之句,以为蹈袭。诗贵见自心耳,偶同前人何害?作意蹈袭,偷势亦是贼。”[3]翻案法既要借助于前人的诗文来形成互文效果,同时也便很难避免不生活在其阴影下。这一般多发生在反用诗句,或者反用成诗的情况中,李白《登金陵凤凰台》诗云:“总为浮云能蔽日,长安不见使人愁。”王安石《登飞来峰》云:“不畏浮云遮望眼,自缘身在最高层。”这一句翻案还稍有个性,然赵朴初先生乘飞机,在王安石的基础上再次翻案,又将上面诗句改动一字变为:“但畏浮云遮望眼,自缘身在最高层”,便有“作意蹈袭”的感觉了。南朝诗人王籍《入若耶溪》中的“蝉噪林逾静,鸟鸣山更幽”是脍炙人口的名联,王安石《钟山

① 转引自[法]蒂费纳·萨莫瓦约著,邵炜译《互文性研究》,天津人民出版社 2003 年版,第 27 页。
② 蒋寅《拟与避:古典诗歌文本的互文性问题》,《文史哲》2012 年第 1 期。
③ 吴乔《围炉诗话》,《丛书集成初编》本,商务印书馆 1936 年版,第 110 页。

即事》诗却反其语而用之:"茅檐相对坐终日,一鸟不鸣山更幽。"[①]一直以来这句诗被人诟病不已。再有王安石《北山诗》云:"细数落花因坐久,缓寻芳草得归迟。"[②]后来的徐俯却有意与之唱反调:"细落李花那可数,偶行芳草步因迟。"[③]宋人曾季狸对此评说道:"因荆公之诗触类而长,所谓举一隅三隅反者也。非偶似之,亦非窃取之。"[④]同样,反用成诗法中的不少诗作,句式严重雷同,也难免有蹈袭之嫌。如唐人王建《宫词》云:"树头树底觅残红,一片西飞一片东。自是桃花贪结子,错教人恨五更风。"[⑤]北宋韩驹《代妓送葛亚卿》诗谓:"刘郎底事去匆匆,花有深情只暂红。弱质未应贪结子,细思须恨五更风。"[⑥]王安石有《乌江亭》诗:"百战疲劳壮士哀,中原一败势难回。江东子弟今虽在,肯为君王卷土来?"[⑦]正是翻杜牧的《题乌江亭》:"胜败兵家事不期,包羞忍耻是男儿。江东子弟多才俊,卷土重来未可知。"[⑧]宋代陈刚中《阳关词》:"客舍休悲柳色新,东南西北一般春。若知四海皆兄弟,何处相逢非故人。"[⑨]又是翻王维的《送元二使安西》:"渭城朝雨浥轻尘,客舍青青柳色新。劝君更尽一杯酒,西出阳关无故人。"[⑩]李白有《蜀道难》,《全唐诗》又收有中唐陆畅作的《蜀道易》云:"蜀道易,易如履平地。"这种翻案法乃是直接以前人的诗歌作为模拟对象,在别人身后行走,作者在创作技巧上是缺乏一定自主性的,肯定会丧失一定的创造性美感。

第二,有些翻案诗可能会为求奇而不合事理,欲求新而反不可晓。所以洪亮吉《北江诗话》才说:"咏古诗,虽许翻新,然须略谙时事,方不贻后人口实。"[⑪]例如清人赵翼《瓯北诗话》卷十一曾指出:"如《赤壁》云:'东风不与周郎便,铜雀春深锁二乔。'《题四皓庙》云:'南军不袒北军袒,四老安刘是灭刘。'《题乌江亭》云:'胜败兵家事不期,包羞忍耻是男儿。江东子弟多才俊,卷土重来未可知。'此皆不度时势,徒作异论,以炫人耳,其实非确论也。……皮日休《馆娃宫怀古》

---

① 北京大学古文献研究所《全宋诗》,北京大学出版社 1999 年版,第 6706 页。
② 北京大学古文献研究所《全宋诗》,北京大学出版社 1999 年版,第 6695 页。
③⑥ 北京大学古文献研究所《全宋诗》,北京大学出版社 1999 年版,第 15839 页。
④ 曾季狸《艇斋诗话》,《历代诗话续编》本,中华书局 1983 年版,第 304 页。
⑤ 彭定求等辑《全唐诗》卷三〇二,中华书局 1980 年版,第 3445 页。
⑦ 北京大学古文献研究所《全宋诗》,北京大学出版社 1999 年版,第 6732 页。
⑧ 彭定求等辑《全唐诗》卷五二三,中华书局 1980 年版,第 5981 页。
⑨ 北京大学古文献研究所《全宋诗》,北京大学出版社 1999 年版,第 21247 页。
⑩ 彭定求等辑《全唐诗》卷二七,中华书局 1980 年版,第 394 页。
⑪ 洪亮吉《北江诗话》,人民文学出版社 1989 年版,第 3 页。

云:‘越王大有堪羞处,只把西施赚得吴。’亦是翻新,与牧之同一蹊径。”[①]此外,清人贺裳《载酒园诗话》卷一也举出不少不合事理的例子,如温飞卿有“但得戚姬甘定分,不应真有紫芝翁”,徐寅有“张均兄弟今何在,却是杨妃死报君”。贺裳认为:“此犹阴平之师,出奇幸胜则可,若认为通衢,岂止壶头之困!”贺裳又举出高启咏王昭君的长篇结句曰“妾语还凭归使传,妾身没虏不须怜。愿君莫杀毛延寿,留画商岩梦里贤”,认为:“意则正矣,有此事否?恐终是文人之语,非儿女子之言也。余因思此题终不及储光羲‘胡王知妾不胜悲,乐府皆传汉国词。朝来马上《箜篌引》,稍似宫中闲夜时’。大都诗贵入情,不须立异,后人欲求胜古人,遂愈不如古矣。”[②]所以,翻案法虽佳,但需要切情合事。正如黄庭坚所云:“好作奇语,自是文章一病。但当以理为主,理得而辞顺,文章自然出群拔萃。”[③]

第三点,有些翻案诗翻得拙而无味,甚至有“点金成铁”的消极后果。例如谢榛《四溟诗话》卷二就举例说:“子美曰:‘明年此会知谁健,醉把茱萸仔细看。’刘浚曰:‘不用茱萸仔细看,管取明年各强健。’太拙而无意味。”[④]张岱《夜航船》卷八“点金成铁”条所举的诗例就是使用翻案法:“梁王籍诗云:‘蝉噪林逾静,鸟鸣山更幽。’王荆公改用其句曰:‘一鸟不鸣山更幽。’山谷笑曰:‘此点金成铁手也。’”[⑤]这主要是因为翻案者为了翻案而翻案,有牵古人以就我之嫌。诗和议论文章不同,它是主情致的。如果翻案诗中只是一味判断推理,虽讲得头头是道,但缺乏情感的浸润,难免像钟嵘批评玄言诗所说的那样“理过其辞,淡乎寡味”[⑥]。

最后,翻案诗一般都难以战胜“第一印象”。在论述希腊诗歌之所以成为一切现代诗歌的先行者时,斯达尔夫人提出一个重要观点,她写道:“对春天、雷雨、夜景、美貌、战斗的描写可以在细节上有所变化;可是最强烈的印象是由描绘这些东西的第一个诗人产生出来的。……你可以用各种差别细微的色彩使你的作品完美,然而毕竟是在众人之前掌握住原始色彩的那个人保持着创造的

① 赵翼《瓯北诗话》,人民文学出版社 1963 年版,第 163 页。
② 贺裳《载酒园诗话》,《清诗话续编》本,上海古籍出版社 1983 年版,第 220 页。
③ 魏庆之《诗人玉屑》卷十四,上海古籍出版社 1959 年版,第 312 页。
④ 谢榛《四溟诗话》,人民文学出版社 1961 年版,第 52 页。
⑤ 张岱《夜航船》,四川文艺出版社 2002 年版,第 206 页。
⑥ 钟嵘著,周振甫译注《诗品译注》,中华书局 1998 年版,第 17 页。

功绩,他给他描绘的图景以后人所无法企及的光辉。"①李白登上黄鹤楼,感叹"眼前有景道不得,崔颢题诗在上头"的原因就在于此;纪昀所谓"偶尔得之,自成绝调,然不可无一,不可有二。再一临摹,便成窠臼"②的原因也在于此。翻案诗虽然具备"陌生化"的艺术魅力,文本又可以通过吸收其他文本来实现意义的增值。但是很多翻案诗不过是在抬高了翻案的对象的价值与影响力,它难以代替那个分母,而只能是众多分子中的一个。正如赵翼《杜牧诗》所议论的:"诗家欲变故为新,只为词华最忌陈。杜牧好翻前代案,岂如自出句惊人。"③

另外,学界往往将翻案诗看作是宋代诗歌的独特现象,遂往往将翻案诗与宋代诗学联系在一起。然而,正如上文已言,翻案的手法古已有之,在宋代以前,皆已经获得了成熟运用。尤其是唐代的翻案诗手法多样,诗例众多,出现了不少名家名篇。宋人只是为它命名,并有意识地加以评说而已。学界将翻案诗看做是"宋人极聪明处,也是宋诗变唐诗,而又有别于唐诗之处"④,并非恰当。实际上,翻案诗的发生乃是文学自身推陈出新的必然结果,它源于作家深沉的"影响的焦虑",从而对前人诗歌加以改造的竞争意识的产物,而并非是来自于朝代文化的刺激与突变。学界之所以会认为翻案诗是宋代诗歌的独特现象,并视为宋代诗学的重要内容,根本就在于忽略了艺术本身的发展规律,再加上受到颇为流行的历史朝代分析法的影响。⑤

第二节　生煞回薄势

"生煞回薄势"听起来陌生,其实它得到了古往今来许多诗人的运用,创造了不少传世名句。这一诗法旨在出现悲凉叙述之后,接下来写什么,或者极写人世繁华之后,怎么继续安排意思。它指示的是诗歌创作中的"立意"一端。然而这一诗法尚未得到学界的关注,笔者曾撰小文《生煞回薄势——一种富有魅

① [法]斯达尔夫人《论文学》,人民文学出版社 1986 年版,第 38 页。
② 李庆甲《瀛奎律髓汇评》,上海古籍出版社 1988 年版,第 25 页。
③ 赵翼《瓯北集》卷五十三,国图藏清乾隆间刻本。
④ 张福勋《诗用"翻案法"》,《文史知识》1996 年第 1 期。
⑤ 具体论述可参张静《翻案诗与宋代诗学关系的辨析》,《上海大学学报》2013 年第 6 期。

力的诗歌创作技巧》①对其做了简单的介绍,此节试深入分析之。

一 此法的最初来源

日本僧人遍照金刚(空海)在贞元、元和年间使唐,返日后,将其从唐朝带归的大量诗格、诗式等书籍削编成《文镜秘府论》一书,书中载录了声调、体势、对仗、文病等许多诗歌创作方法。其中的《地卷·十七势》第十四条为"生煞回薄势",名字叫得颇为醒人耳目:

> 王氏论文云:诗有学古今势一十七种,具列如后:第一,直把入作势。第二,都商量入作势。第三,直树一句,第二句入作势。第四,直树两句,第三句入势。第五,直树三句,第四句入作势。第六,比兴入作势。第七,谜比势。第八,下句拂上句势。第九,感兴势。第十,含思落句势。第十一,相分明势。第十二,一句中分势。第十三,一句直比势。第十四,生煞回薄势。第十五,理入景势。第十六,景入理势。第十七,心期落句势。②

上文中的"王氏"当是王昌龄。罗根泽《中国文学批评史》云:"遍照金刚以前研究诗格、诗势而姓王的,只有王昌龄一人。《宋史·艺文志》载有王维《诗格》一卷,不见新旧《唐志》,疑出后人伪作。篇中引及王维诗,也引及王昌龄诗,对王维则姓名全举,对王昌龄则名而不姓,知作者是王昌龄,不是王维。"③再者,"十七势"中引了王昌龄很多诗例,"其所引诸人均姓名全举,惟于昌龄则名而不姓,斯盖作者自称之例"(郑阿财《空海文镜秘府论之研究》)④。而且,这个"十七势"与传本王昌龄《诗格》中的"起首入兴体十四"、王昌龄《诗中密旨》的"九格"相对照的话,明显相似。作为佐证的是遍照金刚《性灵集》卷四《书刘希夷集献纳表》云:"王昌龄《诗格》一卷,此是在唐之日,于作者边偶得此书。古诗格等,虽有数家,近代才子切爱此格。……敢以奉进,庶令属文士知见之矣。"⑤王昌龄著《诗格》事,学界多有争论。或如《钦定四库全书总目》所云"率皆依托"(卷一

---

① 张静《生煞回薄势——一种富有魅力的诗歌创作技巧》,《古典文学知识》2009 年第 5 期。
② 卢盛江《文镜秘府论汇校汇考》,中华书局 2006 年版,第 346—347 页。
③ 罗根泽《中国文学批评史》,上海书店 2003 年版,第 314 页。
④ 转引自卢盛江《文镜秘府论汇校汇考》,中华书局 2006 年版,第 354 页。
⑤ 空海《弘法大师空海全集》第六卷《性灵集》,日本东京筑摩书房 1984 年版,第 741 页。

九五《诗品》提要)、“率出依托,鄙倍如出一手”(卷一九七《吟窗杂录》提要),但今人一般认为伪中有真,罗根泽《王昌龄〈诗格〉考证》:“今本《诗格》及《诗中密旨》,或经后人附益,然率据真本《诗格》。”①至于遍照金刚入唐时,王昌龄已经去世五十年了,“于作者边偶得此书”,看起来并不实际,但小西甚一《文镜秘府论考·研究篇》认为“可能不是王昌龄在世时亲自编《诗格》,而是后人在其殁后,将其遗言作为资料纂修而成”②。于是,我们还把“生煞回薄势”这一诗法归为王昌龄的归纳总结。值得指出的是,这一诗法在后世其他的著述中,并不见提及。

何谓“势”?这一词汇,在书法理论中比较早见,东汉崔瑗有《草书势》、蔡邕有《篆势》。后来在古代文论批评中,开始有了“体势”一词。如《文心雕龙·定势》云:“夫情致异区,文变殊术,莫不因情立体,即体成势也。”③唐张怀瓘《书断》卷中:“研精体势,则无所不工”④,“观其体势,得之自然,意不在乎笔墨”⑤,这里的“体势”,多指诗文字画的形体结构、气势风格。而在晚唐至宋初的诗格著作中,“势”脱离了“体”,成为当时的一大论题。例如齐已《风骚旨格》中列出“诗有十势”:

> 狮子返掷势。诗曰:“离情遍芳草,无处不萋萋。”
> 猛虎踞林势。诗曰:“窗前闲咏鸳鸯句,壁上时观獬豸图。”
> 丹凤衔珠势。诗曰:“正思浮世事,又到古城边。”
> 毒龙顾尾势。诗曰:“可能有事关心后,得似无人识面时。”
> 孤雁失群势。诗曰:“既不经离别,安知慕远心。”
> 洪河侧掌势。诗曰:“游人微动水,高岸更生风。”
> 龙凤交吟势。诗曰:“昆玉已成廊庙器,涧松犹是薜萝身。”
> 猛虎投涧势。诗曰:“仙掌月明孤影过,长门灯暗数声来。”
> 龙潜巨浸势。诗曰:“养猿寒嶂叠,擎鹤密林疏。”
> 鲸吞巨海势。诗曰:“袖中藏日月,掌上握乾坤。”⑥

---

①② 转引自卢盛江《文镜秘府论汇校汇考》,中华书局 2006 年版,第 353 页。
③ 杨明照《文心雕龙校注》,中华书局 2000 年版,第 406 页。
④ 张怀瓘《书断》卷中,《文渊阁四库全书》本,台湾商务印书馆 1986 年版,第 812 册,第 56 页。
⑤ 张怀瓘《书断》卷中,《文渊阁四库全书》本,台湾商务印书馆 1986 年版,第 812 册,第 60 页。
⑥ 张伯伟《全唐五代诗格汇考》,江苏古籍出版社 2002 年版,第 403—404 页。

这个“势”所指为何？历来争论纷纭，比较有代表性的当属张伯伟所认为的“力”：“晚唐五代诗格中‘势’论的基本含义乃是‘力’”，“指的是由上下两句在内容上或表现手法上的互补、相反或对立所形成的‘张力’”。① 至于“生煞回薄势”中的这个“势”字，和齐己的“狮子返掷势”“猛虎踞林势”并不相同。“势”在训诂意义中，和此接近的惟有“势，犹形也”(《易·坤》“象曰地势坤”焦循章句)这一意，对此，卢盛江认为王昌龄所说的“势”乃是“式”的意思：“此处之‘十七势’，其实也是‘十七式’，欲后人‘拟之以为式’。”②那么，王昌龄所说的“十七势”就是诗歌写作的十七种样式。

例如“直把入作势”谓用诗题直接入诗的开头样式；“都商量入作势”指用铺垫的方法逐渐切入正题的开篇样式。“直树一句，第二句入作势”谓从景物导入正题的样式。“比兴入作势”谓将眼前的景物作比兴，然后转入正题的样式。这六势都是在讲诗歌开头的做法问题。而其中的“迷比势”“下句拂上句势”“感兴势”“相分明势”“一句中分势”“一句直比势”则是讲句子构成与设置的样式。至于“含思落句势”“心期落句势”则是说诗歌结尾的样式。所以，卢盛江先生认为：“它是势，也是样式。这种作法趋势文学样式形成诗文不同的风貌体貌，而这种趋势样式又与具体诗文作法相通”。③ 所以，王昌龄所论述的这一段其实也就是在说各种诗歌创作的方式。再者，如果把“势”训为“式”，那么这个“式”本来就可以是“法”的意思。《说文解字》：“式，法也。从工，弋声。”④如此看来，所谓“十七势”就是“十七法”，其中包括了诗歌开头与结尾的做法、句子的构成之法，而这个本文所要讨论的“生煞回薄势”，是诗歌创作中意思设置、情感安排等的一种“立意”方法。

二　“生煞回薄”之涵义

何谓“生煞回薄”？

《文镜秘府论》对其具体的解释为：“生煞回薄势者，前说意悲凉，后以推命破之；前说世路伶俜荣宠，后以至空之理破之，入道是也。”⑤同卷“十七势”的其

① 张伯伟《全唐五代诗格汇考》，江苏古籍出版社 2002 年版，第 31 页。
②③ 卢盛江《文镜秘府论汇校汇考》，中华书局 2006 年版，第 364 页。
④ 许慎《说文解字》，中华书局 1963 年版，第 100 页。
⑤ 卢盛江《文镜秘府论汇校汇考》，中华书局 2006 年版，第 402 页。

他诸条皆引用例诗加以印证,而这一条却没有提供可以让我们参详的诗句,所以后世的研究者们对此解说纷纭。例如罗根泽《中国文学批评史》认为这一诗法乃是“前后相拂相救,惟彼所以明句意,此所以见作意,彼仅求句之显豁,此则在拂救诗意不使太偏耳”①。李珍华《王昌龄研究》认为这是关于感觉和哲理的回思。② 小西甚一《文镜秘府论考·研究篇下》解释说:这是把完全相反的趣向组合在一起,加以巧妙的处理,不拘于传统,作者任意地生杀自由。小西认为,这一势之所以没有例诗,正是这种“生杀自由”的态度所在。③

在探讨这一诗法的涵义时,先需要搞清楚“生煞回薄”的具体意思是什么。煞,同“杀”。(《春秋繁露·三代改制质文》“无有生煞者”凌曙注:“杀,同杀”;《资治通鉴·唐纪五十二》“则令杖煞之”胡三省注:“煞,与杀同。”)将“生”“杀”连用,《庄子·天运》篇中有:“怨、恩、取、与、谏、教、生、杀八者,正之器也。”成玄英疏曰:“应青春以生长,顺素秋以杀罚。”④意味春天万物萌生,秋天万物凋零,也就是后世常说的“春生秋杀”,也就是万物萌生又凋落的不变法则。那么所谓“生煞”,就是指萌生凋落、昭苏蛰伏等阴阳消长等自然规律。至于“回薄”,《素问·五常政大论》“五运回薄”张志聪集注:“回薄,旋转也。”⑤《文选·贾谊〈鹏鸟赋〉》:“万物回薄,振荡相转,云蒸雨降,纠错相纷。”李周翰注:“回薄振荡,相转无常。”那么,“回薄”指的是循环变化。这样以来,“生煞”和“回薄”一样,都是在说阴阳消长的循环变化。作为佐证的是,《文镜秘府论》南卷《论文意》有残句云:“夫诗,有生煞回薄,以象四时,亦禀人事,语诸类并如之。”⑥可见,作者取名“生煞回薄”时,也是在取其自然界阴阳消长的循环规律这一含义。

三 “生煞回薄势”的具体操作手法

但把“生煞回薄”作为一种诗歌创作的具体方法,又是如何体现出来的呢?怎样的意思设置才是“生煞回薄”呢?王昌龄对其的具体解释是:“生煞回薄者,

---

① 罗根泽《中国文学批评史》,上海书店出版社 2003 年版,第 317 页。
②③ 转引自卢盛江《文镜秘府论汇校汇考》,中华书局 2006 年版,第 405 页。
④ 郭庆藩《庄子集释》,中华书局 1961 年版,第 521 页。
⑤ 张志聪《黄帝内经素问集注》,中国中医药出版社 1999 年版,第 274 页。
⑥ 卢盛江《文镜秘府论汇校汇考》,中华书局 2006 年版,第 1355 页。

前说意悲凉,后以推命破之;前说世路伶俜荣宠,后以至空之理破之,入道是也。”①具体分析王昌龄的话,也就是指以下这两种方法:

(一) 以推究命理,来化解悲凉

按王昌龄的解题,诗法的第一种情况是前面说些悲凉的境况,后面便以推究命理将之化解。例如杜甫名篇《古柏行》:“苦心岂免容蝼蚁,香叶终经宿鸾凤。志士幽人莫怨嗟,古来材大难为用。”②这便是一个标准的“生煞回薄势”。古柏的衰败是悲凉之事,然而自古材大不为用,便是推究于命理。也即当写作进行到诉说人生苦境或者事物悲凉的时候,接下来怎样进行呢?这就需要用一句客观的、既定的“命理”——生命的道理、命运的道理——来化解前面所诉说的那些痛苦。

韦应物《初发扬子寄元大校书》云:“今朝此为别,何处还相遇?世事波上舟,沿洄安得往。”③离别是多么悲凉的事,但最后联系到我们的人生本来就是这样无常而劳碌,这就将前面所叙述的悲凉离别做了一个了结。韩愈《八月十五夜赠张功曹》诗中前半部分歌曰:“判司卑官不堪说,未免捶楚尘埃间。同时辈流多上道,天路幽险难追攀。”但最后结尾处韩愈却吟道:“一年明月今宵多,人生由命非由他,有酒不饮奈明何?”④再有鲍照《拟行路难(六)》前云:“对案不能食,拔剑击柱长叹息:丈夫生世会几时,安能蹀躞垂羽翼!弃置罢官去,还家自休息。”最后的结尾云:“自古圣贤尽贫贱,何况我辈孤且直!”⑤杜甫有《曲江》一诗,写往日的曲江如今不胜寂寞,最后结尾道:“细推物理须行乐,何用浮荣绊此身?”⑥都是以推究命理来化解悲凉为特征的诗句,这便是“生煞回薄势”。

万事万物的成长兴旺都需要诸多条件的支持,各种条件相互牵制变化,不可能万事齐备,所以必然会导致产生凋残、失败等悲凉的境况。事物经历阴阳消长是自然规律,有盛就有衰,有生必有死。这一诗法就是指在面对各种悲剧的时候,如果能够及时地阐发“生煞回薄”的道理,是可以化解眼前的痛苦,解脱

① 张伯伟《全唐五代诗格汇考》,江苏古籍出版社 2002 年版,第 157 页。
② 杜甫《杜工部集》,岳麓书社 1987 年版,第 90 页。
③ 彭定求等辑《全唐诗》卷一八七,中华书局 1980 年版,第 1905 页。
④ 彭定求等辑《全唐诗》卷三三八,中华书局 1980 年版,第 3789 页。
⑤ 逯钦立《先秦汉魏晋南北朝诗》,中华书局 1983 年版,第 1275 页。
⑥ 杜甫《杜工部集》,岳麓书社 1987 年版,第 162 页。

苦恼的纠缠,从而将前面苦境的叙述化解掉。

（二）以至空之理,来破除荣宠

除了将困境推究于命理来获得解脱,“生煞回薄势”还有另一格,也即前面说人世间的艰辛或者荣宠,后面再以至空之理来破除。用至空之理来破除世道坎坷,似乎和上面那种将困境推究于命运类似,只不过一个是用儒家之理,一个是用佛家之理。而先写人间荣宠再给予破除的这种体势,在史上屡见不鲜,原来它的名字叫做“生煞回薄势”。

卢照邻《长安古意》的前半部分洒开笔墨,恣肆汪洋地描写长安大道上的豪门贵族、公子王孙、侠客倡优的红尘生活。他们豪贵骄奢,狭邪艳冶,“自言歌舞长千载,自谓骄奢凌五公”。然而,从这句以下却趁势转折,如骏马下坡:“节物风光不相待,桑田碧海须臾改。昔时金阶白玉堂,即今惟见青松在。”①沧桑只在转瞬之间,富贵荣华到头徒存墟墓。只用短短的四句一举扫空前面提到各类角色的富贵显赫,留下无尽的感叹与思考。李白《梦游天姥吟留别》中云:“霓为衣兮风为马,云之君兮纷纷而来下。虎鼓瑟兮鸾回车,仙之人兮列如麻。”作者来到了热闹美满的仙界,看到老虎弹瑟、鸾凤拉车、仙人排列如麻——一幅辉煌流丽的仙界游乐图。但“忽魂悸以魄动,恍惊起而长嗟。惟觉时之枕席,失向来之烟霞”。他忽然惊醒,绮丽仙境原来是梦一场,此际唯有一声长长的叹息:“世间行乐亦如此,古来万事东流水。”②一切都是东流水,一去不再复返——这就是李白的“至空之理”。老杜那首著名的《观公孙大娘弟子舞剑器行》也使用了这一诗法。先说“先帝侍女八千人,公孙剑器初第一”极写当年荣宠,再说“五十年间似反掌,风尘澒动昏王室。梨园子弟散如烟,女乐馀姿映寒日。金粟堆南木已拱,瞿塘石城草萧瑟”③,最终以幻灭结束了全篇。岑参《与高适薛据登慈恩寺浮图》一诗,原来前面铺陈的那些“塔势如涌出,孤高耸天宫”“突兀压神州,峥嵘如鬼工”的句子,并非是作者的重心所在,而末句的“五陵北原上,万古青蒙蒙。净理了可悟,胜因夙所宗。誓将挂冠去,觉道资无穷”④才将真正的幻灭意思引逗出来。

① 彭定求等辑《全唐诗》卷四一,中华书局 1980 年版,第 518 页。
② 彭定求等辑《全唐诗》卷一七四,中华书局 1980 年版,第 1779 页。
③ 杜甫《杜工部集》,岳麓书社 1987 年版,第 111 页。
④ 彭定求等辑《全唐诗》卷一九八,中华书局 1980 年版,第 2037 页。

不单单是诗歌，古典文学中写历史从繁盛转到衰亡，写人生的富贵到最终失去的这类题材很多。例如唐传奇小说《枕中记》中的“黄粱梦”、《南柯太守传》中的“南柯梦”，便是这一写法的形象阐释。显赫的富贵最终只是一场空梦，宏伟的功绩原来只是蚂蚁的游戏。《金瓶梅》中西门庆一路发迹，热闹情爱，最终身丧家败，唯一的遗腹子被和尚带走做了徒弟；《红楼梦》中权倾一时的荣宁二府、大观园中少男少女都落了片白茫茫大地真干净。这就是“前说世路荣宠，后以至空之理破之”。明代董说《西游补》第二回云：

> 只是我想将起来，前代做天子的也多，做风流天子的也不少。到如今宫殿去了，美人去了，皇帝去了，不要论秦汉六朝，便是我先天子，中年好寻快活，造起珠玉楼台。那个楼台，真造得齐齐整整，上面都是白玉板格子，四边青琐吊窗，北边一个圆霜洞，望见海日出没，下面踏板还是金镶紫香檀。一时翠面芙蓉，粉肌梅片，蝉衫麟带，蜀管吴丝，见者无不目艳，闻者无不心动。昨日正宫娘娘叫我往东花园扫地，我在短墙望望，只见一座珠玉楼台，一望荒草，再望云烟。鸳鸯瓦三千片，如今弄成千千片，走龙梁，飞虫栋，十字样架起。更有一件好笑：日头儿还有半天，井里头、松树边，更移出几灯鬼火。仔细观看，到底不见一个歌童，到底不见一个舞女，只有三两只杜鹃儿在那里一声高，一声低，不绝的啼春雨。这等看将起来，天子庶人，同归无有，皇妃村女，共化青尘！①

一切的显显赫赫，都归于幻灭。所以，白居易《新昌闲居招杨郎中兄弟》云：“金章紫绶堪如梦，皂盖朱轮别似空。”②孔尚任《桃花扇》最后一出《余韵》中唱道：“俺曾见金陵玉殿莺啼晓，秦淮水榭花开早，谁知道容易冰消。眼看他起朱楼，眼看他宴宾客，眼看他楼塌了。”③甄士隐注《好了歌》：“陋室空堂，当年笏满床，衰草枯杨，曾为歌舞场”④，都可以算得上是“生煞回薄势”的注脚。

卢盛江在《文镜秘府论汇校汇考》中将“生煞回薄势”解释为：欲意抑之，故先扬之，将欲一笔抹倒，故先重笔渲染，以便造成意兴诗情的起伏回荡，形成强

---

① 董说《西游补》，明崇祯刊本。
② 彭定求等辑《全唐诗》卷四四八，中华书局 1980 年版，第 5040 页。
③ 孔尚任《桃花扇》，人民文学出版社 1982 年版，第 260 页。
④ 曹雪芹《红楼梦》，人民文学出版社 2002 年版，第 13 页。

烈反差、剧烈反衬的艺术效果。[①] 他“先扬后抑”的解释更像是说“生煞回薄”这第二种情况。

四　“生煞回薄势”的美学价值

从上文所举诗例可见,“生煞回薄”往往能够造就传世名句,因为这一诗法具有深远的美学意义。

(一)具有巨大的认识价值与哲学深度

运用“生煞回薄势”产生“推究命理”——议论人生的道理与命运真相——的诗句,因为具有巨大的认识价值和哲学深度,很容易受到读者的青睐。

首先在揭示道理方面,文学具有和哲学一样的认识功能。王国维先生说:“文学中诗歌一门,尤与哲学有同一之性质,其所欲解释者,皆宇宙人生上根本之问题,不过其解释之方法,一直观的,一思考的;一顿悟的,一合理的耳。”(《奏定经学科大学文学科章程书后》)[②]如果诗人能够深刻地理解人生和世界,然后在诗中处理它们,他们笔下的文学作品就能够以独具的颖悟和命运的揭示启人心智,从而在读者那里形成巨大的感情震荡,同时获得审美愉悦。例如苏轼名篇《蝶恋花》:“花褪残红青杏小,燕子飞时,绿水人家绕。枝上柳绵吹又少,天涯何处无芳草!”前面说到了花落絮飞的烦恼,接着一句“天涯何处无芳草”道理的揭示,便把这一问题解决掉了。“伟大诗人的智慧蕴藏在他的作品中,但在认识他的同时,我们也变得更为智慧了”[③],“生煞回薄势”教给我们保持乐观的生活态度,寻找其他的出路与机会。秦观有《鹊桥仙》先写“柔情似水,佳期如梦,忍顾鹊桥归路”的痛苦场面,紧接着怎样处理呢,“两情若是久长时,又岂在朝朝暮暮”。这个“生煞回薄势”融注着诗人对生活深刻的体悟,可以使读者的认识得以启迪,具有十分警策的理性力量。正如艾略特所说,在最伟大的诗中,除了它表达的思想情感之外,总是还有人们可以接受的智慧;正是为了学习智慧的原因,我们才必须经常阅读他们。[④] 正因为如此,这种类型的词句也活跃在人们的日常语言里,获得了强大的生命力,从而具有了深厚而独特的审美价值。

---

① 卢盛江《文镜秘府论汇校汇考》,中华书局 2006 年版,第 405 页。

② 王国维《王国维论学集》,中国社会科学出版社 1997 年版,第 379 页。

③④ [英]艾略特《艾略特诗学文集》,国际文化出版公司 1989 年版,第 280—281 页。

第二,“生煞回薄势”写出的哲理往往不是一般性的生活道理,而是融注着诗人的生命体验与命运感悟,能够促使诗歌执行“人生批评”和“人生启示”的任务。德国学者温格尔将诗歌中的哲理问题分为五类:命运问题、宗教问题、自然问题、人的问题和社会、家庭、国家问题。① 人类从何而来?最后的归宿到底在哪?人生的价值和意义究竟是什么?因为命运问题是一切问题的首位,关注命运问题的文艺作品就很容易获得审美共鸣,而且是深刻的审美共鸣。正是通过“空”“色”“情”三个世界的构建,表现了对历史、现实和人生重大问题的深入思考,使得《红楼梦》具有了深厚的人文内涵、历史底蕴和哲理意味。如果《红楼梦》只是一本写家庭的书,或者只是一本写爱情的书,纵使写得再好,也难以达到现在的地位。

“生煞回薄势”中的“以推命破之”“以至空之理破之”,使得其中的哲理偏重于命运哲理,涉及到阐发命运的议论与人生终极意义的探寻,具有较高的审美意义和认识价值。例如陶渊明《归园田居五首》其四写他带着子侄辈出游,看到一处荒芜的人家“井灶有遗处,桑竹残朽株”,一打听才知道这里原来居住的人都“死殁无复余”,叙述到这种悲伤的境地再怎么办呢?陶渊明直接以命运的道理结束了全篇:“一世异朝市,此语真不虚!人生似幻化,终当归空无。”这不是只咀嚼一己之悲欢,其中所包含的命运哲理是和每个人息息相关的,所以非常容易引起大众的强烈共鸣。苏轼名作《念奴娇·赤壁怀古》中的千古风流人物,无论建立了多大的功勋都难免灰飞烟灭,伤感的追思之后,便以“人生如梦,一樽还酹江月”这样的命运哲思悠悠结束,形象地表达了对历史、现实和人类生存状态的观察、思考和体悟。即使我们不是英雄也不是风流人物,但也是同样的“人生如梦”,所以读罢此词难免心有戚戚焉,因为“生煞回薄”中的“推命”表现了作者对人类生存状况和出路的巨大人文关怀。

“生煞回薄势”中的第二势先写世路的荣宠或伶俜,再以“至空之理”来破除,也具有终极意义。虽然世界的本质未必是佛家所说的“空”,但面对谁都无法逃脱的死亡,“空”(或者说是“幻灭”)的体验,人人都会觉得真实。当死亡到达的那一刻,平生所追求的大千世界的万事万物,都成为了瞬间幻象。所以说生命是一场悲剧,一场持续不断的挣扎,我们必得生活在矛盾里,并且是靠矛盾

① [美]韦勒克、沃伦《文学理论》,江苏教育出版社 2005 年版。

才得以活下去。① 这样一来，“生煞回薄势”最终所展现的荣华坍塌、繁华崩溃，就具有了某种意义上的真理性。面对人类现实的苦痛和命运中种种的不和谐，“生煞回薄势”中以“空”来破除荣宠，也就具有了悲剧的味道。

例如卢照邻的《长安古意》中贵族艳妇、王孙公子、歌儿舞女、娼家侠客纷纷出场，一幅穷奢极欲的生活情景。大街深巷、纵横交错；香车宝马、络绎不绝；宫殿华美、春光喧闹；挟弹飞鹰、花天酒地。滚滚红尘中，多少得意者。可惜只在转瞬之间，这一切便灰飞烟灭：

> 节物风光不相待，桑田碧海须臾改。昔时金阶白玉堂，即今唯见青松在。寂寂寥寥扬子居，年年岁岁一床书。独有南山桂花发，飞来飞去袭人裾。②

“生煞回薄势”中的“至空之理”或许过于消沉，但这些敏感诗句的确触到了人人都有的“生命的困惑”。德国哲学家雅斯贝尔斯说：“只有透过悲剧情绪，我们才能感觉到在事件中直接影响我们的，或存在于总体世界中的紧张不安和灾难。……悲剧呈露在人类追求真理的绝对意志里。它代表人类存在的终极不和谐。”③“生煞回薄”的运用代表着主体处于一种长久的沉思、问询和骚动之中，尽管这种探寻永无休止，尽管探询的答案仍是迷茫困惑。

笔者在翻检诗集中惊讶发现，这样的句子几乎都集中在卓越诗人们创作的那些优秀的作品中。而且，这些句子一般都是传世经典。有学者指出，第一流文学家如屈原、司马迁、陶渊明、杜甫、李白等，都不愿以文人自居，“而无不对宇宙人生之原有所窥见”④。《昭昧詹言》卷十一亦云：“杜韩李苏四家，能开人思界，开人法，助人才气兴会，长人笔力，由其胸襟高，道理富也。”⑤而陶渊明、杜甫、李白、苏轼等人很多对宇宙人生的窥见与理解，都是通过运用“生煞回薄势”表现出来的。例如“升沉应已定，不必问君平”，这是天宝二年(743)李白在长安为他失意入蜀的朋友写的诗句——连那个善卜的严君平，对命运也是无能为力

① [西班牙]乌纳穆诺《生命的悲剧意识》，上海文学杂志社版 1986 年版，第 13 页。
② 彭定求等辑《全唐诗》卷四一，中华书局 1980 年版，第 519 页。
③ [德]雅斯贝尔斯《悲剧的超越》，工人出版社 1988 年版，第 30 页。
④ 唐君毅《中国哲学与中国文学之关系》，《中国比较文学研究资料 1919—1949》，北京大学出版社 2010 年版，第 407 页。
⑤ 方东树《昭昧詹言》，人民文学出版社 1961 年版，第 237 页。

的。杜甫有《丹青引赠曹将军霸》云:“途穷反遭俗眼白,世上未有如公贫。”诗人感慨万分之后说的是:“但看古来盛名下,终日坎壈缠其身。”①原来这就是盛名之人的本来命运,结句揭示了命运的真相。白居易《琵琶行》说尽琵琶女的凄凉身世,又再说自己的贬谪江州,在两种人生低谷之中又应该怎么办呢?还是“以推命破之”:“同是天涯沦落人,相逢何必曾相识。”

因为这一手法不单单是一种语言美,而是悲剧人生本身的美,所以就超越了具体背景和曾经的时代,所以有趣的是,如果了解了某首诗的创作背景,有时反而会有损于“生煞回薄势”的艺术魅力。

(二)具有安抚、治疗、解脱的美学功能

如上文所言,在浩瀚无垠的宇宙间,人类是渺小无助的。人的一生都在为生存的欲求和价值的追求而苦苦奋斗,然而这两种欲求是一定会遭受挫折的。总输那命运的翻云覆雨手,世世代代的人们面对着太多的不圆满。在这个过程中,文学能安慰并支持人们跋山涉水。英国评论家阿诺德就认为文学的实际价值其实要比我们想象的要高:“越来越多的人将发现我们不得不让诗歌来为我们解释人生,安慰我们,支持我们。”②

我们长期以来重视的是文学的三大功能,即认识功能、教育功能和审美功能,九十年代以来,文论家又提出文学具有治疗功能,是指作家和读者在文学家园中分别以借文学创作和阅读作品的方式来调整自己的精神状态,从而缓解压力,解决困扰,治疗一些疾病,达到身心健康的一种心理治疗方法。③ 叶舒宪先生解释道:“文学是人类独有的符号创造的世界,它作为文化动物——人的精神生存的特殊家园,对于调节情感、意志和理性之间的冲突和张力,消解内心生活的障碍,维持身与心、个人与社会之间的健康均衡关系,培育和滋养健全完满的人性,均具有不可替代的作用。”④这就是说作家的文学创作可以自治自救,可以治人救人。

首先,作家通过创作宣泄负面情感,使得精神与心态得以修复,恢复平衡,避免了苦闷、焦虑与压抑对身心健康的伤害。为了得到解脱,必须倾吐痛苦,张

① 杜甫《杜工部集》,岳麓书社 1987 年版,第 78 页。

② [英]马修·阿诺德《阿诺德文学评论选集》,人民文学出版社 1958 年版,第 84 页。

③ 具体论述可参叶舒宪主编《文学与治疗》,社会科学文献出版社 1999 年版。

④ 叶舒宪《文学与治疗——关于文学功能的人类学研究》,《中国比较文学》1998 年第 2 期。

九龄《感遇》诗云:"江南有丹橘,经冬犹绿林。岂伊地气暖,自有岁寒心。可以荐嘉客,奈何阻重深。运命惟所遇,循环不可寻。徒言树桃李,此木岂无阴?"① 江南的丹橘在深冬里依然郁郁葱葱,可以送给贵客,但是路途太遥远了,只能任丹橘在那里寂寞地生长。作者其实有感的是人才的不被发现与重用,其实是一种对自我境遇的怜惜与哀叹。当作者说出"运命惟所遇,循环不可寻"这句运用"生煞回薄势"的诗句后,我们可以得知,他内心的压抑与无奈在某种程度上已经得到了释放。同样又有苏轼《临江仙·送钱穆父》:"惆怅孤帆连夜发,送行淡月微云。樽前不用翠眉颦。人生如逆旅,我亦是行人。"这种使用"生煞回薄势"的诗句可以对作者产生巨大的心理安抚,从而达到某种平衡。

创作的心理安抚作用在白居易的《寄同病者》中说得更清楚了:

> 三十生二毛,早衰为沉疴。四十官七品,拙宦非由他。年颜日枯槁,时命日蹉跎。岂独我如此,圣贤无奈何。回观亲旧中,举目尤可嗟。或有终老者,沉贱如泥沙。或有始壮者,飘忽如风花。穷饿与夭促,不如我者多。以此反自慰,常得心平和。寄言同病者,回叹且为歌。②

诗中先说自己早衰官卑的悲惨局面,但很快用"生煞回薄势"来了个自我安抚:"岂独我如此,圣贤无奈何。"这样写出来后有什么好处呢?——"以此反自慰,常得心平和"。从杜甫的《醉时歌》云:"儒术于我何有哉,孔丘盗跖俱尘埃"③,到黄庭坚《清明》诗谓:"人乞祭余骄妾妇,士甘焚死不公侯。贤愚千载知谁是,满眼蓬蒿共一丘"④,贤者,骸骨也;愚者,骸骨也。成龙成虫,不过都是黄土一抔。这些运用"生煞回薄势"的句子,都是作者在进行自我的治疗与安慰,它一定程度上排解了压抑、释放了紧张,所以这种诗法会成为作者笔下的"宠儿",得到广泛运用。

第二,这一诗法对读者来说又具有巨大的具有安抚、解脱功能,从而广受欢迎。美国著名美学家鲁道夫·阿恩海姆在《作为治疗手段的艺术》中说:"将艺术作为一种治病救人的实用手段并不是出自艺术本身的需求,而是源于病的需

① 彭定求等辑《全唐诗》卷四七,中华书局1980年版,第571页。
② 彭定求等辑《全唐诗》卷四二九,中华书局1980年版,第4730页。
③ 杜甫《杜工部集》,岳麓书社1987年版,第14页。
④ 北京大学古文献研究所《全宋诗》,北京大学出版社1999年版,第11450页。

要，源于陷于困境之中的人的需要。”[1]所以生煞回薄势对于难免生病的读者来说，是一味良剂。从以上所举的那许多例子看来，这一诗法其实是一种抚慰的手法，为我们遇到的悲剧困境提供了一种解脱的办法。人世间倦客太多，这样的句子势必成为人们口头心头的吟诵：“莫言贫贱长可欺，覆篑成山当有时。莫言富贵长可托，木槿朝看暮还落。不见古时塞上翁，倚伏由来任天作。去去沧波勿复陈，五湖三江愁杀人。”（李颀《别梁锽》）[2]杜甫的《丹青引赠曹将军霸》云：“但看古来盛名下，终日坎壈缠其身。”[3]既宽解了曹霸，又释放了自己的情绪，还抚慰了我们世代的读者。李商隐有《北青萝》一诗：“残阳西入崦，茅屋访孤僧。落叶人何在，寒云路几层？独敲初夜磬，闲倚一枝藤。世界微尘里，吾宁爱与憎。”[4]满山秋叶，小路盘旋，何等幽深，无限寂寞，他写了一位孤僧的清寂生活。最后他说道：三千大千世界事，俱在微尘中，人在尘世间，更是微尘中的微尘，我又何必拘束于爱憎，而令此心受苦？他为我们提供了万念俱寂的彻悟境界以便休憩我们的身心。读到这里，我们读者的心理的确被妥帖地抚慰了一遍，情绪会暂时地平复过渡。

从文化诗学的角度来说，好的诗句不过是把人的心情抚慰一遍，在读罢之后能够有所升华。将抑郁之思以旷达出之，“生煞回薄势”表达的就是这个道理。“转朱阁，低绮户，照无眠。不应有恨，何事长向别时圆？人有悲欢离合，月有阴晴圆缺，此事古难全。”（苏轼《水调歌头》）这种困境——月圆人不圆——的解决办法就是：这事自古难以两全，我们就这样承受了吧！但“古今如梦，何曾梦觉，但有旧欢新怨”（苏轼《永遇乐》），乱烘烘你方唱罢我登场，当旧欢新怨再次来临的时候，人们便吟着古人的那些“生煞回薄”的句子，希望能够“入道是也”。

佛学给中国人提供了一种形而上的思考空间与哲学体验。佛家所说的“诸行无常”其实是一种很精准的认知，赵朴初先生解释说：“宇宙间一切现象都是此生彼生，此灭彼灭的相待的互存关系，其间没有恒常的存在。所以任何现象，

---

① [美]鲁道夫·阿恩海姆《艺术心理学新论》，商务印书馆 1996 年版，第 345 页。
② 彭定求等辑《全唐诗》卷一三三，中华书局 1980 年版，第 1352 页。
③ 杜甫《杜工部集》，岳麓书社 1987 年版，第 78 页。
④ 彭定求等辑《全唐诗》卷五四一，中华书局 1980 年版，第 6222 页。

它的性质是无常的,表现为刹那生灭的。"①万事万物都是相互联系、变化发展、循环流转的,所以不可能有永生永存。俗世所追求的"永远""永恒"必定是一个伪命题。无论怎样的繁华都将是过眼云烟,无论怎样的功业都有覆灭的一天。所以,"生煞回薄势"的第二势能够形成一种巨大的心理反差和震撼,"色即是空""世事皆虚""世间如幻梦""富贵如梦"等等都会展现在眼前,种种追求与期盼都瞬间没有了价值。在这一点上,"生煞回薄势"与"黄粱一梦"的主题是极为相似的,于短梦中忽历一生,其间荣悴悲欢,刹那而尽,转念尘世实境等类齐观,于是出世之想不觉而生。"黄粱一梦的故事躯壳是传统文人表现自我心志的一种形式,他们所真正关注的乃是梦觉之后的人生感悟,因此,他们多是将批判的笔触对准个人的贪欲。"②"生煞回薄势"所看重的也并不是前面所描述的荣华与悲苦,而在于后面大厦的崩塌与感悟的推出。任何的现状都只不过是自然界万千变化的某一个时间段的转化形式而已,荣宠也罢,伶俜也罢,从长远来看都是一场大空。在引起读者伤感情绪之后,最重要的是会让读者思索,显显赫赫的一切不值得付出太多心力,还是顺应自然界的"生煞回薄"之理吧!

所以,这种诗法的魅力之处,绝不仅仅只是语言的手法,它在本质上是对人生与命运的终极关怀,可以给人们提供巨大的认识价值与哲学价值。其次,这一诗法对作者来说有着安抚与治疗的文学功能,对于读者来说又具有安慰解脱的价值,它是超越语言技巧本身的,能够启发人们反思人生与命运,得到心灵的净化与超越,从而产生审美愉悦。这两点是这一诗法能够产生传世名句,能够广为传诵的原因所在。

五 余论

通过以上分析可见,"生煞回薄势"是和一定的哲思相联系的,但它和魏晋玄言诗、隋唐佛理诗、宋明道学诗是有明显区别的。

玄言诗主要是指内容全部是阐述道家思想的诗歌。正如刘勰《文心雕龙·时序》云:"诗必柱下之旨归,赋乃漆园之义疏。"③钟嵘《诗品·序》谓:"理过其

① 赵朴初《佛教常识答问》,陕西师范大学出版社 2006 年版,第 48 页。
② 滕云、贺根民《黄粱一梦的文学流变与文人人生感悟的嬗变》,《吉首大学学报》2012 年第 2 期。
③ 杨明照《文心雕龙校注》,中华书局 2002 年版,第 542 页。

辞，淡乎寡味，皆平典似道德论。"[1]例如孙绰《答许询诗》：

仰观大造，俯览时物。机过患生，吉凶相拂。智以利昏，识由情屈。野有寒枯，朝有炎郁。失则震惊，得必充诎。[2]

诗中阐发的是得失荣辱、吉凶祸福无不相随相生的辩证道理。这种诗歌看起来像老庄思想的注解，枯燥寡味，毫无形象感。同样，所谓"佛理诗"就是"以佛理为诗"，"理学诗"就是以"以理学入诗"，皆是采用了诗的形式来诠释哲学观念，诗只不过是一种理论的表达方式和传授工具（当然玄言诗、佛理诗、理学诗中也有一些不纯然说理兼富艺术性的诗歌）。所以人们常常批评它们是语录体，是钵盂语，是禅家偈，是语录讲义之押韵者耳。在诗歌中纯粹地进行道德说教，是历来遭人反对的。例如约翰·济慈（1795—1821）就非常反对"那种一望而知的旨在对我们发生作用的诗歌"，声称："我们不愿被人强行灌输某种哲学。"[3]

而运用"生煞回薄"诗法的诗歌，不含直接的教诲目的，其中的哲思不是某种思想的传声筒，而是诗人精神反思的产物。它所阐发的非道德常识，而是人生与命运终极的道理。这就是说在诗歌中表现哲学思想并没有问题，关键是如何表现。例如刘希夷《白头吟》先写红颜女子的青春老去，"洛阳女儿惜颜色，坐见落花长叹息"，再写青春少年变成白头老翁，"此翁白头真可怜，伊昔红颜美少年"两组时光流逝、富贵无常的叙述之后，便以"推命"破之："年年岁岁花相似，岁岁年年人不同。……但看古来歌舞地，唯有黄昏鸟雀悲。"[4]全篇就在这种对人生的绝妙提炼与深刻理解中"醒然"截止。所以"生煞回薄势"本质是形象化的诗歌，而不是用抽象的概念诉诸于人。"生煞回薄势"中的道理是从蓬勃的灵感与炽烈的感受力中迸发出的，而不是从冰冷且模式化的理智中挤出来的。

清代诗论家张谦宜在《絸斋诗谈》中认为，诗人表现哲理有"理由我运"与"以我听理"之别："诗家不许于诗中谈理，亦有所见。盖理由我运，则操纵如意，或虚或实，或大或小，随其识力所到，变没隐见于语言外者，皆诗之根也。若以我听理，非十成死语不敢下，非陈陈相因者不敢言，由是板木臃肿，酸腐油腻之

---

① 吕德申《诗品校释》，北京大学出版社 1986 年版，第 38 页。

② 逯钦立《先秦汉魏晋南北朝诗》，中华书局 1983 年版，第 899 页。

③ [美]雷纳·威勒克《近代文学批评史》第三卷，上海译文出版社 1997 年版，第 257 页。

④ 彭定求等辑《全唐诗》卷二十，中华书局 1980 年版，第 247 页。

病,交萃一时,虽澡洗频加,旧性难改,顺口而成,依然尘土,其于诗也,愈远愈支,不可救药矣。"[①]这段话论述得十分精辟,玄言诗、佛理诗与理学诗就是"以我听理",味同嚼蜡的表达形式,成为运用"诗形式的哲学作品"。而运用"生煞回薄势"的诗句是"理由我运",其中的哲理必须是可视、可感、可亲的,表达的是生活中体会到的有价值的道理,并且在语意的起承转合中顺带流出,浑化无迹地给人以启迪。这一诗法的悲剧意识和解脱性、安抚性沉醉在热烈的审美观照中,本质上还是一种形象化的艺术,这就使得命运哲理以一种最完美的表现形式出现,安慰感与解脱感都在艺术审美中同时获得,这是这一诗法能够取得成功的关键所在。

附:古代灾害诗歌的立意构思之法[②]

"天火曰灾"(《左传·宣公十九年》),灾害是自然造成的对人类社会的破坏性影响。人类在灾害面前心灵充满震撼,情感深刻纠结,这是一类攸关生死存亡的遭遇与记忆,必然会进入到文学的殿堂被书写描摹,中国古代有大量的灾害诗歌作品,就是明证。对于灾害诗这种题材,古人是如何构思立意呢?其实,灾害诗歌的构思是有章可循的,主要包括直呈伤痛与苦难、凸显伤痛的美学价值、注入悲悯情怀与运用卒章显志等几种基本手法。

一　直呈伤痛与苦难

灾害的最大特点是带来痛苦与创伤。呈现伤痛与苦难,便成为这类诗歌在构思立意方面的重心所在。

例如陶渊明的《怨诗楚调示庞主簿邓治中》云:"炎火屡焚如,螟蜮恣中田。风雨纵横至,收敛不盈廛。夏日抱长饥,寒夜无被眠。造夕思鸡鸣,及晨愿乌迁。在已何怨天,离忧凄目前。"[③]即使是淡泊悠然的诗人,也将在旱灾、虫灾、风灾与雨灾折磨下的痛苦毫无掩饰地表达了出来。杜甫诗中有近七十首灾害诗,

---

① 张谦宜《茧斋诗谈》,清康熙刻本。

② 部分内容修改为《论古代灾害诗歌的立意构思之法》一文,发表于《湘潭大学学报》2015 年第2 期。

③ 逯钦立《先秦汉魏晋南北朝诗》,中华书局 1983 年版,第 976 页。

真实细致地记录了天灾之下人们的苦况，所以这些灾害描写，也是他“诗史”创作中的重要组成部分。① 晚唐皮日休《三羞诗》其三全篇的主要内容就是直叙蝗灾、旱灾之下的苦难本身：“天子丙戌年，淮右民多饥。就中颍之汭，转徙何累累。……一金易芦卜，一缣换凫茈。荒村墓鸟树，空屋野花篱。儿童啮草根，倚桑空羸羸。斑白死路傍，枕土皆离离。”②史上诸多的灾害诗歌尽现当年灾难的苦况，在没有摄像机、照相机的古代社会里，这些文学图景具有丰富珍贵的纪实价值。

《全宋诗》中有关灾害的诗作“据我们初步统计有六千余首”③，这些灾害诗歌的突出写作手法就是直呈伤痛。北宋庆历五年(1045)扬州暴雪，韩琦《广陵大雪》云：“罾鱼江叟冰透蓑，卖炭野翁泥没辐。闾阎细民诚可哀，三市不喧游手束。牛衣破解突无烟，饿犬声微饥子哭。”④苏舜钦《城南感怀呈永叔》主要篇幅都是陈述水灾、旱灾与雪灾轮番肆虐下的惨状：“去年水后旱，田亩不及犁。冬温晚得雪，宿麦生者稀。前去固无望，即日已苦饥。老稚满田野，斫掘寻凫茈。此物近亦尽，卷耳共所资。昔云能驱风，充腹理不疑；今乃有毒厉，肠胃坐疮痍。十有七八死，当路横其尸，犬彘咋其骨，乌鸢啄其皮。”⑤南宋咸淳十年(1274)八月“癸丑，大霖雨，天目山崩，水涌流，安吉、临安、余杭民溺死者无算”⑥，董嗣杲《甲戌八月初九夜武康山中洪水骤发越十日漕司檄往检涝》诗便直面这一灾难造成的苦果：“飘尸不可计，强者布竹筏。栖危或得命，其奈服食阙。号天天不闻，不若就灭没。瀑派裂青山，溪岸奔尸骨。”⑦古代灾害诗歌擅于运用各种语言手段来表现灾荒频仍、哀鸿遍野的人间惨剧，这就使得生动的文学书写较之简单的正史记载更为震撼人心。

对于灾害，人们相对应地拥有厌恶、恐惧等强烈感情，这些不适的情感在文学创作中能够得以祭奠与舒解，所以作家倾向于在灾害诗歌中直呈伤痛，这其中既有肉体的残害之痛，也有惶恐与绝望等情感伤痛。北宋淳化二年(992)关

---

① 刘艺《杜甫天灾诗探微》，杜甫研究学刊 2013 年第 1 期。

② 彭定求等辑《全唐诗》卷六〇八，中华书局 1980 年版，第 7016 页。

③ 王宇飞《宋诗与宋代灾害探研》，四川师范大学 2012 年硕士论文。

④ 北京大学古文献研究所《全宋诗》，中华书局 1999 年版，第 3966 页。

⑤ 北京大学古文献研究所《全宋诗》，中华书局 1999 年版，第 3900 页。

⑥ 脱脱《宋史》，中华书局 1977 年版，第 922 页。

⑦ 北京大学古文献研究所《全宋诗》，中华书局 1999 年版，第 42674 页。

中大旱,王禹偁《感流亡》云:“老翁与病妪,头鬓皆皤然。呱呱三儿泣,惸惸一夫鳏。道粮无斗粟,路费无百钱。聚头未有食,颜色颇饥寒。试问何许人,答云家长安。去年关辅旱,逐熟入穰川。妇死埋异乡,客贫思故园。故园虽孔迩,秦岭隔蓝关。山深号六里,路峻名七盘。襁负且乞丐,冻馁复险艰。唯愁大雨雪,僵死山谷间。”①再如王炎《太平道中遇流民》:“丁男负荷力已疲,弱妻稚子颜色悲。亲戚坟墓谁忍弃,嗟尔岂愿为流移。春蚕成茧谷成穗,输入豪家无孑遗。丰年凛凛不自保,凶年菜色将何如。但忧衔恨委沟壑,岂暇怀土安室庐。故乡既已不可居,他乡为客将谁依。”②诗中充满了心理上的恐慌与绝望,是用镜头画面无法记录的,这也恰恰体现了文学的价值所在。正如左春和所言:“在灾难中必须看到伤痛,必须把伤痛作为一种价值进行严肃的叩问和追寻才能接近生命的密码。在伤痛中又必须抚摸到每一个普通人的生命创伤,才能用文字的形式记录这一切,否则,真正的痛苦会像泥石流一样被宏大的主题所淹没。”③

二　凸显伤痛的美学价值

充满血泪的文字也具有审美的价值,梁启超云:“诗是歌的笑的好呀,还是哭的叫的好?换一句话说:诗的任务在赞美自然之美呀,抑或在呼诉人生之苦?……依我所见:人生目的不是单调的,美也不是单调的。为爱美而爱美,也可以说为的是人生目的。……诉人生苦痛,写人生黑暗,也不能不说是美。”④古代灾害诗歌中,会极力凸显伤痛的美学价值。

首先,古代灾害诗歌中的灾难描写会强烈唤醒读者的人生体验与情感共鸣。如北宋陈襄《通判国博命赋假山》云:“县官哀怜发赈救,一饭才得一盂尔。出门未暇充喉咽,已有数十填沟水。”⑤对饥饿的紧张不安,早已沉淀为人类的集体无意识,灾害诗此际又通过文学语言,复活了人们心中千百年来的灾荒集体记忆,从而读者会产生与作者类似的情感激荡,审美活动便由此发生。

---

① 北京大学古文献研究所《全宋诗》,中华书局1999年版,第660页。

② 北京大学古文献研究所《全宋诗》,中华书局1999年版,第29694页。

③ 范藻《“道是无情却有情”的美学还原——从姜明的〈万物生长〉看灾难文学的价值选择》,《中华文化论坛》2011年第5期。

④ 梁启超《情圣杜甫》,中华书局编《杜甫研究论文集》(第一辑),中华书局1962年版,第12页。

⑤ 北京大学古文献研究所《全宋诗》,中华书局1999年版,第5071页。

朱光潜曾说:“它(悲剧)所表现的情节一般都是可恐怖的,而人们在可恐怖的事物面前往往变得严肃而深沉。”①灾难诗歌的主要篇幅都是在直呈伤痛,这就在立意与构思上体现出悲剧的美学特征。直呈灾害本身,首先有利于人们对命运、自然、政治与民生等进行严肃的叩问与深沉的思考。而且,作者全面客观严肃地直呈伤痛,也是帮助我们战胜苦难,获得坚强,正如钱钢在《唐山大地震》中所云:“人类在未曾经历灭顶灾难之前,很难想到生存与生命的涵义,也很少意识到生存本身需要怎样的坚韧与顽强。”②

另外,灾难诗歌中的苦难最触目惊心的还是对伦理危机的暴露。人类的求生本能在灾害的残酷压力之下,会复活残暴、野蛮的动物性,发生卖儿鬻女、偷盗哄抢,甚至人食人的惨剧。人类几千年来苦心经营的社会规范、法律道德以及伦理观念,都会变得不堪一击。如皮日休《三羞诗》其三云:“夫妇相顾亡,弃却抱中儿。”③陈襄《通判国博命赋假山》:“鬻妻弃子人不售,价例不复论羊豕。白日市井闻号叫,夜堆廊庑如虫豸。”④父母天伦在天灾面前开始变得冷漠无比,人命也不如牲畜。清人陈沆又为我们描绘了一幅地狱图:“汝南人瘦万狗肥,前有饿者狗后随,忽然堕落沟中泥,狗来食人啮人衣。顷刻血肉无留遗,残魂化作风与灰。狗饱狗去摇尾嬉,余者尚充鸦雀饥。”⑤灾害之后的伦理危机,真实揭示了危难之中的人性本质,值得我们作深刻的反思。“灾难引发的伦理危机恰恰是灾难文学写作的最佳切入点,人性的光辉与阴暗都可以得到集中的展现,可以发掘生命的价值和人性的深度。”⑥“灾害中展示的种种在正常情形下无法表现的人性深度和社会问题,构成民族秘史的一部分,折射着民族的内涵。”⑦如此以来,灾害诗歌中伦理危机的暴露,又具有人类学与民族文化史的研究价值。所以,凸显伤痛的美学价值,正是灾害诗的立意关键所在。

① 朱光潜《悲剧心理学》,人民文学出版社 1983 年版,第 31 页。

② 钱钢《唐山大地震》,解放军文艺出版社 1986 年版,第 84 页。

③ 彭定求等辑《全唐诗》卷六〇八,中华书局 1980 年版,第 7016 页。

④ 北京大学古文献研究所《全宋诗》,中华书局 1999 年版,第 5071 页。

⑤ 钱仲联《清诗纪事》,江苏古籍出版社 1989 年版,第 8786 页。

⑥ 向宝云《灾难文学的审美维度与美学意蕴》,《社会科学研究》2011 年第 2 期。

⑦ 尹奇岭《评张堂会著〈民国时期自然灾害与现代文学书写〉》,《中国现代文学研究丛刊》2012 年第 12 期。

三　注入悲悯情怀

在灾害诗歌中仅呈现苦难还是不够的,还需要投入悲悯情怀。这就涉及到灾害诗歌的写作动机。极少诗人写灾害诗是为了展示灾难壮景或者炫耀诗技,更多是“目击异灾,迫于其所不忍,而饰之以文藻。当人心肃然震动之时,为之发其哀矜痛苦,而不忘天之降罚,且闵死者之无辜;而吁嗟噫歆,散其冤抑之气,使人无逢其灾害,是《小雅》之旨也,君子故有取焉”①。例如,面对贞元初(785)的“螟蝗蔽野,草木无遗”,白居易作有《捕蝗》诗。陈寅恪分析云:“夫兵乱岁饥,乃贞元当时人民最怵目惊心之事。乐天于此,既馀悸尚存,故追述时,下笔犹有隐痛。”②此“隐痛”,正是悲悯情怀,即对人间的苦难有一种感同身受的同情之感。诗人们对苦难的人们,不轻视不蔑视,而是充满慈悲与关怀。

在古代的大量灾害诗歌中,我们可以看到面对大地的失陷、建筑的损毁、生命的消逝等,诗人伤心倍切且极富悲悯,表现出文化传统中仁民爱物的怀抱、厚生好德的情怀。公元前 132 年春,黄河在河南濮阳的瓠子口溃决,洪水“东南注钜野,通于淮泗”,汉武帝亲临现场治水,并作《瓠子歌》二章。洪灾的紧急、人畜的伤害、救灾措施的实施,在诗中都有艺术化的记录,其中更流露出忧虑悲悯、痛恤爱民的帝王情怀:“皇谓河公兮何不仁,泛滥不止兮愁吾人。”③诗人们大部分都是脱离农田的士人,但在灾害面前,却和受灾者感同身受,充满哀叹与怜悯。晚唐皮日休《三羞诗》其三诗序中说:“丙戌岁,淮右蝗旱……见颍民转徙者,盈途塞陌,至有父舍其子,夫捐其妻,行哭立丐,朝去夕死”,于是“呜呼！天地诚不仁耶？皮子之山居,椸有袭,镬有炊,晏眠而夕饱,朝乐而暮娱,何能于颍川民而独享是？为将天地遗之耶？因羞不自容,作诗以唁之!”④南宋知县董嗣杲《甲戌武康大水净林寺山门殿屋悉皆倒敝》也云:“就食难下咽,酸恨彻心膂。”⑤

正如约翰·堂恩的诗中写道:“没有人是与世隔绝的孤岛,每个人都是大地

① 汪中《新编汪中集》,广陵书社 2005 年版,第 469 页。
② 陈寅恪《元白诗笺证稿》,生活·读书·新知三联书店 2001 年版,第 188 页。
③ 逯钦立《先秦汉魏晋南北朝诗》,中华书局 1983 年版,第 94 页。
④ 彭定求等辑《全唐诗》卷六〇八,中华书局 1980 年版,第 7016 页。
⑤ 北京大学古文献研究所《全宋诗》,中华书局 1999 年版,第 42674 页。

的一部分。……任何人的死都让我受损失，因为我与人类息息相关；因此，别去打听钟声为谁鸣响，它为你鸣响。”[①]在灾害诗歌中，随处可见这样哀怜不已的诗句，如张耒《粜官粟有感》：“哀哉天地间，生民常苦辛。”[②]真德秀《浦城劝粜》：“我闻父老言，痛切贯心肺。”[③]李琪《赈荒到天台有作二首》：“我亦田夫偶得官，深知茅屋有饥寒。纷然遮道呻吟状，一作同胞疾痛观。”[④]而且，连草木的折毁、牛马的困厄、鸟虫的失所，都令灾害诗歌的作者心有不忍。杜甫有《枏树为风雨所拔叹》，面对一棵树在风雨之中连根拔起，悲悯情怀何等真切。王禹偁有《霪雨中偶书所见》，对微小蚯蚓活生生的逝去也充满悲悯。

虽然直呈伤痛是灾害诗歌写作的最大篇幅所在，但悲悯情怀的注入却是灾害诗歌最有情感力量的体现。在严酷灾害面前，人与人之间不再冷漠麻木，共同面对废墟与创伤，沟通那些从前隔膜的情感，守护内心人性的光辉，用悲悯情怀驱散灾难的残酷阴霾，这一写法也是古代灾害诗歌中最扣人心弦的所在。古代灾害诗这种写作向度，也成为当代灾害文学写作的重要法则，王晖《中国式灾难写作的精神向度——以当代中国地震题材报告文学为例》中就曾指出中国式灾难写作的精神向度应当表现出的第一点就是：“要表现出人类的普泛价值观，即慈悲、怜悯、良知、博爱、惜生（生命至上）等。”[⑤]

四　运用卒章显志法

通观古代灾害诗歌，一般会在诗歌的结尾，用一两句来点明主旨，进行议论与抒情，表露胸怀与志向，传统的“卒章显志”法获得了广泛的运用。

例如杜甫的名作《茅屋为秋风所破歌》在“床头屋漏无干处，雨脚如麻未断绝”之后，写的是“安得广厦千万间，大庇天下寒士俱欢颜，风雨不动安如山！呜呼！何时眼前突兀见此屋，吾庐独破受冻死亦足！”[⑥]文天祥《五月十七夜大雨歌》在详尽描述“大雨复没床”的困境之后，卒章写道：“但愿天下人，家家足稻

---

① [英]约翰·多恩《丧钟为谁而鸣：生死边缘的沉思录》，新星出版社2009年版，第142页。

② 北京大学古文献研究所《全宋诗》，中华书局1999年版，第13326页。

③ 北京大学古文献研究所《全宋诗》，中华书局1999年版，第34843页。

④ 北京大学古文献研究所《全宋诗》，中华书局1999年版，第33330页。

⑤ 王晖《中国式灾难写作的精神向度——以当代中国地震题材报告文学为例》，《“抗震文艺与中国精神”研讨会论文集》2009年版，第6页。

⑥ 彭定求等辑《全唐诗》卷二一九，中华书局1980年版，第2310页。

梁。我命浑小事,我死庸何伤。"[①]古代灾害诗歌描写伤痛的目的不是为了渲染灾难,骇人听闻,而是通过灾害叙述之后来议论抒情。"人只不过是一根苇草,是自然界最脆弱的东西,但他是一根能思想的苇草。"[②]诗人在写作灾害诗歌时,最终目的都希望能够引起一定的社会反思。

大江健三郎在回答"面对巨大灾害,文学何为"这个问题时,认为文学"需要告诉人们如何从巨大的悲惨中恢复过来以及如何重建遭到破坏的文化"。[③] 面对人类生存发展中必须要承担的且无止境的苦难,灾害诗歌的最终任务是帮助我承担苦难,并超越苦难。而古代灾害诗歌的卒章显志,也就是试图实现这一担当与超越。这就使得灾害诗歌在描写与抒情功能之外,又具有了认识功能与教化功能。

灾害诗歌最后所显之志,有暴露社会矛盾与政治弊病,有对当权者的讽刺与劝诫,有作为封建官吏的自疚与惭愧,也有对社会底层的深切关怀,还有思考生与死的辩证关系,思考人与自然的相互关系等等,其中的情感都是真诚而充沛的。例如,高适《东平路中遇大水》开篇先直呈伤痛:"天灾自古有,昏垫弥今秋。"最后卒章显志:"我心胡郁陶,征旅亦悲愁。纵怀济时策,谁肯论吾谋。"[④]白居易《贺雨》开篇先言:"自冬及春暮,不雨旱爞爞。"最后还是写道:"小臣诚愚陋,职忝金銮宫。稽首再三拜,一言献天聪。君以明为圣,臣以直为忠。敢贺有其始,亦愿有其终。"[⑤]白居易《酬郑侍御多雨春空过诗三十韵》前言"南雨来多滞,东风动即狂",最后写道:"德胜令灾弭,人安在吏良。尚书心若此,不枉系金章。"[⑥]刘学箕《夏雨叹》最后云:"小臣空负济时术,阊阖九重无路入。何当奏计承明处,倾倒贾生长太息。"[⑦]这种写法和《左传》中的"君子曰"、汉赋中的"乱曰"、《史记》中的"太史公曰",异曲而同工。而且,在古代灾害诗歌的卒章显志中,也涉及到了一些新的现代精神向度,如公益意识、公民意识、减灾防灾意识、科学救援意识、生态意识、契约意识等。

① 北京大学古文献研究所《全宋诗》,中华书局 1999 年版,第 43054 页。
② [法]帕斯卡尔《思想录》,商务印书馆 1987 年版,第 157 页。
③ [日]大江健三郎《面对巨大灾害,文学何为?》,《文学报》2008 年 5 月 21 日。
④ 彭定求等辑《全唐诗》卷二一二,中华书局 1980 年版,第 2214 页。
⑤ 彭定求等辑《全唐诗》卷四二四,中华书局 1980 年版,第 4654 页。
⑥ 彭定求等辑《全唐诗》卷四四九,中华书局 1980 年版,第 5063 页。
⑦ 北京大学古文献研究所《全宋诗》,中华书局 1999 年版,第 32929 页。

古代大量的灾害诗歌用艺术化的手法展示了人类在灾害面前的苦难与心灵创伤，虽然还不具备科学的解释与应对灾害的有效途径，但却以诗性的描述启发人们思考人生与命运的无常与磨难，又用悲悯的情怀彰显了人文关怀。最后的卒章显志，使得古代的灾害诗歌又深富哲思性。除了上文所言的这些立意构思之法，此外，“赋法”在古典灾害诗歌中也被广泛运用。使用铺陈之“赋法”，符合灾害本身阔大与繁复的特点。古代灾害诗歌中赋法的具体手段有：直接铺排法、时空组合法、骈法与比法、联边字法等。这些语言技巧的运用，使得灾害诗歌较之惜墨如金的史料记载更为打动人心。[1] 研究中国古代灾害诗歌的写作方法，将对当代灾害文学的写作提供有益的启示，同时，它们也是一声声生态警示钟，提醒当代人类努力保护与建设生态文明。

---

① 详细论述可见张静《论赋法在古代灾害诗歌中的运用》，《中国文化研究》2015 年春之卷。

第五章　声法

第一节　换字对句法

北宋惠洪《天厨禁脔》中提到"换字对句法",也就是我们俗称的"拗",它是近体诗平仄安排的特殊形式,属于声法的内容。学界关于"拗"与"拗救"的论述比较多,但对其历史源流的梳理和审美意蕴的研究还有待发掘。

一　"换字对句法"的历史梳理

据南宋魏庆之《诗人玉屑》的记载,北宋惠洪(1070—1128)的诗法著作《天厨禁脔》中较早提到"换字对句法"(按:张伯伟《稀见本宋人诗话四种》[①]中收录的日本宽文版《天厨禁脔》中未有此条):

> 鲁直换字对句法,如"只今满坐且尊酒,后夜此堂空月明""清谈落笔一万字,白眼举觞三百杯""田中谁问不纳履,坐上适来何处蝇""秋千门巷火新改,桑柘田园春向分""忽乘舟去值花雨,寄得书来应麦秋"。其法于当下平字处,以仄字易之,欲其气挺然不群。前此未有人作此体,独鲁直变之。[②]

① 张伯伟《稀见本宋人诗话四种》,江苏古籍出版社2002年版。

② 魏庆之《诗人玉屑》,中华书局2007年版,第48页。

南宋胡仔(1110—1170)《苕溪渔隐丛话》在惠洪的基础上指出这种"换字对句法"本出于老杜,俗称之为"拗句":

此体本出于老杜,如"宠光蕙叶与多碧,点注桃花舒小红","一双白鱼不受钓,三寸黄甘犹自青","外江三峡且相接,斗酒新诗终日疏","负盐出井此溪女,打鼓发船何郡郎","沙上草阁柳新暗,城边野池莲欲红"。似此体甚多,聊举此数联,非独鲁直变之也。今俗谓之拗句者是也。①

南宋王楙(1151—1213)《野客丛书·拗句格》卷十九又进一步指出这种诗法就是"拗句格",不单老杜,王维也多有使用:

仆谓此体非出于老杜,与杜同时如王摩诘,亦多是句。如云"雨中草色绿堪染,水上桃花红欲燃",曰"劝君更尽一杯酒,西出阳关无故人",疑亦久矣。张说诗曰:"山接夏空险,台留春日迟",此亦拗句格也。②

按照惠洪所说,所谓"换字对句法"即是"当下平字处以仄字易之",再根据胡仔和王楙的说法,可以将"换字对句法"与"拗句""拗句格"画上等号。所以学界一般多以为最早提出"拗"概念的是宋末元初的方回③,这一说法并不确切。

其实,早在唐代题名白居易(772—846)的《金针诗格》中已经有"拗"的字眼,其"诗有四格"条云:"一曰十字句格。二曰十四字句格。三曰五只字句格。四曰拗背字句格。"④惜其没有做进一步的揭示,所以这个"拗背字句格"究竟所指为何,现在也不好妄断。但在北宋时关于"拗"的讨论已经正式出现。例如宋人吴可(大观三年1109进士)《藏海诗话》中说:"苏州常熟县破头山有唐常建诗刻,乃是'一径遇幽处'。盖唐人作拗句,上句既拗,下句亦拗,所以对'禅房花木深','遇'与'花'皆拗故也。"⑤这是讨论拗句较早的例子。

除了上文所举的胡仔和王楙外,南宋吴沆(约1146年前后在世)《环溪诗话》论黄庭坚拗体云:"盖其诗似律而差拗,于拗之中又有律焉。此体惟山谷能

① 魏庆之《诗人玉屑》,中华书局2007年版,第48页。
② 王楙《野客丛书》,上海古籍出版社1991年版,第284页。
③ 例如舒志武《论杜甫七言拗律的形式特点和地位》,《华南农业大学学报》2009年第4期。
④ 张伯伟《全唐五代诗格汇考》,江苏古籍出版社2002年版,第352页。
⑤ 丁福保《历代诗话续编》,中华书局1983年版,第329页。

之。……然诗才拗，则健而多奇，入律，则弱而难工。”①南宋周弼(1194—?)编选《三体唐诗》又于所选七绝中特设“拗体”，南宋范晞文(1240？—1294?)《对床夜话》中又以老杜五律为例，指出有“用实字而拗”与“用虚字而拗”的两种拗法。②可以见得，宋人关于“拗”的认识已经相当深入了。

随后，方回《瀛奎律髓》卷二十五设“拗字类”，对拗律进行了较有规模的论述，从而多得学者的关注，其《序》云：

> 拗字诗在老杜集七言律诗中谓之“吴体”，老杜七言律一百五十九首，而此体凡十九出。不止句中拗一字，往往神出鬼没。虽拗字甚多，而骨骼愈峻峭。今“江湖”学诗者，喜许浑诗“水声东去市朝变，山势北来宫殿高”“湘潭云尽暮山出，巴蜀雪消春水来”，以为丁卯句法。殊不知始于老杜，如“负盐出井此溪女，打鼓发船何郡郎”“宠光蕙叶与多碧，点注桃花舒小红”之类是也。如赵嘏“残星几点雁横塞，长笛一声人倚楼”亦是也。唐诗多此类，独老杜“吴体”之所谓拗，则才小者不能为之矣。五言律亦有拗者，止为语句要浑成，气势要顿挫，则换易一两字平仄，无害也，但不如七言“吴体”全拗尔。③

元代佚名的《沙中金集》中又开设了专条——“眼用拗字”“拗句换字”④介绍这种诗法，并举出了大量的诗例。其后，在明清两代的诗法著作中几乎都有关于拗句的归纳与总结。

二 “拗体”的法则与界定

古人认为“甫(杜甫)集特多拗律，然其声调自有一定之法。”⑤但这个“一定之法”难为了古往今来许多学人，直至今日，拗律的具体法则还是学界争论的对象。从古至今，人们屡言拗体而终未分明。

清代董文涣《声调四谱图说》中对“拗”的解释很简明：“拗者何？不过宜仄

① 吴沆《环溪诗话》，中华书局1988年版，第131页。
② 丁福保《历代诗话续编》，中华书局1983年版，第418页。
③ 李庆甲集评《瀛奎律髓汇评》，上海古籍出版社2005年版，第1107页。
④ 张健《元代诗法校考》，北京大学出版社2001年版，第381页。
⑤ 爱新觉罗·弘历《御选唐宋诗醇》卷十三《崔氏东山草堂》诗评，光绪七年(1881)浙江书局刻本。

而平，宜平而仄而已。”①清人王士禛则在元明诸人说法的基础上总结说：“唐人拗体律诗有二种：其一，苍莽历落中自成音节，如老杜‘城尖径仄旌旆愁，独立缥缈之飞楼’诸篇是也；其一，单句拗第几字，则偶句亦拗第几字，抑扬抗坠，读之如一片宫商，如赵嘏之‘溪云初起日沉阁，山雨欲来风满楼’，许浑之‘湘潭云尽暮山出，巴蜀雪消春水来’是也。”（《分甘馀话》卷三“拗体律诗二种”）②现代学者王力先生在《古代汉语》中谈“拗体”时认为：一般来说，该用平声的地方用了仄声称为拗，然后在本句或对句的适当位置，把该用仄声的字改用平声称为救。其《汉语诗律学》中有比较详细的说明：

> 本句自救，例如在同一个句子里，第一字该平而用仄，则第三字该仄而用平；
>
> 对句相救，例如出句第三字该平而用仄，则对句第三字该仄而用平；
>
> 本句自救而对句又相救。（此种拗救，出句与对句的平仄字字相对，极与谐和，故诗人最喜欢用它，例子不胜枚举。）③

但很快就有不少学者反对，观点众多难以一一描述。所以直至现在，对拗体范畴的界定也很难统一。

其实，判断一首诗究竟是否是“拗体”就存在很多争议。例如王力先生在《汉语诗律学》中指出律诗有三要素，即字数、对仗、平仄。王力先生认为：“如果三个要素具备，就是纯粹的律诗；如果只具备前两个要素，就是古风式的律诗，亦称‘拗律’；如果只具备第一个要素，就不算是律诗，只是字数偶然相同而已。”④但又有学人认为“但根据诗律，不是所有的拗都必须救的，所以，一首诗中有拗句，并不意味着它一定就是拗体，只有具有必须救而没有救或者不能救的拗句的诗才是拗体”⑤。所以，有学人认为杜甫七律一百五一首，其中三分之一是“拗律”。⑥ 又有学人指出黄庭坚七律三百十一首，拗体竟然达到一百五三首，

---

① 董文涣《声调四谱图说》，清同治刻本。
② 王士禛《分甘馀话》，中华书局 1989 年版，第 68 页。
③ 王力《汉语诗律学》，上海教育出版社 2005 年版，第 92—100 页。
④ 王力《汉语诗律学》，上海教育出版社 2005 年版，第 437 页。
⑤ 刘雄《论黄庭坚的拗体七律》，《重庆文理学院学报》2007 年第 1 期。
⑥ 舒志武《论杜甫七言拗律的形式特点和地位》，《华南农业大学学报》2009 年第 4 期。

几乎占了半壁江山。① 这些学人的话只能说明杜甫、黄庭坚的拗体创作数量很多,他们的作品中究竟有几首"拗律",学界现在还没有统一的说法,为什么呢?因为他们二人的拗句根本无规律可寻,也就无法判断到底拗了多少首。

笔者认为,兰香梅在《杜甫"大拗"律诗的声律分析——兼谈杜甫拗律的归属》②中的观点可以参考:

> 杜甫大拗的律诗声律特点如下:(1) 如果在不能改易平仄的地方改易了平仄,必在本句或者对句改易另一个字的平仄予以补救,甚至连带改变了好几个字的平仄。这和后来的"拗救"规则的原理其实是一样的,都是在破坏原有的平衡之后创造新的平衡。杜甫拗律的拗救之法有的为后人模仿和接受,成为规律;有的未被模仿和接受,在研究者看来未免例外,所以就认为是拗而不救了。(2) 杜甫的拗律常用三平调。三平调在律诗中一般是不允许出现的,但杜诗中出现三平调,会用一定的方法补救,即用三仄调调和。与三平调的地方调和的三仄调,有时在出现在同一联的另一句,有时出现在下一联的出句,有时同时出现在同一联的另一句和下一联的出句。(3) 故意违反同联两句粘,上联的对句和下联的出句对的规则。该用粘的地方用了对,或者一句之中分为两部分,前后两部分分别与上句粘对,这样错综交叉,达到新的声律效果。

或者,可以如有的学人那样"采取一种折衷的办法,即把杜甫拗体的范畴定为广义和狭义之分。广义的说法即王力之说,也就是说,一首律诗中只要存在拗句(笔者按:此处的拗句仅限于拗而无救的句子)或拗调就是拗律;狭义的说法我们可以界定为:一首律诗中既有拗句又有拗调称之为拗律(笔者按:此中界定主要是基于拗句对诗律的影响大于拗调,而杜甫七律有拗句无拗调的情况中的拗句数量都是一句)"③。使用这两种方法大致可以对拗体进行界定,并且确定拗体的法则。

在界定"拗体"中,还有就是"拗体"是否等于"吴体"的问题。杜甫在夔州期

---

① 王奎光《论方回〈瀛奎律髓〉中的"拗字"格法》,《中国韵文学刊》2007 年第 4 期。
② 兰香梅《杜甫"大拗"律诗的声律分析——兼谈杜甫拗律的归属》,《杜甫研究学刊》2004 年第 3 期。
③ 于年湖《论杜甫拗体的写作艺术》,《西南民族大学学报》2005 年第 7 期。

间的《愁》一诗之下曾有自注云:“强戏为吴体。”[①]而在此前,“吴体”一词并未出现在其他诗人的诗题或者题注中。所以,据现有的文献可以说“吴体”之名实始自杜甫。随后,晚唐皮日休和陆龟蒙所作的题名为“吴体”的诗共 8 首(据《全唐诗》)。宋及以后不断有诗人以“吴体”为题作诗。后世学者一般认为杜甫所说的“吴体”即拗体。如黄庭坚注杜诗《南邻》“野艇恰受两三人”条云:“改作航,殊无理,此特吴体,不必尽律。”便认为“不必尽律”的情况就是“吴体”。南宋赵次公注杜诗《释闷》曰:“诗六韵。谓之古诗而中四韵尽对,谓之近体而字眼不顺、句之平仄不拘,盖所谓吴体者乎?”[②]又注《寄岑嘉州》曰:“诗乃吴体,故不拘诗眼。”[③]赵次公判断“吴体”的标准正是“字眼不顺、句之平仄不拘”。所以有学人认为:“综合而论,在两宋,人们已逐渐认识到老杜特殊拗律的积极作用,最终是以老杜只用一次的‘吴体’一词,来概括这类特殊拗律。”[④]随后,方回在《瀛奎律髓》卷二五的“拗字类序”中直接将“拗字诗”谓之“吴体”(见本节第一部分“换字对句法的历史梳理”引文),遂对后世产生了决定性的影响。明代胡应麟《诗薮》、王嗣奭《杜臆》等在言及杜甫的《愁》诗之为“吴体”时,皆持“拗体律”之说。现当代学界以邝健行《论吴体和拗体的贴合程度》[⑤]一文最有代表性。

然而以“吴体”为“拗体”的说法也有不少反对的声音,如有学者认为“‘拗字诗在老杜集七言律诗中谓之吴体’这一核心结论,完全属于其信口开河所致,而没有丝毫材料上的依据,即其所言,并没有着眼于材料的角度,去解释‘吴体’为什么是‘老杜集七言律诗中’之‘拗字诗’这一最具根本性的问题”[⑥]。或有学者认为:“方回所论老杜‘吴体’绝不等同于老杜七言拗律自明,故老杜七言拗律绝对多于十九首。方回所论表明,‘吴体’概念的外延是杜甫的七言拗律。”[⑦]争论远不仅此,关于“吴体”的内涵,其他有代表性的说法还有“俗体”“吴均体”“齐梁体”三说。[⑧]笔者目前尚没有明确的观点,但笔者认为吴体应该不完全等于拗体,吴体究竟为何?在文献太少、诗例不足的情况下,还是很难给予一个明确的

---

① 杜甫《杜工部集》,岳麓书社 1987 年版,第 283 页。
② 林继中《杜诗赵次公先后解辑校》,上海古籍出版社 1994 年版,第 603 页。
③ 林继中《杜诗赵次公先后解辑校》,上海古籍出版社 1994 年版,第 740 页。
④⑦ 王奎光《方回的“吴体”诗论及其诗学批评意义》,《文学遗产》2008 年第 4 期。
⑤ 邝健行《杜甫新议集》,台北万卷楼出版社 2004 年版,第 141—192 页。
⑥ 田劲松、王辉斌《论宋代的“吴体”创作与特点》,《长江学术》2011 年第 2 期。
⑧ 王辉斌《杜诗“吴体”探论》,《太原师范学院学报》2009 年第 5 期。

界定的。

三 “换字对句法”的审美意蕴

“换字对句法”并非是初学者不谙声律,错而不知,而恰恰是熟精声律的大家们有意为“拗”,为的是追求独特的审美效果。

(一)解除形式的束缚而获得了巨大的创造空间

刘勰《文心雕龙·情采》中对“为情而造文”和“为文而造情”进行了比较分析:

> 昔诗人什篇,为情而造文;辞人赋颂,为文而造情。何以明其然?盖风雅之兴,志思蓄愤,而吟咏情性,以讽其上,此为情而造文也;诸子之徒,心非郁陶,苟驰夸饰,鬻声钓世,此为文而造情也。故为情者要约而写真,为文者淫丽而烦滥。而后之作者,采滥忽真,远弃风雅,近师辞赋,故体情之制日疏,逐文之篇愈盛。故有志深轩冕,而泛咏皋壤,心缠几务,而虚述人外,真宰弗存,翩其反矣。①

看得出刘勰对紧扣形式的要求来写作是十分反对的,主张以吟咏情性、要约写真为上。而“换字对句法”为了放任内容而破除声律,这就有了“为情而造文”的意思。正如郎廷槐《师友诗传录》云:“虽然三百篇而后,未必尽被管弦,但求写意兴而已。故宁使音律不叶,不使词意不工,此杜律之所以多拗体也。”②

“换字对句法”并非是“无心插柳”,而是“有意栽花”。分析杜甫的拗句,的确不少拗字是不可替换的:“在实际的语言表达过程中,杜诗中许多拗句的形成与词语表达的不可替换有关,这些具有不可替换性的词语主要包括地名词、时间词等专有名词及个别诗文用语和其他用法相对固定的词语。”③例如:“郑县亭子涧之滨,户牖凭高发兴新”(《题郑县亭子》)中的“县”字当平而仄,但“郑县”一词是专用地名词,不可替换。“七月六日苦炎热,对食暂餐还不能”(《早秋苦热堆案相仍》)“月”字当平而仄,但“七月”是具体的时间词,也不可替换。④ 黄庭坚

① 杨明照《文心雕龙校注》,中华书局2000年版,第416页。

② 郎廷槐《师友诗传录》,《丛书集成初编》本,商务印书馆1935年版,第40页。

③ 于年湖《论杜甫拗体的写作艺术》,《西南民族大学学报》2005年第7期。

④ 具体论述可见于年湖《论杜甫拗体的写作艺术》,《西南民族大学学报》2005年第7期。

的拗句中也有这样的情况，例如“不知青云梯几级，更借瘦藤寻上方”（黄庭坚《题落星寺四首》其一）中的“青云梯”；“湘江水清无古今”（黄庭坚《太平寺慈氏阁》）中的“湘江”等。这说明作者会为了一些不可替换的地名词、时间词等放弃声律的要求。

除此之外，诗人还会为了素所喜欢的固定用词而摆脱声律的束缚。例如“落花游丝白日静，鸣鸠乳燕青春深”（杜甫《题省中院壁》）句，“青春”与“深”组成三平调，这是律诗中的大忌，但杜甫很喜欢用“青春”一词，所以他就选择突破诗律。[1] 还有对叠音词、叠韵词等的钟爱而突破声律。如“掖垣竹埤梧十寻，洞门对霤常阴阴”（杜甫《题省中院壁》）句，“阴阴”会与“常”字组合构成三平调，但“为情而造文”的心态使得声律下降到了第二位。再如“春花不愁不烂熳，楚客唯听棹相将”（杜甫《十二月一日三首》其二）中的“烂”字应平而仄，“相”应仄而平。但杜甫大概认为没有必要为了声律而放弃一组优美的叠韵词。再者为了一组好的对仗句也可以使平仄不谐，如黄庭坚的名句：“小雨藏山客坐久，长江接天帆到迟”（《题落星寺四首》其三），“‘帆到迟’如果改成‘到帆迟’就合乎格律，但对不上了。为了对仗的需要，作者宁愿牺牲平仄”[2]。黄庭坚还有“与君千里共明月，思子一日如三秋”（《寄怀蓝六在延平》）句。“千里共明月”出谢庄《月赋》，“一日如三秋”出《诗·王风·采葛》，既是用典，又是对仗，所以黄庭坚就顾不得“日”与“三”出律了。其他相关诗例还有不少，读者可参于年湖《论杜甫拗体的写作艺术》[3]、刘雄《论黄庭坚的拗体七律》[4]等相关文章。

还有是为了句意避俗而声律出格，例如杜甫《郑驸马宅宴洞中》颔联“春酒杯浓琥珀薄，冰浆椀碧玛瑙寒”[5]，“琥珀薄”为三仄声字连用，“玛瑙寒”之“瑙”字应平而仄，对于这一拗联，仇兆鳌《杜诗详注》卷一评云：“琥珀杯、玛瑙碗，言主家器物之瑰丽。若三字连用，易近于俗，将杯碗倒拈在上，而以浓薄碧寒四字互映生姿，得化腐为新之法。”[6]再有杜甫颔联、颈联不粘的失律诗，其内容往往分

① 具体论述可见于年湖《论杜甫拗体的写作艺术》，《西南民族大学学报》2005 年第 7 期。
② 具体论述可参刘雄《论黄庭坚的拗体七律》，《重庆文理学院学报》2007 年第 1 期。
③ 于年湖《论杜甫拗体的写作艺术》，《西南民族大学学报》2005 年第 7 期。
④ 刘雄《论黄庭坚的拗体七律》，《重庆文理学院学报》2007 年第 1 期。
⑤ 杜甫《杜工部集》，岳麓书社 1987 年版，第 145 页。
⑥ 仇兆鳌《杜诗详注》，中华书局 1979 年版，第 46 页。

前后两部分。仇兆鳌《杜诗详注》卷十一注《严公仲夏枉驾草堂兼携酒馔》云:"上四,记严公交情,下四,述草堂景事。"①如此平仄格式和内容相适应,将全诗一分为二。《杜诗详注》卷六注《宣政殿退朝晚出左掖》云:"上四咏宣政殿,景之自外而内者。下四退朝出掖,时之自早而晚也。"②《杜诗详注》卷九注《有客》:"上四宾至,下四留宾。"③《杜诗详注》卷十三注《奉寄章十侍御》:"上四称美章公,下则惜别而有感也。"④这都可以证明杜甫有意为将四五句失粘,以便适应内容表达的需要。

所以,"换字对句法"和很多拗体、拗句的形成都是由于作者主观上选择了内容而放弃了声律,这就是黄庭坚所说的:"宁律不谐而不使句弱,宁字不工不使语俗,此庾开府之所长也。"⑤其审美意义便在于重视文学表达中的真情实感,以吟咏情性为上,而不以形式主义为师。这种文艺创作思想的存在,解除了体制与形式对于内容的约束与压抑,为诗人的创作提供了巨大的创造空间与突破空间,从而使得艺术从形式到技巧到内容都有了进一步发展的可能性与动力性。这种创造性与突破性就是审美力量的源泉所在。

(二)展现出了具有冲突性的和谐

上文已言,拗的规律到底是什么直到现在也解释不清,所以有学者指出:"古今许多研究者企图找出'拗'的规律,从而证明它们被归入'律'的合法性。但是,诗人创作不可能非律即古,后人分类却一定要非律即古,就未免削足适履扞格不入了。比较符合实际的做法是把'拗'从'律'中分离出来自成一类,形成古—拗—律的三分格局。"⑥所以,需要把"拗"单独划归一类,这就意味着"拗"(有意破坏声律规则)是在"古体"(不讲究声律)、"律体"(严格规定声律)之外自成一格。

"换字对句法"不仅仅只是破坏声律,而是有建设性的破坏,最终为了重建一种新的平衡,重建一种有"冲突"的和谐。正如法国作曲家弗朗索瓦贝尔所

---

① 仇兆鳌《杜诗详注》,中华书局 1979 年版,第 904 页。
② 仇兆鳌《杜诗详注》,中华书局 1979 年版,第 435 页。
③ 仇兆鳌《杜诗详注》,中华书局 1979 年版,第 740 页。
④ 仇兆鳌《杜诗详注》,中华书局 1979 年版,第 1093 页。
⑤ 胡仔《苕溪渔隐丛话前集》卷三,人民文学出版社 1962 年版,第 20 页。
⑥ 舒志武《论杜甫七言拗律的形式特点和地位》,《华南农业大学学报》2009 年第 4 期。

说:“是敌对力量你争我夺的和谐,正是这种和谐最终为艺术所承认”,它让人们面对它时“既赞叹不已,又惶恐不安还充满勇气”①。“拗”所带来的这种你争我夺的和谐是一种高难度、高标准、高境界的最终和谐,为的是达到一种“知难而进”“山高水深”的平衡状态。

无论是生物系统还是社会系统,都既受到偶然性、无序性的威胁与破坏,同时又受到它们的鼓励与滋养,从而引起变化与革新,达到一定的丰富性与复杂性。当代法国人类学家埃德加·莫兰就说:“人类是狂人加智者,如同人类的真理包含着谬误,人类的秩序包含着无序。”②世间一切都倾向与此:当一套规则系统建立起来的那一刻,人们就在尝试打破规则。对于近体诗声律也是一样,虽然它的平声、仄声安排形成了一套严密的使用守则,但是诗人们还是不断在有意识地破坏这种条约。例如唐人王叡撰的《炙毂子诗格》中就总结了几种破坏方法。如“互律体”条云:

> 诗云:“八月九月芦花飞。”上四字全用侧声。“南溪老翁垂钓归。”上四字全用平声。“秋山入檜翠滴滴。”律全用平。“野艇倚檻云依依。”律全用侧。③

又有“背律体”:

> 《咏柳诗》:“日落水流西复东,春光不尽柳何穷。巫娥庙里低含雨,宋玉宅前斜带风。”此后第五句第二字合用侧声带起,却用平声,是背律也。“不将榆荚共争翠,深感杏花相映红。”此是大才,不拘常格之体。④

还有“讦调体”:

> 李郢诗:“青蛇上竹一种色,黄蝶隔溪无限情。”此“种”字合用平而用侧,是讦调也。⑤

以上种种破坏规矩的做法一般都被认为是大才不拘常格之作。如胡仔《苕溪渔隐丛话前集》卷七云:“律诗之作,用字平侧,世固有定体,众共守之。然不若时

---

① [法]R.舍普《技术帝国》,生活·读书·新知三联书店1999年版,第119页。

② [法]埃德加·莫兰《迷失的范式:人性研究》,北京大学出版社1999年版,第91—97页。

③ 张伯伟《全唐五代诗格汇考》,江苏古籍出版社2002年版,第388页。

④⑤ 张伯伟《全唐五代诗格汇考》,江苏古籍出版社2002年版,第389页。

用变体,如兵之出奇,变化无穷,以惊世骇目。”①

所以,杜甫一方面云“晚节渐于诗律细”,一方面云“老去诗篇浑漫与”,看似矛盾,实则正是指老杜在诗律方面的有意破坏与重建。韩成武在《论七律成熟于杜甫》一文中根据严格的律诗标准检核《读杜心解》卷四的 151 首诗,得出近二十首诗为拗体,其中有的的确可以总结出一些拗与救的规律,同时还有许多平仄声调上毫无规律的拗句。② 如果拗罢再救,还是为了遵守平仄格律。例如唐人许浑有“丁卯句法”,郭绍虞先生揭示说“丁卯句法”是“只重平起中一句的第五字,偶不合律必须对句相救。这种句法在律诗中,不但不起破坏作用,起的反是辅助作用”(郭绍虞《关于七言律诗的音节问题兼论杜律的拗体》)③。这样看来,老杜、许浑拗律之根本差别在于“杜有不受律格束缚的气魄,而许则是在律格范围内的一些创造。所以,杜的七律会完成拗体,而许的七律则始终局限于律体范围内的一些新格”(郭绍虞《关于七言律诗的音节问题兼论杜律的拗体》)④。于是,有学人怀疑后人对杜诗拗救的总结其实是一种美化,是为尊者讳。“如果善意地解释杜甫救而不全,是‘变化莫测’,不如实事求是,说杜甫在放弃或破弃规则。”⑤所以说拗体既有对近体诗原有声律形式的突破,也有对新的声律形式的探索。

正如我们的生活严格实行程序化的运行会让人难以忍受,如果严格遵守律诗的声律规则,难免也会如此。拜伦在其长诗《查尔德·哈罗尔德》中有这样一句:“我们的生命是一个畸形的天地,其中的万象并不和谐一致。”这才是真相。英国哲学家怀特海认为“审美破坏是主体形式中的一种明确成分,它和完善是不协调的”,“宇宙之间所以存在着不协和,是因为‘美’的样态是多种多样的,且不一定必然是和谐一致的”。⑥ “换字对句法”会给我们形成一种“不和谐感觉”,这种感觉是自然界和人类生命的基本特征。而且,将自然界中的冲突美与和谐美相比较,冲突美往往显得更加生动壮观,而和谐美美相对局部与低层级。⑦

---

① 胡仔《苕溪渔隐丛话前集》,人民文学出版社 1962 年版,第 42 页。

② 韩成武《杜诗艺谭》,河北教育出版社 2002 年版,第 231 页。

③ 郭绍虞《照隅室古典文学论文集》(下编),上海古籍出版社 1983 年版,第 494 页。

④ 郭绍虞《照隅室古典文学论文集》(下编),上海古籍出版社 1983 年版,第 505 页。

⑤ 刘明华《完善与破弃——对杜甫“拗体”的思考》,《杜甫研究学刊》1997 年第 2 期。

⑥ [英]怀特海《观念的冒险》,贵州人民出版社 2000 年版,第 301—312 页。

⑦ “一般而言,以对称性为特征的和谐美是局部的和相对低层次的,以不对称为主导的冲突美则显得更为生动与壮观。”(徐岱《动静之间:和谐论美学批判》,《学术月刊》2001 年第 7 期)

《王直方诗话》"声律末流"条引张耒语也就是这个意思："以声律作诗，其末流也，而唐至今谨守之。独鲁直一扫古今，直出胸臆，破弃声律，作五七言，如金石未作，钟声和鸣，浑然天成，有言外意。"①"换字对句法"的这种破坏因素是一种"审美破坏"，是力量得以不断激发的一种机制，其中有序与无序的对抗蕴含着各种可能性，显示出一种动态的生命力。

（三）产生出了挺然不群、峭拔脱俗的特殊审美效果

"换字对句法"并不是忽略声律，而是充分利用声音的意义来对付圆熟。最早论述"换字对句法"的《天厨禁脔》中就说："其法于当下平字处以仄字易之，欲其气挺然不群。"②"挺然不群"就是这一诗法直接指示的审美效果。宋人范晞文《对床夜话》卷二云："五言律诗固要贴妥，然贴妥太过，必流于衰。苟时能出奇，于第三字中下一拗字，则贴妥中隐然有峻直之风。"③方回《瀛奎律髓》卷十六评梅尧臣《依韵和李舍人旅中寒食感事》谓："第一句六字仄声，第二句五字平声，愈觉其健。"④还有霍松林先生评析黄庭坚拗体时说"在格调上力避圆熟，追求峭拔脱俗的独特风格"⑤，其中的"峻直""健""峭拔脱俗"都是"挺然不群"一样的意思。

最初的时候，作家们可能是为了突破束缚而破坏声律，或者是为了展示冲突而破坏声律，但最终会为了追求挺然不群、峭拔脱俗的特殊审美效果而去使用拗体。有学者曾经这样论述："当作家发现本是出于无奈的以拗救拗使律诗和谐的韵律中间有了不和谐音，小有曲折变化之后，反而显示出别样的意趣，成就了另类的声音表达效果，他就可能变被动为主动，有意应用拗救来表达特定的情绪。"⑥所以方回在《瀛奎律髓》卷二五黄庭坚《次韵杨明叔》下批语说："不专为拗字而止"⑦，明人王嗣奭注析老杜《愁》诗云："愁起于心，真有一段郁戾不平之气，而因以拗语发之，公之拗体大都如此。"⑧也正是表明声律变革是出于表情达意上的需要。

① 郭绍虞《宋诗话辑佚》，中华书局1980年版，第101页。
② 魏庆之《诗人玉屑》，中华书局2007年版，第48页。
③ 丁福保《历代诗话续编》，中华书局1983年版，第418页。
④ 李庆甲集评《瀛奎律髓汇评》，上海古籍出版社1986年版，第626页。
⑤ 霍松林《简论近体诗格律的正与变》，《文学遗产》2003年第1期。
⑥ 兰香梅《杜甫"大拗"律诗的声律分析——兼谈杜甫拗律的归属》，《杜甫研究学刊》2004年第3期。
⑦ 李庆甲集评《瀛奎律髓汇评》，上海古籍出版社1986年版，第1111页。
⑧ 王嗣奭《杜臆》卷七，中华书局1983年版，第245页。

例如杜甫《三绝句》写的是蜀中百姓深罹战乱之苦。“首章，伤二州之被寇也”“次章，纪难民之罹祸也”“末章，叹禁军之横暴也”。[①] 这三首诗全部运用了拗句。其一：“前年渝州杀刺史，今年开州杀刺史”，一、二句前四字全是平声，后三字全是仄声；其二：“一十一家同入蜀，惟残一人出骆谷。自说二女啮臂时，回头却向秦云哭。”一、三两句各有六个仄声字，仅一个平声字；其三：“殿前兵马虽骁雄，纵暴略与羌浑同。闻道杀人汉水上，妇女多在官军中。”其中有三句是“三平调”收尾。为什么要这样写呢？“诗人之所以要运用拗体句，是与他当时的心情密切有关的。拗体句的音律读起来显得有几分生涩、别扭，不象常规律句那样匀称和谐。”[②]再如杜甫的《白帝城最高楼》[③]一诗八句四联，其中五句全为拗句，三联皆失粘，是一首大拗的作品。而诗中表达的正是险仄苦愁之景、抑郁无奈之情。所以余冠英、王水照先生评杜甫的拗体诗歌说：“这些拗体并非率意为之，而是为了追求别一种声律，有心创造出来的。读者对于杜诗声律的‘细’处，也可以从他的拗体去体会。”[④]

“换字对句法”声律上峭拔、生新与怪异，会直接转化成相对应的审美效果，外在声律上的顿挫正是表达激越不平情感的需要，对此，邝健行先生曾经有深入的分析：“拗体律诗其实就是在某些方面平仄未合规格的律诗，声音或多或少偏离了最大的和谐，而显得比较生硬不流利；这种特点恰好和一个人心中的‘抑郁’‘失意’一样。二者都有不通畅、不如意、凝滞不流之貌，所以用拗体写这种情怀，因为彼此性质相若，于是能起着更大的象征作用。”[⑤]将声律与抒情有机地结合在一起，使得外在冲突性质的声律与内在冲突性的情感共振，正是“换字对句法”的高妙之处，也是这一诗法重要的审美内蕴之一。

四 “换字对句法”的评价与使用

清代以前未见平仄谱之书，较早总结律诗平仄规律的是清代王士禛的《律

---

① 仇兆鳌《杜诗详注》，中华书局 1979 年版，第 1156 页。

② 韩晓光《杜甫绝句中几种常见句式浅析》，《景德镇高专学报》2011 年第 3 期。

③ “城尖径昃旌旆愁，独立缥缈之飞楼。峡坼云霾龙虎卧，江清日抱鼋鼍游。扶桑西枝对断石，弱水东影随长流。杖藜叹世者谁子？泣血迸空回白头。”（杜甫《杜工部诗集》，岳麓书社 1987 年版，第 253 页）

④ 余冠英、王水照《唐诗发展的几个问题》，《文学评论》1978 年第 1 期。

⑤ 邝健行《诗赋与律调》，中华书局 1994 年版，第 38 页。

诗定体》。[①] 平仄在唐宋时代大概是一种语感的相互遵守，我们今人则很难体味。史上众多诗评家多反复指出杜甫、黄庭坚拗体也是在利用四声的差异原则，始终没有违反声音美的精神内核。例如北宋蔡启《蔡宽夫诗话》论老杜"吴体"类新诗体是"虽若为戏，然不害其格力"[②]。南宋胡仔论杜甫"破弃声律"诗时，也指出其"不拘声律"却又"浑然成章"[③]。元人方回《瀛奎律髓》卷二五评杜甫《题省中院壁》云："此篇八句俱拗，而律吕铿锵。试以微吟，或以长歌，其实文从字顺也。"[④]明代的王世贞也说："子美晚年诗，信口冲出，啼笑雅俗，皆中音律。"[⑤]所以从古人的语感体验中，杜甫的拗体"外如不整，中实应节"，其实是"小拗而大顺"的。

这种"小拗而大顺"的创作难度其实不小。宋人周弼《三体唐诗》中云："确守格律，揣摩声病，诗家之常。若时出度外，纵横放肆，外如不整，中实应节，则又非造次所能也。"[⑥]元人方回《瀛奎律髓》卷二五《拗字类·序》中又特别点出："老杜'吴体'之所谓拗，则才小者不能为之矣。"[⑦]又卷一二评老杜"吴体"诗《七月一日题终明府水楼》云："惟山谷能学而肖之，余人似难及也。"[⑧]卷二三评杜甫《狂夫》云："然格高律熟，意奇句妥，若造化生成，为此等诗者，非真积力久不能到也。"[⑨]在刀尖上跳舞是十分危险的，并且拗体又难有一种方法可循，正因为如此才更有刺激性，才更具艺术性。高妙的艺术总是超出俗流的，这一诗法的运用正体现出"取法乎上"与"知难而进"的进取精神。

对于一般的学诗者应该怎么样学习与运用"换字对句法"与其他拗法呢？

---

① 霍松林《简论近体诗格律的正与变》，《文学遗产》2003 年第 1 期。

② "文章变态固亡穷尽，然高下工拙亦各系其人才。子美以'盘涡鹭浴底心性，独树花发自分明'为吴体，以'家家养乌鬼，顿顿食黄鱼'为俳谐体，以'江上谁家桃树枝？春寒细雨出疏篱'为新句，虽若为戏，然不害其格力。"（郭绍虞《宋诗话辑佚》，中华书局 1980 年版，第 387 页）

③ "古诗不拘声律，自唐至今诗人皆然，初不待破弃声律。诗破弃声律，老杜自有此体，如《绝句漫兴》《黄河》《江畔独步寻花》《夔州歌》《春水生》，皆不拘声律，浑然成章，新奇可爱，故鲁直效之作《病起荆州江亭即事》《谒李材叟兄弟》《谢答闻善绝句》之类是也。"（胡仔《苕溪渔隐丛话前集》卷四七，人民文学出版社 1962 年版，第 319 页）

④ 李庆甲集评《瀛奎律髓汇评》，上海古籍出版社 1986 年版，第 1114 页。

⑤ 仇兆鳌《杜诗详注·附编》"诸家杜论"引，中华书局 1979 年版，第 2325 页。

⑥ 释圆至《笺注唐贤绝句三体诗法》，海南出版社 2000 年版，第 31 页。

⑦ 李庆甲集评《瀛奎律髓汇评》，上海古籍出版社 1986 年版，第 1107 页。

⑧ 李庆甲集评《瀛奎律髓汇评》，上海古籍出版社 1986 年版，第 453 页。

⑨ 李庆甲集评《瀛奎律髓汇评》，上海古籍出版社 1986 年版，第 993 页。

首先需要明白“拗体”并非正体。明人胡震亨云:“凡七言律作拗峭语者,皆有所不足也。杜牧之非拗峭不足振其骨,刘蕴灵非拗峭不足宕其致。材愈降,愈借以盖其短。岂唯二子,即少陵之拗体,亦盛唐之变风、大家之降格,而非其正也。”①对于学诗者纷纷效法拗体,不少诗评家是持以批评态度的,如宋代张戒《岁寒堂诗话》卷上就认为江西诗派学黄,一时“拗诗”四起,乃是“未得其所长,而先得其所短”,不免使“诗人之意扫地”②,约同时代的陈岩肖《庚溪诗话》卷下也批评说:“近时学其诗者,或未得其妙处,每有所作,必使声韵拗捩,词语艰涩,曰‘江西格’也,此何为哉?”③清初冯班在方回《瀛奎律髓·拗字类·序》批语中说:“拗字诗,老杜偶为之耳。黄、陈偏学此等处,而遂谓之格高,冤哉!”④纪昀在《瀛奎律髓》卷二五杜甫《题省中院壁》下有批语云:“以此种句法为学老杜,杜果以此种为宗旨乎?”⑤同卷吕居仁《张祎秀才乞诗》批语云:“此体(按:指吴体)杜亦偶为之,不专以此为高致。”⑥他们的意思都是指出此等拗处非诗之正体,并不值得纷纷效法。

另一些诗评家指出学诗者经过艰苦的写作实践与诗学思考之后,再写作拗体也不迟。方回《瀛奎律髓》卷十评老杜《春日江村》云:“老杜诗所以妙者,全在阖辟顿挫耳,平易之中有艰苦。若但学其平易,而不从艰苦求之,则轻率下笔,不过如元、白之宽耳。学者当思之。”⑦明人王世贞也认为:“作七言拗体者,必以意兴发端,精神傅合,浑融疏秀,不见穿凿之迹,顿挫抑扬自出宫商之表可耳。虽老杜以歌行入律,亦是变风,不宜多作,作则伤境。”⑧这都是说偶尔写写可以,但不要将拗体泛滥成灾。

仇兆鳌在《杜诗详注》中曾引刘连语来说律诗中的“失粘”问题:

> 律诗自有定体,不可失粘。然盛唐诸家,出奇变化,往往不缚于律,非但杜诗为然。如李颀《题璿公山池》前二联俱失粘。……虽失粘而不害为

---

① 胡震亨《唐音癸签》卷八,上海古籍出版社 1981 年版,第 77 页。
② 张戒《岁寒堂诗话》,《丛书集成初编》本,商务印书馆 1935 年版,第 6 页。
③ 陈岩肖《庚溪诗话》,《丛书集成初编》本,商务印书馆 1935 年版,第 19 页。
④ 李庆甲集评《瀛奎律髓汇评》,上海古籍出版社 1986 年版,第 1107—1108 页。
⑤ 李庆甲集评《瀛奎律髓汇评》,上海古籍出版社 1986 年版,第 1115 页。
⑥ 李庆甲集评《瀛奎律髓汇评》,上海古籍出版社 1986 年版,第 1126 页。
⑦ 李庆甲集评《瀛奎律髓汇评》,上海古籍出版社 1986 年版,第 324 页。
⑧ 胡震亨《唐音癸签》卷三,上海古籍出版社 1981 年版,第 22 页。

好诗。后学竭力避之，则拘。有心必效之，亦过矣。”①

其实“失粘”也是“拗体”的一种表现，所以笔者认为这段话中的判断是很意义的，后之学者“竭力避之，则拘，有心必效之，亦过”，可以将之作为学习使用“换字对句法”与其他拗法的一条原则吧！

第二节　葫芦格、辘轳格与进退格

题名白居易《金针诗格》“诗有数格”条云：“曰葫芦；曰辘轳；曰进退。葫芦韵者，先二后四；辘轳韵者，双出双入；进退韵者，一进一退。”②这三格说的都是特殊用韵法。胡仔《苕溪渔隐丛话前集》卷三十一引黄朝英《靖康缃素杂记》曰：“郑谷与僧齐己、黄损等共定今体诗格云：‘凡诗用韵有数格：一曰葫芦，一曰辘轳，一曰进退……’。”③从“今体诗格”这几个字看来，它们都是关于律诗的特殊用韵方法。关于这三种韵法的发展历程与审美内涵学界尚未关注，本篇试论述之。

一　三种韵法的内涵与诗例

“葫芦韵者，先二后四。”④先二韵使用甲韵，后四韵使用乙韵，这种韵式像葫芦形状，先小后大，故名“葫芦格”。葫芦韵适合六韵的长律诗（排律），然而笔者尚未找到相关诗例。

“辘轳韵者，双出双入。”所谓双出双入，即律诗第二、第四句用甲韵，第六、第八句用乙韵，用韵方法此起彼落，有似辘轳，故名。如黄庭坚《谢送宣城笔》：

> 宣城变样蹲鸡距，诸葛名家捋鼠须（七虞韵）。一束喜从公处得，千金求买市中无（七虞韵）。漫投墨客摩科斗，胜与朱门饱蠹鱼（六鱼韵）。愧我初非草玄手，不将闲写吏文书（六鱼韵）。⑤

“进退韵者，一进一退。”指近体诗两韵间隔采用，明人梁桥《冰川诗式》卷四

---

① 仇兆鳌《杜诗详注》，中华书局 1979 年版，第 904 页。
②④ 张伯伟《全唐五代诗格汇考》，江苏古籍出版社 2002 年版，第 357 页。
③ 胡仔《苕溪渔隐丛话前集》卷三一，人民文学出版社 1962 年版，第 215 页。
⑤ 北京大学古文献研究所《全宋诗》，北京大学出版社 1999 年版，第 11579 页。

解释得比较清楚:"进退韵者,一进一退。如一诗四韵,第一韵与第三韵同韵,第二韵与第四韵同韵。"①具体来说就是第二、第六句用甲韵;第四、第八句用乙韵。两个韵部一进一退,故有此名。南宋魏庆之《诗人玉屑》中举出韩驹《某顷知黄州墨卿为州司录今八年矣邂逅临川送别》诗为"进退格"之例:

> 子苍于五言八句近体诗,亦用此格。其诗云:"盗贼犹如此,苍生困未苏。今年起安石,不用哭包胥。子去朝行在,人应问老夫。髭须衰白尽,瘦地日携锄。"盖"苏""夫"在十虞字韵,"胥""锄"在九鱼字韵。②

从众多诗例上看来,这些特殊用韵方法中的甲韵与乙韵实际上是邻韵的关系。所谓邻韵指的是韵部排列相邻、语音相近的韵。如东冬、支微齐、鱼虞、佳灰、真文元、寒删先、萧肴豪、庚青蒸、覃盐咸、江阳、佳麻、蒸侵等。它们在韵字表中虽然相邻却不相通,但在这三种韵法中可以打破规则在同一首诗中通押。对此古人也有总结,如元人李冶《敬斋古今黈》卷八:"邻韵而协者,诗家间用之,谓之辘轳格,又谓之出入格。"③元人吴师道之《吴礼部诗话》云:"辘轳出入用韵,必有奇字乃可。若句韵寻常,则用此何为?又必用韵联而声协者,若东冬、寒山、肴豪、清青之类。今人间越用之,或一在上平、一在下平,皆非是。"④清人汪师韩《诗学纂闻》亦谓:"进退格乃是两韵相间而成,亦必韵本相通,非可任意也。"⑤

二 三种韵法的发展历程

上引白居易的《金针诗格》算是比较早期关于这三种韵法的总结,随后唐人王叡《炙毂子诗格》也有相似的论述:"凡诗用韵有数格:一曰葫芦,一曰辘轳,一曰进退。葫芦韵者,先二后四;辘轳韵者,双出双入;进退韵者,一进一退。失此则谬矣。"⑥晚唐郑谷、齐己、黄损同撰的《新定诗格》中也有几乎相同的说法。⑦

---

① 周维德《全明诗话》,齐鲁书社 2005 年版,第 1672 页。

② 魏庆之《诗人玉屑》卷二,中华书局 2007 年版,第 51 页。

③ 李冶《敬斋古今黈》,《丛书集成初编》本,商务印书馆 1935 年版,第 110 页。

④ 吴师道《吴礼部诗话》,胡宗楙辑《续金华丛书》本。

⑤ 汪师韩《诗学纂闻》,《昭代丛书》本,道光七年〔1827〕沈楙德世楷堂刊,光绪二年〔1876〕重印本。

⑥ 张伯伟《全唐五代诗格汇考》,江苏古籍出版社 2002 年版,第 396 页。

⑦ 见胡仔《苕溪渔隐丛话前集》卷三十一引黄朝英《靖康缃素杂记》。

但随后这三种韵法展示了不同的发展历程。

（一）葫芦韵

宋人严羽《沧浪诗话》中只说辘轳韵与进退韵，未提到葫芦韵，对此郭绍虞先生《沧浪诗话校释》补充说："凡两韵相通者，先二韵甲，后四韵乙，为葫芦格。《沧浪》指律体言。律诗只四韵，故不言葫芦格。"[①]郭先生的解释也不准确，律体不只四韵，也包括长篇排律，前文已云葫芦韵正适合六韵的长律诗（排律），然而笔者尚未从唐人那里找到相关诗例。宋人陈造有诗《次韵杨宰葫芦格》，但从诗作实际来看并非是先二后四的葫芦韵，而是双出双入的辘轳韵：

> 生常信流坎，老不叹漂零（九青韵）。雪后菊未死，雨馀山更青（九青韵）。仍烦析尘语，远寄打包僧（十蒸韵）。政绩随诗价，多君日日增（十蒸韵）。[②]

随后，明人梁桥《冰川诗式》卷四也论述到这种用韵方法："葫芦韵，谓前少后多，前二后四。"[③]并录李白《独酌清溪江石上寄权照夷》一首为备，自云："未知然否。"试看此诗：

> 我携一樽酒，独上江祖石（十一陌韵）。自从天地开，更长几千尺（十一陌韵）。举杯向天笑，天回日西照（十八啸韵）。永赖坐此石，长垂严陵钓（十八啸韵）。寄谢山中人，可与尔同调（十八啸韵）。[④]

这首诗用韵方法是先二后三，的确有似葫芦。但不是先二后四，而且这首诗又是古体诗，前已云诗论家讨论的这三种都是近体诗的用韵方法，所以李白这个诗例还算不上是严格的"葫芦韵"。真正的"葫芦韵"诗例究竟在哪里，笔者将继续寻找。

（二）辘轳韵

虽然早在唐代就屡论"辘轳韵"，但从宋代袁文《瓮牖闲评》卷五中的一段话看来，宋代一般人对于"辘轳韵"还是不够了解的：

> 黄太史《谢送宣城笔》诗云："宣城变样蹲鸡距，诸葛名家捋鼠须。一束

---

① 郭绍虞《沧浪诗话校释》，人民文学出版社 1961 年版，第 89 页。
② 北京大学古文献研究所《全宋诗》，北京大学出版社 1999 年版，第 28109 页。
③ 周维德《全明诗话》，齐鲁书社 2005 年版，第 1671 页。
④ 周维德《全明诗话》，齐鲁书社 2005 年版，第 1672 页。

喜从公处得，千金求买市中无。漫投墨客摹科斗，胜与朱门饱蠹鱼。愧我初非草玄手，不将闲写吏文书。”世多病此诗既押十虞韵，鱼、虞不通押，殆落韵也。殊不知此乃古人诗格。昔郑都官与僧齐己、郑损辈，共定今体诗格云：“凡诗用韵有数格：一曰葫芦，一曰辘轳，一曰进退。葫芦韵者，先二后四；辘轳韵者，双出双入；进退韵者，一进一退。失此则谬矣。”今此诗前二韵押十虞字，后二韵押九鱼字，乃双出双入，得非所谓辘轳韵乎？非太史之误也。①

黄庭坚这首诗的确是辘轳韵，而当时世人多以为这首诗落韵，可见宋人对辘轳格的认知并不普遍。但也有一些诗人以辘轳体作诗，例如宋人项安世《任以道总干生日（辘轳体）》：

身长如玉脸如童，抱朴存真道气冲（二冬）。陇上木牛新拄颊，箧中芸蠹旧蟠胸（二冬）。周正已报初阳匝，商历方开远算洪（一东）。不竞红尘桃李月，雪中松桧自春容（一东）。②

有的诗人虽然标明用辘轳体，但实际情况却是进退格，例如宋人方岳有《餐雪（辘轳体）》：

酒渴来时海不供，山寒餐玉有奇功（一东）。柘浆滴处丝糕紫，冰碗擎将片脑松（二冬）。透骨洗清烟火气，满腔顿着水晶宫（一东）。人间尘土何堪住，径住琼瑶第一峰（二冬）。③

这首诗分明就是单进单出的进退格。

这种情况到了元代也没有多大改变。元人李冶《敬斋古今黈》卷八：“邻韵而协者，诗家间用之，谓之辘轳格，又谓之出入格。或以为宋人始，非也。”④按照李冶的说法，元代人还以为这种押韵方法乃是宋人的发明。但李冶又说“辘轳格”又谓之“出入格”，“出入格”似乎和“进退格”可以相通，因为笔者没有找到提到“出入格”的其他文献资料，此处暂且存疑。

---

① 袁文《瓮牖闲评》，上海古籍出版社 1985 年版，第 47 页。
② 北京大学古文献研究所《全宋诗》，北京大学出版社 1999 年版，第 27435 页。
③ 北京大学古文献研究所《全宋诗》，北京大学出版社 1999 年版，第 38403 页。
④ 李冶《敬斋古今黈》，《丛书集成初编》本，商务印书馆 1935 年版，第 110 页。

明人梁桥《冰川诗式》卷四中又有“单辘轳韵”与“双辘轳韵”的说法：“单辘轳韵者，单出单入，两句换韵；双辘轳韵者，双出双入，四句换韵。”①梁桥所说的单出单入就是进退格的用韵方法，笔者尚未发现诗题上有标明“单辘轳韵”的诗歌，但却发现宋人项安世有《送李宪权江陵帅(双辘轳格)》诗：

表饵计已决，艰难人尽非(五微)。犹烦使者斧，往载师臣旗(五微)。万事本无事，一移无不移(四支)。因书汉三府，乌尽未为迟(四支)。②

这首诗和常格的“辘轳韵”没有什么区别。所以从这些混乱的情况看来，历代诗人们似乎有把辘轳韵与进退格混淆的倾向。例如宋代大家陆游《东山避暑用辘轳体》③、杨万里《城上野步用辘轳体》④其实都是进退格。所以后世便愈加难以分辨，正如清人况澄在《杂体诗钞》卷四有这样一段案语：“《沧浪诗话》谓诗有辘轳韵者，双出双入；有进退韵者，一进一退。今观杨诚斋《中秋病中不饮》及《碧落堂暮景》七律各一首，题目标明‘用辘轳体’，又《寄张功父姜尧章》七律一首，题目标明‘用进退格’。三诗用韵一例，或云‘进退’，盖‘进退’即‘辘轳也’，并无区别。”⑤

(三) 进退韵

清人汪师韩在《诗学纂闻·律诗通韵》中说：“至如李贺《追赋画江潭苑》五律，杂用红、龙、空、钟四字，此则开后人‘辘轳’‘进退’之格，诗中另为一体矣。”⑥其中所指的是李贺《追赋画江潭苑四首》其四：

十骑簇芙蓉，宫衣小队红(一东韵)。练香熏宋鹊，寻箭踏卢龙(二冬韵)。旗湿金铃重，霜干玉镫空(一东韵)。今朝画眉早，不待景阳钟(二冬韵)。⑦

这首诗的用韵方法是一进一出，也就是“进退格”。看来李贺是较早使用这种特

---

① 周维德《全明诗话》，齐鲁书社 2005 年版，第 1672 页。
② 北京大学古文献研究所《全宋诗》，北京大学出版社 1999 年版，第 27384 页。
③ “避暑穿林随所之，一奴每负胡床随(四支)。望秋槁叶有先陨，未暮赫日无余晖(五微)。轮囷离奇涧松古，勾辀格磔蛮禽悲(四支)。北岩竹间最惨栗，清啸倚石真忘归(五微)。”
④ “守劲无遗暖，晴行失老怀(九佳)。叶飞枫骨立，萍尽沼乔开(十灰)。路好仍回首，泥残敢放鞋(九佳)。登临不须尽，留眼要重来(十灰)。”
⑤ 况澄《杂体诗钞》，清咸丰元年(1851)刻本。
⑥ 汪师韩《诗学纂闻》，《昭代丛书》本，光绪二年(1876)重印沈楙德世楷堂藏版，第 19 页。
⑦ 彭定求等辑《全唐诗》卷三九二，中华书局 1980 年版，第 4415 页。

殊韵法的诗人。

宋人黄朝英《靖康湘素杂记》中举宋人李师中的七言律诗《赠御史唐介贬英州别驾》作为诗例,并对这一诗法进行了讲解:

> 余按《倦游录》载唐介为台官,廷疏宰相之失。仁庙怒,谪英州别驾,朝中士大夫以诗送行者颇众,独李师中待制一篇,为人传诵。诗曰:"孤忠自许众不与,独立敢言人所难。去国一身轻似叶,高名千古重于山。并游英俊颜何厚,未死奸谀骨已寒。天为吾君扶社稷,肯教夫子不生还。"此正所谓进退韵格也。按韵略:"难"字第二十五,"山"字第二十七;"寒"字又在二十五,而"还"字又在二十七。一进一退,诚合体格,岂率尔而为之哉。近阅《冷斋夜话》,载当时唐李对答语言,乃以此诗为落韵诗。盖渠伊不见郑谷所定诗格有进退之说,而妄为云云也。①

从这一段话中可见,许多宋人对于进退格也是一知半解,清人赵翼《陔余丛考》卷二三"律诗兼用两韵"条云:"东坡《题南康寺重湖轩》诗曰:'八月渡重湖,萧条万象疏。秋风片帆急,暮霭一山孤。许国心犹在,康时术已虚。岷峨千万里,投老得归无。'此诗以鱼、虞二韵相间而押,所谓一进一退也。《清波杂志》谓坡自跋律诗可用两韵,而引李诚之《送唐子方》两押'山''难'字为证,不知诚之本用进退格耳。"②金人王若虚《滹南诗话》卷下又总结云:"李师中送唐介诗,杂押'寒''删'二韵。《冷斋夜话》谓其落韵,而《缃素杂记》云此用郑谷等进退格。《艺苑雌黄》则疑而两存之。"③

胡仔《苕溪渔隐丛话后集》卷三四云:"郑谷等共定今体诗格,一进一退韵,如李师中《送唐介》七言八句诗是也。子苍于五言八句近体诗亦用此格。其诗云:……盖'苏''夫'在十'虞'字韵,'胥''锄'在九'鱼'字韵。"④其中所说的正是韩子苍此诗:

> 盗贼犹如此,苍生困未苏(虞韵)。今年起安石,不用哭包胥(鱼韵)。

---

① 魏庆之《诗人玉屑》卷二,中华书局 2007 年版,第 51 页。

② 赵翼《陔余丛考》,商务印书馆 1957 年版,第 461 页。

③ 王若虚《滹南诗话》,人民文学出版社 1962 年版,第 88 页。

④ 胡仔《苕溪渔隐丛话后集》,人民文学出版社 1962 年版,第 246 页。

子去朝行在，人应问老夫（虞韵）。髭须衰白尽，瘦地日携锄（鱼韵）。①

其他诗作还有宋人方岳《次韵赵同年赠示（进退格）》、宋人杨公远《次黄山中（进退韵以饯）》、宋人杨万里《万花川谷海棠盛开（进退格）》等。

三　其他特殊用韵法：借韵

除了葫芦、辘轳、进退韵外，还有一种比较常见的律诗特殊用韵法——借韵法，也就是借用傍韵。近体诗的首句原是不需要用韵的，但作者却使首句使用与偶句韵字邻近之韵，从而产生一种独特的音美声谐效果。这一用韵方法又被形象地称为"孤雁出群"（谢榛《四溟诗话》）②"孤雁入群"（汪师韩《诗学纂闻》）③等。

另外，晚唐齐己《风骚旨格》、五代徐衍《雅道机要》中有"孤雁失群势"，并非是用韵之法：

> 孤雁失群势。诗曰："既不经离别，安知慕远心。"（齐己《风骚旨格》）④
>
> 孤雁失群势。诗曰："人情苟且头头见，世路欹危处处惊。"（徐衍《雅道机要》）⑤

这个"孤雁失群势"的"势"并非是指"法"，张伯伟先生认为"势"乃是"力"的意思："晚唐五代诗格中'势'论的基本含义乃是'力'"，"指的是由上下两句在内容上或表现手法上的互补、相反或对立所形成的'张力'"⑥。所以这里的"孤雁失群"并不牵扯到用韵方法，而是指诗句意思之间的腾挪与变化。

借韵在唐代杜甫等人诗作里间或用之，中晚唐以来渐多，而在宋代诗人中则已变成较为盛行的一种风尚了，所以很多诗论家都认为这一韵法是属于宋人的。清沈德潜《说诗晬语》卷下云："律诗起句，可不用韵，故宋人以来，有入别韵

---

① 胡仔《苕溪渔隐丛话后集》，人民文学出版社 1962 年版，第 246 页。

② 谢榛《四溟诗话》卷一："七言绝律，起句借韵，谓之'孤雁出群'，宋人多有之。宁用仄字，勿用平字，若子美'先帝贵妃俱寂寞''诸葛大名垂宇宙'是也。"（人民文学出版社 1961 年版，第 13 页）

③ 汪师韩《诗学纂闻》："唐律第一句多用通韵字，盖此句原不在四韵之数，谓之'孤雁入群'。然不可通者，亦不可用也。"（《昭代丛书》本，道光七年〔1827〕沈楙德世楷堂刊，光绪二年〔1876〕重印本）

④ 张伯伟《全唐五代诗格汇考》，江苏古籍出版社 2002 年版，第 403 页。

⑤ 张伯伟《全唐五代诗格汇考》，江苏古籍出版社 2002 年版，第 435 页。

⑥ 张伯伟《全唐五代诗格汇考》，江苏古籍出版社 2002 年版，第 31 页。

者。”①这一诗法的重点就在于首句入临韵。正如《说诗晬语》又云:“然必于通韵中借入,如‘冬’韵诗起句入‘东’,‘支’韵诗起句入‘微’,‘豪’韵诗起句入‘萧’‘肴’是也。若‘庚’‘青’韵诗,起句入‘真’‘文’‘寒’‘删’‘先’韵诗,起句入‘覃’‘盐’‘咸’,乱杂不可为训。”② 例如:

打起黄莺儿(支韵),莫教枝上啼(齐韵)。啼时惊妾梦,不得到辽西(齐韵)。(金昌绪《春怨》)③

白首重来一梦中(东韵),青山不改旧时容(冬韵)。乌啼霜落寒山寺,敧枕犹听半夜钟(冬韵)。(孙觌《过枫桥寺示迁老三首》其一)④

梅雪争春未肯降(江韵),骚人阁笔费平章(阳韵)。梅须逊雪三分白,雪却输梅一段香(阳韵)。(卢梅坡《雪梅》)⑤

卧闻微霰却无声(庚韵),起看阶前又不能(蒸韵)。一夜纸窗明似月,多年布被冷于冰(蒸韵)。履穿过我柴门客,笠重归来竹院僧(蒸韵)。三白自佳晴亦好,诸山粉黛见层层(蒸韵)。(曾几《雪作》)⑥

值得注意的是,当尾句使用与偶句韵字邻近之韵,也是借韵法。民国徐英《诗法通微》将之称为“孤雁出群格”⑦,如:

寥落故行宫(东韵),宫花寂寞红(东韵)。白头宫女在,闲坐说玄宗(冬韵)。(元稹《行宫》)⑧

寂寂无聊九夏中(东韵),傍檐依壁待清风(东韵)。壮图奇策无人问,不及南阳一卧龙(冬韵)。(刘兼《中夏昼卧》)⑨

闻道河神解造冰(蒸韵),曾扶阳九见中兴(蒸韵)。如今烂被胡膻涴,不似沧浪可濯缨(庚韵)。(范成大《呼沱河》)⑩

---

①② 沈德潜《说诗晬语》,人民文学出版社 1979 年版,第 248 页。
③ 彭定求等辑《全唐诗》卷七六八,中华书局 1980 年版,第 8724 页。
④ 北京大学古文献研究所《全宋诗》,北京大学出版社 1999 年版,第 16959 页。
⑤ 北京大学古文献研究所《全宋诗》,北京大学出版社 1999 年版,第 45203 页。
⑥ 北京大学古文献研究所《全宋诗》,北京大学出版社 1999 年版,第 18573 页。
⑦ 徐英《诗法通微》:“清初人亦有用于末韵者,谓之‘孤雁出群格’。”(黄山书社 2011 年版,第 73 页)
⑧ 彭定求等辑《全唐诗》卷四一十,中华书局 1980 年版,第 4552 页。
⑨ 彭定求等辑《全唐诗》卷七六六,中华书局 1980 年版,第 8694 页。
⑩ 北京大学古文献研究所《全宋诗》,北京大学出版社 1999 年版,第 25853 页。

四 特殊用韵法的审美内涵

这几种用韵方法都打破了近体诗一韵到底的用韵正式,可以取得高妙的声美效果。具体表现如下:

(一) 以变化打破单调

人类有厌恶单调、渴望丰富;打破规则、追求变化的审美心理。

正如英国美学家威廉·荷加斯在《美的分析·论多样》中所说的:"人的全部感觉都喜欢多样,而且同样讨厌单调。耳朵讨厌一个音响接连不断地重复,正如眼睛死盯住一点或一直注视一面秃墙会感到讨厌一样。"①无论是自然界还是人类社会,如果只是老一套的单调,只会引起人们审美心理上的厌倦感。鲁迅先生也有这样的话:

> 我本来不大喜欢下地狱,因为不但是满眼只有刀山剑树,看得太单调,苦痛也怕很难当。现在可又有些怕上天堂了。四时皆春,一年到头请你看桃花,你想够多么乏味?即使那桃花有车轮般大,也只能在初上去的时候,暂时吃惊,决不会每天做一首"桃之夭夭"的。②

即便是四季如春的天堂,倘若只有桃花,也不会给人太久的审美享受。在文艺创作中,"单调"也是大忌,美国作家刘易斯认为句法结构的单调、音韵的单调、高潮的单调,随便哪里出现单调,一定会挫伤风格真正的目的和结局。所以他赞成在文学中建立"变化的规律",他把这一点作为"文学成功的重要原则"之一。音乐也是如此,例如《国语·郑语》中的史伯主张"声一无听,色一无文",反对"去和而取同"。因为"取同"就容易单调,只有综合不同的声音才能得到"和声"。《左传·昭公二十年》中记载晏婴否定"琴瑟之专一",赞成"大小""短长""疾徐""刚柔""高下""周疏"等因素在音乐中的"相济"。这就是说,要想把声音中的统一美增加持久性,必须在统一中加以变化,或者人为地设置接受障碍,从而增强趣味感与回味感。

古典诗歌讲究押韵,可以增强声音的和谐感,但如果只有统一而无变化,又

① [英]威廉·荷加斯《美的分析》,人民美术出版社 1984 年版,第 26 页。
② 鲁迅《鲁迅全集·华盖集续篇·厦门通讯(二)》,人民文学出版社 1973 年版,第 361 页。

会引起一定程度上的单调呆板感。所以有的诗人另辟蹊径,尝试在韵脚上加入一些变化,葫芦、辘轳、进退韵正是以其“多样性”与“变化性”使得审美对象跌宕多姿、丰富多彩。

（二）获得了多样性的统一

倘若只有多样而无统一,就会使人感到矛盾四起、杂乱无章。事物的本质要求要有整体统一的规律,从而具有独一性与严肃性,但事物又需要有局部的多样,这将使得它们的色彩、形态、声音等各个方面显示出丰富的变化与生动的特点,但局部的变化都需要统一在总的规律之下,如此才能产生和谐。不同因素之间既有对比又有联系,既有差异又井然有序,多样性是服从于统一性的,整体与局部始终保持一种主从的关系,这就是和谐,是形式美的最高要求。[①] 黑格尔就把多样统一称为和谐:“和谐一方面见出本质上的差异面的整体,另一方面也消除了这些差异面的纯然对立,因此它们的互相依从和内在联系就显现为它们的统一。”[②]

本文提到的这几种特殊用韵方法不只是简单的换韵,它们在变化中也有规律可言。葫芦格要求先二后四,辘轳格要求双出双入,进退格要求一进一退,这种搭配本身就有排列性与规律性。正如亚里士多德《诗学》第七章所言:

> 一个美的事物——一个活的东西或一个由某些部分组成之物——不但它的各部分应有一定的安排,而且它的体积也应有一定的大小;因为美要依靠体积与安排。[③]

三种用韵法的“先二后四”“双出双入”“一进一退”显示出大小与秩序的排列。这三种特殊用韵法因为换韵所以显得活泼发散,因为合理的排列秩序,所以又显得稳重收敛,繁而不乱。这就使得整首诗的声韵既丰富又单纯,对立性和差别性在整体中显示出了相干性和依从性,最终多样性获得了统一。

再者,三种押韵方法都必须选择邻韵,而且所选邻韵之字也必须是“声谐”者,例如“鱼”与“虞”、“寒”与“删”、“清”与“青”、“东”与“冬”、“庚”与“蒸”等,它

---

① 王春才《文学艺术中的多样统一原则》,《美术向导》2006 年第 5 期。
② [德]黑格尔《美学》第 1 卷,商务印书馆 1979 年版,第 180 页。
③ [古希腊]亚里士多德《诗学》,上海人民出版社 2006 年版,第 35 页。

们之间是有"内在的和谐"的。《文心雕龙·书记》故云:"变虽不常,而稽之有则"①,这个"则"就是"正",所以这个"变"是"正"中之"变",唯有如此,才能"变则其久,通则不乏"(《文心雕龙·通变》)②。如果把"多样"视为制造矛盾,则"统一"即为解决矛盾,因此"统一"的法则要考验驾驭和解决矛盾的能力,选择邻韵就是为了把多样性转化成统一性,将多样性富于内在的联系,从而在差异面前显示整体性。这样以来,欣赏者在面对多样性的差异产生兴奋后,能够回归于宁静与和谐,审美愉悦就在这个过程中显露出来了。

五 关于特殊用韵法的质疑与使用

对于这几种特殊用韵法,一直有"落韵"还是巧妙用韵的争论,例如《瀛奎律髓》卷十六选张宛丘《腊日二首》诗:"日暖村村路,人家迭送迎。婚姻须岁暮,酒醴幸年登。箫鼓儿童集,衣裳妇女矜。敢辞鸡黍费,农事及春兴。"方回云:"'迎'字许借韵也。"③冯班却言:"如何可借?唐'青''蒸'许借,韵书有此说,唐人却甚严。"④纪昀谓:"'迎'字究是出韵。"⑤许印芳又云:"律诗借押通韵,唐人已然,但不可轻用,此诗借押'迎'字,晓岚必以出韵驳之,何耶?"⑥大诗评家的观点尚如此分歧。

再如上文所引的李师中《送唐介之贬所》诗为进退格,清代诗评家冯班便直言道:"直是走韵,何以巧立名目?"⑦或许以其为落韵来源于对这种诗法的不了解,但像冯班这种直接以为"巧立名目"的观念也是比较有代表性的一种。还有一种观点认为这是古人文体宽简的表现,如元人李冶《敬斋古今黈》卷八论"辘轳格"云:"或以为宋人始,非也。此自有诗以来有之,盖古人文体宽简,不专以声病为工拙也。"⑧其实这韵法并不是偶然地如古体诗那种随意换韵,从先二后四、双出双入、一进一出这些有规律性的要求看来,它们是古人有意安排设置的一种诗法。

古代诗评家认为应该怎样使用这些诗法呢?明人谢榛《四溟诗话》卷一曾

① 杨明照《文心雕龙校注》,中华书局 2000 年版,第 347 页。
② 杨明照《文心雕龙校注》,中华书局 2000 年版,第 398 页。
③④⑤⑥ 李庆甲集评《瀛奎律髓汇评》,上海古籍出版社 1986 年版,第 570 页。
⑦ 李庆甲集评《瀛奎律髓汇评》,上海古籍出版社 2005 年版,第 1561 页。
⑧ 李冶《敬斋古今黈》,《丛书集成初编》本,商务印书馆 1935 年版,第 110 页。

表示此法不可学:“李师中《送唐介》,错综‘寒’‘山’两韵,谓之‘进退格’。李贺已有此体,殆不可法。”①清人许印芳也认为不可以随便来用,他在评《瀛奎律髓》卷十二选韩仲止《风雨中诵潘邠老诗》“满城风雨近重阳,独上吴山看大江。老眼昏花忘远近,壮心轩豁任行藏。从来野色供吟兴,是处秋光合断肠。今古骚人乃如许,暮潮声卷入苍茫”时云:“江、阳通韵。律诗借押通韵,唐人已有此例,未可斥为不是。但不得藉口古人,动辄借用耳。”②这大概是古人有尊体观念的结果。

笔者则不以为然。葛洪《抱朴子外篇·广譬》里指出:“故衮藻之粲焕,不能悦裸乡之目;采菱之清音,不能快楚隶之耳。”③对于那些非美术的眼睛、非音乐的耳朵是不懂得欣赏五彩缤纷的图画与美妙的和声的,所以就会轻奇贱异,“或云小道不足观,或云广博乱人思”(《抱朴子外篇·尚博》)④,艺术从来不是条条框框的硬性规定,包容性是这个多元化世界的内在要求,而人类创造性的思维总是体现在对成规的突破之上。随着社会生活的发展与变迁,也将会有更多的诗歌押韵方法出现,满足人类日益发展变化的审美需要。

---

① 谢榛《四溟诗话》,人民文学出版社 1961 年版,第 17 页。

② 李庆甲集评《瀛奎律髓汇评》,上海古籍出版社 1986 年版,第 467 页。

③ 杨明照《抱朴子外篇校笺》,中华书局 1997 年版,第 388 页。

④ 杨明照《抱朴子外篇校笺》,中华书局 1997 年版,第 103 页。

第六章　字法

第一节　束丽常格

诗句中可以隐藏某些字词，这在诗法中叫做“藏字体”或者“隐字体”。例如隐藏句首的成分，白居易《郡斋暇日辱常州陈郎中使君早春晚坐水西馆书事诗十六韵见寄亦以十六韵酬之》诗云：“（吾）才富不如君，（君）道孤还似我。”隐藏句尾的字，例如杜甫《江南逢李龟年》“岐王宅里寻常见（君），崔九堂前几度闻（君）”；晏殊《寓意》“梨花院落溶溶月（照），柳絮池塘淡淡风（吹）”；林则徐《赴戍登程口占家人二首》之二“苟利国家生死以（命），岂因祸福趋避之”。再有杜甫《小园》“客病留因药，春深买为花”，其实运用了倒装句和藏字体，实际的句子当为“客病因药留（小园），春深为花买（小园）。”

“藏字体”中有一类情况比较特殊，那就是隐藏句子中的否定词，这一诗法叫做“束丽常格”。目前，笔者尚未见到相关专著或论文关注“束丽常格”①，所以有继续深入研究的必要。

① 唯有杨炳校《论语义逆向扩大中的否定性转换》（《荆州师专学报》1995年第3期）一文，涉及到了这一问题。

一 “柬丽常格”的历史梳理

“柬丽常格”也就是隐藏诗句中的否定词。据笔者所见,最早有题名白居易的《金针诗格》中注意到这样一个诗歌技巧:

> “枯桑知天风,海水知天寒。”谓隐“不”之一字也。如《诗》云:“掺掺女手,可以缝裳。”言“不可”也。①

在题名白居易的《文苑诗格》中,又将这一诗法命名为“柬丽常格”:

> 柬丽常格
>
> 为诗有当面叙事,内隐一字,古语皆有此体。古诗云:“纠纠葛屦,可以履霜。”此云不可以履霜也,隐一“不”字也。又古诗:“海水知天寒”,此言不知也。又古诗:“黄鸟不恋枝”,此言岂不恋也。②

这是笔者目前可见的关于“柬丽常格”的最早记录。按照白居易的揭示,这一诗法的主要内涵是诗句中“有当面叙事,内隐一字”,按照所给的诗例,这个隐藏的字就是“不”字。

后来,明代杨良弼《作诗体要》中有“藏字体”,说的也是这种诗歌创作手法,书中举杜甫《对雪》诗:“北雪犯长沙,胡云冷万家。随风且间叶,带雨不成花。金错囊垂罄,银壶酒(不)易赊。无人竭浮蚁,有待至昏鸦。”下云:

> 诗家善用事,藏一字于句中。银壶易赊,非易也,乃不易也。钱囊既已空矣,酒可易赊乎?但吟此者,着些断续轻重,即见意矣。以尾句验之,盖无人肯赊酒,直待至昏黑也。③

清代诗论家许印芳认为此乃语助词反用之手法,说“能”,其实是“岂能”之意,说“可”,其实是“岂可”之意也。如陈后山有《赠王聿修商子常》:“欲作新诗挑两公,含毫不下思无穷。贪逢大敌能无惧,强画修眉每未工。长病忍狂妨痛饮,晚云朝雨滞晴空。正须好句留春住,可使风飘万点红。”许印芳评论道:“诗家语助词,反用者多,如此诗三句所谓‘能’者,岂能也。八句所谓‘可’者,岂可

---

① 张伯伟《全唐五代诗格汇考》,江苏古籍出版社 2002 年版,第 360 页。
② 张伯伟《全唐五代诗格汇考》,江苏古籍出版社 2002 年版,第 367 页。
③ 周维德《全明诗话》,齐鲁书社 2005 年版,第 1569 页。

也。初学宜知之。"[1]现代学者杨伯峻先生又认为"可"可以作为"何"用。其《"可"作"何"用》中说:"假若不承认'可'作'何'用,古书有些文字便很难讲解得顺畅。"[2]并举《魏风·葛屦》为例:"纠纠葛屦,可(何)以履霜? 掺掺女手,可(何)以缝裳?"杨先生将"可"解释成"何",就是为了把这个句子的否定性表达出来。但这种将"可"解释成"何"的方法,很快就遭到了一些学人的反对,例如陈冠明《"可"作"何"用质疑》(《安徽大学学报》1980 年第 3 期)就认为这个观点很难成立。其实,如果能够认识到这些诗句乃是使用了"束丽常格",就不必这样迂回曲折地揭示了。

至于为什么要命名为"束丽常格"呢? 笔者目前尚未见到古人的相关论述,在此试分析之。"束"字,在古代诗法著作中经常会提到,例如唐元兢《诗髓脑》中有"长撷腰病",元兢认为这种诗病的根源就是"束":

> 长撷腰病者,每句第三字撷上下两字,故曰撷腰。若无解镫相间,则是长撷腰病也。如上官仪诗曰:"曙色随行漏,早吹入繁笳。旗文萦桂叶,骑影拂桃花。碧潭写春照,青山笼雪花。"上句"随",次句"入",次句"萦',次句"拂",次句"写",次句"笼",皆单字,撷其腰于中,无有解镫者,故曰长撷腰也。此病或名"束"。[3]

腰,一般指五言中的第三字,"撷腰"是指诗句的节奏为"2+1+2","长撷腰"就是指诗歌全篇固定没有变化,每一句的节奏都是"2+1+2",元兢认为就是为"束"。《说文·束部》:"束,缚也。"[4]"束"是束缚、捆绑、固定化的意思。元兢形象化地说明了倘若整篇诗句都采用同一节奏来安排,就好像扎起来的一捆稻草一样,呆板凝固没有开合之美。唐代李洪宣的《缘情手鉴诗格》中也提到"束":

> 诗曰:"山暗云凝树,江春水接天。""云"字、"水"字是束散也。[5]

"束"也是"缚"的意思,指"云"字与"水"字将前后的内容收聚、连接在一起。五

---

① 李庆甲集评《瀛奎律髓汇评》,上海古籍出版社 2005 年版,第 1530 页。
② 杨伯峻《"可"作"何"用》,《中国语文》1979 年第 4 期。
③ 张伯伟《全唐五代诗格汇考》,江苏古籍出版社 2002 年版,第 123 页。
④ 许慎《说文解字》,中华书局 1963 年版,第 128 页。
⑤ 张伯伟《全唐五代诗格汇考》,江苏古籍出版社 2002 年版,第 393 页。

代僧神彧《诗格》“论颔联”云:“诗有颔联,亦名束题,束尽一篇之意。”①“束”同样是收聚的意思。而按照白居易《文苑诗格》“束丽常格”条下的解释,这个“束”字应该是“隐”的意思,笔者遍寻字书,并未见到“束”字有这一项的意义。但对于隐藏主语的诗句,民间或者网络诗坛一般将其称之为“束首法”。对于隐藏句尾成分的诗句,网络诗坛又叫“束脚法”。这其中“束”字就是“隐”与“藏”的意思,但笔者目前尚不知何据。

“丽,美也。”(《战国策·宋卫策》“食高美也”高诱注)这是“丽”字的常用意思,笔者认为在“束丽常格”中的“丽”当指“关键词”之意。而“常”大概是指因为这一诗法隐藏的一般多是否定词,例如上文所列举的诗例,皆是“不”“岂”等否定性的词汇,所以命名为“常”。综上,这一诗法的核心点就是省略否定词,将否定的意思用肯定的形式表达出来。其中的隐藏字词必须要结合上下文的铺垫才能看得出来。这种诗法就类似于现在的反话手法,将正话反说或将反话正说。

“束丽常格”在《诗经》中也已出现,应该说这种语言手法产生得较早,例如《诗经·魏风·葛屦》:

> 纠纠葛屦,可以履霜。掺掺女手,可以缝裳。要之襋之,好人服之。好人提提,宛然左辟,佩其象揥。维是褊心,是以为刺。②

毛《传》:“纠纠,犹缭缭也,夏葛屦,冬皮屦。葛屦非所以履霜。”③孔《疏》:“纠纠为葛屦之状,当为稀疏之貌。”④又有《齐风·南山》“葛屦五两”句,毛《传》说:“葛屦,服之贱者。”⑤从这些古注上显而易见,“纠纠葛屦”是不能穿着在霜地上乱跑的。所以这句诗的翻译应该是:“脚上这一双夏天的破凉鞋,不可以走在满地的寒霜上。”再看“掺掺女手,可以缝裳”句,毛《传》:“掺掺,犹纤纤也。”⑥孔《疏》:“掺掺女手之状,则为纤细之貌。”⑦形容女子的手很柔弱纤细,应该将其翻译为:“这双纤细瘦弱的手,不可以能替别人缝制衣裳。”正因为有这样的叙述,所以最终的主题才可以是“维是褊心,是以为刺”。但历来由于观念与认识的不

---

① 张伯伟《全唐五代诗格汇考》,江苏古籍出版社 2002 年版,第 490 页。
②③⑥《十三经注疏》整理委员会《毛诗正义》,北京大学出版社 1999 年版,第 361 页。
④⑦《十三经注疏》整理委员会《毛诗正义》,北京大学出版社 1999 年版,第 362 页。
⑤《十三经注疏》整理委员会《毛诗正义》,北京大学出版社 1999 年版,第 342 页。

同,对《葛屦》的理解出现一些不一致的看法,例如:“葛布鞋儿丝绳绑,葛鞋穿来不怕霜。巧女十指根根细,细手缝出好衣裳。”余冠英先生的这句翻译就没有把省略的否定词显示出来,从而误会了诗中的意思。

至于这首诗的作者为什么要使用“束丽常格”来表达句意呢?一种可能是在有禁止或压制的情况下,作者因为劳动者的低贱地位,不敢明言,不得以省略否定词汇来表达意思;一种则是为了把荒谬放大,从而达到批判荒谬的目的;或者是为了表达内心强烈的怨恨情绪,从而正话反说。

二 “束丽常格”与相关语言手法的辨析

束丽常格和反言、反语、反训等语言手法既有区别又有联系,所以需要对它们之间的异同点进行辨析。

(一)“束丽常格”与“反言”的辨析

和束丽常格最有相似性的是反言。反言(或称“反言见意”)是一种文章手法,指在特定的语境下不以正面肯定的方式表达,而是用说反话的方式予以暗示的一种隐微笔法。① 例如晚清古文理论家吴铤指出:“退之好以反言见意:樊绍述文最坚涩,而退之以为文从字顺;郑权在南海,积珍宝以遗朝士,而退之以为贵而能贫,为仁者不富之效。”②韩愈的《送董邵南序》表面句句是送别之语,实则句句乃挽留之意。又如李斯的《狱中上书》表面上是历数自己的七宗罪,实际上那些罪都是他为秦朝立下的功勋:“胁韩弱魏,破燕、赵,夷齐、楚,卒兼六国,虏其王,立秦为天子,罪一矣;地非不广,又北逐胡貉,南定百越,以见秦之强,罪二矣。”③

“束丽常格”因为省略了句子中的否定词,所以客观结果上就产生了正话反说或者反话正说的结果,这就类似于“反言”的手法。例如上文所引的杜甫《对雪》诗:“北雪犯长沙,胡云冷万家。随风且间叶,带雨不成花。金错囊垂罄,银壶酒易赊。无人竭浮蚁,有待至昏鸦。”④从“金错囊垂罄”的叙述来看,这壶酒是费尽周折才赊到的。作者本欲说“银壶酒岂易赊”或者“银壶酒不易赊”,但作者

① 具体论述可参余祖坤《论中国古代文章学中的“反言”笔法》,《华南师范大学学报》2012 年第 5 期。
② 吴铤《文翼》卷二,道光十六年(1836)刊本,第 14 页。
③ 严可均《全上古三代秦汉三国六朝文》,河北教育出版社 1997 年版,第 232 页。
④ 具体论述可参余祖坤《论中国古代文章学中的“反言”笔法》,《华南师范大学学报》2012 年第 5 期。

省略了否定性的词语,把句子变成了“容易”的意思。应该说,“束丽常格”算得上是一种比较简单的“反言”手法,因为它只是依靠省略否定词就可以达到反言的效果。而反言手法要比束丽常格更复杂一些,它涉及到整个文章的构思,正话反说或者反话正说是依靠一个庞大的体系表现出来的,而不仅仅是省略一个否定词那么简单。正如余祖坤所言:“它(反言)往往要在文本的整个结构设置、甚至是文本之外的特定语境中才能体现出来。……笔法则涉及整篇文章的立意构思和结构安排。……为了使文章产生更加新奇、更加隐微、更加深邃的境界。”①

(二)“束丽常格”与“反语”的辨析

“束丽常格”与“反语”的修辞方法却有很大的不同。反语即运用跟本意相反的词语来进行表达。例如曹雪芹《红楼梦》第十九回:“黛玉听了,睁开眼,起身笑道:‘真真你就是我命中的“天魔星”! 请枕这一个。’”②鲁迅《记念刘和珍君》:“当三个女子从容地转辗于文明人所发明的枪弹的攒射中的时候,这是怎样的一个惊心动魄的伟大呵! 中国军人屠戮妇婴的伟绩,八国联军的惩创学生的武功,不幸全被这几缕血痕抹杀了。”③这其中的“天魔星”“伟绩”“武功”都是反语修辞。反语主要体现在某些词语的使用中,是一种局部的修辞手法。而束丽常格却不是依靠使用词语,而是省略否定词。诗人真正的意思是需要通过上下文的综合考察,从而判断写作者的真实动机。反语就相对简单易懂,隐晦性不是那么强烈。例如有记载北宋年间的“反语”:

> 宣和中有反语云:“寇莱公之知人则哲,王子明之将顺其美,包孝肃之饮人以和,王介甫之不言所利。”此皆贤者之过,人皆得而见之者也。④

这就不需要上下文的支持,人们可以容易判断出真正的事实正好与此相反。

再从反语的表达性质来看,一类是愉悦性反语,其目的在于追求一种幽默、亲昵、轻松的趣味,例如情人之间的“冤家”、黛玉的“天魔星”等,另一类是讽刺性反语,目的在于讽刺嘲弄、揭露警告。如鲁迅笔下的“伟绩”“武功”等。而束

① 余祖坤《论中国古代文章学中的“反言”笔法》,《华南师范大学学报》2012 年第 5 期。
② 曹雪芹《红楼梦》,人民文学出版社 2002 年版,第 193 页。
③ 鲁迅《鲁迅全集·华盖集续编》,人民文学出版社 1973 年版,第 261 页。
④ 潘永因《宋稗类钞》卷五,书目文献出版社 1985 年版,第 472 页。

丽常格一般却没有这两种目的。除了前面所讲的由于压抑而不敢明言、把荒谬放大从而批判、表达内心强烈的情绪外，束丽常格还可能是一种自我解嘲，例如上文所引杜甫的“金错囊垂罄，银壶酒(不)易赊”。

反语是为了特定的修辞目的而产生的一种方法，而“束丽常格”则没有修辞性，它其实是诗性语言的创作特征之一，即诗歌语言是反常于日常语言与书面语言的，周锡䪖在《诗歌句法和散文句法》中提出了古今汉语各体诗歌都具备的四个特点：

> 1. 只要需要，句子任何地方都可以插进语气助词；各种成分都可以复叠。
>
> 2. 句子任何部分都可以按需要而省略。
>
> 3. 词序、语序可以灵活变换，适当调整。
>
> 4. 音句重于义句；即：当声律和语义发生矛盾的时候，往往首先照顾声律的要求。①

为了表达的需要，诗歌中省略句子中的任何成分都是合理的，自然就可以省略句中的否定词。这就是说，束丽常格作为一种藏字体，是诗歌语言本身特点决定的一种技巧。

（三）“束丽常格”与“反训”的辨析

还有“反训”的概念，也容易和“束丽常格”相混。古汉语词汇中，有一词同时兼有正反两义的特殊词汇现象。例如《尔雅·释诂》中就有现成的四条例证：徂，存也。乱，治也。故，今也。曩，向也。再例如“匹”，在上古汉语中可训为“双”，《诗经·小雅·鸳鸯》：“鸳鸯于飞，毕之罗之。”毛《传》：“鸳鸯，匹鸟也。”郑《笺》：“匹鸟，言其止则相耦，飞则为双。”②《楚辞·九章·怀沙》：“怀质抱情，独无匹兮。”东汉王逸亦注：“匹，双也。”③但“匹”又可训为“双”的反义词“单”。例如《孟子·梁惠王下》：“何哉！君所为轻身以先于匹夫者，以为贤乎？”东汉赵岐注：“匹夫，一夫也。”④《公羊传·僖公三十三年》：“晋人与羌戎要之殽而击之，匹

① 周锡䪖《诗歌句法和散文句法》，《中国语言学报》第10期，商务印书馆2011年版，第103页。

②《十三经注疏》整理委员会《毛诗正义》，北京大学出版社1999年版，第865页。

③ 洪兴祖《楚辞补注》，中华书局1983年版，第154页。

④《十三经注疏》整理委员会《孟子注疏》，北京大学出版社1999年版，第63—64页。

马只轮无反者。”东汉何休注:“匹马,一马也。”[①]再例如“单”在上古汉语中同时具有“单薄”和“厚实”二义。《诗经·小雅·天保》:“俾尔单厚,何福不除?”毛《传》:“单,厚也。”[②]其他的例子还有不少。[③]

对于这种词意现象,晋代郭璞在《尔雅·释故下》《方言注》中有“训诂义有反复旁通,美恶不嫌同名”“义相反而兼通者”“训义之反复用之”等比较早期的论述。其他的如宋代洪迈在《容斋笔记》卷十一里列有“五经字义相反”一节;明代杨慎《丹铅杂录》卷九有“古文倒语”条;清代王念孙《广雅疏证》中指出:“凡一字两训而反复旁通者”“义有相反而实相因者”;俞樾《古书疑义举例》卷三有“美恶同辞例”;邓廷桢《双砚斋笔记》卷四有“古人用字往往以相反为义”语;刘师培《古书疑义举例补》卷二有“义有相反而一字中兼具其义例”等。现在学界一般将之称为“反训”[④]。

诗歌中也有“反训”现象,例如乐府《陌上桑》“为人洁白皙,鬑鬑颇有须”中的“颇”当“稍微”讲。杜甫“朱门酒肉臭,路有冻死骨”中的“臭”应该解释为“香”。杜甫《滕王亭子诗》“清江锦石伤心丽,嫩蕊浓花满目斑”中的“伤心”是高兴之意。杜甫《绝句漫兴九首》(其一)“眼见客愁愁不醒,无赖春色到江亭”中“无赖”是可爱之意。李清照《醉花阴》“莫道不销魂,帘卷西风,人比黄花瘦”中“销魂”不是美好而是愁苦。通过这些诗例可以见得,反训和“束丽常格”还是有很大的区别的。反训和反语一样,都是体现在具体词汇的运用上,但是反训不是修辞方法,不是为了达到特定的修辞效果,而是语言中“正反同词”的一种现象而已。

“反训”有着深厚的文化心理基础,它受古老辨证思维观念的支配,实际上是整体思维沿着事物现象在统一中对立,并向其对立一面发展的结果。例如京剧中“生”“旦”“净”“末”“丑”五个行当的命名问题,末者,先出开场,而谓之末;净者,涂而不洁却谓之净,都是反训现象。现代汉语中,这种现象也不曾消失,

---

① 《十三经注疏》整理委员会《春秋公羊传注疏》,北京大学出版社 1999 年版,第 271 页。

② 《十三经注疏》整理委员会《毛诗正义》,北京大学出版社 1999 年版,第 584 页。

③ 余大光《上古汉语形容词中有无反训现象》(《黔南民族师专学报》1997 年第 3 期)一文中还举出了不少例子,可参。

④ 当代以来,“反训”这一名称一直都有质疑的声音。不少学者撰文指出,“反训”从来就不是一种训诂释义的方法,正反同词及其对这种现象的训释都与“反训”毫不相干。“反训说”的出现是基于对正反同词现象的片面认识及对郭璞观点的误会而推衍出来的。

例如“乖”既指违反事理(乖僻),又指听话顺从(乖巧),体现了语言中在对立中求统一,在统一中突出对立的文化心态。而“束丽常格”却不是辩证思维的作用,而是一种独特的诗性语言。

三　“束丽常格”与“省语反训”“反言省‘乎’字”的辨析

语言学中又有“省语反训”,或者叫做“省文”“增字反训”等,可以造成与“束丽常格”一样的语言效果。

例如因“语急而省”而成了言语反训词,“敢”就是“不敢”“岂敢”,这就把“敢”变成了“怯”的意思。例如《孔雀东南飞》中有句:“事奉循公姥,进止敢自专?”“敢”即“不敢”之意。此外还有李昇《咏灯》:“主人若也勤挑拨,敢向尊前不尽心。”李白《杂曲歌辞·秦女卷衣》:“顾无紫宫宠,敢拂黄金床。”王涯《从军词三首》:“燕颔多奇相,狼头敢犯边。”“莫”又反训“莫不”。《论语·述而》:“文莫吾犹人也,躬行君子,则吾未之有逮。”意思是:“文采我莫不同别人一样。”苏轼《洞仙歌》:“又莫是东风逐君来,便吹散眉间一点春皱。”朱淑真《蝶恋花》:“绿满山川闻杜宇,便做无情,莫也愁人意?”“莫”均解作“莫不”。此外还有,“敏”训为“不敏”,“必”训为“不必”,“忍”训为“不忍”等。

但是“束丽常格”并非集中在“敢”“敏”“忍”等特殊字词上。例如“枯桑知天风,海水知天寒”“黄鸟不恋枝”“银壶酒易赊”等,这些诗句不是依靠将某个字词“省语反训”而形成真正意思的。所以说,“束丽常格”和“省语反训”也不一样。

也有在句末加问号,以改变句子的肯定或者否定的意思,例如“凡是表能愿、判断的助动词、副词,例如肯、可、应、能、是、乃、岂等等,只要在句末将句号、问号互换,就能引出类似反训现象来”①。辛弃疾《沁园春·卜筑》:“酒圣诗豪,可能无势?”刘辰翁《宝鼎现》:“看住来神仙才子,肯把菱花扑碎?”标上问号就表示否定,改标句号,就表示肯定了。虽然将使用“束丽常格”的诗句后面加上问号,可以由肯定变成否定,或者由否定变成肯定,但是“束丽常格”也不仅仅靠的是“肯”“可”“应”“能”“是”“乃”“岂”这些表能愿、判断的助动词与副词,“束丽常格”的应用范围是很宽广的,虽然笔者没有找到更多的诗例,但是从理论上应该说任何句子都可以使用这一诗法。

---

① 刘绍东《反训源流类说》,《求索》1982 年第 5 期。

其实,加问号能让句子的意思反转,不仅仅局限在一些特殊的表能愿、判断的助动词与副词所在的句子上,语言学中有"反言省'乎'字例"①。俞樾《古书疑义举例五种》卷四有此例:"然'乎'者语之余也,读者可以自得之。古文简质,往往有省'乎'字者。……凡若此类,当善会之,虽不可增加,以失古书之旧,然亦不可不知。读者毋以反言为正言,致与古人意旨刺谬也。"②例如《尚书·西伯戡黎》:"我生不有命在天。"③据《史记·宋微子世家》则云:"我生不有命在天乎?"④又如《尚书·吕刑》:"在今尔安百姓,何择非人,何敬非刑,何度非及。"⑤《史记·周本纪》:"在今尔安百姓,何择非其人,何敬非其刑,何居非其宜欤?"⑥如果说"束丽常格"的诗句是省略了"乎"或"欤"字,也是可以讲通的,"黄鸟不恋枝乎?""银壶酒易赊乎?"的确可以产生否定反转的意思。但不是任何一个诗句加上"乎"字后,都可以成为"束丽常格"。这一诗法的实现是有具体要求的,省略了至为关键的否定词之后,何以能够"见意"呢?这就离不开上下文具体语境的支持。

读者在阅读使用"束丽常格"的诗句时,根据上下文的具体语境,一定会遇到理解上的矛盾,从而确定出此处乃是一个"假判断"。只有将"入门各自媚,谁肯相为言"读罢,才可以认识到这一句"枯桑知天风,海水知天寒"的比兴意义,才可以真正理解这句话的涵义乃是"枯桑不知天风,海水不知天寒"。"束丽常格"的实现必须要借助上下文的力量,读者根据自己接收到的语境信息对这个"假判断"进行修正,从而得到真实的判断。

这也就是说,这种诗法可以任意地将否定词省略,但作者必须设置具体的语境,使得读者经过分析后能领会其中的含义,否则这个诗法就失去了意义。这就像法国语言学家房特里耶斯所说的:"确定词的价值的,是上下文。尽管词可能在意义上有各种变态,但是上下文给予该词独一无二的价值。尽管词在人的记忆中积累了一切过去的表象,但是上下文使它摆脱了这些过去的表象而为

① 陈冠明《"可"作"何"用质疑》,《安徽大学学报》1980年第3期。
② 俞樾等《古书疑义举例五种》,中华书局1956年版,第73页。
③《十三经注疏》整理委员会《尚书正义》,北京大学出版社1999年版,第260页。
④ 司马迁《史记》,中华书局1959年版,第1607页。
⑤《十三经注疏》整理委员会《尚书正义》,北京大学出版社1999年版,第545页。
⑥ 司马迁《史记》,中华书局1959年版,第138页。

它创造一个现在的价值。”①正是因为有了上下文，所以“束丽常格”才不会造成意思的混乱。

四　“束丽常格”的审美内涵

“束丽常格”省略的是句中非常关键的否定性词语，从而造成意思的反转，有意识地给人们的理解带来一定的困难。这一诗法审美本质上体现了中国语言中崇尚迂回的言说方式，也就是“主意惟恐人易知”。

为什么要特意地做出一个“假判断”呢？清代文章理论家王又朴说：“昔人作文，主意惟恐人易知，今人作文，主意惟恐人不知，此古人文字所以绝非后人所能及者也。”②“束丽常格”就具有“主意惟恐人易知”的特性：读者需要借助上下文的语境，运用自己的智慧与感觉来发现作者真正的意图。例如《饮马长城窟行》：

> 青青河边草，绵绵思远道。远道不可思，宿昔梦见之。梦见在我旁，忽觉在他乡。他乡各异县，展转不相见。枯桑知天风，海水知天寒。入门各自媚，谁肯相为言。客从远方来，遗我双鲤鱼。呼儿烹鲤鱼，中有尺素书。长跪读素书，书中竟何如？上言加餐饭，下言长相忆。③

因为大家对“束丽常格”的陌生，所以“枯桑知天风，海水知天寒”这句诗的翻译一般是这样的：“桑树虽没有枝叶，也知道寒风凛冽，海水虽然广大不易结冰，也知道天气的变冷。”实际上这种翻译是错误的。因为“枯桑知天风，海水知天寒”这句是为下句“入门各自媚，谁肯相为言”作比兴的。如果说枯桑知道天风，海水知道天寒，那为什么其他远行客归家后不知道主人公的思念呢？为什么匆匆回到自己的家中，不肯相为言呢？如果将其作为“束丽常格”，那就翻译成：“桑树没有树叶，所以不知道寒风凛冽，海水广大不宜结冰，所以不知道天气寒冷。”接下来便是：其他的归来者也不知道我多么思念我的丈夫，所以各自匆匆回到自家，没有和我多说一句我丈夫的情况。这样以来，比兴的句子和实际事件就具有了同义性。

---

① 转引自《王力文集》第十九卷，山东教育出版社 1990 年版，第 189 页。
② 王又朴《〈史记〉七篇读法》卷一，清乾隆诗礼堂刻本，第 14 页。
③ 郭茂倩《乐府诗集》，中华书局 1979 年版，第 556 页。

文德利希(wonderlich)说:"语用主体既有相互直面沟通的愿望,又有藏匿个人世界的需要。因此,同一信息本体具有类之间的正负效应。真话既有生存和科学意义上的正效应,又有人际关系上的负效应。相反,虚假信息既有生存和科学意义上的负效应,又有人际或艺术上的正效应,假话也可变得可爱和美丽。语用信息是通过有标记方式向高阶上升来实现的。"①当作者使用了"束丽常格"时,读者就需要回过头来再琢磨,需要仔细体味这句诗究竟是什么意思,这种接受情况就使得这句诗产生了咀嚼回味的特殊效果。刘大櫆说:"文贵远,远必含蓄。或句上有句,或句下有句,或句中有句,或句外有句,说出者少,不说出者多,乃可谓之远。"②"束丽常格"算得上是"句中有句",因而使诗句产生了"远"——含蓄有味、涵义深厚的审美效果。再者,从接受美学的角度来看,期待视野与作品间的距离决定着文学作品的艺术特性。③ 如果每一句诗都完全符合读者的期待视野,读者是难以产生兴奋感的。如果偶尔以一个"假判断"来打破读者的期待视野,让读者产生困惑与思考,可以提升诗歌的新颖感,从而产生阅读快感。

综上,这种"主意惟恐人易知"的审美内涵,使得"束丽常格"能够产生一种表达与理解之间的反差效应,"言"与"意"之间的张力越大,就越有助于文章产生曲折迂回、耐人寻味的表达效果,从而增加表达者话语中的谴责程度、赞美程度、幽默程度、惊讶程度,或者是自我解嘲的程度,使得诗句的审美力量增强。

其实,这一诗法本质上也反映了中国人的语言特点。法国汉学家弗朗索瓦·于连在其《迂回与进入》一书中指出,中国古人就是喜欢迂回曲折的言说方式:"中国表达法的本质就是通过迂回保持言语'从容委曲':以与所指对象保持隐喻的距离的方式。"④李春青《向古人学习言说的方式——以中国古代文论研究为例》中亦说道:"中国古人的一切言说,都是关于意义的问题,而关于意义的问题是不可以用主客体二元对立的、对象化的、客观知识论的方式来思考和谈论的。中国古人永远生活在意义的世界中,从来没有建立起纯粹的客观知识论

① [日]真田信治等《社会语言学概论》,上海译文出版社 2002 年版,第 26 页。
② 刘大櫆《论文偶记》,人民文学出版社 1959 年版,第 7 页。
③ [德]姚斯、[美]霍拉勃《接受美学与接受理论》,辽宁人民出版社 1987 年版,第 31 页。
④ [法]弗朗索瓦·于连《迂回与进入》,生活·读书·新知三联书店 2003 年版,第 37 页。

的思考方式和言说方式。”①虽然肯定与否定相差巨大，但在古人那里，表达的情感意义却是没有分别的。所以李春青认为中国人的这种意义言说，“这对于自然科学的生成与发展是有害而无益的，但对于人们关于存在、人生的价值、美感、艺术与情感的世界、人与世界的相通性、道德理想等等话题的思考与言说却有着重要参考意义”②。束丽常格也是一样，使用不使用否定词对诗歌本身的叙述并没有影响，但却对艺术的价值、情感的表达有重要的意义，通过反常规的叙述，让读者参与到意义的追寻与建造中，从而增强文章的审美意蕴和情感深度。

第二节 歇后格

“藏字体”中除了“束丽常格”，还有一类叫做“歇后格”，饶少平《杂体诗歌概论》③及一些修辞学的著作中对“歇后体”有所关注。但观点多有矛盾，笔者在此重新梳理，并对其中的某些问题予以纠正。

一 歇后格的涵义

“歇后句”或“歇后格”这一诗法在唐宋以来较受重视。

“歇”乃停止之意，“歇后”就是停止后面要说的话，以前文蓄势示义，所以歇后语又称“透字”④。值得注意的是，古典诗话与诗法著作中的“歇后格”与我们现在所熟悉的歇后语并不是一回事。我们现在所认为的歇后语一般是民间熟语，例如“泥菩萨过江——自身难保”“外甥点灯笼——照舅(旧)”等，这种歇后语“都是由譬和解两截构成，上截是譬，下截是解”⑤，前段似比喻、谜面，后段是解释、谜底。所以，熟语歇后语是“准谜语”或称“歇后譬解语”，有人还叫它“引注语”⑥。

---

①② 李春青《向古人学习言说的方式——以中国古代文论研究为例》，《北方论丛》2009 年第 3 期。

③ 饶少平《杂体诗歌概论》，中华书局 2009 年版。

④《词源》立有“歇后”条目：“写作时引用成语或前人成句，字面上只用前面部分，而本意实在后面部分，叫歇后，亦称透字。”(《词源》，商务印书馆 1980 年修订本，第 1656 页)

⑤ 陈望道《修辞学发凡》，上海教育出版社 1997 年版，第 161 页。

⑥ 具体论述可参李正纲《歇后三式论》，《宁夏大学学报》1987 年第 1 期。

但“歇后”二字在古代文献中本来的意思，并非是民间熟语的那种谜语形式。“歇后”一词的首次出现大多始推于《旧唐书·郑綮传》：“善为诗，多侮剧刺时，故落格调，时号郑五歇后体。”[①]可惜郑綮留下的三首诗中并没有使用歇后体。但《全唐诗》卷八七一中有李涛的《答弟妇歇后语》诗，可算得上是最早的“歇后体”诗了。诗云：“惭无窦建(德)，愧作梁山(伯)。”[②]前句歇去了“德”字，后句歇去了“伯”字，而这两个歇去的字恰恰是作者要表达的重点，所以这句诗的实际意思是“惭无德，愧作伯”。唐代诗人封抱一有《歇后》：

> 面作天地玄(黄)，鼻有雁门紫(塞)。既无左达承(明)，何劳罔谈彼(短)。[③]

此诗系用《千字文》句来歇后，嘲笑一位身矮面黄又患眼疾鼻塞者，作者真正的意思是“面作黄，鼻有塞。既无明，何劳短”。

后来元代佚名的《沙中金集》、明代王昌会《诗话类编》等诗法著作便将这种诗法称为“歇后句”或者“歇后格”。例如苏轼《赠月长老》云：“予有折足铛，中余五合陈。”《沙中金集》对此云：“坡诗大抵取其意足言陈，王介甫《和州诗》则云：‘粟余三釜陈’，必先有粟字，方使陈字。”[④]《诗话类编》卷一称：“歇后格。五言如‘予有折足铛，中余五合陈(粟)’。言陈更不言粟，然必先有粟字，而后使陈字也。七言如‘当初只为将勤补(拙)，到底翻为弄巧成(拙)’。六言如‘断送一生惟有(酒)，破除万事无过(酒)’。”[⑤]如此看来，这一诗法一般的操作方法是略去书句、成语或俗语中的最后一个字，但需要用略去的这个字来连贯成诗，这才是“歇后”最初的意思。茅盾先生曾在《关于“歇后语”》一文中举例说：“‘牛头马面’歇去‘面’字，只说‘牛头马’，而实在意中要说的，却是这个被歇掉了的‘面’字。”茅盾先生把这种歇后语叫做正规的歇后语，而将后来产生的俗语中的歇后语叫做“转弯抹角的比较复杂的歇后语”。[⑥]

陈望道在《修辞学发凡》中将“歇后格”放在“藏词格”中，名其为“歇后藏词

---

① 刘昫《旧唐书》卷一七九，中华书局 1975 年版，第 4662 页。

② 彭定求等辑《全唐诗》卷八七一，中华书局 1980 年版，第 9881 页。

③ 李昉等《太平广记》，中华书局 1961 年版，第 3214 页。

④ 张健《元代诗法校考》，北京大学出版社 2001 年版，第 411 页。

⑤ 王昌会《诗话类编》，《中国诗话珍本丛书》本，北京图书馆出版社 2004 年版，第 65 页。

⑥ 茅盾《关于“歇后语”》，《人民文学》1954 年 6 月号。

语”:“本词都在后半截,话中藏了这个后半截的,可以称为‘歇后藏词语’,就是前人说的‘歇后语’。”[1]现在人们口语中的歇后语,《修辞学发凡》将其称之为“譬解语”,但是长久以来,“积非”竟能“成是”,“数典”已经“忘祖”,“譬解语”已经成了熟语家族的一员,而被名之为“歇后语”。对于这种现象,学界已经明言,但是难以扭转约定俗成的世俗力量:“歇后语是固定词组,是熟语,属于词汇学研究的对象;‘歇后’是藏词格的形式之一,属于修辞学研究的对象。把两个不同学科的术语毫无科学根据地划上等号,这是不可思议的。”[2]

二　“歇后格”的古今使用

其他使用“歇后格”的诗句还有唐代诗人唐彦谦的《长陵》:

> 长安高阙此安刘,祔葬累累尽列侯。丰上旧居无故里,沛中原庙对荒丘。耳闻明主提三尺(剑),眼见愚民盗一抔(土)。千载腐儒骑瘦马,渭城斜月重回头。[3]

宋人叶梦得《石林诗话》即指出:“唐彦谦《题汉高庙》云:‘耳听明主提三尺,眼见愚心盗一抔。’虽是著题,而语皆歇后。”[4]“三尺”谓剑,用《史记·高祖纪》“吾以布衣提三尺剑”语;“一抔”谓土,用《史记·张释之传》“假令愚民取长陵一抔土”语。所以,唐彦谦诗中原意乃是“耳闻明主提剑,眼见愚民盗土”。苏轼又有《次韵王定国得颍倅二首(其一)》云:

> 仙风入骨已凌云,秋水为文不受尘。一噫固应号地籁,余波犹足挂天绅。买牛但自捐三尺(剑),射鼠何劳挽六钧(弓)。莫向百花潭上去,醉翁不见与谁亲。[5]

《左传·定公八年》有“颜高之弓六钧”语,遂苏轼诗意当为“买牛但自捐剑,射鼠何劳挽弓”。

---

① 陈望道《修辞学发凡》,上海教育出版社 1997 年版,第 160 页。

② 谭永祥《歇后语研究中的几个理论误区》,《毕节师范高等专科学校学报》1999 年第 2 期。

③ 彭定求等辑《全唐诗》卷六七一,中华书局 1980 年版,第 7673 页。

④ 吴文治《宋诗话全编》,江苏古籍出版社 1998 年版,第 2696 页。

⑤ 北京大学古文献研究所《全宋诗》,北京大学出版社 1999 年版,第 9373 页。

倘若整首诗的每一句都使用“歇后格”，便称之为“歇后诗”①，或者又叫做“缩脚诗”②，这种诗例还是比较多的：

石曼卿初登科，有人讼科场，覆考落数人，曼卿是其数。时方期集于兴国寺，符至，追所赐敕牒靴服。数人皆啜泣而起，曼卿独解靴袍还使人，露体戴幞头，复坐，语笑终席而去。次日，被黜者皆授三班借职。曼卿为一绝句曰：“无才且作三班借（职），请俸争如录事参（知）。从此罢称乡贡进（士），且须走马东西南（北）。”（沈括《梦溪笔谈》卷二十三）③

有顽民因天旱，盗决人水灌田，为主者执赴。供状曰：“右某，因天时亢律吕调（阳），切虑禾苗宇宙洪（荒），遂偷某人金生丽（水），致得其人寸阴是（竞），念某不识始创文（字），今来甘认吊民伐（罪），一听老爷忠则尽（命）。”（彭大翼《山堂肆考》）④

袁景文（凯）初甚贫，尝馆授一富家，景文性疏放，师道颇不立，未几辞归。其家别延陈文东壁。文东惩景文故，待弟子甚严。一日，景文来访，文东适出，因大书其案云：“去年先生靡恃己（长），今年先生罔谈彼（短）。若无几个始制文（字），如何教得犹子比（儿）。”文东善书，故云然。亦可谓善谑也已。（都穆《南濠诗话》卷下）⑤

有时少湾者，延师颇不尽礼，致口角而去。或用吴语赋歇后诗嘲之曰：“少湾主人吉日良（时），束脩且是爷多娘（少）。身材好像野叉小（鬼），心地犹如短剑长（枪）。三杯晚酌金生丽（水），两碗晨餐周发商（汤）。年终算账索咸籍（赖），劈拍之声一顿相（打）。”（独逸窝退士《笑笑录》）⑥

有督学江南者，待幕友薄甚。群诮之，乃集《四书》句缩脚为诗云：“抛却刑于寡（妻），来看未丧斯（文）。只因三日不（?），博得七年之（病）。半折援之以（手），全昏请问起（目）。”结句未就，群哄而笑，适东君至，讯知其由，乃续曰：“且过子游子（夏），弃甲曳兵而（走）。”一章皆用四支韵，通押虚字，

① 独逸窝退士《笑笑录》，新文化书社1924年版，第134页。
② 刘廷玑《在园杂志》卷二，中华书局2005年版，第56页。
③ 沈括《梦溪笔谈》，《丛书集成初编》本，商务印书馆1935年版，第153页。
④ 褚人获《坚瓠集》卷一，广陵书社1984年版，第79页。
⑤ 周维德《全明诗话》，齐鲁书社2005年版，第517页。
⑥ 独逸窝退士《笑笑录》，新文化书社1924年版，第134页。

亦奇构也，结句更出意表。（刘廷玑《在园杂志》卷二）①

此外，歇后格可以广泛地运用到联句或者口头对话之中：

士大夫间有口传一两联可喜，而莫知其所本者。……又有嘲巧宦而事反拙者："当初只谓将勤补（拙），到底翻为弄巧成（拙）。"此尤可笑。（杨万里《诚斋诗话》）②

多闻（阙）疑，多见（阙）殆，君子于其所不知盖（阙如也）。对云：飞（龙）在天，见（龙）在田，确乎其不可拔潜（龙也）。此聋者与缺唇者相嘲。（江盈科《雪涛谐史》）③

一士人家贫，欲与其友上寿，无从得酒，但持水一瓶，称觞时，谓友人曰："请以歇后语为寿，曰：'君子之交淡如（水）。'"友应声曰："醉翁之意不在（酒）。"（江盈科《雪涛谐史》）④

旧有赋缺嘴者云："多闻（阙）疑，多见（阙）殆，吾犹及史之（阙文也），君子于其所不知盖（阙如也）。"四语皆出四书，皆隐"阙"字，而末句尤奇。吴江一老翁貌似土地，沈宁庵吏部亦用此体赋云："入疆辟（土），入疆芜（土），诸侯之宝三（土地），狄人之所欲者吾（土地也）。"又吴中有顾秀才名达者，不学而狂，同学者嘲之云："在邦必（达），在家必（达），君子上（达），小人下（达），不成章不（达）。"并堪伯仲。（张岱《快园道古》卷十二"小慧部"）⑤

有学者认为："把一个完整的词句割裂开来，隐去一部分，生硬地造成一些文理不通，颇为费解的所谓'歇后'语，是完全不足为训的。不应该也不可能成为一种语言形式。随着时间的推移，它终于失去了生命力而逐渐被淘汰，现在很少有人使用了。"⑥实际情况却并非如此，"歇后格"在现代的语言中仍然有不少留存。例如云南曲硐方言中的"攒言子"："攒言子实际上源自于古汉语中的'藏词'，是回族先民在语言汉化过程中学到的。"⑦结构上，攒言子通常为三字结

① 刘廷玑《在园杂志》卷二，中华书局 2005 年版，第 56 页。
② 丁福保《历代诗话续编》，中华书局 1983 年版，第 139 页。
③ 江盈科《雪涛谐史》，中国戏剧出版社 1999 年版，第 7 页。
④ 江盈科《雪涛谐史》，中国戏剧出版社 1999 年版，第 11 页。
⑤ 张岱《快园道古》，上海古籍出版社 1985 年版，第 74 页。
⑥ 朱东扎、朱锡眉《歇后语探源》，《邵阳师范高等专科学院学报》1999 年第 3 期。
⑦ 冯佳《一种特殊的言语现象：云南曲硐"攒言子"》，《保山学院学报》2011 年第 6 期。

构,实际上是在原四音节方言词组的基础上省略了第四个字;释义上,用省略字的同音字或近音字之意来表达话语意思,即隐去的音节是意义的落脚点。说"口马言"是原四字结构"口马言谈"的省略。在交谈中,省略"谈"字,并用"谈"的读音代替"糖",这是近音替代。"敲钉壳",完整的四字结构是"敲钉壳锤",说话人表达的是意思是"锤"字。此外,汉族语言中也保留了一些"歇后格"。例如李荣、朱建颂的《武汉方言词典》[①]中收录了不少武汉话中的藏词现象,例如"黎山老(母)"指母亲;"花言巧"指语;"破铜烂"指铁;"瞎子算"指"命",如"莫把你的瞎子算丢了就是的";"八面威"指"风(疯)",如"他简直是个八面威!"

三 "歇后格"与缩脚语的辨析

但有些宋人在总结诗法的时候所说的"歇后语"可能指另一种情况。例如北宋洪刍《洪驹父诗话》:

> 世以兄弟为友于,谓子孙为贻厥者,歇后语也。子美诗曰:"山鸟山花皆友于",退之诗"谁谓贻厥无基址",虽韩、杜亦未能免俗,何也?[②]

这其中所说的"歇后"主要是指对于某一现成的语句省却其后面部分词语,只用前一部分来表示被省却词语的意思,这种形式的"歇后语"最早出现在汉代。[③]《尚书·君陈》云:"惟孝友于兄弟。"后人言"兄弟"便只取前面两个字,以歇后面要表达的意思,这种以"友于"代"兄弟"的用法也可以称之为"割裂用典"。将这种"歇后"用于诗歌中,较早的有陶渊明《庚子岁五月从都还阻风于规林》诗"一欣侍温颜,再喜见友于"[④]。

虽然这种用法出现很早,但作为一种诗法给予总结则主要发生在宋代,如南宋严有翼《艺苑雌黄》云:

> 昔人文章中。多以"兄弟"为"友于",以"日月"为"居诸",以"黎民"为"周余",以"子姓"为"贻厥",以"新婚"为"燕尔",类皆不成文理,虽杜子美、

---

① 李荣、朱建颂《武汉方言词典》,江苏教育出版社 1995 年版。
② 郭绍虞《宋诗话辑佚》,中华书局 1980 年版,第 424 页。
③ 具体论述可参朱东扎、朱锡眉《歇后语探源》,《邵阳师范高等专科学院学报》1999 年第 3 期。
④ 逯钦立《先秦汉魏晋南北朝诗》,中华书局 1983 年版,第 982 页。

> 韩退之亦有此病。岂非徇俗之过邪？①

再有南宋洪迈《容斋四笔》卷四“杜韩用歇后语”条：

> 杜、韩二公作诗，或用歇后语，如“凄其望吕葛”“仙鸟仙花吾友于”“友于皆挺拔”“再接再砺乃”“僮仆诚自郐”“为尔惜居诸”“谁谓贻厥无基趾”之类是已。②

杜甫《晚登瀼上堂》诗“凄其望吕葛，不复梦周孔”③，按《诗·邶风·绿衣》“绨兮绤兮，凄其以风”④，杜甫用“凄其”歇后“以风”。韩愈《秋雨联句》“吾人犹在陈，僮仆诚自郐”，按《论语·卫灵公》“（孔子）在陈绝粮”⑤，《左传·襄公二十九年》“自《郐》以下无讥焉”⑥，韩愈用“在陈”歇后“绝粮”，“自郐”歇后“无讥”。韩愈《符读书城南》诗“岂不旦夕念，为尔惜居诸”，按《诗·邶风·日月》“日居月诸，照临下土”⑦，韩愈用“居诸”歇后“日月”。韩愈《玉川》诗云“谁谓贻厥无基趾”，按《尚书·五子之歌》“明明我祖，万邦之君，有典有则，贻厥子孙”⑧，韩愈在此又用“贻厥”歇后“子孙”。

这种类型的“藏尾”又叫“缩脚语”⑨、“词缩脚语”⑩。除了“藏尾”之外，还可以“藏头”或“藏腰”。如徐夤《招隐诗》云：“鬼神只瞰高明室，倚伏不干栖隐家。”用“倚伏”代“祸福”，是藏了《老子》中“祸兮福之所倚，福兮祸之所伏”的头。我

① 胡仔《苕溪渔隐丛话后集》卷七引，人民文学出版社 1962 年版，第 49 页。

② 洪迈《容斋五笔》，《文渊阁四库全书》本第 851 册，台湾商务印书馆 1986 年版，第 696 页。

③ 杜甫《杜工部集》，岳麓书社 1987 年版，第 101 页。

④《十三经注疏》整理委员会《毛诗正义》，北京大学出版社 1999 年版，第 120 页。

⑤《十三经注疏》整理委员会《论语注疏》，北京大学出版社 1999 年版，第 207 页。

⑥《十三经注疏》整理委员会《春秋左传正义》，北京大学出版社 1999 年版，第 1101 页。

⑦《十三经注疏》整理委员会《毛诗正义》，北京大学出版社 1999 年版，第 124 页。

⑧《十三经注疏》整理委员会《尚书正义》，北京大学出版社 1999 年版，第 179 页。

⑨ 王勤《谚语歇后语概论》将“藏尾”又叫“缩脚语”：“‘藏尾’是把成句中的后部分词隐藏起来，用前部分的词代替构成，隐藏起来的部分恰是表义的所在。如《书经·君陈》中的‘惟孝友于兄弟’的成句‘友于兄弟’，三国时代曹植在他的《求通亲亲表》里曾引用它，说‘今之否隔，友于同忧，而臣独唱者，何也。’这里的‘友于’是由藏‘兄弟’而来。此外东晋大诗人陶渊明在他的《庚子岁五月从都还阻风》诗里，有这样语句：‘一欣侍温言，再喜见友于。’其中的‘友于’也是‘友于兄弟’的藏尾。《晋书》中有‘倛倛周余竟沦于涂炭’的语句。其中的‘周于’是《诗经·大雅》中的成句‘周于黎民’的藏词。从以上诸例来看，汉语‘缩脚语’最迟在一千八百多年前就产生了。”（王勤《谚语歇后语概论》，湖南人民出版社 1980 年版，第 138 页）

⑩ 李正纲《歇后三式论》，《宁夏大学学报》1987 年第 1 期。

们平常所说的“而立”，也是将“三十而立”的头歇去。这种方法也类似于“借代”的修辞手法，也是一种取部分来代表整体的手法。

另一种是“句缩脚语”，就是藏去的后段是短语或者单句。如：

> 侯白好俳谑。一日，杨素与牛弘退朝，白谑之曰：“日之夕矣。”素曰：“以我为‘牛羊下来’耶？”（冯梦龙《古今谭概》卷二十二）①

> （湘东）王尝与游江淇，叹秋望之美，（刘）谅对曰：“今日可谓‘帝子降于北渚’。”王有目疾，以为刺己。应曰：“卿言‘目眇眇以愁予’邪？”从此嫌之。（《南史》卷三九《刘谅传》）②

“日之夕矣，牛羊下来”二句见《诗经・王风・君子于役》。“帝子降于北渚，目眇眇以愁予”二句是屈原《九歌・湘夫人》文。二句本都连文，这里只说上句，歇去下句。古代文人对《诗》《骚》中的句子非常熟悉，故听了上句，即自然能诵出下句，从而听出话外之音。

这种“词缩脚语”或者“句缩脚语”和前面所谈到的“歇后格”都是将话语的重点放在歇去的成分上，然而“歇后格”所运用的位置一般都在诗句的最后，而“词缩脚语”可以放在文句或者诗句的任何位置，“句缩脚语”又可以单独成句。另外，“歇后格”多用于戏谑或者游戏笔墨中，而“词缩脚语”则可以出现在各种文学体式内，甚至正史都有记载。因为“词缩脚语”的大量运用，甚至成为了一种借代修辞法。

四 “歇后格”的产生原因

古人认为，不少诗法得以产生运用的原因在于句子为声律所牵，所以出现了常见的倒装句与藏头、歇后等方法，以便符合平仄或者押韵的要求。比较有代表性的是清人冒春荣的《葚原诗说》：

> 句法有倒装横插，明暗呼应、藏头、歇后诸法。法所从生，本为声律所拘，十字之意，不能直达，因委曲以就之，所以律诗句法多于古诗，实由唐人开此法门。后人不能尽晓其法，所以句多直率，意多浅薄，与前人较工拙，

---

① 冯梦龙《古今谭概》，天津古籍出版社 1985 年版，第 688 页。

② 李延寿《南史》，中华书局 1975 年版，第 1012 页。

其故即在此。……唐人多以句法就声律，不以声律就句法，故语意多曲，耐人寻味。后人不知此法，顺笔写去，一见了然，无意味矣。如老杜"清旭楚宫南，霜空万里含"，顺之当云"万里楚宫南，霜空清旭含"也。"北归冲雨雪，谁悯敝貂裘"，顺之当云"谁悯貂裘敝，北冲雨雪归"也。"野禽啼杜宇，山蝶梦庄周"，顺之当云"庄周梦山蝶，杜宇野禽啼"也。玩此可以类推。[①]

另外，诗歌中一些词语的位置颠倒也是为了押韵或者平仄的需要。例如《诗经·唐风·鸨羽》"肃肃鸨羽，集于苞栩。王事靡盬，不能蓺稷黍"[②]，将"黍稷"颠倒成"黍稷"，是为了和"羽""栩"押韵。《诗经·豳风·东山》"我东曰归，我心西悲。制彼裳衣，勿士行枚"[③]，为了和"归""悲""枚"押韵，将"衣裳"颠倒成"裳衣"。杜甫《崔氏东山草堂》"爱汝玉山草堂静，高秋爽气相鲜新。有时自发钟磬响，落日更见渔樵人"[④]，为了押韵，"新鲜"颠倒为"鲜新"。所以北宋严有翼《艺苑雌雄》云："古人诗押字，或有语颠倒，而于理无害者。如韩退之以'参差'为'差参'，以'玲珑'为'珑玲'是也。比观王逢原有《孔融诗》云：'虚云座上客常满，许下惟闻哭习脂。'黄鲁直有《和荆公西太一宫六言诗》云：'啜羹不如放麑，乐羊终愧巴西。'按《后汉史》有'脂习'而无'习脂'，有'秦西巴'而无'巴西'，岂二公之误邪?"[⑤]

那么，歇后格是否是为了符合声律的要求而产生的呢？其实，大多数歇后诗都是近体诗，更何谈要符合格律要求呢？例如封抱一的《歇后》、苏轼的《赠月长老》等，所以似乎并不能将歇后格看做是为了遵守格律，所以"被迫"出现的操作方法。

歇后格其实是一种隐语。所谓隐语，就是不直说本意，而用隐蔽的语言形式来进行。其制作方法有反切法、析字法、嵌字法、反语法、谐音法、借代法、借用法等。[⑥] 歇后语法也是制作隐语的一种重要方法。所以，从语言学角度看，"隐语是一种客观存在的特殊语言现象。……任何民族语言中都或多或少地存

① 郭绍虞《清诗话续编》，上海古籍出版社 1983 年版，第 1579—1580 页。
②《十三经注疏》整理委员会《毛诗正义》，北京大学出版社 1999 年版，第 395 页。
③《十三经注疏》整理委员会《毛诗正义》，北京大学出版社 1999 年版，第 519 页。
④ 杜甫《杜工部集》，岳麓书社 1987 年版，第 156 页。
⑤ 胡仔《苕溪渔隐丛话后集》卷二十七引，人民文学出版社 1962 年版，第 202 页。
⑥ 具体论述可参邓红梅《唐宋笔记中的隐语研究》，2005 年四川大学硕士论文，第 21 页。

在具本民族历史文化特色的隐语。”①从《诗经》时代开始,我们的文学中就不缺乏隐语的存在,这是人们在处理语言时自发产生的一种语言行为。刘勰即说:“昔华元弃甲,城者发睅目之讴;臧纥丧师,国人造侏儒之歌。并嗤戏形貌,内怨为俳也。又蚕蠏鄙谚,狸首淫哇,苟可箴戒,载于礼典。故知谐辞隐言,亦无弃矣。”(《文心雕龙·谐隐》)②从这个角度来说,歇后格的产生是一种语言的自发现象。

五 “歇后格”的审美内涵

“歇后格”主要通过一种半截破损的表达达到新奇的效果,以引起对方的注意。除了这种制造“陌生化”的目的,这一诗法究竟还有什么其他审美内涵呢?笔者认为可以从以下几个方面考虑:

(一)雅俗兼具

歇后格藏去后段,但却以藏去的部分作为叙述的重点,这一特点决定了它本身必须是大家熟知的东西,否则它要表达的意思就不能被对方理解。而这些熟知的东西一般都是四书、千字文、前人诗文等。例如将前人现成的诗句进行歇后的,南宋陈师道《后山诗话》中举例说:“黄词云:‘断送一生惟有,破除万事无过。’盖韩诗有云:‘断送一生惟有酒’‘破除万事无过酒’。才去一字,遂为切对,而语益峻。”③按“断送一生惟有酒”本韩愈《远兴》诗句,“破除万事无过酒”,本韩愈《赠郑兵曹》诗句。黄庭坚《西江月》词中将韩愈原诗中的“酒”字皆隐去不说,但读者会心自知之,这源于读者是具有一定的诗词储备水平。所以有学人论述到:“从内容上看:多取材于文艺作品,具有熟知性;就修辞风格言:第一式主于雅,就使用范围论:文士使用较多。”④所以,歇后格语料本身的价值与地位,使用者的身份与使用的场合等,使得这一诗法本身具有高雅的特点。

同时,歇后格也在下层民众中非常活跃,又具有了俗的特点。元代的杂剧和明清的小说中“歇后格”频繁出现,例如元代石君宝《曲江池》一折:“他来到谢

---

① 郝志伦《汉语隐语论纲》,巴蜀书社 2001 年版,第 2 页。

② 杨明照《文心雕龙校注》,中华书局 2000 年版,第 194 页。

③ 陈师道《后山诗话》,《丛书集成初编》本,商务印书馆 1936 年版,第 5 页。

④ 李正纲《歇后三式论》,《宁夏大学学报》1987 年第 1 期。

家庄，几曾见桃花面，酩子里揣与些柳青钱。"曲牌有《柳青娘》一首，说"柳青"，就是歇后"娘"字，这个词汇为妓家所熟稔，便以之指鸨母。再有明代兰陵笑笑生《金瓶梅词话》十四回："今日是你个'驴马畜'，把客人丢在这里，你躲房里去了，你可成人养的！""驴马畜"歇后了"生"，指生日。"二十四"歇后"气"，《金瓶梅词话》五三回："莫不是我昨夜去了，大娘有些二十四么？"再以"秋胡戏"歇后"妻""号啕痛"歇后"哭"，西周生《醒世姻缘传》："珍哥哥说道：'不消去查，是你'秋胡戏'，从头里'号啕痛'了，怕你心焦，我没做声。"这种类型的歇后格活跃在当时普遍民众的日常生活当中，极具语言活力与世俗气息。

于是，歇后格雅俗兼具的特点，使得这一诗法的受众面广、用途多端，从而得到各阶层的喜爱。

（二）显示智慧

在瑞士学者皮亚杰的心理学理论中，智慧就是适应，是一种最高形式的适应。拥有智慧与知识者可以在环境中感到顺应，这也包括语言环境与文本环境。无论是创作者还是接受者，面对歇后格都需要具有博学多智的素质，否则这一诗法无法创作、无法理解，也就没有了意义。所以说，这一诗法是与人的知识和才学密切相关的，它在表现的内容上是非"自动化"、非"线性"的，是作者有意为之的，需要调动知识与智慧的。

"中国夸多识而西人尊新知"[①]。崇尚智慧，是文明时代人类的共同特征之一。张明弼为冯梦龙的《智囊自叙》作序说："天地黝黑，谁为照之？日月火也。人事黝黑，谁为照之？智也。天地之智曰日月火，人心之日月火曰智。"[②]人们对"歇后格"的津津乐道，与人们的崇智心理密切相关。"智慧虽然不能被归结为意义（价值）或知识，但又不外在于这两者，智慧不仅把这两者作为自己前提基础性的东西，而且还将这两者的思想内容涵摄于自身并成为它们进一步提升的机制和向导。因此，智慧其实就是将主体尺度和客体尺度，人文精神和科学精神融为一体的那种人的最丰赡、最深邃的'思想'，这种'思想'既是最具普遍性的知识，也是最具普遍性的意义（价值）。"[③]智慧本身就有审美价值，所以，展示

---

① 严复《严复集》，中华书局 1986 年版，第 3 页。
② 冯梦龙《古今谭概》，中州古籍出版社 1986 年版，第 751 页。
③ 张曙光《哲学的性质和功能：科学和人文双重思维向度的分化与整合》，《教学与研究》1998 年第 1 期。

知识、启发智慧,是歇后格所具有的审美内涵之一。

(三)诙谐风趣

刘勰认为隐语是谐辞的一种:"盖意生于权谲,而事出于机急,与夫谐辞,可相表里者也。"(《文心雕龙·谐隐》)①歇后格也同时具有诙谐风趣的语言特点。从上文所引的歇后体诗例看来,大多是文人们在交往的时候根据具体的场景临时创作出来,以达到嘲弄或娱乐的目的。

冯梦龙《古今谭概》卷二七载有一诗:"夏五官人罔谈彼,夏五娘娘靡恃己。有时堂前相遇见,刚刚撞着果珍李。"②原来夏五身材矮小,其妻身形高大,两人站在一起,丈夫仅及妻子的胸部。他们家里的塾师便作此诗以嘲弄,《千字文》有句"果珍李柰","柰"谐"奶",此处歇去。但凡读过《千字文》者,读到此处都会忍俊不禁。这则歇后诗便用于嘲戏,因为构成歇后语的主要因素还是源于语言游戏。

诙谐文学一直都是文学中的一支。虽然正如刘勰所认为的它"本体不雅,其流易弊","空戏滑稽"亏于"德音"(《文心雕龙·谐隐》)③,但这类文章的流行一直不绝于缕,例如《全唐诗》卷八七〇就专列"谐谑诗"。诙谐与幽默是一个基本的美学范畴。它绝非笑一笑这么简单,而是"一种生存的艺术",具有深厚的美学意义。④ 所以歇后格诗歌包含的幽默特质,正是这种类型的诗歌受人欢迎的原因之一。

第三节　掉字法

清人冒春荣《葚原诗说》中有"掉字法":"掉字句法,如'桃花细逐杨花落,黄鸟时兼白鸟飞',及李商隐'座中醉客延醒客,江上晴云杂雨云'之类。"⑤掉字法是古典诗歌重复用字的方法之一,关于这一字法,学界的论述还停留在举例子的层面,笔者在此深入论述之。

---

① 杨明照《文心雕龙校注》,中华书局 2000 年版,第 195 页。
② 冯梦龙《古今谭概》,天津古籍出版社 1985 年版,第 866 页。
③ 杨明照《文心雕龙校注》,中华书局 2000 年版,第 194 页。
④ 具体论述见第三章第二节嵌字体之"嵌字体的审美内涵"部分。
⑤ 郭绍虞《清诗话续编》,上海古籍出版社 1983 年版,第 1593 页。

一 命名为"掉字法"的合理性

这一诗法最早是在宋人那里得到总结,宋人将其命名为"一句内二字相叠"。例如葛立方《韵语阳秋》卷一云:

> 杜荀鹤、郑谷诗,皆一句内好用二字相叠,然荀鹤多用于前后散句,而郑谷用于中间对联。荀鹤诗云:"文星渐见射占星""非谒朱门谒孔门""常仰门风维国风""忽地晴天作雨天""犹把中才谒上才"。皆用于散联。郑谷"那堪流落逢摇落,可得潸然是偶然""身为醉客思吟客,官自中丞拜右丞""初尘芸阁辞禅阁,却访支郎是老郎""谁知野性非天性,不扣权门扣道门"。皆用于对联也。①

这种"一句内二字相叠"的提法是不够严谨的,我们常见的叠字体其实都是"一句内二字相叠",例如"采采卷耳,不盈顷筐"(《诗经·周南·卷耳》)、"门前旧行迹,一一生绿苔"(李白《长干行》)、"怒发冲冠,凭栏处潇潇雨歇"(岳飞《满江红》)。如果再将其限定命名为"句内间隔叠字法"以区别于一般情况的"叠字"怎么样呢?但是又有"言下忘言一时了,梦中说梦两重虚"(白居易《读禅经》)、"几岁干戈阻路岐,忆山心切与心违"(刘驾《春夜二首》其二)这样的诗句,这里的"言""梦""心"字的确间隔重用,但又明显和《韵语阳秋》中所举的"文星渐见射台星""那堪流落逢摇落,可得潸然是偶然"的用法不同。这就需要一个更为确切的诗法名目来概括它。

白居易有一首《寄韬光禅师》:"一山分作两山门,两寺原从一寺分。东涧水流西涧水,南山云起北山云。前台花发后台见,上界钟声下界闻,遥想吾师行道处,天香桂子落纷纷。"②因为整首诗都在运用这种诗法,历来引人注目,后来苏轼有《天竺寺》诗咏此诗③云:"香山居士留遗迹,天竺禅师有故家。空咏连珠吟

---

① 葛立方《韵语阳秋》卷一,《学海类编》本第 51 册,民国九年(1920)上海涵芬楼据清道光十一年(1836)安晁氏木活字排印本的影印本。

② 彭定求等辑《全唐诗》卷四六二,中华书局 1980 年版,第 5259 页。

③ 本诗诗序云:"余年十二,先君自虔州归,为余言:'近城山中天竺寺,有乐天亲书诗云:一山作两山门,两寺原从一寺分。东涧水流西涧水,南山云起北山云。前台花发后台见,上界钟清下界闻。遣想吾师行遗处,天香桂子落纷纷。笔势奇逸,墨迹如新。'今四十七年矣。子来访之,则诗已亡,有石刻存耳。感涕不已,而作是诗。"

叠壁，已亡飞鸟失惊蛇。林深野桂寒无子，雨挹山姜病有花。四十七年真一梦，天涯流落涕横斜。”①苏轼称白居易这种独特的字法为“连珠”，或许清人翁方纲《石洲诗话》卷二将其命名为“连珠体”就来源于此：“白公《天竺》诗，本皇甫孝常《秋夕寄怀契上人》诗，而出以‘连珠体’，令人不觉。”②

但“连珠体”本是指一种辞赋的结体样式。《文心雕龙·杂文》云：“扬雄覃思文阔，业深综述，碎文璅语，肇为《连珠》。”③如《文选》选录陆机《演连珠》五十首，每首皆以“臣闻”二字开头。连珠实为赋体之旁衍，命名为“连珠”来自于它本身的形式特点，如傅玄《连珠序》曰：“欲使历历如贯珠，易读而可悦，故谓之连珠也。”④沈约《注制旨连珠表》曰：“连珠者，盖谓辞句连续，互相发明，若珠之结排也。”⑤徐师曾《文体明辨序说》：“连之为言贯也，贯穿事理，如珠之在贯也。”⑥“连珠体”又可以指另一种诗法，“称得上连珠体的作品，必须绝大部分句子甚至每一个句子都重复使用某两个字。”⑦例如元初诗僧明本的《松月》：“天有月兮地有松，可堪松月趣无穷。松生金粉月生兔，月抱龙珠松化龙。月照长空松挂衲，松回禅定月当空。老僧笑指松头月，松月何妨一处供。”“此诗从头到尾每句都有‘松’‘月’二字，这就是诗歌中的连珠体。”⑧这里的某一两个字在全诗的每一句一再地重复，和我们讨论的“那堪流落逢摇落，可得潸然是偶然”的字法还不是一回事，所以，翁方纲截取苏轼诗句将其命名为“连珠体”还是不妥当的。

又有将其称之为“当句对”的，如宋人洪迈《容斋续笔·诗文当句对》：“唐人诗文，或于一句中自成对偶，谓之当句对。”⑨洪迈认为王勃《滕王阁序》中的“襟三江带五湖，控蛮荆引瓯越”“落霞与孤鹜齐飞，秋水共长天一色”，杜诗“小院回廊春寂寂，浴凫飞鹭晚悠悠”“清江锦石伤心丽，嫩蕊浓花满目斑”等都是当句对。这主要是指“三江”与“五湖”句中对，“蛮荆”与“瓯越”句中对，“小院”与“回廊”句中对，“浴凫”与“飞鹭”句中对。所以洪迈继续举例子认为杜甫的“戎马不

---

① 北京大学古文献研究所《全宋诗》，北京大学出版社 1999 年版，第 9502 页。
② 翁方纲《石洲诗话》，人民文学出版社 1981 年版，第 56 页。
③ 杨明照《文心雕龙校注》，中华书局 2000 年版，第 180 页。
④ 欧阳询《艺文类聚》卷五十七，上海古籍出版社 1999 年版，第 1035 页。
⑤ 欧阳询《艺文类聚》卷五十七，上海古籍出版社 1999 年版，第 1039 页。
⑥ 吴讷、徐师曾《文章辨体序说·文体明辨序说》，人民文学出版社 1962 年版，第 139 页。
⑦⑧ 饶少平《杂体诗歌概论》，中华书局 2009 年版，第 238 页。
⑨ 洪迈《容斋续笔》卷三，《文渊阁四库全书》本第 851 册，台湾商务印书馆 1987 年版，第 425 页。

如归马逸,千家今有百家存”、李商隐的“池光不定花光乱,日气初涵露气干”等也是当句对。因为“戎马”自然对“归马”,“千家”自然对“百家”,“池光”自然对“花光”,“日气”自然对“露气”。其实,这种运用叠字的情况只是“当句对”的其中一种,大部分的“当句对”是不运用叠字的,我们不能以偏概全,所以“当句对”还是不适合做这种诗法的专用名称。

而清人冒春荣在《葚原诗说》将这一诗法命名为“掉字法”是很有见地的,“乍一看,这种叠字很像单音词隔字叠,细分析之,实际上是复音词或词组在隔字叠的过程中掉换了一个字”①。例如元人兰楚芳的小令《折桂令·相思》中的“花又纷纷雨又纷纷”“泪又新新恨又新新”,李白“凤凰台上凤凰游”等,这就是复音词隔字叠,但白居易诗叠用“一山”时,将“一”掉换为“两”,叠用“东涧”时将“东”掉换为“西”,叠用“南山”时,将“南”掉换为“北”。所以我们可以将其看成复音词重叠的时候掉换了一个字,如此来理解这种诗法,就简易并且明确多了。

历代诗人很喜欢使用这种掉字的方法,诗例留下不少,例如杜甫《闻官军收河南河北》“即从巴峡穿巫峡,便下襄阳向洛阳”;韩愈《潜兴》“莫忧世事兼身事,且著人间比梦间”;李商隐《杜工部蜀中离席》“座中醉客延醒客,江上晴云杂雨云”,再有梅圣俞的“南陇鸟过北陇叫,高田水入低田流”;黄庭坚的“野水自添田水满,青鸠却唤雨鸠来”;李若水的“近村得雨远村同,上圳波流下圳通”,还有清人邵子湘《西湖诗》“南高云过北高宿,里湖水出外湖流”等,都是使用这一诗法。钱锺书先生仍以其为“当句对”,于《谈艺录》第二、第五七中举出了许多诗例,读者也可参看。

另外,“掉字法”也不一定只是掉换名词,例如杜甫《阆山歌》“松浮欲尽不尽云,江动将崩未崩石”;杜甫《江村》“自去自来梁上燕,相亲相近水中鸥”;刘驾《春夜》“近来欲睡兼难睡”等,这种状语修辞动词的“状中偏正结构”也可以换掉状语进行“掉字”。主谓结构也可以“掉字”,例如五代徐夤《雅道机要》中曾有例诗曰:“冥心冥目日,花开花落时。”②将“冥心”掉字为“冥目”,“花开”掉字为“花落”。动宾结构同样也可以“掉字”,如刘驾《晓登迎春阁》中的“香风满阁花满树”,将“满阁”掉字为“满树”。

---

① 饶少平《杂体诗歌概论》,中华书局 2009 年版,第 231 页。

② 张伯伟《全唐五代诗格汇考》,江苏古籍出版社 2002 年版,第 430 页。

二 “掉字法”与“双拟对”的辨析

两个字在一句之中有间隔地相叠,还有另一种情况,那就是单音词隔字叠,当两句之间形成一组对仗句时,它有一个成熟的诗法名目叫做“双拟对”。这一诗法很早就被总结,例如唐上官仪《笔札华梁》“属对”第三:

> 双拟对者,一句之中所论,假令第一字是“秋”,第三字亦是“秋”,二“秋”拟第二字,下句亦然。如此之类,名为双拟对。诗曰:“夏暑夏不衰,秋阴秋未归。炎至炎难却,凉消凉易追。”又曰:“议月眉欺月,论花颊胜花。”春树春花,秋池秋日,琴命清琴,酒追佳酒,思君念君,千处万处。如此之类,名双拟对。①

唐释皎然《诗议》又云:

> 双拟对。诗曰:“可闻不可见,能重复能轻。”②

“掉字法”与“双拟对”的主要区别是:所叠的字是作为一个单音词还是和其他字组成一个复音词。如果所叠用的字只是句中的单音词,那就是“双拟”,如果这个叠字还和其他字组成了一个复音词,那就是“掉字”。五代徐夤《雅道机要》“明门户差别”中又有“双拟门”,例诗曰:“冥心冥目日,花开花落时。”③其实按照上一节所分析的,徐夤这个诗例算作是“掉字法”更为准确。

其他使用“双拟”的诗例还有苏轼《水龙吟》“似花还似非花”、戴复古《世事》“春水渡傍渡,夕阳山外山”等。又如元人关汉卿小令[双调]《沉醉东风》整首曲子都使用了“双拟”的字法:“忧则忧鸾孤凤单,愁则愁月缺花残。为则为俏冤家,害则害谁曾惯?瘦则瘦不似今番。恨则恨孤帏绣衾寒,怕则怕黄昏到晚。”④

三 “掉字法”的审美内涵

(一)形式上的对称美

“掉字法”使得一句之内的某些词汇自成对偶,例如“文星渐见射台星”中的

---

① 张伯伟《全唐五代诗格汇考》,江苏古籍出版社 2002 年版,第 59 页。
② 张伯伟《全唐五代诗格汇考》,江苏古籍出版社 2002 年版,第 211 页。
③ 张伯伟《全唐五代诗格汇考》,江苏古籍出版社 2002 年版,第 430 页。
④ 蓝立蓂《汇校详注关汉卿集》,中华书局 2006 年版,第 1674 页。

"文星"与"台星"对偶;"非谒朱门谒孔门"中的"朱门"与"孔门"对偶;"忽地晴天作雨天"中的"晴天"与"雨天"对偶。加之"掉字法"一般会用在对仗句中,如"桃花细逐杨花落,黄鸟时兼白鸟飞""座中醉客延醒客,江上晴云杂雨云"之类,这就使得大的一组对仗中有两组小对仗,整个诗句呈现出更加鲜明的对称感。

对称是大自然中天然存在的美的形式,例如人的身体、植物的叶子、雪花的形状等。人们在长期的社会生产生活中不断认识到这种形式对人的生存、发展有着重要意义和价值,所以人类就在头脑中抽象出来这种形式的规律——在中轴两边有相同或相似的物体分布,从而形成既有一致性因素,又有差异性因素的排列组合。人们又将这一规律运用到生产生活中,例如生产工具(弓、扁担、铲子)、生活用品(碗、罐子)等的制作,这种对称性的物件提高了劳动效率,满足了生活需要,所以人们更加从这种形式上看到了人的本质力量的存在,进一步对这种形状产生美的愉悦。随后,经历人类的代代传承与积淀,使得对称、对偶等均衡形式成为一种审美意识与美的原则被追求与运用。对于汉民族来说,对称的审美意识更是其审美领域中极为独特而鲜明的因素,在汉民族物质与精神文化中有着极为广泛而深远的影响。① 文学中也是如此,刘勰《文心雕龙·章句》中就说:"若辞失其朋,则羁旅而无友。"②郭绍虞先生也指出:"中国文辞之对偶与匀整,为中国语言文字所特有的技巧。"③对称能给人以稳定、整齐、有序、庄重、静穆之感,"掉字法"可以促成当句对偶,而且一般又以一组对仗句的形式出现,所以诗句的对称美是十分明显的,更进一步增添了读者视觉上感受到的秩序性与规律性,心理上同时收获稳定感与安宁感。

另外,"掉字法"不是重复用字,它要求一个字掉换而另一个字不变,这就使得这种诗句另外拥有了"平衡对称"。黑格尔说:"如果只是形式一致,同一定性的重复,那就不能组成平衡对称,要有平衡对称,就必须有大小、地位、形状、颜色、音调之类定性的差异,这些差异还要以一致的方式结合起来。只有这种把彼此不一致的定性结合成一致的形式,才能产生平衡对称。"④掉字法所带来的

① 关于对偶与汉民族的文化关系,具体论述可参于全有、李现乐《对偶与汉文化关系研究综论》,《沈阳师范大学学报》2006 年第 5 期。

② 杨明照《文心雕龙校注》,中华书局 2000 年版,第 440 页。

③ 郭绍虞《照隅室语言文字论集》,上海古籍出版社 1985 年版,第 103 页。

④ [德]黑格尔《美学》第 1 卷,商务印书馆 1997 年版,第 136 页。

“平衡对称”进一步帮助这种诗句拥有了整齐的视觉效果与和谐匀称的对称美，再一次加强了踏实有序、庄重稳妥的审美效果。

（二）声音上的呼应美

“掉字法”另外一个好处就是声音美。“音乐性”在语词结构上表现为有规律的重复和有规律的调配，重复的字音就是“有规律的重复”，其他不同的字音就是“有规律的调配”。刘勰《文心雕龙·声律》中云：“异音相从谓之和，同声相应谓之韵。”[①]这说明“刘勰从语言实践中，已经察觉到语音链上全同无异不成律，全异无同不成调。唯有‘异音相从’和‘同声相应’，方能显示出语言的和谐美”[②]。“和”是形成语言节奏的对立因素，“韵”是形成声音节奏中的相同因素，二者对立统一，从而产生和谐、协调、相随、相称的声音美感。这就是古人所说的“和羹之美，在于合异”[③]，艺术美的各个方面都是生于“不一”和“合异”。“掉字法”正好天然形成异音相从的“和”与同声相应的“韵”：

> 刘勰所谓的“韵”，实际上是指声音节奏中的相同成素。在语音链上主要表现为：
>
> 1. 脚韵中的同韵母（韵腹、韵尾）；
> 2. 双声中的同声母；
> 3. 叠韵中的同韵母（韵腹、韵尾）；
> 4. 反复中的同音节；
> 5. 声调序列中相应和的同声调；
> 6. 如近体诗的上下联对句和出句的平仄相“粘”。[④]

“掉字法”中会形成“反复中的同音节”，某两个字音的重复会使发音器官不会疲劳，又给人留下难忘的印象，其他字音的调配，使得句子的声音悦耳动听。例如：“少年轻会复轻离”（窦叔向《酬李袁州嘉祐》）“烟笼寒水月笼沙”（杜牧《泊秦淮》），其声音前后呼应，有起有伏，具有和谐且错落之美。

再者，“掉字法”中的重复用字还会带来声音上的呼应之美。它主要以声音的复现显出规律性的音乐美，构成审美效果上的强调感与回环感。例如罗隐

---

① 杨明照《文心雕龙校注》，中华书局 2000 年版，第 431 页。

②④ 朱宏达、吴洁敏《“和韵”新论》，《中国社会科学》1994 年第 4 期。

③ 陈寿《三国志·魏志·夏侯尚传》，中华书局 1987 年版，第 297 页。

《春日游禅智寺》里的“花开花谢长如此，人去人来自不同”、李商隐《春日寄怀》中的“纵使有花兼有月，可堪无酒又无人”，如果“花”“人”“有”“无”几个字不重复，那么诗句语音节奏就会顺序地向前走，而现在有了字音的间隔重复，吟诵时自然有一种“回复”的感觉，形成了一边前进，一边回头的复沓节奏，声音上就有明显的映衬感、对照感，最终达到循环往复、一唱三叹、回环荡漾的审美效果。

（三）记忆上的印证美

艺术作品要产生审美效力，首先在于它能否在人的头脑里站住脚，如果它不能够留下痕迹，形成形象记忆，就谈不上留下美感了。而“掉字法”就具有突出的记忆效力。

当某一个艺术因素来到我们眼前时，它就会刺激我们大脑皮层的某一区域，从而很快形成一个优势兴奋中心，引起我们的注意，并对周围的区域进行抑制。当我们接触到下一个因素后，新的兴奋区域又形成了，它会对先前形成的“暂时记忆”进行激烈的干扰与竞争。有学人论述在音乐中“只有重复，才能解决‘先效干涉’的矛盾，才能强化‘感觉记忆’和‘暂时记忆’，才能出现较巩固的暂时的神经联系，音乐形象也才可能清晰易感”①，诗歌欣赏或者吟诵也是一样，如果我们在先前形成的“暂时记忆”还没有彻底消失之时，再一次重复相同的因素，例如使用“掉字法”——“东涧水流西涧水，南山云起北山云”，“涧水”“山云”的暂时记忆就会再一次取得印证，并获得长久的记忆。

而且，掉字法中的重复并不是亦步亦趋的简单重复，它是调换了一个字，重复另外的字，这就像音乐中的“否定性重复”，它要比简单的“再现式重复”更加占有记忆优势：

> 由于再现式重复的被推出是因为否定式重复从表面上干涉了原兴奋中心后而造成的一种迫切的心理要求，所以它的出现带上了必然性和合理性。它产生着两方面的情形，第一，破除了连续重复在神经过程中易发生的那种抑制积累，使基本形象所造成的痕迹恢复先前的活动，从而赢得了更多的活动时间。第二，此前的否定性刺激，使基本形象再现时的痕迹活动更强烈、更积极——而痕迹活动的时间越多、活动的兴奋程度越强烈积

① 费邓洪《音乐重复原则的心理、生理基础》，《乐府新声》（《沈阳音乐学院学报》）1983 年第 3 期。

极,“暂时的神经联系”也就越巩固,音乐形象越鲜明突出。这就是为什么我们在听再现时,与以前基本形象的感觉总不一样,总觉得更清晰、更生动、更丰满、更深刻、更有浮雕感和意味更多的原因,同时也是为什么再现式重复能够被视为一项法则的原因。①

于是,掉字法可以使得新增的信息与已述信息相连通。“这样,反复表面上是围绕着一个相同的结构或相同的词语在递归,实质上是围绕着话语的主题在递归,而一旦因此而充分发挥了强化主题的语用功能,反复就成了最为经济的一种信息表达的语言结构。”②所以,“掉字法”的递归性在信息的传递与表达方面起着十分经济的作用。正如王存臻、严春友说:“如果宇宙是无限的,那么信息就以无限层次的全息递归结构存在于每一全息元、每一位点中……全息着的宇宙呈现出异常复杂的结构,然而这异常复杂的结构却是按最简单的规律构造起来的,即是对同一信息的不断复制,遵循着最经济的原则。”③

另外,我们喜欢对仗,其中一方面的理由是,它上下两联的节奏完全相同。当你吟诵时,重复的节奏会让你的记忆不断印证。吴继光就在《论修辞格的心理基础》认为凡是相近的刺激物易于组成知觉对象或对象的单元,从背景中分离出来,使人们易于感知。而在长期的言语活动中形成的对偶、排比等修辞方式,恰恰符合这一心理活动的规律。对偶把形式上相近的一对句子组成一个相对独立的单元,可以给接受者以深刻的印象。④ 例如王摩诘“赭圻将赤岸,击汰复扬舲”、杜必简“伐鼓撞钟惊海上,新妆袨服照江东”,相同的句式容易被记忆掌握。而“掉字法”的当句对仗让一句之内具有了重复的节奏,如“桃花细逐杨花落”(杜甫《曲江对酒》),这能让读者在更短的时间内实现记忆印证。何况“掉字法”一般是前后两句的对仗句,如:“桃花细逐杨花落,黄鸟时兼白鸟飞”,这种心理上的掌握感与舒适感将更加强烈。如果诗句语音节奏顺序前行,语感上自然比较平滑,在心理上的印象也一带而过。所以“掉字法”中的复辞使得音节在重复之后,声音上加重,这就像在音乐上反复某一旋律后获得强调的作用一样。

① 费邓洪《音乐重复原则的心理、生理基础》,《乐府新声》(《沈阳音乐学院学报》)1983 年第 3 期。

② 李鑫华《语言递归性与拓扑心理学视角下反复辞格的语用功能与心理价值探析》,《高等函授学报》2006 年第 6 期。

③ 王存臻、严春友《宇宙全息统一论》,山东人民出版社 1995 年版。

④ 吴继光《论修辞格的心理基础》,《徐州师范学院学报》1985 年第 1 期。

同时在视觉上再次强调,使得重复用字的地方心理时间流动缓慢,在意义上与情感上也进行了着重渲染,从而加强审美享受。

(四)意义上的强化美

掉字法在句型与用字上的反复,进一步会引起情感上的强化与意象上的扩展,从而增加作品的艺术性与读者的审美感受。

"反复使用重言式能刺激人的听觉,使听话人对语义产生联想,加大语言密度从而使语意密度得到有效的增强。"①这一诗法通过反复的递归性"提供信息处理框架,有序地调动信息"②,使得同一字词、同一结构不断地向同一思维、同一感情递归,所以我们在丰富中的词汇中能够顺利捕捉到清晰,从繁复的句式中很快地感受到单纯,例如"相见时难别亦难"(李商隐《无题》)中的"难""非琴非瑟亦非筝(白居易《云和》)中的"非",掉字法的运用非常有效地提高了原词表达程度。而且,掉字法不少又是在上下两联同时使用,如白居易《赠内》"寒食非长非短夜,春风不热不寒天";杜牧《题宣州开元寺》"鸟去鸟来山色里,人歌人哭水声中"之类,从而不断地引导欣赏者将注意力集中于一种主旨情趣上,从而强化主题。

掉字法也是一种意义扩展。当诗歌中语言组合方式一旦出现变异,认识主体就会产生特殊的心理活动过程,从而引起着重的注意。从心理学上讲,"反复在意象代码中也能起强化主题的作用吗?答复是肯定的。意象代码是人们心中浮现的直观的意象,这种意象与人的情感紧密相连,意象与情感两者是互动(interaction / intersubjectivity)的,意象使得人在心中油然升起情感,情感也会引得人浮想联翩,不断闪现众多的意象。而在说话人运用反复的时候,意象与情感都会在反复中得到加强,浓墨重彩,情深意长,对主题意旨极尽烘托、展现、阐释之能事"③。在掉字法中,当读者听到第二遍相同的声音时,就会感觉到所掉换之字的特殊性与障碍性,例如:"即从巴峡穿巫峡,便下襄阳向洛阳"(杜甫《闻官军收河南河北》);"莫忧世事兼身事,且著人间比梦间"(韩愈《潜兴》);"座中醉客延醒客,江上晴云杂雨云"(李商隐《杜工部蜀中离席》)等,此时

① 吴兴丽《重言式的语用修辞特色》,《西安电子科技大学学报》2002年第4期。

②③ 李鑫华《语言递归性与拓扑心理学视角下反复辞格的语用功能与心理价值探析》,《高等函授学报》2006年第6期。

读者便不得不根据声音信息进行语用推理,得出重复用字的更多意义,加深印象与联想,从而领悟到句子表达的内在语言结构含义与作者的深层用意。所以掉字法在重复中实现了深度推进,使得重复之字与所掉换之字的意义不断增值,作品的美感便在这一过程中愈发显露出来。

附:古典诗歌重复用字法面面观

"掉字法"其实只是诗句重复用字的一种方法之一,在古典诗歌中有形形色色重复用字的方法。如梁绍壬在《两般秋雨盦随笔》卷二中曾举例说:"诗有一句叠三字者,吴融《秋树》诗:'一声南雁已先红,槭槭凄凄叶叶同'是也;有一句连三字者,刘驾诗:'树树树梢啼晓莺,夜夜夜深闻子规'是也;有两句连三字者,白乐天诗:'新诗三十轴,轴轴金玉声'是也;有一句叠四字者,古诗:'行行重行行'《木兰诗》:'唧唧复唧唧'是也;有两句互叠字者,王胄诗:'年年岁岁花常发,岁岁年年人不同'是也;有三联叠字者,古诗:'青青河畔草'是也;有七联叠字者,昌黎《南山诗》:'延延离又属'十四句是也。"[①]这些远不是全部,笔者在此先梳理一下各种重复用字的类型,分析其运用的特点,最终揭示它们共通的审美意蕴。

一　形形色色的重复用字法

(一)叠字

对于重复用字,我们比较熟悉的便是相同的字在一句之中同一音步内无间隔地重复使用,这一手法一般被称作"叠字"或者"重言"。《诗经》中叠字的使用是很突出的现象,如《卫风·硕人》里有"河水洋洋,北流活活。施罛濊濊,鳣鲔发发,葭菼揭揭。庶姜孽孽"[②]的诗句。《古诗十九首》中有诗云:"迢迢牵牛星,皎皎河汉女。纤纤擢素手,札札弄机杼。终日不成章,泣涕零如雨。河汉清且浅,相去复几许?盈盈一水间,脉脉不得语。"[③]唐代诗僧寒山喜欢写作叠字诗:

---

① 梁绍壬《两般秋雨盦随笔》,上海古籍出版社1982年版,第110页。

② 《十三经注疏》整理委员会《毛诗正义》,北京大学出版社1999年版,第226页。

③ 逯钦立《先秦汉魏晋南北朝诗》,中华书局1983年版,第331页。

杳杳寒山道，落落冷涧滨。啾啾常有鸟，寂寂更无人。碛碛风吹面，纷纷雪积身。朝朝不见日，岁岁不知春。①

独坐常忽忽，情怀何悠悠。山腰云缦缦，谷口风飕飕。猿来树袅袅，鸟入林啾啾。时催鬓飒飒，岁尽老惆惆。②

叠字也可以广泛运用到词与曲中，如《敦煌曲子词》中收唐无名氏的《菩萨蛮》：

霏霏点点回塘雨，双双只只鸳鸯语。灼灼野花香，依依金柳黄。盈盈江上女，两两溪边舞。皎皎绮罗光，轻轻云粉妆。③

（二）叠语字对

倘若出句使用叠语，对句也在相同的位置使用叠语呢？题名白居易《金针诗格》"诗有四字对"条中有"一曰叠语字对"④，但没有给予详细的解释。后来，北宋梅尧臣《续金针诗格》中有了一个例证：

叠语字对二。诗曰："青春背我堂堂去，白发欺人故故生。"⑤

从诗例上看，所谓"叠语字对"是一种对仗的方法，指出句的叠音词在位置与意义上与对句的叠音词形成一组对仗。例如"袅袅桑结叶，萋萋柳垂荣"（李白《古风》）；"漠漠水田飞白鹭，阴阴夏木啭黄鹂"（王维《积雨辋川庄作》）；"大弦嘈嘈如急雨，小弦切切如私语"（白居易《琵琶行》）；"无边落木萧萧下，不尽长江滚滚来"（杜甫《登高》）等。

此外，白居易《金针诗格》"诗有六对"条又给了这一诗法另一个名字："曰连珠，萧萧、赫赫是也。"⑥唐人所称的"赋体对"中也包括这种"叠语字对"。赋体对是指上下句对仗形式接近于赋体句式的对偶，如唐人佚名《文笔式》谓：

赋体对者，或句首重字，或句首叠韵，或句腹叠韵；或句首双声，或句腹双声。如此之类，名为赋体对。似赋之形体，故名赋体对。诗曰：句首重字："袅袅树惊风，丽丽云蔽月。""皎皎夜蝉鸣，胧胧晓光发。"句腹重字："汉

① 彭定求等辑《全唐诗》卷八〇六，中华书局 1980 年版，第 9067 页。
② 彭定求等辑《全唐诗》卷八〇六，中华书局 1980 年版，第 9081 页。
③ 王重民《敦煌曲子词集》上卷，商务印书馆 1950 年版，第 1 页。
④⑥ 张伯伟《全唐五代诗格汇考》，江苏古籍出版社 2002 年版，第 358 页。
⑤ 张伯伟《全唐五代诗格汇考》，江苏古籍出版社 2002 年版，第 532 页。

月朝朝暗，胡风夜夜寒。”句尾重字：“月蔽云晒晒，风惊树袅袅。”句首叠韵：“徘徊四顾望，怅恨独心愁。”句腹叠韵：“君赴燕然戍，妾坐逍遥楼。”句尾叠韵：“疏云雨滴沥，薄雾树朦胧。”句首双声：“留连千里宾，独待一年春。”句腹双声：“我陟崎岖岭，君行峣崅山。”句尾双声：“妾意逐行云，君身入暮门。”①

其中所论述的“句首重字”“句腹重字”“句尾重字”这三种情况都是“叠语字对”。元代佚名《杜陵诗律五十一格》中又有“双字格”，并以杜甫《冬至》诗为例：“年年此日常为客，忽忽穷愁泥杀人。”所谓“双字格”就是“叠语字对”。

（三）顶真式叠字法与联绵对

从以上所举例子来看，“叠字必须位于一个双音节音步内，不能跨两个音步，否则就会破坏诗句的韵律结构。”②但在古典诗歌实践中的确有两个字不间隔地相叠，但叠字却分属于两个音步节奏里，例如杜甫《绝句漫兴九首》中有“眼见客愁/愁不醒”，《卜居》中有“浣花溪水/水西头”，这其中的“愁愁”“水水”都不是传统意义上的叠字，因为它们分属于两个相连的节奏之中，从而形成了顶真的修辞效果。再例如“把酒送春/春不语，黄昏欲下潇潇雨”（朱淑真《蝶恋花·送春》）；“泪眼问花/花不语”（欧阳修《蝶恋花》）；“送春/春去几时回”（张先《天仙子》）等。目前，这一重复用字还没有具体的名称，笔者暂将其命名为“顶真式叠字法”。

再有李白《宣州谢朓楼饯别校书叔云》中的“抽刀断水/水更流，举杯消愁/愁更愁”，李白《挂席江上待月有怀》中的“待月/月未出，望江/江自流”也是这样的用法，而且又是两句对仗，古人称为“联绵对”，主要指当句之中两字相叠，但却分属于前后不同的节奏单位，下句形式亦然，两句呈对仗形式。例如唐上官仪《笔札华梁》“属对”第四：

联绵对者，不相绝也。一句之中，第二字第三字是重字，即名为联绵对。但上句如此，下句亦然。诗曰：“看山山已峻，望水水仍清。听蝉蝉响急，思乡乡别情。”又曰：“嫩荷荷似颊”；“残河河似带”；“初月月如眉”。③

① 张伯伟《全唐五代诗格汇考》，江苏古籍出版社2002年版，第75—76页。
② 孙力平《中国古典诗歌句法流变史略》，浙江大学出版社2011年版，第240页。
③ 张伯伟《全唐五代诗格汇考》，江苏古籍出版社2002年版，第59—60页。

唐释皎然《诗议》亦云：

联绵对。诗曰："望日日已完，怀人人未归。"①

（四）两句之间叠语格

以上都是一句之内的重复用字法，如果是两句之内重复使用同样的字呢？关于这一诗法的总结比较早，例如王昌龄《诗中密旨》"诗有九格"条中有"句中叠语格"：

句中叠语格八。诗曰："既为风所开，还为风所落"是也。②

唐释皎然《诗议》"诗有十五例"中又有"叠语之例"：

叠语之例。诗曰："故人心尚尔，故心人不见。"又诗曰："既为风所开，还为风所落。"③

元代佚名《杜陵诗律五十一格》中有"叠字格"，以杜甫《江村》诗为例，诗云："清江一曲抱村流，长夏江村事幽幽。自去自来梁上燕，相亲相近水中鸥。老妻画纸为棋局，稚子敲针作钓钩。多病所须惟药物，微躯此外更何求？"诗前小注云："首联二'江'、二'村'，次联'自来自去''相亲相近'。"④（注："自来自去""相亲相近"乃是本书上一节所论述的"掉字法"。）

根据这些论述与诗例，我们可以总结出所谓"叠语格"是指同样的几个字在上下两句重复使用的用字方法。为了和"叠字"与"句内间隔叠字法"相区别，笔者暂将其命名为"两句之间叠语格"。例如杜甫《白水崔少府十九翁高斋三十韵》"上有无心云，下有欲落石"，"有"字上下两句都重复使用。崔颢《黄鹤楼》"昔人已乘黄鹤去，此地空余黄鹤楼，黄鹤一去不复返，白云千载空悠悠"，"黄鹤"二字在三句之中一再地重复。同样情况还有李商隐《嘉陵江水二绝》"嘉陵江水此东流，望喜楼中忆阆州。若到阆州还赴海，阆州应更有高楼"。再有李白《登金陵凤凰台》"凤凰台上凤凰游，凤去台空江自流"，两句都有"凤"字，也是一种"两句之间叠语格"。但元代旧题范德机门人集录《总论》中又将这种每句开

① 张伯伟《全唐五代诗格汇考》，江苏古籍出版社 2002 年版，第 211 页。
② 张伯伟《全唐五代诗格汇考》，江苏古籍出版社 2002 年版，第 198 页。
③ 张伯伟《全唐五代诗格汇考》，江苏古籍出版社 2002 年版，第 217 页。
④ 张健《元代诗法校考》，北京大学出版社 2001 年版，第 125 页。

头用同一个字的情况叫做“联字起”:“李白‘凤凰台上凤凰游,凤去台空江自流’,此是联字起。”①其实范德机着眼的是两个字都在句首重复的情况。

其他诗句还有杜甫《阆山歌》“阆州城东灵山白,阆州城北玉台碧”,杜甫《三绝句》“前年渝洲杀刺史,今年开州杀刺史”,苏轼《法惠寺横翠阁》“朝见吴山横,暮见吴山纵,吴山故多态,转侧为君容”等,若两句之间叠语,上下相接,若继踵然,便是“顶真式两句间叠语格”。例如李商隐的几句诗:“春日在天涯,天涯日又斜”(《春日》);“回头问残照,残照更空虚”(《槿花》);“东南日出照高楼,楼上离人唱《石州》”(《代赠二首》其二)等。从这些诗例中可以见得,诗人使用两句之间叠语的诗法意识是很明显的。

(五)一字叠用三次法

刘驾还有“一字叠用三次法”,如“夜夜夜深闻子规”“日日日斜空醉归”“家家家业尽成灰”“树树树梢啼晓莺”“更更更漏月明中”,又有欧阳修(一说冯延巳)《蝶恋花》中的“庭院深深深几许”等。又有“一字相隔叠用三次法”:“一叫一回肠一断,三春三月忆三巴”(李白《宣城见杜鹃花》);“两人对酌山花开,一杯一杯复一杯”(李白《山中与幽人对酌》);“马疑金马门前马,香认芸香阁上香”(晚唐周朴《赠李裕先辈》)。再有两句连用三字者,如白居易《题故元少尹集后二首》诗:“遗文三十轴,轴轴金玉声。”

又有单音三并叠的新形式。如晚唐诗人司空图的《耐辱居士歌》:

> 咄!喏!休休休,莫莫莫,伎俩虽多性灵恶,赖是长教闲处着。休休休,莫莫莫,一局棋,一炉药,天意时情可料度。白日偏催快活人,黄金难买堪骑鹤。若曰尔何能,答云耐辱莫。②

词中也有三字叠用的情况。如贺铸《醉春风》:“归云何许误心期,侯侯侯。……东阳饮罢不胜情,瘦瘦瘦。”《钗头凤》词牌中有句子亦是如此。

二 重复用字法的特点与运用

以上笔者所论述的绝不是诗歌中重复用字的全部,形形色色的技巧还有很

---

① 张健《元代诗法校考》,北京大学出版社 2001 年版,第 222 页。

② 尤袤《全唐诗话》卷五,《丛书集成初编》本,商务印书馆 1936 年版,第 99 页。

多。饶少平《杂体诗歌概论》[1]中有"复字体""叠字体""重字体"等条介绍了不少重复用字的情况，孙力平《中国古典诗歌句法流变史略》中讨论过杜诗中的重字，读者皆可以参看。[2] 再有古乐府《江南可采莲》"鱼戏莲叶间，鱼戏莲叶东，鱼戏莲叶西，鱼戏荷叶南，鱼戏荷叶北"；杜甫《石龛》"熊罴咆我东，虎豹号我西。我后鬼长啸，我前狨又啼"；杜甫《杜鹃行》"西川有杜鹃，东川无杜鹃，涪万无杜鹃，云安有杜鹃"等诗歌，不但重字，而且句式格式也一再重复，这就不单是字法问题，也是一种句法了。

因为重复用字的类型极多，所以诗论家在总结时往往各自命名，以至于形成了名同实异或者名异实同的混乱场面，例如上文所说的"叠语字对"，同书白居易《金针诗格》中又称呼其为"连珠"；日僧空海《文镜秘府论·二十九种对》称为"重字对""赋体对"；元代佚名《杜陵诗律五十一格》称其为"双字格"；明代徐师曾《文体明辨序说》称其为"叠字体"；明代费经虞《雅伦》卷九称其为"叠字格"；《雅伦》卷十二称为"绵连对"；明人谭俊《说诗》卷上叫做"二句对叠""隔句间叠"；明人梁桥《冰川诗式》卷三叫做"叠字次第法"。种种异名就有十几个之多。

所以，古人也难免有"一言以敝之"的冲动，五代僧神彧《诗格》"论破题"中有"粘题"：

> 四曰粘题，破题上下二句，重用其字是也。禅月诗："得力未得力，苦吟夏又残。"此乃一句内粘二字也。方干诗："至业未得力，至今犹苦吟。"此乃上下共粘二字也。送僧诗："一衲与一锡，一身索索轻。"此乃上下共粘三字也。《古诗》："行行重行行，与君生别离。"此乃一句粘四字也。《别友人》诗："昔年相别今又别，今别还将昔别同。"此乃两句粘四"别"字，又粘二"今"二"昔"字。大凡破题，切详此例。[3]

"论破题"本来是讨论诗歌开头的写法，所谓"粘题"就是诗歌开头的句子紧密地粘着诗题而来，粘两次，粘三次、四次，重用其字。抛开对诗歌开头写法的讨论，这里两次、三次、四次地重用其字，其实正是我们"字法"中重复用字的讨论内

---

① 饶少平《杂体诗歌概论》，中华书局 2009 年版。

② 孙力平《中国古典诗歌句法流变史略》，浙江大学出版社 2011 年版，第 241 页。

③ 张伯伟《全唐五代诗格汇考》，江苏古籍出版社 2002 年版，第 489 页。

容。神彧将其叫做“粘”字,也是一种不错的总结方法。

倘若将重复用字体现在整首诗上,明代杨良弼《作诗体要》中将其称作“重字体”:

曲江　杜甫

一片花飞减却春,花飘万点正愁人。且看欲尽花经眼,莫厌伤多酒入唇。江上小堂巢翡翠,苑边高冢卧麒麟。细推物理须行乐,何用浮名绊此身。

此诗三用“花”字,在老杜则可,在他人则不可。张文潜诗多重叠用字,朱文公《语录》道破,亦不以为病。然后学却合点检,必老成而后用此例可也。①

重字体是指在一首诗中反复出现某一个字,这又和我们上文所讨论的“连珠体”很相似。如柳宗元的“柳州柳刺史,种柳柳江边(《种柳戏题》),李商隐的《暮秋独游曲江》“荷叶生时春恨生,荷叶枯时秋恨成。深知身在情长在,怅望江头江水声”等,的确呈现出“水精如意玉连环”的美学风貌。这一诗法的命名一直以来也是一种混乱状态,陈骙《文则》中叫做“交错体”,举《尚书》“念兹在兹,释兹在兹,名言兹在兹,允出兹在兹”等“若纠缠然”为例。② 陈望道先生《修辞学发凡》“复叠”一节说:“复叠是把同一的字接二连三地用在一起的辞格,共有两种:一是隔离的,或紧相连接而意义不相等的,名叫复辞;一是紧相连接而意义也相等的,名叫叠字。”③有的学者又将其叫做“复辞重言”④“重言错综”⑤。当今的网络诗坛对其进行讨论更是花样百出,例如“叠字顶针”“联绵诗”“交错连环”“堆絮体”“重句体”“首尾复字诗”“叠词叠句体”等等。⑥

相对应的是,诗人们在使用重复字词的时候,往往倾向于将多种重字方法左右逢迎,融为一炉。例如汉乐府《紫骝马歌辞》“烧火烧野田,野鸭飞上天”,短短的一句便使用了“双拟”与“两句之间叠语格”两种诗法,可能乐府的作者是随

---

① 周维德《全明诗话》,齐鲁书社 2005 年版,第 1563 页。

② 陈骙《文则》,人民文学出版社 1960 年版,第 17 页。

③ 陈望道《修辞学发凡》,上海教育出版社 1997 年版,第 169 页。

④ 黄世中《往复回环,潜气内转——李商隐诗复辞重言研究》,《温州师院学报》1987 年第 1 期。

⑤ 陶文鹏《重言错综,声情俱美》,《古典文学知识》1995 年第 4 期。

⑥ 具体论述可参 http://www.360doc.com/userhome.aspx? userid=8110768&cid=38#

口吟出的，但后世的模仿者就有一定的诗法意识了。再例如明代杨良弼《作诗体要》中有“辘轳体”：

读禅经　白居易

须知诸相皆非相，若住无余却有余。言下忘言一时了，梦中该梦两重虚。空花岂得兼求果，阳焰如何更觅鱼。摄动是禅禅是动，不禅不动即如如。

游戏三昧，不可以诗律拘佛语。①

这其中就使用了掉字法、双拟格、跨音步叠字法、叠字法四种重复用字的方法。再如崔颢的名作《登黄鹤楼》：“昔人已乘黄鹤去，此地空余黄鹤楼。黄鹤一去不复返，白云千载空悠悠。晴川历历汉阳树，芳草萋萋鹦鹉洲。日暮乡关何处是，烟波江上使人愁。”重用“黄鹤”算是“叠语格”，“悠悠”“历历”“萋萋”算是“叠字法”，首句的“人”与末句的“人”，算得上是“重字体”。

三　重复用字法的审美内蕴

重字本为诗忌之一，但作为“唐诗第一名”的崔颢《黄鹤楼》②频繁使用重字却并没有为人诟病。再看古典诗法著作中总结出很多诗法名目来概括这种重复用字的方法，就知道古人对重复用字很感兴趣。为什么呢？这是因为故意使用重字可以营造出神奇的审美效果。对于重复用字的审美内蕴，也有不少论文论述之，一般都说可以增加诗歌的音韵美和意境美③，但接下来却难以深入，最终使得技巧分析流于诗词鉴赏的层面。本篇尝试深入论述：

（一）复古之美

重复用字是早期诗歌的创作方法之一，当在诗歌越演变越复杂的后世，如果使用那些远古诗歌中的语言技巧与作诗方法，会产生一种神奇的“复古”

① 周维德《全明诗话》，齐鲁书社 2005 年版，第 1564 页。

② 可参王兆鹏《唐诗排行榜》，中华书局 2011 年版。

③ 例如王艳峰《叠字在中国古典文学作品中的运用》：“叠字的使用不仅加强了诗歌的音乐性，而且增强了诗歌的修辞美，使人物的行为和心理活动的刻画更为生动细腻。”（《哈尔滨学院学报》2008 年第 7 期）浦爱立《古诗词中叠字修辞的类型及作用》：“作为我国古典诗词中常用的一种修辞方式，叠字若用得贴切自然，可收到奇异的艺术效果。恰到好处地使用叠字可增强作品的形象美、音乐美和意境美。”（《现代语文》2006 年第 7 期）

之美。

《诗经》的诗句上具有“就四”原则。当“以四言为句”的原则与内容的表达产生矛盾时,往往以内容迁就形式,要么“截短”,要么“拉长”。例如重言(叠字)的运用,便可以“拉长”诗句,也即为了凑足字数,将个别词语再次重复一遍。最简单的方法就是连续叠音:“为适应这种四言整齐句式和双顿节奏,势必需要大量的双音节词。在单音节字的基础上构造双音节词最简便易行的方法是将同一音节重叠,如‘燕燕于飞’‘青青子衿’,如同婴儿学语说苹果为‘果果’,说气球为‘球球’一样,正是人类早期语汇贫乏的表现。而重言词即单音的重叠是构造双音词最简省、最快捷、最有效的途径。”①

“遥遥望白云,怀古一何深”(陶渊明《和郭主簿二首》其一),复古是一种对人类自身、对从前历史的敬意。从心理上讲,越是远离一个年代,人们越是对那个年代怀有神秘感,越发向往那个时代。例如《诗经·小雅·车攻》中有“萧萧马鸣,悠悠旆旌”,杜甫《后出塞》中也有“落日照大旗,马鸣风萧萧”,李白《送友人》中又有“萧萧班马鸣”。所以清王士禛《古夫于亭杂录》云:“《诗经·小雅》‘萧萧马鸣,悠悠旆旌’‘杨柳依依,雨雪霏霏’。此用叠字之始,后人千古受用不尽。”②杜甫、李白写法都可以看成向遥远《诗经》的复古与致意,即便是叠用其他的字,最初的诗性源头也是可以联系到这些古老歌谣的。

另外,除了这种“连续叠音”的最简单“就四”途径,还可以有很多的变换方法,从《诗经》的诗句来看,任何字都可以在任何位置重复一遍或者两遍,例如:

于以采蘩,于沼于沚。(《召南·采蘩》)③

鱼在在藻,有颁有首。(《小雅·鱼藻》)④

文王曰咨,咨女殷商。(《大雅·荡》)⑤

且以喜乐,且以永日。(《唐风·山有枢》)⑥

无矢我陵,我陵我阿。(《大雅·皇矣》)⑦

---

① 韩宏韬《〈诗经〉重言词正变简论》,《甘肃理论学刊》2005 年第 4 期。

② 王士禛《古夫于亭杂录》,中华书局 1988 年版,第 109 页。

③《十三经注疏》整理委员会《毛诗正义》,北京大学出版社 1999 年版,第 65 页。

④《十三经注疏》整理委员会《毛诗正义》,北京大学出版社 1999 年版,第 894 页。

⑤《十三经注疏》整理委员会《毛诗正义》,北京大学出版社 1999 年版,第 1154 页。

⑥《十三经注疏》整理委员会《毛诗正义》,北京大学出版社 1999 年版,第 380 页。

⑦《十三经注疏》整理委员会《毛诗正义》,北京大学出版社 1999 年版,第 1017 页。

这种重复某些字词的结构是一种临时的变通用法，并不是很牢固稳定的，从本质上看是一种努力形成稳定四字句的行为，是诗化行为。但其形式上却和后世流行的很多重复用字的诗法很相似。例如李白《登金陵凤凰台》“凤凰台上凤凰游，凤去台空江自流”；李商隐《春日寄怀》“纵使有花兼有月，可堪无酒又无人”；刘子寰《霜天晓角》“惜春春寂寞，寻花花冷落”等诗句中重复用字的手法都可以在《诗经》中找到原型。只不过《诗经》为的是首先形成四句双顿的要求，然而后世的人们使用各种重复字词则为的是追求艺术的表现效果，这种审美效果的来源之一就是它蕴含着远古诗歌的复古信息，层层叠叠地带来很多附加的经典美感。

重复用字的经典美感与远古信息不仅仅只来源于《诗经》，同时还有古老的诗歌《楚辞》，如有学人论述道：“如《诗经》也有不少使用，但就重言使用的词条数之多，频率之高，《楚辞》是前无古人的。……《楚辞》的语言特色很大程度上体现在重言上。……重言词不仅用法和作用多样，同时也是《楚辞》浪漫色彩的成因。”[①]屈原《九歌·山鬼》中“萧萧”是指树叶之声：“风飒飒兮木萧萧，思公子兮徒离忧。”《古诗十九首》中有“白杨何萧萧，松柏夹广路”，陶渊明又有“芳草何茫茫，白杨亦萧萧”（《拟挽歌辞》），杜甫再有“无边落木萧萧下，不尽长江滚滚来”（《登高》），当我们看到这样的字句时，很容易形成一种向远古《楚辞》的深广联想与敬意。

除了将《楚辞》中具体的叠字直接来拿来使用之外，重复用字的复古还可以反映在《楚辞》的句式上。如《楚辞》中有经典句式：“咸欣欣兮酣乐，余眷眷兮独悲”（《九思·伤时》）；“鸳鸯兮噰噰，狐狸兮徽徽”（《九思·怨上》）；“波滔滔兮来迎，鱼鳞鳞兮媵予”（《九歌·河伯》）等。而陶渊明的“木欣欣以向荣，泉涓涓而始流”（《归去来兮辞并序》）；“山建炭而怀影，川汪汪而藏声”（《感士不遇赋并序》）等后世的诗句，能使人感觉到其暗含着《楚辞》的艺术气质，也带着那个时代的精神标记，从而具有浓厚的审美效果。

古代的经典都是已经被证明了的优秀作品，当我们回头模仿这种优秀的作品，毫无疑问，肯定会获得很高的成功机率。当我们选择复古的方法之后，便不需要面对新生事物的怀疑与彷徨，只需要收获对古老经典再次重温的安慰与荣

① 赵新亚《〈楚辞〉重言的分析》，《重庆工商大学学报》2009年第5期。

耀。例如当我们将一个神话形象再一次运用时,它不仅仅只是一个形象,而是一种来自于远古的体验,能够再次帮助人们唤醒先民神秘与光荣的情绪,从而缓解琐碎现实的压力,超越眼前的平凡。正如荣格所说的“一个用原始意象说话的人,是在同时用千万个人的声音说话。……他把我们个人的命运转变为人类的命运,他在我们身上唤醒所有那些仁慈的力量,正是这些力量,保证了人类能够随时摆脱危难,度过漫漫的长夜”。[①] 意象是这样,诗歌创作方法也是这样。生活在当下的人们,谁又能清晰地看透这眼前的世界,所以复古的同时也是对当前精神世界迷茫状态的一种反驳与宣泄。所以说复古也可以是一帖安慰剂,它把过去的荣光重新拿出来,给陷在焦躁和迷茫中的现代人一些安慰,让人们在回忆前人的成就中重建对今日的信心。当前的一切不可把握,未来的一切又无从得见。而那些已经结束的过去,却是我们可以评价和把握的,在这种把握中,人的主观能动性和自我确定性将会得到最大的承认。复古之为美的内核就在这里。

另外,诗人以向经典致敬的方式踏上从前的路,在这个过程中,复古也是创新的源泉。每一次出现危机的时候,人们都习惯于从过去寻找一个已经成功了的模式来重演一遍,从而企图跨越危机。在过往中寻找灵感,从而帮助创新。不单单是在诗歌中,在任何艺术领域中都是一样,每当作者才思枯竭、茫然无措时,他们就会回到历史的某一个节点,在那里获取力气。所以,后世种种重复用字的方法都可以看成是拾起《诗经》《楚辞》时代的经典元素,加以变形、进化、重塑,然后产生新的活力与创造力。

(二)表达效果之美

重复用字中一大类就是叠字,叠字会在拟物状态与情感渲染方面产生优秀的表达效果。

在状物、状态等方面,叠字可以通过心理上加深印象、延长体味时间、增加想象空间等方面,使得表达效果细致逼真、穷形尽相。渲染颜色如“暗暗淡淡紫,融融冶冶黄”(李商隐《菊》);“红红白白花临水,碧碧黄黄麦际天(杨万里《过杨村》)等。摹描形状如“青泥何盘盘,百步九折萦岩峦”(李白《蜀道难》);“小荷才露尖尖角,早有蜻蜓立上头”(杨万里《小池》)等。两个相同的字出现在短小

① [瑞士]荣格《心理学与文学》,生活·读书·新知三联书店1987年版,第122页。

的诗句中,首先便会对读者产生巨大的吸引力,从而使得读者的关注点更多地投射于此,颜色叠字使得读者大力调动曾经对这一颜色的视觉体验与心理积淀,从而根据叠字作进一步的联想与渲染,最终使得这种颜色浮现在诗句之上,达到色彩明朗、画质鲜艳的审美效果。而描写形状的诗句也是一样,叠字会使得这一形状清晰化、立体化地浮现在读者眼前,事物的状态可观、可感、可触碰,达到比照相机还要优越的传达效果。

例如杜甫《登高》诗的颔联"无边落木萧萧下,不尽长江滚滚来",若去掉两组叠字,改为"无边落木下,不尽长江来",就立刻缺少色泽的渲染与形状的质感,变成了一幅简略的铅笔素描。倘若这句诗不使用叠字,而使用一般的双音节词汇呢?例如改成"无边落木萧条下,不尽长江滚动来"呢?读者的注意力是不容易集中的,这就无法调动读者有针对性的想象力参与。加入"萧萧",读者便尽力想象落叶之声和落叶之貌,加入"滚滚",读者的联想内容便被推向江水奔腾之状。所以宋人杨万里、清人管世铭赞扬"萧萧""滚滚"四个叠字"生色""唤起精神""见得连绵"(《唐诗广选》《读雪山房唐诗序例》),都是指叠字在吸引读者注意力、拟物状态方面的功劳。再例如"水田飞白鹭,夏木啭黄鹂"这句添"漠漠""阴阴"四字,一经点化,便精彩数倍。何以精彩?今人林庚先生分析说:"从浓阴的深处到渺茫的水田,到鲜明的白鹭,越发衬托出白鹭之白与茫茫中飞动的形象,使得整个气氛鲜明活跃,潜在的感性因素如鱼得水地浮现出来,这才不是干巴巴的,而李嘉祐的'水田飞白鹭,夏木啭黄鹂'则难免有些干巴,因为它缺少那应有的水分。"①这里所说的水分,就是读者注意力与想象力的参与,"漠漠"帮助读者带出广阔意,"阴阴"帮助读者拉来幽深意,便将画面的浓墨重彩形容而出。

叠字在描摹声音方面更有先天优势,因为自然的声音多是重复联绵的,例如"关关雎鸠,在河之洲"(《诗经·关雎》);"唧唧复唧唧、木兰当户织"(《木兰辞》);"自在娇莺恰恰啼"(杜甫《江畔独步寻花》);"凭栏处潇潇雨歇"(岳飞《满江红》),这些准确的摹声词可以直接唤醒接受者的印象与经验,从而达到情景重现的效果。所以白居易《琵琶行》中对音乐的描写便通过叠字来完成:"大弦嘈嘈如急雨,小弦切切如私语,嘈嘈切切错杂弹,大珠小珠落玉盘。"

---

① 林庚《唐诗综论》,人民文学出版社 1987 年版,第 270 页。

正如刘勰《文心雕龙·物色》中对叠字的表达效果所总结的:“诗人感物,联类不穷;流连万象之际,沉吟视听之区;写气图貌,既随物以宛转;属采附声,亦与心而徘徊。故灼灼状桃花之鲜,依依尽杨柳之貌,杲杲为出日之容,瀌瀌拟雨雪之状,喈喈逐黄鸟之声,喓喓学草虫之韵。”总之,叠字的运用能够“并以少总多,情貌无遗”[①],从而在拟物、状态、摹声等方面产生高超的表达效果。

叠字在渲染情感方面也有突出效果,《诗经·小雅·正月》一诗中表达忧愁的心情时使用的五组叠字——“忧心京京”“忧心愈愈”“忧心茕茕”“忧心惨惨”“忧心殷殷”——“虽复思往千载,将何易夺!”(《文心雕龙·物色》)[②]如果使用“忧心惨淡”“忧心殷切”可以取得相同的表达效果吗?重复一遍就积累一次,上一个重字激起的情绪还没有消失,下一个重字又再次激起涟漪,层层累积下来,就像上升的楼梯,将读者的情绪感知带到较高的一个平台。重复愈多,时间愈久,情感亦愈烈,而感人也就愈深,情感的强烈自己都无法阻止,所以就重复形容,感叹不已。读者的接受时也会落入这个深潭,在这个位置上低徊不已。所以,在表达人物的情绪与心理时,重复用字更能事半功倍。

(三)形式上的对称美与声音上的呼应之美

如果叠字连续出现在相邻分句的同一位置上,就是我们前面所说的“叠语字对”,这就在状物之外增加了对称美。例如:“梨花院落溶溶月,柳絮池塘淡淡风”(晏殊《寓意》);“江天漠漠鸟双去,风雨时时龙一吟”(杜甫《滟滪》);“新霜浦溆绵绵白,薄晚林峦往往青”(王安石《雨花台》);“浥浥炉香初泛夜,离离花影欲摇春”(苏轼《台头寺步月得人字》)等。复杂一点的还有“行冲薄薄轻轻雾,看放重重叠叠山”(范成大《早发竹下》);“红红白白花临水,碧碧黄黄麦际天(杨万里《过杨村》)等,这种一句之中两个叠音词并列连用,下句亦复如是的,常被称作是“连滚对”[③]。再如:“疏疏篱落娟娟月,寂寂轩窗淡淡风”(张道《洽咏梅》);“卧听疏疏还密密,晓看整整复斜斜”(黄庭坚《咏雪》)等,是一句之中两个叠音词间隔连用的,谓之“续滚对”[④],这种重复用字法为诗句提供了整齐的视觉效果与和谐匀称的对称美。

还有上文所总结的“两句之间叠语格”中的很多形式也具有对称美。例如

---

①② 杨明照《文心雕龙校注》,中华书局2000年版,第566页。

③④ 朱承平《古诗词中的连珠对》,《华夏文化》2002年第3期。

“既为风所开，复为风所落”（沈约《八咏·临春风》）；“上有无心云，下有欲落石”（杜甫《白水崔少府十九翁高斋三十韵》）；“朝见吴山横，暮见吴山纵”（苏轼《法惠寺横翠阁》）；“阆州城东灵山白，阆州城北玉台碧”（杜甫《阆山歌》）；“前年渝洲杀刺史，今年开州杀刺史”（杜甫《三绝句》）等。这种重复用字同时又配合着相同句式结构的延续，使得句子与句子之间非常整齐划一，具有形式上的对称美与均衡美。

重复用字的另外一个好处就是声音效果上有呼应之美。清人李重华在《贞一斋诗说》中指出：“叠韵如两玉相扣，取其铿锵；双声如贯珠相联，取其宛转。”①叠字声母、韵母都相同，既铿锵又婉转，如两玉相扣，又如贯珠相联，具有优美的听觉效果。清人徐釚在《词苑丛谈》赞李清照《声声慢》云：“首句连下十四个叠字，真似大珠小珠落玉盘也”②，这就是从声音角度揭示这首词运用叠字的高妙之处。

对于近体诗来说，节奏一般以两个音节为一个单位，在律诗中，叠字的运用无疑相当适合诗律“平平”“仄仄”的要求，对诗的声律工稳，叠字能担负重要的作用。例如“湛湛长江去，冥冥细雨来”；“农务村村急，春流岸岸深”；“清溪花淡淡，春郭水泠泠”。叠字轻而易举地使处于一个节奏单位的两字同一声调。所以陈望道《修辞学发凡》具体指出叠字声音上的两个优点：“借声音的繁复增进语感的繁复；或借声音的和谐张大语调的和谐。”③

不但叠音会有这样的效果，其他的重复用字的方法都会以声音的复现，显出规律性的音乐美，构成审美效果上的回环感。例如：“少年轻会复轻离”（窦叔向《酬李袁州嘉祐》）；“烟笼寒水月笼沙”（杜牧《泊秦淮》）；“似花还似非花”（苏轼《水龙吟》）等，间接叠用可以使作品前后呼应，有起有伏。在声音意义上具有一唱三叹、回环荡漾的效果。再如“春风为开了，却拟笑春风”（李商隐《嘲桃》），重复音节的间距较大，这是一个“大回环”，“可羡瑶池碧桃树，碧桃红颊一千年”（李商隐《石榴》），重复音节的间距较小，这是一个“小回环”，但都是首尾衔顾的模式，就象在音乐上反复某一旋律后获得强调的作用一样，形成了一种循环往

---

① 丁福保《清诗话》，上海古籍出版社 1978 年版，第 935 页。
② 徐釚《词苑丛谈》，上海古籍出版社 1981 年版，第 57 页。
③ 陈望道《修辞学发凡》，上海教育出版社 1997 年版，第 175 页。

复、连绵不断的美感。黄世中先生在其文章中曾经分析了几个复辞重言的回环模式:

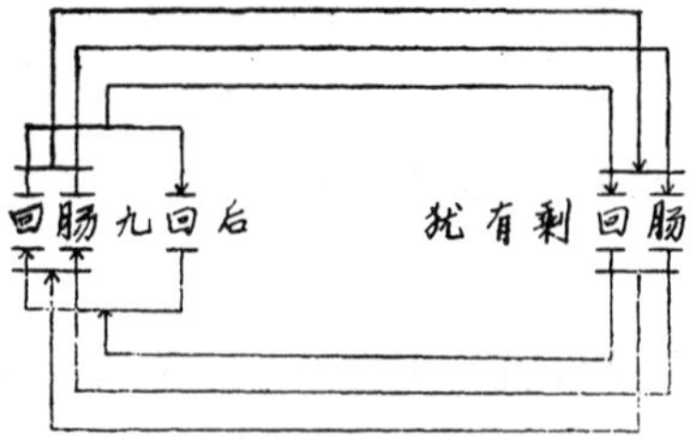

“第六种模式同联前后句多程连复。上例大回环包孕小回环已属这种模式,因其首尾衔衔顾,故列入上式。”①

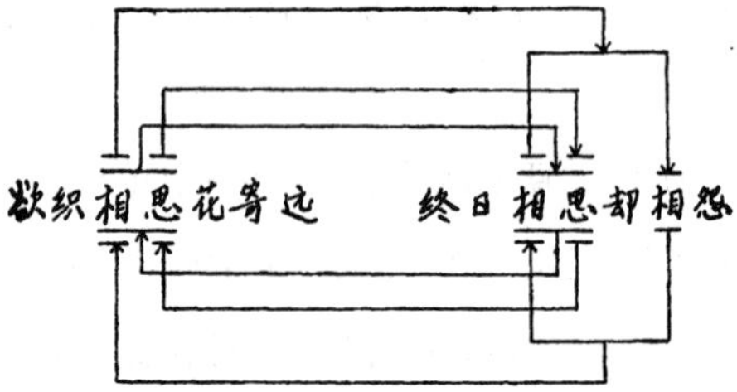

“上例三个回环相互交错:下句‘相’字同句往复,再与上句‘相’连复,而‘相思’与‘相思’又联内复。”②

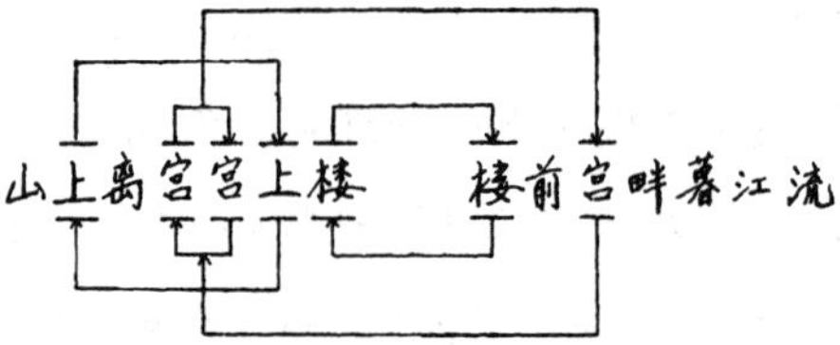

“上例除‘楼’与‘楼’勾连外,又加上前句两回环和外套大回环。”③因为重复用字的方法很多,在任何位置都可以将字再重复一遍,无论怎样“纠缠”,都可以形成相互连环,吟诵时音节和鸣,极尽回肠荡气之妙。

(四)记忆上的印证美与意义上的扩展美

同“掉字法”,见本章第三节《掉字法》中的审美内涵分析。

---

①②③ 黄世中《往复回环,潜气内转——李商隐诗复辞重言研究》,《温州师院学报》1987 年第 1 期。

另外，需要指出的是重复用字也是一柄双刃剑，如果没有适当的安排，很可能弄巧成拙。例如韩愈的《南山》连用十四组叠字：

> 延延离又属，夬夬叛还遘。喁喁鱼闯萍，落落月经宿。訚訚树墙垣，巘巘架库厩。参参削剑戟，焕焕衔莹琇。敷敷花披萼，闟闟屋摧霤。悠悠舒而安，兀兀狂以狃。超超出犹奔，蠢蠢骇不懋。①

难免显得堆砌雕琢，不太自然。再例如乔吉的《天净沙》云："莺莺燕燕春春，花花柳柳真真。事事风风韵韵，娇娇嫩嫩，停停当当人人。"通篇都是用叠字组成，节奏单一，显得格调不高，不少评论家都认为其"丑态百出"。所以，并不是只要使用叠字就能万无一失，陈廷焯《白雨斋词话》卷七中有"词中连用叠字皆非正道"条云："词中连用叠字，或句句用春字，或句句用愁字，句句用声字、儿字、秋字、间字之类，皆非正道。有志于古者，必不屑为。"②即便是对一向为人称道的李清照《声声慢》中的十四个叠字，陈廷焯也指出："十四叠字不过造语奇隽耳。词境深浅，殊不在此。执是以论词，不免魔障。"（《白雨斋词话》卷七）③其实，任何偏执于某种技巧的做法，都是魔障。

① 彭定求等辑《全唐诗》卷三三六，中华书局 1980 年版，第 3765 页。
② 唐圭璋《词话丛编》，中华书局 1985 年版，第 3945 页。
③ 唐圭璋《词话丛编》，中华书局 1985 年版，第 3944 页。

第七章　句法

第一节　十字句

对于“流水对”，人们并不陌生，但对于“十字句”或者“十字对”却不甚熟悉。它们之间是怎样的关系，具体的语言操作技法有哪些，这一诗法又具有怎样的审美内涵呢？

一　“十字句”的源流梳理

其实“流水对”和“十字句”“十字格”“十字对”之间，有着一定的离合转化关系，其中的来龙去脉是需要做详细的历史梳理。目前，学界对“流水对”的研究有十余篇论文，其中韩成武《杜诗“流水对”艺术探微》(《河北师范大学学报》2000 年第 3 期)与罗积勇、张鹏飞《流水对类型新论》(《武汉大学学报》2009 年第 1 期)两篇论文在文章开始前都对“流水对”的产生做了一小段论述，但十分简单且片面，笔者则在其基础上做进一步研究。

(一) 诗歌创作中的“两句见意”

无论是“十字句”“十字格”“十字对”或者是“流水对”，涉及到的首要问题是：这个诗句究竟是几句见意？

古人在诗歌创作的实践中发现这样一个问题，一个完整的意思，可以用一个诗歌节奏句来表达，也可以用两个诗歌节奏句来抒发，甚至是用四个诗歌节奏句来组成。例如王昌龄《诗格·论文意》云：

古文格高，一句见意，则“股肱良哉”是也。其次两句见意，则“关关雎鸠，在河之洲”是也。其次古诗，四句见意，则“青青陵上柏，磊磊涧中石。人生天地间，忽如远行客”是也。①

何谓“一句见意”？也即一个诗歌节奏句完成了一个完整的句意，这个句子由词或词组(短语)构成，能表达一个完整的意思。根据句子的语气可以分为陈述句、疑问句、祈使句和感叹句。根据句子的结构可以是单句或者复句。王昌龄所举的例子中“股肱良哉”——“大臣们是多么的贤良啊”，便是一个主谓性的感叹单句。同样的诗例还有很多，例如《诗经·魏风·伐檀》“河水清且涟猗”、张九龄《望月怀远》“海上生明月”、苏轼《水调歌头》“明月几时有”等。

“两句见意”，就是指两个诗歌节奏句组合在一起来表达一个完整的意思。王昌龄所举的第一个诗句“关关雎鸠”只是一个词组，充当了句子的主语部分“谁”，第二个诗句“在河之洲”是一个动宾短语，充当了谓语部分“怎么样”。只有将这两句组合起来，才能形成一个完整的陈述性语气单句。“两句见意”这种造句方法古已有之，而且遍布在诗词歌赋、成语、民谣等多种语言形式中。例如俗语有“有志者，事竟成”；“精诚所至，金石为开”；“一朝被蛇咬，十年怕井绳”；“留得青山在，不怕没柴烧”；“只要功夫深，铁杵磨成针”；“世上无难事，只怕有心人”；“少壮不努力，老大徒伤悲”等。成语有“八仙过海，各显神通”；“不入虎穴，焉得虎子”等。古体诗如《赋得古原草送别》“离离原上草，一岁一枯荣”。绝句有《杂诗》“君自故乡来，应知故乡事”；《登鹳雀楼》“欲穷千里目，更上一层楼”等。律诗如《放船》“直愁骑马滑，故作泛舟回”；《收京》“忽闻哀痛诏，又下圣明朝”等。词如《水调歌头》“不知天上宫阙，今夕是何年”；《声声慢》“三杯两盏淡酒，怎敌他晚来风急”等等。

顺便看一下“四句见意”，也即四个诗歌节奏句构成一个完整的句意的情

① 张伯伟《全唐五代诗格汇考》，江苏古籍出版社 2002 年版，第 161 页。旧题王昌龄《诗中密旨》也重复提到这一问题：“一句见意，‘股肱良哉’是也；两句见意，‘关关雎鸠，在河之洲’；四句见意，‘青青陵上柏，磊磊涧中石。人生天地间，犹如远行客’。”(张伯伟《全唐五代诗格汇考》，江苏古籍出版社 2002 年版，第 193 页)

况。用王昌龄举的例子来说,“青青陵上柏,磊磊涧中石。人生天地间,忽如远行客”这是一个复句。复句是由两个或两个以上意义相关,结构上互不作句子成分的分句(分句是结构上类似的单句而没有完整句调的语法单位)组成。这个诗例其实是一个转折关系的复句,后一分句的意思不是顺着前一个分句的意思说下去,而是作了一个转折,说出同前一分句相反的意思来。我们可以添加“虽然(虽、尽管)……但是、但、然而、只是、不过、倒、竟然”等连接词。所以这首诗可以这样翻译:“虽然陵上的柏树长青,涧中的石头长存,但是生于天地之间的人啊,却像出远门的旅人那样,匆匆忙忙地走过。”

在古典诗歌创作中,第一种情况比较常见,第四种比较罕见,而第二种“两句见意”被诗评家们相对重视,所以又将这一创作方法另外命名为“十字句”。

(二)唐代首次出现“十字句”的提法

据现有的文献来看,较早提到“十字句”的是题名白居易(772—846)的《金针诗格》,其“诗有四格”条云:“一曰十字句格。二曰十四字句格,三曰五只字句格。四曰拗背字句格。”①惜其没有做进一步的揭示。另一部书是诞生时间差不多的贾岛(779—843)《二南密旨》,其中“论南北二宗例古今正体”条里详细论到了“十字句”:

> 宗者,总也。言宗则始南北二宗也。南宗一句含理,北宗二句显意。南宗例,如《毛诗》云:“林有朴樕,野有死鹿。”即今人为对,字字的确,上下各司其意。如鲍照《白头吟》:“申黜褒女进,班去赵姬升。”如钱起诗:“竹怜新雨后,山爱夕阳时。”此皆宗南宗之体也。北宗例,如《毛诗》云:“我心匪石,不可转也。”此体今人宗为十字句,对或不对。如左太冲诗:“吾希段干木,偃息藩魏君。”如卢纶诗:“谁知樵子径,得到葛洪家。”此皆宗北宗之体也。诗人须宗于宗,或一聊合于宗,即终篇之意皆然。②

唐人论诗喜用南宗、北宗,这是来自于禅宗分派的词汇,内涵可以看做是两种相互并列的不同类型。例如唐僧虚中《流类手鉴》中云:“诗有二宗:第四句见题是南宗;第八句见题是北宗。”③贾岛以上这一番话,五代徐夤的《雅道机要》“叙句

① 张伯伟《全唐五代诗格汇考》,江苏古籍出版社 2002 年版,第 352 页。
② 张伯伟《全唐五代诗格汇考》,江苏古籍出版社 2002 年版,第 375 页。
③ 张伯伟《全唐五代诗格汇考》,江苏古籍出版社 2002 年版,第 418 页。

度”条也简要地重复论道：

北宗则二句见意；南宗则一句见意。

……

北宗句。诗曰：“一为嵩岳客，几葬洛阳人。”

南宗句。诗曰：“睡逢明月尽，愁对好山销。”①

以上所说的“北宗例”“北宗句”即是我们要探讨的对象，贾岛将这一诗法现象总结得十分清楚：其内涵是“二句显意”，其名称为“十字句”，其中又有两大类：“对或不对”。例如左思的“吾希段干木，偃息藩魏君”乃是其《咏史诗八首》(其三)的首句，古诗并不要求对仗，所以这句诗只是两句相合组成一个完整之意。卢纶诗有《过楼观李尊师》：“城阙望烟霞，常悲仙路赊。谁知樵子径，得到葛洪家。犬吠松间月，人行洞里花。留诗千岁鹤，送客五云车。访世山空在，观棋日未斜。不知尘俗士，谁解种胡麻。”②此诗并非律诗之体，但作者中间四联皆一一对仗。同“犬吠松间月，人行洞里花”，“留诗千岁鹤，送客五云车”等相比较，前面这一联“谁知樵子径，得到葛洪家”在宽对之外明显句法不同，因为一般的对仗句上联和下联各自意思完整，呈现出平行的关系，而“谁知樵子径，得到葛洪家”的上句和下句并不是两个独立的句子，只有将两句结合在一起才能形成完整的意义。这两个例子说明，“十字句”可以对仗，也可以不对，但必须是“两句显意”。徐夤所举的北宗句“一为嵩岳客，几葬洛阳人”，便是一个对仗的“两句显意”。由此可见，诗论家们慢慢注意到既能“两句显意”，又能相互“对仗”，是很有技巧的一种创作方法。所以，对仗的“两句显意”就渐渐成为人们更为关注的对象。

之后，唐人王叡《炙毂子诗格》中便特意拈出了对仗的“两句一意体”：

诗云：“如何百年内，不见一人闲。”此二句虽属对，而十字血脉相连。③

王叡生卒年不详，约活动于唐宣宗至僖宗之时(810—888)。“《炙毂子诗格》引及李郢诗，据《唐才子传》卷八载，郢为唐宣宗大中十年(八五六年)进士，可知此

① 张伯伟《全唐五代诗格汇考》，江苏古籍出版社 2002 年版，第 442—443 页。

② 彭定求等辑《全唐诗》卷二七九，中华书局 1980 年版，第 3165 页。

③ 张伯伟《全唐五代诗格汇考》，江苏古籍出版社 2002 年版，第 391 页。

书当成于其后。”①所以王叡的《炙毂子诗格》当作于贾岛的《二南密旨》之后。其中所论诗乃戴叔伦(732—789)《别友人》:“扰扰倦行役,相逢陈蔡间。如何百年内,不见一人闲。对酒惜余景,问程愁乱山。秋风万里道,又出穆陵关。”②这是一首律诗,其中间两联是要求对仗的。“如何百年内,不见一人闲”属于一个宽对,而且只有将两句结合在一起才能形成完整的意义,王叡将这种句法现象归纳为“两句一意体”。从这个命名上可以看出王叡受到王昌龄或其同时期的诗式、诗格类著作中“两句见意”提法的影响,但从诗法总结的角度来看,“两句一意体”的提法,理论上还是不够概括的,名称上还是不够突出的。

而在五代徐夤的《雅道机要》中,又回过头来径直使用了白居易、贾岛等提出的“十字句”的称呼:

> 十字句。诗曰:“不会这个地,如何着得君。”③

徐夤生卒年不详,唐昭宗景福元年(892)进士(据徐松《登科记考》卷二十四)。此诗句出处不详,容易看到这个句子并不对仗。虽然徐夤的“《雅道机要》多承齐己、贾岛之说”④,但徐夤这里的论述显得比贾岛简略得多,他并没有区别十字句中的对与不对的两种类型。但徐夤在同一章节又举出了与“十字句”相对应的句式:

> 并行句。诗曰:“拥衲冥心客,穷经暮齿人。”⑤

所引诗句乃齐已《寄山中诸友》的颔联,两句各自意思独立且相互平行,这种标准的对仗句名曰“并行句”,现在又有叫做“平行对”。“并行句”和“十字句”中对仗的那一种正好形成一组对应的关系。这说明,当时的诗论家们对十字句中的对仗形式是有一定的认识的,只是还没有将其分类命名。

(三)宋代将“十字句”分类命名

北宋梅尧臣(1002—1060)著《续金针诗格》将白居易《金针诗格》中的“诗有四格”条加了详细的注解:

---

① 张伯伟《全唐五代诗格汇考》,江苏古籍出版社 2002 年版,第 384 页。
② 彭定求等辑《全唐诗》卷二七三,中华书局 1980 年版,第 3074 页。
③ 张伯伟《全唐五代诗格汇考》,江苏古籍出版社 2002 年版,第 433 页。
④ 张伯伟《全唐五代诗格汇考》,江苏古籍出版社 2002 年版,第 424 页。
⑤ 张伯伟《全唐五代诗格汇考》,江苏古籍出版社 2002 年版,第 432 页。

> 十字句格一。诗曰:“日离山一丈,风吹花数苞。”此喻明君理国,教令才出,小人各安其所也。十四字句格二。诗曰:“雨露施恩无厚薄,蓬蒿随分有枯荣。”此喻君泽流,而卑贱之人各安其分也。五只字格三。诗曰:“万里八九月,一身西北风。”言“万里”,远方;“八九月”,行役之时。忠臣衔君远命而不辞劳也。拗背字格四。诗曰:“只有照壁月,更无吹叶风。”言明时无滋彰之教令也。①

“月离山一丈,风吹花数苞”乃周朴残句,“雨露施恩无厚薄,蓬蒿随分有枯荣”乃唐代无名氏的残句。这两联均对仗工整且意思各自完整,相互平行。这就和上文所探讨的“十字句”的含义并不相同。其中“五只字句”大约就是“五字句”,指五言诗一句一意,清人吴见思《杜诗论文》中云:“五字句,有五字一句者:‘美名人不及,佳句法如何。’”②“拗背字格”大约就是后世经常论及的“拗字”格法。梅尧臣这里对“十字句”“十四字句”的揭示是从君臣比兴的角度来谈,从句例上看也显得比较牵强。似乎梅尧臣并没有理解“十字句”从唐代以来的内涵。

将“十字句”明确分类并给予命名的,当属活动于北宋仁宗至神宗朝(1010—1085)的桂林僧景淳③所著的《诗评》,其中明确提到“十字句格”“十字对格”:

> 十字句格。诗曰:“一年惟一夕,长恐有云生。”又诗:“杏园啼百舌,谁醉在花傍。”又诗:“长因送人处,记得别家时。”
>
> 十字对格。诗曰:“未有一夜梦,不归千里家。”又诗:“空将未归信,说向欲行人。”又诗:“往往语复默,微微雨洒松。”④

这样一来,两种句法名目便诞生了:对仗而两句一意的曰“十字对格”,不对仗而两句一意的曰“十字句格”。景淳用这两种名称将“十字句”进一步细化分类,这就把对“十字句”认识的种种混乱情况给予了一定的纠正。

北宋惠洪(1070—1128)在《天厨禁脔》中延续了这一提法,并且给予了清晰的分析:

---

① 张伯伟《全唐五代诗格汇考》,江苏古籍出版社 2002 年版,第 522 页。
② 吴见思《杜诗论文》,《四库全书存目丛书》集部第七册,齐鲁书社 1997 年版,第 22 页。
③ 具体考证可见张伯伟《全唐五代诗格汇考》,江苏古籍出版社 2002 年版,第 500 页。
④ 张伯伟《全唐五代诗格汇考》,江苏古籍出版社 2002 年版,第 506 页。

《梅》:"前村深雪里,昨夜一枝开。"《别所知》:"相看临远水,独自上孤舟。"前对齐己作,后对郑谷作,皆以十字叙一事,而对偶分明。①

原诗一为唐齐己《早梅》的颔联,二为唐郑谷《别同志》的颔联,这两种诗句既"十字叙一事",又"对偶分明",即为"十字对句法"。

"如何青草里,亦有白头翁。"又:"夜来乘好月,信步上西楼。"前对李太白诗,后对司空曙诗。既以言十字对句矣,此又言十字句,何以异哉?曰:"青草里"不可对"白头翁","夜来"不可对"信步"。以其是一意,完全浑成,故谓之十字句。其法但可于颔联用之,如于颈联用,则当曰"可怜苍耳子,解伴白头翁"为工也。②

惠洪认为,所谓"十字句法"就是对仗并不十分工整,但在上下句意义的流动中,给人以浑然天成的对仗感。这种"以假乱真"的句式可以在颔联使用,倘若是颈联,还需工整的对仗为上。另外,惠洪还有一个贡献就是分析了这种句法在七言律诗中的情况。虽然早在唐代题名白居易的《金针诗格》中就有"十四字句",但没有留下具体的解释,不敢妄断是不是"两句显意"的意思,但惠洪明确有"十四字对句法"的相关论述:

"自携瓶去沽村酒,却著衫来作主人。"又:"却从城里携琴去,谁到山中寄药来。"前对王操诗,后对清塞诗,皆翛然有出尘之姿,无险阻之态。以十四字叙一事,如人信手斫木,方圆一一中规矩。其法亦宜颔联用之也。③

至此,针对五言诗与七言诗的"两句显意"体,还有它们中间对仗或者不对仗的不同情况都有了确切的诗法名目。

等到南宋严羽《沧浪诗话》时,这几种称谓就已经很固定了④:

---

① 张伯伟《稀见本宋人诗话四种》,江苏古籍出版社 2002 年版,第 120 页。

② 张伯伟《稀见本宋人诗话四种》,江苏古籍出版社 2002 年版,第 120—121 页。按,"颈联"原误作"景联"。

③ 张伯伟《稀见本宋人诗话四种》,江苏古籍出版社 2002 年版,第 121 页。

④ 不排除之后的个别诗评家在著述的过程中,仍没有采用"十字对""十字句""十四字对""十四字句"的固定称呼,例如旧题范德机《木天禁语》中仍呼为"两句成一句",所举诗例为"屡将心上事,相与梦中论""萧萧千里马,个个五花文""白头兄弟中年后,瘴海程途万里余"。(张健《元代诗法校考》,北京大学出版社 2001 年版,第 171 页)元代旧题范德机门人集录《总论》:"有一联二句只作一意者。……如'遥知一片雪,似隔万重云',即是二句一意。"(张健《元代诗法校考》,北京大学出版社 2001 年版,第 220 页)

> 有十字对，刘眘虚“沧浪千万里，日夜一孤舟”。有十字句，常建“曲径通幽处，禅房花木深”等是也。有十四字对，刘长卿“江客不堪频北望，塞鸿何事又南飞”是也。有十四字句。崔颢“黄鹤一去不复返，白云千载空悠悠”，又太白“鹦鹉西飞陇山去，芳洲之树何青青”是也。①

（四）元明时代“流水对”称呼的出现

既两句显意又相互对仗的诗句明显更富有技巧性，所以人们的关注重心便慢慢转移到“十字对句法”与“十四字对句法”身上，传统的“十字句”“十四字句”便不再受人重视，而将“十字对”或“十字对句法”“十四字对句法”的名称简略成了“十字句”。

例如南宋诗论家葛立方（？—1164）的《韵语阳秋》卷一中就将两句一意但对仗的情况，称之为“十字格”：

> 梅圣俞五字律诗，于对联中十字作一意处甚多。如《碧澜亭诗》云：“危楼喧晚鼓，惊鹭起寒汀。”《初见淮山》云：“朝来汴口望，喜见淮上山。”《送俞驾部》云：“何时鹢舟上，远见炉峰迎。”《送张子野》云：“不知从此去，当见复何如。”《和王尉》云：“度鸟不曾下，新文谁寄评。”《昼寝诗》云：“及尔寂无虑，始知机尽空。”如此者不可胜举。诗家谓之“十字格”，今人用此格者殊少也。老杜亦时有此格，《放船诗》云：“直愁骑马滑，故作泛舟回。”《对雨》云：“不愁巴道路，恐湿汉旌旗。”《江月》云：“天边长作客，老去一沾巾。”②

再例如元代方回评杜甫《赠别何邕》：“生死论交地，何由见一人。悲君随燕雀，薄宦走风尘。绵谷元通汉，沱江不向秦。五陵花满眼，传语故乡春”云：“三、四系十字句法。”③明代梁桥《冰川诗式》卷三中有“两句一意法”，下注：“即十字句法，宜于颔联用之。”④用于律诗的颔联，说明肯定是要求对仗的诗句。梁桥不称之为“十字对句法”，而是简略称之为“十字句法”。

与此同时，元代在诗论家中慢慢产生了“流水对”这样一个形象的称呼。元

---

① 郭绍虞《沧浪诗话校释》，人民文学出版社1961年版，第74页。

② 葛立方《韵语阳秋》卷一，《学海类编》本第五十一册，民国九年（1920）上海涵芬楼据清道光十一年（1836）安晁氏木活字排印本的影印本。

③ 李庆甲集评《瀛奎律髓汇评》，上海古籍出版社1988年版，第1031页。

④ 周维德《全明诗话》，齐鲁书社2005年版，第1648页。

代佚名《诗教指南集》中有“下句承上”条，注云：“不对之对，流水相承。”[①]所举诗例有罗业《下第》诗“若教丹桂在平地，更有何人肯苦心”；曹松《南海旅次》“为客正当无雁处，故园谁道有书来”；杜甫《九日》“尘世难逢开口笑，菊花须插满头归”。这几个句子都是宽对且两句一意，所以称之为“不对之对”，给人的印象是“下句承上”如“流水相承”。“流水”其实就是“两句一意”的形象化审美感受，到明清时代，“流水对”这个称呼就完全推广开来了，例如明人胡震亨《唐音癸签》卷四《法微三》：“流水对。严羽卿以刘昚虚‘沧浪千万里，日夜一孤舟’为十字格，刘长卿‘江客不堪频北望，塞鸿何事又南飞’为十四字格。谓两句只一意也，盖流水对耳。”[②]清人沈德潜《说诗晬语》卷上：“（五言律）中联以虚实对、流水对为上。”[③]

综上，“流水对”其实是一个后起的称呼，在唐宋元很长一段时间内，这一句法通行的名称是“十字对句法”或者“十四字对句法”，人们常简称为“十字对”。具体指的是本应该一句一意的对仗句，却使之两句一意，上下相承，如流水般一贯而下。如此以来，流水对就是指出句与对句语意连贯、上下因依，难以分割的对仗句。

二　十字句的语言分析

十字句、十字对都是出句与对句意脉相连，从而组成一个完整意思的诗歌造句方法，两者唯一的区别就是：是否额外对仗。关于它们的具体操作方法，学人对于“十字对”（流水对）论述较多：例如朱承平《对偶辞格》一书将“流水对”分为“字流对”和“意流对”两类，字流对即用了关联词的复句流水对，意流对即未用关联词的复句流水对。[④] 罗积勇、张鹏飞《流水对类型新论》[⑤]一文对其存在的类型分析得十分细致，总共分了五个大类，各辖若干小类，结论上相当繁复。

笔者认为可以将“十字句”简化为单句十字句（或十字对）、复句十字句（或

① 张健《元代诗法校考》，北京大学出版社 2001 年版，第 434 页。
② 胡震亨《唐音癸签》，上海古籍出版社 1981 年版，第 31 页。
③ 沈德潜《说诗晬语》，人民文学出版社 1979 年版，第 213 页。
④ 朱承平《对偶辞格》，岳麓书社 2003 年版，第 294 页。
⑤ 罗积勇、张鹏飞《流水对类型新论》，《武汉大学学报》2009 年第 1 期。

十字对)两种情况。用这两大类中的一些具体操作,就可以形成一组“十字句”,然后在此基础上运用各种对仗的方法,不断调试,就可以形成“十字对”。而对仗的各种方法从古至今诗论家多有总结,在此不再赘述。注意的是,十字对的对仗可以是宽对,不必苛求十分工整。

(一) 单句十字句

将一个语法单句人为地划分为两个诗歌节奏句,便可以形成一个十字句,具体情况主要有以下三种。

1. 主谓式

前一个诗歌节奏句是主语(可带定语),后一个是谓语(可带状语或宾语)的形式构成。前一部分是句子里说的“谁”或“什么”(主语部分);后一部分说的“是什么”“怎么样”或“做什么”(谓语部分)。这是较为常见的十字句句型。例如《关雎》“关关雎鸠,在河之洲”;白居易《赋得古原草送别》“离离原上草,一岁一枯荣”;杨万里的《雨夜》“吟虫将落叶,为我拍还歌”等。这都是很典型的主谓式十字句。

为了展示古典诗歌的技巧性,以下举的主谓式十字对既两句一意,又相互对仗。如杜甫《江汉》“江汉思归客,乾坤一腐儒”;杜甫《题柏大兄弟山居屋壁二首》之二“萧萧千里马,个个五花文”。再有刘禹锡《陕州河亭陪韦五大夫雪后眺望》“万里独归客,一杯逢故人”中,“万里”做主语的定语,“一杯”这里是谓语的状语,并不影响该句属于主谓分说的情况。

2. 谓语述宾式

该句法一般是省略了主语,且谓语部分较复杂,在诗歌的一个节奏句中容不下,故要分在两个诗歌节奏句中来说。这个谓语一般是述宾式的,宾语总体上又是一个主谓结构短语。于是,在第一节奏句中的述语后只出现这个主谓结构短语的主语,下一节奏句才出现它的谓语。

这样的“十字句”一般用“那堪”“不堪”“可怜”“岂意”“何必”带有能愿性的词组,或者是“见”“闻”“知”等一般性动词引起,其宾语则是一个相对比较长的主谓短语。例如骆宾王《在狱咏蝉》“那堪玄鬓影,来对白头吟”;李白《见野草中有曰白头翁者》“如何青草里,亦有白头翁”;杜甫《秋兴八首》其二“请看石上藤萝月,已映洲前芦荻花”;陈陶《陇西行》“可怜无定河边骨,犹是春闺梦里人”;苏轼《章质夫送酒六壶书至而酒不达戏作小诗问之》“岂意青州六从事,化作乌有一先生”;杜甫《收京三首》之二“忽闻哀痛诏,又下圣明朝”;杨万里《刘村渡》“何人知道诚斋叟,独著驼裘破雨行”等。

谓语述宾结构中还有一种特殊情况,那就是宾语不是一个单句,而是一个复句,一般是前一个诗歌节奏句中出现宾语里复句的前一分句,后一个诗歌节奏句中出现宾语里复句的后一分句。例如刘希夷《故园置酒》“愿逢千日醉,得缓百年忧”,总体上看,这是动词“愿”带上宾语的述宾结构,而宾语为“逢千日醉,得缓百年忧”,它是一个目的句,属于因果类复句。又如章太炎挽宋教仁联曰:“愿君化彗孛,为我扫幽燕”,“愿”的宾语“君化彗孛,为我扫幽燕”也是一个目的句。①

3. 状语单独成句

表地点的状语也可以单独成为一个诗歌节奏句,其他句子的主干成分成为另一个诗歌节奏句。如刘长卿《送李校书赴东浙幕府》的颔联“淼淼沧江外,青青春草生”;杨万里《夏夜追凉》“竹深林密虫吟处,时有微凉不是风”。

或表时间的状语单独成一个诗歌节奏句。如杜甫《遣愤》的颔联“自从收帝里,谁复总戎机”。

还有前一个诗歌节奏句作表伴随的状语,如贾至《岳阳楼宴王员外贬长沙》(一题作《南州有赠》)的颈联“忽与朝中旧,同为泽畔吟”;元稹《遣悲怀》“唯将终夜常开眼,报答平生未展眉”;李商隐《别薛岩宾》“还将两袖泪,同向一窗灯”等,皆作表工具的状语。

(二) 复句十字句

1. 上下句分别是先后发生的两个连贯动作或状态

例如王维《终南别业》的颈联“行到水穷处,坐看云起时”;孟浩然《宴梅道士山房》颔联“忽逢青鸟使,邀入赤松家”;孟浩然《留别王维》的颔联“欲寻芳草去,惜与故人违”;贾岛《寄宋州田中丞》的颔联“相思深夜后,未答往年书”;贾岛《送胡道士》“却从城里移琴去,许到山中寄药来”。再例如杜甫《春日忆李白》“白也诗无敌,飘然思不群”;徐凝《忆扬州》“萧娘脸薄难胜泪,桃叶眉长易觉愁”;杜甫《闻官军收河南河北》“即从巴峡穿巫峡,便下襄阳向洛阳”等,也可以是叙述同

---

① 参详罗积勇、张鹏飞《流水对类型新论》,《武汉大学学报》2009 年第 1 期。

一主体先后进行的不同内容。

2. 前后两个句子在意义上设置假设、因果、条件、转折、递进等关系

典型的作法是上下句用连词串接，如“故”“虽”“况”等：

杜甫《放船》：“直愁骑马滑，故作泛舟回。”（因果关系）

王昌龄《诗中密旨》所引诗例：“虽无玄豹姿，终隐南山雾。”（转折关系）

杜甫《捣衣》：“已近苦寒月，况经长别心。”（递进关系）

也有大量没有关联词的复句，例如：

王勃《送杜少府之任蜀州》：“海内存知己，天涯若比邻。”（因果关系）

白居易《赋得古原草送别》：“野火烧不尽，春风吹又生。”（因果关系）

杨万里《山居》：“不知蝉报夏，为复自吟风。”（选择关系）

王之涣《登鹳雀楼》：“欲穷千里目，更上一层楼。”（假设关系）

3. 前后问答式

上句与下句一问一答，前后承续，一意相贯，也可以构成十字句。①

孟浩然《留别王侍御维》“当路谁相假？知音世所稀”；刘长卿《饯别王十一南游》“飞鸟没何处？青山空向人”等，都属于正面提问又正面回答的情况。此外，有学人又提出一种“延伸式提问”：“有时对句提出问题时本身就已暗示了结论，这时对句无须正面回答了，但还是就其暗含的结论延伸开去，作了说明或评论等。”②例如杜甫《自京窜至凤翔喜达行在所三首》之三“死去凭谁报？归来始自怜”；黄庭坚《过平舆怀李子先时在并州》“世上岂无千里马？人中难得九方皋”，上句与下句在人们主观上是密不可分联系在一起的，这也属于一种逻辑上的十字句。

三 “十字句”的审美内涵

“十字格”为什么能够得到古往今来诗人们的青睐呢？这就需要对它的审美内涵进行分析。

---

① 具体论述可参详罗积勇、张鹏飞《流水对类型新论》，《武汉大学学报》2009 年第 1 期。

② 罗积勇、张鹏飞《流水对类型新论》，《武汉大学学报》2009 年第 1 期。

(一)具有"诗化"过程中的复古美

从"十字句"的产生根源上看,最初这是一种"积词组而为句"的创作方法。前文第六章附录"古典诗歌重复用字法面面观"中已云在古老的诗歌《诗经》中,诗句大多具有"就四"原则。当"以四言为句"原则与内容表达产生矛盾时,往往以内容迁就形式,要么"截短",要么"拉长"。如果将诗句"拉长",就很容易产生"义句"与"音句"的分离,出现"十字句"。

例如"雎鸠停在河洲上"这句话,如果将其"截短",可以言"雎鸠在洲",但就塞不进去其他定语成分了。所以古人想到可以采取"拉长"的造句方法,用"关关"来形容"雎鸠"的和鸣之声,用"河"来限定具体的地点,从而各自形成一个四言的诗歌节奏句。这种造句方法,郭绍虞先生在《汉语词组对汉语语法研究的重要性》中认为是"积词组而为句"的表现形式:

> 汉语有音句、义句之分的。"关关雎鸠,在河之洲"这两个音句成为一个义句。这是在诗歌中适合应用的一种整齐的形式。但是音句、义句并不一定局限于整齐形式之内。……所谓音句,实际上就等于一个词组,这种词组的组合必须进入义句,才能表达一个完整的意思,所以从音句进为义句,事实上就是积词组而为句的表现形式。①

为了"就四"从而"积词组而为句"这样的最初缘起,让我们看到在《诗经》中一个诗节奏句只是词组、只充当句子成分一部分的现象非常多,例如:

> 彼君子兮,不素餐兮。(《魏风·伐檀》)②
>
> 云谁之思,西方美人。(《邶风·简兮》)③
>
> 王命南仲,往城于北。(《小雅·出车》)④
>
> 窈窕淑女,寤寐求之。(《周南·关雎》)⑤
>
> 天命玄鸟,降而生商。(《商颂·玄鸟》)⑥

① 郭绍虞《照隅室语言文字论集》,上海古籍出版社 1985 年版,第 331 页。
② 《十三经注疏》整理委员会《毛诗正义》,北京大学出版社 1999 年版,第 369 页。
③ 《十三经注疏》整理委员会《毛诗正义》,北京大学出版社 1999 年版,第 160 页。
④ 《十三经注疏》整理委员会《毛诗正义》,北京大学出版社 1999 年版,第 597 页。
⑤ 《十三经注疏》整理委员会《毛诗正义》,北京大学出版社 1999 年版,第 4 页。
⑥ 《十三经注疏》整理委员会《毛诗正义》,北京大学出版社 1999 年版,第 1441 页。

在“诗化”的过程中,很容易产生一些具有典型性的创作方法。正如葛晓音先生所论述的:“四言在其诗化的过程中形成了一批典型的句式,这些句式正是四言成为一种稳定诗体的基础。”[1]所以,从一个层面上来看,“十字句”就是四言句“诗化”的一项重要标志。

“诗化”是先秦到唐代文学发展的主要进程,在这个过程中还有不少的诗法诞生,例如我们熟悉的倒装句。在东汉末年的《古诗十九首》中,有一些句式就出现了倒装:

一心抱区区,惧君不识察。(《孟冬寒气至》)[2]

纤纤擢素手,札札弄机杼。(《迢迢牵牛星》)[3]

这两句正常的语序应为:“抱区区一心”,“擢纤纤素手,弄札札机杼”。为什么要做这样的倒装呢?因为原来的句式是“一四”的散文节奏,而倒装后,变成了“二三”的诗歌节奏,这就是“五言句在发展过程中满足自身‘诗化’需要的产物”[4],这也是后世很常见的“错综句法”。

当四言诗逐渐被五七言诗替代,诗句容量的增大,使得一个诗歌节奏句可以表达足够的内容时,“十字句”便不是一种必须形式。而在唐代以后这种《诗经》句型再次出现时,不得不说是一种创作手法上的“复古”行为。这种一个诗歌节奏句只是一个词组的句子,有着很鲜明的特色,“使人一望而知是《诗经》的‘诗歌语言’”[5]。所以,十字句所包含的是一种来自于已经被证明的优秀句式与形式美感,对过往人们获得的最大成就的致意与温故,从而获得了一种来自于遥远时代的复古之美。[6]

(二)技艺本身具有的审美价值

由于四言诗字数的限制,《诗经》句子的一个特点就是句法结构比较简单,或者由词语组成,或者由单一的句法结构组成,常常需要上下两句合起来构成

---

① 葛晓音《四言体的形成及其与辞赋的关系》,《中国社会科学》2002 年第 6 期。

② 逯钦立《先秦汉魏晋南北朝诗》,中华书局 1983 年版,第 333 页。

③ 逯钦立《先秦汉魏晋南北朝诗》,中华书局 1983 年版,第 331 页。

④ 具体论述可参孙力平《中国古典诗歌句法流变史略》,浙江大学出版社 2011 年版,第 150 页。

⑤ 孙力平《中国古典诗歌句法流变史略》,浙江大学出版社 2011 年版,第 106 页。

⑥ 关于缘何复古具有美感,笔者在第六章附“古典诗歌重复用字法面面观”一节中有详细论述,在此不再重复。

一个完整的意思。所以从作者的操作层面看来,使用十字句是一种简易且有效率的造句方法。但当《诗经》时代结束之后呢?“十字句”的技术操作也是简易的吗?

从四言诗到五言诗,“一个字的增加,实际上等于增加了一个语法成分,增加了一个相对独立的语言意义单位。”①这是因为“三拍子节奏的五言诗,内在地趋向于把一句诗分割成三个相对独立的语意单位,为从句子结构上增加主谓以外的附加成分提供了可能。这就促使了五言诗结构的复杂化,从而提高了诗句的表达能力”。② 对于七言诗来说,这种诗句的复杂化和表达能力是更为扩张的,如果用这样大的容量来表达一个相对简单的句子结构,恰恰是一种技艺的考验。这就是说,古典诗歌的发展趋势是由简单向精紧浓缩的方向前进的,创作“十字格”这种“逆向运动”,是需要高超技巧的。

专门且额外付出的技巧具有审美价值,因为技巧本身就带来一种美感。黑格尔《美学》中有个著名的命题:“艺术很接近手工业”:

> 艺术创作有一个重要的方面,即艺术外表的工作,因为艺术作品有一个纯然是技巧的方面,很接近手工业;这一方面在建筑和雕刻中最为重要,在图画和音乐中次之,在诗歌中又次之。这种熟练技巧不是从灵感中来的,它完全要靠思索、勤勉和练习。一个艺术家必须具有这种熟练技巧,才可以驾御外在的材料,不至于因为它们不听命而受到妨碍。③

虽然诗歌的技巧性比建筑与雕刻缺少一些,但不可否认诗歌还是一门语言技艺,在艺术创作中,理念或者精神必须通过实践的、物质的形式显现。“艺”的繁体书写为“藝”,甲骨文字形左上是“木”,表植物;右边是人用双手操作,所以《说文解字》云:“艺,种也。”④它最初就与农艺直接相关,而后与各种实用技艺相关:“儒者之于礼乐射御书数,犹农者之树艺也。”⑤在此基础上才有了社会精神文化意识形态的意义。“因而‘感性’的艺术实践,也就是‘驾御外在材料’的活动,这个活动显然主要通过人的‘手工’而进行。”⑥

---

① 赵敏俐《两汉诗歌研究》,商务印书馆 2011 年版,第 256 页。
② 赵敏俐《两汉诗歌研究》,商务印书馆 2011 年版,第 257 页。
③ [德]黑格尔《美学》第一卷,商务印书馆 1982 年版,第 35 页。
④⑤ 许慎撰,段玉裁注《说文解字注》,上海古籍出版社 1981 年版,第 113 页。
⑥ 陆晓光《“艺术很接近手工业”——关于黑格尔一个美学命题》,《艺术百家》2009 年第 1 期。

而且,对于"十字对"来说,还要在"两句一意"的基础之上继续对仗,更是一种技术考验。例如罗大经在《鹤林玉露》中就指出老杜的一组诗句其中大有技艺:

叶石林曰:"杜工部诗,对偶至严,而《送杨六判官》云:'子云清自守,今日起为官。'独不相对。窃意'今日'字当是'令尹'字传写之讹耳。"余谓不然。此联之工,正为假"云"对"日",两句一意,乃诗家活法。若作"令尹"字,则索然无神,夫人能道之矣。且送杨姓人,故用子云为切题,岂应又泛然用一令尹耶?如"次第寻书札,呼儿检赠篇"之句,本是假以"第"对"儿",诗家此类甚多。①

上文所论"子云清自守,今日起为官",不但是一个"十字句",而且又是一个"字面对",所以罗大经赞其为"诗家活法",因为老杜能充分使用语言技艺。技巧的使用中蕴含着丰富的美学哲理,这是因为从根本上说,当人们完成了一个富有技巧性的诗句时,也就把人的精神提升到超越于现世的存在。技巧不单单只是技巧了,它是人的智慧、意志、力量的创造物,带有浓烈的"属我"色彩,这种对人力量的肯定能够给人精神上的满足。技巧之所以美,因为其充满了对人自身能力的肯定,是人不断向上发展的印证:"普罗米修斯把火带给人类,使人类有可能满足自己的需要,从事发展各种技艺;从此技艺才不再是自然的东西,过去巨灵族好象和技艺没有什么密切的关系。"②

正是因为律诗中的流水对是要耗费心力、克服困难才能制作出来的,所以流水对在律诗对联中最受人欣赏,历代诗话中也就特别喜欢挑拣、罗列这样的句子,例如宋葛立方《韵语阳秋》卷一:

梅圣俞五字律诗,于对联中十字作一意处甚多。如《碧澜亭诗》云:"危楼喧晚鼓,惊鹭起寒汀。"《初见淮山》云:"朝来汴口望,喜见淮上山。"《送俞驾部》云:"何时鹢舟上,远见炉峰迎。"《送张子野》云:"不知从此去,当见复何如。"《和王尉》云:"度鸟不曾下,新文谁寄评。"《昼寝诗》云:"及尔寂无虑,始知机尽空。"如此者不可胜举。诗家谓之"十字格",今人用此格者殊

---

① 罗大经《鹤林玉露》,中华书局 1983 年版,第 194 页

② [德]黑格尔《美学》第二卷,商务印书馆 1972 年版,第 199 页。

> 少也。老杜亦时有此格,《放船诗》云:"直愁骑马滑,故作泛舟回。"《对雨》云:"不愁巴道路,恐湿汉旌旗。"《江月》云:"天边长作客,老去一沾巾。"①

诗论家赞赏这些诗句表明,技术也是审美价值的创造者。其实,艺术技巧在今天的美学阐释中已经被视为艺术的"本体"所在。

另外一方面,"十字句"中的技巧更偏重的是创造发明性的,而并非简单的模仿。黑格尔曾特意将实用目标的"技术发明"与纯粹游戏的"模仿艺术"作如下比较:

> 一般地说,模仿的熟练所生的乐趣总是有限的,对于人来说,从自己所创造的东西所得到的乐趣,就比较更适合于人的身份。就这个意义说,每一个微细的技术品的发明在价值上也要比模仿高。一个人发明了斧子钉子之类的东西,比起做了一个模仿的巧戏法,也应该更值得骄傲。②

律诗中间两联一般就是相互平行的两组对仗句,人人都这样写,难免陷入滥熟,成为"模仿艺术",所以就有人希望能够尝试新的"技术发明",以便破除庸俗的模仿。沈德潜《说诗晬语》卷上就说道:"(五言律)中联以虚实对、流水对为上。"③为什么呢?沈德潜紧接着解释道:"即征实一联,亦宜各换意境。略无变换,古人所轻。即如:'蝉噪林逾静,鸟鸣山更幽',何尝不是佳句,然王元美以其写景一例少之。至'圆荷浮小叶,细麦落轻花',宋人已议之矣。"④沈德潜认为两句并列写景,即便是"蝉噪林逾静,鸟鸣山更幽"这样的古来佳句,也难免显得平庸了。如何进行改造呢?要么一实景,要么一虚境,要么就用流水对两句一意,打破两句的平行关系,这样一来就有了"变换",是为"技术发明",就可以人所共"重"了。

(三)其蕴含的流动性与活力感是美的重要内容

费衮《梁溪漫志》卷四云:"东坡教人读《檀弓》,山谷谨守其言,传之后学。《檀弓》诚文章之模范。……或数句书一事,或三句书一事,至有两句而书一事

---

① 葛立方《韵语阳秋》卷一,《学海类编》本,民国九年(1920)上海涵芬楼据清道光十一年(1836)安晁氏木活字排印本的影印本。

② [德]黑格尔《美学》第一卷,商务印书馆 1982 年版,第 55 页。

③④ 沈德潜《说诗晬语》,人民文学出版社 1979 年版,第 213 页。

者,语极简而味极长,事不相涉而意脉贯穿,经纬错综,成自然之文,此所以可法也。"①苏轼认为散文使用"数句书一事"能够使得句子"意脉贯穿""经纬错综"。如果把"数句书一事"放在需要对仗的整饬诗歌中使用,更能达到如行云流水般的畅而不隔、一片文章了。所以,当一首诗里面有了流水对,就在板滞中显得灵动了许多。李东宾在《词体长短句式产生的语言学理据》中认为"十字句法"和"十四字对句法"是对整齐呆板的七言诗体的救济之方:"'十字句''以十四字叙一事'……是对突破整齐的五、七言诗体表意局限的有益探索,顺应了汉民族在思维和情感进一步发展和细腻化的趋势下表情达意的客观要求。"②

与使用流水对相反,对仗时如对出了两个意思不相贯通的句子,则称为"并肩对",诗歌往往更显板正生硬。如果通篇使用这样的句子便是"琢对句法",例如元稹《西还》:"悠悠洛阳梦,郁郁灞陵树。落日正西归,逢君又东去。"③四句琢对成两联,全诗并无一个单句。在我们感到句式结构整齐的同时,不得不遗憾于整体的凝滞感与呆板性。

十字对这种气韵流畅之美,不仅仅适用于调整一首诗的血脉,也可以扩展到律赋这种整饬性要求很高的文体中。例如晚唐黄滔《景阳井赋》全文共二十六联,而流水对却有十二联,如"自亡迹于天子,几兴怀于路人。盖悲万乘之尊,投身到此;岂为一泓之故,举世惊神。叔宝以立作荒君,在为亡国"等等。此外王起《庭燎赋》中有十字对"睹炎上之有赫,知临下之无荒",李程《日五色赋》中有十字对"验瑞典之所应,知淳风之不遐"等④。律赋的文体特征使得它本身充满着大量的重复句式与并列句意,将十字对引入便可以调节凝滞的血脉,使得文章具有生机与活力,所以有学人指出:"流水对的大量使用于律赋有重要意义。盖一线抽绎,则如江河流走,骏马下注,异与他类对偶平行并列;两句一意,从而使作品文意流畅,一气而下,颇得散文之神理。"⑤

"十字格"所具有的这种语意流动的习习欲飞,本身就是一种审美形态。其所具有的动感本质上联系的是生命感与活力感。人类以客观物象为审美对象

① 费衮《梁溪漫志》,上海古籍出版社 1985 年版,第 35 页。
② 李东宾《词体长短句式产生的语言学理据》,《郑州大学学报》2010 年第 6 期。
③ 彭定求等辑《全唐诗》卷四〇〇,中华书局 1980 年版,第 4480 页。
④ 具体论述可见赵俊波《晚唐律赋的散体化倾向》,《江海学刊》2004 年第 2 期。
⑤ 赵俊波《晚唐律赋的散体化倾向》,《江海学刊》2004 年第 2 期。

时,多将其视之为充满生命感的对象化存在,于是人们欣赏的万事万物是充满生命律动的。张晶先生总结中国古典美学中的这一特点为“宇宙生命感”,就是指“在中国美学思想中普遍存在着对于自然‘物色’所感受到的生命和性灵,它们是流行化育的,是吸纳了宇宙万物的创造伟力的”①。所以人们欣赏鸢飞鱼跃,欣赏行云与流水等大自然中所具有的动态之美,也可以看做是这种审美心理造成的结果。正如方东美在《生生之美》中所指出的:“对我们来说,自然是宇宙生命的流行,以其真机充满了万物之属。在观念上,自然是无限的,不为任何事物所局限,也没有什么超自然凌驾乎自然之上,它本身是无穷无尽的生机。它的真机充满一切,但并不和上帝的神力冲突,因为在它之中正含有神秘的创造力。再说,人和自然也没有任何间隔,因为人的生命和宇宙的生命也是融为一体的。”②体液的流动可以禀赋生命,有了生命才有呈现出各种情感的变化。十字格中所蕴含的生机活力是与深层生命体验相关,对这种美的欣赏,其实也就是对人本身生命的整体体验与深层欣赏。

再者,20 世纪 90 年代以来,生态美学的提出更使我国传统哲学与美学资源发出新的光彩。③ 中国古代所崇尚的“天人合一”,认为一切之根本都在于“自然之道”,四季的流动性、生命的流动性、水流、气流、时间的流逝、沧海流为桑田、桑田流为沧海,一切都是在变化运动之中,无一能够静止不变。这就是说自然造化的生命力的脉息能够产生美感,因为它能够透露出宇宙自然的整体律动,透露出无限的生机,体现出造化的伟力。对无所滞碍充满流动感的大自然的欣赏同样可以投射到文学创作中来,例如苏轼就多次表示喜欢“行云流水,初无定质,但常行于所当行,常止于不可不止”(《答谢民师书》),“如风吹水,自成文理”(《书辨才次韵参寥诗》),“如万斛泉源,不择地而出”(《文说》)的文章美学。人类是在“人与大自然的生命和弦”中参天地之化育的,无论从人的生命本身,还是从大自然的内在活力出发,流动性与动态感都是人类的审美对象与美感来源。所以具有“活力化”“生命化”的“十字格”,自然也就成为了审美对象。

(四)其气貌的省力与等闲是较高的诗歌境界

魏庆之《诗人玉屑》卷十九云:“唐人诗,喜以两句道一事;曾茶山诗中,多用

① 张晶《中国美学中的宇宙生命感及空间感》,《社会科学辑刊》2010 年第 2 期。

② 方东美《中国的人生观》,北京大学出版社 2009 年版,第 82 页。

③ 曾繁仁《试论生态美学》,《文艺研究》2002 年第 5 期。

此体。如‘又从江北路,重到竹西亭’‘若无三日雨,那复一年秋’‘似知重九日,故放两三花’‘次第缁经集,呼儿理在亡’‘又得清新句,如闻謦欬音’‘如何万家县,不见一枝梅’。此格亦甚省力也。”①其实,这一造句方法并非省力,否则我们应该看到漫天遍野的十字句才对,事实证明,十字句在诗歌王国中还是相对稀少的。这里的“省力”应该是针对读者的接受效果而言的,也就是说这一句法给人以省力感、轻松感。

构思立意的曲折奇险、语言文字的苦吟修饰,是形成优秀诗歌的条件之一,但是在一些诗评家看来,那还不是最优秀的诗歌。唐代皎然《诗式》中曾有这样的论述:“或云,诗不假修饰,任其丑朴,但风韵正,天真全,即名上等。予曰:不然。无盐阙容而有德,曷若文王太姒有容而有德乎?又云,不要苦思,苦思则丧自然之质。此亦不然。夫不入虎穴,焉得虎子。取境之时,须至难至险,始见奇句。成篇之后,观其气貌,有似等闲不思而得,此高手也。”②皎然认为高手的作品需要“至难至险”,但却“观其气貌有似等闲”,也就是皎然所说的诗歌七种至境中的“至险而不僻”“至丽而自然”“至苦而无迹”“至难而状易”③的那一种。拥有艰苦的构思锻炼过程,但最终面貌是天真自然,全无痕迹,这才是唐代诗评家眼中的最佳状态,这也是宋人所看重的“平淡而山高水深,似欲而不可企及”④的完美境界,这也是我们平常所说的经历过一番磨练之后的“看山还是山,看水还是水”。

“十字格”就容易解决“力劲而气孱”的问题,达到皎然所要求的“力劲而不露”⑤“力全而不苦涩,气足而不怒张”⑥的状态。所以方回《瀛奎律髓》卷二十六评贾岛《寄宋州田中丞》三四句“相思深夜后,未答去年书”:“初看甚淡,细看十字一串,不吃力而有味。浪仙善用此体。如‘白发初相识,秋山拟共登’,如‘羡君无白发,走马过黄河’,如‘万水千山路,孤舟一月程’。皆句法之变也。”⑦方回又评贾岛《病起》三四句“身事岂能遂,兰花又已开”云:“然细味之,乃殊有味。

---

① 魏庆之《诗人玉屑》卷十九,中华书局 2007 年版,第 601 页。
② 张伯伟《全唐五代诗格汇考》,江苏古籍出版社 2002 年版,第 232 页。
③ 张伯伟《全唐五代诗格汇考》,江苏古籍出版社 2002 年版,第 226 页。
④ 黄庭坚《与王复观书》:“但熟观杜子美到夔州后古律诗,便得句法简易,而大巧出焉,平淡而山高水深,似欲不可企及,文章成就,更无斧凿痕,乃为佳耳。”
⑤ 张伯伟《全唐五代诗格汇考》,江苏古籍出版社 2002 年版,第 224 页。
⑥ 张伯伟《全唐五代诗格汇考》,江苏古籍出版社 2002 年版,第 225 页。
⑦ 李庆甲集评《瀛奎律髓汇评》,上海古籍出版社 1986 年版,第 1133 页。

以十字一串贯意，而一情一景自然明白。”①皆是指出“十字句”看似容易实则有味、看似平常实则艰难的形态。其实，“发纤秾于简古，寄至味于淡泊”（苏轼《书黄子思诗集后》）、“质而实绮，癯而实腴”（苏轼《与苏辙书》）、“淡而实丽，虽用工而不力”（方回《瀛奎律髓》评梅诗），这些评论都是在说这样一种审美境界。它深深地包含着诗人精深的构思与锤炼字句的功力，只不过这种功力已经到了浑然无迹的境地。“十字句”正是攀登这一诗美境界的途径之一。

（五）读者主观能力的参与可以带来审美享受

另一方面，上文所引方回所认为的十字句“殊有味”，又强调的是读者的智力参与。韦勒克·沃伦谈到人们阅读莎士比亚的戏剧时所说：“头脑简单的人可以看到情节，较有思想的人可以看到性格和性格冲突，文学知识较丰富的人看到词语的表达方法，对音乐敏感的人可以看到节奏，那些具有更高理解力和敏感性的听众则可以发现某种逐渐揭示出来的内涵意义。”②能够理解“十字格”这种技巧的使用与意义是需要智力参与的，所以在诗评家那里，这是努力追求对文本的深度解读的一种表现。这就是所谓的“作者得于心，览者会以意”（欧阳修《六一诗话》）③，因为这个过程包含了接受者主观能力的注入，实现了批评活动的价值，从而能够为接受者提供更多的审美快感。

再者，方回认为“十字格”需要“细看”“细味之”，这个“细”字就涉及到“品”这个层面。“‘品味’作为一种与中国古典艺术的多层结构对应，且有着深层指向的艺术接受理论和接受方式，非但不忽视艺术接受活动的过程，而且进一步强调接受过程的渐进性和反复性。”④读者经过长期的审美欣赏实践后，能够形成的一种敏锐地感知作品形式美和形象美的能力，当读者获得了这一能力，便可以感受到“词采葱蒨，音韵铿锵，使人味之亹亹不倦”（钟嵘《诗品》卷上“晋黄门郎张协”）⑤。读者能够体味到作者为文之用心是一种精神上的享受。严羽论诗曰：“读《骚》之久，方识真味”（《沧浪诗话·诗评》）⑥，张炎论词谓：“秦少游

① 李庆甲集评《瀛奎律髓汇评》，上海古籍出版社 2005 年版，第 1132 页。
② [美]韦勒克·沃伦《文学理论》，生活·读书·新知三联书店 1984 年版，第 279 页。
③ 何文焕《历代诗话》，中华书局 1981 年版，第 267 页。
④ 邓新华《“品味”的审美心理过程及特征》，《华中师范大学学报》1994 年第 1 期。
⑤ 周振甫《诗品译注》，中华书局 1998 年版，第 47 页。
⑥ 郭绍虞《沧浪诗话校释》，人民文学出版社 1961 年版，第 184 页。

词……咀嚼无滓，久而知味。”（《词源》卷下）[1]从这些论述中，都可以看出接受者在他人的作品面前的自得之意，其实就是产生了接受的快感。再者，十字格所带来的这种“细味之，乃殊有味”的审美状态，也可以用中国古代诗学审美创造中的一个重要术语——“会心”来加以解释，是指文学接受中心与心的会合。接受者时时刻刻都在作品中寻找充当作者“知音”的机会。《文心雕龙·知音》中云：

> 夫唯深识鉴奥，必欢然内怿，譬春台之熙众人，乐饵之止过客。盖闻兰为国香，服媚弥芬；书亦国华，玩泽方美；知音君子，其垂意焉。[2]

读者“会心”之后，便可以享受这种作为作者“千古知音”的自得之乐。历代诗论家在发现“十字格”后都要孜孜不倦地拿出来解说一番，其中深层次的审美心理也正在于此。

最后，“十字格”能够使人“细味之”，实际上是接受者对自己头脑中已然形成的“阅读后象”再一次进行反思溯性的心理活动。这是因为人对事物的感觉并不是随着刺激物的作用的终止而同时消失的，而是以“后象”的形式保持下来。[3]“十字格”能够促使读者回头再把这个对仗句读一遍，在反观和回味中，在读者的知识、经历、情志和想象等基础上完成了对作品价值的再发现，接受者就会产生更为强烈的接受快感。这种由于仔细品味而重新得来的快感，类似于美国著名心理学家马斯洛曾提出“高峰体验”，在这种体验到来之时，“自我有可能迷醉于对象，或者完全‘倾注到’对象之中，从而消失得无影无踪”[4]。不可否认，“十字句”就有这样的审美魅力。

第二节　折腰句

折腰句讨论的是诗句的节奏问题，属于句法范畴。虽然人们对诗句节奏的研究和讨论并不少，但是对“折腰”这个名称还是少有关注的，目前还没有相关文章论述到这一诗法。

---

① 唐圭璋《词话丛编》，中华书局 1983 年版，第 267 页。
② 杨明照《文心雕龙校注》，中华书局 2000 年版，第 592 页。
③ [苏]彼得罗夫斯基《普通心理学》，人民教育出版社 1981 年版，第 259 页。
④ [美]亚伯林罕·马斯洛《自我实现的人》，生活·读书·新知三联书店 1987 年版，第 286 页。

一　作为诗句节奏问题的折腰句

节奏是指运动过程中有秩序的连续。人的心肺呼吸、行走与跑步的肢体动作、自然界的昼夜转换、四季交替,都表明节奏的客观存在与普遍意义。没有节奏的世界将是一个毫无生命活力的世界。人对身体本身与大自然中节奏的需求,决定了艺术作品中也需要节奏。沃尔夫冈·凯塞尔在《语言的艺术作品》中说道:“我们有无数的诗人证明,首先是节奏,甚至还在一切思想和一切意义之前。”[1]因此,节奏不仅是诗歌艺术突出的质异,而且是诗歌创作的基础与先决条件。

节奏原是音乐术语,《礼记·乐记》云:“节奏足以感动人之善心而已矣。”孔颖达《疏》云:“节奏,谓作止,作则奏之,止则节之。”[2]指音乐中交替出现的有规律的强弱、长短现象。节奏和韵律是诗歌区别于其他文学作品的两个根本标志。“我们通常将诗歌语言形式上的规律称之为诗的节奏。”[3]诗歌节奏主要表现在“音步”上,音步一般用停顿表示,也有用轻微的拖腔表示。[4] 所以说,汉语诗歌的节奏就是顿歇节奏。

古典诗歌以两个音步为一个节拍(或曰音步、音顿)。王力先生论述古典诗歌的一般节奏道:“四言诗的一般句式是二二,这就是说全句的节奏是二字加二字,意义单位和节奏单位是一致的……五言诗的一般句式是二三,这就是说全句的节奏是二字加三字。这种句式是四言的扩展。在二二的当中插入一个音,或在后面加添一个音……七言诗的一般句式是四三。这是五言的扩展,因此细分起来是二二三。”[5]这是中国诗歌在形式上的一条规律,林庚先生在《关于新诗形式的问题和建议》中称之为“半逗律”,他认为“半逗律”乃是中国诗歌基于自己语言特征所遵循的基本规律,这也是中国诗歌民族形式上的普遍特征。[6]

在这个韵律节奏之外,古典诗歌中还有另外一个意义节奏:“诗歌的意义节

---

① [瑞士]沃尔夫冈·凯塞尔《语言的艺术作品》,上海译文出版社 1984 年版,第 315 页。

② 孙希旦《礼记集解》,中华书局 1989 年版,第 1032 页。

③ 徐有富《诗的节奏是怎样形成的》,《古典文学知识》2005 年第 6 期。

④ 黄伯荣、廖序东《现代汉语》,高等教育出版社 1991 年版,第 125 页。

⑤ 王力《古代汉语》,中华书局 1964 年版,第 1507—1514 页。

⑥ 林庚《问路集》,北京大学出版社 1984 年版,第 247 页。

奏指的是诗句内部由意义停顿而划分的段落,也就是一个诗句内部词语的组合层次情况。意义节奏与韵律节奏有联系又有区别,在多数情况下意义节奏与韵律节奏同步,但也常有不一致的情况。"[①]如不按诗歌韵律节奏的"半逗律"构成诗句,出现意义节奏与韵律节奏不同步的现象,就具备了"折腰句"的性质。元代佚名《沙中金集》将"折腰句"揭示为:"读之若不律,自是一格。"[②]不律,就是指意义节奏不符合常见的诗歌韵律节奏。

据笔者考查,目前可见最早论述诗歌异常节奏问题的是唐人王昌龄。其《诗格》"常用体十四"中有"一四团句体":

> 一四团句体十四。谢灵运诗:"游当罗浮行,息必庐霍期。"此上节一字,下节四字。[③]

如果按照五言诗的常规节奏,应该是"游当/罗浮行,息必/庐霍期"。然而这句诗省略了谓语,完整的句子应该是:"游玩应当选择罗浮山之行,休憩必须履行去庐山、霍山的承诺。"可以看出"当""必"都是修饰谓语的状语,所以应该和后面的句子成分结合得更紧密,所以这句诗的意义节奏应该是"游/当罗浮行,息/必庐霍期"。王昌龄将这种特殊的创作方法命名为"一四团句体",也就是由1+4的节奏来组成诗句的方法。

在随后的唐五代诗格、诗式著作中,笔者没有见到其他相关的论述,但唐代诗歌创作中不符合常规节奏的诗句为数不少,只是没有进入到诗论家的探讨之中。直到南北宋之交的胡仔《苕溪渔隐丛话前集》卷三十六首次出现"折句"的提法:

> 六一居士诗云:"静爱竹时来野寺,独寻春偶过溪桥。"俗谓之折句。卢赞元《雪诗》云:"想行客过梅桥滑,免老农忧麦垅干。"效此格也。余亦尝云:"鹦鹉杯且酉清浊,麒麟阁懒画丹青。"[④]

胡仔所举的诗例都是七言,其意义节奏全是3+4式:"静爱竹/时来野寺,独寻春/偶过溪桥";"想行客/过梅桥滑,免老农/忧麦垅干";"鹦鹉杯/且酉清浊,麒

---

① 孙力平《中国古典诗歌句法流变史略》,浙江大学出版社2011年版,第53页。
② 张健《元代诗法校考》,北京大学出版社2001年版,第410页。
③ 张伯伟《全唐五代诗格汇考》,江苏古籍出版社2002年版,第180页。
④ 胡仔《苕溪渔隐丛话前集》,人民文学出版社1962年版,第241页。

麟阁/懒画丹青”,这就和七言诗常规的韵律节奏“4+3”式不同。

南宋魏庆之《诗人玉屑》卷三有“上三下二”(七言上五下二)条:

野店寒/无客,风巢动/有禽。

送终时/有雪,归葬处/无云。

似梅花/落地,如柳絮/因风。

永夜角声悲/自语,中天月色好/谁看。①

这也是在说诗句的特殊节奏问题,但却没有概括出诗法名称。直到元代韦居安《梅磵诗话》卷上中才出现了“折腰句”这一标准的名称:

七言律诗有上三下四格,谓之折腰句。白乐天守吴门日,《答客问杭州》诗云:“大屋檐多装雁齿,小航船亦画龙头。”欧阳公诗云:“静爱竹时来野寺,独寻春偶到溪桥。”卢赞元《雨》诗:“想行客过溪桥滑,免老农忧麦陇干。”刘后村《卫生》诗云:“采下菊宜为枕睡,碾来芎可入茶尝。”《胡琴》诗云:“出山云各行其志,近水梅先得我心。”皆此格也。②

韦居安将七言律诗中的上三下四格定义为“折腰句”。腰,是古典诗歌中的特有名词。元兢《诗髓脑》:“腰,谓五字之中第三字也。”③那么,针对七言诗来说,腰就是七字中的第四字了。所谓折腰,也就是将七言诗的第四字划到后面一组的节奏中,形成三四式,而不是依照常规的方法,划到前面一组的节奏中(四三式)。

元代佚名的《沙中金集》中径直就有“折腰句”条,其下举出不少具体诗例,例如:

野店寒/无客,风巢动/有禽。

送终时/有雪,归葬处/无云。

似梅花/落地,如柳絮/因风。

静爱竹/时来野寺,独寻春/偶过溪桥。

黄四娘/教看花去,谢三郎/劝钓鱼休。

---

① 魏庆之《诗人玉屑》,中华书局2007年版,第112页。

② 韦居安《梅磵诗话》,《宛委别藏》本,江苏古籍出版社1988年版,第37页。

③ 张伯伟《全唐五代诗格汇考》,江苏古籍出版社2002年版,第115页。

管城子/无食肉相，孔方兄/有绝交书。

鹦鹉杯/难别清浊，麒麟阁/懒画丹青。

开山佛/已成胡鬼，住院僧/尤说李王。

永夜角声悲/自语，中天月色好/谁看。①

这些诗例中，有五言句也有七言句，五言折腰句的规律是三二式，也就将五言的“腰”第三字，划分到前面的一组节奏中，从而和常规的“二三式”不同。七言折腰句除了上面已经论述的“三四式”之外，又出现了“五二式”。这就是说，所谓折腰句，可不一定从“腰”处折断，只要是和常规韵律节奏不同的节奏方法，都可以称之为“折腰句”。

元代旧题范德机《木天禁语》“句法”条中也讨论了诗句的节奏问题，书中就将七言的折腰情况总结出“三四”“二五”“五二”三种：

上三下四：凤凰乐奏钧天曲，乌鹊桥通织女河。

上二下五：不贪夜识金银气，远害朝看麋鹿游。

上五下二：杖藜叹世者谁子，中天月色好谁看。②

到了明代以后，“折腰句”便成为诗法著作中的常见一条，得到诗论家们的频繁列举。例如明人梁桥《冰川诗式》卷三明确列出“折腰句法”，并举诗例云：“鹦鹉杯且酌清浊，麒麟阁懒画丹青”，下注：“上三字，下四字。”又有“静爱僧时来野寺，独寻春处过溪桥”，下注：“上四字，下三字。”又有“永夜角声悲自壮，中天月色好谁看”，下注：“上五字，下二字。”③民国时期的谢无量《诗法指南》第三章中有“折腰句式”条，举诗例“野店寒无客，风巢动有禽”，下注：“二字折腰。”④“似梅花落地，如柳絮因风”，下注：“三字折腰”。⑤ 其他的相似论述还有不少，不再一一列举。

二 “折腰句”与“折腰体”的辨析

值得注意的是，古典诗法名目中又有一种叫做“折腰体”，经常和“折腰句”

① 张健《元代诗法校考》，北京大学出版社 2001 年版，第 410 页。

② 张健《元代诗法校考》，北京大学出版社 2001 年版，第 168—169 页。

③ 周维德《全明诗话》，齐鲁书社 2005 年版，第 1653 页。

④ 按此处有误，正确的意义节奏为“野店寒/无客，风巢动/有禽”，为“第三字折腰”。

⑤ 谢无量《诗学指南》，上海中华书局民国七年(1918)版，第 89 页。

相混。实际上这两者并非是同一回事。“折腰句”着眼的是诗句的节奏问题,而“折腰体”是指整首诗声律中的失黏现象,属于诗法中的声法问题。①

首先梳理一下“折腰体”的历史源流。唐代高仲武《中兴间气集》选了崔峒的《清江曲内一绝》,题下注曰:“折腰体。”可惜高仲武并未对“折腰体”的具体情况加以说明。在其后的时间里,笔者没有见到关于“折腰体”的相关论述,直到北宋惠洪《天厨禁脔》卷上才又有了“折腰步句法”这一名称:

> 折腰步句法
>
> 《宿山中》:“幽人自爱山中宿,更近葛洪丹井西。庭前有个长松树,半夜子规来上啼。”《南园》:“花枝草蔓眼前开,小白长红越女腮。可怜日暮嫣然态,嫁与春风不用媒。”《送蜀僧》:“却从江夏寻僧晏,又向东坡别巳公。当时半破娥眉月,还在平羌江水中。”前诗韦应物作,次李长吉作,又次东坡作。虽中失粘而意不断也。②

其中“中失粘而意不断”算是首次对“折腰步句法”的解释了。近体诗的格律规则里要求两联中间要“相粘”,“粘”,指近体诗上联第二句与下联第一句中的第二个字必须平仄相同。如果是绝句,那就是第二联与第三联的第二个字同一平仄,如果是律诗,则第二联与第三联,或者第四联与第五联、第六联与第七联的第二个字需要同一平仄。这样平粘平,仄粘仄,把本来独立的两联粘联起来,从而使整首诗形成一个紧密的整体。

惠洪所举的诗例《宿山中》是韦应物的七言绝句,第二句“更近●③葛洪丹井西”,第三句“庭前○④有个长松树”。李贺《南园》第二句“小白●长红越女腮”,第三句“可怜○日暮嫣然态”。苏轼《送蜀僧》第二句“又向●东坡别巳公”,第三句“当时○半破娥嵋月”。可见它们第二字的平仄并不相同,这就构成了“失粘”。回过头再看高仲武《中兴间气集》中所选的崔峒《清江曲内一绝》诗云:

> 八月长江去浪平,片帆○一道带风轻。极目●不分天水色,南山南是岳阳城。

---

① 饶少平《折腰体新解》(《文学遗产》2002 年第 4 期)曾经谈到了这一问题,读者可参。
② 张伯伟《稀见本宋人诗话四种》,江苏古籍出版社 2002 年版,第 129 页。
③ 本书用●来表示仄声字。
④ 本书用○来表示平声字。

第二句第二个字“帆”为平，第三句的第二字“目”为仄。平仄并不相同，这就犯了失粘的毛病，以上的例子都是绝句，上下两联正好对称，“中失粘”就好像人的上半身和下半身不能连接在一起，人体从腰部处折断了，高仲武注其为“折腰”是很形象生动的。

随后，南宋严羽(1192? —1241?)《沧浪诗话·诗体》中云：“有绝句折腰者，有八句折腰者。”[①]因为严羽并没有进一步解释，所以清人吴乔《围炉诗话》卷二云：“严(羽)言折腰而不详其故。”[②]清人王玮庆《沧浪诗话补注》云：“又有折句，六一居士诗‘静爱竹时来野寺，独寻春偶到溪桥’，卢赞元诗‘想行客过梅桥滑，免老农忧麦垅干’之句是也。”[③]王玮庆此处即引胡仔《苕溪渔隐丛话》中关于诗句节奏的说法来解释严羽所说的“折腰”，实际上这一解释并不正确。严羽这里的“绝句”和“八句”明显是针对整首诗而言的，整首诗的“腰”便不是“五言中的第三字”“七言中的第四字”了，而应该是联与联之间的关系。所以严羽所说的“绝句折腰”“八句折腰”指的是“折腰体”，而并非是“折腰句”。而到魏庆之(约1240 年前后)《诗人玉屑·诗体》时，对这一问题便理解得比较清楚了：“折腰体，谓中失粘而意不断。”[④]并举王维《渭城曲》为例：

渭城朝雨浥轻尘，客舍●青青柳色新。劝君○更尽一杯酒，西出阳关无故人。[⑤]

在元明以后，“折腰句”与“折腰体”便是两种分得比较清楚的诗法了，例如民国时谢无量《诗学指南》中有“折腰句式”来说明诗句的节奏问题，同时又有“折腰体”来说失粘问题。[⑥]

以上所举的例子都是关于绝句的失粘问题，而对于律诗来说，其腰一般意义上在第二联与第三联之间，也就是第四句与第五句的位置。但是，律诗里有规律的失粘可以出现在第一联与第二联之间，也可以出现在第三联与第四联之间。整首律诗里一般只有一联失粘，也有两联失粘的，但整首律诗都失粘的也很少见。元代佚名《沙中金集》中有“失粘句”，中分“引韵便失粘(名江左体)”

① 郭绍虞《沧浪诗话校释》，人民文学出版社 1961 年版，第 74 页。
② 吴乔《围炉诗话》，《丛书集成初编》本，商务印书馆 1935 年版，第 65 页。
③ 郭绍虞《沧浪诗话校释》，人民文学出版社 1961 年版，第 93 页。
④⑤ 魏庆之《诗人玉屑》，上海古籍出版社 1959 年版，第 43 页。
⑥ 谢无量《诗学指南》，上海中华书局 1918 年版，第 18 页。

“第二联失粘”“第三联失粘”“第四联失粘”“第二联第三联失粘”“首尾失粘”“绝句失粘”“五言失粘”“五言绝句失粘”“七言失粘”“第三联失粘”“第四联失粘”。① 这些律诗中不相粘的情况,都可以通称为“折腰体”。例如杜甫《咏怀古迹五首》之二,便是第二联失粘:

> 摇落深知宋玉悲,风流〇儒雅亦吾师。怅望●千秋一洒泪,萧条异代不同时。江山故宅空文藻,云雨荒台岂梦思。最是楚宫俱泯灭,舟人指点到今疑。②

三 折腰句的语言分析

对于诗句节奏的划分,人们常常有不同的看法。例如杜甫“永夜角声悲自语,中天月色好谁看”一联,魏庆之认为是上五下二;浦起龙认为是上四下三;冒春荣认为是上四中一下二。对于“星临万户动,月傍九霄多”一联,王力先生认为是上一下四;萧涤非先生认为是上四下一。③ 这样的例子还有很多,这就需要我们在分析诗句的节奏之前做出一些具体的界定。

首先,本文界定所言的节奏,是指诗歌的意义节奏,或者说是语法节奏。本篇在以下的分析中将会把诗歌的意义节奏凌驾于诗歌的韵律节奏之上。第二,“节奏实际上是对诗句的句子结构的第一层次分析”④,诗句主要节奏单位的划分应该放在主要句法关系的句法单位之间,对于次要句法关系的划分可以暂时忽略,“故五言句和七言句都可以分为两个较大的节奏单位:五字句分为二三,七字句分为四三”⑤,此外,五言句还有其他的较大节奏,如三二、四一、一四,七言句还有三四、二五、五二、六一、一六等不同的情况。

在以上这两重界定之下,诗歌的折腰句就有以下几种:

五言上三下二:杜甫《自咏浣花溪草堂》“万里桥/西宅,百花潭/北庄”;周繇《送宇文虞》“野店寒/无客,风巢动/有禽”;任藩《哭友人》“送终时/有雪,归葬处/无云”。就结构而论,前三字组成了主语,与后面两字形成了主谓结构。因

① 张健《元代诗法校考》,北京大学出版社 2001 年版,第 412 页。
② 杜甫《杜工部集》,岳麓书社 1987 年版,第 258 页。
③ 具体论述可参简明勇《律诗研究》,台湾文史哲出版社 1990 年版,第 159 页。
④ 蒋绍愚《唐诗语言研究》,中州古籍出版社 1990 年版,第 163 页。
⑤ 王力《诗词格律》,中华书局 1977 年版,第 119 页。

为五言的常规节奏是上二下三，所以这种上三下二的结构俗称为“倒五字”。还有因为句子的倒装使得节奏也倒装，例如李白的《秋登宣城谢朓北楼》“人烟寒/橘柚，秋色老/梧桐”，此句的翻译应该是：“橘柚的深碧，使得村落呈现出一片苍寒景色，梧桐的微黄，使人感到已经是秋光渐老的时候了。”再有孟郊《怀南岳隐士二首》(其二)“饭不煮/石吃，眉/应似发长”，正确的顺序应该是“不煮饭吃石”，这是一个连动的单句。

五言的上一下四：如谢灵运《初发石首城诗》“游/当罗浮行，息/必庐霍期”；唐玄宗《经邹鲁祭孔子而叹之》“地/犹鄹氏邑，宅/即鲁王宫”；杜甫《重过何氏五首》(之二)“犬/迎曾宿客，鸭/护落巢儿”；杜甫《放船》“青/惜峰峦过，黄/知橘柚来”；李白《送友人入蜀》“山/从人面起，云/傍马头生”。前面的第一个字都充当了后面四个字的主语。而孟郊《怀南岳隐士二首》(其一)“藏/千寻布水，出/十八高僧”，“藏”和“出”充当了谓语成分，后面四字组合成了它们的宾语，王淡《交雪诗》“似/梅花落地，如/柳絮因风”，许月卿《新安》“追/千万世前，示/千万世后，如/日月当天”，也是这种情况。

五言的上四下一：如沈佺期《夜宿七盘岭》“晓月临窗/近，天河入户/低”，可以翻译成：“晓月挂在窗户上，看起来它离我这样的近；银河仿佛落到我的屋子中，显得天空非常低矮。”前四个字联合起来做后面一个字的条件或者是原因。同样，杜甫《秦州杂诗》“风/连西极动，月过北庭/寒”中的“寒”字则表示“月过北庭”的一种状态。

七言上五下二结构：杜甫《宿府》“永夜角声愁/自语，中天月色好/谁看”，彻夜的吹角声非常忧愁，好像一个人在自言自语，这里的“永夜角声愁”作“自语”的主语，而后一句则是一个复句，天空的月色明媚，可是有谁仰头去看。“中天月色好”和“谁看”分别成为了两个分句。此外还有范成大《毛公坛福地》“松萝滴翠/自昼阴，七十二峰中/最深”；石介《士廷评相会梓州》“一千二百日/离别，五十六驿外/相寻”等。

七言上二下五结构：李山甫《寒食二首》其一“有时/三点两点雨，到处/十枝九枝花”；白居易《正月三日闲行》“绿涨/东西南北水，红栏/三百九十桥”，这两个诗例是前两字作主语，谓语省略，后面五字作宾语。

七言上三下四结构：陆游《秋晚登城北门》“一点烽/传散关信，两行雁/带杜陵秋”;李商隐《旧将军》“日暮灞陵原上猎,李将军/是旧将军”;“黄四娘/教看花去,谢三郎/劝钓鱼休”(出处不详,诗例见《沙中金集》)①;黄庭坚《戏呈孔毅父》“管城子/无食肉相,孔方兄/有绝交书”;刘克庄《清凉寺》“开山佛/已成胡鬼,住院僧/尤说李王”等。这种句式的一个共同点都是前三字是一个名词性结构,第四字是动词或者副词,和后面的句子成分结合得更为紧密。其他还有苏轼的《赠王子直秀才》“五车书/已留儿读,三顷田/应为鹤谋”;方岳《感怀》之四“舴艋舟/应容钓蟹,麒麟阁/不画骑牛”。欧阳修《退居述怀寄北京韩侍中》“静爱竹/时到野寺,独寻春/偶到溪桥”,则第一个诗歌节奏句是一个因果关系的复句,第二个诗歌节奏句是一个连动的单句,第四个字是一个副词,要和后面一个复句联系得更为紧密。韩愈的“落以斧/引以墨徽”句,“落”和“引”后面带的“以斧”和“以墨徽”作为补语。这种三四节奏与一般七字句的四三节奏不同,俗称“倒七字句”。

七言上一下六结构:杜甫《阆山歌》“山/动将崩未崩石,松/浮欲尽不尽云”;李白《长相思》“上/有青冥之长天,下/有绿水之波澜”;李白《蜀道难》“上/有六龙回日之高标,下/有冲波逆折之回川”;李白《日出入行》“草/不谢荣于春风,木/不怨落于秋天”,都是头一个字作主语,后面的六个字作动宾结构。此外还有黄庭坚《赠张仲谋》:“以兹敢倾一杯酒,为/太夫人千万寿。”

七言三一三结构:这种形式两头的三个字一般为名词,中间的字一般为动词,例如范成大《垫江县》“旧雨云/招/新雨至,高田水/入/下田鸣”;戴复古《无为山中郑老家》“黄金菊/间/碧牵牛”;方岳《山中》“白练带/随/红练带,木芙蓉/并/水芙蓉”;《感怀》“五亩园/为/终老计,半间云/住/在家僧”。

七言二三二结构:这种结构的中间三个字一般是名词结构,例如戴复古《汪给事守鄂渚元宵代江夏宰吴熙仲献灯》“此是/太平/真气象,今年/第一个/良辰”;郑震《再登南楼》“雁带/岳泪秋/晓过,浪涵/巴峡影/西来”;惠洪《秋千》“飘扬/白色裙/拖地,断送/玉容人/上天”。

不但诗中有折腰句,词体中也有折腰句式。传统的五七言常规节奏、六字句常规的二二二句式之外,其他的词句节奏都属于“折腰句法”:

五言的一字领:李调元《雨村词话》卷一“折腰句法”条就举了一个例子,“顾

---

① 张健《元代诗法校考》,北京大学出版社2001年版,第410页。

敻献《衷情词》'绣/鸳鸯帐暖,画/孔雀屏欹',此词中折腰句法也"[①]。其他的有"望/长城内外"(毛泽东《沁园春·雪》);"怕/平生幽恨"(姜夔《法曲献仙音》);"看/美人头上"(辛弃疾《汉宫春》)等。这种情况,开头的那个字一般是动词,后面的四个字作它的宾语。

五言的三二句式:"向郊原/踏青"(宋祁《锦缠道》);"水晶帘/不下"(晁补之《洞仙歌》);"吹不散/眉弯"(纳兰性德《临江仙》)等。

六言的三三句式:"但目送/芳尘去"(贺铸《青玉案》);"故画作/远山长"(欧阳修《诉衷情》);"看灯人/在深院"(张炎《探春》)。

六言的四二句式:"七八个星/天外,两三点雨/山前"(辛弃疾《西江月》)。

七言的三四句式:"杨柳岸/晓风残月";"念去去/千里烟波"(柳永《雨霖铃》)。

十言句的三三四句式:"把春波/都酿作/一江春酎"(辛弃疾《粉蝶儿》),前六字折腰。

四 折腰句的审美内蕴

(一)具有"诗化"过程中的复古美

折腰句并非是一个后起的创作手法,而在最早的诗歌总集《诗经》中,大量诗句的韵律节奏与意义节奏不相一致。分析《诗经》中的五言句,可以发现这样一条规律:以单音节词开头的诗句数量占全部诗句的50%以上。[②] 例如:

人/尚乎由行。(《大雅·荡》)[③]

执/子之手,与子偕老。(《邶风·击鼓》)[④]

自/我徂尔,三岁食贫。(《卫风·氓》)[⑤]

维/以不永伤。(《周南·卷耳》)[⑥]

它们都是以一个单音词领起全句,这就和《诗经》二二节奏相矛盾,再例如:

---

① 唐圭璋《词话丛编》,中华书局1986年版,第1387页。

② 具体论述可参孙力平《中国古典诗歌句法流变史略》,浙江大学出版社2011年版,第135页。

③《十三经注疏》整理委员会《毛诗正义》,北京大学出版社1999年版,第1154页。

④《十三经注疏》整理委员会《毛诗正义》,北京大学出版社1999年版,第128页。

⑤《十三经注疏》整理委员会《毛诗正义》,北京大学出版社1999年版,第228页。

⑥《十三经注疏》整理委员会《毛诗正义》,北京大学出版社1999年版,第36页。

子/宁不嗣音。(《郑风·子衿》)[1]

或/息偃在床。(《小雅·北山》)[2]

远/父母兄弟。(《鄘风·蝃蝀》)[3]

宛/在水中央。(《秦风·蒹葭》)[4]

维/天其右之。(《周颂·我将》)[5]

可以见得领跑的单音词可以是代词、名词、动词,或者是没有实际意义的虚词。这些都是后世折腰句的常见构成形式。

《诗经》中没有大量出现折腰句的最经典句式——"3+2",这种句式的集中爆发是在随后战国时代的《离骚》《九歌》中,在被后世结集命名为《楚辞》的作品中,皆以"3+虚词+2"为主要句式。[6] 例如:

昔三后/之/纯粹(兮),固众芳/之/所在。(《离骚》)[7]

朝发轫/于/天津(兮),昔余至/乎/西极。(《离骚》)[8]

帝子降/兮/北渚,目眇眇/兮/愁余。(《九歌·湘夫人》)[9]

蕙肴蒸/兮/兰藉,奠桂酒/兮/椒浆。(《九歌·东皇太一》)[10]

前面的"3",可以划分为两种情况,一种是"1+2",一种是"2+1"。而"1+2"节奏约占《离骚》《九歌》全部"前三"句式的93%,双音节词或者词组前置的比例仅有7%。[11] 例如:

路不周/以/左转(兮),指西海/以/为期。(《离骚》)[12]

采芳洲/兮/杜若,将以遗/兮/下女。(《九歌·湘君》)[13]

---

① 《十三经注疏》整理委员会《毛诗正义》,北京大学出版社1999年版,第313页。
② 《十三经注疏》整理委员会《毛诗正义》,北京大学出版社1999年版,第796页。
③ 《十三经注疏》整理委员会《毛诗正义》,北京大学出版社1999年版,第204页。
④ 《十三经注疏》整理委员会《毛诗正义》,北京大学出版社1999年版,第422页。
⑤ 《十三经注疏》整理委员会《毛诗正义》,北京大学出版社1999年版,第1299页。
⑥ 具体论述可参孙力平《中国古典诗歌句法流变史略》,浙江大学出版社2011年版,第126页。
⑦ 蒋天枢《楚辞校释》,上海古籍出版社1989年版,第9页。
⑧ 蒋天枢《楚辞校释》,上海古籍出版社1989年版,第68页。
⑨ 蒋天枢《楚辞校释》,上海古籍出版社1989年版,第140页。
⑩ 蒋天枢《楚辞校释》,上海古籍出版社1989年版,第128页。
⑪ 具体论述可参孙力平《中国古典诗歌句法流变史略》,浙江大学出版社2011年版,第130页。
⑫ 蒋天枢《楚辞校释》,上海古籍出版社1989年版,第69页。
⑬ 蒋天枢《楚辞校释》,上海古籍出版社1989年版,第139页。

如果去掉中间的虚词,就可以变成标准的五言:

路不周/左转,指西海/为期。(《离骚》)[①]

采芳洲/杜若,将以遗/下女。(《九歌·湘君》)[②]

它们的节奏是"三二",和五言诗的标准节奏"二二一""二一二"不同。这样看来,《楚辞》改变了《诗经》以"两字一顿"的诗句格局,代之以"三字一顿"。"三字一顿"显然是《楚辞》的一大特色。"《离骚》含三字结构的诗句占全部诗句的75%以上,《九歌》含三字结构的诗句接近全部诗句的80%。"[③]所以,林庚先生较早就地指出了《楚辞》以三字为主的特色,并名之为"基本节奏组"。[④]

通过与《诗经》《楚辞》的建立联系,原来"折腰句"是一种来自于诗歌源头的一种早期创作手法,这种折腰句法"随着四言节奏的愈益成熟和固化而逐渐衰退"。[⑤] 后来的五言诗的标准节奏结构为双音词或双音词组置于句首。当后世再出现不符合这种规则的现象是,就"读之若不律",名其为"折腰句"。当在千年的后世,大量相似节奏句式的诗句再次兴起时,不得不说,可以和古老的《诗经》《楚辞》的常见句式相呼应,成为一种语言创作手法的复古。此外又开发出种种其他手法的折腰句,如一四、四一、二五、五二、三四、一六等形式,则都可以看成"反诗化"运动,而具有了远古的复古之美。[⑥]

在复古中寻求创新也是中国古典诗歌发展的一条规律。经过魏晋南北朝诗人的探索,唐代时古典诗歌"诗化"进程稳定之后[⑦],便出现了"反诗化"的运动。例如打破五七言体、打破二三节奏、增加虚字在诗句中的数量等。各种诗法如三五七言体、折腰句法、虚字法等都是这一运动的衍生品。例如《诗经》《楚辞》中,虚字的使用是常见且重要的现象。据赵敏俐《四言诗与五言诗的句法结

① 蒋天枢《楚辞校释》,上海古籍出版社 1989 年版,第 69 页。

② 蒋天枢《楚辞校释》,上海古籍出版社 1989 年版,第 139 页。

③ 具体论述可参孙力平《中国古典诗歌句法流变史略》,浙江大学出版社 2011 年版,第 128 页。

④ 参见葛晓音《从离骚和九歌的节奏结构看楚辞体的成因》,《学术研究》2004 年第 12 期。

⑤ 葛晓音《论早期五言体的生成途径及其对汉诗艺术特征的影响》,《文学遗产》2006 年第 6 期。

⑥ 关于缘何复古具有美感,笔者在第六章"古典诗歌重复用字法面面观"一节中有详细论述,在此不再重复。

⑦ 林庚:"此后通过形式、语法、词汇等各方面的不断提炼,这时乃达于诗歌语言自身的更臻于成熟,说明诗化经历了长期的过程已近于完成,这就意味着一个诗国高潮的行将到来。"(林庚《中国文学史》,北京大学出版社 1995 年版,第 193 页)

构与语言功能比较研究》一文中统计,仅"《二南》二十五首诗共 1342 字,其中虚词 395 字,约占总字数的 29%还稍强。而《古诗十九首》总字数 1270 字,其中虚词仅 101 字,约占总字数 8%还稍弱些"①。谢灵运 89 首五言诗约 9000 多字,谢朓 135 首五言诗约 10000 字,常见的"与""以""于"等虚词分别为0.85%与0.84%,这足以证明,虚词的使用在南朝五言诗中又有所降低,且有进一步下降的趋势。② 诗歌中去除虚字,就是为了和使用虚字的散文进一步相分离。这是"诗化"进程中的重要步骤,但后世又无独有偶地上演了一种"虚字法",就是在诗句中大量使用虚字。这种情况和"折腰句"的复活十分相似。我们都可以将其看成复古型的创新方法。

另外,近体诗最主要的格律规则就是"对"③与"粘"。"对"的规则确定得比较较早,而在初唐时"粘"的规则尚未完全确定下来,所以有不少失粘的现象。当律诗定型以后,当年的错误却被诗人们重新拿来作为一种新颖的创作方法使用,从而成为一种诗法。如果从本质上说,这也是一种复古。关于缘何复古具有美感,笔者在第六章附"古典诗歌重复用字法面面观"一节中有详细论述,在此不再重复。

(二)打破凝固的节奏,带来新奇与变化

人们对艺术美中的节奏要求是需要和谐的,混乱的节奏会使人产生厌倦与不适。但是这种和谐的节奏也不能是单一的,单调的重复容易使人产生厌倦感。明代谢榛《四溟诗话》卷一中就指出:"谢惠连'屯云蔽层岭,惊风涌飞流',一篇句法雷同,殊无变化。"④其实这种现象在南朝诗人那里极为普遍,例如谢灵运、谢朓不少诗歌内部绝大多数都是"二一二"句式:

> 迎旭/凌/绝嶝,映泫/归/溆浦。钻燧/断/山木,掩岸/墐/石户。结架/非/丹甍,藉田/资/宿莽。同游/息/心客,暧然/若/可睹。清霄/飏/浮烟,空林/响/法鼓。忘怀/狎/鸥鲦,摄生/驯/兕虎。望岭/眷/灵鹫,延心/念/净土。若乘四等观,永拔三界苦。(谢灵运《登石室饭僧诗》)⑤

---

① 赵敏俐《四言诗与五言诗的句法结构与语言功能比较研究》,《中州学刊》1996 年第 3 期。

② 具体论述可参孙力平《中国古典诗歌句法流变史略》,浙江大学出版社 2011 年版,第 181 页。

③ 所谓"对",是指每联的上下两句必须平仄相反。

④ 谢榛《四溟诗话》,人民文学出版社 1961 年版,第 22 页。

⑤ 逯钦立《先秦汉魏晋南北朝诗》,中华书局 1983 年版,第 1164 页。

柏梁/冠/南山，桂宫/燿/北泉。晨风/拂/幨幌，朝日/照/闺轩。美人/卧/屏席，怀兰/秀/瑶璠。皎洁秋松气，淑德春景暄。（谢灵运《日出东南隅行》）①

灞涘/望/长安，河阳/视/京县。白日/丽/飞甍，参差/皆/可见。余霞/散/成绮，澄江/静/如练。喧鸟/覆/春洲，杂英/满/芳甸。去矣/方/滞淫，怀哉/罢/欢宴。佳期/怅/何许，泪下/如/流霰。有情/知/望乡，谁能/鬒/不变。（谢朓《晚登三山还望京邑诗》）②

唐人诗格里将这种不加变化的节奏看成是一种诗病，例如唐元兢《诗髓脑》中有"长撷腰病"与"长解蹬病"：

长撷腰病者，每句第三字撷上下两字，故曰撷腰，若无解镫相间，则是长撷腰病也。如上官仪诗曰："曙色随行漏，早吹入繁笳。旗文萦桂叶，骑影拂桃花。碧潭写春照，青山笼雪花。"上句"随"，次句"入"，次句"萦"，次句"拂"，次句"写"，次句"笼"，皆单字，撷其腰于中，无有解镫者，故曰长撷腰也。此病或名"束"。

长解镫病者，第一、第二字意相连，第三、第四字意相连，第五单一字成其意，是解镫；不与撷腰相间，是长解镫病也。如上官仪诗云："池牖风月清，闲居游客情，兰泛樽中色，松吟弦上声。""池牖"二字意相连，"风月"二字意相连，"清"一字成四字之意。以下三句，皆无有撷腰相间，故曰长解镫之病也。撷腰、解镫并非病，文中自宜有之，不间则为病。然解镫须与撷腰相间，则屡迁其体。不可得句相间，但时然之，近文人篇中有然，相间者偶然耳。然悟之而为诗者，不亦尽善者乎。此病亦名"散"。③

按照上文的意思，撷腰的节奏是2＋1＋2，解蹬的节奏是2＋2＋1。如果整篇诗歌全是在用这种节奏，那就是"长"了，那就是"病"了。

怎样解决这种诗病呢？那就需要打破固定的节奏，赋予某种变化。例如唐代孟浩然的《春晓》："春眠/不觉/晓，处处/闻/啼鸟。夜来/风雨/声，花落/知/多少。"这首小诗在节奏上就是"撷腰"与"解蹬"相互交错，从单一性走向多样

---

① 逯钦立《先秦汉魏晋南北朝诗》，中华书局1983年版，第1148页。
② 逯钦立《先秦汉魏晋南北朝诗》，中华书局1983年版，第1430—1431页。
③ 张伯伟《全唐五代诗格汇考》，江苏古籍出版社2002年版，第123页。

性,节奏的新奇和变化带来一定的审美快感。

"五字句以上二下三为脉,七字句以上四下三为脉,其恒也。"(胡震亨《唐音癸签》)①而对于"折腰句"来说,它是要在常规节奏之外再寻找打破的可能。很少有整首诗都是折腰句的诗例,一般是一两联,或者只有半联折腰。在大千世界中寻找规律并建立规则是人类重要的主观能动性的体现,规矩是一种美,但打破规矩的偶然也具有一定的审美价值。正如潘知常先生说:"为了争取真正属于人的存在,那些独一无二的东西,不可重复的东西,偶然的东西就必须成为目的,成为价值。人类必须打断必然的链条,为之加入偶然的东西,而且栖居于这些偶然的东西之上。美感正是对于这种努力的鼓励。它是一种派生的快感,但又是一种更为深刻的快感,应该说,从好奇心到科学假设、哲学探索,直到美感鼓励,都是一种更为深刻的快感。"②折腰句使得整首诗的必然中出现了某种偶然,也就具有了一定的美学意义。例如:

> 云台高议正纷纷,谁定当时荡寇勋。日暮灞陵原上猎,李将军/是/故将军。(李商隐《旧将军》)③
>
> 书殿宫臣宠并叨,不同憔悴返渔樵。无穷兴味闲中得,强半光阴醉里销。静爱竹/时来野寺,独寻春/偶过溪桥。犹须五物称居士,不及颜回饮一瓢。(欧阳修《退居述怀寄北京韩侍中二首》)④
>
> 见说祝融峰,擎天势似腾。藏/千寻布水,出/十八高僧。古路无人迹,新霞吐石棱。终居将尔叟,一一共余登。(孟郊《怀南岳隐士》其一)⑤
>
> 千峰映碧湘,真叟此中藏。饭不煮/石吃,眉/应似发长。枫里揞酒瓮,鹤虱落琴床。强效忘机者,斯人尚未忘。(孟郊《怀南岳隐士》其二)⑥

这些藏匿在常规节奏之中的折腰句,便成为了"意外节奏",意外能够使人的注意力受到提醒,就像人在步步上升时猛然发现一级特高或特低的楼梯。这种快感的来源,就是打破僵化感,鼓励变化与发展:"快感把人作为手段是为了人的

---

① 吴文治《明诗话全编》,江苏古籍出版社 1997 年版,第 6853 页。
② 潘知常《反美学》,学林出版社 1995 年版,第 328—329 页。
③ 彭定求等辑《全唐诗》卷五四〇,中华书局 1980 年版,第 6209 页。
④ 北京大学古文献研究所《全宋诗》,北京大学出版社 1999 年版,第 3802 页。
⑤ 彭定求等辑《全唐诗》卷三七八,中华书局 1980 年版,第 4236 页。
⑥ 彭定求等辑《全唐诗》卷三七八,中华书局 1980 年版,第 4237 页。

发展，美感把人作为目的也还是为了人的发展，它鼓励精神永远停留在过程中，不被任何僵化的结构所束缚。”①

（三）于诗歌中增加散文句式之美

折腰句的审美快感还来自于它所具有的散文句法之美感。古典散文是散行的单句，不拘骈偶、对仗、节奏等形式的自由文体。散文节奏的特点在于富有变化，偶尔的固定化只是特例。而古典诗歌节奏大体上要遵循一定的基本节奏模式，偶尔的变化只是特例，所以当我们在诗歌中读到独特的节奏形式时，就难免会有一种散文节奏的相识感。例如石介《寄元均》“年/三十七/卧柴荆”；戴复古《到鄂清》“明日/拟/苏堤上/看”；汪元量《醉歌》之三“国母/已/无心/听政”等，这种诗句完全可以直接出现在散文中。韩愈常常被作为“以文为诗”的代表之一，这其中也离不开折腰句的功劳。例如《符读书城南》中的“乃/一龙一猪”；《泷吏》中的“固/罪人所徙”；《谢自然诗》中的“在/纺织耕耘”；《南山诗》中的“时/天晦大雪”；《陆浑山火》中的“虽欲悔/舌不可扪”等，这些句子不似诗句，反似文句，的确会给诗歌带来的一种散文化的美感体验。

其实，那些最初来自于《诗经》《楚辞》中的折腰句，本就是先秦散文的遗存。葛晓音先生就认为《诗经》的五言折句“是以自然的散文形态遗留在《诗经》中的一种句型”②，在《诗经》中，“这种句式是在四言句前再加一个实字或者虚字，无论是加实字还是加虚字，其意义节奏都是一四，这是五言句中最散文化的一种句式”③。而在《离骚》中，它节奏的显性标记——句腰虚词的分类使用上，与先秦散文有着一致性。④ 当后世重新开始操作折腰句时，它与生俱来的散文化之美便再次显现出来，大大地丰富了诗歌的艺术魅力。

第三节　缩银法

目前学界尚没有关于“缩银法”的专门论述，本篇即对“缩银法”的内涵与具

① 潘知常《反美学》，学林出版社 1995 年版，328—329 页。
② 葛晓音《论早期五言体的生成途径及其对汉诗艺术特征的影响》，《文学遗产》2006 年第 6 期。
③ 具体论述可参孙力平《中国古典诗歌句法流变史略》，浙江大学出版社 2011 年版，第 135 页。
④ 具体论述可参梁文勤《句腰虚词：〈离骚〉节奏的显性标记》，《新余学院学报》2012 年第 5 期。

体操作方法,以及这一诗法的审美意义展开论述。①

一　缩银法的来源与形成

(一) 何谓"缩银"

旧时方士中有"缩银法",谓能通过药物的点化,将铁、铅、锡等贱金属去除杂质,缩小体积,点化为黄金、白银等贵金属。其实,这一方法制造出来的只是金黄色或银白色的合金或镀金。缩,即《慧琳音义》卷十四"拳缩"注引《韩诗》云:"缩,敛也。"②也就是收敛、收缩之义。古代以黄喻金,以白喻银,这一方法又称之为"黄白术"。道教后来占主导地位的金丹术,便是由缩银术发展而来的。③

此方术大约产生于战国时期,经齐国、燕国的方士们大力鼓吹,后在秦汉时期颇为流行。汉初社会便盛行制造"药金",以至于《汉书·景帝纪》记载道:"(中元六年十二月),定铸钱伪黄金弃市律。"④对此,应劭注云:"文帝五年,听民放铸律尚未除,先时多作伪金,伪金终不可成,而徒损费,转想诳耀,穷则起为盗贼,故定其律也。"⑤汉武帝时,淮南王刘安曾"招致宾客、方术之士数千人,作为《内书》二十一篇,《外书》甚众,又有《中篇》八卷,言神仙、黄白之术,亦二十余万言"⑥。方士李少君又曾告诉汉武帝说:"祠灶则致物,致物而丹砂化为黄金,黄金成以为饮食器则益寿,益寿而海中蓬莱仙者可见。"⑦《汉书·艺文志·方技略》载有《泰壹杂子黄冶》三十一卷,晋灼在《汉书·郊祀志下》注"黄冶"云:"黄者,铸黄金也。道家言冶丹沙令变化,可铸作黄金也。"⑧大约西汉成书的《神农本草经》又曾总结出水银"能杀金、银、铜、锡毒",即指水银能与多种金属生成合金。以上可见两汉时黄白术的盛行,所以清人赵翼在《廿二史札记》第三卷中有"汉多黄金"之条总结其事。

唐代是黄白术的极盛期。约成书于贞观年间的《黄帝九鼎神丹经诀》云:

---

① 本章的部分内容已被修改为《从炼金方术到诗歌写作方法——论缩银法的来源内涵与类型》一文,发表于《中国诗学》第21辑(2016年8月刊)。

② 释慧琳《慧琳音义》卷十四,上海频伽精舍民国元年(1912)印行本。

③ 具体论述可见唐明邦《道教炼丹术对古代科学技术发展的影响》,《江西社会科学》1989年第6期。

④⑤ 班固《汉书》,中华书局1962年版,第148页

⑥ 班固《汉书》,中华书局1962年版,第2145页。

⑦ 司马迁《史记》,中华书局1982年版,第455页。

⑧ 班固《汉书》,中华书局1962年版,第1261页。

"以一铢'丹华',投汞一斤或铅一斤,用武火,渐令猛吹之,皆成黄金也。"①甚至官方都曾经大规模制造伪金,谓之"大唐金",见《太平广记》卷四引宋戴群孚《广异记》。宋初,缩银术仍然盛行,宋太祖曾诏令伪作黄金者弃市。开封府曾捕得伪造黄金、白金的王玄义等十二人,被流放海岛。太宗、真宗则视伪金、伪银为珍宝。② 广大的吏臣、文客也纷纷关注、记录了黄白之术,北宋人陶毂《清异录》卷上指出"近世事仙道者,不务寡欲,多搜黄白术"③。曾敏行《独醒杂志》卷六亦云:"世传烧炼点化之术有干汞、死朱砂、雌雄黄、硫黄之法,因靡为金银,诬诞欺人者甚多,然不可谓无术。"④苏轼也记载了道士的黄白术:"乃取釜灶杵臼之类,得百余斤,以少药煅之,皆为银,乃去。"⑤从其中的口气上看,苏轼对这门技术是不带怀疑的。

具体"缩银"的方法一为"药制",即制造合金。葛洪《抱朴子·黄白》谓:"角里先生从稷丘子所授化黄金法:先以矾水石二分,内铁器中,加炭火令沸,乃内汞多少自在,搅令相得,六七沸,注地上成白银。乃取丹砂水曾青水各一分,雄黄水二分,于金歷中加微火上令沸,数搅之,令相得,复加炭火上令沸,以此白银内其中,多少自在,可六七沸,注地上凝,则成上色紫磨金也。"⑥李约瑟认为这一记录表明"四价锡硫化物的结晶,能够通过锡与酸盐,即矾和寒盐长时间加热而得到"⑦。锡与矾反应的锡硫化物乃是金色结晶体,即为伪金。二为"点化",即镀金、镀银。⑧ 早期黄白术中使用的"点化药"是"三黄",即三种含砷的硫化物——雄黄、雌黄、砒黄。《淮南子·万毕术》又记"曾青得铁则化铜"的方法,即把曾青(硫化铜)涂铁,使铜离子附着在铁的表面,成为伪金。

宋代以后,道教黄白术已经度过了鼎盛时期,大约元明人所纂的《庚道集》⑨六万余言系古代黄白术的大总结之书,其中所载方法多出于唐宋。到明清时

---

①《道藏》第 18 册,文物出版社 1988 年版,第 796 页。
② 具体论述可参卿希泰主编《中国道教》第三卷,东方出版社 1996 年版。
③ 陶宗仪《说郛》,上海古籍出版社 1988 年版,第 926 页。
④ 曾敏行《独醒杂志》,上海古籍出版社 1986 年版,第 58 页。
⑤ 苏轼《东坡志林》,中华书局 1981 年版,第 54 页。
⑥ 王明《抱朴子内篇校释》,中华书局 1986 年版,第 290 页。
⑦ [英]李约瑟《李约瑟文集》,辽宁科学技术出版社 1986 年版,第 768 页。
⑧ 具体论述可见唐明邦《道教炼丹术对古代科学技术发展的影响》,《江西社会科学》1989 年第 6 期。
⑨ 古炼丹术中称黄金为"庚辛","庚道"即炼黄金之道。

代,黄白术远不如当年流行。所以在明代的通俗小说里提到"缩银"的时候,作者仍需要介绍其具体的操作方法:

> 元来这叫得"缩银之法",他先将银子用药炼过,专取其精,每一两直缩做一分少些。今和铅汞在火中一烧,铅汞化为青气去了,遗下糟粕之质,见了银精,尽化为银。不知元是银子的原分量,不曾多了一些。(《初刻拍案惊奇》卷十八)①

> 这叫做"母银生子"。先将银子为母,不拘多少,用药锻炼,养在鼎中。须要九转,火候足了,先生了黄芽,又结成白雪。启炉时,就扫下这些丹头来。只消一黍米大,便点成黄金白银。那母银仍旧分毫不亏的。(《初刻拍案惊奇》卷十八)②

从以上记录可见,这一方术在明代具有一定的流传,对这种方法能制造出来的物质人们还是相当的好奇。然而,这一方术制造出来的并非是真金白银的事实也被有识之士点破,例如纪昀《阅微草堂笔记》卷十七批评道士云:"尔之不食,辟谷丸也。汝之前知,桃偶人也。尔之烧丹,房中药也。尔之点金,缩银法也。尔之入冥,茉莉根也。尔之召仙,摄灵鬼也。尔之返魂,役狐魅也。尔之搬运,五鬼术也。尔之辟兵,铁布衫也。尔之飞跃,鹿庐跷也。名曰道流,皆妖人耳。"③

无论金银是真是假,我们却可以看到明清时期的人们对这一名词已经有了一系列先在的理解,于是,将"缩银法"套用为一种诗法的名称,才有了可能。

(二)作为诗法的"缩银法"

至于"缩银"这一名词何时成为一种诗法,据笔者目前检索的资料显示,它首先出现于明代谢榛的《四溟诗话》卷三:

> 嘉靖戊午岁夏日,余偕浙东莫子明游嵩山少林,及至芦岩,观泉奔流界壁,泠然洒心,因得"飞泉漏河汉"之句。子明曰:"此全袭太白'飞流直下三千尺,疑是银河落九天',略无点化。"予曰:"约繁为简,乃方士缩银法也。"④

---

① 凌濛初《初刻拍案惊奇》,人民文学出版社 1991 年版,第 300 页。
② 凌濛初《初刻拍案惊奇》,人民文学出版社 1991 年版,第 301 页。
③ 纪昀《阅微草堂笔记》卷十七,广陵书社 1983 年版,第 385 页。
④ 谢榛《四溟诗话》,人民文学出版社 1961 年版,第 89 页。

除了谢榛本书其他的相关论述，笔者再找到之前别的诗论家的说法。谢榛写作《四溟诗话》是本着指示门径、启发后学的宗旨来进行的："予著《诗说》犹如孙武子作《兵法》，虽不自用神奇，以平列国，能使习之者勘乱策勋，不无补于世也。"①他在此书中总结了不少作诗之法，如"酿蜜法""提魂摄魄之法""先江南而后河东之法""野蔬借味之法""剥皮法""无米粥法"等等。这些命名同"缩银法"一样，有着形象性、生活性的特点，和以往的诗法著作中的命名方式——如偷春格、十字格、折腰格等有着明显的差异。或许这正是谢榛富有个人特色的命名方法，在没有见到其他文献资料的前提下，笔者暂把这一诗法的发明归于谢榛名下。

随后，谢榛就"缩银法"进一步论述道：

> 成皋王传易及子玄易问作诗有"缩银法"，何如？予因举李建勋诗"未有一夜梦，不归千里家"，此联字繁辞拙，能为一句，即"缩银法"也。限以炷香。香及半，玄易曰："归梦无虚夜。"香几尽，传易曰："夜夜乡山梦寐中。"予曰："一速而简切，一迟而流畅。其悟如池中见月，清影可掬。若益之以勤，如大海息波，则天光无际。悟不可恃，勤不可间。悟以见心，勤以尽力。此学诗之梯航，当循其所由而极其所至也。"②

"此联字繁辞拙，能为一句，即"缩银法"也。这样看来，谢榛所谓的"缩银法"就是将前人的一联压缩成一句，例如将李白的"飞流直下三千尺，疑是银河落九天"缩为"飞泉漏河汉"，由十四字简化成五字。李建勋的"未有一夜梦，不归千里家"，简化成"归梦无虚夜""夜夜乡山梦寐中"，由十字化成五字或者七字。谢榛又举出一个反面例子云：

> 盖出自屈平"洞庭波兮木叶下"。……许浑《送韦明府南游》诗："木叶洞庭波。"然措词虽简，而少损气魄，此非缩银法手也。③

许浑将屈原的"洞庭波兮木叶下"缩为"木叶洞庭波"，由七字化为五字，但谢榛认为许浑缩得并不完美，不算是缩银法。

---

① 谢榛《四溟诗话》，人民文学出版社 1961 年版，第 118—119 页。
② 谢榛《四溟诗话》，人民文学出版社 1961 年版，第 89—90 页。
③ 谢榛《四溟诗话》，人民文学出版社 1961 年版，第 68 页。

明代杨良弼《作诗体要》中有“缩句体”,其实也就是谢榛所说的“缩银法”:

胜果寺 (僧处默)

路自中峰上,盘回出薜萝。到江吴地尽,隔岸越山多。古木丛青霭,遥天浸白波。下方城郭近,钟磬杂笙歌。

“到江吴地尽,隔岸越山多”,陈后山缩为一句“吴越到江分”,真高矣。又如“共君一夜话,胜读十年书”,山谷缩为一句“话胜十年书”。此类极妙,因书此以见诗法之无穷也。①

此后,钱谦益在《复遵王书》中也使用了“缩银”这一提法:

偶读谢康乐诗云:“连岩觉路塞,密竹使径迷。来人志新术,去子惑故蹊。”子美今体,撮为两句云:“过客径须迷出入,居人不自解东西。”此诗家采铜缩银、攒簇烹炼之法也。②

在钱谦益看来,将一首诗隐括成一联,也可以看做是“缩银法”。

上文已言这一神仙方术主要的步骤就是去除杂质,缩小体积,变废为宝,将之作为一种诗法,便是引申言之,谓将前人的诗歌约繁为简,保存精华的语言操作方法。具体形式上,或将一句的字数减省,或将一联隐括成一句,或将一篇隐括成一联等,这种处理诗歌的方法是为“缩银法”。

其实,将前人的诗句减省成己句的作诗方法,唐宋以来络绎不绝。谢榛之前的宋代诗论家也注意到了这一现象:

言简而意不遗之句

或有称咏松句云“影摇千尺龙蛇动,声撼半天风雨寒”者,一僧在坐,曰未若“云影乱铺地,涛声寒在空”。或以语圣俞,圣俞曰:言简而意不遗,当以僧语为优。(《王直方诗话》)③

句中有问答之词

古人造语,俯仰纡余各有态。“小麦青青大麦枯,谁当获者妇与姑,丈夫何在西击胡。”凡此句中,每涵问答之词。“大麦干枯小麦黄,问谁腰镰胡

① 周维德《全明诗话》,齐鲁书社 2005 年版,第 1569 页。
② 钱谦益《钱牧斋全集·牧斋有学集》,上海古籍出版社 2003 年版,第 1360 页。
③ 魏庆之《诗人玉屑》卷三,中华书局 2007 年版,第 64 页。

与羌。”句法实有所自。(《潘子真诗话》)①

梅圣俞(梅尧臣)所说的“言简而意不遗”,是对这一诗歌操作很精准的理论概括。潘子真是黄庭坚同时代人,其所谓“句法实有所自”,便是指“大麦干枯小麦黄,问谁腰镰胡与羌”之句乃是从“小麦青青大麦枯,谁当获者妇与姑,丈夫何在西击胡”中减缩而来。如此,宋人已经注意到了这一诗法,对其内涵和诗例都有了清晰的判断,但尚未对其进行命名。这一任务要等待明人谢榛来完成,这也可见对诗法进行概括与命名的重要性。

黄庭坚在《与秦少章》中感叹:“某心醉于诗与楚词,似若有得,然终在古人后。”“终在古人后”是古今中外许许多多诗人体验过的无奈。袁枚在《随园诗话》卷六里记下寒士丁珠的诗句“著书翻恨古人多”。丁珠又有《遣怀》诗一首云:“我口所欲言,已言古人口。我手所欲书,已书古人手。不生古人前,偏生古人后。一十二万年,汝我皆无有。等我再来时,还后古人否?”②作为一个诗国的后来者,丁珠是多有不平的,唐宋之后谈“原创”,是令人感到极其悲哀的。在这种情况下,倘若对前人的诗句进行缩银,则就是一种后来者的再创造,可以一定程度上化解这种生而为后来者的无奈感。

二　缩银法的五种类型

使用这一诗法来造句,主要有以下几种类型。

可以将一联的字数减省,这也是“缩银法”的最常见操作手法。如苏轼有《法惠诗横翠阁》诗云:“雕栏能得几时好?不独凭栏人易老。”厉鹗《湖楼题壁》缩为:“朱栏今已朽,何况倚栏人。”

又可以将一句字数减省,例如将七言句变成五言句。谢榛《四溟诗话》卷一中曾云:“杜牧之《清明》诗曰:‘借问酒家何处有,牧童遥指杏花村。’此作宛然入画,但气格不高。或易之曰:‘酒家何处是,江上杏花村。’此有盛唐调,予拟之曰:‘日斜人策马,酒肆杏花西。’不用问答,情景自见。”③

又可以将几句或者一联隐括成一句的,例如曹操《短歌行》云:“月明星稀,

---

① 魏庆之《诗人玉屑》卷三,中华书局2007年版,第65页。

② 袁枚《随园诗话》,人民文学出版社1982年版,第174页。

③ 谢榛《四溟诗话》,人民文学出版社1961年版,第29页。

乌鹊南飞。绕树三匝，何枝可依？”黄庭坚《秋怀二首》之二减省为一句“鹊转南枝夜深月。”杜甫《贫交行》云：“翻手为云覆手雨，纷纷轻薄何须数。君不见管鲍贫时交，此道今人弃如土。”黄庭坚《秋怀二首》之二缩为“翻手覆手不可期”。苏轼缩杜甫的“访旧半为鬼，惊呼热中肠”（《赠卫八处士》）两句为一句“问旧惊呼半死生”（《侄安节远来夜坐》）。唐人郑谷《雪》诗云：“江上晚来堪画处，渔人披得一蓑归。”苏轼《谢人见和前篇二首》之一缩为一句为“渔蓑句好应须画”。苏轼《蔡景繁官舍小阁》云：“素琴浊酒容一榻，落霞孤鹜共千里。”前句乃缩江淹《恨赋》之“中散下狱，神气激扬。浊醪文引，素琴晨张”，后句又缩王勃《滕王阁序》之“落霞与孤鹜齐飞，秋水共长天一色”。杜甫《与李太白》云：“何时一尊酒，重与细论文。”苏轼《王齐万秀才寓居武昌县刘郎洑正与伍洲相对伍子胥奔吴所从渡也》又压缩为“与君饮酒细论文”。杜甫《陪郑广文游何将军山林十首》有句：“尽拈书籍卖，来问尔东家。”苏轼《豆粥》诗缩为“卖书来问东家住”。

再有将一篇隐括成一联或一句的，对此诗论家有总结道：

> 诗有借古人一言而衍为长篇者，亦有合前人数语而一句道出者。如王粲《登楼赋》云“白日忽其西匿，鸟相鸣而举翼，原野阒其无人，征夫去而未”，摩诘以“日暮鸟飞还，行人去不息”二语括之，尤觉简洁。可见诗不可无炼句功夫。（孙枟《馀墨偶谈》卷一“诗须炼句”条）①
>
> 严羽《楚江晚思》“孤城归鸟连寒角，极浦斜阳带远帆”一联，从刘长卿《自夏口至鹦鹉洲夕望岳阳寄源中丞》“汉口夕阳斜渡鸟，洞庭秋水远连天。孤城背岭寒吹角，独戍临江夜泊船”四句化出，此即谢榛所谓“缩银法”也。②
>
> 王维《送綦毋潜校书还乡》：“圣代无隐者，英灵尽来归。既至君门远，何伤知音稀。”李益《送同落第者东归》括其意为一联：“圣代谁知者，沧州今独归。”③

再者，李商隐《柳枝》词云：“花房与蜜脾，蜂雄蛱蝶雌。同时不同类，那复更相思。”后有黄庭坚《戏答王定国题门两绝句》之二云：“花里雄蜂雌蛱蝶，同时本自不作双。”陆游《春寒》绝句：“滔天来淬水，震瓦战昆阳。此敌犹能御，春寒不可

---

① 孙枟《馀墨偶谈》，同治十二年（1873）双峰书屋刊巾箱本。

② 蒋寅《金陵生小言》卷八《诗圃撷余》，辽海出版社 2012 年版，第 189 页。

③ 蒋寅《金陵生小言》卷八《诗圃撷余》，辽海出版社 2012 年版，第 181 页。

当。”厉鹗《自石湖至横塘》缩减为“春寒来似越兵来”。

将长诗压缩成短诗，将长词压缩成短曲的，也可以看做是“缩银法”。例如江总《折杨柳》：“万里音尘绝，千条杨柳结。不悟倡园花，遥同羌岭雪。春心自浩荡，春树聊攀折。共此依依情，无奈年年别。”张说缩为：“塞上绵应拆，江南草可结。欲持梅岭花，远竞榆关雪。”谢榛的五绝《都下别张志虞》：“十年今一见，话旧却成悲。共醉新丰酒，天涯又别离。”其实是对李益《喜见外弟又言别》五律：“十年离乱后，长大一相逢。问姓惊初见，称名忆旧容。别来沧海事，语罢暮天钟。明日巴陵道，秋山又几重”的缩银。苏轼《水龙吟·次韵章质夫》下片云：“不恨此花飞尽，恨西园落红难缀。晓来雨过，遗踪何在？一池萍碎。春色三分，二分尘土，一分流水。细看来，不是杨花，点点是离人泪。”薛昂夫的小令【双调】《楚天遥带过清江引》则缩为“一江春水流，万点杨花坠，谁道是杨花，点点离人泪”。

将二诗缩为一诗，也算是缩银法。例如唐人张祜以“金山寺”为题有两首五律：

一宿金山寺，超然离世群。僧归夜船月，龙出晓堂云。树色中流见，钟声两岸闻。翻思在朝市，终日醉醺醺。（《题润州金山寺》）①

古今斯岛绝，南北大江分。水阔吞沧海，亭高宿断云。返潮千涧落，啼鸟半空闻。皆是登临处，归航酒半醺。（《登金山寺》）②

谢榛将其熔炼为一首：

孤绝寒逾迥，苍茫夜不分。僧归依岛月，龙定缩江云。天汉窗前合，风涛枕上闻。好沽瓜步酒，诗思在微醺。（谢榛《次张祜金山寺之韵》）③

另外，倘若将前人的诗句扩展，那就是“反缩银”的手法了。例如《和张沙河招饮》“腹里虽盈五车读，囊中能有几钱穿”是袭《后汉书·赵壹传》中的引诗“文籍虽满腹，不如一囊钱”就并非缩银，而是扩展。元代旧题范德机门人集录《总论》中将这种“反缩银”的方法称之为“贴字法”：“且如韦苏州‘春潮带雨晚来急，

---

① 彭定求等辑《全唐诗》卷五一〇，中华书局 1980 年版，第 5818 页。
② 彭定求等辑《全唐诗》卷五一〇，中华书局 1980 年版，第 5825 页。
③ 谢榛《谢榛全集》，齐鲁书社 2000 年版，第 155 页。

野渡无人舟自横'，后寇莱公分开一句作两句，云：'野水无人渡，孤舟尽日横。'虽犯了诗家盗窃开析之病，然亦不失为好句者，以其贴得好故也。"①其他"贴字法"的诗例还有苏轼《宿州次韵刘泾》"多情白发三千丈，无用苍皮四十围"。此乃增"多情"二字于李白《秋浦歌》中的"白发三千丈"，增"无用"二字于杜甫《古柏行》中的"苍皮溜雨四十围"。此外，李嘉祐诗"水田飞白鹭，夏木啭黄鹂"，王维贴字为"漠漠水田飞白鹭，阴阴夏木啭黄鹂。"薛据有诗"省闼开文苑，沧浪学钓舟"，杜甫《解闷》贴字云"独当省署开文苑，兼从沧浪学钓舟"。白居易《寄元九》诗"百年夜分半，一岁春无多"，黄庭坚贴字为"百年中半夜分去，一岁无多春暂来"（《戏赠顿二主簿》）。

三　缩银法的本质：简妙

（一）缩银：简而妙者

从谢榛的论述来看，缩银法主要针对的是"两句一意"的诗句缺陷：

> 翌日，传易复问予曰："昨所谈建勋之作，句稳意切，莫辨其疵，无乃虚字多邪？"予曰："晚唐人多用虚字，若司空曙'以我独沉久，愧君相见频'，戴叔伦'此别又万里，少年能几时'，张籍'旅泊今已远，此行殊未归'，马戴'此境可长往，浮生自不能'。此皆一句一意，虽瘦而健，虽粗而雅。盖建勋两句一意，则流于议论，乃书生讲章，未尝有一夜之梦而不归乎千里之家也。欧阳永叔亦有此病，《明妃曲》'耳目所及尚如此'，万里焉能制其'夷狄'也哉？"传易曰："然。"②

"句有可削，足见其疏，字不得减，乃知其密。"（刘勰《文心雕龙·熔裁》）③谢榛所谓的"两句一意"是指上下句意互相叠套，有敷演重复之缺陷。李建勋诗"未有一夜梦，不归千里家"，欧阳修的"耳目所及尚如此，万里安能制夷狄"便字繁辞拙，字繁是散文式结句，辞拙是缺乏诗歌的精炼，以至于联、句之间意思连贯，没有跳跃感。"谢榛看到叙述与议论一样，两句顺承表达一个意思，都属于写文章的思维模式和表现方法，不是抒情诗常用的句法结构。他建议用'缩银法'把它

---

① 张健《元代诗法校考》，北京大学出版社 2001 年版，第 215 页。
② 谢榛《四溟诗话》，人民文学出版社 1961 年版，第 90 页。
③ 杨明照《文心雕龙校注》，中华书局 2000 年版，第 426 页。

改为一句。”①

于是,将“字繁辞拙”者,消去敷演衍馀、繁衍重叠的句意,减化成更为简洁与精练的句子,这就是谢榛心目中的“缩银法”。所以,有学人这样定义:“所谓‘缩银法’就是善于点化前人诗句,使句子简练精巧并有诗的意味且能适度表现作者情感气格的方法。”②这一定义还是比较符合谢榛原意的。

在谢榛看来,使用古人现成的诗句,最重要的是要“翻新”与“简妙”:“凡袭古人句,不能翻意新奇,造语简妙,乃有愧古人矣。”③“翻新”有“翻案法”“夺胎法”“换骨法”等都可以解决,“简妙”则需要用“缩银法”才能达到。从中国古代文论的范畴论看来,简是概念,妙是范畴:“譬如,‘简妙’‘轻妙’‘圆妙’‘神妙’之于‘妙’,前者分指一种性状的别相、殊相,属单一称名,所以是概念;后者涵括归总上述诸种别相、殊相的整体全部,所以是范畴。”④唐人方干《题龙泉寺绝顶》的首联云:“未明先见海底日,良久远鸡方报晨”,明人方元焕缩减为“山鸡未鸣海日出”。谢榛肯许方元焕之句“此简妙胜干矣”⑤,也就是说方元焕使用缩银法之后,获得的最大审美效果就是“简妙”。

此外,谢榛在《四溟诗话》卷二中标示了他眼中许多的“简而妙者”:

> 诗有简而妙者:若刘桢“仰视白日光,皎皎高且悬”,不如傅玄“日月光太清”。阮籍“一身不自保,何况恋妻子”,不如裴说“避乱一身多”。戴叔伦“还作江南会,翻疑梦里逢”,不如司空曙“乍见翻疑梦”。沈约“及尔同衰暮,非复别离时”,不如崔塗“老别故交难”。卫万“不卷珠帘见江水”,不如子美“江色映疏帘”。刘猛“可耻垂拱时,老作在家女”,不如浩然“端居耻圣明”。徐凝“千古还同白练飞,一条界破青山色”,不如刘友贤“飞泉界石门”。张九龄“谬忝为邦奇,多惭理人术”,不如韦应物“邑有流亡愧俸钱”。张良器“龙门如可涉,忠信是舟梁”,不如高适“忠信涉波涛”。崔塗“渐与骨肉远,转于僮仆亲”,不如王维“久客亲僮仆”。李适“轻帆截浦拂荷来”,不

① 孙学堂《谢榛改唐诗综论》,《文艺理论研究》2008 年第 5 期。
② 李树军《试论谢榛的“诗能剥皮说”》,《长江学术》2011 年第 1 期。
③ 谢榛《四溟诗话》,人民文学出版社 1961 年版,第 68 页。
④ 王涌豪《近百年来中国学界古文论范畴研究述评》,《清华大学学报》2010 年第 6 期。
⑤ 谢榛《四溟诗话》,人民文学出版社 1961 年版,第 59 页。

如浩然“扬帆截海行”。①

上述各诗句无疑都是成功地使用了谢榛心目中的“缩银法”。比较以上诗例,所谓“简而妙者”不过有这样两个特征,一是字数上比前者更加精简,二是意义上比前者更加高妙。

(二)简不等于工

只简而不妙,并非缩银法。对此谢榛也给了几个反面的例子:

谢庄《月赋》:“洞庭始波,木叶微脱。”盖出自屈平“洞庭波兮木叶下”。譬以石家铁如意,改制细巧之状,此非古良冶手也。王勃《七夕赋》:“洞庭波兮秋水急。”意重气迫,而短于点化,此非偷狐白裘手也。许浑《送韦明府南游》诗:“木叶洞庭波。”然措词虽简,而少损气魄,此非缩银法手也。②

谢庄有“洞庭始波,木叶微落”句,王勃有“洞庭波兮秋水急”句,许浑有“木叶洞庭波”句,谢榛指出这些句子皆从屈原“洞庭波兮木叶下”来,但是谢庄过于细巧,王勃“意重气迫”,许浑损伤气魄,都不是高明的“缩银法”。所谓“简妙”,并不是简单的字数减省或者句子简缩。如果只是简单粗暴地减缩,其结果很可能是“弗佳”:

亦有简而弗佳者。若鲍泉“夕鸟飞向月”,不如曹孟德“月明星稀,乌鹊南飞”。苏颋“双珠代月移”,不如宋之问“不愁明月尽,自有夜珠来”。刘禹锡“欲问江深浅,应如远别情”,不如太白“请君试问东流水,别意与之谁短长”。陆机“三荆欢同株”,不如许浑“荆树有花兄弟乐”。王初“河梁返照上征衣”,不如子美“翳翳桑榆日,照我征衣裳”。武元衡“梦逐春风到洛城”,不如顾况“归梦不知湖水阔,夜来还到洛阳城”。陈季“数曲暮山青”,不如钱起“曲终人不见,江上数峰青”。李义山“江上晴云杂雨云”,不如刘梦得“东连日出西边雨,道是无情还有情”。王融“洒泪与行波”,不如子美“故凭锦水将双泪,好过瞿塘滟滪堆”。李洞“药杵声中捣残梦”,不如柳子厚“日午睡觉无余声,山童隔竹敲茶臼”。③

①③ 谢榛《四溟诗话》,人民文学出版社 1961 年版,第 33 页。
② 谢榛《四溟诗话》,人民文学出版社 1961 年版,第 68 页。

蒋寅先生在《金陵生小言》卷八《诗圃撷余》中也举出了一个“简不等于工”的例子：

……谢榛号为缩银法。然简不等于工，尹式《别宋常侍》“衰颜倚酒红”，苏东坡化用作“儿童误喜朱颜在，一笑哪知是酒红”，后山作“发短愁催白，衰颜借酒红”，二句虽简，不如苏有趣也。①

陈师道的“发短愁催白，衰颜借酒红”虽然将苏轼的诗句做了缩银，但是诗趣却消失了，这也不是高超的缩银术。

（三）简妙的准则

怎样才算合乎“简”且“妙”的准则呢？笔者综合谢榛的论述，认为可以概括为以下三点：

1. 减缩但增气魄

谢榛有“词不必详，意不必贯”的主张，所以诗句要尽量减缩，以免陷入字繁辞拙的泥沼之中。谢榛曾把钱起的《送李评事赴潭州使幕》修改为五言：

湖南远去有余情，蘋叶初齐白芷生。谩说简书催物役，遥知心赏缓王程。兴过山寺先云到，啸引江帆带月行。幕下由来贵无事，伫闻谈笑静黎氓。（钱起）②

自适宦游情，湖南有杜蘅。简书催物役，心赏缓王程。山寺披云入，江帆带月行。应怀幕下策，谈笑静苍生。（谢榛）③

谢榛要改掉钱起诗“格调渐下”的“虚病”，“以之良药，以复元气”④，他删缩之后的确达到了这样的效果：“颈联节奏变得急促，悠游散淡的意绪被一种与整首诗的情调不相称的盛唐式豪壮之气（由‘批云入’‘带月行’所显现）所取代。”⑤

但是，改造古人诗句如果只是一味减缩，很容易减损了古人原来诗作的气魄：“譬以石家铁如意，改制细巧之状，此非古良冶手也。”⑥正如上文所引，谢榛认为许浑的《送韦明府南游》诗虽简，但气魄不足，不能称为“缩银法”。“夫学古

① 蒋寅《金陵生小言》，辽海出版社 2004 年版，第 181 页。
②③④ 谢榛《四溟诗话》，人民文学出版社 1961 年版，第 123 页。
⑤ 孙学堂《谢榛改唐诗综论》，《文艺理论研究》2008 年第 5 期。
⑥ 谢榛《四溟诗话》，人民文学出版社 1961 年版，第 68 页。

不及,则流于浅俗矣。"①若改造却不注重气格,那么运用缩银法的结果,只能使诗歌流于短浅与俗气。

再例如苏轼《送程建用》中有"归来一笑粲,素发飒垂领",后句是将潘岳《秋兴赋》中的"素发飒以垂领"减一"以"字而成;苏轼又有《初秋寄子由》云"朱颜不可恃,此语君莫疑",前句是将欧阳修《会饮圣俞家》中的"须知朱颜不可恃,有酒当饮且相属"减去"须知"二字。虽然减缩了字数,但是气魄方面无所谓增减,所以就难论达到工且妙的效果了。其实,我们可以把这两句的变动看成单纯形成五言句的需要罢了。

2.含蓄而不露骨

谢榛认为"大篇约为短章,涵蓄有味;短章化为大篇,敷演露骨"②。约繁就简,可以使之更加蕴藉有容,意味深厚。所以缩银法一是字面的压缩,即简炼;一是内容的丰富,即含蓄。所以,单纯地为简而简并非终极的审美取向,要简,但不能沦为"简而无味"。例如谢榛认为虚字用多了就有一种讲论之感,情感容易一泻而下,无所保留:

> 中唐诗虚字愈多,则异乎少陵气象。刘文房七言律,《品汇》所取二十一首,中有虚字者半之,如"暮雨不知涢口处,春风只到穆陵西"之类。钱仲文七言律,《品汇》所取者十九首,上四字虚者亦强半。如"不知凤沼霖初霁,但觉尧天日转明""鸳衾久别难为梦,凤管遥闻更起愁"之类。凡多用虚字便是讲,讲则宋调之根,岂独始于元白。③

遇到这种情况时,可以用"缩银法"把一些虚字删除,使其含蓄入格。上举钱起的四句,他便修改为"凤沼霖初霁,尧天日转明"和"鸳枕虚惊梦,鸾箫远递愁"。删除了"不知""但觉""久别""更起"等虚字,而将这些感情隐含在诗句中,使人细细体味。这样便一改原诗的情感露骨,而代之以"哀而不伤、乐而不淫"的含蓄。

3.流畅而不艰深

有时候,删除了一些助词与连词后,容易形成艰涩难通,显然这也不是

---

① 谢榛《四溟诗话》,人民文学出版社1961年版,第67页。
② 谢榛《四溟诗话》,人民文学出版社1961年版,第34页。
③ 谢榛《四溟诗话》,人民文学出版社1962年版,第122页。

“妙”。谢榛品评成皋王与其子缩李建勋诗一联为一句，除一谓之“简切”外，二则许之以“流畅”，其实就是在要求缩银法缩出来的结果要流畅而不艰深。

例如谢榛举出的“简而弗佳”者，他认为鲍泉的“夕鸟飞向月”，不如曹孟德“月明星稀，乌鹊南飞”。苏颋的“双珠代月移”，不如宋之问的“不愁明月尽，自有夜珠来”。“夕鸟飞向月”与“双珠代月移”这两句就艰涩难通，使读者容易产生理解上的困惑，而原作却流畅自然。又有谢榛《四溟诗话》卷一认为：“僧处默《圣果寺》诗：‘到江吴地尽，隔岸越山多。’陈后山炼成一句：‘吴越到江分。’或谓简妙胜默作。此‘到’字未稳，若更为‘吴越一江分’，天然之句也。”[①]这个“未稳”就是说牵强拘谨，不够流畅自然。

四　缩银法与相关诗法的辨析

（一）“缩银法”与“夺胎换骨”法的辨析

有学人认为“（谢榛缩银法）这显然受到了宋代江西诗派‘点铁成金’‘夺胎换骨’诗法的影响”[②]。又有学人论述道：“钱谦益说‘诗家采铜缩银，攒簇烹炼之法’，其实就是江西诗派的夺胎换骨法”[③]。又有说：“像他（按：指谢榛）从李白的‘飞流直下三千尺，疑是银河落九天’中凝缩出‘飞泉漏河汉’一样，他也称之为‘缩银法’，这其实是宋人‘夺胎换骨’法的翻版”[④]。这些说法其实并不十分确切。“缩银法”与“夺胎换骨”都是针对前人诗句的改造，但却有所差异。

“夺胎”“换骨”之说首见于宋人惠洪《冷斋夜话》卷一：

> 山谷云：诗意无穷，而人才有限；以有限之才，追无穷之意，虽渊明、少陵，不得工也。然不易其意而造其语，谓之换骨法；窥入其意而形容之，谓之夺胎法。[⑤]

后来葛立方《韵语阳秋》卷二也说：“诗家有换骨法，谓用古人意而点化之，使加工也。李白诗云：白发三千丈，缘愁似个长。荆公点化之，则云：织成白发三千丈。刘禹锡云：遥望洞庭湖翠水，白银盘里一青螺。山谷点化之云：可惜不当湖

① 谢榛《四溟诗话》，人民文学出版社 1961 年版，第 29 页。

② 李树军《试论谢榛的“诗能剥皮说”》，《长江学术》2011 年第 1 期。

③ 丁功谊《论晚明宋诗风的兴起》，《江西社会科学》2005 年第 2 期。

④ 孙学堂《谢榛改唐诗综论》，《文艺理论研究》2008 年第 5 期。

⑤ 惠洪《冷斋夜话》，中华书局 1988 年版，第 16 页。

面水,银山堆里看青山。”①陈岩肖《庚溪诗话》卷下引“夺胎法”诗例:“晋宋间,沃州山白道猷歌曰:‘连峰数千里,修竹带平津。茅茨隐不见,鸡鸣知有人。’后秦少游诗云:‘菰蒲深处疑无地,忽有人拿笑语声。’僧道潜号参寥,有云:‘隔林仿佛闻机抒,知有人家在翠微。’其源乃出于道猷,而更加锻炼,亦可谓善夺胎者也。”②

关于这些话的理解,历来是学界的争论焦点之一。已佚的宋诗话《诗宪》就保留了一段关于“换骨法”与“夺胎法”之差异的议论:

> 夺胎者,因人之意,触类而长之,虽不尽为因袭,又尽不至于转移,盖亦大同小异耳。《冷斋夜话》云:“规模其意而形容之,谓之夺胎。”换骨者,意同而语异也,《冷斋》云:“不易其意而造其语,谓之换骨。”(《修辞鉴衡》卷一引)③

现当代学人如刘大杰认为:“换骨是意同语异,用前人的诗意,再用自己的语言出之。脱胎是用前人的诗意而更深刻化,造成自己的意境。”④张少康认为:“‘换骨法’是指吸取古人精彩的诗意境界而不袭其辞,别创新语来表现之;而‘夺胎法’则是参考古人诗意而重新加以形容,以创造新的诗意境界。”⑤王运熙的观点是:“‘夺胎换骨’揣其大旨当是指吸取化用或翻用前人作品中的意蕴而加以丰富、扩充、改造。”⑥周裕锴先生又找到了佛教与“夺胎换骨”诗法的联系:“所谓诗文‘夺胎’的比喻,实际上是说,诗文创作借鉴前人的构思而创新,正如高僧借他人所托之胎而转生。”⑦

从这些研究中可见,一般来说,夺胎、换骨皆是取古人的诗意,然后经过自己的加工处理形成新的境界与意味。我们可以把“夺胎换骨”法基本理解成用其意而易其语、借鉴前人而继续创新的诗歌创作方法。但这一诗法是不要求减缩诗句的,可以用同样长短的句子,也可以扩充句子的字数,例如惠洪《天厨禁

① 葛立方《韵语阳秋》,《学海类编》本,民国九年(1920)上海涵芬楼据清道光十一年(1836)安晁氏木活字排印本的影印本。

② 陈岩肖《庚溪诗话》卷下,《丛书集成初编》本,商务印书馆 1935 年版,第 13 页。

③ 王构《修辞鉴衡》,《丛书集成初编》本,商务印书馆 1935 年版,第 12 页。

④ 刘大杰《中国文学发展史》,百花文艺出版社 1999 年版,第 163 页。

⑤ 张少康、刘三富《中国文学理论批评发展史(下)》,北京大学出版社 1995 年版,第 45 页。

⑥ 王运熙、顾易生《中国文学批评史新编(上)》,复旦大学出版社 2001 年版,第 325 页。

⑦ 周裕锴《“夺胎”与“转生”的信仰——关于惠洪首创作诗“夺胎法”思想渊源旁证的考察》,《成都理工大学学报》2010 年第 2 期。

脔》卷中里就曾举出的诗例：

> 夺胎句法
>
> “河分岗势断，春入烧痕青。”僧惠崇诗也。然“河分岗势”不可对“春入烧痕”，东坡用之，为夺胎法。曰：“似闻决决流冰缺，尽放青青入烧痕。”以“冰缺”对“烧痕”，可谓尽妙矣。“一别二十年，人堪几回别”者，顾况诗也。而舒王亦用此法曰：“一日君家把酒杯，六年波浪与尘埃。不知乌石冈边路，到老相寻得几回。”
>
> 换骨句法
>
> 《春日》：“有情芍药含春泪，无力蔷薇卧晓枝。”又“白蚁拨醅官酒熟，紫绵揉色海棠开。”前少游诗，后山谷诗。夫言花与酒者，自古至今，不可胜数，然皆一律。若两杰，则以妙意取其骨而换之。①

以上这些句例显然不是减缩了字句，有的变五言一联为七言一联，有的变五言一联为七言四句，有的则字数不变，这种改造就不属于缩银法。缩银法最根本的一条是必须有“缩”的行为，可以“用其语”，但不必如“夺胎换骨”那样“易其意”。缩银法着眼的是让前人的诗句更加简妙，而“夺胎换骨”着眼的是让前人的诗句焕发出新的意义。至于有学人认为“不过宋人夺胎换骨意在翻新出奇，而谢榛‘缩银法’意在以含蓄求‘气格’之浑雄”②，这样的说法还是不中肯綮的。

（二）“缩银法”与“一句多意”的辨析

在古典诗学中还有一种诗法叫做“一句多意”，它和“缩银法”之间有一定的联系。这一诗法在宋人吴沆的《环溪诗话》卷上中有详细的论述：

> 右丞云：“不是如此，杜诗妙处人罕能知。凡人作诗，一句只说得一件物事，多说得两件；杜诗一句能说得三件、四件、五件物事。常人作诗，但说得眼前，远不过数十里内；杜诗一句能说数百里，能说两军州，能说满天下。此其所为妙。且如‘重露成涓滴，稀星乍有无’，也是好句，然露与星只是一件事。如‘孤城返照红将敛，近市浮烟翠且重’，亦是好句，然有孤城，也有返照，即是两件事。又如‘鼍吼风奔浪，鱼跳日映沙’，有鼍也，风也，浪也，

---

① 张伯伟《稀见本宋人诗话四种》，江苏古籍出版社 2002 年版，第 136 页。

② 孙学堂《谢榛改唐诗综论》，《文艺理论研究》2008 年第 5 期。

即是一句说三件事。如'绝壁过云开锦绣,疏松夹水奏笙簧',即是一句说了四件事。至如'旌旗日暖龙蛇动,宫殿风微燕雀高',即是一句说五件事。惟其实,是以健;若一字虚,即一字弱矣。公但按此法以求前人,即渐难为诗。"环溪又问:"如何是说眼前事,以至满天下事?"右丞云:"如'独鹤不知何事舞,饥乌似欲向人啼',只是说眼前所见。如'蓝水远从千嶂落,玉山高并两峰寒',即是说数千里内事。如'三峡楼台淹日月,五溪衣服共雪山',即是一句说百里事。至如'溪云连海岱,平野入青徐',即是一句说两军州。如'吴楚东南坼',是一句说半天下。至如'乾坤日夜浮',即是一句说满天下。"环溪云:"妙。"右丞相云:"公若以此道求前人,当绝无而仅有耳。"环溪因取前辈之诗参而考之,谓东坡惟《有美堂》一诗最工。然"天外黑风吹海立,浙东飞雨过江来",正是一句能言三件事。如"令严钟鼓三更月,野宿貔貅万灶烟",是一句能言四件事。如"通印子鱼犹带骨,披绵黄雀漫多脂""鹤闲云作氅,驼卧草埋峰",每句亦不过三物。如"酒醒风动竹,梦断月窥帘""深谷留风终夜响,乱山衔月半床明""风花误入长春苑,云月常眠不夜城""云烟湖水家家境,灯火沙河夜夜春",则似三物,而不足一句要言三五事,言满军州、满天下。叠句至如"风多巧障日,江远欲浮天""翠浪舞翻红罢亚,白云穿破碧玲珑""叶厚有棱犀角健,花深少态鹤头丹"等语,句虽佳,而每句不过止用二物而已。山谷则有数联合格,如"轻尘不动琴横膝,万籁无声月入帘""饭香猎户分熊白,酒熟渔家擘蟹黄""素练狂风寒彻骨,黄梅细雨润如酥",皆是一句能言三件事;如"河天月晕鱼分子,槲叶风微鹿养茸""桃李春风一杯酒,江湖夜月十年灯",即是一句能言四件事。至荆公则合格者多,如"帚动川收浪,靴鸣海上潮""已无船舫犹闻笛,远有楼台只见灯""山月入松金破碎,江风吹水雪奔腾""阳浮树外沧江水,尘涨源头野火烟",即每句能通三件事;以至"庙堂生莽卓,岩穴死伊周""和风满树笙簧杂,霁霭包山翠黛重""坐见山川吞日月,杳无车马送尘埃""霁分星斗风雷静,凉入轩窗枕簟闲",即是一句能言四件事。然竟未有一句能言五件物者,信乎格物之难也。①

环溪又谓用此格私按所作,则五言诗中每句用上两物,即成气象;用三

① 吴沆《环溪诗话》卷上,中华书局1988年版,第124—125页。

物，即稍工，然绝少，所可举者，不过三五联耳。七言诗中每句用上三物，即成气象；用四物，即愈工，然愈少，所可举者，不过二三联而已。至一句用及五物者，仅有一联。至用半天下、满天下之说，求之在己者绝无，于人亦未见其有也。然后知诗道之难也如此，而古今之美备在杜诗，无复疑矣。[1]

这段论述即认为杜甫诗的妙处是“一句话说多件事”，也就是用字少而意思密集。吴沆又认为一般的五言句如果能够用上两物、七言句能够用上三物，就可以成就气象了，如果在此基础上再能加上一个物事，那就更加绝妙了。

宋人很喜欢这种意思繁多、层次复杂的诗句，罗大经《鹤林玉露》乙编卷五对杜甫《登高》中的“万里悲秋常作客，百年多病独登台”极为欣赏，认为它“十四字之间，含八意”[2]。杨万里《诚斋诗话》又举例说：“诗有一句七言而三意者。杜云：‘对食暂餐还不能。’退之云：‘欲去未到先思回。’有一句五言而两意者。陈后山云：‘更病可无醉，犹寒已自知。’”[3]同时，杨氏又对苏东坡“自临钓石汲深清”之句也饱含赞美之情，认为其“七字而具五意”[4]。这种“一句多意”或者“一句说多件事”的本质就是在不改变字数的情况下，加强句子的密度，这一诗法后来由句子扩展到章节，例如清人方东树《昭昧詹言》卷十一曾提出一个写诗的原则：“凡短章，最要层次多，每一二句，即当一大段，相接有万里之势。”[5]这就是希望篇章能够层次多、密度大。

何以达到密度增加的语言效果呢？上所引吴沆《环溪诗话》中认为其关键是：“惟其实，是以健，若一字虚，即一字弱矣。”[6]虚词的使用数量减少可以将语言密度加大，因为虚词尤其是介词与连词、助词等，它们的功能只是表现词语之间的语法关系，而缺乏名词、动词与形容词所具有的意义属性与形象属性，所以“实字多则意简而句健，虚字多则意繁而句弱”（谢榛《四溟诗话》卷一）[7]。再者，谓语复杂化可以令语言的密度加大，结构并置的诗句也可以使得意义紧缩而密集。例如杜甫“旌旗日暖龙蛇动，宫殿风微燕雀高”这句就并列了四个主谓结

① 吴沆《环溪诗话》卷上，中华书局1988年版，第125—126页。
② 罗大经《鹤林玉露》，中华书局1983年版，第215页。
③ 丁福保《历代诗话续编》，中华书局1983年版，第138页。
④ 丁福保《历代诗话续编》，中华书局1983年版，第140页。
⑤ 方东树《昭昧詹言》，人民文学出版社1961年版，第239页。
⑥ 吴沆《环溪诗话》卷上，中华书局1988年版，第124页。
⑦ 丁福保《历代诗话续编》，中华书局1983年版，第1147页。

构,所包含的信息量当然要比单一结构构成的诗句要密集很多。而使用“缩银法”所构成的句子,因为字数的减省,会使得意义变得更加紧密,这一点和“一句多意”是相似的。所以,如何将前人的句子减省而保持意义的不减省,可以参考“一句多意”的语言操作方法。

古典诗歌的发展趋势就是句式愈加复杂,意义愈加繁多,语言密度的强化是语言“诗化”的结果之一。但是也并不能说这种密度越密越好,它是需要一定的适度的,所以葛兆光先生说:“可是我们发现这种言简意赅并不见得高明,虽然它说了很多‘事’,充其量是把诗句变得很挤,意变得很密,如果按这种说法,那么《急就篇》就成了诗歌的极致了。”①这就涉及到“缩银法”的“缩“也有一个程度问题,不能无限制地缩,缩成意义的罗列是没有审美效果的。所以在“缩”的过程中,要正确处理“辞”与“意”的关系,在此可以参考谢榛的相关论述:

> 凡立意措辞,欲其两工,殊不易得,辞有短长,意有小大,须构而坚、束而劲,勿令辞拙意妨。意来如山,巍然置之河上,则断其源流而不能就辞;辞来如松,挺然植之盘中,窘其造物而不能发意。夫辞短意多,或失之深晦;意少辞长,或失之敷演。名家无此二病。②

(三)“缩银法“与“窃”的辨析

凡是涉及到对前人诗句的改造,就不得不提到“窃”或者“偷”的争论了。

据现有文献,约为唐代诗僧皎然首次将诗人的蹈袭行为分为“偷语”“偷意”“偷势”三个品级:“偷语最为钝贼。如汉定律令,厥罪不书?应为酂侯务在匡佐,不暇采诗,致使弱手芜才,公行劫掠。若许贫道片言可折,此辈无处逃刑。其次偷意,事虽可罔,情不可原。若欲一例平反,诗教何设?其次偷势,才巧意精,若无朕迹,盖诗人阃域之中偷狐白裘之手,吾亦赏俊,从其漏网。”③后来,金人王若虚《滹南诗话》卷下则直指“夺胎换骨、点铁成金之喻”“特剽窃之黠者耳”④。其实,“夺胎换骨”可以算作是皎然的“偷意”“偷势”,因为它是需要重新淘洗锤炼,焕发出新的意义,乃是“偷狐白裘之手”,赵翼《陔余丛考》卷二四中有

① 葛兆光《近体诗中一种语言现象的分析——论虚字》,《文学评论》1994 年第 5 期。
② 谢榛《四溟诗话》,人民文学出版社 1961 年版,第 69—70 页。
③ 张伯伟《全唐五代诗格汇考》,江苏古籍出版社 2002 年版,第 238 页。
④ 王若虚《滹南诗话》,人民文学出版社 1962 年版,第 86 页。

《古今人诗句相同》：

> 又放翁诗“西风吹散朝来酒，依旧衰颜似叶黄”，元人诗“貌似叶红都被酒，头如雪白也簪花”，此又脱胎变化，另出炉锤，使人不觉其运用之妙。又元遗山《感金哀宗入蔡州》诗“蛟龙岂是池中物，虮虱空悲地上臣”，同时李俊民有《襄阳变后》诗“蛟龙不是池中物，燕雀休嗤垄上人”，亦指蔡州亡国事，似亦相袭，然各极对偶之妙。①

赵翼认为这种“脱胎变化，另出炉锤”是值得肯定的。

其实，皎然最为反对的是“偷语”，皎然曾举出了这样一条“偷语诗例”：“如陈后主《入隋侍宴应诏》诗云：‘日月光天德。’取傅长虞《赠何劭王济》诗：‘日月光太清。’上三字语同，下二字义同。”②他认为这种直接蹈袭前人的诗句才算是“顿贼”。“偷语”的例子还有不少，比如《容斋随笔》卷一就指出黄庭坚的《黔南十绝》乃是尽取白乐天语：

> 霜降水返壑，风落木归山。冉冉岁将晚，物皆复本原。（白居易《岁晚》）③
>
> 霜降水返壑，风落木归山。冉冉岁华晚，昆虫皆闭关。（黄庭坚《谪居黔南》诗之二）④
>
> 渴人多梦饮，饥人多梦餐。春来梦何处？合眼到东川。（白居易《寄行简》）⑤
>
> 病人多梦医，囚人多梦赦。如何春来梦，合眼在乡社。（黄庭坚《谪居黔南》诗之十）⑥
>
> 相去六千里，地绝天邈然。十书九不到，何以开忧颜？（白居易《寄行简》）⑦
>
> 相望六千里，天地隔江山。十书九不到，何用一开颜？（黄庭坚《谪居黔南》诗之一）⑧

---

① 赵翼《陔余丛考》，商务印书馆 1957 年版，第 499 页。

② 张伯伟《全唐五代诗格汇考》，江苏古籍出版社 2002 年版，第 239 页。

③ 彭定求等辑《全唐诗》卷四三四，中华书局 1980 年版，第 4806 页。

④⑥⑧ 北京大学古文献研究所《全宋诗》，北京大学出版社 1999 年版，第 11396 页。

⑤⑦ 彭定求等辑《全唐诗》卷四三三，中华书局 1980 年版，第 4792 页。

其他还有唐人贾至有诗《春思二首》之一:“草色青青柳色黄,桃花历乱李花香。东风不为吹愁去,春日偏能惹恨长。”①黄庭坚《题小景扇》又谓:“草色青青柳色黄,桃花零落杏花香。春风不解吹愁却,春日偏能惹恨长。”②只有几个字不同而已,以至于黄庭坚不得不自己解释原因:“庭坚少时诵熟,久而忘其为何人诗也。”如果对前人的句子只是生吞活剥,也是“钝贼”,例如翁卷《幽居》:“蓬户掩还开,幽居称不才。移松连峤土,买石带溪苔。药信仙方服,衣从古样裁。本无官可弃,安用赋归来。”③纪昀就指出:“三、四从武功‘移花连蝶至,买石得云饶’套出,殊为钝手。”④

那么“缩银法”是不是“偷”呢?如果只是删减语言,这种“缩银”就是皎然所批评的“偷语”。赵翼《陔余丛考》卷二四:

> 唐诗“忍以浮云看世代,悲将流水照须眉”,而刘青田《题太公钓渭图》有云:“浮云看世代,流水照须眉。”此皆不得谓非抄袭也。⑤

直接删去每句开头的两个字,是“缩银”没错,但的确也是“窃”是“偷”。

真正的“缩银法”是包含语言材料的再创造的,是需要“炼”这个艰辛过程的。赵翼在《瓯北诗话》中评陆游诗说:“抑知所谓炼者,不在乎奇险诘曲、惊人耳目,而在乎言简意深,一语胜人千百。此真炼也。”⑥也就是“缩银”的作品要“言简意深”,达到最终“一语胜人千百”的再创造结果。例如南朝邱迟《答陈伯之书》中有名句:“暮春三月,江南草长,杂花生树,群莺乱飞。”苏轼在《常润道中有怀钱塘寄述古五首》之二中将其词序打乱重组为“草长江南莺乱飞”,这就不是单纯追求简省,而是有了语言的锤炼和主观的创造,达到更加简洁而又更有诗意的状态。所以许印芳认为“缩多为少”是优于“衍少为多”的:“诗家原有偷意之例。偷而变化字句,不袭其语者,上品。如:古诗‘人生不满百,常怀千岁忧’,陶公化为‘世短意常多’五字,此化多为少者也。常盱眙诗:‘曲径通幽处,禅房草木深’,东坡化为‘微雨止还作,小窗幽更妍。盆山不见日,草木自苍然’

① 彭定求等辑《全唐诗》卷二三五,中华书局1980年版,第2597页。
② 北京大学古文献研究所《全宋诗》,北京大学出版社1999年版,第11429页。
③ 北京大学古文献研究所《全宋诗》,北京大学出版社1999年版,第31427页。
④ 李庆甲集评《瀛奎律髓》,上海古籍出版社2005年版,第988页。
⑤ 赵翼《陔余丛考》,商务印书馆1957年版,第498页。
⑥ 赵翼《瓯北诗话》,人民文学出版社1963年版,第80页。

四句,此化少为多者也。若偷意而用其语,能缩多为少者为中品:虚谷前评所引二句是也(虚谷所引者:僧处默诗'到江吴地尽,隔岸越山多',后山缩为一句'吴越到江分'。又'共君一席话,胜读十年书',山谷缩为'话胜十年书。')衍少为多者为下品:如王右丞诗'孤客新童仆',崔礼山用之而衍为'渐与骨肉远,转于童仆亲'是也。"①"缩银法"的简化标示着提炼、蒸馏这样一种复杂的加工机制,用题名司空图《二十四诗品·洗练》中的话就是"如矿出金,如铅出银,超心炼冶,绝爱缁磷"②。

缩银法第一层次是核字省句,达到"句中无余字""篇中无长语"(姜夔《白石诗说》)的状态,第二层次是要求缩死相为活相,化腐朽为神奇。例如卫万有"不卷珠帘见江水",杜甫缩为"江色映疏帘"。刘猛有"可耻垂拱时,老作在家女",孟浩然缩为"端居耻圣明"。"人但见其澄澹精致,而不知其几经淘洗而后得澄澹,几经熔炼而后得澄澹,几经熔炼而后得精致。"(司空图《与李生论诗书》)③所以这一诗法本质上是"点石成金",将大块的石头,变成一小块精致的金子。这里面一定要包含着技术性劳动,需要加其意炼其句,不可以简单地将其视作"偷语钝贼"。

王寿昌《小清华园诗谈》用了"借"这个词:"诗有三可借:故事可借,字意可借,古人句可借。"④缩银法跟原始诗句的关系可以是"借",借来之后,必须要"改造",向简而精、简而妙的状态改造,改造成为属于自己的诗句。正如谢榛所说:"诗不厌改,贵乎精也。唐人改之,自是唐语,宋人改之,自是宋语:格词不同故尔。"⑤

五　缩银法的审美内蕴

(一) 缩银法之"简"是艺术的形式要求与美感源泉

简,本身就是艺术的形式要求与美感源泉所在。克莱夫·贝尔在《艺术》一书中提出要创造"有意味的形式"必须运用"简化"。"简化对整个艺术来说

① 李庆甲集评《瀛奎律髓汇评》,上海古籍出版社 2005 年版,第 13 页。
② 郭绍虞《诗品集解》,人民文学出版社 1963 年版,第 14 页。
③ 郭绍虞《诗品集解》,人民文学出版社 1963 年版,第 49 页。
④ 郭绍虞《清诗话续编》,上海古籍出版社 1983 年版,第 1856 页。
⑤ 谢榛《四溟诗话》,人民文学出版社 1961 年版,第 40 页。

都是不可缺少的。没有简化,艺术不可能存在。……而只有简化才能把有意味的东西从大量无意味的东西中提取出来。"①艺术的目的就是要表现丰富、复杂的外在世界与人的内在生命,但是艺术需要以尽量经济的笔墨来表现所要表达的东西。正如苏珊·朗格在《情感与形式》中说:"一个符号总是以简化的形式来表现它的意义,这正是我们可以把握它的原因。不论一件艺术作品(甚至全部的艺术活动)是何等地复杂、深奥和丰富,它都远比真实的生活简单。"②

人声之精者为言,言之又精者为诗。诗歌,是简法语言的典型代表。高友工在《中国抒情美学》中就提出"寻求具有无限表现可能性的简洁的媒介始终是抒情美学的梦想"。③ 中国古典诗歌中所崇尚的"言有尽而意无穷";"不著一字,尽得风流";"语少意足,有无穷之味";"语简而意远"等等论述,都是希望意义的表达能够减少对语言字数的依赖。郑敏在《诗歌与哲学是近邻——结构一解构诗论》一书中也明确地提出:"汉诗的一个较西诗更重视的诗歌艺术特点就是简洁凝练。"④而缩银法是诗人对前人的诗句有意进行删减处理,通过有代表性的字词来寓意总体内容,追求的就是精简语言和增加语言的表达强度。诗歌本就是语言的炼金术,而缩银法又对诗歌的语言进行再次锤炼。"凡物之清洁出于洗,凡物之精熟出于练"(杨廷芝《诗品浅解》)⑤,缩银法就是诗歌改造中的"节省律"⑥,在这种洗练中,让原本就已经简化的语言进一步去粗取精,焕发出更为优越的审美效果。

其实,通过简化的艺术符号把握和传达对象的结构特征及其表现性,并不是一件容易的事,需要面对纷繁变化的社会现象进行去粗取精。缩银之简,表明了创作主体在面对纷杂多变的对象世界,全面把握的信心和深刻把握的可能性。

再者,缩银法形式上的"简"蕴含着意义上的"繁","由艺术概念的统一所导

---

① [英]克莱夫·贝尔《艺术》,中国文联出版公司 1984 年版,第 149 页。
② [美]苏珊·朗格《情感与形式》,中国社会科学出版社 1986 年版,第 4 页。
③ 乐黛云《北美中国古典文学研究名家十年文选》,江苏人民出版社 1996 年版,第 43 页。
④ 郑敏《诗歌与哲学是近邻——结构一解构诗论》,北京大学出版社 1999 年版,第 347 页。
⑤ 郭绍虞《诗品集解》引,人民文学出版社 1963 年版,第 14 页。
⑥ 阿恩海姆称艺术的简化为"艺术领域内的节省律"。([美]鲁道夫·阿恩海姆《艺术与视知觉——视觉艺术心理学》,中国社会科学出版社 1984 年版,第 68 页)

致的简化性，决不是与复杂性相对立的性质，只有当它掌握了世界的无限丰富性，而不是逃向贫乏和孤立时，才能显示出简化性的真正优点”①。如果只是用简单的形式来表达一个简单的意义，那注定是枯燥无味的。缩银法所具有的意义丰富性，正是这一诗法的重要魅力。有学者指出：“一首《好了歌》与整部《红楼梦》，一首‘滚滚长江东逝水，浪花淘尽英雄’，与整部《三国演义》，在意蕴上也许不会相差多少。”②而一首《好了歌》可以看做是对整部《红楼梦》的缩银，《临江仙》也对整部《三国演义》缩银，元稹五言绝句《行宫》也可以看做是对《连昌宫词》使用了缩银法。这就使得接受者在短小的篇幅内，获得了更多的信息与情感体验。苏珊·朗格在《艺术问题》中就认为：“最杰出的语言大师(或其它种类的符号大师)，他们的抽象活动能够迫使人们在自己熟悉的符号中领会到比其他通常的含义更加深刻和更加广泛的意义。”③使用缩银法的作者，都在寄希望于提供更加深刻广泛的意义，从而向杰出的语言运用者靠近。

（二）缩银法能够召唤读者的想象力

从接受的角度看，简约的艺术符号可以最大限度地调动接受者的想象力，使之主动积极地发挥其填补艺术空白的心理功能。

艺术是超越日常生活的，是带你做“逍遥游”的。无论是创作者还是欣赏者都需要进一步在语言的基础上“超以象外”，最后达到思绪与宇宙生命之“道”等更本质的事物的深层结合。而越贴近生活本身就离形而上越远。所以克莱夫·贝尔认为“描写入微是现实主义的核心，而且是艺术的脂肪性病变”。④ 所以他不太喜欢左拉以来这种描写细致、逐一罗列的自然主义倾向。他极力主张删除那些意在提供信息和知识的东西，砍掉那些引导人们认出艺术品中与生活中所熟悉事物相一致的再现成分。因为细小、繁杂的描述会将人们的视线捆绑束缚在日常生活之上，阻碍形而上的联想与向往。所以陆时雍在《诗镜总论》中就批评张籍、王建说：“人情物态不可言者最多，必尽言之，则俚矣。知能言之为

---

① [美]鲁道夫·阿恩海姆《艺术与视知觉——视觉艺术心理学》，中国社会科学出版社 1984 年版，第 67—68 页。

② 罗书华《简法与繁法——中国诗学与叙事学之语言比较论》，《上海社会科学院学术季刊》2002 年第 3 期。

③ [美]苏珊·朗格《艺术问题》，中国社会科学出版社 1983 年版，第 90 页。

④ [英]克莱夫·贝尔《艺术》，中国文联出版公司 1984 年版，第 151 页。

佳,而不知不言之为妙,此张籍、王建所以病也。"①

如果我们使用缩银法将写实的人情物态删去,相反会刺激读者想象力的发挥,审美的快感也就相应而生了。著名艺术理论家冈布里奇就认为:当人们观赏艺术品时,总是积极主动地对作品进行"指导性投射",即把自己心中已有的心理储存投射到作品的符号形式中去,以自己的方式理解作品,适应自己期待的形象,而这种心理投射机制的建立,必须有两个条件:"一方面无疑得允许观者保留弥合鸿沟的方式,其次必须给它提供一个屏障——一个空白或不确定的区域——以使它能在上面投射所期望的形象"。② 这个"空白或不确定的区域"的存在,就可以用"缩银法"来创造。例如王粲《登楼赋》云"白日忽其将匿。风萧瑟而并兴兮,天惨惨而无色。兽狂顾以求群兮,鸟相鸣而举翼。原野阒其无人兮,征夫行而未息",王维以"日暮飞鸟还,行人去不息"二语括之。鸟是怎样在日暮中归巢的,是需要读者调动想象力的,如果写出"鸟相鸣而举翼"将画面坐实,那个"空白或不确定的区域"就不存在了。行人怎样在原野上匆匆归家的呢?那个原野又是什么样子的呢?如果写出"原野阒其无人",读者自己的心理储存就无法投射到作品中了。所以,我们看到王维缩银之后的诗句更富有审美意蕴。《诗人玉屑》中有这样一条说"简妙":

> 简妙
>
> 唐人有诗云:"山僧不解数甲子,一叶落知天下秋。"及观元亮诗云:"虽无纪历志,四时自成岁。"便觉唐人费力。如《桃源记》言:"尚不知有汉,无论魏晋。"可见造语之简妙。盖晋人工造语,而元亮其尤也。(《唐子西语录》)③

"山僧不解数甲子,一叶落知天下秋"是很写实的一句诗歌,详细描述的人物是山僧,具体情节是见落叶而知秋。而陶渊明的《桃花源诗》所谓的"虽无纪历志,四时自成岁"一句,将人物、情节都一一省略,直接写出了唐人诗的目的:不解数甲子。而《桃花源记》中将目的也省略,直接说了一句状态:"不知有汉,无论魏晋。"唐人的诗只是将读者的眼光固定在山中的落叶与僧人身上,而"不知有汉,无论魏晋"却给人以巨大的想象空间,什么样的主人公、什么样的生活环境、什

---

① 丁福保《历代诗话续编》,中华书局 1983 年版,第 1421 页。

② [英]冈布里奇《艺术与幻觉》,湖南人民出版社 1987 年版,第 195 页。

③ 魏庆之《诗人玉屑》卷六,中华书局 2007 年版,第 184 页。

么样的时光流转都需要读者用自己的联想与想象来补充。这样一来,句子所带来的“言外象”“象外意”是非常丰厚的,接受者参悟宇宙时空与生命本身的空间就得到展开,审美感觉就在这种过程中显现了。

“艺术符号本身越是质实、确定,观赏者所接受的信息就越没有重新组合或多种理解的可能性,观赏者的心里投射就越发挥不出。反之,如果艺术形式虽简,但信息量少,其所包蕴的美感心理和审美情绪贫之极,那么这种简就成了苍白而不是空灵了,读者的心理投射作用同样难以发挥。因此,最能激发观赏者的心理投射作用能力的是那些空灵的、形简而旨丰的艺术符号。”①这就是说,缩银之后的艺术符号便是“有限的视觉语言”,它是激发观众投射冲动的基础,形成接受美学中所说的“召唤结构”。如此以来,简化不是使审美对象变得简单,相反使它增强了作品的艺术张力。这个“张力”其实指诗的一种“包容性”,诗中的意蕴经过这种包容性被压缩、凝聚在一个有限的空间里,便产生反弹力。这种反弹力作用于读者,就会使读者获得许多言外之意,从而产生极大的审美愉悦。

（三）缩银法能刺激读者的“完形”欲望

再者,从文学接受学来看,每一个真正意义上的读者都有一种对文本形式进行阅读完形的倾向。格式塔心理学认为,所谓“完形”即是尽量把知觉对象重新组织成完满的整体,愈是简化形式,愈能更大限度地刺激读者的完形欲望,从而越多地获得审美感受。具体来说,当主体面对一个不完整的形时,就会产生一种强烈的完形欲望:注意力高度集中地遵循作品的暗示,充分发挥自己的创造潜能,将其补充到应有的完整状态。在这一过程中,由于主体整个身心都投入到完形创造之中,因而产生一种特有的紧张,它调动了主体的全部生命能量。例如温庭筠的“鸡声茅店月,人迹板桥霜”(《商山早行》),李商隐的“昨夜星辰昨夜风,画堂西畔桂堂东”都是由名词或者名词词组连接而成的,具体是怎样的早行情境与晚宴场面,都是需要读者自己添加动词、形容词、副词等来完形的。而一旦完形结束,又会产生一种轻松感,这种由创造的紧张到成功的轻松过程就是审美快乐。严复、夏曾佑在《本馆附印说部缘起》中说:“读其书者,一望之顷,即恍然若亲见之事者然。故读简法之语言,则目力逸而心力劳,读繁法之语言,

---

① 周艳华《中国画论中的“简化”意识及其艺术表现》,湖南师范大学2006年硕士论文。

则目力劳而心力逸。”①虽然“心力劳”,但在接受美学中,这恰恰是一种审美享受感。

场景真切可感、细节无一不备的诗篇,因为其先天的已经完形,所以读者的完形欲望是无法满足的,只好被动地接受作家的强行输入。例如上文所举的谢榛的一段论述,他认为“借问酒家何处有,牧童遥指杏花村”并不是最完美的状态,谢榛将其改为“日斜人策马,酒肆杏花西”,这样一来的结果就是“不用问答,情景自见”②。杜牧原诗的写作过程似乎是将已知的东西告诉给人,而谢榛的一问一答需要读者在心中将其“完形”,在更大程度上启发读者发挥能动性,参与作品的意义构成,从而获得更多的审美快感。

(四)缩银法的互文之美

缩银法本质上还是针对前人诗句的改造,所以无论怎么缩,都扯不断它和前人诗句的联系性。这种“互文”性是能够增加它的审美力量的。关于“互文”所蕴含的审美价值,笔者曾在第四章第一节“翻案法”中进行过论述,此处不再详说。

---

① 黄霖、韩同文《中国历代小说论著选》下册,江西人民出版社1985年版,第4页。

② 谢榛《四溟诗话》,人民文学出版社1961年版,第29页。

第八章　章法

第一节　一篇血脉条贯体

唐人金昌绪《春怨》(一说盖嘉运《伊州歌》)"打起黄莺儿,莫教枝上啼。啼时惊妾梦,不得到辽西"①一诗,还有白居易《王昭君》诗"汉使却回凭寄语,黄金何日赎娥眉？君王若问妾颜色,莫道不如宫里时"②,以其独特的章法——"语脉联属""意脉贯通"——多得诗论家的关注。这种诗法被叫做"一篇血脉条贯体"(王叡《炙毂子诗格》)③,又名"一意格"(范德机《诗学禁脔》)④、"钩锁连环格"(范德机《木天禁语》)⑤,或者叫做"联珠格"(梁桥《冰川诗式》)⑥等,主要指全诗句句环环相扣,谋篇布局意脉贯通。目前尚没有论文或专著专门研究这一诗法,笔者将其放在诗法体系中的章法范畴中给予论述。

一　唐宋时代对这一诗法的认识与发展

对于这种句句顺流直下,一篇血脉贯通的诗歌章法,在唐代时就已经有人

① 彭定求等辑《全唐诗》卷七六八,中华书局 1980 年版,第 8724 页。
② 彭定求等辑《全唐诗》卷四三七,中华书局 1980 年版,第 4858 页。
③ 张伯伟《全唐五代诗格汇考》,江苏古籍出版社 2002 年版,第 388 页。
④ 张健《元代诗法校考》,北京大学出版社 2001 年版,第 194 页。
⑤ 张健《元代诗法校考》,北京大学出版社 2001 年版,第 149 页。
⑥ 周维德《全明诗话》,齐鲁书社 2005 年版,第 1690 页。

关注。例如比较早期的有唐人王叡《炙毂子诗格》中“一篇血脉条贯体”,下云:

李太尉诗云:“远谪南荒一病身,停舟暂吊汨罗人。”此诗首一句发语,次一句承上吊屈原。“都缘蕲尚图专国,岂是怀王厌直臣。”此二句为颔下语,用为吊汨罗之言。“万里碧潭秋景静,四时愁色野花新。”此腹内二句,取江畔景象。“不劳渔父重相问,自有招魂拭泪巾。”此二句为断章,虽外取之,不失此章之旨。①

王叡所举的诗例相比于金昌绪的《春怨》、白居易的《昭君怨》来说,其“血脉条贯”的程度并不明显。到了宋代,诗论家们已经可以从浩瀚的诗歌中寻找出典型的诗例来说明这种句句联属的诗歌章法,例如南宋魏庆之《诗人玉屑》中引北宋韩驹的《室中语》:

诗意贵开辟

凡作诗,使人读第一句知有第二句,读第二句知有第三句,次第终篇,方为至妙。如老杜“莽莽天涯雨,江村独立时。不愁巴道路,恐湿汉旌旗”是也。②

诗要联属

大概作诗,要从首至尾,语脉联属,如有理词状。古诗云:“唤婢打鸦儿,莫教枝上啼。啼时惊妾梦,不得到辽西。”可为标准。③

《诗人玉屑》又引《小园解后录》云:

意脉贯通

“打起黄莺儿,莫教枝上啼。几回惊妾梦,不得到辽西。”此唐人诗也,人问诗法于韩公子苍,子苍令参此诗以为法。“汴水日驰三百里,扁舟东下更开帆。旦辞杞国风微北,夜泊宁陵月正南。老树挟霜鸣窣窣,寒花承露落毵毵。茫然不悟身何处,水色天光共蔚蓝。”此韩子苍诗也。人问诗法于吕公居仁,居仁令参此诗以为法。后之学诗者,熟读此二篇,思过半矣。④

从这些论述中可见,宋人对于“从首至尾,语脉联属”章法的认识是很深入的,其

① 张伯伟《全唐五代诗格汇考》,江苏古籍出版社2002年版,第388页。
②③ 魏庆之《诗人玉屑》卷五引,中华书局2007年版,第162页。
④ 魏庆之《诗人玉屑》卷六,中华书局2007年版,第181页。

具体特点是:"读第一句知有第二句,读第二句知有第三句,次第终篇。"

因为首尾贯穿,所以宋人又将这种章法的诗歌特征总结为"四句只作一句"或者"八句只作一句"的"浑全之体",例如南宋吴沆《环溪诗话》卷中对此论述较多:

> 环溪仲兄云:"杜诗之妙,复有可言者乎?"环溪云:"杜诗又有浑全之体。"仲兄云:"何谓浑全之体?"谓:"四句只作一句,八句只作一句。如'安稳高詹事,新诗日日多。美名人不及,佳句法如何',是四句亦作一句;如'不见闵公三十年,新诗寄与泪潺湲。旧来好事今能否,老去新诗谁与传',亦是四句只作一句。如'寄语杨员外,山寒少茯苓。归来稍暄暖,当为劚青冥。翻动神仙窟,封题鸟兽形。兼将老藤杖,扶汝醉初醒',即是八句只作一句;又如'苦忆荆州醉司马,谪官樽俎定常开。九江日落醒何处,一柱观头眠几回。可怜怀抱向人尽,欲问平安无使来。故凭锦水将双泪,好过瞿塘滟滪堆',亦是八句只作一句。"仲兄曰:"妙。吾弟亦尝有此体乎?"环溪云:"弟在岳阳时,尝有一诗云:'岁暮怀家客,通宵不自娱。诸兄得意否,老母有欢无?已谢交朋远,犹思弟妹孤。吾身不足念,为此一嗟吁。'时未知有杜甫,盖偶然而合也。又如《友人趋宁化》一篇云:'闻君早晚趋宁化,尚有新诗别故人。试问几程端可到,还忧半载不相亲。伤心岁律峥嵘暮,解事梅花摘索新。去去冰霜频莫厌,庭闱和气即如春。'时已知有杜甫,盖体之而作也。"①

二　元明诗法著作中多样化的命名

在元明时代,这一诗法逐渐出现了命名多样化的特点。主要名称有"节节生意格""一意格""钩锁连环格""顺去格""顺流直下格"等。虽然名称各不相同,但从所附诗例与下注看来,都是指自首联以至末联一句生一句,章法上句意相勾连的创作方法。

例如宋人吴沆"四句一意""八句一意"的提法,被元代旧题范德机门人集录的《总论》所继承:"有通篇一意,八句只作一意者。……如杜诗:'寄与杨员外,

① 吴沆《环溪诗话》,中华书局1988年版,第132页。

山寒少茯苓。归来稍暄暖,当为劚青冥。翻动龙蛇窟,封题鸟兽形。兼将老藤杖,扶汝醉初醒',即是八句一意;又如'苦忆荆州醉司马,谪官尊酒定常开。九江日落醒何处,一柱观头眠几回。可怜怀抱何人尽,欲寄平安无使来。故凭锦水将双泪,好过瞿塘滟滪堆',亦是八句一意。"[①]同样又有明代梁桥《冰川诗式》卷一中举唐王绩《过酒家》"此日常昏饮,非关养性灵。眼看人尽醉,何忍独为醒"云:"此诗是截律诗首尾四句,其法四句一意不对。"[②]再举唐杜甫《赠花卿》"锦城丝管日纷纷,半入江风半入云。此曲只应天上有,人间能得几回闻"又云:"此诗其法四句一意不对。"[③]

《冰川诗式》中还注意到八句一意而下的诗歌很多没有中间两联的对仗句。例如其卷一中举唐僧皎然《寻陆羽不遇》"移家虽带郭,野径入桑麻。近种篱边菊,秋来未著花。扣门无犬吠,欲去问西家。报道山中去,归来每日斜"云:"此诗八句,一意顺下,通不对。"[④]又举明人以权《题东峰驿用梁郎中韵》"香浮绿蚁山中醅,磁瓯远胜青莲杯。不用笙竽为佐酒,松风一派从天来。半酣走笔写新句,飞龙满壁真雄哉。古人骑鹤几时去,空庭寂寂官梅开"云:"此诗八句,一意顺下,通不对。文从字顺,音韵铿锵,盛唐诸公有此体。"[⑤]

元代旧题吴成、邹遂、王恭撰《诗解》中有"节节生意格",以杜甫《咏怀古迹五首》之四为例,诗云:"蜀主窥吴向三峡,崩年亦在永安宫。翠华想像空山外,玉殿虚无野寺中。古庙杉松巢水鹤,岁时伏腊走村翁。武侯祠屋长邻近,一体君臣祭祀同。"《杜陵诗律五十一格》则在此诗下注云:"一句下生一句。"[⑥]《诗解》中又有"一意格",以杜甫《恨别》为例,诗云:"洛城一别四千里,胡骑长驱五六年。草木变衰行剑外,兵戈阻绝老江边。思家步月清宵立,忆弟看云白昼眠。闻道河阳近乘胜,司徒急为破幽燕。"[⑦]

元代旧题范德机《诗学禁脔》中还有"一意格",所举诗例为刘禹锡《江陵道中》:"三千三百西江水,自古如今要路津。月夜歌谣有渔父,风天气色属商人。

---

① 张健《元代诗法校考》,北京大学出版社 2001 年版,第 220 页。
② 周维德《全明诗话》,齐鲁书社 2005 年版,第 1602 页。
③ 周维德《全明诗话》,齐鲁书社 2005 年版,第 1604 页。
④ 周维德《全明诗话》,齐鲁书社 2005 年版,第 1606 页。
⑤ 周维德《全明诗话》,齐鲁书社 2005 年版,第 1609 页。
⑥ 张健《元代诗法校考》,北京大学出版社 2001 年版,第 96—97 页。
⑦ 张健《元代诗法校考》,北京大学出版社 2001 年版,第 104 页。

沙村好处多逢寺，山叶红时绝胜春。行到南朝征战地，古来名将必为神。”有下注云：“起联以古今言之，有感慨奋厉之意。次联以景物而言。颈联见胜概之无穷。落联言神庙见古之名臣，随世立功而庙食，叹今人何如哉！一句生一句，而全篇旨趣，如行云流水，篇终激厉。”①明代梁桥《冰川诗式》卷六中亦有“一意格”，列举唐李群玉《古词》为例，诗云：“一合相思泪，临江洒素秋。碧波如会意，却与向西流。”又有长孙翔《宫词》：“一道甘泉接玉沟，上皇行处不曾秋。谁言水是无情物，也到宫前咽不流。”②《冰川诗式》卷七揭示云：“一意者，自首联以至末联，一句生一句，而全篇旨趣如行云流水。”再举诗例有杜甫《捣衣》：“亦知戍不返，秋至拭青砧。已近苦寒月，况经长别心。宁辞捣衣倦，一寄塞垣深。用尽闺中力，君听空外音。”刘禹锡《巴陵道中》：“三千三百江西水，自古如今要路津。月夜歌谣有渔父，风天气色属商人。沙村好处多逢寺，山叶红时觉胜春。行到南朝多战地，古来名将尽为神。”③如此看来，无论是“节节生意格”与“一意格”，都是指“一句生一句”的章法创作。

元人又有将其叫做“钩锁连环格”或者“顺去”的。旧题元人范德机《木天禁语》中有“钩锁连环格”④，所举诗例为《草》：“百花苑路易萋阴，五谷塍畴苦见侵。农父芟时嫌若刺，宫人斗处惜如金。别离空惹王孙恨，穮蓐深劳稷畯心。绿野荒芜好归去，朱门闲僻少相寻。”《冰川诗式》卷七解释道：“钩锁连环者，自首联至末联，句意相勾连。首联上句说好，下句说不好；颔联上句说不好，下句说好；颈联、末联如之。或以事相因，勾连亦通。”⑤所举诗例为杜甫《野望》：“清秋望不极，迢递起层阴。远水兼天净，孤城隐雾深。叶稀风更落，山迥日初沉。独鹤归何晚，昏鸦已满林。”篇末注云：“此以远近相钩连。”⑥明人王昌会《诗话类编》继承了这一名称：“钩锁连环格。自首联至末联句意相构联。如首联上句说好，下句说不好；颔联上句说好，下句说不好。颈联、末联亦如之。”⑦旧题范德机《木天禁语》中再有“顺去”，举诗例为贾岛《寻隐者不遇》：“松下问童子，言师采药去。只在此山中，云深不知处。”李白《山中问答》：“问余何事栖碧山，笑而不答

---

① 张健《元代诗法校考》，北京大学出版社 2001 年版，第 194 页。

② 周维德《全明诗话》，齐鲁书社 2005 年版，第 1688 页。

③⑤⑥ 周维德《全明诗话》，齐鲁书社 2005 年版，第 1706 页。

④ 张健《元代诗法校考》，北京大学出版社 2001 年版，第 149 页。

⑦ 王昌会《诗话类编》，《中国诗话珍本丛书》本，北京图书馆出版社 2004 年版，第 46 页。

心自闲。桃花流水窅然去,别有天地非人间。”贾至《君山》:“湘中老人读黄老,手援紫藟坐碧草。春至不知湖水深,日暮忘却巴陵道。”王维《终南别业》:“中岁颇好道,晚家南山陲。兴来每独往,胜事空自知。行到水穷处,坐看云起时。偶然值林叟,谈笑无还期。”从这些诗例来看,说的还是句子之间意脉联属的情况。明人梁桥《冰川诗式》卷七中又有“顺流直下格”的提法,和《木天禁语》中的“顺去”一脉相承:“顺流直下者,一气说去,自首联至末联,命意用事皆顺说,如水之就下,快意成章。”①所举诗例为陆龟蒙《茶人》:“天赋识灵草,自然钟野姿。闲来北山下,似与东风期。雨后探芳去,云间幽路危。唯应报春鸟,得共斯人知。”刘禹锡《张炼师》:“东岳真人张炼师,高情雅淡世间稀。堪为列女书青简,久事元君住翠微。金缕机中抛锦字,玉清坛上著霓衣。云衢不要吹箫伴,只拟乘鸾独自归。”②

三　相反的章法:“四意格”与“联环文藻”

还有与“一意格”相反的章法。明人谢榛在《四溟诗话》卷一中就将这两种章法进行了对比:“杜子美诗:‘日出篱东水,云生舍北泥。竹高鸣翡翠,沙僻舞鹍鸡。’此一句一意,摘一句亦成诗也。盖嘉运诗:‘打起黄莺儿,莫教枝上啼。啼时惊妾梦,不得到辽西。’此一篇一意,摘一句不成诗矣。”③谢榛认为两者最大的区别就是前者是“一句一意”,后者是“一篇一意”,这样的概括是很精准的。

这种“一句一意,摘一句亦成诗也”的诗歌章法,也被提炼概括为一种诗法名目:“四意格”。据笔者考查,明代以前尚没有这一诗法名目,明人梁桥《冰川诗式》中开始有了“四意格”④,所举诗例为杜甫《绝句》:“江动月移石,溪虚云傍花。鸟栖知故道,帆过宿谁家。”杜甫《慢兴》:“糁径杨花铺白毡,点溪荷叶叠青钱。笋根雉子无人见,沙上凫雏傍母眠。”梁桥《冰川诗式》中还有“四句四意”的提法,其实也就是“四意格”。例如《冰川诗式》卷一中举唐杜甫《绝句》:“迟日江山丽,春风花草香。泥融飞燕子,沙暖睡鸳鸯”云:“此诗是四句四意。”⑤同卷又举杜甫《绝句》:“两个黄鹂鸣翠柳,一行白鹭上青天。窗含西岭千秋雪,门泊东

①② 周维德《全明诗话》,齐鲁书社 2005 年版,第 1706 页。
③ 谢榛《四溟诗话》,人民文学出版社 1961 年版,第 7—8 页。
④ 周维德《全明诗话》,齐鲁书社 2005 年版,第 1688 页。
⑤ 周维德《全明诗话》,齐鲁书社 2005 年版,第 1602 页。

吴万里船"云:"此诗四句四意,不相连属。"[①]"四意格"的诗例一般都是绝句,全篇由两组对仗句组成,两组对仗句之间是并列的关系。

诗歌的章法中还有一种可以与"一意格""四意格"并列讨论的,那就是"联环文藻"。这一诗法名目出现较早,唐代题名为白居易的《文苑诗格》中有"联环文藻"条:

> 为诗不论小大,须联环文藻,得隔句相解。古诗云:"扰扰羁游子,营营市井人。怀金近从利,负剑远辞亲。"此第四句解第一句,第三句解第二句。今诗云:"青山碾为尘,白日无闲人。自古推高车,争利入西秦。"此第三句解第一句,第四句解第二句。[②]

这种章法的特点既不是上句生下句,也不是一句一意,而是隔句相生,类似于将"一意格"打乱顺序,错综组合。但如果将白居易所举诗例的顺序整理妥当,便是"扰扰羁游子,负剑远辞亲。营营市井人,怀金近从利""青山碾为尘,自古推高车。白日无闲人,争利入西秦",于是就形成了两组对仗的并列诗句。白居易自作的《戏答诸少年》也可以算上是"联环文藻"式,诗云:"愧我长年头似雪,饶君壮岁气如云。朱颜今日虽欺我,白发他年不放君。"[③]一、三句写"我",二、四句写"君",正是隔句相解。

四 "一篇血脉条贯体"的审美内蕴

(一) 从血脉到意脉所带来的生命感

血脉本意指血管。《素问 · 脉要精微论》曰:"夫脉者,血之府也。"王冰注曰:"府,聚也。言血之多少皆聚见于经脉之中也。"[④]后来引申为人体的脉络,再引申为事物的条理。正如钱锺书在《中国固有的文学批评的一个特点》中指出,中国文论的特点是"把文章通盘的人化或生命化……我们把文章看成我们自己同类的活人"[⑤]。最晚在南北朝时"脉"已经被引入文学批评的理论中,用来指称

---

① 周维德《全明诗话》,齐鲁书社 2005 年版,第 1604 页。
② 张伯伟《全唐五代诗格汇考》,江苏古籍出版社 2002 年版,第 364—365 页。
③ 彭定求等辑《全唐诗》卷四四十,中华书局 1980 年版,第 4905 页。
④ 张志聪《黄帝内经素问集注》,中国中医药出版社 1999 年版,第 67 页。
⑤ 钱锺书《人生边上的边上》,生活 · 读书 · 新知三联书店 2002 年版,第 117 页。

作品意蕴的条贯就像血液在人体中的流动贯穿。如刘勰《文心雕龙·附会》云:"若统绪失宗,辞味必乱;义脉不流,则偏枯文体。"①《文心雕龙·章句》又云:"外文绮交,内义脉注,跗萼相衔,首尾一体。"②而"一篇血脉条贯体"(一意格)最主要的特征就是诗歌从首至尾"语要联属""血脉贯串""一气呵成"③,其审美内涵就是指向诗歌的"意脉"("义脉""文脉""语脉""气脉""理脉")问题。

当代学者葛兆光先生曾给"意脉"这样一个定义:

> 诗歌意义的展开过程,或者换句话说,是诗歌在人们感觉中所呈现的内容的动态连续过程。④

例如杜甫《捣衣》:"亦知戍不返,秋至拭青砧。已近苦寒月,况经长别心。宁辞捣衣倦,一寄塞垣深。用尽闺中力,君听空外音。"⑤此诗从首至尾都是流动性的,中间两联对仗句也使用了"流水对",写出了闺中捣衣的连续性心理动态活动,呈现出完整且明显的意脉线索。再例如贾岛《寻隐者不遇》:"松下问童子,言师采药去。只在此山中,云深不知处。"⑥完全按照时间顺序展现了一个生活情景,充满了动感,又推进了时间。其中的意脉流动,不是逆流,不是回旋,亦不是停滞,而像我们身体里的血管一直在单线循环。

人体有血脉经络,植物有叶脉茎脉,大地有江河流淌,凡是有生命力的物体都有贯通的脉络,以达到输送养分和循环能量的作用:"人之气血精神者,所以奉生而周于性命者也","经脉者,所以行血气而营阴阳"(《灵枢·本脏》)⑦。有了"脉"就有了生命的活力。诗歌也是一样,如果有了贯通全诗的文理脉络,整首诗就有了生命感。其实文学作品都应该有"意脉"的存在,但这一诗法是将"意脉"努力显露,使得整首诗突出地拥有一条贯穿始终的主干血脉,这种血脉

---

① 杨明照《文心雕龙校注》,中华书局 2000 年版,第 520 页。

② 杨明照《文心雕龙校注》,中华书局 2000 年版,第 440 页。

③ 元代旧题范德机门人集录《总论》:"李淦阳谓:'作诗从首至尾,语要联属,如有理词状方好。如盖嘉运诗:"打起黄莺儿,莫教枝上啼。啼时惊妾梦,不得到辽西。"上下相续,血脉贯串,可为标准。曾苍山亦谓:'凡诗与韦应物《灯》诗"独照碧窗久,欲随烟尽灭。幽人将遽眠,解带番成结",皆法律相似,推而至于八句律、长短篇、选体古风、文辞赋序,莫不皆然,则一气呵成,而文理密就矣。'"(张健《元代诗法校考》,北京大学出版社 2001 年版,第 214 页)

④ 葛兆光《意脉与语序——中国古典诗歌语言的札记》,《文艺研究》1989 年第 5 期。

⑤ 彭定求等辑《全唐诗》卷二二五,中华书局 1980 年版,第 2421 页。

⑥ 彭定求等辑《全唐诗》卷五七四,中华书局 1980 年版,第 6693 页。

⑦ 谭一松、何文彬《灵枢经》,中国医药科技出版社 1998 年版,第 231 页。

的彰显性就使得诗歌浑然一体，拥有充沛的顺畅感与连续性，人们能在这种章法的诗歌中看到人与自然中生命力量的投射，美感就自然产生了。

（二）单条意脉所带来的纯粹与凝炼感

文章之有意脉，但或不止有一意，犹人身不止有一骨。“一意格”要求只写出作者最主要的动机——主意，而不显示其他“从意”。所以这一诗法所展示的“意脉”要求剔除其他侧溢旁出的条脉，显示出一往直前的单纯性与凝练性。“单条意脉”会将整个诗歌显得更为纯粹而凝炼。例如李白的《黄鹤楼送孟浩然之广陵》：“故人西辞黄鹤楼，烟花三月下扬州。孤帆远影碧空尽，惟见长江天际流。”①没有旁支斜穿，没有并列平行，只是一气流注，按时间先后的顺序写出一串单纯而明朗的连锁反应。再例如元稹的《得乐天书》诗：“远信入门先有泪，妻惊女哭问如何？寻常不省曾如此，应是江州司马书。”②这首诗靠着因果原因的揭示而揽前挈后，步步深入，全篇通贯。晚唐罗隐《西施》诗云：“家国兴亡自有时，吴人何苦怨西施。西施若解倾吴国，越国亡来又是谁？”③是由于道理的推导、论辩的阐发，使得诗歌意脉承上启下，势如破竹，带来一种凝练而纯粹的审美效果。

文法中也有相似的方法，例如六朝论体文常用的结构顺序有“一线穿珠式”，就是指文章层层推进显示出作者之意。清代唐彪《读书作文法》中曾经总结出时艺中有“一层进一层法”曰：

> 时艺有从一意中推出第二层，又从二层中推出第三层者，此名一层进一层。……古文中有一层推出三四层者。苏子瞻之势论《王者不治夷狄论》是也。此其法不在能进而在能留。能一层留一层，斯能一层进一层也。此决人所不易知，亦能文者所不肯与人言也。④

以上文法都是指按照顺向思维逐层推移。不需要语面断脱、不需要伏笔照应、不需要先抑后扬、不需要旁敲侧击，只需意脉相续，直捣黄龙。这种运用单条意脉的行文方法，给人以畅快淋漓、一泻千里的线性与力度，使得整个诗文单纯而

① 彭定求等辑《全唐诗》卷一七四，中华书局 1980 年版，第 1785 页。
② 彭定求等辑《全唐诗》卷四一五，中华书局 1980 年版，第 4588 页。
③ 彭定求等辑《全唐诗》卷六五六，中华书局 1980 年版，第 7545 页。
④ 王水照《历代文话》，复旦大学出版社 2008 年版，第 3492 页。

易于把握,凝聚并易于接受,显示出一种朴素、直接,纯粹的审美特征。

同时,意脉的繁杂或者重复一般被视为诗病,例如五代僧神彧《诗格》"论诗病"曰:

> 夫为诗者,难得全篇造于玄妙。《送人宰蓝田》:"瘦马稀餐粟,羸童不识钱。如君清苦节,到处有人传。"或问此诗病在何处?曰:有上两句了,又言"清苦节",是重叠也。①

《送人宰蓝田》这首诗第一句、第二句分别从两条线索来说"清苦",第三句又将第一二句总结了一下,直到第四句才得以意脉下行。这首诗的意脉线索就和"一意格"完全不同,它伤于重叠,与单纯明快相去甚远。

五　这一诗法可能的艺术缺陷:轻浮

事物都有相反的两面,一种诗法不可能浑然只有优点。对于"一篇血脉条贯体"来说,它强调了顺流直下的意脉安排,而放弃了其他比较复杂多样化的章法构思,正如太单纯的人可能会被认为浮薄无内涵,这一诗法也容易陷入轻薄单纯的缺陷之中。

谢榛《四溟诗话》卷三评戴叔伦《除夜宿石头驿》诗"旅馆谁相问?寒灯独可亲。一年将尽夜,万里未归人。寥落悲前事,支离笑此身。愁颜与衰鬓,明日又逢春"云:

> 观此体轻气薄如叶子金,非锭子金也。凡五言律,两联若纲目四条,辞不必详,意不必贯,此皆上句生下句之意,八句意相联属,中无罅隙,何以含蓄?颔联虽曲尽旅况,然两句一意,合则味长,离则味短。晚唐人多此句法。②

谢榛认为戴叔伦此诗因为"上句生下句之意,八句意相联属","中无罅隙"所以不能"含蓄",而"体轻气薄"。其实正是"一意格"的章法特征使这首诗容易一览无余,从而显得轻浮单薄。

随后,谢榛在席上遂更句云:"灯火石头驿,风烟扬子津。一年将尽夜,万里

① 张伯伟《全唐五代诗格汇考》,江苏古籍出版社 2002 年版,第 492 页。
② 谢榛《四溟诗话》,人民文学出版社 1961 年版,第 73 页。

未归人。萍梗南浮越，功名西向秦。明朝对清镜，衰鬓又逢春。”当时举座鼓掌笑曰：“如此气重体厚，非‘锭子金’而何！”①于是谢榛将首句改为了一组并列关系的对仗句：“灯火石头驿，风烟扬子津”；将原来只是关注自身情况的颈联，改成了跨度南北空间的一组大气的对仗句：“萍梗南浮越，功名西向秦”；又将原来尾联两句一意的“十字句”改写成了一句一意的常规句式，这就使得此诗得到了一定程度上“气重体厚”的审美效果。

针对古典文学的实际来说，古代文论家在文章的“气重体厚”方面更投以青眼。正如清人冒春荣在《葚原诗话》卷二中说：“形家论龙穴沙水，喜逆而恶顺，惟诗亦然。逆则力厚，顺则势走。”②这就需要在“意脉”的安排上不是顺流直下，而是运用多种承接、转换的方法，使文章看起来曲折斡旋。正如清人张秉直《文谈》中所说：“文之开阖、抑扬、顿挫、纡曲者，俱生于善转。转则劲炼，转则生动夭矫，理竭而情尽。古今文字，所以不及班、马、八家者，只是平直。山转则幽，水转则曲，观于天地之文可见矣。”③所以文论家们还总结了不少使文章分合缓急、虚实顺逆、反正平串、远近曲直的方法。

例如诗法中还有一种叫做“遮表式”，刘熙载《艺概·诗概》云：“律体中对句用开合、流水、倒挽三法，不如用遮表法为最多。或前遮后表，或前表后遮。表谓如此，遮谓不如彼，二字本出禅家。昔人诗中有用‘是’‘非’‘有’‘无’等字作对者，‘是’‘有’即表，‘非’‘无’即遮。惟其有法而无其名，故为拈出。”④遮为否，表为是，也就是在诗歌中借反意来衬托正意。⑤ 例如杜牧的《九日齐山登高》诗：

> 江涵秋影雁初飞，与客相携上翠微。尘世难逢开口笑(遮)，菊花须插满头归(表)。但将酩酊酬佳节(表)，不用登临恨落晖(遮)。古往今来只如此(表)，牛山何必独沾衣(遮)。

此外，文法中还有“遥接法”，指将篇章安排上相隔较远线索衔接。如清代唐彪在《读书作文谱卷七·文章诸法》中分析：“有遥接法。如一段文章，意虽发挥未尽，而有不得不暂住之势，若复加阐发，气必懈弛，神必散慢矣。惟将他意

---

① 谢榛《四溟诗话》，人民文学出版社 1961 年版，第 73 页。

② 郭绍虞《清诗话续编》，中华书局 1983 年版，第 1593 页。

③ 王水照《历代文话》，复旦大学出版社 2007 年版，第 5087 页。

④ 刘熙载《艺概》，上海古籍出版社 1978 年版，第 74 页。

⑤ 具体论述可见张其俊《古代诗歌意脉之幽径试探》，《黄冈师范学院学报》1997 年第 2 期。

插发一段,则神气始振动华赡也。发挥之后,复接前意立论谓之遥接。又叙事之文挨年次月者,发挥本人之事或未竟,其时适又有他人相关之事理宜带叙,则本人未竟之事不得不接叙于后,此古文遥接法也。”①又有“断笔法”,指行文中硬转陡接。例如刘熙载《艺概·文概》曾说:“章法不难于续而难于断。先秦文善断,所以高不易攀。然‘抛针掷线’,全靠眼光不走;‘注坡蓦涧’,全仗缰辔在手。明断,正取暗续也。”②这些方法都是为了形成顿挫跌宕的意脉形式,获得磅礴曲折的审美效果。

人类的审美形态千姿百态,这就如同一个人单纯直率是一种美,一个人的气度厚重、性格踏实也是一种美。皎然在《诗式》卷一开端即列“明势”一条,主张文意的安排要像大自然的造化一样:

> 高手述作,如登衡、巫,觌三湘、鄢、郢山川之盛,萦回盘礴,千变万态。(文体开阖作用之势。)或极天高峙,崒焉不群,气腾势飞,合沓相属,(奇势在工。)或修江耿耿,万里无波,欻出高深重复之状,(奇势互发。)古今逸格,皆造其极妙矣。③

大自然中有曲折潆洄,同时也有一线贯注、壁立千仞、平沙广漠。诗文的意脉可以曲折如溪涧,如李商隐《夜雨寄北》:“君问归期未有期,巴山夜雨涨秋池。何当共剪西窗烛,却话巴山夜雨时。”也可以倾注如瀑布,如李白《山中问答》:“问余何事栖碧山,笑而不答心自闲。桃花流水窅然去,别有天地非人间。”不可否认这两首诗都是好诗,无论是顺是逆,或是转,都是一种行文方法,都有各自的审美优点。任何的“攻其一点,不及其余”,都是片面且不公正的。

第二节　偷春格与蜂腰格

写律诗时选择在哪一联对仗,这是作者安排篇章结构时必须要考虑的问题,作者可以有意将中间两联的对仗规矩进行改动,使得一首律诗整体篇章上呈现出新的面貌。笔者将安排律诗如何对仗的诗法归结为篇法问题,例如偷春

① 王水照《历代文话》,复旦大学出版社 2008 年版,第 3488 页。
② 刘熙载《艺概》,上海古籍出版社 1978 年版,第 40 页。
③ 张伯伟《全唐五代诗格汇考》,江苏古籍出版社 2002 年版,第 222—223 页。

格与蜂腰格。一些研究文章中会提到这两种诗法,但尚未就其进行综合研究。

一　偷春格

据笔者所见,目前最早提到“偷春格”的是诗论家惠洪。其诗法著作《天厨禁脔》是北宋时代最具有代表性的诗法著作之一,可惜学界对这本书的研究并不充分。《天厨禁脔》卷上有“近体三种颔联法”:

> 《寒食月》:“无家对寒食,有泪如金波。斫却月中桂,清光应更多。仳离放红蕊,想象颦青蛾。牛女漫愁思,秋期犹渡河。”此杜子美诗也。其法颔联虽不拘对偶,疑非声律。然破题引韵已的对矣。谓之偷春格,言如梅花偷春色而先开也。①

如此看来,“偷春格”是关于律诗对仗的一种设置方式,律诗本应该第二联才开始对仗,但作者有意在首联对仗,第二联却不对,这就说把第二联的对仗提前到第一联中来了,就好像冬天的梅花,把春色率先偷来,径自开放,所以叫做“偷春格”。典型例子有王勃《送杜少府之任蜀州》:“城阙辅三秦,风烟望五津。与君离别意,同是宦游人。海内存知己,天涯若比邻。无为在歧路,儿女共沾巾。”②

随后,这一技法在历代诗法著作中便屡有提及,例如明代梁桥《冰川诗式》卷一举唐僧灵一《溪行即事》“近夜山更碧,入林溪转清。不知伏牛事,潭洞何从横。野岸烟初合,平湖月未生。孤舟屡失道,但听秋泉声”云:“此诗首二句先对,颔联却不对,似非声律,然破题已先的对,如梅花偷春色而先开,谓之‘偷春格’。”③当代网络诗坛将其又称作“换柱体”。颔联与颈联对仗并行,犹如支撑整首诗的两根柱子,现在却是首联与颔联互相交换了位置,故名“换柱”。这个名称也如“偷春格”一般,是很形象贴切的。

二　蜂腰格

惠洪《天厨禁脔》卷上“近体三种颔联法”中又总结出另一种律诗对仗方法,名之为“蜂腰格”:

---

① 张伯伟《稀见本宋人诗话四种》,江苏古籍出版社 2002 年版,第 111 页。
② 彭定求等辑《全唐诗》卷五六,中华书局 1980 年版,第 676 页。
③ 周维德《全明诗话》,齐鲁书社 2005 年版,第 1607 页。

《下第》:"下第唯空囊,如何住帝乡。杏园啼百舌,谁醉在花傍。泪落故山远,病来春草长。知音逢岂易,孤棹负三湘。"此贾岛诗也。颔联亦无对偶,然是十字叙一事,而意贯上二句。及景(颈)联方对偶分明,谓之蜂腰格,言若已断而复续也。①

首联、颔联、尾联都没有对仗而只有颈联对仗的变格诗体,就是"蜂腰格"。本来中间对仗的两联被看成是律诗的腰部,而现在只有中间一联对仗,所以诗的"腰"就细了一半,犹如蜜蜂的纤细腰肢,便是此诗法的命名意义所在。蜂腰体在盛唐五律中尤其多见,贾岛、王维、李白、杜甫、元稹等大家都有使用蜂腰格的诗作。例如李白《与贾至舍人于龙兴寺剪落梧桐枝望灉湖》:"剪落青梧枝,灉湖坐可窥。雨洗秋山净,林光澹碧滋。水闲明镜转,云绕画屏移。千古风流事,名贤共此时。"②只有颈联"水闲明镜转,云绕画屏移"才是对仗句。

明代梁桥《冰川诗式》卷一中举唐李白《鹦鹉洲》"鹦鹉来过吴江水,江上洲传鹦鹉名。鹦鹉西飞陇山去,芳洲之树何青青。烟开兰叶香风暖,岸夹桃花锦浪生。迁客此时徒极目,长洲孤月向谁明"云:"此诗颔联亦不对,至颈联方对偶,分明若已断而复续,谓之蜂腰格。"③明代杨良弼《作诗体要》中又将其命名为"流水体":"前四句不拘对偶,如水之流,故名之。"④举崔颢《登黄鹤楼》为例:"昔人已乘黄鹤去,此地空余黄鹤楼。黄鹤一去不复返,白云千载空悠悠。晴川历历汉阳树,芳草萋萋鹦鹉洲。日暮乡关何处是,烟波江上使人愁。"将其命名为"流水体",主要着眼的是这种诗法会造成律诗的前四句不拘对仗,如流水直下。但杨良弼《作诗体要》中又举常建的《破山寺》:"清晨入古寺,初日照高林。竹径通幽处,禅房花木深。山光悦鸟性,潭影空人心。万籁此俱寂,唯闻钟磬音",将之称为"不偶体",并解释说:"颔联不对,唐人多此体,即所谓流水也。"⑤从诗例上看,这首诗首联对仗而颔联不对仗,是"偷春格"的体制。杨良弼将之称为"不偶体",又云所谓"流水"也,似乎将之作为"流水体",也就是"蜂腰格",确实有误。

---

① 张伯伟《稀见本宋人诗话四种》,江苏古籍出版社 2002 年版,第 111 页。

② 彭定求等辑《全唐诗》卷一八十,中华书局 1980 年版,第 1839 页。

③ 周维德《全明诗话》,齐鲁书社 2005 年版,第 1610 页。

④ 周维德《全明诗话》,齐鲁书社 2005 年版,第 1557 页。

⑤ 周维德《全明诗话》,齐鲁书社 2005 年版,第 1558 页。

另外,“蜂腰”最初是南朝梁代沈约等人所谓“八病”(平头、上尾、蜂腰、鹤膝、大韵、小韵、旁纽、正纽)中的一个名目,何为“蜂腰”呢?[①] 唐人元兢《诗髓脑》说:“蜂腰诗者,五言诗一句之中,第二字不得与第五字同声。言两头粗,中央细,似蜂腰也。”[②]例如“闻君爱我甘,窃独自雕饰”句,“君”与“甘”都是平声字,“独”与“饰”都是仄声字,读起来就有两头重中间轻的毛病,即为“蜂腰”。但这种“蜂腰”之说在唐代以来的近体诗中不为诗病,因为“仄仄平平仄”和“平平仄仄平”这两种句式都成了律诗的基本句式。所以“蜂腰”后来就不再指平仄安排问题,而专指律诗的对仗问题了。

三　其他的对仗章法

律诗章法中的对仗法远不止于此,此外还有隔句对、彻首尾对、彻首尾不对等多种,此处梳理其历史源流。

(一) 隔句对

惠洪《天厨禁脔》卷上“近体三种颔联法”中最后一种是“隔句对”:

> 《吊僧》:“几思闻静话,夜雨对禅床,未得重相见,秋灯照影堂。孤云终负约,薄宦转堪伤。梦绕长松塔,遥焚一炷香。”此郑谷诗也,颔联与破题便作隔句对;若施之于赋,则曰“几思静话,对夜雨之禅床;未得重逢,照秋灯之影堂”也。[③]

隔句对又名“扇对”,最早在唐代题名白居易的《金针诗格》中就有总结:“诗有扇对格:第一句对第三句,第二句对第四句。”[④]又名“开门对”,清人冒春荣《葚原诗说》卷一:“(律诗)有以第三句对首句,第四句对次句者,谓之开门对。”[⑤]

这一写作技巧最早可以从《诗经》中找到例子,例如《小雅·采薇》:“昔我往矣,杨柳依依;今我来思,雨雪霏霏。”[⑥]“昔我往矣”与“今我来思”对仗;“杨柳依

---

① 关于“蜂腰”的诸家解释很多,卢盛江《蜂腰论》认为:“蜂腰的解释应以《文镜秘府论》的材料为依据,指五言诗一句之中,第二字不得与第五字同声,它考虑的是上二下三的语义和声律节奏。”(《文学遗产》2011年第3期)

② 张伯伟《全唐五代诗格汇考》,江苏古籍出版社2002年版,第119页。

③ 张伯伟《稀见本宋人诗话四种》,江苏古籍出版社2002年版,第112页。

④ 张伯伟《全唐五代诗格汇考》,江苏古籍出版社2002年版,第356页。

⑤ 郭绍虞《清诗话续编》,中华书局1983年版,第1574页。

⑥《十三经注疏》整理委员会《毛诗正义》,北京大学出版社1999年版,第595页。

依”与“雨雪霏霏”对仗。卢储的《催妆》绝句:“昔年将去玉京游,第一仙人许状头。今日幸为秦晋会,早教鸳凤下妆楼。”①再如韦庄的七言律诗《杂感》中的前两联:“莫悲建业荆榛满,昔日繁华是帝京。莫爱广陵台榭好,也曾芜没作荒城。”②这和《小雅·采薇》的句式很相似。其他的诗例还有以下这两首诗的前两联:

> 缥缈巫山女,归来七八年。殷勤湘水曲,留在十三弦。苦调吟还出,深情咽不传。万重云水思,今夜月明前。(白居易《夜闻筝中弹潇湘送神曲感旧》)③

> 昔年共照松溪影,松折溪荒僧已无。今日重思锦城事。雪销花谢梦何殊。乱离未定身俱老,骚雅全体道甚孤。我拜师门更南去,荔枝春熟向渝泸。(郑谷《将之泸郡旅次遂州遇裴晤员外谪居于此话旧凄凉因寄二首》其二)④

和“隔句对”相反的一种诗法是“续句对”,即指一二句、三四句呈现对仗关系,但是在语义上却是一、三相续,二、四相续。例如杜甫《喜观即到复题短篇二首》其二:“待尔嗔乌鹊,抛书示鹡鸰。枝间喜不去,原上急曾经。江阁嫌津柳,风帆数驿亭。应论十年事,愁绝始星星。”⑤这首诗的前四句一二句对仗,三四句对仗,但是在语义关系上却需要交错顺序来理解:“待尔嗔乌鹊,枝间喜不去。抛书示鹡鸰,原上急曾经。”宋代诗人陈与义的《陪粹翁举酒于君子亭下海棠方开》的中间两联为:“春风浩浩吹游子,暮雨霏霏湿海棠。去国衣冠无态度,隔帘花叶有辉光。”⑥实际上“春风浩浩吹游子”与“去国衣冠无态度”一意相承;“暮雨霏霏湿海棠”与“隔帘花叶有辉光”一意相承。如果往前可以追溯到张衡的《归田赋》。其中有“仰飞纤缴,俯钓长流;触矢而毙,贪饵吞钩;落云间之逸禽,悬渊沉之鲨鰡”⑦三组句子。各组内相对,但每句的首句“仰飞纤缴”“触矢而毙”与“落云间之逸禽”意义承接;每组的次句“俯钓长流”“贪饵吞钩”与“悬渊沉之妙

---

① 彭定求等辑《全唐诗》卷三六九,中华书局1980年版,第4152页。
② 彭定求等辑《全唐诗》卷六九七,中华书局1980年版,第8023页。
③ 彭定求等辑《全唐诗》卷四五八,中华书局1980年版,第5200页。
④ 彭定求等辑《全唐诗》卷六七六,中华书局1980年版,第7741页。
⑤ 杜甫《杜工部集》,岳麓书社1987年版,第285页。
⑥ 北京大学古文献研究所《全宋诗》,北京大学出版社1999年版,第19533页。
⑦ 费振刚等《全汉赋》,北京大学出版社1997年版,第468页。

够”意义相承。对于这种对仗方法有学人将其命名为“珠扇对”①。这一诗法又和本章第一节中所讲的“联环文藻”法有一定的重叠关系，读者可前参。

（二）彻首尾对

宋人严羽《沧浪诗话·诗体》曾列“有律诗彻首尾对”体，自注云：“少陵多此体，不可概举。”②郭绍虞则举初唐诗人宗楚客七律《奉和幸安乐公主山庄应制诗》“玉楼银榜枕严城，翠盖红旗列禁营。日映层岩图画色，风摇杂树管弦声。水边重阁含飞动，云里孤峰类削成。幸睹八龙游阆苑，无劳万里访蓬瀛”为例，称宗氏已有此体，且云“世谓宗楚客格”。③ 元代佚名《杜陵诗律五十一格》中又将这种“四联皆相对偶”的章法称之为“四对格”④，并举杜甫《冬至》诗为例：

> 年年至日长为客，忽忽穷愁泥杀人。江上形容吾独老，天边风俗自相亲。杖藜雪后临丹壑，鸣玉朝来散紫宸。心折此时无一寸，路迷何处见三秦。⑤

在诗歌中使用对仗有一个发展的过程：“《诗经》《楚辞》《古诗十九首》的对偶的确是偶尔出现的现象，但大约从曹植开始诗人就有意识地使用对偶了。”⑥等到了南朝时，正如严羽《沧浪诗话》中指出的：“灵运之诗，已是彻首尾成对句矣。”⑦例如谢灵运的《登池上楼》：

> 潜虬媚幽姿，飞鸿响远音。薄霄愧云浮，栖川怍渊沉。进德智所拙，退耕力不任。狥禄反穷海，卧疴对空林。衾枕昧节候，褰开暂窥临。倾耳聆波澜，举目眺岖嵚。初景革绪风，新阳改故阴。池塘生春草，园柳变鸣禽。祁祁伤豳歌，萋萋感楚吟。索居易永久，离群难处心。持操岂独古，无闷征在今。⑧

再如南朝齐时谢朓的《入朝曲》，全八句也都是对仗：

---

① 金志仁《一种特殊的对偶形式——珠扇对》，《修辞学习》1998 年第 4 期。
② 郭绍虞《沧浪诗话校释》，人民文学出版社 1961 年版，第 73 页。
③ 郭绍虞《沧浪诗话校释》，人民文学出版社 1961 年版，第 91—92 页。
④ 张健《元代诗法校考》，北京大学出版社 2001 年版，第 126 页。
⑤ 杜甫《杜工部集》，岳麓书社 1987 年版，第 282 页。
⑥ 孙力平《中国古典诗歌句法流变史略》，浙江大学出版社 2011 年版，第 174 页。
⑦ 郭绍虞《沧浪诗话校释》，人民文学出版社 1961 年版，第 158 页。
⑧ 逯钦立《先秦汉魏晋南北朝诗》，中华书局 1983 年版，第 1161 页。

江南佳丽地,金陵帝王州。逶迤带绿水,迢递起朱楼。飞甍夹驰道,垂杨荫御沟。凝笳翼高盖,叠鼓送华辀。献纳云台表,功名良可收。①

其他还有梁简帝萧纲的《登烽火台》《楚妃叹》等诗。

但南朝这些诗还不属于近体律诗,等到唐代律诗出现后,如果打破律诗中间两联对仗的常规,而采用通篇对仗者,才可以称之为"彻首尾对"。例如明代梁桥《冰川诗式》卷一中举唐李峤《奉和七夕两仪殿会宴应制》"灵匹三秋会,仙期七夕过。槎来人泛海,桥渡鹊填河。帝缕升银阁,天机罢玉梭。谁言七襄咏,重入五弦歌"云:"此诗起句对,中二联对,结句亦对。八句四联,唐初多用此体,而应制之作尤工。"②可以见得初唐人已创此格,但这种写法至老杜始为精密。例如《登高》:"风急天高猿啸哀,渚清沙白鸟飞回。无边落木萧萧下,不尽长江滚滚来。万里悲秋常作客,百年多病独登台。艰难苦恨繁霜鬓,潦倒新停浊酒杯。"③这首诗素来被称为"七律第一"④,句句皆对也是其得分项之一。

另外,近体绝句也可以句句皆对。明代梁桥《冰川诗式》中将其总结为"四句两对"式。例如其书卷一中举唐骆宾王《玩初月》"忌满光恒缺,乘昏影暂流。自能明似镜,何用曲如钩"诗云:"此诗是截律诗中二联,其法四句两对。"⑤同卷中再举唐李峤《奉和圣制幸韦嗣立庄应制》"万骑千官拥帝车,八龙三马访仙家。凤凰原上窥青壁,鹦鹉杯中弄紫霞"诗云:"此诗其法四句两对。"⑥

元代佚名《沙中金集》中则将绝句与律诗通篇皆对仗的情况统称为"首尾对"⑦,书中引了贾至《巴陵夜别王八员外》"柳絮飞时别洛阳,梅花发后在三湘。世情已逐浮云去,离恨又随江水长";皇甫冉《酬李补阙》"十年归客但心伤,三径无人已自荒。夕宿灵台伴烟月,晨趋庭礼逐衣裳。久看麋鹿随芳草,谬荷鹓鸾借未行。纵有谏书犹未献,春风拂地日空长";高适《九日酬颜少府》"檐前白日应可惜,篱下黄花为谁有。行子迎霜未换衣,主人得钱始沽酒。苏秦憔悴时多

① 逯钦立《先秦汉魏晋南北朝诗》,中华书局 1983 年版,第 1414 页。
② 周维德《全明诗话》,齐鲁书社 2005 年版,第 1606 页。
③ 杜甫《杜工部集》,岳麓书社 1987 年版,第 217 页。
④ 杨伦《杜诗镜铨》称赞此诗为"杜集七言律诗第一";胡应麟《诗薮》内编卷五称此诗为"古今七律第一"。
⑤ 周维德《全明诗话》,齐鲁书社 2005 年版,第 1602 页。
⑥ 周维德《全明诗话》,齐鲁书社 2005 年版,第 1603 页。
⑦ 张健《元代诗法校考》,北京大学出版社 20001 年版,第 395 页。

饮，蔡泽栖惶世为丑。纵使登高只断肠，不如独坐空回首”等诗为例。[①]

（三）彻首尾不对

既然有句句皆对，也就有句句不对的情况。宋人严羽《沧浪诗话·诗体》又列“有律诗彻首尾不对者”，自注云：“盛唐诸公有此体，如孟浩然诗：‘挂席东南望，青山水国遥。舳舻争利涉，来往接风潮。问我今何适，天台访石桥。坐看霞色晚，疑是赤城标。’又《水国无边际》之篇，又太白《牛渚西江夜》之篇。皆文从字顺，音韵铿锵，八句皆无对偶。”[②]元代佚名《沙中金集》亦引孟浩然《舟中晓望》诗（挂席东南望）标为“不对处对”[③]，这个命名不知何意。

因为古体诗是不要求对仗的，所以这种“彻首尾不对”看起来像讲究平仄的古体诗，显得比较高古，例如清代诗评家许印芳便认为如果在五律中“彻首尾不对”，乃是“五律格调之最高者也”。[④] 李白的集子中这种章法的诗歌不少，如名篇《夜泊牛渚怀古》：

牛渚西江夜，青天无片云。登舟望秋月，空忆谢将军。余亦能高咏，斯人不可闻。明朝挂帆席，枫叶落纷纷。[⑤]

（四）其他对仗设置

作为律诗对仗安排的变体，远不止上文所阐述的那几种，历代诗人们尝试了很多对仗位置的设置方法。例如有首句即开始对仗的“起句对”。元代佚名《沙中金集》引雍陶《自述》“万事谁能问，一名犹未知。贫当多累日，闲适过少年。灯下和愁睡，花前带泪悲。无媒长委命，转觉命堪疑”；高蟾《下第后上永崇高侍郎》“天上碧桃和露种，日边红杏倚云栽。芙蓉生在秋江上，不向东风怨未

① 按“首尾对”不同与“首尾体”。明人杨良弼《作诗体要》中有“首尾体”，引陈舜道《春日田园杂兴》：“春来非是爱吟诗，诗是田园乐兴时。清入吟怀花月照，红生笑面柳风吹。村声荡耳乌盐角，社酒柔情玉练槌。闲闷闲愁侬不省，春来非是爱吟诗”云：“起句与末句同，谓之首尾吟也。”（周维德《全明诗话》，齐鲁书社 2005 年版，第 1564 页）

② 郭绍虞《沧浪诗话校释》，人民文学出版社 1961 年版，第 73 页。

③ 张健《元代诗法校考》，北京大学出版社 20001 年版，第 394 页。

④ 许印芳评常建《题破山寺》：“又有通首不对者，孟襄阳、李青莲集中皆有之，李集尤多，五律格调之最高者也。虚谷不知五律原有此格，故凡八句不对之律诗皆不选取，学问之陋如此！”（李庆甲集评《瀛奎律髓汇评》，上海古籍出版社 2005 年版，第 1665 页）

⑤ 李白《李太白集》，岳麓书社 1987 年版，第 196 页。

开”标为“起句对”。[1] 元代佚名《杜陵诗律五十一格》将之称为“对起格”[2],又名“前三对格”:“前三联皆对,惟结联不对。”[3]

还有末句也对仗的情况,元代佚名《沙中金集》引孟浩然《自洛之越》“皇皇三十载,书剑两无成。山水寻吴越,风尘厌帝京。扁舟泛湖海,长揖谢公卿。且乐杯中物,谁论世上名”;杜俨《客中作》“书剑催人不暂闲,洛阳羁旅复秦关。容颜岁岁愁中改,乡国时时梦里还”;苏轼《刁景纯席上和谢生二首》之一“误入仙人碧玉壶,一欢那复问亲疏。杯盘狼藉吾何敢,车马雍容子甚都。此夜新声闻北里,他年故事纪南徐。欲穷风月三千界,愿代人天百亿躯”,标为“末句对”。[4]元代佚名《杜陵诗律五十一格》中又名“后三对格”:“起联不对,后三联皆对。”以杜甫《宿府》为例。[5]

四 “偷春格”与“蜂腰格”的美学内蕴

(一)变体乃是天然的存在

任何时代中的任何事物都有正体与变体,在特定时空范围内,符合一定标准或规范的形态是正体,发生变异的就是变体。“正”,许慎《说文解字》训作:“是也,从一,一以止。”[6]守一以止也,即守住正道而不偏邪。“变”与“正”并提,初见于《庄子·逍遥游》“若夫乘天地之正,而御六气之辩,以游无穷者,彼且恶乎待哉”[7]句,按《广雅》:“辩,变也。”“辩”“变”古通用。“正”指事物的本性,“变”指其变化形态。这是造物主安排的自然规律,诗歌也不例外。“正变”本就是中国诗学中的重要概念,有学人认为其来源于兵书中的术语——“奇正”,对阵交锋为正,设伏掩袭等为奇。《孙子·势篇》曰:“战势不过奇正,奇正之变,不可胜穷也。”[8]“正”乃是常规,而其他非常规的都可以算作是“奇”,“正”只有一种,而“奇”的变态是不可尽数的。当兵法中的“奇正”转变为文论中的“正变”时,正如

---

① 张健《元代诗法校考》,北京大学出版社 20001 年版,第 394 页。

② 张健《元代诗法校考》,北京大学出版社 2001 年版,第 126 页。

③⑤ 张健《元代诗法校考》,北京大学出版社 2001 年版,第 132 页。

④ 张健《元代诗法校考》,北京大学出版社 20001 年版,第 395 页。

⑥ 许慎《说文解字》,浙江古籍出版社 2006 年版,第 69 页。

⑦ 王先谦《庄子集解》,中华书局 1987 年版,第 4 页。

⑧ 中国人民解放军军事科学院战争理论研究部孙子注释小组《孙子兵法新注》,中华书局 1977 年版,第 42 页。

有学人在分析刘勰《文心雕龙》中的“正变”论后指出：“综合来讲，‘正’，是以经典为归依的思想性和原则性的要求，以典范作品所体现出的行文风范，包括章法、修辞、遣词、造句等艺术手法的运用所体现出的综合审美效果为创作范式的实践性要求和创作理念。从这个意义上讲，‘正’是创作的原则和原则的运用及实现。”①

律诗中间两联对仗是为符合人们规定的正体，而变化这种规则的就是变体，明代徐师曾《文体明辩》即将“蜂腰体”“偷春体”等作为诗律正体之外的“诗之变体也”②。沈德潜《说诗晬语》卷上亦云：“三四语多流走，亦竟有散行者；然必有不得不散之势，乃佳。苟艰于属对，率尔放笔，是借散势以文其陋也。又有通体俱散者，李太白《夜泊牛渚》、孟浩然《晚泊浔阳》、释皎然《寻陆鸿渐》等章，兴到成诗，人力无与，匪垂典则，偶存标格而已。外是八句平对，五六散行，前半扇对之式，皆极诗中变态。”③其实，只要违背了律诗中间两联对仗的规则，绝句通篇不对仗的规则，都算是变格。例如明代梁桥《冰川诗式》卷一为“定体”篇，据他的总结“五言绝句”条中有“前散后对”“前对后散”“四句两对”“四句一意不对”“隔句扇对”“四句四意”六种对仗方法。“七言绝句”条中亦有“前散后对”“前对后散”“四句两对”“四句一意不对”“隔句扇对”“四句四意”六种对仗方法。看来，历代诗人们很乐意尝试多种对仗的变化方法。

“变体”乃是“正体”的必要补充与辅助，自古以来就和“正格”和谐共存、争奇斗艳。承认了“变体”的存在意义，在很大程度上可以解除了束缚，拓展作者自由创作的领域，相当于承认了人的创造力的多种可能性。承认了变体的合理性，就相当于解放了作者的想象力，这将为文艺创作开拓巨大的生存空间。从这个意义上看，那些律诗中不同对仗句的设置本身就是诗人创造力与好奇心的产物，展示了古典诗歌创作中存在着巨大的自由发展空间，这就使得偷春格与蜂腰格本身就具有了一定的美学意义。

---

① 郭鹏《试论〈文心雕龙〉的正变理论》，《许昌学院学报》2008 年第 6 期。

② 吴讷、徐师曾《文章辨体序说·文体明辨序说》：“按诗有杂体：一曰拗体，二曰蜂腰体，三曰断弦体，四曰隔句体，五曰偷春体，六曰首尾吟体，七曰盘中体，八曰回文体，九曰仄起体，十曰叠字体，十一曰句用字体，十二曰稿砧体，十三曰两头纤纤体，十四曰三妇艳体，十五曰五杂组体，十六曰五仄体，十七曰四声体，十八曰双声叠韵体，十九曰问答体，皆诗之变体也。”（人民文学出版社 1962 年版，第 157 页）

③ 沈德潜《说诗晬语》，人民文学出版社 1979 年版，第 214 页。

（二）变体又是发展的动力

进一步来说,变体绝不仅仅只是正体的附庸,变体可以指示新的发展方向,这就是古人所说的“变通”。变可以通,古老的典籍《易传·系辞下》云:“易穷则变,变则通,通则久。”①《系辞上》又云:“参伍以变,错综其数,通其变,遂成天下之文。”②从中华文化的源头来看,古人对变体是带着肯定与发展的眼光的。随后在《文心雕龙》中,那些“辞采九变”(《时序》)“文情之变”(《隐秀》)“变通以趋时”(《熔裁》)“随变立功”(《定势》)“参伍以相变,因革以为功”(《物色》)等论述都把正变看成对立统一的一组矛盾,正变之间不是质性上的对立,而是形态上的差异,而且有相互融通的关系:“‘正变’意谓‘变而不失其正’甚或‘变而复归于正’……可见‘正’与‘变’并非截然对立,而实有相互交渗与转化的余地。”③再后来,清人叶燮又有“正变盛衰互为循环”(《原诗·内篇上》)与“非在前者之必居于盛,后者之必居于衰”(《原诗·内篇上》)的鲜明论述。

在诗歌创作中,虽然以“正”为源,以“变”为流,但不必以“正”为盛,以“变”为衰。“变体”的存在,为文艺获得发展的动力。我们看到文章代兴、文体多样,很大程度上来自于“变体”的兴盛,顾炎武所谓“诗文之所以代变,有不得不变者。一代之文,沿袭已久,不容人人皆道此语。今且千数百年矣,而犹取古人之陈言,一一而摹仿之,以是为诗,可乎?”④王国维先生谈的“盖文体通行既久,染指既多,自成习套。豪杰之士,亦难于其中自出新意,故遁而作他体,以自解脱”⑤,都是在说这个问题。也即:变体中蕴含的创新因素可能会预示着未来的发展方向,因而会吸引更多的关注。

律诗对仗安排中的各种变体获得了怎样的发展,笔者暂时还没有找到有力的例证。后世运用比较多的长篇歌行究竟有多大程度受其影响,笔者也不好妄言。但这些变体包含的发展趋势具备了一定的审美价值是不容怀疑的,所以我们不必一味地“伸正诎变”,而可以多多“伸正用变”。

---

①《十三经注疏》整理委员会《周易正义》,北京大学出版社 1999 年版,第 300 页。
②《十三经注疏》整理委员会《周易正义》,北京大学出版社 1999 年版,第 284 页。
③ 陈伯海《释“诗体正变”——中国诗学之诗史观》,《社会科学》2006 年第 4 期。
④ 黄汝成《日知录集释》卷二十一“诗体代降”条,上海古籍出版社 2006 年版,第 1194 页。
⑤ 唐圭璋《词话丛编》,中华书局 1986 年版,第 4252 页。

五　各种对仗章法的运用

正如前文曾经论述到的，每一种诗法都不免存在一定的缺陷，例如对于“对首尾皆对”这一章法，元代旧题范德机门人集录《总论》对其缺陷给予了详细的分析：

> 曰：“然则绝句有四句皆对，律诗有首尾皆对者，何如？”曰：“此有大病。叠虚则流于弱，叠实则过于窒，非大手笔不能也。如杜诗：‘凿井交棕叶，开渠断竹根。扁舟轻裹缆，小径曲通村。’四句各言物，已过于窒，况意思又不贯，使人读之，漫不知味，如嚼蜡丸也。又如：‘天门日射黄金榜，春殿晴曛赤羽旗。宫草微微承委佩，炉烟细细驻游丝’，又：‘双峰寂寂对春台，万竹青青照客杯。细草留连侵座软，残花怅望近人开’，中间一样轻重，何得无病？盖缘四句皆对，难为承接意思，难为避会轻重也。况结句用对，则又难得结句体面。大抵实起虚承者，易为用功，虚起虚承、实起实承者，则难为手段。此其所以不贵于对也。”①

学习诗法重要，但如何在运用诗法时尽可能多地避免其与生俱来的缺陷，更为重要。而且，在这段话中范德机认为“对首尾皆对体”非大手笔不能也，这就涉及到了变体的运用问题。

古代诗论家对于对仗变体如何运用的态度是很一致的：不要轻易使用。如清人冒春荣《葚原诗话》卷一云：“（律诗）有全首俱对者，老杜多此体；有全首俱不对者，太白多此体，皆属变格，或间出而用之。”②还是把这些变体作为正体的补充，偶尔使用即可。而且，需要有大量写作经验后再进行尝试比较好，如清人施补华《岘佣说诗》认为：“五言律有中二语不对者，如‘倚杖柴门外，临风听暮蝉’是也；有全首不对者，如‘挂席几千里’‘牛渚西江夜’是也。须一气挥洒，妙极自然。初学人当讲究对仗，不能臻此化境。”③

① 张健《元代诗法校考》，北京大学出版社 2001 年版，第 221 页。

② 郭绍虞《清诗话续编》，上海古籍出版社 1983 年版，第 1574 页。

③ 丁福保《清诗话》，上海古籍出版社 1978 年版，第 974 页。

第九章　古典诗法的特征与总论

第一节　必然的存在与合理的态度[①]

作为结束全文的总结之一，有必要解决围绕着诗法而生的一些重要问题，例如诗法存在的合理性与必然性、对诗法关注与研究的现状、才与法的对立与合作、诗法与妙悟的关系、死法与活法的区别等。这些问题长期以来纠缠于诗法之学中，论者各执一词，争论不休。这些焦点问题实际上都是在讨论诗法是否存在，以及用什么态度去面对诗法。

一　从道器论到“神”与“形”

在理顺这些问题之前，不妨先从古老的道器论开始，诗法对应的正是“器”这一层面。何谓道？“有物混成，先天地生，寂兮寥兮，独立而不改，周行而不殆，可以为天下母。吾不知其名，强字之曰道。”(《老子・第二十五章》)[②]道，没有具体形象，但它却是天地之间的客观存在，无所不在，并且操控万物。后世的人们曾从不同角度对它进行纷纭的解释，但最核心的还是肯定“道”作为“规律”

---

① 本篇的部分内容已修改为《古典诗法的方法、规则及其研究价值》一文，发表于《中国文化研究》2013 年春之卷，畏友唐元对此文亦有贡献。

② 陈鼓应《老子注释及评介》，中华书局 1984 年版，第 163 页。

的意义："道者，阴阳之理恒而不穷者也。"（《书·周官》"论道经邦"蔡沈集传）① "道者，事物当然之理。"（《论语·里仁》"朝闻道，夕死可矣"朱熹集注）②与"道"相对应的概念便是"器"，《老子》云："道常无名、朴"③，"朴散则为器。"④何谓"器"？《易·系辞上》云："形乃谓之器。"韩康伯注云："成形曰器。"⑤《论语·为政》"君子不器"邢昺疏为："器者，物象之名。"⑥器就是"道"播散于天地之间的具体事物与形象。关于道器之间的关系，孔颖达《周易正义》云："道是无体之名，形是有质之称。凡有从无而生，形由道而立，是先道而后形，是道在形之上，形在道之下。故自形外已上者谓之道也，自形内而下者谓之器也。形虽处道器两畔之际，形在器，不在道也。既有形质，可为器用，故云'形而下者谓之器'也。"⑦如此可见，"道器正是表示事物与法则、现象与规律、特殊与一般的古代方式"⑧。古老的道器关系，实即抽象道理与具体事物的关系。

后来，孔颖达又将道器思想与体用两端紧密地联系在一起："故《系辞》云'形而上者谓之道'，道即无也。'形而下者谓之器'，器即有也。故以无言之，存乎道体；以有言之，存乎器用。"⑨道器的关系就是道体而器用。"体"即是本体之意，"用"即表现、功用之意。后世的"体"与"用"有了广泛的适用性，"它（体用范畴）的功能和作用，与代数学的原理公式有某些相似之处，诸如道器、无有、理气、心物、形神以至中西等等范畴，只要纳入体用范畴，就可用体用范畴已有的规定性和关系，而推演出诸范畴的规定性及关系"⑩。当我们把将道器、体用的关系具体到我们的研究对象——文艺作品中，通俗一点来说就可以是"神"与"形"的关系。

"神"是本体、规律、功能，"形"是实体、形式、功用。然而，很长一段时间以来，文学研究界却是执着地探问"神"。实际上，神是需要寓于形的，没有实体与

---

① 蔡沈《朱文公订正门人蔡九峰书集传》，南宋刻本。
② 朱熹《四书章句集注》，中华书局 1983 年版，第 71 页。
③ 陈鼓应《老子注译与评价》，中华书局 1984 年版，第 194 页。
④ 陈鼓应《老子注译与评价》，中华书局 1984 年版，第 178 页。
⑤《十三经注疏》整理委员会《周易正义》，北京大学出版社 1999 年版，第 288 页。
⑥《十三经注疏》整理委员会《论语注疏》，北京大学出版社 1999 年版，第 19 页。
⑦《十三经注疏》整理委员会《周易正义》，北京大学出版社 1999 年版，第 292 页。
⑧ 张岱年《张岱年全集》第四卷《中国古典哲学概念范畴要论》，河北人民出版社 1996 年版，第 468 页。
⑨《十三经注疏》整理委员会《周易正义》，北京大学出版社 1999 年版，第 6 页。
⑩ 张立文《中国哲学范畴发展史·天道篇》，中国人民大学出版社 1988 年版，第 621 页。

形式,何谈本体与规律呢? 尼采就认为,艺术在本质上只是向他人传达感受的能力,而这种能力就在为一定的感受(内容)寻找适当的形式,因此,形式对于艺术家具有头等重要的意义。① 地球另一端的王国维先生在《古雅之在美学上之位置》中也认为:"一切之美,皆形式之美也。"②于是,近代以来,形式渐渐也开始有了意味。二十世纪初,建立艺术形式的科学,就成了俄国形式主义的理论诉求。"可以说,俄国形式主义是西方文学理论走向现代形态的开端,也是 20 世纪文学理论'语言学转向'的肇始。"③整个二十世纪,关于文艺"形式"的研究有了重大进展,然而仍显得不足。直至上个世纪八十年代,美国文艺理论家马克·肖勒于《技巧的探讨》中仍在呼吁:"现代批评向我们表明,只谈内容本身决不是谈论艺术,而是在谈论经验;只有当我们论及完成的内容,也就是形式,也就是艺术品的本身时,我们才是批评家。"④

具体到我们的中国诗学研究中,"道"或者"神"指研究中国诗学形而上的层面(诗所谓本体、属性与意义),属于理论性的系统;"器"或者"形",指中国诗学形而下的层面,即诗歌中的艺术形式,例如其中的结体、命意、声法、字法、句法、章法等具体构成问题,属于实践性的系统。建国以来关于中国诗歌的属性(例如言志、缘情)、风格(例如风骨、神韵)、意境等问题上,已经出现了不少进展,对作家的生平资料与写作背景等的考查也愈加完善,然而关于诗歌形式本身的发掘与探讨却始终相对薄弱。例如据国家"十五"(社科基金)文学学科研究规划称:"以前对中国古代文学的研究重内容而轻形式,对作品艺术形式的分析往往只是一些大同小异的评语,或者是研究者用抒情笔调所写的赏析,但并非对形式的学术性分析。现在,艺术形式的重要性已越来越成为研究者的共识,所以必须尽快改变。"(章培恒)⑤实际上,任何诗歌离开了特定的语言形式,它艺术魅力都不复存在。因此,"我们在把握诗学精神时,自不能停留于情志、境象、气韵、趣味之类较虚的层面上,还要进一步将其落实于语言文辞"⑥。然而,直至今

① 具体论述可见[德]尼采《悲剧的诞生·艺术家及其创作》,生活·读书·新知三联书店 1986 年版。

② 王国维《王国维学术文化随笔》,中国青年出版社 1996 年版,第 172 页。

③ 杨一铎《从文学特征论看俄国形式主义与中国古代文论之异同》,《俄罗斯文艺》2012 年第 2 期。

④ [美]马克·肖勒《技巧的探讨》,《世界文学》1982 年第 1 期。

⑤ 具体论述可参教育部社政司科研处组编《人文社会科学研究现状与发展趋势——高校"十五"科研规划咨询报告选》,湖南大学出版社 2001 年版,第 59 页。

⑥ 陈伯海《"言"与"意"——中国诗学的语言功能论》,《文学遗产》2007 年第 1 期。

日，对古代诗论有关诗歌语言形式的论述，关注者并不太多。所以，韩经太先生在近年来盛行的“文化诗学”之外提出了“古典文学艺术”的概念，一方面追问其核心价值所在，一方面钻研于艺术的讲求。“长期以来，文学研究的正反两面经验提示我们，把文学当做艺术来研究的‘文学艺术’研究，相对于知人论世而自成体系的‘文学史’研究来说，显然缺乏投入的力度和钻研的深度，有鉴于此，提出‘古典文学艺术’这一概念，就意味着确认文学的艺术本质。”[①]的确，道器乃为一体，体用也是一如，在文学研究中不可忽略其艺术形式。

二　构成和谐形式的需要：技巧

“审美形式则正是文学艺术虚构的审美世界的构建者，又是审美世界与现实世界相区别的标识，因而，也是引领人进入这一世界的向导”[②]，既然形式如此重要，那我们怎样来掌握它呢？即便是大文学家也在苦苦探索，歌德就曾说过：“题材人人看得见，内容意义经过努力可以把握，而形式对大多数人是一秘密。”[③]其实，形式这一秘密，是可以通过具体的操作而得来的。

形式，或者说就是一种合理化的秩序。马尔库塞认为：“在审美的形式中，内容（质料）被组合、整形、调整，以致获得了一种条件，在这个条件下，‘材料’或质料的那些直接的、未被把握住的力量，可以被把握住，被‘秩序化’。形式就是否定，它就是对无序、狂乱、苦难的把握，即使形式表现着无序、狂乱、苦难，它也是对这些东西的一种把握。艺术的这个胜利，是由于它把内容交付与审美秩序。而审美秩序就其本身的要求看是自律的。”[④]如何能将各种材质合理的组合、调整与整形呢？要想达成一种和谐的形式，所需要的具体操作便是——技术、技巧。

《说文·手部》：“技，巧也。”[⑤]《说文·行部》：“术，邑中道也。”[⑥]技术操作得完美便是技巧。“技巧，谓巧艺之技耳。”（《汉书·成帝纪》“罢六厩、技巧官”颜

---

① 韩经太《古典文学艺术：价值追问与艺术讲求》，《文学遗产》2012 年第 2 期。
② 马大康《审美形式、文学虚构与人的存在》，《文学评论》2012 年第 1 期。
③ 宗白华《美学散步·中国书法里的美学思想》，上海人民出版社 1981 年版，第 187 页。
④ [美]马尔库塞著，李小兵译《审美之维——马尔库塞美学论著集》，生活·读书·新知三联书店 1989 年版，第 123 页。
⑤ 许慎撰，段玉裁注《说文解字注》，上海古籍出版社 1981 年版，第 607 页。
⑥ 许慎撰，段玉裁注《说文解字注》，上海古籍出版社 1981 年版，第 78 页。

师古注)[①]所以,技巧在古典文论中又被称之为"艺":"艺,才技也。"(《礼记·乐技》"艺成而下"郑玄注)[②]"艺,工技也。"(《逸周书·命训》"教之以艺"朱右曾集训校释)[③]"Art"一词本义即指技艺、技巧。不掌握具体的技巧,是无法形成真正的艺术品。如苏轼《书李伯时山庄图后》云:"虽然,有道有艺,有道而不艺,则物虽形于心,不形于手。"[④]如高尔基《论文学》中说:"艺术家不掌握技巧就是最丰富的感情也会陷于瘫痪。"[⑤]罗丹亦说:"毫无疑问,技法不过是一种手段,但是轻视技法的艺术家,是永远不会达到目的、体现思想感情的。"[⑥]鲁迅又曾经指出过一些青年艺术家由于忽略技巧,"所以他的作品,表现不出所要表现的内容来"[⑦]。这就是说,一切艺术(当然包括文学)都是技巧介入的结果,而不仅仅是情感渗透的结果。对于文学来说,作家运用艺术手法对材料进行特殊加工,才能使其作品成为审美对象。马克·肖勒于《技巧的探讨》中又云:"内容(或经验)与完成的内容(或艺术)之间的差距便是技巧。"[⑧]又认为"技巧是作家用以发现、探索和发展题材的唯一手段,也是作家用以揭示题材的意义,并最终对它作出评价的唯一手段"[⑨]。哲学、考古学、心理学、教育学等许多学科门类,都在进行着思想和内容的表达,它们的表达似乎更直接、更明确,而对于艺术来说,形式则是其更为根本、更为深奥的因素。人们主要是通过需要这座桥梁来认识事物、思考对象,这座桥梁就是艺术本身。例如,画家需要依靠非概念化、非程式化的体验进入他的艺术世界,却又要依靠具有一定概念化、程式化的色彩与线条进入表述的世界。[⑩]

还是具体到诗歌这门艺术来说,诗歌之道,如《诗大序》揭示的"诗言志",陆机《文赋》所言的"诗缘情而绮靡"等。然而,客观规律总是简单而数不多的,更多值得人们探寻的是那些道理笼罩下的形形色色的"器"与"用"——技术与技

---

① 班固《汉书》卷十,中华书局 1964 年版,第 306 页。

②《十三经注疏》整理委员会《礼记正义》,北京大学出版社 1999 年版,第 1304 页。

③ 黄怀信等《逸周书汇集校注》,上海古籍出版社 1995 年版,第 37 页。

④ 苏轼《苏轼文集》卷七十,中华书局 1986 年版,第 2211 页。

⑤ 具体论述可见[俄]高尔基《论文学》,人民文学出版社 1978 年版。

⑥ [法]罗丹《罗丹艺术论》,人民美术出版社 1978 年版,第 52 页。

⑦ 鲁迅《鲁迅全集》第 13 卷,人民教育出版社 2005 年版,第 372 页。

⑧⑨ [美]马克·肖勒《技巧的探讨》,《世界文学》1982 年第 1 期。

⑩ 具体论述可参汪晓曙《绘画语言论》,江西美术出版社 1999 年版,第 242 页。

巧。刘勰《文心雕龙》中有“总术”一章，即强调术的重要：“是以执术驭篇，似善弈之穷数；弃术任心，如博塞之邀遇。”①好作品的必备条件就是优秀技巧的运用。从这个角度上说，诗歌是一种技艺，是一门以语言为材料的技艺。然而，我们如今对文学的技艺属性却相对忽略，正如韩经太先生所指出的那样：“文学艺术的技艺属性，本应该是不言而喻的，但如今却成为需要认真论证并加以提倡的事了。”②当现在想对文学的技艺属性进行探讨时，从何下手呢？刘若愚于《中国文学理论·技巧理论》中称：“它（技艺）认为写作过程不是自然表现的过程，而是精心构成的过程。”③技艺到底是怎样的一种过程呢？笔者认为，倘若从“诗法”的角度切入，不失为一种好的方法。

三　当技巧被总结成固定的方法

当那些优秀的技巧被总结、被提炼，从而成为有命名和具体操作、有相关成功例子时，便是方法。

高尔基在读福楼拜的《一颗纯朴的心》时说：“很难明白，为什么一些我们所熟悉的简单的话，被别人放到描写一个厨娘的‘没有趣味’的一生的小说里去以后，就这样使我激动呢？在这里隐藏着一种不可思议的魔术，我不是捏造，曾经有好几次，我像野人似的，机械地把书页对着光亮反复细看，仿佛想从字里行间找到猜透魔术的方法。”（《谈谈我怎样学习写作》）④漂亮的技巧就好像是一种奇妙的魔术。即便是高尔基这样的大文豪也在苦苦寻找，对于一般人来说，如何才能掌握这种技巧呢？鲁迅曾给出这样的答案：“凡是有志于创作的青年，第一个想到的问题，大概总是‘应该怎么写？’……在不难推想而知的种种答案中，大概总该有一个是‘多看大作家的作品’。”看前人的作品，不失为一种方法，然而鲁迅紧接着说道：“这恐怕也很不能满文学青年的意，因为太宽泛，茫无边际——然而倒是切实的。凡是已有定评的大作家，他的作品，全部就说明着‘应该怎么写’。只是读者很不容易看出，也就不能领悟。”（《不应该那么写》）⑤面对

① 杨明照《文心雕龙校注》，中华书局 2000 年版，第 530 页。

② 韩经太《道义、滋味和技艺》，《中国文化研究》2002 年第 1 期。

③ [美]刘若愚著，杜国清译《中国文学理论》，台北联经出版事业公司 1981 年版，第 185 页。

④ 具体论述可参[俄]高尔基《论文学》，人民文学出版社 1978 年版。

⑤ 鲁迅《且介亭杂文二集》，人民文学出版社 1981 年版，第 321 页。

这样的情况,就需要在成千上万、变化莫测的诸家技巧中,寻出一些行之于四海皆准的“法则”出来指导写作。这就是“法”产生的直接原因与存在的意义所在。

形形色色的技术、技巧是方法产生的基础;一种被固定的优秀技术、技巧就是一种方法,或者说每一种方法其实就是一种成熟了的技巧。所以古人认为“术,犹法也。”(《礼记·祭统》“惠术”郑玄注)①“术,谓法之巧者。”(《孟子·梁惠王上》“是乃仁术也”朱熹集注)②“艺,法也。”(《左传·昭公十六年》“若大国令,而共无艺”杜预注)③然而,“法”相对于“术”“艺”来说,又强调其范式性与通用式。技术、技巧人人都可以不同,而“法”则是放之四海而皆准的,是每个人都可以拿来操作的,而且能够产生一种固定审美效果的。这就说:“法,谓则而效之。”(《汉书·贾谊传》“是不法圣智也”颜师古注)④“法,犹楷式也,轨也。”(《慧琳音义》卷三“谢法”注引顾野王云)⑤具体举一个例子:希腊雕塑《掷铁饼者》并没有把铁饼丢出去,罗丹的《施礼者约翰》的腿还没有抬起来,丢勒画的天使还没有把宝剑刺入敌人的胸膛,米勒绘的播种者的种子还没有撒出去……但那种强烈的动感,却在触人心弦。通过通观比较,不难发现其中的奥秘:“它们所用的原来是‘引而不发’的技巧,只描绘事物即将达到顶点而尚未达到的瞬间,达到顶点的情形则留给观众通过想象去补充完成。”⑥这“引而不发”就是一种可以学习、可以使用的造型方法。

具体到诗歌艺术中,首先,诗有法。所谓的“文成而法立”,这就是说每一篇成功的文章,都会或隐或现地昭示着法的存在。正如王逸民《欣赏诗法序》所说:“夫有物必有则。则,法也。诗何独无法哉?”⑦对于诗歌方法的总结,最早可以追溯到汉人对《诗经》中赋、比、兴手法的发现,但“诗法”概念的真正建立,还是杜甫的那句追问“美名人不及,佳句法如何”。(《寄高三十五书记》)从诗法学在唐代的建立以后,历代诗论家纷纷肯定“法”在诗歌创作中的重要作用。例如黄庭坚赞扬陈师道说:“其作诗渊源,得老杜句法,今之诗人不能当也。”(《答王

---

①《十三经注疏》整理委员会《礼记正义》,北京大学出版社1999年版,第1578页。

② 朱熹《四书章句集注》,中华书局1983年版,第208页。

③《十三经注疏》整理委员会《春秋左传正义》,北京大学出版社1999年版,第1352页。

④ 班固《汉书》卷四十八,中华书局1962年版,第2252页。

⑤ 慧琳《一切经音义》卷三,上海古籍出版社1986年版,第3页。

⑥ 具体论述可见陈刚《不可思议的魔术——文学技巧》,《百科知识》1994年第4期。

⑦ 周维德《全明诗话》,齐鲁书社2005年版,第2115页。

子飞书》)①这句话可以理解成学习了杜甫的诗法，可以成为不错的诗人。黄庭坚在此标举了一条“诗可学而能”的道路。南宋姜夔《白石诗说》云：“守法度曰诗。”②这句话把法度作为诗之存在的依据之一。这样看来，诗歌虽然是“发乎性情”的，但随意的大笑或者嚎啕大哭，纵然再激情澎湃也不是诗歌。

值得指出的是，也有不少诗论家主张“诗无法”。比较有代表性的观点便是如王槚《诗法指南引》所说的：“且古人作诗，感于物而形于言，凡以流通情性耳。初，未尝拘拘然先立某格，而后为某诗也。如必欲宗其格而后成诗，则唐人果宗何格乎？由此言之，则格之不必拘也明矣。”③的确，唐以前无诗法之书，然而任何一个诗人都不是白手起家，他们都是站在前人文学遗产的基础上进行创造。对于前人的经验与技巧，诗人们总是自觉或不自觉地在借鉴学习。例如王维喜欢在句末用“外”字，从而构成“双音名词＋双音名词＋‘外’字”的句法结构：

乡树扶桑外，主人孤岛中。(《送秘书晁监还日本国》)

白水明田外，碧峰出山后。(《新晴野望》)

孤帆万里外，淼漫将何之。(《宋高道弟耽归临淮作》)

登高不见君，故山复云外。(《别弟缙后登青龙寺望蓝田山》)

而这种句式并非王维的首创，在南朝诗人谢朓《游东堂咏桐》中已有“孤桐北窗外，高枝百尺余”的句型。④ 黄庭坚即说：“杜之诗法出审言，句法出庾信，但过之耳。”⑤即便是想落天外的诗仙李白也是胸有一套诗法的，元代吴澄《唐诗三体家法序》论云：“于一家之中则有诗法；于一诗之中则有句法；于一句之中则有字法。谪仙号为雄拔，而法度最为森严，况余者乎？”⑥当代有学人论述道：“在后世诗论中被誉为天才之作的李白五绝作品，实际上大部分在表现句式和艺术构思两方面都明显存在借鉴前人的痕迹。”⑦这就是说，唐以前即便没有诗法之书，却并不能否定诗法的客观存在。

---

① 黄庭坚《黄庭坚全集》，四川大学出版社 20001 年版，第 467 页。

② 何文焕《历代诗话》，中华书局 1981 年版，第 681 页。

③ 周维德《全明诗话》，齐鲁书社 2005 年版，第 2412 页。

④ 具体论述可参孙力平《中国古典诗歌句法流变史略》，浙江大学出版社 2011 年版，第 186 页。

⑤ 陈师道《后山诗话》，《丛书集成初编》本，商务印书馆 1935 年版，第 2 页。

⑥ 李修生《全元文》第 14 册，江苏古籍出版社 1999 年版，第 323 页。

⑦ 潘慧琼《李白五绝创作中的模仿与超越》，《西南交通大学学报》2004 年第 6 期。

正如“一个诗人写一首诗,很少同时由他自己来创造诗的形式、诗的语法、诗的语汇等。而是基于前人以及他自己在这方面所累积的无数成果而创作的。杰出的诗人之不同于一般人,往往在于他更善于吸取累积的成果而进一步加以创造性的运用。从这个意义上说,一首成熟的诗歌,都可以说既是个人的又是集体的收获”①。如此看来,诗法之学本来就有其存在的必然性,而且它和诗之“道”并不矛盾。

毫无疑问,诗法的学习,开卷有益。正如《后山诗话》:“学诗当以子美为师,有规矩故可学。……学杜不成,不失为工。无韩之才与陶之妙,而学其诗,终为乐天耳。”②即便是身无天资,但可以通过学习相关诗法而成为白居易,也是很不错的结果。

再者,明清之际,学者们在生存论范式下提出“治器显道”说。例如王夫之曾提出了“天下唯器”“尽器,则道在其中”的新道器观,当器成形后,而后“前乎所以成之者之良能著,后乎所以用之者之功效定,故谓之形而上而不离乎形”(王夫之《周易内传》卷五)③,充分肯定了人的生存和实践。这就是说,只有从现实中的器物出发才能把握道、彰显道、明确道。“故而,人必须亲身于作器、治器、述器、尽器的活动中而求在人之天道。”④从这个角度来说,掌握“法”,为的是进入“道”;研究“器”,也就是揭示“道”。“法”是通向“道”的条件与途径。为了揭示古典诗歌形而上的本质与属性,我们从“诗法”的角度来展开,当不失为一条有效途径。

四　诗法与诗才需良性互动

与“法”形成对立与挑战的,还有“才”这一重要范畴。

清代段玉裁《说文解字注》云:“草木之初,而枝叶毕寓焉。生人之初,而万善毕具焉。故人之能曰才,言生而有茎、有枝也。”⑤“才”称之为“禀赋”“天赋”“天资”“资质”等,是个人天生具有的素质,蕴涵着一个人发展的可能性。对于

① 林庚《新诗格律与语言的诗化》,经济日报出版社 2000 年版,第 137 页。
② 陈师道《后山诗话》,《丛书集成初编》本,商务印书馆 1935 年版,第 2 页。
③ 王夫之《船山全书》第 1 册,岳麓书社 1996 年版,第 568 页。
④ 具体论述可参陈屹《道器之辨中的三种范式及其转换》,《周易研究》2010 年第 6 期。
⑤ 许慎撰,段玉裁注《说文解字注》,上海古籍出版社 1981 年版,第 272 页。

艺术创作来说,“才”指的是主体先天具有的艺术感受力、敏锐的观察力、丰富的想象力与高超的创作能力等。

根据遗传学的规律,人的先天素质是由遗传因子和胎儿期母体环境两者共同决定的,任何人都无法否定人们的能力中有重要的一端是自然素质,已有的研究成果已足以证明艺术成就与从事者的自然素质有密切关系。康德的“天才艺术论”在西方美学理论和艺术实践中产生过重大影响。近一百年来,天赋决定论的观点相当流行。在文艺创作过程中,“才”往往发挥着的动力作用。但艺术家与先天条件之间,究竟是怎样的定性与转化,如何解释很多艺术家的儿子泯然众人矣,很多贩夫走卒的儿子成为著名的诗人;再者单卵孪生子即同卵孪生子运动员,运动成就、艺术成就并不像他们的长相一样难以区分,而是有明显差异的。绘画天才 20 岁之前的作品,均包括“相当多笨拙的、有瑕疵的、普通的作品”。[①] 种种关于天赋决定论的挑战与争执反复存在,所以即便基因结构与功能的发现是 20 世纪自然科学的一项重大成就,但直到目前为止还有没有可以详细说清楚的研究面世。相反,佛罗里达大学心理学家 K. Anders Ericsson 九十年代曾提出“刻意训练”(deliberate practice)理论用以解释不同领域专长的获得,该理论强调了通过专门训练获得成就的可能性,解释了个体成为领域专家的可能原因,已有来自众多领域的经验性证据对其合理性加以佐证。[②]

但即便是在这一理论中,绝对排除基因或遗传因素作用的观点还是过于片面,先天之才和后天之法具有一种天然的对抗性,“才”与“法”的关系其实就是文艺创作中主体的先天能力与后天培养之间的关系。关于“才”与“法”的思考,在中国古代的文论中是非常活跃且复杂的。才是天赋,不可以归于人力的强致,古人充分认识到这一点。《颜氏家训·文章篇》认为“必乏天才,勿强操笔”。[③] 袁枚在《何南园诗序》中云:“诗不成于人,而成于其人之天。其人之天有诗,脱口能吟,其人之天无诗,虽吟而不如其无吟。”[④]与此同时,强调后天培养作

① 具体论述可参郝宁、吴庆麟《刻意训练——解释专长获得的一种理论》,《当代教育论坛》2006 年第 7 期。

② 郝宁、吴庆麟《刻意训练——解释专长获得的一种理论》,《当代教育论坛》2006 年第 7 期。

③ 王利器《颜氏家训集解》,中华书局 1993 年版,第 254 页。

④ 袁枚《小仓山房文集》卷二十八,江苏古籍出版社 1993 年版,第 494 页。

用的又大有人在。如明代朱权编《西江诗法》即以为"法其法,曲者可以绳其直"①,清人李重华《贞一斋诗说》中云:"究竟有天分者,非学力断不成家。"②

相对于这些各执一端的论述来说,强调天赋与法度之间相辅相成、良性互动,是从南朝刘勰开始就占据主流的一种文艺思想。如《文心雕龙·总术》云:"才之能通,必资晓术,自非圆鉴区域,大判条例,岂能控引情源,制胜文苑哉。"③《事类》中又说:"文章由学,能在天资。才自内发,学以外成。"④也就是说,"才"需资"术","术"要"控引"才华,只有如此才能制胜。刘熙载《艺概·书概》中云"书以才度相兼为上"⑤也是同样的意思。此外,明人周叙《诗学梯航序》云:"作文咏诗,虽由天分,未尝不本法度。"⑥明人李维桢《太函集序》中说:"文章之道,有才有法。……法者前人作之,后人述焉,犹射之彀率,工之规矩准绳也。……所贵乎才者,作于法之前,法必可述;述于法之后,法若始作;游于法之中,法不病我;轶于法之外,我不病法。"⑦姚鼐《与张阮林》认为:"文章之事,能运其法者,才也;而极其才者,法也。……故善用法者,非以窘吾才,乃所以达吾才也。"⑧从这些论述中可以见得,古人认为才性掌控着法度的运用,法度又推动着才性的发挥。在才与法之间必须寻得一种平衡。

对于难以考察又难以捉摸的"才",我们的文化传统始终保持着一种不大信任的态度。当认识到了它的存在性与重要性之后,人们似乎并不能对之再做任何的改变,能做的只是通过后天努力将之调整规划,发扬光大。古人所提出的具体途径有"敛才就法""敛才于法"等。⑨ 如叶燮《原诗》中记叙到世间有称人之才,就归美曰:"能敛才就法。"⑩清代朱庭珍《筱园诗话》卷二又提倡"敛才气于理法之中,出神奇于正大之域,始是真正才力、自在神通也"⑪。"敛"强调的是"法"

① 周维德《全明诗话》,齐鲁书社 2005 年版,第 63 页。

② 李重华《贞一斋诗说》,《昭代丛书》本,吴江沈氏世楷堂藏板,光绪二年(1876)重印本。

③ 杨明照《文心雕龙校注》,中华书局 2000 年版,第 530 页。

④ 杨明照《文心雕龙校注》,中华书局 2000 年版,第 473 页。

⑤ 刘熙载《艺概》,上海古籍出版社 1978 年版,第 170 页。

⑥ 周维德《全明诗话》,齐鲁书社 2005 年版,第 87 页。

⑦ 李维桢《大泌山房集》卷十一,明万历间刻本。

⑧ 姚鼐《惜抱先生尺牍》,清宣统元年(1909)小万柳堂刻本。

⑨ 具体论述可参谢群《中国文论中"才""法"矛盾的解决方式》,《兰州学刊》2004 年第 5 期。

⑩ 叶燮《原诗》内篇下,人民文学出版社 1979 年版,第 26 页。

⑪ 郭绍虞《清诗话续编》,上海古籍出版社 1983 年版,第 2365 页。

对“才”的约束。无才气难以学艺，使才气更不可学艺。应该说，重视法度是和中庸雅正的儒家思想是一致的，一味依靠才华，那叫“恃才傲物”。再加之长期的书斋生活使文人习惯以学问与功力相高，种种原因就造成了古人对于“法”的重视超越了“才”。在艺术活动中，的确有一些性情、兴趣、神气是不可学的，成为优秀艺术家需要有自然条件、环境因素，需要有客观原因，更有主观努力，而且，诸多因素并非孤立地存在，并非单独地发挥作用，而是相互交融在一起产生综合性的力量，从而创造了优秀的艺术品。对于古典诗法研究来说，承认先天之才的动力作用，并且认识到“才之能通，必资晓术”，是十分有益的。

五　诗法与妙悟并非矛盾

还需要疏通一个重要关节，也是古典文论中很有名的一个观点：写诗乃靠“妙悟”而非“诗法”。例如清代袁枚否定诗歌可学而能，他认为：“诗不成于人，而成于其人之天。其人之天有诗，脱口能吟。其人之天无诗，虽吟而不如无吟。”①在这些论述中，袁枚认为有天分的人无须学习诗法就可以脱口成章。然而，我们同时又看到袁枚给友人的信中写道：“不知名手作诗，经营惨淡，一日中未必得一二佳句；其所谓对客挥毫，万言立就者，皆以欺妇女童蒙，而不可以视识者也。”(《答章观察招饮》)②对此有学人研究道：“面对具体的创作问题时，袁枚也不讳谈后天之学，对诗格、诗法也颇有独到见解，这是作为激进主义诗论家的袁枚的复杂性所在，也是最值得回味和探讨之处。”③这个矛盾其实也就是“诗法”与“妙悟”的对立，这也是古典文论中的焦点问题——至严羽《沧浪诗话》出，在学古问题上豁然分野出两条路线：以黄庭坚为代表的“诗法”之学和严沧浪所标举的“妙悟”之道。④

严羽的《沧浪诗话》高标“妙悟”之说：“大抵禅道惟在妙悟，诗道亦在妙悟。”⑤“学者须从最上乘，具正法眼，悟第一义。”⑥“夫诗有别材，非关书也；诗有

① 袁枚《小仓山房续文集》卷二十八《何南园诗序》，清刻本。
② 袁枚《小仓山房尺牍》卷四，清光绪十八年(1892)刻本。
③ 段宗社《“性灵”说与诗法论——论袁枚诗学的综合向度》，《陕西师范大学学报》2012年第1期。
④ 段宗社《“妙悟”与“诗法”——试论唐宋以来古典诗歌理论的发展》，《西安联合大学学报》2003年第1期。
⑤ 郭绍虞《沧浪诗话校释》，人民文学出版社1961年版，第12页。
⑥ 郭绍虞《沧浪诗话校释》，人民文学出版社1961年版，第11页。

别趣,非关理也。然非多读书,多穷理,则不能极其至。所谓不涉理路,不落言筌者,上也。"[①]这些话的中心议题是诗乃"妙悟"而来,与知识、概念、才学无关;与各种道理、议论、分析无关;与工具性的语言无关。这些论述在后世大受欢迎,以至于"唐宋以后,中国古典诗学在范古问题上形成了'诗法'与'妙悟'两条路线的对立与纠结"[②]。

首先,"妙悟"非常符合诗歌作为艺术一员的形而上特征,它是诗之"道"的属性之一。然而,"诗法"却是研习创作的客观要求。项穆在谈论书法时云:"所谓神化者,岂复有外于规矩哉? 规矩入巧,乃名神化。"(《书法雅言·神化》)[③]这就是说"神化"是书艺的最高体验,"规矩"是攀爬上这个巅峰的必要台阶。泼墨画的墨迹挥洒,并非是任何人都可以随意为之。怀素的"忽然绝叫三五声,满壁纵横千万字",并不是任何人都可以复制这个情节的。郁达夫在《忏余自白》中说过:"写《沉沦》的时候,在感情上是一点没有勉强的影子映着。我只觉得不得不写,又觉得只能照那么地写,什么技巧不技巧,词句不词句,都一概不管,正如人感到了痛苦的时候,不得不叫一声一样,又哪能顾得这叫出来的一声是低音还是高音? 或者和那些在旁的吹打乐器之音和洽不和洽呢?"[④]实际上,这种创作激情能够喷薄而出,挥洒成文,离不开郁达夫多年潜心的文学训练与积累。这正如俄国大作家托尔斯泰所说:"艺术家应当掌握技巧。而为了掌握技巧,艺术家应该长期地做大量的工作。"[⑤]"他必须把自己的技巧熟练地掌握到那种程度,以致工作过程中很少想到技巧,好似一个行走的人不去考虑行走的机械原理一样。"[⑥]上乘的诗作看起来自然传神、无雕琢痕迹,但这决非否定诗人作了艺术锤炼的努力。所谓的浑然天成也是通过技巧来完成的,既然有技巧,就存在可操作的方法。

更有说服力的是,对于诗歌之"器",严羽本人也未曾忽略。严羽《沧浪诗话·诗辨》开宗明义:"先须熟读《楚词》,朝夕讽咏以为本;及读《古诗十九首》,

---

① 郭绍虞《沧浪诗话校释》,人民文学出版社 1961 年版,第 26 页。

② 段宗社《"妙悟"与"诗法"——试论唐宋以来古典诗歌理论的发展》,《西安联合大学学报》2003 年第 1 期。

③ 项穆《书法雅言》,《丛书集成初编》本,商务印书馆 1935 年版,第 13 页。

④ 王自立、陈子善《郁达夫研究资料》(上),天津人民出版社 1981 年版,第 218 页。

⑤ [俄]列夫·托尔斯泰《列夫·托尔斯泰论创作》,漓江出版社 1982 年版,第 130 页。

⑥ [俄]列夫·托尔斯泰《列夫·托尔斯泰论创作》,漓江出版社 1982 年版,第 131 页。

乐府四篇，李陵、苏武、汉魏五言皆须熟读，既以李杜二集枕籍观之，如今人之治经，然后博取盛唐名家，酝酿胸中，久之自然悟入。”①这种熟读前人的作品，就是一种参考、模拟的学习，所谓“酝酿胸中”，不过是指将前人的这些技巧与方法消化为自已的能力。严羽所谓的“自然悟入”实际上并不“自然”。严羽在《沧浪诗话》中甚至专门开设一章为“诗法”，“《诗法》又的确在乎了诗歌创作的用字、造语、起句，结句，押韵、用典等这些具体的细节”②。例如“押韵不必有出处，用事不必拘来历”；“下字贵响，造语贵圆”；“其用工有三：曰起结，曰句法，曰字眼”③。这就说，严羽的“妙悟”是要靠着“诗法”来到达的。《沧浪诗话》中高标“妙悟”又谈“诗法”的情况表面上看起来非常矛盾，实际是极其统一而和谐共存的。

诗法之学的所以存在，还有一个很实际的情况就是：的确有很多人“悟而不能”。这样尴尬的情况难免让人无所适从。所以我们看到严羽“妙悟”说虽然后世的影响很大，但是却没有影响到诗法之学的繁荣。元代开始的诗法汇编著作前赴后继出现，明代诗法之学俨然与诗话分庭抗礼。在中国诗法之学的兴盛中又有个有趣的现象，对此蒋寅先生曾指出：“中国诗学一方面热衷于研究做诗的技法，产生了为数众多的诗格、诗法、诗话著作；而另一方面，诗论家又根本瞧不起这些书，将它们视为浅陋而无价值的东西，以至有‘说诗多而诗亡之叹’。”④其实，“正体现着‘悟’与‘法’这两个‘大关键’的纠结与互渗”⑤。可以预见这场争论将永不停歇，最根本的原因是“妙悟”与“诗法”一个是过程，一个是结果，缺一不可。正如胡应麟《诗薮》云：“汉、唐以后谈诗者，吾于宋严羽卿得一‘悟’字，于明李献吉得一‘法’字，皆千古词场大关键。第二者不可偏废，法而不悟，如小僧缚律；悟不由法，外道野狐耳。”⑥

所以，这场争论又可以用这样两个关键词来解决，那就是——“悟不废法”“由法开悟”。学习诗法的最终目的是开悟，是不再使用诗法，达到“至法无法”的境界。如此看来，诗法只是途径并不是目的。诗法只是工具并不是结果。这

① 郭绍虞《沧浪诗话校释》，人民文学出版社 1961 年版，第 1 页。

② 詹萍萍《〈沧浪诗话〉“妙悟”与“诗法”的矛盾及其解析》，《理论界》2010 年第 7 期。

③ 具体内容可参见郭绍虞《沧浪诗话校释》，人民文学出版社 1961 年版，第 108—138 页。

④ 蒋寅《至法无法：中国诗学的技巧观》，《文艺研究》2000 年第 6 期。

⑤ 段宗社《“妙悟”与“诗法”——试论唐宋以来古典诗歌理论的发展》，《西安联合大学学报》2003 年第 1 期。

⑥ 胡应麟《诗薮》，上海古籍出版社 1958 年版，第 100 页。

就回到我们开篇所谈的道器之说、体用之论。妙悟、兴趣、审美等属于形而上的“道”之层面,技巧、方法属于形而下的“器”的层面,两者缺一不可。

首先,要达到“悟”这一境界,没有真真切切的语言功力与技巧是欺世盗名的。清人许印芳云:“自表圣(司空图)首揭味外之旨,逮宋沧浪严氏,专主其说,衍为诗话,传教后进。初学之士,无高情远识,往往以皮毛之见,窥测古人,沿袭摹拟,尽落空套。诗道之衰,常坐此病。”①无迹可寻的“悟”,是需要有迹可寻的“法”作为支撑的。这就是孙过庭所说的:“盖有学而不能,未有不学而能者也。”(《书谱》)②任何事物的掌握过程都是由实而虚、由有入无、由器悟道。

另一方面,所谓“妙悟”,其实也就是“善于法”。善于使用方法的人,是不显示方法本身的。老子曰:“善行无辙迹,善言无瑕谪,善数不以筹策,善闭无关楗不可开,善结无绳约而不可解。”③如何将诗法运用得天衣无缝,这便是“悟入”,也就是将技法变成“无技”。人们在起初的时候,总是按照规定有意地摸索技巧,一旦掌握了事物的规律,就不需要按照规矩来进行操作,这就是《庄子》中那些“神技”:蹈水自如、斫轮之巧,捉蝉掇之,运斤成风、津人操舟、庖丁解牛等。或者是苏轼那种“浩然听笔之所之,而不失法度,乃为得之”(《书所作字后》)④。正如大儒朱熹云:“李太白非无法度,乃从容于法度之中,盖圣于诗者也。”⑤吴澄《丁晖卿诗序》说:“李太白天才间气,神俊超然八极之表,而从容于法度之中,如夫子之从心所欲而不逾矩,故曰诗之圣。”⑥从那时开始,技艺就不再是苦学苦参方法的结果,而是一种如鱼行水的享受了。所以“至法无法”不是无法,而是不为方法所束缚,自由自在地行驶于各种技巧之中。王僧虔《笔意赞》中认为要想书法绝妙,“必使心忘于笔,手忘于书,心手达情,书不忘想”⑦。所谓忘掉方法,也就是对方法的掌握与运用十分熟练,以至于到无需思考就可以使用的程度,这便是所谓的“游”于法。

---

① 潘运告《中国历代书论选》上册,湖北美术出版社 2007 年版,第 134 页。
② 许印芳《诗法萃编》,《云南丛书》本,民国间赵藩、陈荣昌等辑刻本。
③ 陈鼓应《老子注译及评介》,中华书局 1984 年版,第 174 页。
④ 苏轼《东坡题跋》,《丛书集成初编》本,商务印书馆 1935 年版,第 77 页。
⑤ 魏庆之《诗人玉屑》卷十四,中华书局 2007 年版,第 423 页。
⑥ 李修生《全元文》第 14 册,江苏古籍出版社 1999 年版,第 285 页。
⑦ 潘运告《中国历代书论选》上册,湖北美术出版社 2007 年版,第 68 页。

六　诗法本无所谓死活

如何进行诗法的学习呢？倘若“心昏拟效之方，手迷挥运之理”（孙过庭《书谱》）[①]，则是永远难以登堂入室的。这就出现了“死法”与“活法”的区别。

当诗法有了名称，有了具体的操作方法，有了相关的成功诗例，也容易导致机械片面的末流之弊。所以，诗法之学中难免有形式主义、教条主义，甚至是公式化的特点。南宋张戒《岁寒堂诗话》就批评说：“鲁直学子美，但得其格律耳。”[②]这就是为什么从来都有诗论家反对将诗歌进行知识学意义上的分解，反对将具有整体性审美特质的诗歌肢解为声律、字法、句法、事典、对仗等具体环节，从而使创作流于支离、琐碎的作法。例如《四库全书总目》中对皎然《诗式》而下的那些“备陈法律”的诗法类著述评价皆不高。其评题名杨载的《诗法家数》云：“是编论多庸肤，例尤猥杂。如开卷即云：‘夫诗之为法也，有其说焉。赋比兴者，皆诗制作之法。然有赋起，有比起，有兴起’云云。殆似略通字义之人，强作文语，已为可笑。”[③]其评明代梁桥的《冰川诗式》云：“杂录旧说，不著所出。又参以臆见，横生名目，兼增以杜撰之体。盖于诗之源流、正变，皆未有所解也。”[④]这便形成了在中国传统诗学的知识谱系里，民间蒙学对诗歌创作方法的热衷与诗论家对其鄙薄的两种不同态度，这也是中国古典诗法研究中不得不面对的独特景观。

但是，这些诗论家反对“诗法”，不如说是反对“死法”。王夫之对皎然《诗式》一类诗格、诗法著作深恶痛绝，带着强烈的情绪化批评云：“诗之有皎然……皆画地成牢以陷人者，有死法也。”[⑤]又说：“有皎然《诗式》而后无诗。”[⑥]并将许多诗法讥之为“陋人之法”“塾师之法”“经生之法”等等。他这种情绪战胜学理式的文艺批评的核心点是：反对那些机械运用诗法，僵硬呆板的创作。的确，倘若无诗情，只是按部就班、以法就法，那就是“造诗”，而非“作诗”了。所以王夫

① 潘运告《中国历代书论选》上册，湖北美术出版社 2007 年版，第 124 页。
② 张戒《岁寒堂诗话》卷上，《丛书集成初编》本，商务印书馆 1935 年版，第 2 页。
③ 纪昀等《钦定四库全书总目》卷一九七，中华书局 1997 年版，第 2766 页。
④ 纪昀等《钦定四库全书总目》卷一九七，中华书局 1997 年版，第 2771 页。
⑤ 王夫之《姜斋诗话》，人民文学出版社 1961 年版，第 149 页。
⑥ 王夫之《姜斋诗话》，人民文学出版社 1961 年版，第 169 页。

之才将不受诗法束缚桎梏的人称作是“皮下有血汉”“须眉大丈夫”。

于是,“诗法”本来无所谓死活,在人们运用的过程中,便产生了死与活的区别。可以联系王力先生所说的:“形式美与形式主义的区别,就在于诗人驾驭形式还是形式束缚诗人。”①学习诗法也有境界的高下,上者驾驭诗法,下者为诗法所束缚。人驾驭诗法,这个法便是活的;被诗法所束缚,这个法就是死的。所谓的“死法”不是方法的过错,而是使用者的过错。——“技艺什么都不排斥,排斥的只写是膜拜技艺的匠人!”②

在死法与活法的争论面前,就要求我们“善用法而不为法所困”。许印芳《诗法萃编》的序言里明确指出:“诗文高妙之境,迥出绳墨蹊径之外。然舍绳墨以求高妙,未有不堕入恶道者。故知诗文不可泥乎法之迹,要贵得乎法之意,且贵得法外意。乃善用法而不为法所困耳。”③其实,在大量的诗法类编的书籍中,著者在前序或后跋中的态度都是一致的,没有诗法著者主张必须严格套用诗法,不得变动诗法。于是,形成一种“有法而不拘泥于法”的态度,是中国古典诗法研究中首先需要明确的。

第二节　器中有道:古典诗法审美内涵综论

器中原本有道,种种诗法名目是诗歌技巧的实际操作手段,但它们又体现着诗歌语言介质的内在审美规律。本文研究诗的下行之器,最终为的是揭示这些语言技术能够产生诗味的美学原理与审美意蕴,从而揭示诗的上行之道。经笔者考查,古典诗法的审美内核主要体现在这几大方面:

一　反映艺术的本质特征与功能

20 世纪以来,俄国形式主义批评的代表人物什克洛夫斯基提出了“陌生化”理论,把文学语言形式尤其是诗歌语言形式的特点提升到了一个本体论的高度。古典诗法中的许多诗法都是在创造“陌生化”,从而产生艺术美感。例如嵌

---

① 王力《龙虫并雕斋文集》,中华书局 1980 年版,第 459 页。

② 树才《诗歌技艺究竟是什么》,《鸭绿江》2001 年第 2 期。

③ 许印芳《诗法萃编》,《云南丛书》本,民国间赵藩、陈荣昌等辑刻本。

字体、三五七言体、折腰句、十字句、偷春格、蜂腰格、葫芦韵、辘轳韵与进退格等。

"陌生化"又称"反常化""奇特化"或"奇异化"，是相对于"自动化"而言的。什克洛夫斯基在《作为手法的艺术》一文中指出："艺术的目的是要使人感受事物，而不是仅仅知道事物。艺术的技巧就是使对象陌生，使形式变得困难，增加感觉的难度和时间长度，因为感觉过程本身就是审美目的，必须设法延长。艺术是体验对象的艺术构成的一种方式；而对象本身并不重要。"①于是，"陌生化"就是打破常规，把本来熟悉的对象变得陌生起来，使读者在欣赏过程中得到艺术的审美感受。针对于文学创作来说，作家使用奇特的语言形式，来延长我们感受的难度和深度，故而造成独特的效果，恢复我们对于生活新鲜的感觉。② 例如整齐的诗体形式已经为人所熟知，"三五七言体"这一诗法令人耳目一新，就是一种陌生化；律诗中间两联对仗已经成为一种常规的操作方法，而将首联与颈联对仗的"偷春格"也是陌生化。律诗一韵到底乃是人们所熟知的常态，所以有诗人另辟蹊径，尝试在韵脚上加入一些变化，如葫芦韵法（律诗先二韵甲，后四韵使用乙韵）、辘轳韵法（第二、第四句用甲韵，第六、第八句用乙韵）、进退韵法（近体诗两韵间隔采用）等。这些诗法的运用本质，正如德国戏剧家托尔特·布莱希特阐释的："什么是陌生化？……对一个事物或一个人物进行陌生化，首先很简单，把事物或人物那些不言自明的，为人熟知的和一目了然的东西剥去，使人对之产生惊讶感和好奇心。"③

再如"五字句以上二下三位脉，七字句以上四下三为脉，其恒也"（胡震亨《唐音癸签》）④，而折腰句法却使用和常规韵律节奏不同的节奏方法，例如五言的上三下二：杜甫《自咏浣花溪草堂》"万里桥/西宅，百花潭/北庄"。五言的上一下四：谢灵运《初发石首城诗》"游/当罗浮行，息/必庐霍期"。七言上五下二：

① [俄]什克洛夫斯基《作为手法的艺术》，《俄国形式主义文选》，上海三联书店 1989 年版，第 6—7 页。

② 他认为："正是为了恢复对生活的体验，感觉到事物的存在，为了使石头成其为石头，才存在所谓的艺术。艺术的目的是为了把事物提供为一种可观可见之物，而不是可认可知之物。艺术的手法是将事物"奇异化"的手法，是把形式艰深化，从而增加感受的难度和时间的手法，因为在艺术中感受过程本身就是目的，应该使之延长。艺术是对事物的制作进行体验的一种方式，而已制成之物在艺术之中并不重要。"（什克洛夫斯基《散文理论》，百花洲文艺出版社 1994 年版，第 10 页）

③ [德]布莱希特《论实验戏剧》，《布莱希特论戏剧》，戏剧出版社 1990 年版，第 62 页。

④ 吴文治《明诗话全编》，江苏古籍出版社 1997 年版，第 6853 页。

杜甫《宿府》"永夜角声悲/自语,中天月色好/谁看"。七言上三下四:陆游《秋晚登城北门》"一点烽/传散关信,两行雁/带杜陵秋"。七言三一三:范成大《垫江县》"旧雨云/招/新雨至,高田水/入/下田鸣"等,本质上都是使句子节奏"陌生化",从而使诗句变得新鲜、陌生,重新获得可感性。其实,文学发展的内在矛盾就是无意识化和陌生化之间的矛盾。文学的发展必须从陌生化那里获得动力以抗拒无意识化。①

陌生化不单单指向语言的外在形式,它同时也可以是对意义的重新赋予。翻案诗法就是对历史之定论、公众之观念反其意而行之,或者对前人的成句或诗文原意反其道而为之,本质上就具有一种"将熟悉的、众所周知的对象反应为奇特的、陌生的"机制,目的都是为了改变固有的思维方式和审美习惯。例如杜牧和王安石的咏史翻案诗,的确突破常规,令深陷传统阅读中的读者感觉耳目一新,从而在诗史上获得了一席之地。在布鲁姆那里,"陌生性"即一种别人无法习得的审美原创性,是一种大胆突破所引发的惊奇感、新鲜感,它能让读者在熟悉的境遇中、熟悉的事物面前生出一种无法预期的"怪异的惊讶"的陌生感,从而获得不可取代的审美快感。"为美感添加疏异性"是所有文学经典的特性。② 瞿佑《归田诗话》论"昭君词"云:"诗人咏昭君者多矣,大篇短章,率叙其离愁别恨而已。惟乐天云:'汉使却回凭寄语,黄金何日赎蛾眉?君王若问妾颜色,莫道不如宫里时。'不言怨恨,而惓惓旧主,高过人远甚。其与'汉恩自浅胡自深,人生乐在相知心'者异矣。"③所谓"高过人远甚"其实就是翻案法"陌生化"带来的艺术魅力。使用这种翻案诗法让我们能够摆脱传统思维的约束,灵活地转化问题的思考方式,从多个角度对话题展开全面的分析,从而提高读者的阅读热情,并延长读者的审美感受。

此外,一些诗法还可以直接反映出艺术的本质功能。例如在古代的诗词写

---

① 具体论述可参樊锦鑫《俄国形式主义论陌生化是文学发展的内在动力》,《湖南师大学报》1987年第1期。

② [美]哈罗德·布鲁姆《西方正典》,译林出版社2006年版,第2页。案:哈罗德·布鲁姆曾经通过探讨西方历史上26位经典作家作品之后,认为文学作品的经典化的途径就是要不断的创造出"陌生性"(或"疏异性")的审美快感以保持其独一无二的原创性。"一部文学作品能够赢得经典地位的原创性标志是某种陌生性。"

③ 瞿佑《归田诗话》上卷,《丛书集成初编》本,商务印书馆1937年版,第8页。

作中,立意法中的"生煞回薄势"①是很常见的手法之一,主要指诗意设置中以推究命理来化解悲凉,或以至空之理来破除荣宠。这种手法往往能够造就传世名句,因为其非常符合艺术哲学性地揭示真理的认识功能,又具有安抚、解脱的治疗功能。

"生煞回薄"第一势核心是"推究命理",这个"命理"——议论人生的道理与命运真相的诗句,因为具有巨大的认识价值和哲学深度,很容易在读者那里形成巨大的感情震荡,获得审美愉悦。例如苏轼的名篇《蝶恋花》:"花褪残红青杏小,燕子飞时,绿水人家绕。枝上柳绵吹又少,天涯何处无芳草!"前面说到了花落絮飞的烦恼,怎么样解决这一问题呢?一句"天涯何处无芳草"道理的揭示,便把这一问题解决掉了。"伟大诗人的智慧蕴藏在他的作品中,但在认识他的同时,我们也变得更为智慧了"②,"生煞回薄势"教给我们保持乐观的生活态度,寻找其他的出路与机会,从而具有了深厚而独特的审美价值。更何况"生煞回薄势"中哲理是偏重于命运哲理的,涉及到阐发命运的谈论与人生终极意义的探寻。例如:陶渊明《归园田居五首》其四写他带着子侄辈出游,看到一处荒芜的人家"井灶有遗处,桑竹残朽株",一打听才知道这里原来居住的人都"死殁无复馀",叙述到这种悲伤的境地再怎么办呢?陶渊明直接以命运的道理结束了全篇:"一世异朝市,此语真不虚!人生似幻化,终当归空无。"这里不是只咀嚼一己之悲欢,其中所包含的命运哲理是和每个人息息相关的,非常容易引起大众的强烈共鸣。

再者,"生煞回薄势"还具有安抚、解脱的治疗作用,这也是艺术的本质功能所在。我们长期以来重视的是文学的三大功能,即认识功能、教育功能和审美功能,而忽视了文学最初级的治疗功能。在人类被驱逐出伊甸园后,文学安慰并支持人们跋山涉水。英国评论家阿诺德就认为文学的实际价值其实要比我们想象的要高:"越来越多的人将发现我们不得不让诗歌来为我们解释人生,安慰我们,支持我们。"③文学的治疗功能是指作家和读者在文学家园中分别以借

① 王昌龄《诗格》对其的具体解释是:"生煞回薄者,前说意悲凉,后以推命破之;前说世路伶俜荣宠,后以至空之理破之,入道是也。"(张伯伟《全唐五代诗格汇考》,江苏古籍出版社2002年版,第157页)

② [英]艾略特《艾略特诗学文集》,国际文化出版公司1989年版,第280—281页。

③ [英]马修·阿诺德《阿诺德文学评论选集》,人民文学出版社1958年版,第84页。

文学创作和阅读作品的方式来调整自己的精神状态，从而缓解压力，解决困扰，治疗一些疾病，达到身心健康的一种心理治疗方法。[①] 苏轼有《临江仙·送钱穆父》："惆怅孤帆连夜发，送行淡月微云。樽前不用翠眉颦。人生如逆旅，我亦是行人。"在写出这一诗句的时候，作者的内心已经达到了某种平衡，一定程度上排解了压抑、释放了紧张，所以这种诗法会成为作者笔下的"宠儿"，得到广泛运用。同时也可以安抚、解脱读者。杜甫的《丹青引赠曹将军霸》云："但看古来盛名下，终日坎壈缠其身。"[②]既释放了自己的情绪，还抚慰了我们世代的读者，让情绪暂时地平复过渡。人世间倦客太多，这样的句子势必成为人们口头心头的吟诵。"生煞回薄势"可以使得作家通过创作宣泄负面情感，让精神与心态得以修复，恢复平衡，避免了苦闷、焦虑与压抑对身心健康的伤害。

此外，一情一景法、含思落句势、透过句法、绝弦句法、遗音句法、以乐景写哀法、反察倒戈法等诗法的内在审美价值，都紧密联系着艺术的本质特征与功能。

二　符合艺术美的基本内容

许多诗法在本质上都符合美的基本规律与基本内容，因而在使用后产生美感。

例如，简是艺术的基本要求所在。艺术不需要尽可能多地展示生活现象，而是需要以尽量经济的笔墨来表现所要表达的东西。所以克莱夫·贝尔在《艺术》一书中提出，要创造"有意味的形式"必须运用"简化"。"简化对整个艺术来说都是不可缺少的。没有简化，艺术不可能存在……而只有简化才能把有意味的东西从大量无意味的东西中提取出来。"[③]这就需要艺术家对现实世界进行简化，在作品中对所要反映的生活现象有意作删减处理，通过有代表性的现实来寓意总体内容。古代文论家如刘勰的"以少总多""乘一总万""析辞尚简"，司空图的"万取一收"，宋代叶梦得的"博约而约取"，明代的李东阳的"辞贵简远"，清代刘熙载的"语少意密"等等，也都是这个意思。古典诗歌句法中有"缩银法"，

---

① 具体论述可参叶舒宪主编《文学与治疗》，社会科学文献出版社 1999 年版。

② 杜甫《杜工部集》，岳麓书社 1987 年版，第 78 页。

③ [英]克莱夫·贝尔《艺术》，中国文联出版公司 1984 年版，第 149 页。

这一诗法的审美内涵指向的就是一个“简”字。缩银法本是一种神仙方术，主要的步骤就是去除杂质，缩小体积，变废为宝，明代谢榛的《四溟诗话》卷三将之作为一种诗法，谓将前人的诗歌约繁为简，保存精华的语言操作方法。具体形式上，或将一句的字数减省，或将一联隐括成一句，或将一篇隐括成一联等。写诗是语言的炼金术，而缩银法又对诗歌的语言进行再次锤炼。缩银法追求的就是精简语言和增加语言的表达强度。这个“简”，表明了创作主体在面对纷杂多变的对象世界，全面把握的信心和深刻把握的可能性，因而具有美感体验。

丰富性也是美的基本内容之一。人类有厌恶单调、渴望丰富的审美心理，无论是自然界还是人类社会如果只是老一套的单调，只会引起人们审美心理上的厌倦感。即便是四季如春的天堂，倘若只有桃花，也不会给人太久的审美享受①。在文艺创作中，“单调”也是大忌，句法结构的单调、音韵的单调、高潮的单调，随便哪里出现单调，一定会有损艺术真正的目的。古典诗歌讲究押韵以增强声音的和谐感，但只有统一而无变化的押韵又会引起一定程度上单调呆板的感觉。所以葫芦韵法、辘轳韵法、进退韵法等特殊用韵法正是以其“多样性”与“丰富性”使得审美对象跌宕多姿、丰富多彩，从而具有美感享受。再如上文已论述的折腰句法也具有丰富变化之美。人们常说折腰句法使诗句具有的散文句法之美感，散文节奏的特点在于其丰富性，当我们在诗歌中读到丰富的节奏形式时，就难免会有一种与散文节奏的相识感。例如如石介《寄元均》“年/三十七/卧柴荆”，戴复古《到鄂清》中有句“明日/拟/苏堤上/看”，汪元量《醉歌》之三“国母/已/无心/听政”，折腰句所带来的散文句式之美，其实也就是节奏丰富性之美。

再者，形式美一直都是艺术美的基本内容。长久以来，人们在生产、生活的实践中发现和谐的造型更能产生良性的效果，所以在心理上就对稳定的几何形状产生愉悦感与欣赏感：整齐形式产生美，对称形式产生美，有规律的错综形式也产生美。而结体法的“三五七言体”排列组合起来后会形成一个稳固的几何形状，无论是古代的竖写体还是现在的横写体，匀称、稳定的造型美都是这一诗

① 鲁迅先生就有这样的话：“我本来不大喜欢下地狱，因为不但是满眼只有刀山剑树，看得太单调，苦痛也怕很难当。现在可又有些怕上天堂了。四时皆春，一年到头请你看桃花，你想够多么乏味？即使那桃花有车轮般大，也只能在初上去的时候，暂时吃惊，决不会每天做一首‘桃之夭夭’的。”（鲁迅《鲁迅全集·华盖集续篇·厦门通讯（二）》，人民文学出版社 1973 年版，第 361 页）

体的首要特点。它如塔身形状自下而上逐行缩小,给人坚实稳定的审美享受,又给人层层递进的上升阶梯感,具有稳定感的造型给人以安祥、轻松的感觉,从而能引起人们的美感体验。符合形式美的还有上文提到的几种特殊用韵方法:葫芦格、辘轳格、进退格,它们并不是随意地换韵,而是先二后四、双出双入、一进一退。这种搭配变化本身就有排列性与规律性。对立性和差别性在整体中显示出了相干性和依从性,最终多样性却能够获得统一,这是形式美法则中的高级形式。①

字法中的"掉字法"②也契合形式美的内在要求,其所具备的形式美其实直指的是对称美。这一诗法主要技巧是一句之内的某些词汇自成对偶,例如"文星渐见射台星"中的"文星"与"台星"对偶;"非谒朱门谒孔门"中的"朱门"与"孔门"对偶;"忽地晴天作雨天"中的"晴天"与"雨天"对偶。加之"掉字法"一般会使用在对仗句中,如"桃花细逐杨花落,黄鸟时兼白鸟飞";"座中醉客延醒客,江上晴云杂雨云"之类,这就使得大的一组对仗中有两组小的对仗。对称是大自然中天然存在的美的形式,人们在长期的社会生产生活中不断认识到这种形式对人的生存、发展有着重要意义和价值,所以人类就在头脑中抽象出来这种形式的规律,又将这一规律运用到生产生活中,这种对称性的物件提高了劳动效率,满足了生活需要,所以人们更加从这种形式上看到了人的本质力量的存在,进一步对这种形状产生美的愉悦。随后,经历人类的代代传承与积淀,使得对称、对偶等均衡形式成为一种审美意识与美的原则来追求与运用。"掉字法"拥有和谐匀称与整齐的视觉效果,使得读者视觉上的感受到秩序性与规律性,心理上收获稳定感与安宁感,这些审美体验都来源于它语言上的对称美形式。

三　对应人生存发展的基本需要

古典诗法中很多技巧都暗暗对应着人类生存发展的种种需要,当人类以客

① 黑格尔就把多样统一称为和谐:"和谐一方面见出本质上的差异面的整体,另一方面也消除了这些差异面的纯然对立,因此它们的互相依从和内在联系就显现为它们的统一。"(王春才《文学艺术中的多样统一原则》,《美术向导》2006 年第 5 期)

② 清人冒春荣《葚原诗说》中有"掉字法":"掉字句法,如'桃花细逐杨花落,黄鸟时兼白鸟飞',及李商隐'座中醉客延醒客,江上晴云杂雨云'之类。"(郭绍虞《清诗话续编》,上海古籍出版社 1983 年版,第 1593 页)

观物象为审美对象时，可以将其视之为充满生命感的对象化存在，从而显示出美的意味。

首先，一些诗法对应着生命本身之美。例如唐人王叡《炙毂子诗格》中所记录的"一篇血脉条贯体"①，这一诗法最主要的特征就是诗歌章法上从首至尾"语要联属""血脉贯串""一气呵成"，其审美意蕴指向的是从血脉到意脉所带来的生命感。血脉本意指血管，《黄帝内经·素问·脉要精微论》曰："夫脉者，血之府也。"王冰注曰："府，聚也。言血之多少皆聚见于经脉之中也。"②后来引申为人体的脉络，再引申为事物的条理。最晚在南北朝时，"脉"已经被引入文学批评的理论中，用来指称作品意蕴的条贯就像血液在人体中的流动贯穿。人体有血脉经络，植物有叶脉茎脉，大地有江河流淌，凡是有生命力的物体都有贯通全身的脉络，以达到输送养分和循环能量的作用："人之气血精神者，所以奉生而周于性命者也"，"经脉者，所以行血气而营阴阳"（《灵枢·本脏》）③。有了"脉"就有了生命的活力。诗歌也是一样，如贾岛《寻隐者不遇》："松下问童子，言师采药去。只在此山中，云深不知处。"完全按照时间顺序，展现了一个生活情景，充满了动感，又推进了时间，使得整首诗突出地拥有一条贯穿始终的主干血脉。这种血脉的彰显性就使得诗歌浑然一体，拥有充沛的顺畅感与连续性，显现出生命本身之美。

符合生命特征的诗法还有句法中的"十字格"④，是指两个诗歌节奏句组合在一起从而来表达一个完整意思的一种诗法，例如杜甫《捣衣》"已近苦寒月，况经长别心"，杨万里的《雨夜》"吟虫将落叶，为我拍还歌"等。这一诗法可以使得句子意脉贯穿、经纬错综。如果放在中间需要对仗的两联使用，能达到如行云

① 李太尉诗云："远谪南荒一病身，停舟暂吊汨罗人。"此诗首一句发语，次一句承上吊屈原。"都缘靳尚图专国，岂是怀王厌直臣。"此二句为颔下语，用为吊汨罗之言。"万里碧潭秋景静，四时愁色野花新。"此腹内二句，取江畔景象。"不劳渔父重相问，自有招魂拭泪巾。"此二句为断章，虽外取之，不失此章之旨。（张伯伟《全唐五代诗格汇考》，江苏古籍出版社 2002 年版，第 388 页）

② 张志聪《黄帝内经素问集注》，中国中医药出版社 1999 年版，第 67 页。

③ 谭一松、何文彬《灵枢经》，中国医药科技出版社 1998 年版，第 231 页。

④ 贾岛《二南密旨》：宗者，总也。言宗则始南北二宗也。南宗一句含理，北宗二句显意。南宗例，如《毛诗》云："林有朴樕，野有死鹿。"即今人为对，字字的确，上下各司其意。如鲍照《白头吟》："申黜褒女进，班去赵姬升。"如钱起诗："竹怜新雨后，山爱夕阳时。"此皆宗南宗之体也。北宗例，如《毛诗》云："我心匪石，不可转也。"此体今人宗为十字句，对或不对。如左太冲诗："吾希段干木，偃息藩魏君。"如卢纶诗："谁知樵子径，得到葛洪家。"此皆宗北宗之体也。诗人须宗于宗，或一聊合于宗，即终篇之意皆然。（张伯伟《全唐五代诗格汇考》，江苏古籍出版社 2002 年版，第 375 页）

流水般的畅而不隔，因为传统的对偶句彼此并列，而十字对却能意若贯珠，一片文章。所以，其审美意蕴中的重要内容就是其蕴含的流动性与活力感。当人类将客观物象对象化时，人们欣赏的万事万物是充满生命律动的。张晶先生总结中国古典美学中的这一特点为“宇宙生命感”，就是指“在中国美学思想中普遍存在着对于自然‘物色’所感受到的生命和性灵，它们是流行化育的，是吸纳了宇宙万物的创造伟力的”①。所以人们欣赏鸢飞鱼跃，欣赏行云与流水等大自然中所具有的动态之美，也可以看做是这种人类生命本身投射的审美心理造成的结果。体液的流动可以使物象禀赋生命，有了生命才有呈现出各种情感的变化。十字格中所蕴含的生机活力是与深层生命体验相关，对这种美的欣赏，其实也就是对人的生命的整体把握与深层体验。也就是在“人与大自然的生命和弦”中参天地之化育。

一些诗法又可以显示出智慧之美，智慧是人类生存与发展的客观要求，崇尚智慧，是文明时代人类的共同特征之一。在瑞士学者皮亚杰的心理学理论中，智慧就是适应，是一种最高形式的适应。智慧本身就有审美价值，“智慧虽然不能被归结为意义（价值）或知识，但又不外在于这两者，智慧不仅把这两者作为自己前提基础性的东西，而且还将这两者的思想内容涵摄于自身并成为它们进一步提升的机制和向导。因此，智慧其实就是将主体尺度和客体尺度，人文精神和科学精神融为一体的那种人的最丰赡、最深邃的‘思想’，这种‘思想’既是最具普遍性的知识，也是最具普遍性的意义（价值）”②。拥有智慧与知识者可以在环境中感到顺应，这也包括语言环境与文本环境。人们对“歇后格”诗法的津津乐道，就与人们的崇智心理密切相关。“歇后格”指停止后面要说的话，以前文蓄势示义，如《全唐诗》卷八七一中有李涛的《答弟妇歇后语》诗云：“惭无窦建（德），愧作梁山（伯）。”③前句歇去了“德”字，后句歇去了“伯”字，而这两个歇去的字，恰恰是作者要表达的重点，所以这句诗的实际意思是“惭无德，愧作伯”。无论是创作者还是接受者，面对这一诗法都需要具有博学多智的素质，否则歇后格就没有了意义。所以，智慧美是这一诗法主要的审美内蕴。

① 张晶《中国美学中的宇宙生命感及空间感》，《社会科学辑刊》2010 年第 2 期。
② 张曙光《哲学的性质和功能：科学和人文双重思维向度的分化与整合》，《教学与研究》1998 年第 1 期。
③ 彭定求等辑《全唐诗》卷八七一，中华书局 1980 年版，第 9881 页。

此外，一些诗法还蕴含着人类生活中所需要的幽默诙谐之美。从歇后体的诗例看来，大多是文人们交往时根据具体的场景临时创作出来，故意追求诙谐幽默。冯梦龙《古今谭概》卷二七载有一诗："夏五官人罔谈彼，夏五娘娘靡恃己。有时堂前相遇见，刚刚撞着果珍李。"①原来夏五身材矮小，其妻身形高大，两人站在一起，丈夫仅及妻子的胸部。他们家里的塾师便作此诗以嘲弄，《千字文》有句"果珍李奈"，"奈"谐"奶"，此处歇去。但凡读过《千字文》者，读到此处，都会忍俊不禁。同样，结体法中的"嵌字体"②和歇后格一样，也具有幽默特质与趣味性。"滑稽讽刺作品不论何种类型，都采用或模仿一个严肃的题材或文体，这是为了在题材和文体之间造成一种不协调，这种不协调会引人发笑。"③嵌字体在"无异于常诗"的外貌下，却包含着一组很贴近日常生活的名词，例如人名、地名、卦名、星名等，这就和人们的惯常思维形成了一种不协调，从而产生了幽默。所以我们读嵌字体诗歌，从寻常之诗的"伪装"下，待看出人名、药名、地名、星名来，便不由得开怀大笑。

幽默是一个基本的美学范畴。它绝非笑一笑这么简单，而是"一种生存的艺术"，可以在一定程度上淡化或缓解现实形态与理想形态的冲突。其美学意义具体来说："当人们在欣赏幽默时，他与幽默对象之间出现一段距离，这是一种心理距离，会分出主体世界和客体世界来。对象（或客体）在他（或主体）审视的目光面前成了一种被观照的客体存在，人就可以自由地观赏对象，身心却不被对象支配，这时人就处于审美状态之中。"④幽默语言是一种优化语言。胡范铸说："幽默的言语，——一词与词、句与句的超常规搭配才是其立身之本，即只有这种特殊的组合关系，才是语言幽默成立的根本。"⑤而嵌字体、歇后格等诗歌包含的幽默语言与幽默特质，正是这种类型的诗歌受人欢迎的原因之一。

此外，歇后格、嵌字体的游戏特征也是人类生存发展的基本需要。游戏是

① 冯梦龙《古今谭概》，天津古籍出版社1985年版，第866页。

② 这一诗法在语言特征上主要是借助一字多义的双关手法。其所嵌之字词需要另外承担意思，与诗中本来的意思不一样。如沈约《奉和竟陵王药名诗》"玉泉亟周流，云华乍明灭"，"玉泉"和"云华"在诗句中本是指"流水"和"云彩"，而又可以单挑出来看做是一种草药的名字与药物云母石。范云《奉和齐竟陵王郡县名诗》"临泾方辨渭，安夷始和戎"，"临泾""安夷"是"靠近泾水""平定边区"的意思，但同时又可以脱离句子看作是两个地名。

③ [美]约翰·邓普《论滑稽模仿》，昆仑出版社1991年版，第98页。

④ 具体论述可参田兴军《幽默的美学价值》，《贵州教育学院学报》2003年第3期。

⑤ 胡范铸《幽默语言学》，上海社会科学院出版社1987年版，第25页。

契合人的本质属性的,正如席勒所说:只有当人充分是人的时候,他才游戏;只有当人游戏的时候,他才完全是人。游戏满足人与生俱来的消闲、竞争之心,既提供安全感,是身心健康的需要,也是维系情感的需要,同时也创造归属感,具有审美的意义。歇后格的游戏属性使用本来严肃"言志"的诗歌形式来游戏,冲淡了诗歌的严肃性与教化功能,在游戏中释放人的自然属性,从而"可以慰情,可以给我们休息,让我们暂时忘记一切。这是受用,也就是让我们活得有意思"(朱自清《论废话》)①。

技术美,其实也是来自于对人生存能力与主观能动性的肯定。一些诗法本身就是一种高难度技术,它的美感就来自于富有难度的技巧本身。不可否认诗歌是一门语言技艺,在艺术创作中,理念或者精神必须通过实践的、物质的形式显现。"因而'感性'的艺术实践,也就是'驾御外在材料'的活动,这个活动显然主要通过人的'手工'而进行。"②所以,黑格尔《美学》中就有个著名的命题:"艺术很接近手工业":

> 艺术创作有一个重要的方面,即艺术外表的工作,因为艺术作品有一个纯然是技巧的方面,很接近手工业;这一方面在建筑和雕刻中最为重要,在图画和音乐中次之,在诗歌中又次之。这种熟练技巧不是从灵感中来的,它完全要靠思索、勤勉和练习。一个艺术家必须具有这种熟练技巧,才可以驾御外在的材料,不至于因为它们不听命而受到妨碍。③

例如嵌字体虽然是文字游戏,但写出来的作品却需要努力消泯其游戏色彩,最终要求"无异于常诗","最好在读者不知不觉中'游戏',力求内容和形式与一般诗词趋同,从而提高艺术质量"④。这种艺术上的努力也打破了汉诗重内容轻形式的传统形式,为诗技与诗艺的探索提供了一定的条件。从这一角度上说,嵌字体与其他杂体诗乃是一笔不小的语言技巧遗产,又非简单的"游戏"了。这些诗法的运用,正是体现出人们在技术掌握中"取法乎上"与"知难而进"的进取精神。

---

① 朱自清《论废话》,《生活文艺》1944 年 5 月 28 日第 2 号。

② 陆晓光《"艺术很接近手工业"——关于黑格尔一个美学命题》,《艺术百家》2009 年第 1 期。

③ [德]黑格尔《美学》第一卷,商务印书馆 1982 年版,第 35 页。

④ 祝尚书《论宋人杂体诗》,《四川大学学报》2001 年第 5 期。

再者,上文所提到的"十字句",除了蕴含生命与宇宙的流动性之外,这一诗法的技艺本身也具有的审美价值。《诗经》中十字句很多,由于四言诗字数的限制,《诗经》句子的一个特点就是句法结构比较简单,或者由一个词语组成,或者由一个单一的句法结构组成,常常需要上下两句合起来构成一个完整的意思。所以从作诗者的操作层面看来,使用十字句是一种简易且有效率的造句方法。但当《诗经》时代结束之后呢?"十字句"的技术操作也是简易的吗?从四言诗到五言诗,"一个字的增加,实际上等语增加了一个语法成分,增加了一个相对独立的语言意义单位"①。这是因为"三拍子节奏的五言诗,内在地趋向于把一句诗分割成三个相对独立的语意单位,为从句子结构上增加主谓以外的附加成分提供了可能。这就促使了五言诗结构的复杂化,从而提高了诗句的表达能力"。② 对于七言诗来说,这种诗句的复杂化和表达能力是更为扩张的,如果用这样大的容量来表达一个相对简单的句子结构,恰恰是一种技艺的考验。这就是说,古典诗歌的发展趋势是由简单向精紧浓缩的方向前进的,创作"十字格"这种"逆向运动",是需要一定的高超技巧的。对于"十字对"来说,还要在"两句一意"的基础之上继续对仗,更是一种技术考验。例如罗大经在《鹤林玉露》乙编卷四中就指出老杜的一组诗句其中大有技艺:

> 叶石林曰:"杜工部诗,对偶至严,而《送杨六判官》云:'子云清自守,今日起为官。'独不相对。切意'今日'字当是'令尹'字传写之讹耳。"余谓不然。此联之工,正为假"云"对"日",两句一意,乃诗家活法。若作"令尹"字,则索然无神,夫人能道之矣。且送杨姓人,故用子云为切题,岂应又泛然用一令尹耶?如"次第寻书札,呼儿检赠篇"之句,亦是假以"第"对"儿",诗家此类甚多。③

上文所论"子云清自守,今日起为官",不但是一个"十字句",而且又是一个"字面对",所以罗大经赞其为"诗家活法",因为老杜能充分使用语言技艺。这种专门且额外付出的技巧,是具有丰富而深刻的美学内蕴的。

从根本上说,当人们完成了一个富有技巧性的诗句时,也把人的精神提升

① 赵敏俐《两汉诗歌研究》,商务印书馆 2011 年版,第 256 页。
② 赵敏俐《两汉诗歌研究》,商务印书馆 2011 年版,第 257 页。
③ 罗大经《鹤林玉露》,中华书局 1983 年版,第 194 页。

到超越于现世的存在。技巧不单单只是技巧了,它是人的智慧、意志、力量的创造物,带有浓烈的"属我"色彩,这种肯定人的力量的色彩能够给人精神上的满足。也就是说技巧之所以美,因为其充满了对人自身能力的肯定,是人不断向上发展的印证:"普罗米修斯把火带给人类,使人类有可能满足自己的需要,从事发展各种技艺;从此技艺才不再是自然的东西,过去巨灵族好象和技艺没有什么密切的关系。"①正是因为古人律诗中的流水对(十字对)是要耗费心力、克服困难才能制作出来的,所以流水对在律诗对联中最受人欣赏,所以历代诗话中特别喜欢挑拣、罗列这样的句子,②这表明,同内容一样,技术也是审美价值的承担者,并构成了艺术中的"技术美"。其实,艺术技巧在今天的美学阐释中已经被视为艺术"本体"所在。

四　从复古中寻找支持与力量

许多诗法都从复古中寻找支持与力量,如重复用字法、十字格、折腰句、使用虚字法等。"遥遥望白云,怀古一何深"(陶渊明《和郭主簿二首》其一),复古是一种对人类自身、对从前历史的敬意。古代的经典都是已经被证明了的优秀作品,当我们回头模仿这种优秀的作品,豪无疑问,你将肯定会收到较高的成功机率。当我们选择复古的方法之后,我们不需要面对新生事物的质疑与彷徨,只需要收获对古老经典再次重温的安慰与赞美。复古也可以是一帖安慰剂,它把过去的荣光重新拿出来,给陷在焦躁和迷茫中的现代人一些安慰,让人们在回忆前人的成就中重建对今日的信心。当前的一切,不可把握的,未来的一切又无从得见。而那些已经结束的过去,却是我们可以评价和把握的,在这种把握中,人的主观能动性和自我确定性将会得到最大的承认。复古之为美的内核就在这里。

---

① [德]黑格尔《美学》第二卷,商务印书馆 1972 年版,第 199 页。

② 例如宋葛立方《韵语阳秋》卷一:梅圣俞五字律诗,于对联中十字作一意处甚多。如《碧澜亭诗》云:"危楼喧晚鼓,惊鹭起寒汀。"《初见淮山》云:"朝来汴口望,喜见淮上山。"《送俞驾部》云:"何时鷁舟上,远见炉峰迎。"《送张子野》云:"不知从此去,当见复何如。"《和王尉》云:"度鸟不曾下,新文谁寄评。"《昼寝诗》云:"及尔寂无虑,始知机尽空。"如此者不可胜举。诗家谓之"十字格",今人用此格者殊少也。老杜亦时有此格,《放船诗》云:"直愁骑马滑,故作泛舟回。"《对雨》云:"不愁巴道路,恐湿汉旌旗。"《江月》云:"天边长作客,老去一沾巾。"(葛立方《韵语阳秋》卷一,《学海类编》本,民国九年(1920)上海涵芬楼据清道光十一年(1836)安晁氏木活字排印本的影印本)

重复用字法本是早期诗歌的创作方法之一,清人王士禛《古夫于亭杂录》云:"《诗经·小雅》'萧萧马鸣,悠悠旆旌''杨柳依依,雨雪霏霏'。此用叠字之始,后人千古受用不尽。"①叠字最初的诗性源头正是这些古老歌谣,这是因为《诗经》的诗句上具有"就四"原则,当"以四言为句"的原则与内容的表达产生矛盾时,往往以内容迁就形式,要么"截短",要么"拉长"。重言(叠字)的运用便可以"拉长"诗句,从《诗经》的诗句来看,任何字都可以在任何位置重复一遍,或者两遍,从而拉长诗句:

于以采蘩,于沼于沚。(《召南·采蘩》)②

鱼在在藻,有颁有首。(《小雅·鱼藻》)③

文王曰咨,咨女殷商。(《大雅·荡》)④

且以喜乐,且以永日。(《唐风·山有枢》)⑤

无矢我陵,我陵我阿。(《大雅·皇矣》)⑥

这些重复某些字词的结构是一种临时的变通用法,并不是很牢固稳定的,从本质上看是一种努力形成稳定四字句的行为,是一种诗化行为。后世流行的很多重复用字的诗法都可以在《诗经》中找到原型,同时还来源于古老的诗歌《楚辞》,如有学人论述道:"如《诗经》也有不少使用,但就重言使用的词条数之多,频率之高,《楚辞》是前无古人的。……《楚辞》的语言特色很大程度上体现在重言上。……重言词不仅用法和作用多样,同时也是《楚辞》浪漫色彩的成因。"⑦所以重复用字法的审美效果来源之一就是它蕴含着远古诗歌的复古信息,层层叠叠地带来很多附加的经典美感。

再者,前面已经论述的"十字句"同时具有复古美。从"十字句"的产生根源上看,最初是一种"积词组而为句"的创作方法。为了达到《诗经》的"就四"原则,诗句"拉长"时,很容易产生"义句"与"音句"的分离,出现"十字句",所以《诗

---

① 王士禛《古夫于亭杂录》,中华书局 1988 年版,第 109 页。

②《十三经注疏》整理委员会《毛诗正义》,北京大学出版社 1999 年版,第 65 页。

③《十三经注疏》整理委员会《毛诗正义》,北京大学出版社 1999 年版,第 894 页。

④《十三经注疏》整理委员会《毛诗正义》,北京大学出版社 1999 年版,第 1154 页。

⑤《十三经注疏》整理委员会《毛诗正义》,北京大学出版社 1999 年版,第 380 页。

⑥《十三经注疏》整理委员会《毛诗正义》,北京大学出版社 1999 年版,第 1017 页。

⑦ 赵新亚《〈楚辞〉重言的分析》,《重庆工商大学学报》2009 年第 5 期。

经》中一个诗节奏句只是词组、只充当句子成分的一部分的现象非常多:

彼君子兮,不素餐兮。(《魏风·伐檀》)①

云谁之思,西方美人。(《邶风·简兮》)②

王命南仲,往城于北。(《小雅·出车》)③

窈窕淑女,寤寐求之。(《周南·关雎》)④

天命玄鸟,降而生商。(《商颂·玄鸟》)⑤

郭绍虞先生在《汉语词组对汉语语法研究的重要性》中认为这是"积词组而为句"的表现形式:

汉语有音句、义句之分的。"关关雎鸠,在河之洲"这两个音句成为一个义句。这是在诗歌中适合应用的一种整齐的形式。但是音句、义句并不一定局限于整齐形式之内。……所谓音句,实际上就等于一个词组,这种词组的组合必须进入义句,才能表达一个完整的意思,所以从音句进为义句,事实上就是积词组而为句的表现形式。⑥

而当四言诗逐渐被五七言诗替代,诗句容量的增大,使得一个诗歌节奏句可以表达足够的内容时,"十字句"便不是一种必须形式。这种《诗经》中很常见的句型再次出现时,不得不说是一种创作手法上的"复古"行为。"'就四'以及其他因素造成了《诗经》有着许多风格鲜明的固定句法格式,这些格式使人一望而知是《诗经》的'诗歌语言'。"⑦这种一个诗节奏句只是一个词组的句子,有着很鲜明的"诗经特色"。它所包含的是一种来自于已经被证明的优秀句式与形式美感,对过往人们获得的最大成就的致意与温故,从而获得了一种来自于遥远时代的复古之美。

同样,句法中的"折腰句"也并非是一个后起的创作手法,而在最早的诗歌总集《诗经》中大量诗句的韵律节奏与意义节奏不相一致。《诗经》中的五言句,

① 《十三经注疏》整理委员会《毛诗正义》,北京大学出版社 1999 年版,第 369 页。
② 《十三经注疏》整理委员会《毛诗正义》,北京大学出版社 1999 年版,第 160 页。
③ 《十三经注疏》整理委员会《毛诗正义》,北京大学出版社 1999 年版,第 597 页。
④ 《十三经注疏》整理委员会《毛诗正义》,北京大学出版社 1999 年版,第 4 页。
⑤ 《十三经注疏》整理委员会《毛诗正义》,北京大学出版社 1999 年版,第 1441 页。
⑥ 郭绍虞《照隅室语言文字论集》,上海古籍出版社 1985 年版,第 331 页。
⑦ 孙力平《中国古典诗歌句法流变史略》,浙江大学出版社 2011 年版,第 106 页。

以单音节词开头的诗句数量占全部诗句的50%以上。① 这就和《诗经》二二节奏相矛盾,例如:

子/宁不嗣音。(《郑风·子衿》)②

或/息偃在床。(《小雅·北山》)③

远/父母兄弟。(《鄘风·蝃蝀》)④

宛/在水中央。(《秦风·蒹葭》)⑤

维/天其右之。(《周颂·我将》)⑥

可以见得领跑的单音词可以是代词、名词、动词,或者是没有实际意义的虚词。这些都是后世"折腰句"的常见构成形式。而折腰句的最经典句式——"3+2"的集中爆发是在随后战国时代的《离骚》《九歌》中,在被后世结集命名为《楚辞》的作品中,皆以"3+虚词+2"为主要句式。⑦ 例如:

昔三后/之/纯粹(兮),固众芳/之/所在。(《离骚》)⑧

朝发轫/于/天津(兮),昔余至/乎/西极。(《离骚》)⑨

帝子降/兮/北渚,目眇眇/兮/愁余。(《九歌·湘夫人》)⑩

蕙肴蒸/兮/兰藉,奠桂酒/兮/椒浆。(《九歌·东皇太一》)⑪

而前面的"1+2"节奏约占《离骚》《九歌》全部"前三"句式的93%,双音节词或者词组前置的比例仅有7%。⑫ 如果去掉中间的虚词,就可以变成标准的五言:

路不周/左转,指西海/为期。(《离骚》)⑬

---

① 具体论述可参孙力平《中国古典诗歌句法流变史略》,浙江大学出版社2011年版,第135页。

②《十三经注疏》整理委员会《毛诗正义》,北京大学出版社1999年版,第313页。

③《十三经注疏》整理委员会《毛诗正义》,北京大学出版社1999年版,第796页。

④《十三经注疏》整理委员会《毛诗正义》,北京大学出版社1999年版,第204页。

⑤《十三经注疏》整理委员会《毛诗正义》,北京大学出版社1999年版,第422页。

⑥《十三经注疏》整理委员会《毛诗正义》,北京大学出版社1999年版,第1299页。

⑦ 具体论述可参孙力平《中国古典诗歌句法流变史略》,浙江大学出版社2011年版,第126页。

⑧ 蒋天枢《楚辞校释》,上海古籍出版社1989年版,第9页。

⑨ 蒋天枢《楚辞校释》,上海古籍出版社1989年版,第68页。

⑩ 蒋天枢《楚辞校释》,上海古籍出版社1989年版,第140页。

⑪ 蒋天枢《楚辞校释》,上海古籍出版社1989年版,第128页。

⑫ 具体论述可参孙力平《中国古典诗歌句法流变史略》,浙江大学出版社2011年版,第130页。

⑬ 蒋天枢《楚辞校释》,上海古籍出版社1989年版,第69页。

采芳洲/杜若,将以遗/下女。(《九歌·湘君》)①

它们的节奏是“3+2”,和五言诗的标准节奏“2+2+1”“2+1+2”不同。这样看来,《楚辞》改变了《诗经》以“两字一顿”的诗句格局,代之以“三字一顿”为一大特色。“《离骚》含三字结构的诗句占全部诗句的75%以上,《九歌》含三字结构的诗句接近全部诗句的80%。”②林庚先生较早地指出了《楚辞》以三字为主的特色,并名之为“基本节奏组”。③

通过与《诗经》《楚辞》建立联系,原来“折腰句”是一种早期的诗歌创作手法,这种折腰句法“随着四言节奏的愈益成熟和固化而逐渐衰退”④,后来的五言诗的标准节奏结构为双音词或双音词组置于句首。当后世再出现不符合这种规则的现象时,就“读之若不律”,名其为“折腰句”。千年的后世,大量相似节奏句式的诗句再次兴起时,就和古老的《诗经》《楚辞》的常见句式相呼应,成为一种语言创作手法的复古。

以复古为本质的诗法,还有使用虚字法。在《诗经》《楚辞》时期,虚字的使用是非常常见且重要的现象。据赵敏俐《四言诗与五言诗的句法结构与语言功能比较研究》中统计,仅“《二南》二十五首诗共1342字,其中虚词395字,约占总字数的29%还稍强。而《古诗十九首》总字数1270字,其中虚词仅101字,约占总字数8%还稍弱些”⑤。谢灵运89首五言诗约9000多字,谢朓135首五言诗约10000字,常见的与、以、于等虚词分别为0.85%与0.84%,这足以证明,虚词的使用在南朝五言诗中又有所降低,且有进一步下降的趋势。⑥ 诗歌中去除虚字,就是为了和使用虚字的散文进一步相分离。这是“诗化”进程中的重要步骤,但后世又无独有偶地上演了一种“虚字法”,就是在诗句中大量使用虚字。这种情况和折腰句的复活十分相似。我们都可以将其看成复古型的创新方法。

诗人以向经典致敬的方式踏上从前的路,在这个过程中,复古也是创新的源泉。每一次出现危机的时候,人们都习惯于从过去寻找一个已经成功了的模

① 蒋天枢《楚辞校释》,上海古籍出版社1989年版,第139页。
② 具体论述可参孙力平《中国古典诗歌句法流变史略》,浙江大学出版社2011年版,第128页。
③ 参见葛晓音《从离骚和九歌的节奏结构看楚辞体的成因》,《学术研究》2004年第12期。
④ 葛晓音《论早期五言体的生成途径及其对汉诗艺术特征的影响》,《文学遗产》2006年第6期。
⑤ 赵敏俐《四言诗与五言诗的句法结构与语言功能比较研究》,《中州学刊》1996年第3期。
⑥ 具体论述可参孙力平《中国古典诗歌句法流变史略》,浙江大学出版社2011年版,第181页。

式来重演一遍，从而企图跨越危机。在过往中寻找灵感，从而帮助创新。不单单是在诗歌中，在任何艺术领域中都是一样，每当作者才思枯竭、茫然无措时，他们就会到历史中的某一个节点，在那里获取力气。所以，后世种种诗法都可以看成是拾起古老时代的经典元素，加以变形、进化、重塑，然后赋予它新的活力和创造力。

五　在接受过程中召唤读者的参与

有不少诗法在文学接受的过程中能够积极地召唤读者参与，因而产生了美感体验。

如果从文学接受的角度着眼，翻案诗法会令读者在接受过程中“期待遇挫”，从而显示出巨大的艺术魅力。长期的文化积淀使读者在阅读新的诗歌文本之前，已经有一个强大的先验结构机制。海德格尔用“前理解”来描述这种先验机制。伽达莫尔又认为每个阅读者在阅读文本之前都是带着“偏见”的。偏见揭示了我们来自传统的特殊性和历史性。“我的存在的历史性产生了偏见，偏见实实在在地构成了我的全部体验能力的最初直接性，偏见即我们对世界敞开的倾向性。”[①]而接受美学的主要代表姚斯(Hans Robert Jauss)则使用“期待视域”或者“期待视野”[②]一词来描述。他们皆认为作为具体的接受主体在文学阅读之前及过程中，其阅读心理上往往会形成一个既定的心理图式，例如对文学作品欣赏的价值与效果的预估，对类型、风格、形式、主题、情节等审美经验的期待等。主体在接受文本的过程中，当这种期待和预示得到证实和满足时，便容易令接受者感到一种阅读的满足，从而产生心灵的共鸣和情感的升华。然而，“期待”的每一环节的转换、倒错、阻塞都会形成一定的挫折，而导致心理环流的断裂，这就叫做“期待遇挫”。“‘受挫’则更是读者的审美心理图式经受欣赏对象的挑战而对作品展开更深入理解的开始。”[③]翻案诗就是一类使读者“期待受挫”的作品，它打破了之前的阅读定式，带给读者的是一种全新的读感，阅读障碍使得读者感觉到一种挫败，但坎坷却并未使接受者放弃阅读，反而更激

① [德]姚斯、[美]霍拉勃《接受美学与接受理论》，辽宁人民出版社 1987 年版，第 47 页。

② [德]姚斯、[美]霍拉勃《接受美学与接受理论》，辽宁人民出版社 1987 年版，第 431—432 页。

③ 秦敬《“期待受挫”及其客服——当代文学诗歌教学文本解读初探》，《宜宾学院学报》2008 年第 8 期。

发了读者的阅读兴趣,对读者产生强烈的精神震撼,收到意想不到的审美效果。

再例如,“缩银法”其审美意蕴还包括这一诗法能刺激读者的“完形”欲望。从文学接受学来看,每一个真正意义上的读者都有一种对文本形式进行阅读完形的倾向。格式塔心理学认为,所谓“完形”即是尽量把知觉对象重新组织成完满的整体。所以愈是简化形式,愈能更大限度地刺激读者的完形欲望,这样的作品愈是成功的作品。在这一过程中,由于主体整个身心都投入到完形创造之中,因而产生一种特有的紧张,它调动了主体的全部生命能量。严复、夏曾佑在《本馆附印说部缘起》中说:“读其书者,一望之顷,即恍然若亲见之事者然。故读简法之语言,则目力逸而心力劳,读繁法之语言,则目力劳而心力逸。”①虽然“心力劳”,但在接受美学中恰恰是一种审美享受感。场景真切可感、细节无一不备的诗篇,因为其先天的已经完形,所以读者的完形欲望无法满足的,只好被动地接受作家的强行输出。例如谢榛认为“借问酒家何处有,牧童遥指杏花村”并不是最完美的状态,谢榛将其改为“日斜人策马,酒肆杏花西”。这样以来的结果就是:“不用问答,情景自见。”②“缩银”之后其一问一答都需要读者在心中将其“完形”,当这种完形建构结束后,读者就会产生一种审美快乐感。缩银法的结果可以创造这样“自由运动”的机会,在更大程度上启发读者发挥能动性,参与作品的意义构成。

又有上文所言的两个诗歌节奏句来组成一个完整句意的“十字格”,在审美意蕴上还有重要的一点是它能召唤读者的智力参与,从而带来审美享受。方回评贾岛《病起》三四句“身事岂能遂,兰花又已开”云:“细味之,乃殊有味。以十字一串贯意,而一情一景,自然明白。”③“十字格”需要“细看”“细味之”,正是对文本深度解读的一种表现,这个过程包含了接受者主观能力的注入,实现了批评活动的价值,从而为接受者提供更多的审美快感。而且,这个“细”字又涉及到“品”这个层面。“‘品味’作为一种与中国古典艺术的多层结构对应,且有着深层指向的艺术接受理论和接受方式,非但不忽视艺术接受活动的过程,而且进一步强调接受过程的渐进性和反复性。”④读者经过长期的审美欣赏实践后,

---

① 黄霖、韩同文《中国历代小说论著选》下册,江西人民出版社 1985 年版,第 4 页。

② 谢榛《四溟诗话》,人民文学出版社 1961 年版,第 29 页。

③ 李庆甲集评《瀛奎律髓汇评》,上海古籍出版社 2005 年版,第 1132 页。

④ 邓新华《“品味”的审美心理过程及特征》,《华中师范大学学报》1994 年第 1 期。

能够形成的一种能够敏锐地感知作品形式美和形象美的能力,当读者获得了这一能力,不但能够体味到作者为文之用心,而且也是一种精神上的享受、接受上的快乐。进一步说,这个"细味之",实际上是接受者对自己头脑中已然形成的"阅读后象",再一次进行反思溯性的心理活动。这是因为人对事物的感觉并不是随着刺激物的作用的终止而同时消失的,而是以"后象"的形式保持下来。① 当在反观和回味中,在读者的知识、经历、情志和想象等基础上完成了对作品价值的再发现,接受者就会产生更为强烈的接受快感。这种由于仔细品味而重新得来的快感,类似于美国著名心理学家马斯洛曾提出"高峰体验",在这种体验到来之时,"自我有可能迷醉于对象,或者完会'倾注到'对象之中,从而消失得无影无踪"②。历代诗论家在发现"十字格"后都要孜孜不倦地拿出来解说一番,其中深层次的审美心理也正在于此。

字法中有"束丽常格",就是隐藏句子中非常关键的否定词,从而造成意思的反转,有意识地给人们理解带来一定的困难。例如"'枯桑知天风,海水知天寒。'谓隐'不'之一字也。如《诗》云:'掺掺女手,可以缝裳。'言'不可'也"。③ 这一诗法体现了中国语言中崇尚迂回的言说方式,也就是"主意惟恐人易知",其美学意义正在于呼唤读者借助上下文的语境,运用自己的智慧与感觉来发现创作者真正的意图。从接受美学的角度来看,期待视野与作品间的距离,决定着文学作品的艺术特性。④ 如果每一句诗都完全符合读者的期待视野,读者是难以产生兴奋感的。如果偶尔以一个"假判断"来打破读者的期待视野,让读者产生困惑与思考,是可以提升诗歌的新颖感的,从而产生阅读快感,继而让读者参与到意义的追寻与建造中,从而增强文章的审美意蕴和情感深度。

上文提到的嵌字体诗歌一般会在诗题上标明其所嵌的是何种类型的名词,读者在阅读诗题时,就会进入一种"审美期待",使人实质上是处于"临美心理"状态。当人们进入到了"审美期待",就使得人从日常生活的平常心理过渡到了特殊化审美心理。荣格说:"态度是遵循某一方向行动或反应的精神预备阶段。""具有某种态度就意味着给某一确定的事物作好准备,即使这一确定的事

① [苏]彼得罗夫斯基《普通心理学》,人民教育出版社 1981 年版,第 259 页。
② [美]马斯洛《自我实现的人》,生活·读书·新知三联书店 1987 年版,第 286 页。
③ 张伯伟《全唐五代诗格汇考》,江苏古籍出版社 2002 年版,第 360 页。
④ [德]姚斯、[美]霍拉勃《接受美学与接受理论》,辽宁人民出版社 1987 年版,第 31 页。

物是无意识的也是如此,因为具有一种态度就等于有了一个朝向某一确定的事物预期的方向,而不管这一方向是否能被意识到。"[1]嵌字体的诗题与诗体,会使读者全身心投入到对象之中,并且带着一大堆预先存在于他的意识之中的同类名词,准备一一对号落座,"应目"指客体的外观形式直接进入主体的视野,被主体所意识到的活动过程,即主体观照审美对象,也就是审美注意,主体获得审美对象的过程。[2] 嵌字体诗歌的这个过程的"应目"(审美注意)是需要读者付出更多的主观能动性的。心理学上把注意分为三类:不随意注意、随意注意和随意后注意。[3]嵌字体诗歌就是一种随意注意,主体在阅读过程中一直要强迫自己去悟,这便从日常态度向审美态度转变,读者此时充满了审美欲望与审美兴趣。读者在这个过程中期待自己也拥有"智思",以便找出所嵌之字。当读者的期待在诗歌中获得满足,嵌字诗的意义便从文本的"原始材料"中显现出来,读者的"智思"参与便获得了实现,一种自我实现的需要便达到了,这就是嵌字体诗歌获得读者喜爱与欢迎的原因之一。

其实,笔者这里总结的五条远不是全部,但点出诗法中的"道体"本质,或许可以一定程度上挽救诗法的琐屑特征与低下地位;或许也可以由审美内涵的揭示而发掘或者创造出新的诗法,遂以此期待,结束全篇。

---

① 杜传鼎《心理学大词典》,华岳文艺出版社 1989 年版,第 504 页。

②③ 王旭晓《美学原理》,上海人民出版社 2000 年版,第 280 页。

参考文献

专书：

1. 逯钦立《先秦汉魏晋南北朝诗》,中华书局 1983 年版。

2. 彭定求等《全唐诗》,中华书局 1980 年版。

3. 北京大学古文献研究所《全宋诗》,北京大学出版社 1999 年版。

4. 顾嗣立《元诗选》,中华书局 1987 年版。

5. 章培恒《全明诗》,上海古籍出版社 1990 年版。

6. 杨明照《文心雕龙校注》,中华书局 2000 年版。

7. 陈应行《吟窗杂录》,中华书局 1997 年版。

8. 魏庆之《诗人玉屑》,中华书局 2007 年版。

9. 胡仔《苕溪渔隐丛话前集》,人民文学出版社 1962 年版。

10. 胡仔《苕溪渔隐丛话后集》,人民文学出版社 1981 年版。

11. 阮阅《诗话总龟》,人民文学出版 1987 年版。

12. 郭绍虞《沧浪诗话校释》,人民文学出版社 1961 年版。

13. 吴文治《全宋诗话》,江苏古籍出版社 1998 年版。

14. 郭绍虞《宋诗话辑佚》,中华书局 1980 年版。

15. 吴文治《辽金元诗话全编》,凤凰出版社 2006 年版。

16. 吴文治《明诗话全编》，江苏古籍出版社 1997 年版。

17. 周维德《全明诗话》，齐鲁书社 2005 年版。

18. 吴讷、徐师曾《文章辨体序说・文体明辨序说》，人民文学出版社 1962 年版。

19. 谢榛《四溟诗话》，人民文学出版社 1961 年版。

20. 胡应麟《诗薮》，上海古籍出版社 1958 年版。

21. 王夫之《姜斋诗话》，人民文学出版社 1961 年版。

22. 赵翼《瓯北诗话》，人民文学出版社 1963 年版。

23. 刘熙载《艺概》，上海古籍出版社 1978 年版。

24. 沈德潜《说诗晬语》，人民文学出版社 1979 年版。

25. 张潮《奚囊寸锦》，清嘉庆二十五年刻本。

26. 纪昀等《钦定四库全书总目》，中华书局 1997 年版。

27. 何文焕《历代诗话》，中华书局 1981 年版。

28. 许印芳《诗法萃编》，《云南丛书》本，民国间赵藩、陈荣昌等辑刻本。

29. 李庆甲《瀛奎律髓汇评》，上海古籍出版社 1986 年版。

30. 丁福保《清诗话》，上海古籍出版社 1978 年版。

31. 郭绍虞《清诗话续编》，上海古籍出版社 1983 年版。

32. 顾龙振《诗学指南》，清乾隆间刻本。

33. 谢无量《诗学指南》，中华书局 1918 年版。

34. 徐英《诗法通微》，黄山书社 2011 年版。

35. 张寅彭《民国诗话丛编》，上海书店 2002 年版。

36. 陈望道《修辞学发凡》，上海教育出版社 1997 年版。

37. 朱光潜《诗论》，上海古籍出版社 2002 年版。

38. 宗白华《美学散步》，上海人民出版社 1981 年版。

39. 王力《汉语诗律学》，上海教育出版社 1979 年版。

40. 钱锺书《管锥篇》，中华书局 1981 年版。

41. 钱锺书《谈艺录》，中华书局 1984 年版。

42. 黄伯荣、廖序东《现代汉语》，高等教育出版社 2002 年版。

43. 蒋绍愚《唐诗语言研究》，中州古籍出版社 1990 年版。

44. 饶少平《杂体诗歌概论》,中华书局 2009 年版。

45. 张高评《宋诗之传承与开拓——以翻案诗、禽言诗、诗中有画为例》,台北文史哲出版社 1990 年版。

46. 鄢化志《中国古代杂体诗通论》,北京大学出版社 2001 年版。

47. 葛兆光《汉字的魔方——中国古典诗歌语言学札记》,复旦大学出版社 2008 年版。

48. 孙力平《中国古典诗歌句法流变史略》,浙江大学出版社 2011 年版。

49. 卢盛江《文镜秘府论汇校汇考》,中华书局 2006 年版。

50. 韩经太《中国诗学与传统文化精神》,四川人民出版社 1990 年版。

51. 韩经太《理学文化与文学思潮》,中华书局 1997 年版。

52. 韩经太《宋代诗歌史论》,吉林教育出版社 1995 年版。

53. 韩经太《诗学美论与诗词美境》,北京语言大学出版社 2000 年版。

54. 周裕锴《文字禅与宋代诗学》,高等教育出版社 1998 年版。

55. 叶舒宪《文学与治疗》,社会科学文献出版社 1999 年版。

56. 张思绪《诗法概论》,上海古籍出版社 1988 年版。

57. 王兆鹏《唐宋词名篇讲演录》,广西师范大学出版社 2005 年版。

58. 王兆鹏《唐诗排行榜》,中华书局 2011 年版。

59. 王兆鹏《宋词排行榜》,中华书局 2012 年版。

60. 王兆鹏、刘尊明《唐宋词的定量分析》,北京大学出版社 2012 年版。

61. 蒋寅《中国诗学的思路与实践》,广西师范大学出版社 2001 年版。

62. 蒋寅《清诗话考》,中华书局 2005 年版。

63. 蒋寅《学术的年轮》,凤凰出版社 2010 年版。

64. 蒋寅《金陵生小言》,广西师范大学出版社 2004 年版。

65. 张伯伟《全唐五代诗格汇考》,江苏古籍出版社 2002 年版。

66. 张伯伟《稀见本宋人诗话四种》,江苏古籍出版社 2002 年版。

67. 林东海《诗法举隅》,上海文艺出版社 1981 年版。

68. 王德明《中国古代诗歌句法理论的发展》,广西师范大学出版社 2000 年版。

69. 张健《元代诗格校考》,北京大学出版社 2001 年版。

70. 徐晋如《大学诗词写作教程》,广西师范大学出版社 2007 年版。

71. 易闻晓《诗法纲要》,齐鲁书社 2005 年版。

72. 易闻晓《中国诗句法论》,齐鲁书社 2006 年版。

73. [德]黑格尔《美学》,商务印书馆 1981 年版。

74. [德]歌德《歌德谈话录》,人民文学出版社 1979 年版。

75. [德]姚斯、[美]霍拉勃《接受美学与接受理论》,辽宁人民出版社 1987 年版。

76. [瑞士]荣格《心理学与文学》,生活・读书・新知三联书店 1987 年版。

77. [法]佛朗索瓦・于连《迂回与进入》,生活・读书・新知三联书店 1998 年版。

78. [法]蒂费纳・萨莫瓦约《互文性研究》,天津人民出版社 2003 年版。

79. [法]罗丹《罗丹艺术论》,北京:人民美术出版社 1978 年版,第 52 页。

80. [法]蒂费纳・萨莫瓦约《互文性研究》,天津人民出版社 2003 年版。

81. [美]哈罗德・布鲁姆《影响的焦虑》,江苏教育出版社 2006 年版。

82. [美]哈罗德・布鲁姆《西方正典》,译林出版社 2006 年版。

83. [美]鲁道夫・阿恩海姆《艺术心理学新论》,商务印书馆 1996 年版。

84. [美]韦勒克・沃伦《文学理论》,生活・读书・新知三联书店 1984 年版。

85. [美]苏珊・朗格《情感与形式》,中国社会科学出版社 1986 年版。

86. [俄]什克洛夫斯基等《俄国形式主义文选》,上海三联书店 1989 年版。

期刊论文:

1. [美]马克・肖勒《技巧的探讨》,《世界文学》1982 年第 1 期。

2. 费邓洪《音乐重复原则的心理、生理基础》,《沈阳音乐学院学报》1983 年第 3 期。

3. 吴继光《论修辞格的心理基础》,《徐州师范学院学报》1985 年第 1 期。

4. 樊锦鑫《俄国形式主义论陌生化是文学发展的内在动力》,《湖南师大学报》1987 年第 1 期。

5. 吴琦幸《论古典格律诗和人的记忆广度・字数》,《文学遗产》1988 年第

5 期。

6. 葛兆光《意脉与语序——中国古典诗歌语言的札记》,《文艺研究》1989 年第 5 期。

7. 周维德《论明代诗话的发展与专门化》,《浙江大学学报》1993 年第 5 期。

8. 葛兆光《近体诗中一种语言现象的分析——论虚字》,《文学评论》1994 年第 5 期。

9. 张福勋《诗法举隅——说“翻进”》,《文史知识》1994 年第 7 期。

10. 陶文鹏《重言错综,声情俱美》,《古典文学知识》1995 年第 4 期。

11. 赵敏俐《四言诗与五言诗的句法结构与语言功能比较研究》,《中州学刊》1996 年第 3 期。

12. 陆凌霄《中国古代诗法叙论》,《广西民族学院学报》1997 年第 2 期。

13. 孙力平《古典诗论中的杜诗句法研究》,《南昌大学学报》1999 年第 4 期。

14. 周裕锴《禅宗偈颂与宋诗翻案法》,《四川大学学报》1999 年第 2 期。

15. 蒋寅《至法无法:中国诗学的技巧观》,《文艺研究》2000 年第 6 期。

16. 钱志熙《杜甫诗法论探微》,《文学遗产》2001 年第 4 期。

17. 张晶《中国古典诗词中的审美回忆》,《文学评论》2001 年第 5 期。

18. 祝尚书《论宋人杂体诗》,《四川大学学报》2001 年第 5 期。

19. 饶少平《折腰体新解》,《文学遗产》2002 年第 4 期。

20. 韩经太《道义、滋味和技艺——中国古典文学思想与新世纪文学理念》,《中国文化研究》2002 年春之卷。

21. 钱志熙《“诗学”一词的传统涵义、成因及其在历史上的使用情况》,《中国诗歌研究》,2002 年第 1 辑。

22. 段曹林《古典诗论中的唐诗句法修辞研究》,《南华大学学报》2002 年第 3 期。

23. 张寅彭《民国诗学书目辑考》,《中国诗学》第 7 辑,人民文学出版社 2002 年版。

24. 查明昊《翻著袜法与寒山体》,《敦煌研究》2003 年第 3 期。

25. 段宗社《“妙悟”与“诗法”——试论唐宋以来古典诗歌理论的发展》,《西安联合大学学报》2003 年第 1 期。

26. 霍松林《简论近体诗格律的正与变》,《文学遗产》2003 年第 1 期。

27. 谢群《中国文论中“才”“法”矛盾的解决方式》,《兰州学刊》2004 年第 5 期。

28. 孙小力《明代诗学书目汇考》,《中国诗学》(2004)第 9 辑。

29. 胡建次、王金根《中国古代“诗法”的承传》,《江西社会科学》2005 年第 9 期。

30. 于年湖《论杜甫拗体的写作艺术》,《西南民族大学学报》2005 年第 7 期。

31. 徐有富《诗的节奏是怎样形成的》,《古典文学知识》2005 年第 6 期。

32. 韩经太《古典诗歌研究中的语言艺术自觉》,《文学遗产》2006 年第 2 期。

33. 易闻晓《意境创造的诗法功用》,《齐鲁学刊》2006 年第 6 期。

34. 张小丽《腾空翻案,机杼别出——论宋代咏史诗的翻案法》,《中国韵文学刊》2007 年第 4 期。

35. 陈伯海《“言”与“意”——中国诗学的语言功能论》,《文学遗产》2007 年第 1 期。

36. 孙力平、张玉欣《明代诗学文献中的诗歌句法理论》,《江西社会科学》2007 年第 1 期。

37. 杨庭曦《影响的焦虑与互文性》,《现代语文》2008 年第 6 期。

38. 孙学堂《谢榛改唐诗综论》,《文艺理论研究》2008 年第 5 期。

39. 王德明《略论唐代的诗法研究与传授》,《中国韵文学刊》2009 年第 2 期。

40. 李春青《向古人学习言说的方式——以中国古代文论研究为例》,《北方论丛》2009 年第 3 期。

41. 徐向阳《理论的旅行:中国诗法知识谱系论》,《山花》2009 年第 3 期。

42. 张静《“生煞回薄势”——一种富有魅力的诗歌创作技巧》,《古典文学知识》2009 年第 5 期。

43. 陶文鹏《论“诗眼”》,《中国社会科学院文学研究所学刊(2009)》中国社会科学出版社 2010 年版。

44. 郑利华《后七子诗法理论探析——以王世贞、谢榛相关论说考察为中心》,韩国中文学会编《中国文学研究》2009 年第 38 辑。

45. 詹萍萍《〈沧浪诗话〉“妙悟”与“诗法”的矛盾及其解析》,《理论界》2010

年第 7 期。

46. 张晶《中国美学中的宇宙生命感及空间感》,《社会科学辑刊》2010 年第 2 期。

47. 蒋寅《拟与避:古典诗歌文本的互文性问题》,《文史哲》2012 年第 1 期。

硕博论文:

1. 徐国能《历代杜诗学诗法论研究》,台湾师范大学 2002 年博士论文。

2. 段宗社《中国诗法论》,四川大学 2005 年博士论文。

3. 谢群《中国诗学理论中的“法”范畴》,复旦大学 2005 年博士论文。

4. 王奎光《元代诗法研究》,复旦大学 2007 年博士论文。

5. 徐向阳《中国诗学技法思想嬗变研究——以钱锺书为例》,西南大学 2007 年硕士论文。

6. 任家贤《〈沧浪诗话〉诗法性质新探》,中山大学 2009 硕士论文。

7. 李悦《〈诗人玉屑〉之诗法考论》,华中师范大学 2009 年硕士论文。

后　记

本书为2015年河北省社会科学基金项目的成果，项目编号：HB15TQ023。

估计很多人看到这本书的题目，第一话就会问，"诗有法吗？"我也是带着这种疑惑开始进行诗法研究的，越研究，就越发现它的博大精深。进行诗法研究始于2011年在北京语言大学进行博士后科研工作时。在合作导师韩经太先生的指点下，我开始探索诗歌的技术技巧。"器中有道"乃是韩老师在那两年的指导与讨论中，为我传递的重要武功。傅璇琮先生、张晶先生、傅刚先生、钱志熙先生和蒋寅老师作为当年博后出站报告的评审专家，给了我关于诗法研究很多精准的批评与高明的建议。实际上，中国诗学的核心内容乃是诗法，从唐代开始，历代诗论家们踵事增华地编纂，大小书坊反复翻刻，后来者又对前朝的诗法著作不断汇总，使得史上传承下来的诗法著作篇帙浩大。然而，古代诗论家对于诗法著作的评价中有许多批评的声音，使得这批史料的价值远不如诗话类更受学人关注，以至于沦落成了"边缘史料"。出站这几年来，我依然在诗法研究这个领域不断挖掘。这批"边缘史料"实乃山高水深，只恨自己能力有限罢了。

2015年我申请到了河北省社科基金项目，开始着手对历代诗法著作写作书目提要。但在翻阅诸种诗法著作的过程中，我对藏身在历代诗法著作中的一个个诗法名目，产生了很大的兴趣。虽然古代诗论家对于诗法名目的批评与偏见不少，或言其"妄立格法"，或谓之"浅稚卑鄙""书塾死法"。但笔者认为，在当代技与艺并进的学术研究中，重新正确评价这些诗法名目是很有必要的。

首先，诗法的总结与提炼也是重要的理论创造，标注诗法名目并非是错；再者，诗法名目即便浅稚有误，也不必全盘抛弃，我们需要具备沙里淘金的研究精神；最后，方法本身并没有错，机械运用方法才是错误，所以我们可以反对死法，但不必反对总结法则。于是，我慢慢将我的写作重点由撰写书目提要转移到了诗法名目的研究上。研究历代诗法著作中的诗法名目，既可以钩沉这批沉沦已久的珍贵史料，也可以为当今的古体诗写作提供可资借鉴的优秀方法，同时，对目前学界在诗歌语言技艺层面的研究推进，也可以尽我的绵薄之力。

硕士导师王兆鹏先生、博士导师蒋寅先生、博后导师韩经太先生多年来的耳提面命，为我的写作与修改，不断吹来化雨春风。我工作的防灾科技学院为我提供了本书的出版基金，凤凰出版社的林日波老师、王清溪老师，在此书的出版过程中，一直不辞劳苦地为我解决各种问题，在此衷心致谢。我的萌猫和爱犬陪伴我度过了静谧的著书时光，人生路上，感谢家人对我无穷无尽的爱与期待。

2016 年 11 月 29 日